카미유
Camille

SACRIFICES by Pierre Lemaitre
Copyright © 2012 by Editions Albin Michel - Paris
Korean Translation Copyright © 2014 by Dasan Books Co.
All rights reserved.

The Korean edition is published by arrangement with Editions Albin Michel S.A
though Sibylle Books Literary Agency Co. Seoul

이 책의 한국어판 저작권은 시빌에이전시를 통해 Albin Michel 출판사와
독점 계약한 (주)다산북스에 있습니다.
저작권법에 의해 한국 내에서 보호를 받는 저작물이므로 무단전재 및 무단복제를 금합니다.

PIERRE LEMAITRE

피에르 르메트르 장편소설
서준환 옮김

모든 게 다 끝난 줄만 알았다…

†

파스칼린을 위하여

카티 부르도에게, 변함없는 성원에 감사의 마음을 전하며

우리는 우리에게 닥친 일들 가운데서 기껏해야
100분의 1쯤만을 알고 있을 뿐이다.
또한 천상의 세계에서 지옥이 얼마나 작은 비중을
차지하고 있는가에 대해서도 무지하다.

― 윌리엄 개디스 『인식』

차례

1일 11
2일 139
3일 271

작가의 말 447

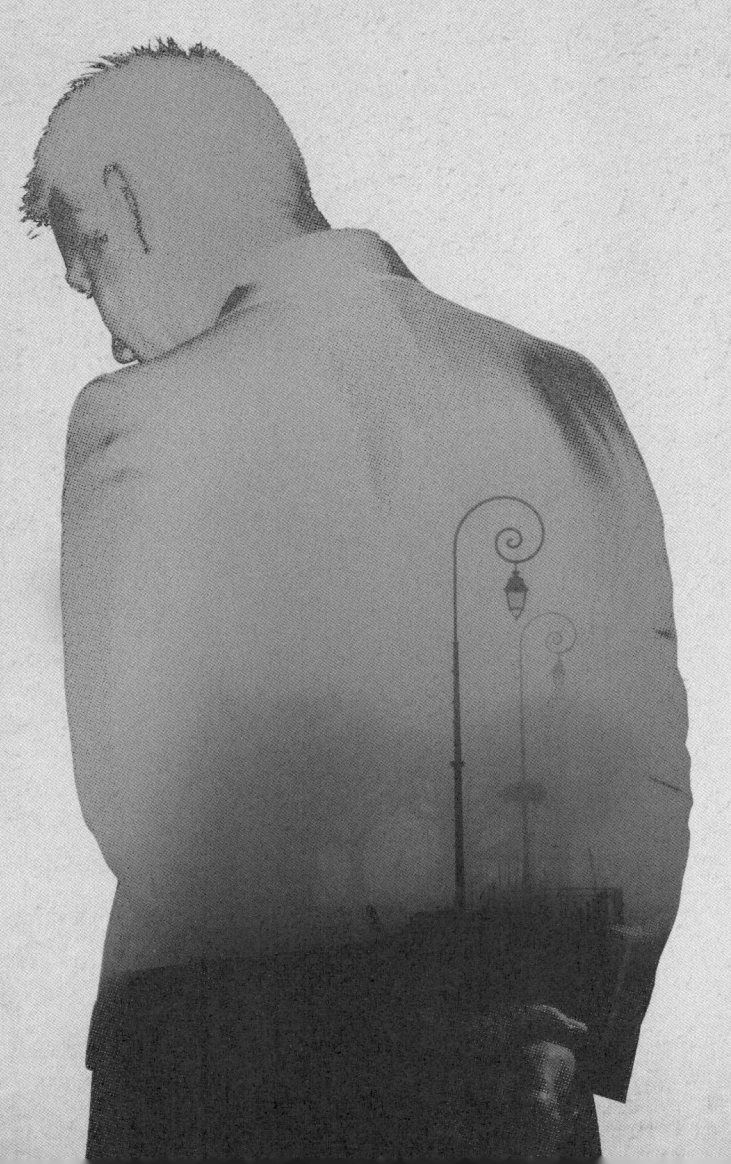

1일

___ 10시

 만일 당신이 어떤 사건 때문에 삶이 송두리째 흔들리는 체험을 겪는다면 그 사건은 나머지 삶에도 결정적인 영향을 미치게 된다. 몇 달 전, 카미유는 『역사의 가속』이라는 책에 대한 리뷰 기사에서 그런 구절을 읽은 적이 있다. 예기치 못한 순간 당신의 신경계를 감전시킬 만큼 결정적인 사건. 당신은 그것을 곧바로 스스로에게 닥친 여느 상황들과 분리하려 할 것이다. 그런 사건은 극도로 강력한 에너지를 발산하기 때문이다. 사건이 일어나자마자 당신은 그 결과가 당신에게 어마어마한 비중을 차지하리라는 사실과, 결코 그것을 돌이킬 수 없으리라는 사실을 깨닫게 될 것이다.
 이를테면, 당신이 사랑하는 여인에게 누군가 세 차례의 충격을 가한 사건 같은 것.
 이것이 이제 곧 카미유에게 닥칠 상황이다.
 날짜가 정확히 언제였는지는 상관없다. 여하튼 그날 카미유는 자신이 가장 아껴왔던 친구의 장례식에 참석할 예정이었다. 그의 감정 상태는 이미 축 처져 있었다. 하지만 카미유에게 닥칠 숙명은 그렇게 빤한 걸로 그치지 않았다. 그것은 살상이라는 형태로 나타났다, 톱질한 탄환을 장착한 12구경 모스버그 500의 위협과 함께.

이제 그것에 어떻게 대처할지 신중히 파악해서 결정하는 일이 가장 중요한 문제로 남는다.

카미유가 이 사건에서 받은 충격의 강도는 아주 컸다. 그래서인지 이후부터 그는 일어나는 사건에 반사적으로만 대처하게 된다. 자신의 연인이 말 그대로 괴한에게 무차별 폭행을 당했다. 그러고는 세 번의 충격까지 당했다. 그뿐 아니라 괴한의 총구가 여전히 그녀를 겨누고 있다는 심증이 든다면 과연 어떨까.

사람의 비범함은 바로 그런 순간에 드러나는 법이다. 비범한 인간은 그처럼 고약한 상황 속에서 어떤 결정을 내려야 할지 헤아릴 수 있으니까.

하지만 대부분의 평범한 사람은 자신의 능력 범위 안에서 어떻게든 헤쳐가고자 허우적거릴 뿐이다. 그리고 더러는 그런 혼란스러움에 짓눌려 길을 잃고 헤맨다. 설령 무력증의 나락으로 굴러 떨어지지 않는다 해도 말이다.

나이를 먹을 만큼 먹으면 그 같은 참사의 여진이 삶에서 어느 정도 가시지 않을까 기대해볼 수도 있으리라. 카미유의 경우가 그랬다. 오래전 그의 아내는 끔찍하게 살해당했다. 그야말로 대재앙이었다. 카미유가 그 사건에서 헤어나기까지는 실로 오랜 세월이 걸렸다. 비슷한 비극을 겪어본 사람이라면 두 번 다시 자신에게 그런 재앙이 닥칠 리 없다고 여기는 게 당연하다.

그러나 그것이 바로 함정이다.

그로 인해 경각심을 느슨히 풀어놓기 때문이다.

비극적 숙명은 안도하는 사람을 덮치길 좋아한다. 안도의 눈길로 세상을 바라볼 때만큼 비극적 숙명이 엄습하기 좋은 순간도 없다.

그리고 그 순간, 그것은 마치 우연처럼 한 치의 오차도 없이 개입한다.

안(Anne) 포레스티에가 모니에 상가로 들어선 것은 막 그곳이 개장하려 할 때다. 상가 골목은 아직 한산하다. 상점들이 하나둘씩 문을 연다. 개점 준비를 할 때 사용한 세척용품 냄새가 골목에 떠다니고 있다. 책이나 장신구 등의 진열대가 쇼윈도에 놓이기 시작한다.

이 상가가 샹젤리제 근방에 자리를 잡고 생겨난 것은 19세기의 일이다. 상가의 대부분을 차지하는 것은 골동품과 모로코산 가죽제품, 문구류, 혹은 고가 브랜드의 사치품들을 파는 가게들이다. 상점들은 온통 통유리로 뒤덮여 있다. 거기서 눈을 돌리면 아르데코 풍의 세부 장식과 파이앙스 도기 타일, 고풍스러운 돋을새김 문양, 다채로운 채색유리 등 주의 깊은 산보객들의 눈길을 끌 만한 구경거리들도 적지 않다. 물론 내키기만 한다면야 그녀도 유유히 그것들을 둘러볼 수 있을 것이다. 하지만 그녀는 결코 아침형 인간이 아니다. 이 시간에 그녀의 관심을 끌 만한 것은 오래된 상가의 높다란 천장과 세부장식 따위가 아니다.

지금 무엇보다 그녀에게 필요한 것은 아주 진한 커피 한 잔이다.

오늘 아침, 마치 일부러 그러듯이 카미유는 침대에서 잔뜩 늑장을 부렸다. 그녀와 달리 그는 오히려 아침형 인간에 가깝다. 하지만 오늘 아침, 어쩐지 그녀는 침대에서 오랫동안 뭉그적거리고 싶지 않았다. 그래서 카미유가 달려드는 것을 점잖게 밀쳐낸 후―평소 그의 손은 아주 따뜻한 편이다. 그래서 물리기가 쉽지 않다―샤워를 하러 갔다. 그런데 샤워 중에야 아까 따라둔 커피가 떠올랐다. 머리를 말리면서

부엌으로 향하니 커피는 이미 싸늘하게 식어 있었다. 하는 수 없이 커피를 포기하고 세면대 앞으로 가서 콘택트렌즈를 눈에 끼워넣어야 했다…….

그러다보니 어느새 벌써 집을 나설 시간이었다. 아무것도 입에 넣지 못한 빈속이었다.

열 시 조금 넘은 시각, 모니에 상가에 도착하자마자 그녀는 우선 그 골목의 커피숍부터 찾아 테라스에 앉는다. 당연히 그녀가 첫 손님이다. 커피메이커는 아직 예열 중이다. 주문한 커피가 나오려면 조금 더 기다려야 한다. 그러는 동안 그녀는 몇 번이나 손목시계를 들여다본다. 바빠서가 아니다. 종업원 청년을 의식해서다. 그의 저의를 미리 꺾어놓기 위해서다. 커피메이커가 데워지기를 기다리는 동안 별다르게 할 일이 없다보니 종업원 청년은 그 틈을 노려 자꾸만 그녀와 노닥거리고 싶어 하는 눈치를 보인다. 행주로 테이블을 닦다 말고 그녀의 엇건 팔뚝 너머로 슬쩍슬쩍 야릇한 눈길을 던지면서 구심점을 향해 가듯 조금씩 그녀와의 거리를 좁히려 한다. 종업원 청년은 풍성한 금발에 키가 크고 호리호리하면서 다소 핼쑥해 보인다. 언뜻 보면 외국인 관광객 같은 인상을 풍기기도 한다. 테이블 정리가 끝나자 양손을 허리에 짚은 자세로 슬금슬금 그녀에게 다가온다. 그러고는 창밖을 바라보며 탄성에 가까운 한숨을 내쉰 후, 이렇게 좋은 날씨에 요 모양 요 꼴로 지내다니 정말 유감스럽다는 말을 주절거린다.

종업원 청년의 수작이 우스꽝스러운 것은 사실이지만 그렇다고 해서 여자를 보는 안목이 아주 형편없다고는 할 수 없다. 벌써 마흔 줄에 접어들었다고는 해도 그만큼 그녀가 매혹적이기 때문이다. 섬세한 갈색 머리의 여인, 밝고 고운 에메랄드빛 눈망울, 뇌쇄적인 미소…… 빛이 날 만큼 아름다운 자태란 바로 그녀를 두고 하는 말일지도 모른다.

거기에 수줍고 귀여운 보조개까지. 그뿐 아니라 동작도 느긋하고 우아해서 어떤 남자라도 그녀와 마주치면 접촉하고 싶은 욕구를 가누기 어려울 것이다. 동글동글하면서도 단단히 여문 듯한 그녀의 자태는 그래서 더욱 유혹적이다. 가슴, 둔부, 아랫배, 허벅지 등 그녀의 모든 신체부위가 다 둥글면서도 단단하게 여물어 있는 듯하다. 남자들을 정신없이 홀릴 정도로 육감적인 모습이다.

거기에 생각이 미칠 때마다 카미유는 그녀가 왜 자기 같은 남자와 함께하는지 의아해지곤 한다. 그의 나이는 어느덧 쉰 살을 넘었다. 외모로 말하자면 머리가 살짝 벗어지기까지 했다. 하지만 무엇보다도 치명적인 것은 그의 키가 1미터 45센티미터밖에 안 된다는 사실이다. 겨우 1미터 45센티라니, 열세 살 아이들과 견줘도 왜소한 체구다. 불필요한 사설을 줄이기 위해서라도 상황을 구체적으로 제시해보자. 물론 안의 키도 그다지 큰 편이라고는 할 수 없지만, 그렇다 해도 카미유보다는 최소한 20센티 이상 더 크다. 거의 머리통 하나 정도 차이가 나는 셈이다.

안은 종업원 청년의 과감한 추파에 상냥하지만 자신의 의중을 분명히 드러내는 미소로 응답한다. 가서 당신 일이나 보시죠. (청년은 무슨 뜻인지 알겠다는 손짓을 해 보인 후 친절하고 정중한 본연의 접대 자세로 되돌아간다). 곧 주문한 커피가 나온다. 그녀는 커피를 들이켠 후 커피숍에서 나온다. 그러고는 모니에 상가 골목을 따라 조르주 플랑드랭 거리로 향한다. 거리 어귀에 다다를 무렵 지갑을 꺼내려고 가방에 손을 집어넣는다. 그런데 어쩐 일인지 손끝에 촉촉한 느낌이 전해져 온다. 확인해보니 손가락에 잔뜩 잉크가 묻어 있다. 만년필에서 새어 나온 것이다.

카미유가 볼 때 그날 사건의 정확한 발단 지점은 이 만년필에서부터다. 혹은 그것이 그녀가 다른 곳이 아닌 이 상가를 택하게 된 원인이라고 할 수도 있다. 하필이면 다른 날도 아닌 그날 아침에. 누군가가 불시에 재난을 맞을 때 겹치는 우연이란 언제나 무작위적인 법이다. 하지만 또한 이런 우연의 겹침 덕분에 카미유에게도 안 같은 여인을 만나는 날이 찾아왔다고도 할 수 있다. 그러니 모든 것을 싸잡아서 불평할 수만은 없는 노릇이다.

작고 진한 파란색에 어디서나 볼 수 있지만 잉크가 찔끔찔끔 새어나오는 만년필. 카미유는 새삼 이 만년필을 떠올려본다. 그녀는 왼손잡이다. 뭔가 끼적일 때 그녀의 자세는 꽤 독특해 보인다. 어떻게 저런 자세로 글씨를 쓸 수 있는지 놀라울 정도다. 그녀의 필적은 한눈에 봐도 아주 큼직큼직해서 마치 화가 난 손길로 서명을 해나가는 것처럼 보이기도 한다. 그런데 흥미로운 것은 그녀에겐 아주 작은 만년필만 골라 쓰는 습성이 있다는 점이다. 그러다보니 안이 뭔가를 끼적이는 모습은 아주 묘한 인상을 자아낸다.

잉크로 얼룩진 손을 가방에서 빼내고 보니 가방에 든 소지품들도 엉망이 되지 않았을까 걱정스러워진다. 마침 오른쪽에 아담한 화단이 보인다. 일단 화단의 나무 테두리에 가방을 올려놓고 소지품들을 모조리 가방에서 꺼내기 시작한다.

몹시 당혹스럽다. 하지만 짜증보다 두려움이 앞선다. 안을 잘 모르는 사람들은 그녀에게 무슨 걱정거리가 있겠느냐고 속단하기 십상이다. 하지만 그녀는 정말 가진 게 아무것도 없다. 가방 안에 든 것도 별게 없지만 현실에서도 그렇다. 그녀에게는 아무런 물질적 기반도 없고, 그것을 떠받쳐줄 만한 사람도 없다. 아파트를 매입한 적도 없고 차를 사본 적도 없다. 그저 버는 대로 써왔을 뿐 그 이상도 그 이하도 아니었다. 그렇다고 해서 낭비를 일삼은 것도 아니다. 그럴 만한 형편도 아니었으니까. 그녀의 부친은 상인이었다. 그런데 파산하기 바로 직전 본인에게 회계를 맡긴 조합원 40여 명의 돈궤를 챙겨 어디론가 달아났다. 그 후로는 아무도 그를 보지 못했다. 안에게 돈과 거리를 두려는 성향이 생긴 것도 어쩌면 그 일 때문일 수 있다. 물론 혼자서 딸 아가트를 양육할 때는 경제적으로 골머리를 앓지 않을 수 없지만, 요즘 아가트는 엄마와 멀리 떨어져 산다.

안은 곧바로 만년필을 쓰레기통에 버리고 휴대폰을 상의 윗주머니에 쑤셔 넣는다. 지갑에도 잉크 얼룩이 심하다. 그나마 지갑에 든 현금이라도 멀쩡해서 다행이다. 지갑도 쓰레기통에 던져 넣는다. 가방은 안감에 잉크가 배어들긴 했지만 심하게 번지지는 않았다. 그녀는 가방도 새것으로 하나 장만해야겠다고 마음먹는다. 마침 여기가 상가 골목이니 딱 좋다. 하지만 뜻대로 될지는 알 수 없는 노릇이다. 아무리 사소한 일이라 해도 일이 마음먹은 대로만 돌아가는 법은 드무니까. 그녀는 잉크가 더 번지지 못하도록 일단 가지고 있던 손수건으로 가방 안감을 감싸둔다. 그러고 나니 이번에는 두 손가락에 잔뜩 얼룩진 잉크 자국이 몹시 거슬린다.

난처한 상황을 수습하고자 방금 전의 커피숍으로 돌아갈 수도 있지만 그 종업원 청년과 또 맞닥뜨려야 한다고 생각하니 영 내키지 않는다. 때마침 공중화장실을 가리키는 푯말 하나가 눈에 들어온다. 이런 구역에서 공중화장실을 발견하는 건 흔치 않은 일이다. 화장실은 제과점 한 군데와 금은방을 지나자 바로 나온다.

사태의 진행에 가속이 붙는 건 바로 이 순간부터이다.

공중화장실 건물 안으로 들어서서 문을 연 순간 안은 두 사내와 마주치게 된다.

그들은 다미아니 거리와 마주하고 있는 출입구를 통해 안으로 들어와 있었다. 그쪽은 상가 들목으로 이어진 방향이다.

몇 초만 어긋났더라도…… 물론 그건 우스꽝스런 가정이다. 하지만 엄연한 현실이기도 하다. 만일 안이 더도 말고 5초만 늦게 들어왔더라도 그 사내들은 복면을 다시 뒤집어 쓸 수 있었을 테고, 그렇다면 모든 게 달라졌을지도 모르는 일이다.

그녀가 들어오고, 그 순간 사내들이 화들짝 놀라 얼어붙는 순서로 상황이 벌어지지만 않았다면 어땠을지.

그녀는 똑같이 검은 복장을 맞춰 입고 있는 두 사내의 심상치 않은 기색에 놀라 한 명씩 번갈아 돌아본다.

게다가 그들의 손에는 무기까지 들려 있다. 총신이 긴 소총이다. 설령 총기에 대해 전혀 알아보지 못한다 해도 그들의 모습은 이미 상당히 위협적이다.

둘 중 키가 조금 더 작은 사내가 괴성에 가까운 목소리로 뭐라고 구시렁거린다. 안이 그를 바라보자 몹시 당혹스러워하는 표정으로 변한다. 그녀는 다른 쪽 사내에게로 고개를 돌린다. 키가 크고 턱이 각진 그 사내의 얼굴은 몹시 험상궂다. 얼마 되지 않는 순간, 세 사람은 말문을 잃고 어쩔 바를 몰라 제자리에 굳어 있다. 이내 두 사내는 허겁지겁 복면을 뒤집어쓴다. 그러고는 키가 조금 더 큰 쪽이 반쯤 돌아서서 무기를 들어 올리더니, 마치 도끼로 떡갈나무를 내리찍듯 있는 힘껏 안의 얼굴을 후려갈긴다.

말 그대로 머리가 터질 듯한 충격이 가해진다. 심지어 놈은 스매싱을 날리는 테니스 선수처럼 배에서 기합까지 끌어올리며 내지른다.

그녀는 뒤로 피하며 손에 뭐라도 쥐어보고자 애쓰지만 아무것도 손에 잡히는 게 없다. 너무나도 급작스럽고 강력한 일격이라 머리통이 몸에서 떨어져나간 것만 같다. 그녀의 몸은 1미터쯤 뒤로 튕겨나가 문짝에 뒤통수를 부딪힌다. 그러더니 양팔을 활짝 벌린 자세로 맥없이 바닥에 허물어지고 만다.

소총 개머리판으로 가해지는 사내들의 폭행은 그녀의 얼굴 절반 가까이를 턱에서 관자놀이까지 짓뭉개놓다시피 한다. 입을 연 석류처럼 광대뼈가 쪼개지고 뺨이 갈라지면서 이내 시뻘건 핏줄기가 터져 나온다. 사내들은 마치 샌드백을 두드리는 권투선수처럼 둔탁한 소리를 내며 그녀를 폭행한다. 그녀의 몸 내부에 크기 20센티미터의 망치로 온 몸을 두드려대는 것과 맞먹는 충격이 전해져온다.

다른 사내가 흉포하게 고함을 질러대기 시작한다. 그녀의 귀에도 그 소리가 들려온다. 하지만 이내 가물가물해진다. 이미 정신이 혼미해져 가고 있기 때문이다.

마치 아무 일도 없었다는 듯 키가 큰 사내가 그녀 앞으로 다가오더니 총구를 머리에 들이댄다. 그러고는 금세라도 방아쇠를 당길 것처럼 굴자 동료가 또 다시 고함을 질러댄다. 이번에는 그 목소리가 더 크다. 아마도 녀석이 키 큰 사내의 소맷부리를 잡아당겨 제지한 모양이다. 혼수상태에 빠진 안은 눈도 뜨지 못하고 두 손만 겨우 꿈틀거리며 발작적으로 허우적거릴 뿐이다.

총을 든 사내는 동작을 멈추고 돌아서서 잠시 머뭇거린다. 지금 총을 쏴버리면 그 소리를 듣고 경찰들이 몰려올 게 틀림없다. 그러면 다른 동료들이 두고두고 그 실수에 관해 입방아를 찧어댈 것이다. 그는 이 순간 어떤 판단이 적절할지 예전 사례와 비교하며 잠시 저울질해본다. 그러고는 뭔가 결심했다는 듯 단호한 기색으로 그녀를 향하여 다시 돌아서더니 얼굴과 배에 한동안 세찬 발길질을 가한다. 요리조리 피하려 발버둥 쳐보지만, 문가에 몰려 있다보니 잔뜩 웅크리는 것 외에 별다른 방법이 없다. 어디에도 탈출구는 없다. 한쪽은 문으로 가로

막혀 있고 다른 한쪽에는 구두코로 그녀를 있는 힘껏 걷어차는 사내가 버티고 있다. 어디에도 몸을 둘 수 없는 상황에서 그녀는 덧없이 호흡을 되찾아보려 한다. 사내의 발길질이 잠시 멈춘다. 아마도 이래가지고는 본인이 원하는 결과에 다다르기가 어렵겠다고 여긴 듯, 더 근본적인 대책으로 넘어가려는 모양이다. 다시 소총을 손에 움켜잡고 높이 들어올리더니 손잡이로 사정없이 그녀를 내리찍기 시작한다. 야비할 정도로 강하고 난폭하게.

마치 그녀의 몸을 대못처럼 개머리판으로 땅 속까지 박아 넣으려는 듯 보일 정도다.

안은 온몸을 뒤틀며 사내의 무자비한 폭행을 어떻게든 막아보고자 몸부림친다. 하지만 이내 자신이 흘린 핏물에 미끄러져 넘어진다. 그리고 허겁지겁 양손으로 머리통을 감싸 쥔다. 첫 번째 타격이 전해져 온 곳은 후두부다. 두 번째 타격은 그녀의 손가락을 으스러뜨린다.

폭행 방식을 두고 두 사내 사이에는 약간의 견해차가 있는 모양이다. 키 작은 사내가 뭐라고 소리를 질러대며 앞으로 달려 나와 동료의 매질을 제지하려 한다. 그런 건 아무래도 상관없어. 놈은 자기들끼리 미리 짜둔 계획 따위쯤 아랑곳하지 않겠다는 듯 행동한다. 그러고는 다시 혹독한 매질로 돌아간다. 마치 군부대의 백병전 대비훈련처럼 나름대로 절도 있고 짜임새 있는 폭행이다. 그가 주로 겨냥하는 것은 머리다. 양팔로 머리를 감싸 쥐고 잔뜩 웅크린 자세로, 그녀는 뒤통수와 목덜미, 팔뚝, 등 위로 빗발치는 발길질을 조금이라도 피해보고자 안간힘을 쓴다. 그녀의 몸에 도대체 몇 차례나 치명적인 발길질이 가해졌는지 헤아릴 수조차 없다. 만약 의사가 본다면 최소한 여덟 군데 이상 치명상을 입었다고 말할지도 모른다. 법의학자라면 아홉 군데라고 할 수도 있다. 사실상 몸의 모든 부위에 치명적인 타격을 입은 거나 다름없다.

바로 그 순간 안은 의식을 잃고 만다.

이로써 두 사내에게는 일이 생각대로 정리된 셈이다. 하지만 축 늘어진 그녀의 몸이 상가로 향하는 출입문을 가로막고 있다. 누가 먼저랄 것도 없이 그들은 그녀에게 몸을 기울인다. 그러다 결국 키 작은 쪽이 안의 팔을 몸에 끼고 천천히 일으켜 세워보려 한다. 그녀의 힘없는 머리통이 타일 바닥에 부딪혀 아무렇게나 구른다. 이윽고 문이 열리자 그는 무겁게 축 늘어진 그녀의 팔을 푼다. 참혹하게 폭행당한 나머지 그렇게 된 것이긴 해도, 이 순간 맥없이 늘어진 그녀의 손은 성화에 그려진 마돈나를 연상시킬 만큼 육감적으로 쇠약한 자태를 보인다. 만일 카미유가 그 자리에 있었다면, 그녀의 손과 팔이 페르낭 펠레즈의 〈희생양〉이나 〈질식사한 여인〉의 주인공들과 괴이할 정도로 닮았다고 생각했을지도 모른다. 그 그림들을 볼 때면 카미유는 늘 기분이 나빠지곤 했다.

사건의 전말은 어쩌면 그쯤에서 일단락 지어질 수도 있었을 것이다. 우발적으로 발생한 단순 폭행사건쯤으로. 하지만 두 사내 중 키가 큰 쪽은 일을 그런 식으로 놔두고 싶어 하지 않았다. 외관상 두 사내 가운데 선임으로 보이는 그는 재빨리 상황의 추이를 가늠해보기 시작한다.

이제 이 여자에게 무슨 일이 벌어지게 될까?

혼절한 상태에서 벗어나면 곧바로 비명부터 질러댈까?

혹은 모니에 상가 쪽으로 달아나게 될까?

지금 여기서 최악의 상황은 무엇인가? 그녀가 그들이 알아채지 못한 사이에 비상구로 달아나 도움을 요청하는 것?

화장실의 한 칸 속에 숨어 있다가 휴대폰으로 경찰에 신고하는 것?

그는 문이 닫히지 않도록 발을 앞으로 내민다. 그러고는 그녀에게 상체를 기울이더니 오른쪽 발목을 잡고 그녀의 몸을 30미터쯤 옮겨 화장실 바깥으로 끌어낸다. 무심하게 축 늘어져 있는 그녀의 몸 때문에, 그의 모습은 마치 장난감을 제맘대로 가지고 노는 어린아이처럼 보인다.

안의 몸이 이리저리 부딪힌다. 어깨를 화장실 모서리에 짓찧기도 하고 허리가 통로의 담벼락에 살짝 꺾이기도 한다. 머리통은 옮겨 가는 반동에 따라 마냥 덜렁거리다가 널빤지와 충돌하고 상가 골목에 조성된 화단 테두리를 들이받기도 한다. 그녀는 지금 성가신 짐짝이나 몸속의 피가 증발해서 생명력을 잃은 마네킹처럼 취급되고 있을 뿐이다. 그녀의 몸이 끌려가는 길바닥 위로 이내 검붉게 말라버릴 핏자국이 이어진다.

그녀는 이미 죽은 사람이나 다름없다. 사내는 이제 더 이상 자기 소관이 아니라는 듯 안의 몸을 쳐다보지도 않고 길바닥에 내팽개쳐둔다. 그러고는 결연한 태도로 허리춤에서 소총을 뽑아든다. 뭔가 굳은 결심이 섰다는 기색이다. 그러더니 꼼짝 말라는 고함을 외치며 근방의 금은방 안으로 쳐들어간다. 상점은 이제 막 문을 연 참이다. 마침 근처를 지나가던 목격자 한 사람은 가게에 사람이 거의 없었는데도 그들이 난데없이 소리를 질러대서 깜짝 놀랐다고 증언했다. 두 사내는 매장 안에 있던 사람들을(그래봐야 여자 두 명뿐이다) 향하여 꼼짝 말라고 고래고래 소리치더니 그들의 얼굴과 배에 먼저 주먹을 한 방씩 날린다. 이 모든 일은 순식간에 벌어진다. 이어 유리창이 깨지는 소리와 울부짖는 소리, 신음소리, 그리고 공포에 짓눌려 헐떡이는 소리가 잇따른다.

30미터가량 옮겨지는 동안 안의 머리는 땅바닥에 심하게 긁혔다. 하지만 바로 그 덕분에 갑자기 맥박을 회복할 수 있었는지도 모른다.

그녀가 현실감각을 회복하고자 노력한 것은 바로 그 시점이다. 그녀의 뇌는 망가져버린 레이더처럼 방금 자기에게 어떤 일이 닥쳤는지 필사적으로 갈피를 잡으려 한다. 의식은 갑작스러운 충격에 빠져 여전히 길을 잃고 헤매는 중이다. 몸 상태도 심한 통증으로 엉망이라 최소한의 거동조차 버겁다.

그럼에도 그녀의 몸이 길바닥에 핏자국을 남기며 금은방 앞까지 질질 끌려온 것은 나중에 긍정적인 영향을 미치게 된다. 그 일이 상황에 가속 페달로 작용한 것이다.

당시 금은방 매장에 있던 사람은 여주인과 어린 견습 사원 둘뿐이다. 견습 사원은 가랑잎처럼 빼빼 마른 열여섯 살 안팎의 소녀지만, 노숙해 보이려는 의도에서인지 쪽진 머리를 하고 있다. 무장한 복면의 사내들이 매장 안으로 들이닥치는 게 보이자마자 순간적으로 그녀는 이게 말로만 듣던 강도 사건이라는 것을 직감하지만, 인신공양에 바쳐진 희생양처럼 혹은 금붕어처럼 입만 뻐끔거릴 뿐이다. 다리가 너무 후들거려 계산대 선반에 몸을 지탱해야 할 지경이다. 무릎이 꺾이기 직전 그녀는 사내들의 총구에 얼굴을 강타당하고 잔뜩 부풀었다 사그라지는 수플레처럼 바닥에 허물어진다. 그녀는 자신의 심장 박동소리를 의식하며, 마치 머리 위로 바위가 굴러 떨어질까 두렵다는 듯 양팔로 얼굴을 감싼 채 나머지 시간을 견디게 된다.

금은방 여주인은 길가로 끌려 나온 뒤, 축 늘어져 있는 안의 몸을 발견하고는 목이 졸리는 듯한 두려움에 짓눌린다. 그녀의 스커트 자락은 허리 위까지 뒤집혀 있으며 그 뒤에는 선연한 핏자국이 길게 이어져 있다. 여주인은 뭔가 말하려고 발버둥 치지만 목구멍이 막혀 아무 말도 할 수가 없다. 두 사내 중 키가 큰 쪽은 가게 입구에 딱 버티고 서서 주변을 경계하고 있다. 무섭게 달려 들어와서 그녀를 총신으로 폭행한 것은 키가 작은 쪽이다. 하복부에 치명적인 일격이 가해진다. 그녀는 가까스로 욕지기를 억누른다. 그는 한 마디도 내뱉지 않는다. 그럴 필요조차 없는 것이다. 그 한 방에 여주인을 제압하는 데 성공한 셈이니까. 그녀는 더듬더듬 보안장치를 가동하려고 진열장 잠금열쇠를 찾지만 열쇠는 그 자리에 없다. 열쇠를 찾으려면 매장 뒤편까지 가야 한다. 한 걸음 내디디려는 순간 그녀는 그 자리에서 쏟아져 나온 오줌 줄기에 속옷이 축축해졌다는 것을 깨닫는다. 부들부들 떨리는 손으로 사내들에게 보석꾸러미를 내민다. 나중에 여주인은 경찰 공술에서 결코 그런 말을 한 적이 없다고 주장했지만, 이 순간 그녀의 입에서는 결국 "제발 죽이지만 말아주세요……"라는 말이 새어나온다. 20초 정도라도 목숨만 연장할 수만 있다면 그녀로서는 지구 전체와 그 시간을 맞바꾸고 싶은 심정이었을 것이다. 누가 시키지도 않았는데 그녀는 양손을 목덜미에 두르고 바닥에 엎어진다. 그러고는 무슨 말인가를 열광적으로 웅얼거린다. 기도문이다.

괴한들의 야만성을 감안할 때 이 순간 열렬한 기도 말고는 딱히 다른 해결책을 떠올리기 어려웠을지도 모른다. 하지만 아무리 기도를 열심히 한다고 해도 진열장에 놓인 귀금속들을 커다란 마대 자루 안에 모조리 쓸어 담는 강도들을 막을 수 있을 리 없다.

사내들의 강도질은 매우 체계적이어서 불과 4분 남짓한 시간밖에 걸리지 않는다. 그들은 범행 시각을 미리 정해두고 화장실에 도착해서 마지막으로 사전 모의를 끝낸 후, 매우 숙련된 방식에 따라 각자 역할까지 분담해둔 게 틀림없다. 첫 번째 사내가 쇼윈도의 보석들을 쓸어 담는 동안, 두 번째 사내는 당차고 결연한 표정으로 다리를 쩍 벌린 채 문가에 버티고 서서 가게 바깥의 동정을 살핀다.

매장 내부에 설치된 감시 카메라에는 첫 번째 강도가 진열장과 서랍을 뒤져 그 안에 든 내용들을 쓸어 담는 장면이 잡혀 있다. 두 번째 감시 카메라는 금은방 입구와 상가 골목의 한 부분을 비추고 있다. 통로에 쓰러져 있는 안의 몸이 눈에 띈 것은 이 두 번째 카메라가 비춘 영상 안에서다.

 이 강도 행각의 완벽한 조직성에 흠집이 나는 것은 바로 이 순간부터다. 감시 카메라의 영상을 살펴보면 그녀가 처음으로 몸을 움직이기 시작한 게 바로 이 때다. 하지만 그건 아주 미세한 움직임이다. 그저 반사적으로 움찔거리는 것처럼만 보일 정도다. 처음에 카미유는 이 영상 속에서 그녀가 몸을 움직이고 있다는 사실을 믿기 어려웠다. 하지만 다시 확인해보니 틀림없이 안은 움직이고 있다…… 아주 느린 동작으로나마 고개를 이쪽저쪽으로 돌려보고 있다. 카미유는 이 동작을 익히 안다. 하루 중 어느 순간, 약간의 스트레칭이 필요해지면 그녀는 고개 근육을 이쪽저쪽으로 돌려가며 풀어주곤 했는데, 그걸 두고 고개 근육의 반원운동에 따른 '흉쇄유돌근 이완'이라고 부르곤 했다. 카미유로서는 그런 게 있는지조차 알지 못했다. 물론 지금 영상 안의 움직임에는 반원운동의 확장도 없고 긴장완화 효과에서 비롯한 동작의 부드러움도 보이지 않는다. 그녀는 길가에 누워 있다. 오른쪽 다리는 무릎이 가슴 높이에 닿도록 구부러져 있고, 왼쪽 다리는 길게 뻗은 상태다. 상반신이 한쪽으로 비스듬히 기울어져 있어 마치 잠결에 뒤척이는 사람처럼 보이기도 한다. 그리고 스커트 자락이 잔뜩 위로 말려 올라가서 흰 팬티가 훤히 드러나 보인다. 얼굴에는 피가 철철 넘쳐흐르고 있다.

 그러니까 그녀는 누워 있는 게 아니라 길가에 아무렇게나 내팽개쳐져 있는 셈이다.

 강도질에 돌입할 무렵, 안의 곁에 남아 있던 사내는 그녀에게 슬쩍 눈길을 던지기도 했다. 하지만 그녀가 더 이상 움직이지 않자 주변을 경계하는 데만 신경을 곤두세웠다. 이제는 그녀에게 관심을 둘 여력이 없다. 사내는 그녀에게서 등을 돌리고 서 있다. 핏물이 오른쪽 구두코에 튀는 것도 전혀 알아차리지 못한다.

이제 갓 악몽에서 깨어난 그녀는 자기에게 무슨 일이 벌어졌는지부터 파악하려고 주의를 모아본다. 그녀가 머리를 일으켜 세운 순간 카메라에 아주 짧게 그녀의 얼굴이 잡힌다. 정말이지 참혹한 몰골이다.

그 모습이 눈에 들어온 순간, 카미유는 손에서 리모컨을 두 번이나 놓쳤다가 챙겨들 정도로 심한 충격에 휩싸인다. 그 대목에서 화면을 멈추고 뒤로 돌린다. 카미유의 눈으로도 그녀가 정말 안인지 알아보기조차 어려울 지경이다. 영상에 잡힌 여인에게선 안과 닮은 점을 전혀 찾을 수 없다. 밝고 투명한 피부와 생글거리는 눈빛 대신 잔뜩 핏물을 뒤집어쓴 형색에 눈빛은 공허하다. 얼굴이 퉁퉁 부어오른 나머지 두 배쯤 커진 듯하고 아예 이목구비의 형체가 뭉개진 듯 보인다.

카미유는 탁자 모서리를 움켜잡는다. 금세라도 울음이 터져 나올 것만 같다. 카메라에 잡힌 그녀는 그가 바라보고 있는 각도로 서서히 고개를 튼다. 그 표정은 마치 그에게 뭔가를 말하려는 것처럼, 그에게 구조를 요청하는 것처럼 여겨져 애처롭기 그지없다. 보호해야 할 지인이 지금 감당키 어려울 정도로 고통당하며 죽어가고 있다면 어떤 심경이 될까. 온몸에 식은땀이 흐를 수밖에. 그런데 거기서 더 나아가 만일 그 사람에게서 지금 겪는 고통이 진정 견디기 어렵다는 하소연이라도 듣게 된다면 어떨까. 같이 따라 죽고 싶어질 정도일 것이다. 카미유가 지금 처한 상황이 바로 그렇다. 이런 화면 앞에서 무기력하게 자리에 앉은 채 한참 전부터 그저 끝나기만을 기다릴 뿐 아무것도 할 수 없다는 것은……

참아낼 수 없을 만큼 고통스러운 일이다. 정말이지 참을 수 없을 만큼 고통스럽다.

그에게는 이 장면이 앞으로도 수십 번도 넘게 계속 떠오를 수밖에 없다.

이후부터 안은 자기가 지금 어떤 상황에 처해 있는지 모르고 행동하게 된다. 근처에 머물러 있던 강도 놈은 그녀의 목덜미에 다시금 총구를 겨눌 테지만 그녀는 아랑곳하지 않았을 것이다. 화면의 다른 쪽에 비치는 대로, 이후부터 펼쳐질 장면은 처절한 생존본능이 무엇인지를 보여주는 듯하다. 겉으로 보기에는 무슨 자살시도처럼 보일 수도 있지만 말이다. 이제 몇 분 전부터 그녀와 2미터쯤 떨어진 거리에 소총 한 자루를 들고 화면에 등장한 사내가 그녀에게 방아쇠를 당기기 일보 직전이다. 그런데 이런 상황에서 놀랍게도 그녀는 다른 누군가라면 감히 엄두도 못 낼 행동을 하려 한다. 그로 인해 어떤 결과가 발생하든 상관치 않겠다는 듯, 지금의 자리에서 몸을 일으키려고 버둥거린다. 그러고는 도망치려는 것 같다. 정말이지 그녀는 보통내기가 아니다. 하지만 그녀가 강도의 총구 앞에 맨손으로 맞서려는 이후의 장면에 비하면 이 대목은 약과다.

이후 일어났을 일들은 그런 상황에서라면 어쩔 수 없이 기계적으로 이어질 수밖에 없는 결과였을 것이다. 상반된 두 에너지가 서로 맞부딪히는 상황. 그러다보니 한쪽은 그 충돌로 거꾸러지고 말 터였다. 그것은 역학적으로 엇물린 톱니바퀴와도 같다. 물론 두 에너지 가운데 어느 쪽이 총탄의 힘을 빌릴 수 있느냐가 관건이다. 총탄의 힘을 빌리는 쪽이 유리한 고지를 점령하리라는 것은 두말할 나위도 없다. 하지만 그녀는 현재 자신의 몸 상태를 가늠해볼 수도, 자기에게 어떤 기회가 주어질지를 이성적으로 따져볼 수도 없다. 그녀는 마치 주위에 아무도 없이 혼자 있는 것처럼 행동한다. 남아 있는 마지막 기력을 모아―화면에는 곧 보기 드문 광경이 펼쳐지게 된다―다리를 버둥거리고 팔을 쭉 뻗는다. 하지만 몹시도 힘겨워 보인다. 그녀의 손은 자기 몸에서 흘러내린 핏물에 미끄러지고, 그래서 자꾸 넘어질 뻔한다. 두 번째 시도만에 그녀는 겨우 몸을 추스른다. 너무나도 느린 동작으로 몸을 일으켜서인지 그 장면은 보는 이에게 몽환적인 느낌을 자아낼 정도다. 그녀의 몸은 끔찍할 정도로 무겁고 거북스러워 보인다. 거의 전신이 마비된 것 같다. 화면에서 그녀의 거친 숨소리가 전해지는 듯 느껴질 정도다. 보기가 안쓰러워서 당장이라도 손을 내밀어 똑바로 일어나도록 도와주고 싶어진다.

카미유는 차라리 그녀에게 아무것도 하지 말고 그냥 제자리에 누워 있으라고 애원하고 싶다. 강도 녀석이 돌아서기까지 1분가량의 여유가 있다 해도, 엉망이 된 그녀의 몸 상태로는 채 3미터도 달아나지 못해 놈의 총격을 받고 참혹하게 허물어질 것만 같다. 하지만 지금 카미유는 모니터 앞에 앉아 사건 영상을 확인해보고 있을 뿐이다. 이미 사건이 발생한 지 여러 시간이 지났다. 지금 그가 무슨 생각을 하든 이제는 아무 상관 없다. 너무 늦은 것이다.

안은 아무 생각도 없이 마냥 움직이는 것 같다. 일체의 논리적인 고려에서 벗어나 백지상태로 대응하려고 결심한 게 아닐까 싶기까지 하다. 극히 위태롭고 무모한 방식을 택한 셈이다. 이 같은 결단에는 오로지 살아남겠다는 욕망 이외에 다른 이유를 찾을 수 없다. 총구 앞에서 간당간당 목숨을 위협받는 여인이 아니라 저물녘의 술주정뱅이처럼 보인다. 그녀는 손가방까지 챙겨든다. 가방은 처음부터 그녀의 몸에 달라붙어 있었는데, 그녀가 여기까지 끌려오는 동안 흘린 피에 흠씬 젖어 있다. 그녀는 자꾸만 비틀거리며 귀가를 서두르듯 출구가 어디인지 찾아 헤매기 시작한다. 지금 그녀가 가장 먼저 극복해야 할 상대는 흐릿한 의식이지 총탄이 아니다.

결정적인 상황이 벌어지기까지는 채 1초도 걸리지 않는다. 그녀는 주저하지 않고 몹시 힘겨워하면서도 자리에서 일어난다. 그러고는 외관을 살핀다. 스커트 자락이 말려 올라가서 다리 위쪽까지 훤히 드러나 있는 게 보인다…… 아직 제대로 서 있기조차 힘든 상태임에도 그녀는 벌써 그 자리에서 달아나고자 몸부림치기 시작한다.

그 순간부터 모든 일이 엇나가게 된다. 그것은 단지 우발적으로 저질러진 실수와 일탈의 사슬에 지나지 않는다. 뜻밖의 상황에 당황한 신이 이 일을 어떻게 수습해야 할지 몰라 허둥대는 사이에 지상의 배우들이 멋대로 즉흥연기를 쏟아내는 판국이다. 필경 아주 고약한 조짐이다.

우선 그녀는 지금 자기가 어디에 있는지조차 모른다. 어느 쪽으로 방향을 잡아야 하는지도 알 턱이 없다. 순조롭게 달아나기에 그녀의 방향감각은 실로 엉망이다. 자칫 잘못하면 팔을 뻗어 그 강도 놈의 어깨를 건드리게 될지도 모르고, 그러면 사태가 끝장나는 건 순식간이다. 그가 그녀를 향해 돌아서는 순간……

하지만 그녀는 제자리에서 오래도록 몸도 제대로 가누지 못하고 휘청거린다. 취객처럼, 얼빠진 행려병자처럼. 그녀가 쓰러지지 않고 가까스로나마 버티는 게 경이로워 보인다. 소맷부리로 피범벅이 된 얼굴을 쓱쓱 문지른다. 그러더니 뭔가에 귀 기울이기라도 하듯 고개를 한쪽으로 갸웃한다. 이윽고 한 발을 내딛으려 한다…… 그러고는 갑자기 무슨 까닭인지 달려보기로 마음먹는다. 이 모습을 비디오 화면으로 보고 있는 동안, 카미유는 억장이 무너져 내리는 비애에 잠긴다. 남아 있는 최소한의 자기 통제력마저 와해되는 듯하다.

안의 의도는 나쁘지 않다. 피로 물든 발이 자꾸만 바닥에서 미끄러지는 것을 어떻게 해서든 극복해보려는 마지막 시도일 것이다. 그녀에게서는 서두르는 기색이 확연히 전해져 온다. 만화영화였다면 필시 보는 이들에게 웃음을 자아냈을 장면이지만 실제 현실에서는 더할 나위 없는 비극이다. 그녀는 지금 자기가 흘린 핏물에 빠져 허우적거리고 있다. 그 핏물과 싸우며 몸을 가누고자 안간힘을 쓰고 있다. 이제 어디로 가야 할지 방향을 가늠해보려 한다. 그러는 동안에도 출혈은 계속되고 있다. 그런데 그녀는 달아나려는 방향을 앞두고 갑자기 발길을 늦추는 듯 보인다.

강도 녀석은 지금 어떤 상황이 벌어지고 있는지 금세 깨닫지 못했다. 안은 놈에게서 불과 몇 미터밖에 달아나지 못했다. 하지만 이내 그녀의 발이 질척거리는 피웅덩이에서 벗어나 메마른 바닥을 딛는 게 느껴진다. 이제는 직립자세를 회복할 수 있을 것 같다. 더 이상 살얼음판처럼 엉거주춤한 자세를 유지할 필요가 없다. 용수철이 튕겨나가듯 그녀는 이제 제대로 달아나려 한다.

문제는 방향감각이 엉망이라는 점이다.

그녀는 우선 이상한 동선을 반복해서 택한다. 공연히 제자리에서 뱅그르르 맴돈다. 줄 끊긴 꼭두각시 같은 모습으로. 이번에는 비스듬히 돌아서서 한 발을 내딛다 멈추더니, 길을 잃고 헤매다 겨우 방향을 잡는 데 성공한 보행자처럼 이내 다시 돌아선다. 놈이 그녀의 도주를 알아챈 것은 그로부터 불과 몇 초 지나지 않아서이다. 그 사실을 알아차리자마자 놈은 돌아서서 곧바로 소총을 겨눈다.

카미유는 화면을 돌리고 또 돌려본다. 틀림없이 놈은 크게 당황했을 것이다. 그가 소총을 겨눈 각도는 허리 높이보다 훨씬 위쪽이다. 소총을 발사하려 할 때 이런 위치는 흔히 4, 5미터 반경 내에서 표적과 상관없이 위협을 가하고자 할 때의 위치다. 아마도 놈은 순간적으로 당황해서 반사적으로 소총을 겨눈 모양이다. 그런 게 아니라면 반대로 자신의 사격 솜씨를 과신해서일 수도 있다. 이런 경우를 제법 자주 겪어왔을 테니까. 평소에는 소심해 보일지 몰라도 일단 12구경짜리 탄환이 든 소총을 쥐여주고 마음대로 사용하게 한다면 놈은 대번에 눈빛이 바뀌면서 물불 안 가리는 대담무쌍함을 드러내는지도 모른다. 또는 그건 대담함이라기보다 두려움의 표현일 수도 있다. 아니면 이 모든 게 다 뒤섞인 결과일지도. 여하튼 놈의 총구는 표적보다 훨씬 높은 각도에 맞춰져 있다. 그래서인지 그저 반사적인 조준 동작일 뿐 실제로 표적을 겨냥하고 있는 것처럼 보이지는 않는다.

안에게는 아무것도 보이지 않는다. 그래서 그녀는 검게 파인 길섶 구덩이 쪽으로 다가간다. 그때 굉음과 함께 쏟아진 유리 파편이 그녀를 덮친다. 놈의 소총에서 발사된 탄환 한 발이 그녀의 머리 위로 나 있는 채광창의 지름 3미터짜리 반원형 색유리를 박살낸 것이다. 출구에서 불과 몇 미터 떨어져 있지 않은 지점이다. 앞으로 펼쳐질 그녀의 행로에 비춰볼 때, 채광창에 새겨져 있던 그림에서 모종의 잔혹한 암시가 전해졌다고도 볼 수 있다. 채광창의 색유리에 묘사돼 있던 것은 기마 수렵 장면이다. 씩씩한 기사 두 명이 말을 몰아 사슴 한 마리를 뒤쫓고 있다. 사슴은 나무숲 사이에서 어디로 향할지 몰라 잔뜩 겁에 질려 있고 그 주위로 사납게 송곳니를 드러낸 사냥개 무리가 몰려들고 있다. 사슴의 목숨 따위는 그저 하찮게만 여겨질 뿐이다…… 우연치고는 기묘한 일이다. 모니에 상가와 그곳을 장식한 초승달 모양의 색유리 채광창은 양차 세계대전 동안에도 무사히 보존돼 왔다. 그런데 어느 한 무뢰한이 아무렇게나 쏜 탄환 한 발에 그만 어이없게도…… 세상에는 정말 납득하기 어려운 일들이 많다.

모든 것은 사시나무 떨리듯 요동칠 수 있다. 모든 것은 창유리나 거울만큼이나 섬약하다. 심지어 지반(地盤)마저도 그렇다. 하지만 존재에게는 각자의 방식대로 자신을 보호해서 살아남으려는 본능이 있다.

"저는 그만 머리를 어깨에 쏙 파묻고 말았어요." 현장에 있던 골동품상이 당시 상황을 재현해 보이며 카미유에게 그렇게 말한다.

그는 올해로 서른네 살이 된 남자다(서른다섯 살로 헷갈리지 말아달라고 신신당부했다). 콧수염을 짧게 기르고 있는데 양옆으로 뾰족하게 솟아난 모양새가 다소 신경질적인 인상을 풍긴다. 코가 길고 오른쪽 눈이 감긴 것처럼 보일 정도로 유난히 가늘어서 조토의 그림 〈우상숭배〉에 등장하는 투구 쓴 병사를 연상시키기도 한다. 두말할 나위도 없이 그는 이번 사건으로 심한 충격에 빠져 있다.

"복잡하게 따지고 자시고 할 것도 없이 처음에는 분명 무장 테러 같은 게 발생한 줄 알았지요. 하지만 곧바로 곰곰이 다시 생각해보니 그건 좀 아닌 거예요. 여기서 무장 테러라니 이상하잖아요. 여기가 무슨 중심가도 아니고 말이죠."

이런 종류의 증인은 기억의 속도에 따라 현실을 재창조해낸다. 그렇다고 전혀 얼토당토 않은 헛소리를 늘어놓는 부류라고 할 수는 없다. 무슨 일이 벌어졌는지 상가의 사건 발생지점으로 가보기 전에 그는 혹시 자기 가게 부근에도 심상치 않은 조짐이 있지 않은지 그 일대를 둘러보았다.

"그렇지는 않더라고요." 안도했다는 표정과 함께 엄지손톱을 앞니로 잘근잘근 깨물면서 그가 말한다.

상가 내부는 널찍하다기보다는 빽빽이 이어져 있는 편이다. 15미터

남짓한 거리에 여러 상점들의 쇼윈도가 다닥다닥 잇닿아 있다. 만약 뭔가 폭발하기라도 하면 치명적인 대재앙이 될 수밖에 없다. 한번 폭발이 일어나면 대규모 진동이 음속을 타고 삽시간에 증폭될 테고, 부메랑처럼 제자리로 돌아온 폭발의 진동은 여진을 파생시키면서 그 파동에 부딪치는 것이라면 무엇이든 파괴하고 말 것이다. 그러면서 메아리의 돌림노래처럼 연쇄 폭발과 붕괴를 야기할 것이다.

살벌한 총성과 제 몸 위로 우수수 쏟아져 내리는 유리 파편의 엄습 때문에 안은 깜짝 놀라 제자리에 우뚝 멈춰 섰다. 급히 몸을 보호하고자 양팔을 머리 위로 들어올리고 아래턱을 가슴에 파묻으며 비틀거리다가 그녀는 결국 모로 쓰러지고 만다. 그러고는 유리 파편 위로 몸을 굴린다. 하지만 총탄 한 발과 무너져 내린 채광창 따위에 굴할 그녀가 아니다. 놀랍게도 그녀는 꿋꿋이 제자리에서 다시 몸을 일으킨다.

그 강도 녀석은 첫 발을 빗맞추고 말았다. 하지만 실수는 늘 가르침을 주는 법. 이제 그에게는 시간적 여유가 있다. 화면으로 놈이 소총을 재장전하느라 잔뜩 고개를 앞쪽으로 기울이고 있는 게 보인다. 만일 영상의 화질이 조금만 더 선명했다면 놈의 검지가 방아쇠에 엇걸리는 것까지 똑똑히 눈에 들어왔을 것이다.

그런데 그때 검은 장갑을 낀 손이 불쑥 화면에 나타난다. 또 다른 사내가 출현하여 놈이 다시금 방아쇠를 당기는 순간 어깨를 툭 건드린 것이다……

책방 통유리에 여러 갈래의 균열이 일어나더니 크고 작은 유리 조각들로 와르르 무너져 내린다. 쏟아져 나온 유리 파편들 가운데 어떤 것은 마치 면도날로 예리하게 베어낸 듯하고 접시만큼이나 큼지막하다.

"저는 그때 가게 뒤쪽에 있었어요……"

이렇게 증언한 또 한 명의 상점 주인은 40대 중년 여인이다. 손톱

끝이 굵고 뭉툭한 게 인상적이다. 서점을 운영하는 그녀는 언뜻 보기에도 자기 확신이 꽤 강한 것 같다. 화려하게 염색한 머리로 봐서는 그 사이에 돈깨나 번 모양이다. 일주일에 두 번씩 미용실을 드나들 뿐 아니라 팔찌, 브로치, 반지, 귀걸이 등 장신구를 즐겨 구입한다(강도 일당이 어째서 이 여자를 털지 않았는지 의아해지지 않을 수 없다). 갈라진 목소리로 봐서는 줄담배를 피워대는 것 같고 술도 자주 마시지 않을까 싶다. 하지만 지금 카미유는 이 중년 여인의 신상이나 파헤치고 있을 여유가 없다. 모든 일은 불과 두 시간 전에 벌어졌다. 그는 기분이 몹시 좋지 않다. 도대체 어찌된 영문인지 모든 게 궁금해서 미칠 지경이다.

"소리를 듣고 바깥으로 달려 나가보았지요……" 중년 여인은 큰 몸짓으로 상가 쪽을 가리키고는 잠시 한숨을 돌리려 한다. 보아하니 그녀는 상대방에게 인상적으로 보이려면 어떻게 해야 할지 매사 의식적으로 궁리하는 모양이다. 하지만 카미유에게 이런 수작이 오래 먹힐 리 없다.

"자 빨리, 그다음에는요?!" 대번에 그의 목소리가 거칠어진다.

민중의 지팡이 치고 참 까칠하네, 그녀는 속으로 웅얼거린다, 아마 자기 키 때문일 거야, 키가 이 모양이니 매사에 억하심정일 수밖에. 총성이 울리고 나서 얼마 지나지 않아 그녀의 눈에 들어온 것은 쇼윈도의 유리 파편 속에 내동댕이쳐진 안의 몸이었다. 마치 보이지 않는 거인이 쇼윈도 유리에 부딪치도록 한 손으로 그녀의 등을 툭 밀어내서 쓰러뜨린 것처럼 보였다. 그 광경이 너무 무시무시하다보니 서점 여주인으로서도 어떻게 대처해야 좋을지 몰라 당혹스러울 수밖에 없었을 것이다.

"그 여자는 깨진 쇼윈도 유리 밑에 깔려 있었어요! 그런데도 이내 손으로 바닥을 짚더니 일어나려고 발버둥 치더라고요(서점 여주인은 이런 안의 모습을 진심으로 경이롭게, 심지어 존경스러워하는 시선으로 바라본 모양이다)! 그 여자는 말 그대로 온몸이 완전히 피투성이었어요. 게다가 몹시 흥분한 상태라 제정신이 아닌 것처럼 보였죠. 저기 나오는 대로 양팔을 사방으로 허우적거리면서 마냥 제자리를 맴돌더라고요……"

화면에서 한순간 두 사내는 잠시 얼어붙은 것처럼 보인다. 동료의 어깨를 거칠게 밀쳐서 총탄을 빗나가게 한 작자는 챙겨들고 온 가방을 바닥에 내던진다. 그러고는 양팔을 휘두르면서 격한 몸짓을 해 보인다. 복면에 가려 벌어지는 입가의 윤곽밖에 보이지 않지만, 상대에게 무슨 말인가를 거칠게 내뱉고 있는 것 같다.

안을 겨누고 있던 총잡이는 이제 자세를 풀고 소총을 내린다. 하지만 그의 손은 여전히 총을 꽉 움켜잡고 있다. 그가 망설이고 있는 게 느껴진다. 하지만 결국 현실 원칙이 우위에 선다. 그는 포기하기로 하고 그녀가 있는 방향으로부터 아쉬운 듯 뒤돌아선다. 그의 눈에는 아마도 그녀가 또다시 일어나서 모니에 상가 출구를 향해 필사적으로 비틀거리며 달아나고 있는 게 보였을 것이다. 하지만 이제는 시간이 촉박하다. 어디선가 경보음이 울려 퍼지는 것 같다. 경보음은 오랫동안 멈추지 않고 지속된다.

공범이 가방들을 챙겨든 후 하나를 총잡이에게 넘겨준다. 이제는 결단을 내려야 할 순간이다. 두 사내는 급히 달아나기 시작한다. 이내 비디오 화면에서 두 사내의 모습이 사라지려 한다. 그런데 불과 몇 초 만에 발길을 돌린 총잡이가 화면 오른쪽에서 도로 튀어나오는 게 보인다. 그는 안이 달아나느라 내팽개쳐둔 손가방을 챙겨든 후 다시 달아난다. 이번에는 정말로 돌아오지 않을 것 같다. 짐작대로 두 사내가 우선 향해 간 곳은 방금 전의 공중화장실이다. 그러고는 얼마 지나지 않아 다미아니 거리로 나와 거기서 자기들을 기다리고 있던 일당의 차량을 타고 어디론가 사라졌을 것이다.

안은 아직도 어디가 어디인지 몰라 헤매고 있다. 하지만 걷다 넘어지고 그럼에도 다시 일어나 걷다보니 놀랍게도 어느덧 상가에서 빠져나와 길가에 다다르게 된다.

"온몸에 피를 철철 흘리는 몰골로 어디론가 마냥 걸어가고 있었어요…… 그 모습이 얼마나 끔찍했는지. 꼭 좀비 같아 보였다고요!"

이런 목격담을 늘어놓은 사람은 새카만 머리칼에 피부는 구릿빛으로 물든 남미 출신의 20대 아가씨이다. 그녀는 상가 모퉁이에 있는 미용실에서 일하다가 커피를 사러 나온 길이었다.

"그때 하필 미용실 커피메이커가 고장 나서 손님들한테 돌릴 커피를 사러 다녀와야 했어요."

대뜸 나서서 말을 가로챈 것은 미용실 원장이다. 그녀의 이름은 야닌 귀에노. 베르호벤 앞에 장승처럼 버티고 서 있는 모습이 꼭 여자 포주 같은 카리스마를 풍기는데, 어쩐지 이 여인의 이력을 암시하는 특성이 아닐까 싶기도 하다. 거기에는 뭔지 모를 책임감 같은 태도도 포함돼 있다. 말하자면, 그녀가 거느리며 딸내미처럼 여기는 아이들 가운데 하나가 별다른 목적도 없이 사내들과 길거리에서 노닥거리는 것을 절대로 묵인하지 못하는 태도라고도 할 수 있다. 아가씨가 커피를 사러 나갔든, 미용실의 커피메이커가 고장 났든 그런 건 지금 과히 중요치 않은 사실이다. 카미유는 대충 집어치우고 넘어가라는 손짓을 해 보인다. 하지만 되짚어보니 그럴 게 아니다. 거기서도 뭔가 건져낼 만한 단서가 있을 수 있다.

안이 처참한 몰골로 이리저리 헤매고 다니던 순간에 미용사 아가씨는 쟁반에 커피 다섯 잔을 받쳐 들고 종종걸음 쳐서 미용실로 되돌아와야 했다. 이 동네 미용실 손님들은 돈이 많긴 해도 까탈이 심해서 가게에 들렀다 하면 고객의 권리를 과용하기 일쑤였다.

"커피가 식었다 하면 아주 난리가 나거든요." 미용실 원장이 지긋지긋하다는 눈빛으로 덧붙인다.

중요한 건 젊은 미용사 아가씨의 목격담이다.

거리에 있는 동안 두 번의 폭발음에 완전히 혼비백산해서 얼이 빠지다시피 한 그녀는 커피 잔이 든 쟁반을 뒤엎지 않도록 조심하면서 허겁지겁 달아난다. 그런데 그때 온몸에 피를 뒤집어쓰고 비틀거리며 상가 출구에서 걸어나오는 미친 여자와 맞닥뜨린다. 안의 모습에 미용사 아가씨는 또 한 번 대경실색한다. 두 여인이 서로 충돌하면서 급기야 쟁반이 날아간다. 미용사 아가씨는 쟁반에서 쏟아진 커피를 파란 투피스의 미용실 유니폼에 잔뜩 뒤집어쓰게 된다. 총성, 쏟아진 커피, 그러느라 잃어버린 시간 따위는 모두 그냥 넘어가도 좋다. 하지만 미용실 유니폼은 문제가 될 만하다. 다시금 미용실 원장이 목청 높여 끼어든다. 당시 상황에서 입은 피해 현황을 몸소 보여주겠다는 것이다. 아니요, 괜찮아요, 됐습니다. 카미유가 손사래를 처가며 사양하자 그녀는 어디에 피해보상 청구를 해야 하느냐고 묻는다. 정해진 법에 따라 통지가 오겠지요, 다 괜찮을 거예요. 카미유로서는 괜찮을 거라는 말밖에 반복할 수 없다.

"그런데 말이죠, 그 여잔 멈춰 서지도 않고 마냥 어디론가 계속 걸어가더라니까요……!" 마치 가벼운 화제를 던져 어떤 은밀한 거래를 제의하듯, 미용실 원장은 불쑥 안에 관한 이야기를 꺼낸다.

이제 그녀는 당시 상황을 자기가 직접 겪은 것처럼 늘어놓기 시작한다. 자신이 '딸내미'처럼 거느리는 여종업원이 직간접적으로 연관

된 일인 데다 무엇보다 그 사건으로 인해 미용실의 재산인 유니폼을 망쳤으니 이야기의 주도권이 의당 자기에게 있다고 우기려는 눈치다. 미용실 유니폼이 커피를 흠뻑 뒤집어썼으니 최소한 그럴 권리가 있지 않겠냐는 것이다. 이 일은 연쇄적으로 그녀의 고객들에게도 악영향을 미쳐 매상 손실까지 우려된다. 이때 카미유가 미용실 원장의 팔을 붙들고, 그녀는 어리둥절해하는 눈길로 그를 내려다본다. 꼭 길 가다 똥이라도 밟은 듯한 기색으로.

"저기, 이봐요······" 카미유는 매우 나지막한 목소리로 말을 잇는다. "그딴 소리는 이제 그만 집어치우시고."

카미유의 말에 미용실 원장은 기가 막혀 제 귀를 못 믿겠다는 표정을 짓는다. 난쟁이 똥자루만한 게 뭐 이딴 인간 말종이! 미용실 원장의 표정에서 그런 속내가 빤히 읽히지만 베르호벤도 지지 않고 그녀를 정면으로 노려본다. 꽤나 위협적인 눈길이다. 이렇게 불길한 전운이 감도는 사이로 미용사 아가씨가 끼어든다.

"그 여자는 심하게 부들부들 떨고 있었어요······" 화제를 전환해보려는 의도에서인지 미용실 아가씨는 당시 마주친 안의 상태를 구체적으로 증언한다.

카미유는 그녀를 향해 돌아선다. 더 자세히 알고 싶다. 뭐라고요, 그 여자가 부들부들 떨고 있었다고요? 네, 입에서는 작은 비명소리가 새어나오는 것 같았고요, 뭐랄까······ 하아, 말로 전하기가 힘드네요······ 어떻게 말해야 할지 잘 모르겠어요. 괜찮아, 천천히 말해봐. 뜻밖에도 원장이 거든다. 그런 태도로 방금 전의 불화를 만회라도 하겠다는 듯이. 무슨 속셈인지 몰라도 여하튼 그녀는 팔꿈치로 '딸내미'처럼 거느리는 여종업원의 옆구리를 툭툭 건드리기까지 한다. 이 양반 얘기대로 그때 무슨 일이 있었는지 서두르지 말고 말해봐. 울음소리가 들렸어요. 무슨 울음소리? 아가씨는 원장과 카미유를 둘러본다. 눈빛이 불안하게 흔들린다. 사람들이 지금 자기에게 뭘 바라는지, 자신이 여기서 뭘 해야 하는지 정확히 이해하지 못하는 듯 보이기도 한다. 그런데 난데없이, 자기가 들었다는 울음소리를 말로 묘사하는 대신 그녀는 그 소리를 그대로 흉내 내려 한다. 우는 소리를 내는가 싶더니 괴이한 신음소리로 옮겨간다. 그때 들려온 신음소리의 음역이 어디쯤인지 탐색하려는 듯이. 히, 히, 가만히 들어보니 헝, 헝에 더 가까운 것 같다. 맞아요, 그런 소리를 냈어요. 자신의 소리에 신경을 곤두세우며 그녀가 말한다. 헝, 헝, 정확한 음역대를 찾아낸 그녀는 마음껏 성량을 높인다. 눈도 깊이 감았다가 번쩍 떴다가 한다. 그렇게 얼마간 헝, 헝 하는 그 모습이 마치 곧 오르가슴에 다다르려는 여자 같다.

이곳은 꽤 많은 사람들이 지나다니는 길가다(게다가 근방에는 시청 직원들이 몰려나와 안이 흘린 핏자국을 씻어내고 있다. 핏자국은 인근의 도랑까지 길게 이어져 있고, 여전히 선연한 핏물 얼룩 위로 숱한 행인들이 오간다. 그걸 보는 카미유의 마음이 아프다……). 행인들은 키 1미터 45센티의 난쟁이 형사 하나가 구릿빛 피부의 젊은 아가씨로 하여금 오르가슴의 교성을 지르게 해놓고 그걸 즐기듯 바라보고 있는 진경을 마주하게 된 셈이다. 더욱 흥미롭게도 그 옆에선 한 중년 부인이 포주 같은 눈길로 이들을 감시하고 있다. 어디 가서 보기 힘든 희대의 구경거리가 아닐 수 없다. 자기 점포 앞에 나와 있던 다른 가게 주인들도 이 장면을 목격하고는 황당해하기는 마찬가지이다. 이 일대에서 총성이 울렸다는 것만으로도 모니에 상가에는 별로 바람직하지 못한 광고인데, 이제는 그것도 모자라 아예 동네가 매음굴이 될 판이다.

카미유는 지금까지 접수한 증언들을 취합하여, 거기에 공통된 접점들을 통해 사태의 전말을 헤아려보기로 한다.

안은 모니에 상가에서 빠져나와 조르주 플랑드랭 가로 향한 것 같다. 34번지와 가까운 지점이다. 그런데 거기서 길을 잃고 당황하여 오른쪽으로 발길을 튼 후 교차로가 있는 방향으로 거슬러 올라간다. 방금 전의 미용사 아가씨와 맞닥뜨린 위치가 바로 그 근방이다. 하지만 그녀는 멈추지 않고 계속 그 길을 따라간다. 그러더니 한 발 한 발 가까스로 걸음을 내디디며 길가에 세워진 차량들로 다가가 차체에 엉겨붙으려 한다. 평평하게 손바닥 모양으로 찍힌 핏자국이 차체의 지붕과 문짝에 남아 있다. 머리부터 발끝까지 피를 뒤집어쓴 여인의 출현은, 사람들에게 상가에서 들려온 폭음이 예사롭지 않은 조짐이었다는 증거로 받아들여지기에 충분했을 것이다. 그녀는 이리저리 아무렇게나 표류하듯 흐느적거리면서도 계속 걷는다. 스스로도 걸음을 멈출 수 없는 것처럼 보인다. 도대체 자기가 뭘 하고 있는지, 지금 어디에 있는지, 어디로 향해 가고 있는지 전혀 알지 못한다는 듯이. 그저 술 취한 여인네처럼 괴이한 신음소리를 입가에 흘릴 뿐이다. 그래도 그녀는 계속 앞으로 걸음을 내딛는다. 그녀가 다가오자 길가의 행인들이 옆으로 비켜선다. 그래도 그중에서 누군가가 과감하게 말을 붙인다. "부인, 괜찮으세요?" 하지만 온통 피로 얼룩진 안의 참혹한 몰골에 그는 질겁하고 만다……

"형사 양반, 나로서는 그때 그 여자가 정말로 너무 무서웠다오…… 그러다보니 도무지 어찌해야 할지를 모르겠더라고."

그의 얼굴이 심하게 일그러진다. 노인의 얼굴은 평온하게 가라앉아 있지만 보기 안쓰러울 정도로 앙상한 목선에 백내장을 앓고 있는지 눈길이 다소 흐리멍덩해 보인다. 카미유는 속으로 되뇌어본다. 내 부친도 말년에 이런 모습이었는데 말이지. 한마디 할 때마다 노인은 지긋이 명상에 잠긴 표정을 짓는다. 눈은 줄곧 카미유에게 고정돼 있지만 그 시선에는 어쩐지 자욱한 안개 같은 게 끼어 있는 듯 보인다. 그리고 한번 멈췄다가 말문을 다시 열기까지 시간이 한참이나 걸린다. 그는 몹시 유감스럽다는 듯 목선만큼이나 앙상한 두 팔을 벌린다. 카미유는 휘몰아치는 감정의 격랑에 휩싸여 목울대만 벌렁거린다.

노신사는 "부인, 괜찮으세요?"라는 말로 그녀를 불러 세우긴 했지만 그 이상 뭘 어떻게 해보려는 엄두는 내지 못한다. 그녀는 몽유병에 걸린 여인 같다. 노신사는 그녀가 지나가도록 순순히 길을 내주는 수밖에 없다. 안은 다시 앞을 향하여 걸음을 내딛는다.

그러고는 다시 오른쪽으로 방향을 튼다.

왜냐고 물을 필요도 없다. 어차피 그 대답은 누구도 알지 못하니까. 거기서 오른쪽 방향으로 틀면 다미아니 거리가 나오기 때문일 수도 있다. 안이 그 거리에 나타나고 나서 불과 2, 3초 만에 강도 일당의 차량이 맹렬한 속도로 돌진해온다.

바로 그녀가 서 있는 방향이다.

불과 몇 미터 앞에 자기가 방금 전 처치하려 했던 상대가 보이자 그 총잡이 녀석은 다시금 소총을 꺼내든다. 미뤄졌던 일거리를 깨끗하게 마감해야 하는 것이다. 강도 일당의 차량은 안과의 거리가 좁혀지자 속도를 늦춘다. 녀석의 총구가 다시금 그녀를 겨냥한다. 정말 눈 깜짝할 사이에 벌어진 일이다. 그녀는 자기에게 겨눠진 소총을 알아보면서도 더 이상 어찌할 수가 없다.

"그 여자는 자기한테 다가오는 차를 마냥 바라만 보고 서 있더군요." 노신사가 다시 말을 잇는다. "뭐랄까요…… 마치 그 차를 기다리고 있던 것처럼 말이지요."

그래놓고 노신사는 자기가 혹여 말실수나 한 게 아닌지 겸연쩍어한다. 카미유는 너그러이 양해해준다. 그가 말하고 싶은 것은 그러니까 그녀가 당시 너무나도 지쳐 있었다는 것이다. 그토록 참혹한 폭력을 겪고 난 뒤였으니 이제는 죽을 마음을 먹는 게 당연할 수도 있다. 모든 이들이 다 거기에 입을 모아 동의할지도 모른다. 안, 총잡이, 노신사, 숙명, 그밖에 모든 이들이. 미용사 아가씨조차도 이런 말을 늘어놓고 있다.

"차창 밖으로 총구 하나가 슬그머니 튀어나오는 게 보였어요. 그 여자분 눈에도 분명히 그게 보였을 거예요. 사람들이 다 그 총구가 어디로 향하는지 놀란 눈으로 바라보고 있었어요. 그런데도 그 여자분은 총구를 향해 담담히 서 있기만 하더라고요. 이게 어떤 상황이었나 이해되실지 잘 모르겠네요."

그 순간 카미유는 호흡을 멈춘다. 모든 사람들이 다 그 사실에 동의하고 있다. 하지만 정작 강도 차량을 몰던 운전사는 생각이 좀 달랐던 게 아닐까 싶다. 카미유에 따르면—그는 이 문제를 가지고 한참 동안이나 숙고에 숙고를 거듭했다—운전사는 굳이 안을 살해하려는 목적이 대체 뭔지 정확히 파악하지 못하고 있었다. 대기하던 중 거리에서 총성이 들려왔을 때부터 그는 뭔가 일이 이상한 쪽으로 흐르고 있음을 직감했다. 게다가 탑승하기로 약속된 예정 시각도 훨씬 넘겼다. 불안하고 초조해져서 그는 클랙슨을 빵빵 울려대야 했다. 더 이상 못 참고 그냥 혼자 달아나버릴까 망설이던 차에 때마침 일당이 이쪽으로 부랴부랴 튀어나오는 게 보였다…… 누가 죽기라도 한 걸까? 그는 혼자 궁금해한다. 죽었다면 도대체 몇 명이나? 이윽고 강도 일당이 차에 오른다. 심상치 않은 상황에 다급해진 운전사는 황급히 차를 출발시킨다. 그런데 거리의 모퉁이로 돌아나가려는 순간—그는 200미터가량 달려 나가다 교차로에 접어들자 속도를 늦춰야 했다—온몸에 피를 뒤집어쓴 여자가 보도 위에서 비틀거리고 있는 게 보인다. 그녀를 알아보자마자 총잡이 녀석은 그에게 뭐라고 고함을 쳐댄다. 아마도 속도를 늦춰달라는 요구였을 것이다. 운전사는 하는 수 없이 녀석의 요구대로 급작스럽게 속도를 낮춘다. 그러자 녀석은 별안간 승리의 함성을 내지르며 혼자 신이 나서 뭐라고 지껄여댄다. 마지막 기회야. 이 기회를 놓칠 수야 없지. 이건 거의 운명적인 만남이군그래. 마치 생이별한 누이와 예상치 못하게 마주친 것 같은 태도다. 놓친 줄 알았는데, 오호라, 바로 여기 있네! 그러더니 소총을 꺼내들고 피투성이 여자에게 겨누려 든다. 당장이라도 방아쇠를 당기고 말 것만 같다. 그런데 지금 거리에는 목격자로 나설 행인들이 꽤 많다. 게다가 운전사는 도대체 상가에서 무슨 일이 벌어졌는지조차 모른다. 어물어물하다가는 영문도 모른 채 공범으로 굳어질 판이다. 이번 건수는 엄청나게 안 좋은 쪽으로 흘러가버렸군. 정말 일이 이 지경으로 흐를 줄은 생각도 못 했는데……

"그 차가 급정거를 했어요." 미용사 아가씨가 말한다. "갑자기 딱 멈춰 섰어요! 그 바람에 끽 하는 소리가 엄청 시끄럽게 나더라고요……"

포석에 남은 타이어 자국을 채취해서 조사해본 결과 강도 차량은 포르셰 카이엔 차종으로 밝혀졌다.

차가 갑자기 멈춰 선 탓에 차에 타고 있던 강도 일당은 균형을 잃고 거꾸러질 수밖에 없었다. 물론 총잡이 녀석도 포함해서. 그 바람에 녀석의 총탄이 빗나가면서 길가에 세워져 있던 어느 차량의 문 두 짝과 유리창을 박살낸다. 멍하니 죽을 준비를 하듯 안이 서 있던 지점은 그 차 바로 옆이다. 또 한 번 울린 총성에 놀란 거리의 행인들은 거동이 불편해서 그럴 여유가 없는 노신사만 제외하고 일제히 바닥에 엎드린다. 그때 그녀가 제자리에서 쓰러진다. 운전사는 부랴부랴 가속페달을 밟는다. 강도 일당의 차량이 튀어 오르면서 다시금 포석에 타이어 긁히는 굉음을 낸다. 미용사 아가씨가 바닥에서 몸을 일으켰을 때 그녀의 눈에 들어온 것은 노신사가 한 손을 벽에 댄 채 다른 손으로는 자신의 가슴을 짚고 있는 모습이다.

안은 보도에 누워 있다. 그녀의 양팔은 도랑에 빠져 있고 두 다리는 빗나간 강도의 총탄에 날벼락을 맞은 차량 밑에 들어가 있다. "온몸이 반짝이더군요." 노신사는 그렇게 표현했다. 박살난 앞 유리창의 파편들이 사금파리처럼 그녀의 몸을 뒤덮고 있기 때문이었다.

"꼭 흰 눈에 파묻혀 있는 것처럼 보입니다······"

10시 40분

터키인들은 매사에 불만이다.

모든 일들에 대해 불만스러워하기 일쑤다.

거구의 사내가 딱딱하게 굳은 표정으로 조심스럽게 차를 모는 중이다. 그러다 에투알 광장을 가로질러 그랑드 아르메 대로로 접어들면서 별안간 그가 핸들 위에서 주먹을 꽉 움켜쥔다. 눈썹이 씰룩거린다. 보란 듯이 자기 감정을 드러내려는 게 아니라면, 그쪽 인간들은 원래 표현 방식이 이런 것일 수도 있다.

사실 더욱 격앙되어 있는 쪽은 운전사의 동생 녀석이다. 녀석의 인상은 꽤나 험상궂다. 괴상한 갈색 머리와 사나운 안색에 까탈이 심하고 다혈질인 성깔이 고스란히 엿보인다. 이 친구 역시도 꽤나 말이 많은 편이다. 게다가 툭하면 위협적으로 검지를 흔들어댄다. 피곤한 노릇이다. 뭐라고 지껄여대는지 한 마디도 알아들을 수가 없다. 나야 스페인 출신이니····· 그래도 무슨 말을 하는지 눈치껏 짐작할 수는 있다. 그러니까 그게 무슨 말이냐면, 우리가 여기 와 있는 이유는 재빨리 해치울 짭짤한 한탕거리에 솔깃해서였지 결코 총싸움 놀이나 하자고 온 게 아니란 말이야, 라는 뜻이다. 그러고는 내 앞에 대고 양손을 활짝 펴 보인다. 만약에 내가 당신을 말리지 않았다면 어찌됐을까?라고 하듯이. 이 와중에 착한 척이라니, 질색이다. 그는 고집스러운 표정으로 이것저것 집요하게 따져 묻는다. 만약 그 여자가 정말로 죽었다면 일이 어떻게 돌아가게 될까 궁금한 모양이다. 그러더니 난데없이 버럭 화를 내기 시작한다. 우리 목적은 그저 금은방이나 터는 거지, 절대 누군가를 쏴 죽이는 게 아니었다고.

정말 피곤한 녀석이다. 내 성격이 그래도 차분한 편이니 망정이지 열 받기 잘하는 성격이었으면 여기서 어떤 사태가 벌어졌을지 모른다.

아무려나 상관은 없지만 옆에서 듣고 있기가 고역이다. 이 녀석은 제풀에 지칠 때까지 나를 들들 볶아댈 모양이다. 기력을 좀 비축해두는 게 나을 텐데. 그래야 내가 한 방 날리기 전에 반사신경이 원활해져서 주먹을 피할 수 있을 테니까.

모든 일이 예상대로 진행되지만은 않았다. 그래도 전반적인 목표는 달성했다. 중요한 건 그거다. 큼지막한 가방 두 개가 바닥에 놓여 있다. 일단 상황을 지켜볼 필요가 있다. 이건 단지 시작에 불과하다. 여건만 괜찮다면 상황을 거슬러 올라가서 다른 가방들까지도 다 찾아낼 수 있을 것이다. 운전사도 바닥에 놓인 가방을 힐끔거린다. 그러고는 자기 동생에게 무슨 말인가 건넨다. 아마도 두 사람은 어떤 사안에 대해 합의를 본 모양이다. 운전사가 동의한다는 고갯짓을 해 보인다. 그들은 객지 생활의 외로움을 잊으려는 듯이 조촐하게 밥상을 차려 함께 식사하기로 한 것이다. 그리고 나서는 그들이 청구할 보상액을 산정하겠지. '청구할 보상액'이라…… 현실을 잊고 단꿈에 젖은 헛소리다. 이따금 동생 녀석은 내 말을 끊고 뭔가를 자꾸 물어보려 한다. '돈', '분배하자' 정도의 두세 마디만 알아들을 수 있을 뿐이다. 도대체 그런 말은 어디서 배워 왔는지 궁금하다. 이들이 프랑스에 머문 시간은 기껏해야 스물네 시간밖에 안 되는데. 터키인들은 본래부터 외국어를 익히는 데 능숙한 모양이다. 여하튼 그건 아무려나 상관없다. 당장 겪어야 할 최악의 고충은, 유감스럽다며 우거지상으로 두목에게 머리를 조아리는 것이다. 당황해서 몸 둘 바를 모르는 척까지 해야 한다. 허리도 잔뜩 구부려야 한다. 차는 벌써 생투앙으로 접어들고 있다. 이대로만 달린다면 제 시간에 도착하는 건 문제없겠다.

차창 밖으로 교외 풍경이 사열하듯 연이어 지나간다. 터키 녀석이 뭐라고 지껄여대든 그건 신경 쓸 만한 게 못 된다. 하지만 이내 창고 앞에 도착하자 차 안의 분위기는 방금 전처럼 와자지껄한 게 아니라 숨도 쉬지 못할 듯이 돌변했다. 다들 삼엄한 최종변론을 앞둔 피고의 기분이다. 동생 녀석이 목청 높여 질문 하나를 꺼낸다. 하지만 이미 여러 번 똑같이 되풀이한 질문이다. 녀석은 대답해달라고 졸라댄다. 이번에는 위협적으로 보이려는 속셈인지 검지를 흔든다. 굳게 말아 쥔 제 주먹을 서로 맞부딪히기까지 한다. 그런 짓은 터키의 이즈미르 같은 곳에서라면 명쾌하게 소통 가능한 제스처인지 몰라도, 여기 생투앙에서는 분위기가 심각해진다. 물론 요구와 위협이 담긴 대강의 의도를 이해하지 못하는 건 아니다. 그럴 때는 머리를 끄덕여 보이거나 그러겠다고 말해줘야 한다. 다행히도 서로 의견을 맞추는 데 성공했으니, 최소한 거짓말을 둘러댈 필요는 없게 된 셈이다.

그러는 동안 운전사는 벌써 차에서 내렸다. 하지만 그가 아무리 창고 자물쇠에 대고 용을 써 봐도 닫힌 철제 셔터를 열 방도는 없다. 그가 이쪽저쪽으로 열쇠를 돌려보지만 자물쇠는 끄떡도 하지 않는다. 그는 황당해하는 표정으로 차를 향해 돌아선다. 잠시 뭔가 숙고해보는 듯한 모습이다. 그러더니 다시 철문으로 다가간다. 이내 우레와도 같은 굉음이 들려온다. 다시 한번 열리지 않는 철제 셔터와 씨름하는 동안 그의 얼굴에서 땀이 비오듯 흘러내린다. 길을 잃을 염려는 없다. 이 기다란 막다른 골목은 어차피 아무 데로도 통하지 않는다. 하지만 이런 미궁에서 헤매는 짓이 너무 오래가지 않기만을 바랄 따름이다.

그들에겐 난관 하나가 또 추가된 셈이다. 그것도 아주 지독한 종류로. 동생 녀석은 결국 폭발 직전까지 다다랐다. 아무것도 예상대로 진행되지 않고 있다. 그는 뭔가 사기 당했다는 기분에 사로잡힌 듯하다. 배신감이 엄습한다. "좆같은 프랑스 새끼들!" 이 순간 나는 당황한 기색을 보여야 한다. 철문이 열리지 않은 까닭은 아무도 몰라야 한다. 원래 예정대로라면 우리가 가져온 열쇠로 쉽게 철제 셔터를 열 수 있어야 한다. 어제 예행연습까지 해보지 않았나. 놀라고 당황한 표정으로 나는 일단 차에서 내린다.

모스버그 500에는 탄환이 일곱 발 장전되어 있다. 하이에나나 잉카인들처럼 저들과 으르렁댈 게 아니라 탄환 개수나 헤아릴 일이다. 그게 더 낫다. 정해진 자물쇠와 준비한 열쇠가 맞지 않을 때는 뭔가 다른 쪽으로 머리를 굴리는 게 더 낫다는 점을 이제 그들도 깨닫게 될 것이다. 나로서는 일어서서 차문을 열고 나와 철제 셔터까지 다가간 후, 내가 한번 해보겠다며 그 터키 운전사를 밀쳐내기만 하면 된다. 그러고서 뒤돌아서기만 하면 가장 이상적인 위치를 확보하게 된다. 이제 남은 것은 총구를 운전사의 가슴에 찔러 넣고 그를 제압하여 콘크리트 벽 앞에 몰아세울 때까지 탄환이 충분할까 헤아리는 일뿐이다. 그러고 나서는 총구를 돌려 아직 차에 남아 있는 동생 녀석을 해치우면 된다. 앞 유리창을 뚫고 머리통에 박힐 탄환 한 발이 녀석의 불만과 분노를 영원히 가라앉혀주겠지. 그야말로 전광석화처럼. 앞 유리창이 산산조각 날 테고 문짝의 창도 피로 얼룩지겠지만 이제는 아무려나 상관없다. 그러고 나면 조심스럽게 다가가서 결과를 확인해봐야 한다. 녀석의 머리통은 내가 쏜 총탄에 흔적도 없이 날아가 몸체에는 잘린 목밖에 붙어 있지 않을 것이다. 머리통 없는 몸체는 그 순간에도 여전히 꿈틀거리고 있겠지. 닭들이 모가지를 잘리고도 계속 달아나려 애쓰듯 말이다. 이 터키 놈들도 그와 별 다를 바가 없다.

모스버그의 총성은 꽤 큰 편이지만, 다행히 여진이 오래 가지 않아 이내 사방은 숨 막힐 듯 적막해진다.

자, 이제는 더 이상 머뭇거릴 시간이 없다. 가방들을 한쪽으로 치워둔다. 맞는 열쇠를 꺼내 창고의 철제 셔터를 연다. 거구의 형을 차고 안에 끌어다놓는다. 두 토막 난—시신을 훼손했다는 죄책감 따위는 개의치 않겠다. 그가 되살아나서 내게 보복해 올 것도 아니니 대수롭지 않다—동생 녀석의 시신과 함께 차량을 안으로 밀어 넣는다. 문을 닫아건다. 그러면 끝이다.

이제는 가방을 도로 챙겨서 막다른 골목 끝까지 간 후 거기 미리 세워둔 렌터카에 타기만 하면 된다. 아직 모든 게 끝난 건 아니다. 따지고 보면 여전히 시작 단계조차 통과하지 못한 셈이다. 말끔하게 마무리를 지어야 한다. 휴대폰을 꺼내서 사제 폭발물의 뇌관이 풀리도록 비밀번호를 입력한다. 엄청난 폭음의 진동에 이곳까지 뒤흔들리는 것 같다. 물론 나는 그 지점에서 충분히 멀리 떨어져 있지만, 어쩐지 기류를 타고 날아온 폭음이 렌터카에 그 여진을 전하는 듯 느껴진다. 40미터 이상 떨어져 있는데도 말이다. 실로 굉장한 폭발이다! 창고 안에 남은 터키인들은 곧장 천상의 낙원행이다. 이 바보천치 같은 녀석들은 그곳에서 마음에 드는 처녀들의 젖가슴을 실컷 주무를 수 있겠지. 검은 연기 한 다발이 창고 작업장 지붕 위로 매캐하게 솟아오른다. 그 작업장들은 대개 벽돌로 지었는데, 시청 측에서는 그 일대를 재개발지구로 지정해 조만간 매입할 계획이라고 했다. 방식이야 어찌됐든, 나는 방금 함께하는 공동체 사회에 도움의 손길을 보탠 셈이다. 아무렴, 때로는 강도질이 공공 서비스에 기여할 수도 있는 법. 약 30초 후면 소방차들이 출동하게 될 것이다. 시간을 허비할 여유가 없다.

보석들로 가득 찬 가방 두 개는 북부역 임시보관소에 잠시 맡겨둘 예정이다. 그러면 장물아비가 사람을 보내 그것들을 챙겨 갈 것이다. 열쇠는 마젠타 대로의 우체통에 버리기로 한다.

자, 이제는 앞으로 이어질 상황들을 한번 가늠해보자. 모든 살인자는 범행 장소에 반드시 되돌아온다는 속설이 있다.

어디 한번 그 전통을 존중해보기로 하자.

11시 45분

아르망의 장례식으로 향하기 두 시간 전, 카미유는 혹시 안 포레스티에라는 여자와 아는 사이냐고 묻는 전화 한 통을 받는다. 그의 전화번호가 안의 휴대폰에 마지막 통화 상대로 찍혀 있겠다는 생각이 언뜻 뇌리를 스쳐간다. 그 생각에 불현듯 등골이 오싹해진다. 누군가의 사망 소식은 흔히 이런 식으로 알려지지 않던가.

하지만 그녀는 죽은 게 아니다. "괴한에게 폭행을 당한 후 방금 막 병원에 실려 와 있습니다." 연락해 온 담당 직원의 목소리에서 카미유는 그녀가 상당히 위중한 상태임을 곧바로 직감한다.

실제로도 안은 현재 몹시 위중한 상태이다. 사건에 관하여 뭔가 물어볼 수도 없을 만큼 극도로 심신이 쇠약해져 있다. 이 사건의 수사를 맡은 경찰들은 피해자의 상태가 호전되면 그때 가서 연락을 하거나 다시 만나러 오겠다는 말밖에 할 수가 없었다. 그녀와 면회하기 위하여 카미유는 입술이 유난히 얇고 오른쪽 눈에 약간의 틱 증상이 있는 30대 수간호사와 오랜 시간 협상을 벌여야만 했다. 수간호사는 너무 오랫동안 머물지 않는다는 조건으로 카미유의 면회를 허락했다.

그는 응급실 문을 밀고 안으로 들어서려 했지만 한동안 문설주 앞에서 머뭇거린다. 형편없이 망가진 그녀의 모습과 마주하는 게 너무도 고통스러워서이다.

카미유의 눈에 가장 먼저 들어온 것은 붕대로 칭칭 감긴 그녀의 머리다. 혹시 머리통이 트럭에 깔린 게 아닐까 싶은 걱정이 앞선다. 그녀의 얼굴 반쪽은 거대하게 부풀어 오른 검푸른 혈종으로 뒤덮여 있어서 흡사 뭉개진 얼굴 속에 파묻힌 것처럼 눈의 형체조차 사라진 듯 보인다. 얼굴 왼쪽에는 10센티미터쯤 되는 긴 외상이 시뻘겋고 누런 봉합선을 따라 드러나 있다. 심하게 찢긴 입술과 시퍼렇게 피멍이 든 눈꺼풀은 퉁퉁 부어 있다. 골절된 코도 평소보다 세 배쯤 부풀어 오른 것 같다. 아래 잇몸 양쪽에 나 있는 상처가 꽤 치명적으로 보인다. 가볍게 벌어져 있는 그녀의 입에는 타액이 유지되도록 수분을 공급해주는 호스가 끼워져 있다. 그녀는 한순간에 노파로 변한 것만 같다. 시트 위에는 양팔이 놓여 있는데, 손가락 마디까지 부목을 덧댄 붕대로 두껍게 감겨 있다. 오른손 붕대는 덜 두꺼워 보이지만 깊은 열상의 봉합 자국을 감추고 있다.

카미유가 여기 와 있다는 것을 알아보자 그녀는 그에게 손을 내밀려고 버둥거린다. 그녀의 시선이 눈물로 뿌옇게 흐려진다. 그러다 기력이 다했는지 그녀는 잠시 두 눈을 감았다 다시 뜬다. 그녀의 두 눈은 간유리처럼 불투명하고 탁하다. 탐스럽도록 밝은 에메랄드빛은 그 눈망울에서 자취를 감추고 만 것 같다.

머리를 한쪽으로 기울이고서 그녀는 쉰 목소리로 뭔가를 말해보려 한다. 입에 재갈이 물려 있는 듯 혀를 놀리는 일마저 버겁고 고통스러워 보인다. 순음(脣音)을 내기가 여의치 않지만, 그래도 그녀가 하는 말은 가까스로 알아들을 만하다.

"나 아파요……"

카미유로서는 목이 메어 아무 말도 할 수가 없다. 그녀는 뭔가를 계속 말하고 싶어 한다. 카미유는 그런 그녀를 진정시키고자 시트에 자신의 손을 올린다. 지금 그로서는 그녀의 몸에 손을 댈 엄두조차 내기 어렵다. 그런데 그녀가 돌연 신경이 곤두선 듯 짜증스러운 기색을 보인다. 그는 뭘 해줘야 좋을지 몰라 허둥거린다. 누구를 불러달라고? 그녀의 눈에 열꽃이 피는 것 같다. 그녀는 절박하게 지금 뭔가를 표현하고 싶어 한다.

"부…… 주…… 마……"

돌발적으로 터진 폭행 사건에 안은 여전히 넋이 빠져 있는 듯하다. 애초부터 괴한들이 노린 것도 그녀의 넋을 쏙 빼놓는 게 아니었을까 싶을 정도다.

카미유는 그녀에게 가까이 상체를 숙여 그녀가 하고자 하는 말에 유심히 귀 기울인다. 그러면서 이해하는 척하기도 하고 미소 짓는 시늉도 한다. 발음하는 것으로 보아 그녀는 앞으로 영원히 묽은 죽만 먹으며 살아야 할지도 모른다. 카미유는 형편없이 해체된 모음들을 재구성하려 한다. 하지만 몇 분이 지나자 거기에 매달리기보다는 차라리 그녀가 하고자 하는 말들을 어림잡아 헤아려가면서 의미를 유추해보는 게 낫겠다는 생각이 든다. 그러자 그녀의 말을 이해할 단서가 잡힌다. 이렇게 빨리 적응하다니 스스로도 참으로 대견한 일이 아닐 수 없다. 완벽하다. 하지만 그 의미는 맥이 풀릴 정도로 별것 아니다.

그가 이해하기로 그녀가 하고자 한 말은 "갑자기 붙들려서 죽도록 맞았어요"쯤 된다.

그녀의 눈썹은 위로 잔뜩 치켜져 올라가 있다. 두 눈은 두려움에 짓눌려 동그랗게 굳어 있다. 마치 지금도 자기를 폭행한 사내가 그녀 앞에 와 있기라도 한 것처럼, 금세라도 그 작자가 지팡이로 자기를 폭행할까봐 걱정스러운 것처럼. 카미유는 손을 내밀어 그녀의 어깨에 살며시 올려놓는다. 순간 안은 발작적으로 울음을 터뜨리고 만다.

그러고는 말한다. "카미유……"

그녀는 이쪽저쪽으로 고개를 돌린다. 그녀의 목소리가 너무 가냘파서 잘 들리지 않는다. 게다가 뭔가 정확히 의사 표현을 하기에는 치아 상태도 여의치 않다. 위아래 왼쪽 앞니 세 개가 깨졌으니 그럴 수밖에. 입을 열면 나이가 서른 살은 더 먹은 것처럼 보인다. 『레미제라블』속 망가진 팡틴의 모습 같다. 그녀가 아무리 졸라도 수간호사는 그녀에게 거울을 가져다주지 않았다.

그러다보니 비록 힘들지라도 그녀는 입을 열 때마다 손등으로 가리면서 말하려고 애쓴다. 하지만 애초부터 입이 제대로 다물어지지 않으니 헛수고일 뿐이다. 짓이겨지다시피 한 그녀의 입술은 여전히 새파랗게 질려 있다.

"…… 나 수술 받게 될까요……?"

그게 카미유가 알아들었다고 여긴 그녀의 질문이다. 그녀의 눈가가 다시 촉촉이 젖기 시작한다. 눈물은 그녀가 말하고자 하는 내용과 상관없이 시도 때도 없이 솟구쳐 흘러내리는 듯하다. 왜 눈물을 흘리는지 논리적인 연관성 같은 건 없더라도 말이다. 그녀의 얼굴에는 먹먹한 충격 외에는 아무것도 나타나 있지 않다.

"아직 몰라…… 일단 안정을 좀 취해." 아주 나지막한 어조로 카미유가 말한다. "곧 다 괜찮아질 거야……"

하지만 그녀의 정신은 벌써 다른 데 팔려 있다. 마치 뭔가가 부끄럽다는 듯 그녀는 고개를 모로 돌린다. 그러면서 갑자기 뭐라고 웅얼거리지만 거의 들리지 않는다. 카미유가 들은 것 같다고 생각한 말은 "이런 게 아니야……"이다. 그녀는 지금 자신의 몰골을 아무에게도 보여주고 싶지 않은 모양이다. 이번에는 카미유를 등지고 몸 전체를 돌려 눕는다. 카미유는 다시금 손을 그녀의 어깨에 올린다. 하지만 안은 별다른 반응을 보이지 않고 그를 등진 자세로 계속 굳어 있다. 숨죽여 흐느껴 우는 그녀의 등만이 미세하게 들썩인다.

"여기 계속 있어줄까?" 그가 묻는다.

대답이 없다. 그래도 그는 그냥 거기 남기로 한다. 뭘 해야 할지는 할 수 없지만. 한참이 지나고 나서 그녀는 아니라는 듯 고개를 가로젓는다. 지금 무슨 일이 벌어지고 있는지 알 수가 없다. 이미 무슨 일이 벌어졌는지도 알지 못한다. 부조리하게도 세상은 우리의 삶을 예고도 없이 이토록 참혹하게 짓밟는다. 그에 대해 우리는 속수무책이다. 피해자가 자신의 억울함을 호소할 수조차 없는 불의에 대해서도 마찬가지이다. 그녀와 진득하니 대화를 나누는 건 불가능해 보인다. 아직 너무 이르다. 지금 그들은 같은 시간대에 머물러 있지 않은 것이다. 그들은 곧 침묵을 지키고 만다.

그사이 그녀가 잠들었나? 모르겠다. 여하튼 천천히 돌아누웠다가도 이내 등진 자세로 돌아간다. 눈은 감겨 있다. 그러고는 더 이상 뒤척이지 않는다.

그녀는 결국 잠든 모양이다.

카미유는 그녀를 지그시 내려다본다. 자기 손을 그녀의 손 위에 포갠다. 조심스럽게 숨소리에 귀 기울이면서 이 리듬이 평소 그녀가 잠들었을 때와 어떻게 다른지 비교해본다. 그는 한참 동안이나 잠들어 있는 그녀의 모습을 물끄러미 지켜본다. 처음 함께할 무렵, 밤에 그는 가만히 몸을 일으켜 이처럼 그녀가 잠들어 있는 모습을 지켜보다 문득 그 옆얼굴을 스케치하곤 했다. 그 모습은 수영할 때와 비슷해 보였다. 그 시간 말고는 그녀의 얼굴을 그만큼 자세히 들여다볼 수 있는 여유가 나질 않았다. 그렇게나마 그는 그녀를 모델 삼아 수 없이 많은 크로키를 그렸다. 그녀의 입술과 청순한 표정, 눈꺼풀 등을 그림으로 옮기는 데 꽤 긴 시간을 바치기도 했다. 이따금은 샤워 중에 희미하게 드러나는 알몸의 곡선을 소묘하기도 했다. 자신에게 거듭된 불운에 비춰볼 때 그는 그녀가 자신에게 얼마만큼 소중한 존재인지 충분히 이해하고 있었다. 카미유는 누구라 해도 사진만큼이나 정확하게 그 사람의 특징을 잡아낼 자신이 있다. 하지만 안은 다르다. 그녀는 도무지 환원 불가능하고 쉽게 파악되지 않는 존재로 감춰져 있다. 그녀는 늘 그의 시야와 체험과 관찰에서 벗어나 있곤 했다. 그런 그녀가 마치 미라처럼 온몸을 붕대로 칭칭 감은 채 퉁퉁 부어오른 몰골로 여기 누워 있다. 더 이상 여백으로 남겨둘 수수께끼도 없다. 그녀에게 남겨진 것은 끔찍할 정도로 망가지고 비루해진 허물뿐이다.

얼마 지나지 않아 바로 그 사실에 카미유는 새삼스러운 분노를 느낀다.

이따금 그녀는 난데없이 깨어나서 가냘픈 울음소리를 낸다. 그러고는 자기 주위를 살핀다. 그런 그녀의 모습에서 카미유는 죽기 몇 주 전의 아르망을 떠올리기도 한다. 둘의 공통분모는 모든 게 낯설고 어리둥절하다는 표정이다. 그것은 그들이 지금 여기 존재하고 있다는 사실의 놀라움과 불가해함을 표현하는 방식이라고도 볼 수 있다. 모든 게 부조리하다는 듯이.

그의 비애가 채 가시기도 전에 간호사가 들이닥치더니 면회시간이 지났다고 알려준다. 태도는 정중하지만, 간호사는 그가 걸음을 옮기기 전까지 고집스럽게 자리를 지키고 있다. 가슴에 붙은 명찰에 '플로랑스'라는 이름이 보인다. 뒷짐을 지고 서 있는 그녀의 자세는 너그러운 미소 속에 완고한 직분 수행과 환자 가족에 대한 예의를 동시에 표하는 것 같다. 간호사의 미소는 콜라겐 또는 산성 유기화학물질만큼이나 인공적으로 보인다. 카미유는 안이 무슨 일을 겪었는지 그에게 털어놓을 수 있을 때까지 남아 있고 싶다. 도대체 어떤 사태가 벌어졌는지 궁금해서 못 견딜 노릇이다. 하지만 기다리는 것 말고는 달리 뾰족한 수가 없다. 일단 나가자. 안은 최우선으로 안정을 취해야 하니까. 까미유는 걸음을 옮긴다.

그녀의 입을 통해 이번 사건에 대하여 뭔가를 알아내려면 최소한 24시간쯤은 더 기다려야 할 것이다.

그러나 카미유 같은 사람에게 24시간이라면 온 세상을 갈아엎고도 남을 시간이다.

병원에서 나오기 전 그는 이곳의 연락을 받고 달려온 길이라는 말만을 남긴다. 일반적인 사항 외에는 지금까지 실제로 아무것도 밝혀진 게 없다. 사건의 전말을 구체적으로 재구성해보는 건 여전히 불가능하다. 카미유에게는 그저 그녀가 저 지경이 되도록 끔찍하게 폭행당하는 장면만 상상될 뿐이다. 카미유처럼 천성이 다혈질적이고 예민한 사람에게 그런 상상은 감당하기 버겁다. 상상하면 할수록 분노가 용암처럼 들끓는다.

응급실에서 나오자마자 그는 이내 격정의 소용돌이에 휩싸인다.

정말이지 모든 것을 낱낱이 알고 싶다. 지금 당장. 가장 먼저 사태의 실상을 파악하고 싶다. 그가 지금 원하는 것은……

하지만 받아들여야 한다. 카미유로서는 복수할 방도가 없다. 물론 누구라도 그러하듯이 그 역시 가슴에 맺힌 게 많다. 예를 들어 4년 전 그의 부인을 살해한 뷔송 같은 살인마는 지금도 버젓이 살아 있다.

하지만 카미유는 교도소 안에서 누군가로 하여금 그를 죽여 없애도록 만들고 싶진 않았다. 원하기만 했다면야 번거로운 뒤처리조차 필요 없이 얼마든지 가능한 일이었다.

그런데 지금은 안이 당했다(그녀는 아직 그의 두 번째 부인이 아니다. 하지만 첫 번째 부인인 이렌 이후 그와 함께하게 된 여인인 만큼 두 번째 부인이라고 해도 무방하리라). 그녀가 당하다니. 피가 솟구친다. 하지만 아니다. 이 감정은 복수욕과 다르다.

그것은 차라리 자신의 삶이 이번 사건으로 인해 위협받을지도 모른다는 불안에 가깝다.

앉아서 당하지 않도록 적극적으로 나설 필요가 있다. 그가 움직여야 그녀와 자기와의 관계도 온전히 유지될 수 있으니까. 그녀는 이렌이 죽고 난 이후로 그녀는 자신의 삶에 주어진 단 하나의 의미이니까.

이런 말이 과하게 여겨지는 사람이 있다면, 아마도 그는 자신이 사랑했던 누군가의 죽음에 대해 책임져본 적이 없을 것이다. 단언컨대 거기서 모든 체험의 차이가 빚어진다 해도 과언이 아니다.

힘없이 터덜터덜 병원 층계를 걸어 내려오면서 그는 안의 얼굴을 떠올려본다. 누르스름하게 얼룩진 눈가, 흉한 빛깔로 번져 있는 혈종, 퉁퉁 부풀어 오른 살집.

방금 그는 그녀가 죽어 있는 모습을 보고 나온 셈이다.

아직은 무슨 이유에서, 어떻게 그랬는지 알 수 없지만 한 가지 확실한 것은 누군가가 그녀를 살해하고자 했다는 점이다.

이와 같은 생각이 반복해서 떠오르며 그에게 경보처럼 울리고 있다. 이렌의 죽음으로도 모자라서…… 물론 이 두 상황에는 아무런 연관도 없다. 이렌은 살인자의 개인적인 표적이었다. 반면 안은 그저 우연히 괴한들과 마주쳤을 뿐이다. 하지만 지금 카미유는 이 두 상황이 서로 다르다는 것을 감정적으로 분별할 수가 없다.

움직여보지도 않고 이대로 마냥 당할 수만은 없다.

최소한 시늉이라도 해야 한다.

아침에 불길한 전화를 받았을 때 그는 자기도 모르는 사이에 본능적으로 몸을 꿈틀거렸다. 8구에서 그녀가 무장한 괴한들에게 '폭행' 당했다는 전갈은 그의 몸에서 무의식적인 반응을 이끌어냈다. 소식을 전해준 사람은 경시청 여직원이었다. 카미유는 '폭행하다'라는 단어의 발음을 좋아한다. 다른 경찰들도 대개 그런 편이다. 그밖에 경찰들이 좋아하는 말로는 '개인'이나 '약정하다' 등이 있다. 하지만 '폭행하다'는 그런 단어들보다 몇 수 위다. 누군가의 입에서 그 단어를 들으면 어떤 사람이 번잡한 대로변에서 담뱃가게가 있는 골목 안으로 유유히 사라지는 모습이 연상되곤 한다. 그만큼 발음이 명료한 단어라서 상대방은 그가 원하는 게 무엇인지 금세 알아채곤 한다. 그 이상으로 유용한 단어도 드물다.

"'폭행당했다'니, 아니 어떻게요?"

담당 여직원은 별로 아는 게 없다. 서류를 뒤적거려봐야 한다. 다음과 같이 말하면서도 정작 그 사실에 대해서 확실히 알고 전하는 건지 아닌지 알 길이 없다.

"무장 강도사건이 발생했습니다. 총격도 있었답니다. 포레스티에 씨는 총에 맞지는 않았지만 심하게 폭행당했다고 합니다. 현재는 인근의 병원 응급실에 이송되어 있는 상태고요."

총을 쏘다니, 안에게 누가? 무장 습격을 당했다는 말인가? 그런 일이 실제로 일어났다니, 도무지 납득하기도 상상하기도 쉽지 않았다. 그녀와 '무장 습격'이라는 것은 거리가 너무나 멀어 보였다.

그 여직원의 설명에 따르면, 안은 신분증도 가방도 소지하고 있지 않았다. 사람들은 겨우겨우 그녀의 휴대폰에서 이름과 주소를 알아냈을 뿐이다.

"집으로 전화를 해봤지만, 아무도 받질 않았어요."

그래서 사람들은 자주 사용하는 전화번호를 뒤져보았다. 목록 맨 윗줄에서 찾은 것이 바로 카미유의 번호였다.

여직원은 보고서에 기재하기 위해 그의 이름을 물었다. 카미유가 자기 이름을 말해주자 그녀는 '베르베인'이라고 발음했다. '베르호벤'이라고 정확히 바로잡아주어야 했다. 잠시 뜸을 들이고 나서 그녀는 철자를 불러달라고 했다.

그런 여직원의 요구에 카미유는 반사적으로 머리가 띵해졌다.

물론 '베르호벤'이라는 성이 그리 흔하지는 않아도, 그동안 경찰계에서 그의 이름은 꽤 특별했다. 두말할 나위도 없이 카미유는 형사 반장으로서 누구에게나 널리 알려진 인물이었다. 꼭 유별나게 작은 키 때문만은 아니라 그의 개인사와 그에 대한 소문, 이렌과의 애틋한 사랑, 폭발물 사건 수사 등이 한데 어우러진 결과였다. 적지 않은 사람들에게 그는 'TV에서나 마주할 법한' 유명 인사로 통했다. 실제로 카미유는 몇 차례 방송 출연에서 시청자들에게 인상적인 모습을 남기기도 했다. 카메라맨은 자주 카미유의 반짝이는 대머리가 훤히 비치는 하향 쇼트로 그의 모습을 화면에 잡곤 했다. 하지만 이 여직원은 '베르호벤'이라는 이름을 유명한 형사반장의 성이나 방송 출연 따위와 연관 짓지 못하고 있다. 지금 자신의 통화 상대가 정확히 누군지 인지하지 못하는 모양이었다. 그러니 경시청 직원이라는 여자가 그의 성 철자를 불러달라는 것도 무리가 아니다.

훗날 돌아보니, 경시청 여직원이 자기를 몰라본 것은 누구도 예기치 못한 그날 하루 동안의 파란을 알려온 첫 전조였던 셈이다. 그러자 이 일이 공연히 더욱 불쾌하게 여겨졌다.

"성함이 '페르벤'이라고 말씀하셨나요?" 여직원은 여전했다.

카미유가 대답했다.

"예, 맞아요. 그겁니다. 페르벤."

그러고는 그녀에게 그 철자를 또박또박 불러주었다.

14시

인간이란 원래 이렇게 생겨먹은 것일까. 무슨 사고가 터지면 사람들은 난간에 매달려 공연히 아래를 기웃거리는 경향이 있다. 길가에서 경광등이 번쩍거리거나 바닥에 핏자국이 흩뿌려져 있으면, 구경거리라도 난 듯 그 일대에 머뭇거리는 사람들이 있다. 이번에는 그 수가 제법 많다. 파리 한복판에서 금은방 강도 사건으로 모자라 총격까지 발생한 것이다. 바로 그 옆 트론 광장에는 장터까지 열려 있었다. 무슨 농담 같은 일이다.

공식적으로 거리는 폐쇄되었다. 하지만 행인들이 오가는 것까지 제지하기는 어려운 노릇이다. 통행차단 조치는 오히려 인근 주민들이 쉽게 몰려들게 하는 여과장치로 작용하고 있을 뿐이다. 그 밖의 행인들도 근방에서 무슨 일이 벌어졌는지 궁금해하다보니 인근 주민 행세를 한다. 지금은 그나마 한산해졌지만 정오가 가까워질 무렵에는 이 일대가 그야말로 북새통이었다. 경찰 차량, 과학수사팀의 소형승합차, 오토바이 등이 샹젤리제 근방에 온통 운집한 형국이었다. 도로 양쪽 끝까지 교통 혼잡이 극에 달했다. 약 두 시간 동안 콩코드에서 에투알까지, 파리 코뮌에서 도쿄미술관까지 물 샐 틈조차 없이 꽉 막혀 있는게 아닐까 싶을 지경이었다. 내가 바로 파리 한복판에서 이 같은 열광의 도가니를 빚어낸 장본인이다. 하지만 아직은 아무도 그 사실을 모른다.

머리에서부터 발끝까지 피를 뒤집어쓴 여자가 괴한에게 수차례 총격을 당했다. 괴한의 차량은 고막을 찢을 듯한 타이어 마찰음만 남겨두고 50만 유로 상당의 귀금속들을 훔쳐 달아났다. 그러고 나서 범인이 범행 현장에 다시 잠입한다는 건 프루스트의 마들렌에 비견할 자극이 있지 않고서는 불가능한 일인지도 모른다. 기분이 그리 나쁘지는 않다. 어떤 사건이 발생해서 세상이 소란스러워지면 사람들의 영혼은 가벼워지는 법이다. 모니에 상가에서 나가는 길목의 조르주 플랑드랭 가에는 카페 하나가 있다. 목이 꽤 나쁘지 않다. 주류도 파는 듯하다. 카페 내부는 손님들이 오늘 발생한 사건에 대해 서로 떠들어대는 통에 꽤 시끌벅적하다. 이유는 간단하다. 그들은 처음부터 끝까지 다 목격했고 모든 소리를 다 들었다. 그러니 모든 것을 다 안다고도 할 수 있다.

나는 조심스럽게 안으로 들어간다. 그러고는 입구에서 멀찍이 떨어져 있는 자리에 앉는다. 스탠드바의 구석 자리이다. 그 주위야말로 사람들이 가장 몰려 있는 자리이다. 나는 사람들 사이에 파묻혀 그들이 무슨 얘기를 하나 엿듣는다.

비루먹은 오합지졸 같은 것들.

___ **14시 15분**

묘지에서 올려다본 가을 하늘은 그의 눈에 한 폭의 그림처럼 보였다. 조문객들이 제법 많다. 그래서 장례식장은 쓸쓸하지 않다. 공무원으로 재직하다가 삶을 마감하면 이런 게 이점이다. 누군가의 부음 소식에 직장 동료들이 대표사절단처럼 우르르 무리 지어 장례식장으로 몰려오는 것이다.

먼발치에서 카미유는 부인과 자녀들, 그리고 형제자매 등 아르망의 유족들을 알아본다. 모두 똑바로 서서 애잔한 표정으로 슬픔에 잠겨 있는 듯 보인다. 현실에서 정확히 무엇에 견줘야 할지 잘 모르겠지만 여하튼 아르망의 유족들은 왠지 전반적으로 퀘이커 교도를 연상시킨다.

불과 나흘 전 전해진 아르망의 부음 소식은 카미유에게 이루 헤아릴 수 없는 아픔이었다. 그러면서도 동시에 이제 그에게서 벗어났다는 홀가분함이 느껴지기도 했다. 그동안 카미유는 여러 주 동안 죽어가는 아르망을 찾아와서 손을 잡아주기도 하고 이런저런 이야기를 나누기도 했다. 심지어 그가 더 이상 뭔가를 알아듣지 못하고 말도 제대로 하기 어려울 정도로 병세가 악화되었을 때조차 면회를 거르지 않았다. 카미유는 그저 멀리서 아르망의 부인에게 고개만 가볍게 끄덕여 보이는 것으로 조문을 대신한다. 오랜 기간 환자의 머리맡을 지키는 동안 수없이 많은 말들을 부인이나 자녀들과 나눈 덕분에 지금 뭐라고 해봐야 서로 새삼스러운 기분만 들 뿐이다. 어쩌면 장례식장에도 굳이 올 필요가 없었을지 모른다. 아르망이 살아 있는 동안 그에게 해줄 수 있는 모든 것을 카미유는 이미 다한 셈이었으니까.

카미유로서는 아르망에 대한 감회가 남다를 수밖에 없었다. 그들 사이에는 공감대가 생겨날 만한 점들이 많았다. 무엇보다도 그들은 경찰에 함께 입문한 동기였다. 한솥밥을 먹으며 함께 금싸라기 같은 청춘을 보냈고 동시에 장년의 연배에 이르렀다.

또한 아르망은 병적인 수전노였다. 적어도 돈 문제에 관한 한은 그보다 더 인색하기도 힘들 정도였다. 투병생활을 지속하면서도 그는 지출, 그러니까 결국은 돈 문제와 싸우다 간 셈이었다. 카미유가 보기에 그의 죽음은 자본주의의 승리로 해석해도 무방한 게 아닌가 싶기까지 하다. 물론 이런 노랑이 근성은 그들 사이를 묶어주는 이음줄과 무관하다. 하지만 그들은 공통적으로 남들보다 지독하게 작고 보잘것없이 태어난 만큼 어떻게 해서든 남들 못지않게 강해져야 한다는 강박이 심한 편이었다. 그것은 어떤 면에서 태생적 장애를 안고 사는 이들의 연대의식일 수도 있었다.

그의 임종 과정을 지켜보는 동안 카미유는 그런 아르망과의 동질감을 더욱 강하게 확인했다. 그들은 서로에게 최고의 벗이었다.

서로에 대한 그들 사이의 유대감은 상당히 질깃질깃했다.

전설적인 베르호벤 강력반의 구성원 네 명 가운데 지금 이 자리에 살아서 참석해 있는 사람은 카미유가 유일하다. 그 사실을 떠올리자 그의 심경이 불현듯 착잡해진다.

카미유의 부하형사인 루이 마리아니는 아직 도착하지 않았다. 하지만 그는 의무감이 강한 인간이니 걱정할 게 없다. 때가 되면 알아서 자리에 와 있을 것이다. 그의 평소 성벽에 비춰볼 때 장례식에 불참한다는 것은 식사 중에 트림하는 짓만큼이나 상상 못 할 일이다.

아르망은 오늘 장례식의 당사자로 식도암에 걸려 먼저 갔다.

이제 남은 사람은 말발. 카미유는 이미 여러 해 전부터 그를 만난 적이 없다. 경찰에서 쫓겨나기 전까지만 해도 그는 장래가 촉망되는 재목이었다. 나이가 얼추 비슷한 데다 상호보완적이었던 루이와도 출신 성분의 차이를 딛고 좋은 친구로 지내왔다. 적어도 말발의 배신과 독직 사건이 터지기 전까지는 그랬던 게 사실이다. 카미유의 부인 이렌이 무참히 살해되는 과정에서 범인에게 결정적인 정보를 넘겨준 자가 바로 말발이었다. 그가 의도적으로 그런 짓을 저지른 것은 아니었다. 하지만 그런 결과를 낳고 말았다. 그 자리에서 카미유는 말발을 자기 손으로 잡아 죽일 수도 있었다. 자칫했으면 당시 사태는 서로 죽고 죽이며 복수에 복수를 거듭하는 현대판 그리스 비극으로 치달을 뻔했다. 하지만 이렌의 죽음을 실감하고 나서부터 카미유에게는 그럴 의지도 욕구도 말끔히 사라지고 말았다. 그러고는 우울증이 그를 덮쳤다. 이후로 그에게는 모든 게 무의미했다.

다른 누구보다 카미유에게 아쉬울 동료는 역시 아르망이다. 그의 영면과 함께 베르호벤 강력반은 이제 역사의 뒤안길로 사라졌다. 또한 이 장례식을 끝으로 카미유도 자신의 삶에서 새로운 장을 열어가야 할 것이다. 더 이상 약해져서도 안 되고, 약해질 여지도 없다.

루이가 도착한 것은 아르망의 가족이 이제 막 화장터로 입장하려 할 때였다. 백 퍼센트 순모(純毛)인 휴고 보스 정장을 입고 나타났다. 역시나 근사하다. 그래, 때맞춰 왔군. 루이는 "안녕하세요, 보스" 같은 말로 답하지 않는다. 카미유가 그런 호칭을 금해서이다. 그에 따르면 상관을 그렇게 부르는 것은 범죄 드라마에나 나올 법한 습속이다. 우리는 TV 미니시리즈에 등장하는 연기자들이 아니다.

이따금 카미유가 스스로에게 던져보는 질문 한 가지는 오히려 이 부하형사에게 더 잘 들어맞을 수도 있다. '대체 뭣 하러 경찰에 들어왔나?' 그는 상상을 초월할 정도로 부유한 집안에서 태어났다. 게다가 덤으로 머리까지 뛰어나서 최고 대학의 학부를 마쳤다. 그런데 어찌된 영문인지 불가사의하게도 그는 경찰에 들어와 고작해야 초등학교 교원 정도의 급여를 받으며 지내고 있다. 실제로 루이에게는 다소 낭만적인 구석이 있는 것 같기도 하다.

"괜찮으세요?"

카미유는 그렇다고 고개를 끄덕여 보인다. 아무렴, 괜찮지, 괜찮고말고. 물론 실제로는 괜찮을 리가 없다. 비록 몸은 여기 있지만 머릿속은 온통 지금쯤 진통제를 맞고 정신이 혼미해져 있을 안 걱정뿐이다. 그녀는 곧 단층 촬영으로 정밀진단을 받게 된다.

루이는 한동안 자신의 상관을 지그시 바라본다. 그러고는 '음' 하고 소리 내듯 고개를 주억거린다. 루이는 자신의 속내를 상당히 섬세한 방식으로 드러내는 습관이 있다. 그에게 '음' 하는 소리는 오른손으로 머리타래를 쓸어넘기는 것과 같은 의미다. 그런데 왼손으로 쓸어 넘기면 그건 또 다른 뜻이다. 지금의 '음' 소리는 아마도 이런 의미였을 것이다. '지금 반장님 머리는 장례식장에 머물러 있지 않군요. 다른 데서 헤매고 있는 게 확실해요. 아르망 선배의 장례식장에 와서도 어딘가 다른 곳에 마음이 쏠려 있다면 필시 꽤 중요한 사안 같은데……'

"장례식을 마치면 오늘 아침 8구에서 발생한 강도 사건에 매달려야 할 것 같은데……"

루이는 이게 바로 자기 질문에 대한 대답인가 싶어 순간적으로 의아해하는 표정을 짓는다.

"심각한 상황인가요?"

카미유는 고개를 가로젓다가 끄덕인다. 그렇다는 건지, 아니라는 건지.

"여자 한 명이……"

"죽었어요?"

그래, 아니, 아니야, 그렇지는 않고. 카미유의 시선이 별안간 흐려진다. 눈앞에 안개가 자욱하게 끼는 것 같다. 그는 눈썹을 치켜세운다.

"아니야…… 다행히, 아직은……"

루이는 좀 놀랍다는 표정을 지어 보인다. 보아하니 이건 보통 사건이 아니다. 그리고 피해자는 카미유에게 어쩐지 특별한 사람인 듯 보인다. 게다가 강도 사건은 베르호벤 반장의 주력 분야도 아니다. 루이는 카미유에게 뭔가 안 좋은 일이 터지면 직감적으로 느낄 수 있을 만큼 충분히 오랫동안 그와 함께 호흡을 맞춰왔다. 놀라움을 표현할 때 그는 흔히 자기 구두코를 내려다보면서(그의 구두는 완벽할 만큼 반질반질하게 닦인 크로켓 앤드 존스 브랜드이다) 들릴까 말까 할 정도로 작게 헛기침을 내뱉는다. 그것이 그가 자기 감정을 드러내는 최대치의 표현 수위다.

카미유가 빈소 입구로 눈길을 돌리며 말한다.

"장례식이 끝나는 대로, 자네가 좀 조사에 착수해줬으면 좋겠어. 은밀하게…… 아직 정식으로 넘겨받지는 못한 상태니까……(이윽고 카미유의 눈길이 루이에게 향한다) 이건 시간이 좀 필요한 사안이야. 내 말 무슨 뜻인지 알겠지?"

사람들 사이에서 그는 눈으로 르 구엔을 찾는다. 저기 있다. 워낙 거구라 장내가 아무리 복잡해도 그를 찾는 건 어려운 일이 아니다.

"자, 이제 저쪽으로 가보세나."

르 구엔이 아직 서장이었던 시절에는 그에게서 원하는 것을 얻어내기가 그리 어려운 노릇이 아니었다. 하지만 지금은 사정이 다르다.

르 구엔 치안감 바로 옆자리에는 미샤르 서장이 오뚝이처럼 우스꽝스럽게도 좌우로 몸을 흔들며 앉아 있다.

―― 14시 20분

 카페 내부는 방금 전 요 앞에서 발생한 강도 사건으로 돌연 활기를 띠고 있다. 단골손님들은 카페가 개장한 이래 가장 엄청난 순간을 맞은 셈이다. 이런 강도 사건은 한 세기에 한 번 맞닥뜨릴까 말까 한 일이다. 다른 사람들의 의견도 거의 만장일치다. 심지어 그 장면을 직접 목격하지 못한 사람들조차 동의할 정도다. 목격담은 제멋대로 신나게 굴러간다. 어떤 사람은 여자를 한 명만 보았다 하고 다른 이는 여자가 두 명이었다고 하는가 하면 그 여자 손에도 권총이 들려 있었다, 아니다 맨손이었다 등으로 의견이 갈리기도 한다. 한 사람이 그녀가 울부짖었다고 하자 다른 사람이 그건 금은방 여주인의 울음소리 아니었느냐고 되묻는다. 아니, 그건 그 여자 딸내미가 낸 울음소리였어! 아 그래? 그 여자한테 딸이 있는 줄 몰랐는걸. 확실해? 난 강도들이 이용한 차량도 보았지. 차종이 뭐였는데? 의견은 대체로 그 차종이 프랑스에서 매매중인 외제차일 것으로 모였다.
 나는 조용히 커피만 홀짝거린다. 참으로 긴 하루 반나절을 거치는 동안 처음으로 맞이한 휴식이다.
 피곤할 정도로 오지랖이 넓어 보이는 카페 주인장은 피해 액수가 500만 유로에 달할 것으로 전망 중이다. 그보다 많았으면 많았지 결코 적지는 않을 거야. 사람들은 주인장이 어떤 근거에서 이 액수를 산정했는지 알지 못한다. 하지만 그는 그렇게 확신하고 있다. 문득 주인장에게 탄환이 가득 장전되어 있는 모스버그 한 정을 내민 후 상가 구역의 첫 번째 금은방 문 앞으로 그를 데려다놓고 싶다는 충동이 인다. 그가 금은방을 턴 후 자기 가게로 돌아와 보면 거기서 얼마나 털었는지 헤아려볼 수 있을 것이다. 만약 노획물의 시가가 자신의 기대 액수와 부합하면 이 머저리 같은 친구는 곧바로 생업을 접고 어디론가 잠적하겠지. 앞으로는 어디서도 이만한 금액을 손에 넣지 못할 테니까.

놈들은 차를 타고 달아나려 했어! 무슨 차? 바로 저런 차! 그런데 신나게 달려가다 말고 뭐라도 들이받은 것처럼 갑자기 멈춰서더군! 바주카 같은 걸로 그 여자를 쏘기라도 할 셈이었나? 이제 사람들의 화제는 차에서 포탄 공격으로 옮겨갈 참이다. 보다 자극적인 관심거리로 발길을 돌리는 것이다. 그런 헛소리들이 난무하자 불현듯 허공에 공포탄을 한 방 쏴서 모두 입 다물게 하고 싶다는 충동이 치밀어 오른다. 아니면 주변이 적막해질 때까지 무차별로 쏴 갈겨버리든가.

그때 주인장이 화제의 중요성을 과장하듯 의미심장한 목소리로 딱 잘라 말한다.

"그건 22구경 소총이었어."

그러고는 말끝에 덧붙여 지그시 눈까지 감는다. 마치 그것을 통해 자신의 전문적인 안목을 보증 받겠다는 투다.

나는 12구경 탄환 한 방에 끝장이 난 그 터키 녀석처럼 주인장의 목이 뎅강 떨어져나가는 상상을 해본다. 기분이 조금 좋아지는 것 같다. 그게 22구경 소총이든, 아니든 이들이 알게 뭔가. 여자 손님들은 주인장의 단언에 뭣도 모르고 고개를 주억거린다. 이런 작자들을 상대로 증언과 공술을 접수해야 할 테니, 앞으로 경찰도 참 즐겁겠다.

── **14시 45분**

"하지만⋯⋯ 왜 그러고 싶은 거죠?" 돌아서며 경찰서장이 묻는다.

그녀는 발뒤축을 중심 삼아 커다랗게 반원을 그리며 뱅그르르 몸을 돌린다. 바빌론의 여인처럼 평퍼짐한 둔부 때문에라도 전체적인 체형 비율이 과히 좋아 보이지 않는 편이다. 미샤르 서장은 40대에서 50대 사이에 걸쳐 있는 여자다. 오래전부터 치장 따위는 포기하기로 작심한 듯한 맨얼굴. 머리는 아주 짙은 흑발인데 흰머리가 꽤 섞여 있다. 토끼처럼 앞으로 툭 튀어나온 앞니나 각진 안경테 등에서 권위적이고 완고한 여인이라는 인상이 강하게 풍긴다. 이런 캐릭터의 특징은 흔히 '차돌처럼 야무지고'(톡 까놓고 말해서 조금 재수 없는 타입), 지적 욕구가 왕성하다(이로 인해 그 재수 없음이 열 배쯤 늘어난다)는 것이다. 하지만 뭐니 뭐니 해도 그녀에게서 가장 특징적인 것은 역시 엄청나게 평퍼짐하고 육중한 둔부다. 그 볼륨감은 거의 환상적이다. 어떻게 그런 엉덩이를 이끌고 다닐 수 있는지 궁금해질 정도다. 미샤르(이런 종류의 이름에서 사람들이 떠올리는 것은 어쩐지 만만하고 우습게 여겨지는 상대인데, 더욱이 그 이름의 주인이 그녀처럼 생긴 여자라는 것을 알게 되면, 엉덩이 때문에라도 음탕하고 질펀한 상상에 사로잡히기 십상일 것이다) 서장의 얼굴 자체는 그녀의 다른 모습과 달리 꽤 무르게 생긴 편이다. 사람들이 파악하고 있는 그녀의 실체는 얼굴 생김새와 상반된다고까지 말할 수 있을 정도다. 그녀의 업무 능력에 대해서는 논란의 여지가 없다. 지략에 대한 감각도 탁월하다. 게다가 총기도 능숙하게 다룰 줄 안다. 어지간한 사내들 열 명을 데려다놓아도 눈 하나 까딱하지 않을 여장부 스타일에 보스 기질이 넘친다. 미샤르 같은 여자가 상관으로 부임해왔다는 것을 알았을 때, 카미유는 이제 두두슈(그가 기르는 암고양이이다. 비록 성깔이 히스테릭해도 카미유는 이 고양이를 딸처럼 예뻐한다)처럼 자기를 성가시게 하는 암컷과 집에서만 아옹다옹 하는 게 아니라 사무실에 와서도 사정이 똑같겠다는 것을 직감했다.

"왜 그러기를 원하는 거지요?"

어떤 사람들 앞에서는 평정심을 유지하기가 쉽지 않다. 미샤르 서장은 카미유에게 아주 가까운 거리까지 바짝 다가선다. 카미유와 말할 때면 그녀는 늘 그런 식이다. 그런 식으로 거리감을 좁혀 카미유를 현혹하려는 것처럼 보일 정도다. 마치 자리에 미국 여자 코미디언이라도 하나 데려다놓은 것 같다. 하지만 미샤르 서장은 전혀 우스꽝스런 유형의 여자가 아니다.

둘은 나란히 서서 화장터로 향하는 통로를 가로막고 있다. 그들이 마지막 입장객이다. 카미유는 강도 사건의 수사에 뛰어들고자 바로 그 기회를 이용하기로 했다. 그가 서장에게 그런 요청을 한 순간 그들 바로 옆으로 전임 서장이자 카미유의 오랜 지기인 르 구엔 치안감이 지나가고 있었기 때문이다(이건 무슨 의자놀이 같다. 어떤 사람은 일선 수사의 지휘 감독을 맡아야 할 직책에 오르고, 또 다른 사람은 그 빈자리에 서장으로 부임해 온다). 카미유와 르 구엔이 단순한 직장 동료나 부하, 상관 이상의 관계라는 것은 이미 널리 알려진 사실이다. 카미유는 르 구엔이 결혼할 때마다 매번 증인으로 나서준 바 있다. 누군가의 혼례식 증인은 아무나 맡는 게 아니다. 르 구엔은 얼마 전 여섯 번째로 결혼했다. 두 번째 부인과의 재결합이었다.

미샤르 서장에게는 '염소와 배추를 동시에 다루는' 묘안이 필요하다(그녀는 냉정한 태도를 다잡으려는 의도에서 그런 관용적 표현을 즐겨 사용한다). 또한 격정에 휩쓸리기보다는 냉철하게 사안의 본질을 분석하는 눈이 절실하다. 직속상관의 오랜 지기가 뭔가 요청해올 때는 불가불 어떤 영문인지 숙고해보지 않을 수 없다. 공교롭게도 그들의 마지막 입장객이므로 더더욱 그렇다. 카미유의 돌발적인 요청을 묵혀두고 생각을 가다듬자면 일단 시간이 필요하다. 하지만 미샤르에게는 번

뜩이는 예지력으로 쌓아올린 평판이 있다. 그녀 자신도 자신의 결단이 누구보다 빠르다고 자부한다. 화장터 입장이 시작되고 나서부터 장례 절차 집행인은 줄곧 그들에게 눈길을 보내는 중이다. 자, 이제 식을 거행하겠습니다. 그는 부스스한 금발에 앞섶이 겹쳐진 상복을 입고 있어서인지 꼭 축구선수 같은 인상이다. 요즘엔 장례식장에서 일하는 사람들도 더 이상 예전 같지 않다.

카미유는 이 질문―왜 그는 이런 사건의 수사를 자청하려 하는가?―에 대한 답을 준비해두고자 그동안 꽤 많은 시간을 할애했다. 스스로에게 진지한 태도로 자문해보기도 했다.

모니에 상가에서 강도 사건이 발생한 시각은 오전 10시이지 15시가 아니다. 모니에 상가로 출동한 과학수사팀의 기술요원들은 현장 검증을 마치는 중이고, 동료 경찰들은 최초 증인들의 심문을 끝냈다. 하지만 이 사건은 아직 특정 수사팀에 배정되지 않았다.

"마침 저한테 끄나풀이 하나 있거든요." 이윽고 카미유가 말문을 연다. "맡겨만 주면 충분히 제 역할을 다할 수 있는……"

"오, 반장님이 강도 사건에도 일가견이 있었던가요?"

그녀는 일부러 연기하듯 눈을 동그랗게 뜨고 쳐다본다. 카미유의 머릿속에는 순간적으로 일본 그림에서 본 사무라이의 눈빛이 스쳐 지나간다. 그 눈빛과 비슷하다. 그러니까 서장의 말인즉슨, 당신 같은 사람이 이런 사건을 맡겠다고 나서기에는 좀 과분하거나 아니면 아예 함량미달이거나. 그런 식으로 돌려 말하는 게 그녀의 주특기이다. 아주 촌철살인이다.

"물론…… 아니죠. 쥐뿔도 모릅니다!" 카미유도 지지 않고 그렇게 맞선다(이런 대거리는 꽤 타당해 보인다. 또한 전략적으로 사고해서 말하고 행동한다는 인상을 주기도 한다). 맞아요, 저는 아닙니다. 그가 계속한다. 하지만 제 끄나풀이라면, 글쎄요…… 아주 화끈한 녀석이죠. 꼭 잉걸불 속에서 갓 걸어 나온 것처럼 말이죠(베르호벤은 이런 종류의 이미지가 미샤르 서장에게 먹히리라는 것을 확신하고 있다). 하지만 요즘에는 그놈도 경찰에 협조적으로 굴거든요…… 그렇게 좋은 인력자원을 가동하지 않는다면 우리한테는 큰 손해죠.

이 대화에서 전략적으로 승산을 높이려면 그저 시선 처리만으로도 충분하다. 카미유의 시선이 화장터 안쪽으로 향한다. 대화의 국면이 자기에게 유리하게 돌아갈 수 있도록, 거기 서 있는 치안감을 이쪽으로 불러들이기 위해서다. 침묵. 이윽고 서장이 미소를 지으며 알겠다, 그러자는 고갯짓을 해 보인다.

모양새가 그럴싸해지도록 카미유가 덧붙인다.

"이건 단순한 강도사건이 아닙니다. 범인들은 추가로 살인미수까지 저질렀죠……"

서장은 그를 이상하다는 눈빛으로 바라본 후 천천히 고개를 끄덕인다. 자꾸만 이 사건에 발 벗고 나서려는 카미유의 저의에서 희미하게나마 이해할 만한 단서를 발견했다는 듯이. 혹은 다 이해하겠다는 듯이. 아니면 이제 막 이해될까 말까 하다는 듯이. 카미유는 이 여자의 직감이 얼마나 예리한지 잘 안다. 상대방에게서 조금만 이상한 기미만 보여도 그녀의 지진계는 사정없이 울려댄다.

그는 다시금 주도권을 가져오려 발버둥 치지 않을 수 없다. 조금 더 설득력 있는 어조로 말을 서두르면서.

"제가 다 설명 드릴게요. 제 끄나풀은 어떤 조직에 가담해 있는 또 다른 녀석과 오래전부터 알고 지낸 사이였어요. 아마 1년 전부터 그랬을 겁니다. 물론 그 이야기는 이 사건과 아무 상관도 없긴 합니다만 그래도……"

서장이 손짓으로 그의 말을 끊는다. 그 문제는 더 이상 거론하지 않아도 된다는 투다. 이제 다 이해했으니 그렇게 주절주절 늘어놓을 필요 없다는 것이다. 이런 몸짓으로 보아 아마도 그녀는 자기가 오랜 베테랑들 사이에 끼어 있는 강력반의 신임 서장이라는 것을 강하게 의식하고 있는 눈치다.

"좋아요, 반장님. 그 문제는 페레이라 예심판사님한테 한번 얘기해보죠."

단도직입적으로 드러내지는 못했지만 그가 기대한 게 바로 이거였다.

이렇게나 빨리 상대방의 항복을 얻어낼 줄은 미처 몰랐으므로, 카미유는 무슨 말로 대화를 끝내야 할지 그저 막연하기만 하다.

15시 15분

루이가 먼저 떠났다. 의무감에 사로잡힌 카미유는 끝까지 남아 있어야 했다. 장례식은 길고도 길었다. 그러다보니 사람들은 각자 재주껏 빠져나갈 기회만 엿보기에 이르렀다. 결국에는 그럴 기회가 생기자마자 카미유도 조심스럽게 자리에서 물러났.

차로 돌아오는 도중 메시지가 도착했다는 알림음이 울려서 확인해 보니 루이다. 그에게서 걸려온 부재중 전화도 몇 통 있다. 그는 벌써 사건의 요지를 파악해둔 상태다.

'강도행각에 사용된 모스버그 500은 그동안 단 한 번밖에 나타나지 않았더군요. 지난 1월 17일. 그것과 비슷한 모조 총기일 가능성은 희박해 보입니다. 그렇다면 이 사건은 단순 강도행각이 아닐지도 모르겠

네요…… 전화주세요.'

카미유는 곧바로 그에게 전화를 건다.

"1월에 발생한 강도행각은," 루이가 말한다. "어떤 면에서 더욱 심각한 사건이었습니다. 4중 연쇄 강도사건이었거든요! 인명 피해도 한 사람 있었고요. 일당의 두목이 누군지는 이미 확인되었습니다. 빈센트 하프너입니다. 그런데 그 사건 이후로 더 이상 그에 관해 알려진 정보가 없습니다. 범죄 현장에서는 곧 돌아올 거라는 그의 메시지가 발견되었답니다……"

15시 20분

갑자기 카페 바깥이 소란스러워진다.

각 테이블의 말소리가 뚝 끊기면서 일시 정적이 찾아온다. 사람들이 일제히 테라스 쪽으로 몰려가더니 거리에 무슨 일이 벌어졌는지 기웃거린다. 사이렌 소리와 경광등 불빛이 한층 더 요란스러워진 것 같기도 하다. 저 사람 내무장관이네. 카페 주인장이 결론짓듯 그렇게 말한다. 이름이 뭐였더라. 기억이 안 난다. 나중에 TV를 보면 나오겠지. 기억을 애써 더듬느니 그 편이 한결 수월할 거다. 여기저기서 다시 이런저런 추측들이 난무하기 시작한다. 어떤 이들은 지금 거리가 다시 소란스러워진 것은 뭔가 새로운 돌발 사태 때문일 거라고 주장한다. 뜻밖의 장소에서 시체가 튀어나왔다든가 뭐 그런 식으로. 그러자 주인장이 모르는 소리 하지 말라는 듯 다시금 두 눈을 지그시 감는다. 여자 손님들 가운데 누군가는 이렇게 거들먹거리는 몸짓까지도 모든 분야에 해박한 사람의 자신감으로 여겨 은근히 흠모할지도 모른다.

"내가 내무장관이 납셨다고 했잖소들."

그는 평온한 태도로 가볍게 미소 지어 보이며 유리잔을 닦는 데만 열중한다. 자신의 예상이 확실하다는 것을 과시할 셈인지 카페 바깥으로는 눈도 돌리지 않는다.

사람들은 극도의 긴장감 속에서 이제 무슨 일이 벌어질지 숨죽여 기다린다. 마치 프랑스 일주 자전거 경주가 열린 대로변에 서서 어떤 팀이 선두로 이 길로 지나갈지 지켜보듯이.

15시 30분

머릿속이 온통 탈지면으로 꽉 차 있는 느낌. 관자놀이에 불거진 경정맥이 팔뚝의 혈관처럼 욱신거리고 쿵쿵거린다.

안은 가만히 눈을 뜬다. 병실이다.

두 다리를 움직이려고 버둥거려본다. 완전히 마비된 것 같다. 류머티즘으로 수족이 오그라든 노파처럼 거동이 불편하다.

그래도 그녀는 우선 무릎을 차례대로 한 쪽씩 세워본다. 다른 쪽. 다리를 접고 있으니 한순간이나마 편하다. 감각을 회복하고자 천천히 고개를 움직인다. 머리가 천근같다. 붕대로 칭칭 감긴 손은 가재의 앞발과 비슷하다. 많이 지저분해져 있다. 기억이 조금씩 가물거린다. 상가 안쪽의 화장실 문, 바닥에 고인 핏물, 총성, 폭발음, 구급차의 사이렌 소리, 현기증, 방사선 전문의의 얼굴, 그리고 어디선가 그 사람 뒤쪽에서 들려오는 간호사의 목소리. "도대체 이 여자한테 무슨 일이 있었던 거죠?" 이내 격한 감정이 밀려든다. 하지만 그녀는 깊게 숨을 들이마시며 눈물을 억누른다. 스스로를 다스리려 한다. 아무렇게나 감정에 이끌려가지 않도록 통제하려 한다. 자기 조절의 끈을 놓지 않고자 애쓴다.

그러기 위해서라도 일어나야 한다. 살아남아야 한다.

몸을 확 움직여 시트를 걷어낸다. 그러고는 다리를 한 쪽씩 차례로 빼낸다. 순간 현기증이 엄습해 침대 모서리를 잡고 잠시 균형을 잡는다. 양발로 매트를 딛는다. 기어간다. 이제는 다시 앉아야 한다. 그러자 전신에 심한 통증이 몰려온다. 특히 등과 어깨, 그리고 쇄골이 끔찍하게 쑤신다. 아마도 쇄골이 으스러진 것 같다. 그녀는 다시 엎드려 기어가기 시작한다. 비록 침대 맡 협탁을 짚긴 했지만 이윽고 두 발로 일어난다.

맞은편에는 화장실이 있다. 옥상 난간에 오르듯 협탁 모서리에 더듬더듬 의지해서 문 손잡이 앞까지 다다른다. 문을 여니 세면대가 보이고 그 위에는 바로 거울이 달려 있다. 마침내 그녀는 거울과 마주한다. 오 세상에, 이게 내 얼굴이야?

오열이 북받쳐 오르지만 지금 그녀는 아무것도 할 수 있는 게 없다. 시퍼렇게 피멍이 든 광대뼈, 흉측한 피하 출혈의 흔적, 부러진 앞니…… 그리고 왼쪽 뺨 위의 상처와 함몰된 광대뼈, 길게 나 있는 봉합 자국……

도대체 놈들이 나한테 무슨 짓을 한 거야?

그녀는 쓰러지지 않도록 세면대 모서리에 몸을 기댄다.

"어머, 지금 일어나서 뭐하시는 거예요?"

안이 몸을 돌리려는 순간, 현기증이 그녀를 덮친다. 간호사가 서둘러 달려와서 간신히 그녀를 붙든다. 그러고는 일단 바닥에 눕힌 후 열린 문틈으로 복도를 향하여 외친다.

"플로랑스, 지금 빨리 와서 나 좀 도와줄래?"

___ 15시 40분

　카미유는 다소 신경질적으로 성큼성큼 걷는다. 루이가 그 옆에서 따라가고 있다. 그가 몇 센티미터 단위까지 정확히 헤아려 베르호벤 반장 바로 뒤쪽에서 따라 걷는 것은 상관에 대한 경의와 친밀감을 함께 표출하고자 하는 배려의 결과다. 루이 말고 그토록 미묘한 배려와 조합을 능숙하게 실행할 수 있는 사람은 그리 많지 않을 것이다.
　아무리 지금 마음이 바쁘고 신경 쓰이는 데가 있다 해도, 카미유는 플랑드랭 거리의 건물들을 향해 반사적으로 눈길을 돌리지 않을 수 없었다. 이 구역에는 연기에 검게 그을린 오스만튀르크 풍의 옛 건축물이 유난히 많다. 다른 곳에서는 보기 어려운 건축 양식이다. 그의 눈은 거대한 두 남성상의 양끝을 떠받치고 있는 발코니의 윤곽선에 번개같이 꽂힌다. 남성상의 치부만 겨우 가리고 있는 나무 잎사귀 모양의 부조 앞섶은 예외적으로 돌출된 곡면을 따라 잔뜩 부풀어 올라 있다. 아마도 그 앞에 도발적으로 하늘을 향하여 한껏 젖가슴을 열어젖힌 여신상들 때문일 수도 있다. 그 젖가슴은 정말로 하늘을 향하여 열려 있는 것만 같다. 여신상들의 눈길은 거짓된 온유함과 조신함으로 위장돼 있다. 남성상의 주인공들을 자극하려는 유혹의 몸짓처럼 보인다. 카미유는 분주한 종종걸음을 멈추지 않으면서도 감탄했다는 듯 고개를 주억거린다.
　"내가 보기에는 르네 파랭 아닐까 싶은데." 그가 말한다.
　침묵. 카미유는 잠시 눈을 감고 응답을 기다린다.
　"그보단 샤사비외 같은데요?"
　늘 이런 식이다. 루이는 카미유보다 스무 살 정도 어리지만 2만 배쯤 유식하다. 이럴 때 상관으로서 가장 크게 겪는 고충이 있다면, 루이란 친구가 척척박사답게 어떤 분야에 대해서도 거의 잘못된 답을 내리지 않는다는 점이다. 한번쯤 그가 골탕 먹었으면 하고 생뚱맞은 상황에서 기습 질문을 던진 것도 한두 번이 아니었다. 하지만 아무 소용 없었다. 이 친구는 정말이지 걸어 다니는 백과사전이다.

"아, 맞다." 그가 말한다. "아마 그럴 거야."

모니에 상가로 들어가는 길목에서 카미유는 12구경 탄환에 거의 박살이 나다시피 한 차량 한 대와 마주친다. 마침 견인차가 와서 차량을 싣고 가기 위해 작업 중이다.

카미유가 이 차량에서 발사된 총에 안이 죽을 뻔했다는 사실을 알게 된 것은 그 이후의 일이다.

뜻밖에도 경찰들을 지휘하고 통솔하는 것은 난쟁이처럼 키가 작은 남자다. 요즘에는 경찰 쪽에서도 정치 분야와 마찬가지로 계급이 체구와 반비례하는가 보다. 사실 이 형사는 그 키 때문에라도 모든 이들에게 널리 알려져 있다…… 한번 보기만 하면 사람들의 기억에 오랫동안 각인되지 않을 수 없는 모습이다. 하지만 이름은 가물가물하다. 그로 인해 카페에서는 또다시 제각기 다양한 견해와 주장이 쏟아진다. 외국사람 이름 같았다는 건 기억나는데 정확히 뭐였더라? 외국이라면 뭐 독일, 덴마크, 아니면 네덜란드? 누군가가 러시아 이름이라고 하자 다른 쪽에서 그랬던 거 같다고 맞장구를 쳐준다. 베르호벤, 바로 그거야. 그리고 이어지는 너털웃음. 내 말이 맞다니까. 그랬던 거 같네. 후련하구먼그래.

마침 그의 모습이 상가 어귀에 나타난다. 그는 신분증을 제시하지 않는다. 키가 1미터 50센티 이하인 경찰은 신분증 제시 의무가 면제되기라도 하나 보다. 테라스의 통유리 뒤편에서 사람들은 숨죽여 형사를 예의주시한다. 그때 한 아가씨가 스탠드바로 다가온다. 짙은 갈색 머리다. 주인장이 호들갑스러운 목소리로 어서 오라며 인사한다. 사람들이 모두 돌아본다. 옆 가게 미용사 아가씨다. 그녀는 자기네 미용실의 커피메이커가 고장 났다며 커피 넉 잔을 주문한다.

그녀는 모든 것을 다 알고 있다. 그녀는 상냥하게 미소 지어 보인다. 그러면서 은근히 사람들이 자기에게 관심을 보여줬으면 하고 기대한다. 자기에게 뭐든 물어봐도 좋다는 생각이다. 지금은 그럴 시간이 없는데요. 그녀는 일단 뺀다. 하지만 결국에는 얼굴을 살짝 붉히면서 모든 것을 다 털어놓는다.

그리하여 사건의 전말은 사람들에게 속속들이 알려지게 된다.

15시 50분

루이는 동료 경찰들과 악수를 나눈다. 카미유는 비디오 화면을 보자고 한다. 곧바로. 루이는 당황한 표정을 짓는다. 물론 카미유가 관행이나 공식 의례 준수에 무심하다는 것쯤은 잘 안다. 하지만 그 정도 관록을 쌓은 경찰이 이 같은 방법적 절차에 신경 쓰지 않는 것은 꽤 이례적인 일이다. 루이는 왼손으로 머리타래를 쓸어 올리면서 카미유를 뒤따라 임시 수사본부처럼 사용되는 서점 매장 뒤편으로 향한다. 카미유는 서점 여주인과 건성으로 악수를 한다. 그녀는 상아로 만든 궐련 파이프로 담배를 피운다. 이런 식으로 담배를 피우는 사람은 참으로 오랜만이다. 하지만 지금 카미유는 그런 데 신경 쓸 경황이 아니다. 경찰들이 감시카메라 두 대에 촬영된 녹화 칩을 회수해왔다.

노트북 모니터 앞에 자리하자마자 그는 루이에게로 고개를 돌려 이렇게 말한다.

"좋아. 난 이걸 보고 있을 테니까 자네는 저기서 사건의 전말을 좀 정리해봐."

그러고는 옆방을 가리킨 후 지체 없이 노트북 모니터 앞으로 돌아와 앉는다. 아직도 몇몇 사람들이 자리에 남아 있다. 그는 그들을 빤히 올려다본다. 마치 지금부터 혼자서 포르노를 즐기려는 사람처럼.

루이는 앞뒤 맥락을 정확히 헤아리고 있는 사람처럼 처신하기로 마음먹는다. 이럴 때는 집사나 시종 역할을 떠맡는 게 제격이다.

"자자," 다른 사람들을 문밖으로 밀어내며 그가 말한다. "다들 저쪽에 가서 모입시다."

이 비디오 영상에서 특히 카미유의 관심을 끄는 것은 금은방 입구 상단에 설치되어 있는 감시카메라에 잡힌 화면이다.

20분쯤 후, 이번에는 루이가 비디오 영상을 보는 동안 카미유는 비디오 영상과 최초 증언들을 비교해보면서 자신의 첫 번째 작업가설을 세워본다. 그러고는 상가 앞 중앙 통로로 가서 문제의 총잡이가 서 있었을 것으로 추정되는 지점을 살펴본다.

증거 채취는 일단 마무리되었다. 과학수사팀의 기술요원들은 모두 철수했다. 유리 파편들은 말끔히 치워졌다. 강도 사건이 발생한 구역은 통행차단 테이프로 봉쇄되었다. 사람들은 해당 분야 전문가들과 보험업자들이 오기를 기다리는 중이다. 그다음은 복구에 착수할 차례다. 관련업체가 이리로 몰려들게 될 것이다. 그러고 나서 두 달쯤 지나면 모든 복구가 다 끝나 다시 새롭게 시작할 수 있을 것이다. 어쩌면 또 다른 강도 한 놈이 개점 시간에 들이닥쳐 손님들을 위협하는 사태가 발생할 수도 있고.

현장은 정복 경관 한 사람이 지키고 있다. 키가 크고 호리호리하지만 피곤한 눈매에 눈시울이 처진 데다 아래턱이 다소 돌출되어 있는 청년이다. 카미유는 그가 누군지 이내 알아본다. 이 친구와는 범행 현장에서 수십 번도 넘게 마주쳤다. 이름을 알 수 없는 단역배우처럼. 그들은 가벼운 손짓으로 인사를 대신한다.

카미유는 통유리가 박살나고 난장판이 된 매장을 둘러본다. 금은방 매장 안에서 무슨 일이 있었는지는 전혀 알 수 없지만, 강도행각이 벌어지는 과정에서라면 어쩔 수 없었으리라는 생각도 든다. 하지만 다른 한편으로는 뭔가 의도적으로 꾸며진 것 같다는 인상이 풍기기도 한다. 강도질을 결심한 사람의 눈에 한 은행 지점이 들어온다 치자. 그런데 그 은행은 사실 별 볼 일 없는 곳이다. 하지만 아무리 그렇다 해도 그가 그 은행을 모조리 때려 부수려 한다면 공연히 죗값만 두 배로 늘어나는 셈이다.

카미유는 평정심을 유지하려고 노력하지만 양손을 외투 주머니에 찔러 넣을 수밖에 없다. 비디오 화면—시간이 허락하는 한도에서 그는 그것을 돌려보고 또 돌려본다. 비디오 화면은 그를 졸도 직전까지 몰고 간다. 그야말로 피가 마르는 심경이다—을 보기 시작하면서부터 두 손이 덜덜 떨려 견딜 수가 없기 때문이다.

마치 귀에 물이 들어가기라도 한 듯이, 밀려드는 감정의 격류를 떨치기라도 하고 싶다는 듯이, 그리하여 냉철한 거리감을 회복하고 싶다는 듯이 그는 머리를 세차게 뒤흔든다. 그는 자신에게 말한다. 바닥에 고인 시뻘건 웅덩이, 저게 안의 피야. 그녀가 여기 있었어. 땅바닥에 오그라든 자세로. 놈은 아마도 저기쯤 있었을 거야. 카미유는 몇 발 뒤로 물러나본다. 키가 큰 동료 경관이 걱정스러운 눈길로 그를 주시한다. 돌연 카미유가 몸을 돌린다. 그러고는 허리 높이에서 총 겨누는 시늉을 해본다. 그 모습을 본 꺽다리 경찰은 무전기에 손을 가져다댈까 말까 망설인다. 카미유가 다시 세 걸음을 옮긴다. 그는 지금 총잡이 녀석의 자취를 상가에서 빠져나가는 길목까지 순서대로 따라가는 중이다. 그러다 난데없이 뛰기 시작한다. 이번에는 더 이상 지체할 수 없다는 듯 꺽다리 경찰이 무전기를 움켜잡는다. 하지만 카미유는 이내 우뚝 멈춰 선다. 그에 따라 꺽다리도 동작을 멈춘다. 카미유는 검지를 입가에 가져다대며 몹시 골똘한 기색으로 제자리에 돌아온다. 문득 그는 동료 경관 쪽으로 눈길을 돌린다. 시선이 엇갈리자 그들은 멋쩍어하는 표정으로 상대방에게 미소를 짓는다. 비록 말 한 마디 나눈 적 없지만 서로 교감을 나누고 싶어 하는 사람들처럼.

실제로 대체 어떤 일이 벌어졌을까?

카미유는 이쪽저쪽을 주의 깊게 돌아본다. 저 위로 총탄에 산산이 부서져나간 채광창이 보인다. 그쪽으로 걸음을 옮긴다. 그리하여 상가에서 빠져나가는 길목, 조르주 플랑드랭 거리로 향한다. 하지만 솔직히 말해서 그는 지금 자기가 무엇을 찾아 헤매는지 모르고 있다. 그게 어떤 표시인지, 자잘한 단서인지, 수사에 활력을 불어넣을 수 있는 계기인지. 하지만 여하튼 범행 현장을 사진처럼 기억에 담아두고 싶다. 그리고 인간이란 기억을 각각 다른 순서로 재배열하는 법이다.

왜 그런지 설명할 수는 없지만, 그는 어쩐지 자기가 지금 잘못된 길로 접어든 것 같다는 직감에 시달린다. 여기서 이러고 있어봤자 아무 소용 없다.

아무래도 이 사건은 끝이 무척 안 좋을 것만 같은 예감.

그는 제자리로 돌아와서 다시 심문에 들어간다.

최초 공술을 접수한 동료들에게 그는 곰곰이 심사숙고할 시간이 필요하다고 말한다. 그러고는 서점 여주인과 골동품상을 만나본 후 길가에서 미용사 아가씨의 증언까지 들은 것이다. 금은방 여주인은 병원에 입원해 있다. 그 가게의 견습사원 아가씨는 강도 사건의 후유증에서 벗어나지 못하고 다소 멍해져 있는 상태였다. 카미유는 그녀에게 집에 돌아가도 좋다고 한 후 혹시 경찰이 집까지 데려다주는 게 좋지 않겠느냐고 묻는다. 그러자 그녀는 친구가 카페에서 기다리는 중이라고 답하면서 길 건너를 가리킨다. 그곳 테라스는 손님들로 바글바글하다. 모두의 시선이 그들에게 쏠려 있다. 카미유가 말한다. "그래요, 그럼 어서 가보도록 해요."

증언 접수를 마친 그는 다시금 주의 깊게 비디오 영상을 들여다보았다.

카미유가 보기에 놈들이 그토록 악착같이 그녀를 죽이려 든 것은 일차적으로 자신들의 강도행각을 앞두고 쌓인 긴장감이 극도로 고조된 데서 비롯된 듯했다. 그리고 그 이후에는 연쇄 상황에 휘말려 굴러가고 만 것일 테지. 톱니바퀴처럼 엇물려서 말이다.

하지만 설령 그렇다 해도 이토록 집요하고 이렇게까지 잔인무도하게 한 여자를……

예심판사가 들른다는 전갈이 왔다. 그래봐야 겨우 몇 분 머물 테지만. 그가 오기를 기다리는 동안 카미유는 임시 수사본부로 돌아온다. 이 강도 사건은 지난 1월에 발생한 또 한 건의 강도 사건과 놀랍도록 흡사하다.

"정말로 그렇다고?" 카미유가 되묻는다.

"틀림없습니다." 루이가 그렇게 단언한다. "유일하게 달라진 것은 범행 규모뿐입니다. 이번에는 단 한 건으로 끝났지만, 1월의 강도행각은 네 차례나 이어졌지요. 불과 여섯 시간 동안 금은방을 네 군데나……"

카미유의 입에서 놀라움의 휘파람 소리가 새어나온다.

"하지만 범행 수법은 그때나 지금이나 동일합니다. 사내 세 명이 범행에 가담했다는 것도 똑같고요. 순번을 정해둔 듯 첫 번째가 돌격해 들어가서 귀금속을 쓸어 담는 동안 두 번째는 모스버그로 그를 엄호하고 마지막 세 번째가 차를 몰아 그들을 태우러 오는 식이죠."

"그런데 1월에는 죽은 사람이 나왔다고 했던가?"

루이가 수첩을 들여다본다.

"그날, 그들의 첫 번째 표적은 15구에 있었습니다. 막 문을 연 시각이었네요. 그들은 10분 단위로 시간을 쪼개 썼다고 하는군요. 그날 하루를 가장 효율적으로 보내기 위한 방안이었겠지요. 곧이어 10시 반경에는 렌 거리에 있는 한 금은방으로 돌진합니다. 그러고는 거기서 출발하는 순간 가게 점원 한 명을 길바닥에 내팽개쳐두고 가게 됩니다. 강도들의 협박에 못 이겨 매장 뒤편의 금고를 열 때 조금 미적거린 모양입니다. 그러다 놈들에게 얻어맞고 뇌손상이 생겨 나흘 동안 의식불명 상태에 놓여 있었답니다. 기적적으로 깨어나긴 했지만 외상 후유증이 심했다는군요. 지금은 부분적인 신체장애에 대한 보상금을 지급받기 위해 행정 소송을 진행 중이고요."

카미유는 루이의 보고에 잔뜩 신경을 곤두세우고 귀 기울인다. 아, 안도 기적적으로 그 상태에서 헤어나야 할 텐데. 보고를 들을수록 극도로 신경이 날카로워진다. 이럴 때는 심호흡을 해가면서 천천히 목 근육을 이완시켜줘야 한다. '흉쇄…… 유돌……' 뭐라 그랬더라? 이런 젠장.

"14시경," 루이가 계속한다. "점심시간을 마치고 오후에 상점들이 재개장할 무렵 그 강도들은 세 번째 금은방을 습격합니다. 골동품점 거리의 '루브르'였습니다. 여기서는 자잘한 것까지는 손 안 대고 대강만 움직였던 모양입니다. 그러고는 10여 분 후 역시 금은방 고객 한 사람을 길거리에 내던져놓고 달아납니다. 그들이 위협할 때 손을 너무 높이 쳐들다 그런 봉변을 당했다고 하네요. 다행히 오전의 그 점원만큼 중태에 빠지지는 않았지만 그래도 의료진들에게서 꽤 상태가 심각하다는 진단을 받았답니다."

"갈수록 태산이로군." 생각을 이어가며 카미유가 그렇게 말한다.

"그렇다고도 할 수 있고 아니라고도 할 수 있지요." 그 말에 루이가 답한다. "범인들은 어쩌다 발이 꼬이면서 페이스를 잃어버린 게 아니거든요. 그저 자기들 나름의 방식에 충실할 따름이지요."

"여하튼 하루 동안 어마어마한 범행을 계속 저지르고 다녔으니……"

"물론입니다."

약탈 규모로 보나, 그 놀라운 대담함과 치밀한 짜임새로 보나, 여섯 시간 동안 이어진 네 차례의 강도행각은 전무후무한 일이었다. 하지만 어느 순간이 지나면 필경 피로가 엄습해오기 마련이다. 강도질은 스키를 타고 산비탈에서 하강하는 것과 같다. 큼지막한 사고는 늘 하루 일과의 막바지에 찾아오는 법이다. 이를 마지막으로 다 뒤집어 엎어놓고 떠나겠다는 최후의 발악이라 봐도 좋을지.

"그런데 세브르 거리의 금은방 사장은," 루이가 이어 말한다. "무모하게도 레지스탕스처럼 대응하고 싶었나 봅니다. 강도들이 떠나려는 순간, 어떻게 해서든 그들이 달아나는 것을 지연시킬 수 있다고 믿은 것처럼 보이니 말이죠. 그러다보니 금품 약취 담당의 소매 끝을 붙잡고 늘어지는 변고가 발생합니다. 그자를 쓰러뜨리려 한 모양이더군요. 그때 경계 근무 담당이 모스버그를 뽑아 사장한테 겨누게 됩니다. 사장이 거기에 응수하려 들자 9밀리 탄환 두 발을 가슴 한복판에 발사합니다."

그날 하루 동안 저지르기로 한 그들의 범행 계획이 원래부터 거기까지였는지, 아니면 예기치 않은 살상으로 인해 모든 것을 중단하고 달아날 수밖에 없었는지는 확실치 않다.

"하루 동안 약탈한 금은방 수만 제외하면, 사실 그들의 범죄 수법은 대단히 고전적이라고 말할 수 있을 정돕니다. 범인들은 마치 새로 범죄조직에 가담한 신참들처럼 시끄럽게 고함을 쳐대고 큰 제스처를 해대는가 하면 허공에 공포탄을 쏘기도 하고 카운터에 뛰어 올라가기도 했지요. 심지어 영화 같은 데서 본 걸 따라야 할 양으로 그에 맞춰 무기도 골라온 것 같습니다. 전체적으로 뭔가 과장돼 있다는 인상을 줍니다. 풋내기들이 그렇듯 겁을 쫓으려고 일부러 더 난폭하게 군 것처럼 여겨지기까지 하지요. 하지만 우리가 보기에 이 강도 일당은 매우 확고하고 대단히 체계적으로 움직이는 것 같습니다. 절대로 실수를 저지르거나 허투루 굴지 않았습니다. 만약 이들이 영웅주의적인 열망에 빠져 있지 않았다면, 범행 현장을 떠나기 전에 뭔가 정서적인 유감 표시라도 했을지 모릅니다. 하지만 현장에서는 아무것도 발견되지 않았습니다."

"그래, 피해액 규모는 대략 얼마나 되나?"

"공식적으로 신고된 액수만 62만 4천 유로랍니다."

그 말에 카미유는 눈썹을 치켜뜬다. 그 액수에 놀라서가 아니다. 원래 보석상들이란 도둑을 맞아도 피해 입은 총액을 사실대로 밝히지 않는 법이다. 실제로 그들이 더 가치를 두는 것은 신고하지 않은 품목

들일 것이다. 카미유가 허심탄회한 어조로 덧붙인다.

"그러면 실제로는 100만이 훌쩍 넘는 게 확실하겠군. 노획물들을 중고가로 되팔기만 해도 61만, 어쩌면 65만까지 가능할지도. 실로 엄청난 결과로군."

"그쪽으로 한번 뒤져볼까요?"

이처럼 상당한 고가 품목이면서도 동시에 한데 모아놓으면 전체적으로 조화롭지 못해 보일 장물들은, 비밀스럽게 되파는 과정에서 유실되는 경우가 꽤 많을 것이다. 게다가 파리에는 그처럼 유능한 장물아비들이 생각만큼 흔치 않다.

"그런 노획물들은 뇌이(Neuilly)를 거쳐 이미 다른 데로 넘어갔을 거야. 그래도……"

하지만 물론이다. 어쩌면 루이의 제안이 최상의 선택일지도 모른다. 장물아비야말로 환속한 주임사제일 수도 있다. 실제로 그런지 안 그런지 확인해본 적은 없지만. 하지만 지금으로서는 그밖에 달리 뾰족한 수도 없지 않은가. 카미유의 머릿속에는 언뜻 두 가지 계획이 스쳐간다. 충분히 그럴싸해 보인다.

"사람을 보내서 그쪽으로 좀 알아보라고 해."

루이는 하달받은 지시를 수첩에 적어둔다. 대부분의 사건 처리에서 적절한 인력들에게 업무를 분담하는 것은 그의 몫이다.

마침내 페레이라 예심판사가 도착했다. 길게 우뚝 솟은 코와 강아지처럼 쫑긋 선 귀. 몹시 골똘하고 분주한 기색으로 바삐 걸음을 옮기며 카미유와 악수한다. 안녕하세요, 반장님. 그리고 그를 수행하는 여성 서기관. 무르익을 대로 무르익은 30대 여자의 몸매다. 풍만한 앞가슴을 내세우며 뾰족한 하이힐 뒷굽을 시멘트 바닥에 또각또각 울리며 걷는다. 이렇게 걷는 그녀와 마주하면 누구라도 예심판사의 수행 서기관 치고는 너무 시끄럽게 걷는다며 한마디하고 싶어질 것이다. 예심판사도 그 점을 잘 안다. 하지만 세 걸음쯤 뒤처져 수행하고 있긴 해도 어쩐지 예심판사를 끌고 다니는 건 그녀 쪽일 거라는 인상을 받게 된다. 본인이 내키기만 한다면 쇼핑몰 같은 데서 풍선껌이나 불고 다니며 슬렁슬렁 돌아다녀도 꽤 어울릴 법한 모습이다. 카미유는 그런 그녀를 보며, 30대에 이른 롤리타가 매춘부로 전락해서 살아간다면 아마도 저런 모습일 거라고 상상해본다.

이번 수사에 참여하는 인원들이 한자리에 모였다. 카미유, 루이, 그리고 방금 막 현장에 도착한 지원인력 두 명. 루이가 총무를 맡기로 한다. 총무가 해야 할 업무 내용은 정보 처리와 취합, 세분화, 수사방법 연구, 원활한 연락망 운영 등이다(최근에 그는 국립행정학교 입학 자격 시험에 합격했다. 그가 가장 공부하고 싶어 하는 분야는 정치학이다). 비디오 영상을 검토할 때 예심판사가 특히 주목한 것은 강도 일당의 억양이다. 말할 때 보니 영락없는 동유럽 쪽 억양이다. 세르비아나 보스니아의 범죄조직이 연상된다. 아주 잔악한 놈들이다. 구태여 그럴 필요가 없었는데도 총까지 쐈다. 놈들을 무장시킨 것은 신출귀몰한 갱 두목 빈센트 하프너임이 틀림없다. 예심판사는 고개를 주억거린다. 하프너가 보스니아인들과 함께 제조한 혼합 폭발물로 그동안 세상에 더 흉악무도한 테러를 저지르지 않은 게 의아할 지경이다. 참 악랄한 놈들이군, 하고 예심판사가 말한다. 그 말이 맞다.

그다음으로 예심판사는 접수된 증언들에 관심을 보인다. 사실 강도들의 습격을 받은 금은방에는 여주인과 견습 사원 이외에 여점원이 한 명 더 있다. 원래는 금은방 개점 시간에 맞춰 여점원도 그 자리에 있었어야 했다. 하지만 그날 아침 여점원은 지각을 했다. 그녀가 도착한 것은 금은방에서 한바탕 난리가 벌어지고 난 후 상가 골목에서 마지막 총소리가 울렸을 때였다. 일반적으로 금은방이나 은행 지점 같은 곳에서 어떤 직원이 기적 같은 요행수로 강도 습격의 화를 모면할 경우, 경찰은 곧장 그 대상자를 용의선상에 올리게 된다.

"여점원을 데려가서는," 초동수사에 나선 경찰 가운데 한 명이 말한다. "살살이 취조를 해봤는데요, 결백한 것 같더군요."

여성 서기관은 이 과정이 이루 말할 수 없이 지루한 모양이다. 긴 다리를 비틀며 자꾸 꼬았다 풀었다 하는가 하면 춤추듯 양쪽 발끝을 번갈아 굴러댄다. 그러면서 집요하게 출구 쪽만 쳐다본다. 그녀는 야한 진홍색 립글로스를 발랐다. 터질 듯한 가슴은 블라우스 앞섶에 눌려 있고 블라우스 위쪽 단추 두 개는 활짝 열려 있다. 마치 가슴의 볼륨을 감당 못하고 우지끈 쪼개져 있는 것처럼 보인다. 한없이 깊이 팬 가슴 골짜기가 훤히 드러나 있다. 그러다보니 시선이 그 주위로 향하게 될 때는 공연히 신경이 곤두서지 않을 수 없다. 더욱이 양옆으로는 육식동물의 송곳니처럼 브래지어 끈이 도발적으로 노출돼 있다. 카미유는 그녀를 바라보면서 머릿속으로 그 모습을 스케치해본다. 그녀가 강한 인상을 주는 것은 확실히 사실이다. 하지만 대강 봤을 때만 그렇다. 꼼꼼히 뜯어보면 느낌이 달라진다. 왕발, 뭉툭한 코, 전반적으로 다듬어지지 않은 이목구비, 잔뜩 부풀어 있긴 하지만 너무 위쪽으로만 치솟은 엉덩이 등. 딱 보니 등반가로나 나서기 좋은 골반이다. 평소에 향수를 잔뜩 처바르고 다니는 것 같은데 그것도 그다지…… 요오드 용액 같은 싸구려 냄새가 진동한다. 생굴이 잔뜩 담긴 광주리를 끼고 앉아 있을 때와 같은 후각적 자극에 시달리는 기분이랄까.

"그런데 말이죠." 예심판사가 카미유를 한쪽에 따로 불러내서 속닥거린다. "서장님께서 전해주시기를, 반장님한테 꽤 유능한 끄나풀 한 명이 있다고 하던데……"

그는 일부러 꾸며낸 것처럼 부자연스런 목소리로 여자 서장에게 극존대를 쓴다. 마치 그녀에 대한 경칭이 입에 붙지 않아 일부러 연습이라도 하고 온 사람처럼. 서기관은 자기를 두고 두 남자가 속닥거리는 중이라고 여기는지 일부러 크게 한숨을 내쉰다.

"네, 그렇습니다." 카미유가 자신 있게 답한다. "아무런 차질도 없을 테니 걱정 마세요."

"그럼 질질 끌 필요가 없겠네요."

"그럴 필요 없을 겁니다……"

예심판사는 만족한 눈치다. 그의 직분은 서장 같은 일선 수사의 지휘관이 아니지만, 그렇다 해도 끄나풀을 활용할 때 누릴 수 있는 이점이 통계상으로 높다는데, 원만한 사건 해결을 위해 굳이 마다할 이유가 없는 셈이다. 그는 이만 자리를 정리하기로 한다. 그러고는 문제의 수행 서기관을 엄한 눈초리로 쳐다본다.

"마드무아젤?"

권위적인 어조다. 꽤나 퉁명스럽다.

하지만 나이 든 롤리타의 고개가 돌아가는 것을 보니, 아무래도 예심판사는 그렇게 군 대가를 호되게 치러야 할 듯싶다.

── **16시**

미용사 아가씨의 목격담, 그만하면 상당히 준수하다. 그녀는 어린 신부처럼 눈꺼풀을 수줍게 내리깔고 경찰에 했던 말들을 이 자리에서 반복하고 있다. 지금까지 들어본 목격담들 중에서 가장 구체적이고 생생하다. 거의 세밀하다고까지 할 수 있을 정도이다. 더러 이런 관찰력의 소유자들이 있으니, 내가 복면을 쓰고 있었던 게 천만다행이구나 싶다. 바깥이 계속 소란스러운데, 내가 앉은 자리는 테라스에서 멀리 떨어져 있는 스탠드바 근처라 무슨 일인지 잘 안 보인다. 커피나 한 잔 더 주문해야겠다.

그 여자는 죽지 않은 게 확실하다. 그 자리에 세워져 있던 차량이 그녀의 목숨을 지켜준 것 같다. 이후에는 구급대가 병원으로 싣고 간 모양이다.

이제는 병원 응급실이다. 그녀가 거기서 벗어나거나 사람들이 다른 곳으로 옮기기 전에 끝장을 봐야 한다.

하지만 그전에 재충전이 필요하다. 지금 모스버그에는 일곱 발의 탄환이 들어 있다.

불꽃놀이는 이제 겨우 시작되었을 뿐이다.

무대장식을 다시 꾸미러 슬슬 가볼까.

—— 18시

신경질이 치솟았지만 카미유는 클랙슨을 두드려대지 않고 자제한다. 그의 차 안에는 모든 운전장치들이 한가운데로 몰려 있다. 팔도 무척 짧으려니와 지면에서 발이 수십 센티미터나 떠올라 대롱거리는 처지에 차를 몰자니 딱히 해결방법이 없다. 신체장애에 맞춰 개조된 차 안에서는 손가락 하나도 잘못 놀리지 않도록 유의해야 한다. 거추장스럽기 짝이 없는 가재도구들에 둘러 싸여 있는 셈이니까. 여러 다른 결함들 중에서 특히나 카미유는 손 놀리는 게 능숙치 않았고, 그러다보니 그림 그리는 일 외에는 어이없는 실수가 잦은 편이다.

차를 병원 주차장에 세워둔 후 입구로 향하면서 그는 의사에게 할 말을 여러 차례 되뇌어본다. 15분 정도 나눌 얘기들을 차곡차곡 정리해서 다듬어두지 않으면 막상 의사와 대면했을 때 아무 생각도 안 날 수 있으니까. 오늘 아침 안내 창구는 몰려든 사람들로 몹시 북적거렸다. 그래서 그는 그녀가 어디 있는지만 확인한 후 곧장 그리로 향했다. 하지만 이번에는 일단 그 앞에 멈춰 서기로 한다. 그의 눈이 카운터 선반에 닿는다(키 얘기만 나오면 카미유는, 비록 1, 2센티미터 안팎의 오차가 있을지는 몰라도 여하튼 자기 키가 1미터 50센티쯤 된다고 주장한다). 그는 반 바퀴쯤 돌아서 창구 옆으로 나 있는 곁문을 밀치고 안으로 들어가려 한다. 문 위에는 엄중하게 '외부인 출입금지'라는 푯말이 붙어 있다.

"지금 여기서 뭐하시는 거예요?" 카미유를 본 한 여자가 소리친다. "글자도 읽을 줄 모르세요?"

카미유는 신분증을 내밀어 보인다.

"정말로 아저씨가요?"

여자는 별안간 깔깔거리기 시작한다. 그러더니 허공에 엄지손가락을 치켜 올린다.

"대단하시네요!"

여자의 얼굴에는 정녕 감탄했다는 표정이 스쳐간다. 그녀는 몹시 야위어 보이는 흑인이다. 생기 넘치는 눈빛, 납작한 가슴, 앙상한 쇄골. 나이가 40대쯤 되어 보이는 앙티유 출신으로, 가슴에 붙은 명찰은 그녀의 이름이 '오펠리아'라고 알려준다. 오펠리아가 입고 있는 블라우스에는 꽃장식 같은 게 붙어 있는데 추하다 싶을 정도로 어울리지 않는다. 쓰고 있는 안경은 나비 모양의 흰색 뿔테로, 너무 커서 할리우드 배우들에게나 어울릴 것 같다. 게다가 몸에서는 지독할 정도로 찌든 담배 냄새가 풍긴다. 잠시만 기다려보라는 뜻에서 카미유에게 손바닥을 활짝 펴 보인 후 그녀는 서둘러 어디론가 전화를 하고 뒤돌아서더니 다시금 탄복을 금치 못하겠다는 눈길로 그를 굽어본다.

"정말로 조그마하시네요! 경찰로 근무하시기에는 그럴 것 같다고요, 제 말인즉슨…… 경찰이 되려면 키에 관한 제한조건 같은 건 없나보죠?"

카미유는 지금 이 여자와 노닥거릴 기분이 전혀 아니지만, 그녀의 말에 슬그머니 미소가 새어나온다.

"저는 면제 받았어요." 카미유가 말한다.

"그러니까 말하자면 특채 같은 거였군요!"

하지만 5분쯤 지나면 이와 같은 순박함은 서서히 본색을 드러내면서 무례한 태도로 뒤바뀌게 될 것이다. 경찰이든 아니든, 사람들은 상대가 자기 키의 어깨 높이밖에 되지 않으면 일단 만만하게 여기는 경향이 있는 모양이다.

카미유는 그녀의 말을 끊고 안 포레스티에의 주치의와 이야기를 나눌 수 있도록 해달라고 부탁한다.

"이 시간에는 각 층에 인턴 한 명씩밖에 남아 있지 않아요."

카미유는 알겠다는 몸짓을 해 보인 후 승강기 쪽으로 향해 간다. 그러다 문득 돌아서서 이렇게 묻는다.

"혹시 그녀가 휴대폰을 소지하고 있었나요?"

"제가 알기로는 아닐걸요……"

"확실해요?"

"맞아요. 적어도 여기서는 환자의 휴대폰 사용이 제한되어 있거든요."

카미유가 다시 걸음을 옮긴다.

"저기요, 잠깐만요!"

저만치서 그녀가 노란 서류 한 장을 손에 들고 흔들어 보인다. 마치 자기보다 커다란 누군가에게 부채질이라도 해주는 모습 같다. 카미유는 그쪽으로 돌아간다. 그녀가 깜찍하기도 하다는 눈길로 그를 내려다본다.

"이거 연애편지……" 그녀가 웅얼거린다.

알고 보니 면회신청서 같은 행정양식이다. 카미유는 그 종잇장을 주머니에 쑤셔놓고 계단으로 올라가서 주치의와의 면담을 요청한다. 우선 기다려야 한다.

응급실 주차장은 가장자리까지 완전히 찼다. 매복하기에 딱 좋은 장소다. 같은 곳에 너무 오랫동안 머물러 있지만 않으면 여기서 차에 숨어 있다 한들 누구도 알아보기 어려울 것이다. 그저 조심하면서 경계를 늦추지만 않으면 그만이다. 그리고 그럴 동기만 있으면 된다.

그런데 만약의 경우, 장전된 모스버그 한 정을 앞좌석의 신문지 밑에 감춰두고 있다면 어떨까.

그러고는 숙고에 숙고를 거듭하며 앞으로의 실행 계획에 몰두하고 있다면.

여자가 병원에서 나오기를 기다리는 게 첫 번째 조건이다. 그게 가장 간단하다. 환자가 타고 있는 구급차를 쏘는 짓은 제네바 협정에 위반된다. 그 따위 협정쯤이야 전혀 개의치 않겠다면 상관없지만 말이다. 입구 로비에 설치된 감시카메라는 아무 짝에도 쓸모가 없을 것이다. 그런 보안장치는 범행을 예방하는 데만 효과가 있을 뿐이다. 작업에 착수하기 전 12구경으로 말끔하게 제거해버리면 그만이다. 정신적으로 극복하지 못할 것은 아무것도 없다. 기술적으로도 불가능한 것은 없다.

그런데 이 처리 방식에서 가장 치명적인 난점은 빠져나갈 구멍이 좁다는 데 있다. 이른바 병목현상. 물론 방책을 뚫고 지나갈 수 있도록 경비원부터 제거할 수는 있다. 제네바 협정에는 경비원 관련조항이 전혀 나와 있지 않다. 하지만 이건 그다지 실리적인 방법이 아니다.

다른 처리 방식. 예컨대 방책 바깥. 그 지점에는 총구를 내밀 만한 작은 창턱이 하나 있다. 병원에서 나서자마자 구급차는 우회전한 후 신호대기를 하게 되는데 거기가 창턱에서 40미터쯤 떨어진 지점이다. 그 길목은 환자를 실어 나르는 구급차들로 늘 복작거린다. 하지만 그 반대편 차선은 도주로로 택하기 좋을 만큼 충분히 여유로운 편이다. 구급차가 신호대기하고 있을 동안, 그에 따라 동기가 부여된 사수가 정위치에 확실히 자리 잡은 후 1초 동안 창틈을 알맞게 벌리고 2초 안에 조준을 마친다. 그러고는 마지막으로 방아쇠를 당긴다. 그러고 나면 거리에 한바탕 격랑이 휘몰아치리라는 것은 불을 보듯 빤한 일이다. 그렇게 어수선해진 틈을 타서 사수는 구급요원들과 구경꾼들 사이로 몸을 숨길 수 있다. 그런 다음 차에 올라 40미터가량 반대편 차선으로 거슬러 올라가서 그대로 달아난다. 이내 2차선 도로로 나뉜 대로가 펼쳐지고, 이 여세를 몰아 계속 달리다보면 어느새 파리 외곽순환도로로 접어들 수 있다. 이 뿌듯한 안도감. 상황 종료. 그러기만 하면 일은 착착 진행되는 셈이다. 벌써부터 목표를 완수했다는 성취감이 밀려온다.

두 가지 경우 모두 다 전제조건은 일단 그 여자가 나와야 한다는 것이다. 그녀가 병원에서 나와 집으로 돌아가든, 아니면 구급차에 실려 어디론가 이송되든.

 그런데 만일 총구를 내밀 창문이 열려 있지 않다면, 그에 맞는 대책을 새로이 강구해야만 한다.

 자택 배달 서비스를 가장하는 상황까지 염두에 두기로 한다. 꽃장수나 제과점 점원 같은 것 말이다. 그 방으로 올라가서 공손하게 문을 두드린다. 그러고는 안으로 들어간다. 마카롱을 배달해준 후 도로 나온다. 지극히 조심스럽게 대처해야 할 필요가 있다. 아니면 그 반대로 능청스런 떠버리를 연기하는 것도 괜찮다. 여하튼 이 두 가지 전략은 서로 상이하지만 제각기 그 나름의 장점이 있다. 정밀 조준 사격이라고 할 수 있는 전자는 숙련된 전법과 완성도가 요구된다. 하지만 너무 자아도취적인 수법이 아닐까 싶기도 하다. 자기 자신을 앞세우다가 남에 대한 배려를 놓치기 쉽다는 것이다. 이타성이 결여돼 있다. 넓은 퇴로를 확보하는 후자는 확실히 전자에 비해 이론의 여지가 없을 정도로 관대하고도 고결하며 거의 박애 정신이 느껴지는 방식이다.

 실제로 우리의 결단을 이끌어내는 것은 구체적인 사건 상황이다. 우리 같은 사람들에겐 앞일을 미리 헤아리고 관측하는 혜안이 절대적이다. 물론 그 터키 놈들이 체계적인 일처리에 능한 것은 사실이었지만, 결정적으로 그들에게 부족한 것도 이렇게 앞일을 내다보고 대비할 줄 아는 안목이었다. 그 점에서 그치들은 철저히 무능했다. 범죄로 크게 한몫 잡겠다고 고향을 떠나 유럽의 대도시로 올 때는 뭔가 앞일에 대한 대비가 철저히 세워져 있어야 하는 것이다! 하지만 녀석들은 그렇지 못했다. 루아시에 도착한 터키 녀석들은 마치 자기들이 범죄 집단에 속해 있다는 것을 주위에 과시하기라도 하듯 험상궂은 표정으로 짙은 눈썹부터 씰룩거렸다…… 아무 생각 없이 앙카라 근교의 잡화점과 케스킨의 주유소 같은 곳에서 강도질을 벌이던 부랑아들이 그 대가로 할 수 있는 일이라고는 결국 예배당 문 앞에서 비굴하게 굽실거리며 구걸하는 것뿐이다. 그래도 좋다면, 수준 높은 인력들을 끌어들일 필요도 없이 그저 하라는 대로 멍청하게 움직이는 얼간이들과 함께 작업해도 무방하다. 하지만 설령 그 편이 훨씬 실용적이라 해도 그건 정말이지 바보 같은 짓이다.

여하튼 그 터키 놈들은 죽기 전에 파리가 어떻게 생긴 도시인지는 구경한 셈이다. 속으로는 내게 감사했을지도 모를 일이다.

참고 기다리다보면 언젠가는 반드시 그 보답이 주어진다. 아니나 다를까, 저기 우리의 주인공 난쟁이 형사가 분주하게 종종걸음 치며 병동으로 들어가는 게 보인다. 여기서 불과 몇 발밖에 떨어지지 않은 거리다. 하지만 나는 저 친구와는 끝까지 이 정도의 거리를 유지하며 지낼 셈이다. 병동으로 들어간 그가 안내 창구 앞에 서 있는 모습도 보인다. 창구 뒤에 있는 여자에게는 훤하게 벗어진 그의 윗머리밖에 내려다보이지 않겠지. 수면에 동동 떠다니는 누군가의 어금니처럼 말이다. 그는 다급한 듯 발을 동동 구른다. 이 친구, 이거 신경이 상당히 날카로워져 있는 모양이다. 거기서는 어떻게 할 수가 없으니 옆쪽으로 돌아 가본다.

키는 아주 작지만 상당한 카리스마를 내뿜는 인간이다.

아무려나 상관없다. 어차피 저 친구는 내가 집에 머물러 있었다는 알리바이의 벽에 부딪치고 말 테니까.

나는 일단 동정을 살펴보고자 차에서 나온다. 중요한 것은 빨리 끝내야 한다는 점이다. 그리고 이 사안을 깔끔하게 마무리해야 한다는 점이다.

___ **18시 15분**

안은 잠들었다. 머리에 칭칭 감겨 있는 붕대가 싯누렇게 변색되었다. 상처에서 고름이 새어나오는 모양이다. 고름은 그녀의 얼굴에도 유즙처럼 흘러내린다. 뜨이지 않는 눈꺼풀은 헬륨 가스를 주입한 것처럼 한껏 부풀어 올라 있다. 게다가 입도…… 카미유는 그 모습을 기억 속에 새겨둔다. 나중에 그림으로 옮기기 위해서이다. 하지만 문이 열리면서 그의 관찰은 잠시 중단된다. 누군가가 안을 빼꼼 들여다보면서 그를 호출한다. 카미유는 복도로 나가본다.

인턴은 심각한 표정을 짓고 있는 인도계 청년이다. 얼굴 크기에 비해 작은 안경을 썼고 명찰에는 어떻게 발음해야 좋을지 알 수 없는 이름 철자가 적혀 있다. 카미유는 다시금 신분증을 꺼내 보인다. 인턴 청년은 그것을 한참 동안 들여다본다. 이런 경우에 어떻게 대처해야 할지 모르겠다는 표정이다. 물론 이곳에 경찰 출입이 드문 일은 아니다. 하지만 강력반 반장이라니, 이런 경우는 또 처음이다.

"지금 포레스티에 씨의 상태가 어떤지 알아놓을 필요가 있어서요." 병실 문을 가리키며 카미유가 그렇게 말한다. "곧 예심판사가 그녀를 심문하러 방문하게 될 텐데……"

인턴 청년에 따르면 이런 문제는 부서 책임자 소관으로, 그가 그게 가능할지 그렇지 않을지 결정하게 될 거라고 한다.

"흐음…… 그럼 현재 상태만이라도…… 현재 상태는 어떤 겁니까?" 카미유가 다시 묻는다.

인턴 청년의 손에는 엑스레이 촬영 결과와 진단서가 들려 있다. 하지만 굳이 그것을 참고할 필요도 없다. 그가 결과 내용을 속속들이 파악하고 있기 때문이다. 코뼈 골절(그래도 다행히 상태가 양호해서 보형물 삽입 수술까지는 필요치 않을 거라고 한다), 쇄골 균열, 양쪽 늑골 함몰, 두 부위에 접질림(손목과 왼쪽 발), 손가락뼈 손상, 양손과 팔뚝, 배 등의 피부에 수없이 많은 자상들, 특히 오른손에 깊이 베인 상처가 있는데 신경에는 아무 이상이 없어 다행이긴 하지만 약간의 재활 치료를 받아야 할 필요가 있으며, 가장 심각한 것은 얼굴에 길게 나 있는 흉터다. 이만한 흉터는 설령 피부가 아물더라도 지속적인 치료가 필요하다. 그밖에 셀 수 없을 정도로 온몸에 퍼져 있는 피하 출혈의 흔적들. 엑스레이 촬영 결과에는 그 부위들이 명백히 다 드러나 있다.

"금세 눈에 띌 정도로 큼지막하죠. 하지만 거기서 생겨난 충격이 연쇄적인 신경 손상으로 번지지는 않은 것 같아 일단 다행입니다. 두개골도 멀쩡한 것 같고요. 하지만 치과 치료는 꽤 많이 받아야 할 것으로 보이네요. 석고 교정까지도 고려하셔야 할 것 같습니다…… 그런데 아직 모든 게 다 확실히 결론 난 것은 아닙니다. 내일 정밀 단층 촬영을 한 번 더 받아봐야 알 수 있을 것 같네요."

"그럼 지금 많이 고통스러울까요?" 카미유가 묻는다. "제가 이런 것까지 물어보는 이유는," 그는 황급히 이렇게 덧붙인다. "잘 아시겠지만, 예심판사한테 상세하게 보고를 올려야 해서……"

"환자분이 가능한 한 고통을 덜 받도록 해드려야죠. 이런 경우에 환자분 상태가 어떨지 잘 아니까요."

비로소 카미유의 입가에 미소가 떠오른다. 그러고는 더듬대는 어투로 고맙다는 말을 한다. 인턴 청년은 그런 그를 의아해하는 눈으로 바라본다. 청년의 눈길이 매우 서늘하고 깊은 게 느껴진다. 도대체 이 사람의 이런 감정적인 태도는 뭐야? 속으로 그렇게 웅얼거리는 것처럼 보인다. 그에게는 카미유가 본업에 충실한 경찰로는 여겨지지 않는다.

강력반 반장이 맞는지 신분증을 다시 확인하고 싶어질 정도다. 하지만 인턴 청년은 카미유가 형사치고는 유난히 성정이 고운 사람이라고 믿기로 한다. 그래서 이렇게 덧붙인다.

"아마 모든 게 다시 정상적으로 회복되려면 시간이 좀 걸릴 거예요. 혈종도 가라앉아 하고, 여기저기 많이 생긴 상처도 아물어야 할 테니까요. 하지만……(그러더니 차트에서 이름을 찾아본다) 포레스티에 씨는 일단 고비를 넘기셨어요. 이제는 얼마 전만큼 고통스럽지는 않으실 거예요. 지금으로서는 가장 걱정스러운 게 후유증에 따른 충격이죠. 저희는 하루나 이틀 정도 환자분의 경과를 주의 깊게 지켜볼 겁니다. 그러고 나서는…… 원활한 재활이 이뤄질 수 있도록 옆에서 잘 돌봐주는 도움의 손길이 필요할 거예요."

카미유는 다시금 고맙다는 말을 한다. 이제 그만 발길을 돌려도 좋을 것 같다. 여기서는 더 이상 할 일이 없다. 하지만 실제로는 할 일이 없다기보다 해줄 일이 없다는 게 더 정확한 표현일 것이다.

건물 오른쪽에는 유용한 곳이 전혀 없다. 반면 왼쪽은 훨씬 낫다. 그쪽으로 비상구가 나 있다. 곧바로 지형을 파악해둬야 한다. 문은 모니에 상가에 있는 화장실의 그것과 동일하다. 안쪽에 굵은 빗장이 수평으로 걸려 있는 일종의 방화문이다. 그래야 만약의 경우에도 사람들이 바깥에 달린 금속판으로 곁쇠질해서 쉽게 안으로 들어올 수가 있다. 안으로 들어오는 방법이 너무 쉽다보니, 혹시 기술자가 도둑들을 위해 이런 문을 고안한 게 아닐까 싶을 정도이다.

나는 귀를 곤두세운다. 이러나저러나 아무 상관 없다. 문이 너무 두꺼우니까. 잘됐다. 눈으로 사방을 살핀 후 막대를 문틈으로 밀어 넣어본다. 서서히 문이 열린다. 그 안으로 들어서니 곧 병동 복도로 통한다. 그 복도를 따라가자 또 다른 복도로 연결되어 있다. 일부러 자신만만한 걸음걸이로 뚜벅뚜벅 요란한 구두 발소리를 내며 걷는다. 행여나 누군가와 마주치게 될 경우를 대비해서다. 어느새 로비 끝에 다다른다. 거긴 안내 창구 바로 뒤쪽이다. 순간 병원이라는 장소는 살인자들을 위해 지어진 게 아닌가 싶다는 생각까지 든다.

내 오른손에는 각 층의 대피로를 명시한 평면도가 들려 있다. 건물 구조는 복잡하다. 그동안 자주 개보수와 증축을 거듭했을 뿐 아니라 보안을 강화하느라 신경 쓴 결과일 것이다. 사람들은 공공건물 벽에 붙어 있는 지도 따위에 별로 주의하지 않는다. 어느 날 화재가 나봐야 뒤늦게 아쉬워하는 소리나 내뱉으며 비로소 그 필요성을 절감하게 될 것이다. 그래봤자 소 잃고 외양간 고치는 격이다. 특히 병원 같은 건물에서는 더욱 그렇다. 아무도 눈여겨보지는 않는다 해도, 대피로를 가리키는 각 층의 평면도는 건물의 구조에 대해 매우 유용한 정보를 제공해줄 뿐 아니라 손에 넣기도 쉽다. 더욱이 톱질한 탄환이 장전되어 있는 모스버그로 무장한 괴한에게는 또 다른 의미에서 더욱 쓸모가 많다.

아무래도 좋다.

나는 주머니에서 꺼낸 휴대폰 불빛으로 그 평면도를 비춰본다. 각 층의 구조는 서로 엇비슷하다. 승강기와 배수관으로 인하여 일정한 외형을 띨 수밖에 없는 것이다.

일단 차로 돌아가서 이런저런 궁리에 잠긴다. 사전에 미리 모든 것을 철저히 계산해두지 않으면 목표물을 불과 몇 센티미터 앞에 두고 좌절하게 될 위험이 그만큼 높아진다.

18시 45분

어느새 안의 병실이 어둑해지기 시작했는데도 카미유는 불을 켜지 않는다. 저녁나절의 어둠에 잠긴 병실에서 카미유는 마냥 의자에 앉아 (병원 의자는 꽤 높다) 생각을 가다듬는 중이다. 정말이지 모든 게 너무 빨리 흘러간다.

그녀가 가볍게 코를 곤다. 이전부터 그녀는 잠들면 늘 코를 골곤 했다. 물론 잠든 자세에 따라 달라지긴 하지만. 그 사실을 알게 되자 그녀는 몹시 당혹스러워했다. 지금은 전신이 온통 피멍으로 뒤덮이다시피 한 상태지만, 평소 그녀가 얼굴을 붉히면 그 모습은 너무도 사랑스럽고 귀여웠다. 그럴 때마다 그녀의 피부 빛깔은 진한 다갈색으로 변했다. 어떤 상황이 곤혹스러우면 그녀의 몸에는 밝은 반점들이 그렇게 번지는 모양이었다.

카미유는 그녀에게 자주 이런 말을 하곤 했다.

"당신은 코를 고는 게 아니야. 그냥 평소보다 더 거세게 호흡하는 것뿐이지. 코를 고는 것하고는 아무 상관 없어."

이때도 그녀는 부끄러워 어쩔 바 모르겠다는 듯 머리카락을 배배 꼬면서 얼굴을 붉혔다.

"언젠가 자기 눈에 쓰인 콩깍지가 벗겨져서 이런 면이 단점으로 보이게 되면," 그녀는 빙그레 미소 지으며 말했다. "그때야말로 관계의 막을 내릴 시간이 왔다는 뜻이겠죠."

그들의 이별을 떠올리는 것은 안에게 거의 습관적인 일이었다. 그녀는 그들이 함께하는 순간이든 헤어져야 할 순간이든 아무런 차이도 없다는 듯이 말하곤 했다. 그 문제가 마치 그들 사이에서는 미묘한 어감의 차이에 지나지 않는다는 것처럼. 이런 그녀의 말을 들으면 카미유는 어쩐지 마음이 놓이는 것 같았다. 우울증에 사로잡힌 독신남의 조건반사라고나 해야 할지. 그는 자기가 여전히 우울증에 시달리고 있는지, 아직도 계속 독신생활을 하고 있는 건지 아닌지 알 수 없었다. 그의 삶에 그녀가 나타난 이후부터 모든 게 다 불투명해졌고 모든 게 덜 확실해 보였다. 그들은 다시 원점으로 돌아가기도 하고 끊어졌다 이어졌다 하면서 알 수 없는 미로를 함께 헤쳐 나가는 중이었다.

"카미유, 미안해요……"

그때 그녀가 다시 눈을 떴다. 그녀는 의도적으로 각각의 단어를 또박또박 발음하려고 한다. 퉁퉁 부어오른 입이 너무나 무겁고 깨진 이 사이로 발음이 다 새는데도 손으로 입을 가리고서. 이제는 카미유도 그녀가 하는 말을 곧장 알아듣는다.

"도대체 뭐가 미안하다는 거야?" 그가 묻는다.

그녀는 엉망이 된 자기 몸과 허공을 가리켜 보인다. 그녀가 가리키는 대상에는 카미유와 병실, 그리고 그들의 삶, 이 세계까지 포함되어 있는 것처럼 보인다.

"이 모든 게 다……"

실의에 빠진 듯한 그녀의 시선에서 카미유는 조난에서 혼자 살아남은 자의 슬픔 같은 것을 떠올린다. 그녀의 손을 잡아주려 한다. 하지만 그의 손끝에 와 닿는 것은 그녀의 손등에 덧댄 부목이다. 조금 더 푹 쉬는 게 좋겠어. 이제는 더 이상 아무 일도 일어나지 않을 거야. 내가 여기 있잖아. 그런데 마치 이 사건이 뭔가를 변화시킨 것만 같다. 지극히 개인적인 감정이 북받쳐 오르는데도 그 사이를 비집고 반사적인 직업정신이 발동하려 한다. 지금 그를 질깃질깃 들쑤시는 궁금증 한 가지는 어째서 모니에 상가의 강도가 그녀를 그토록 집요하게 죽이고 싶어 했는가 하는 점이다. 무려 네 번이나 살해 시도를 반복해가면서 말이다. 물론 강도행각의 긴장감과 그로 인해 촉발된 과잉대응 따위가 톱니바퀴처럼 엇물려 돌아갔을 수는 있다. 하지만 아무리 그렇다손 쳐도……

"저기, 그때 금은방에서 말이야, 뭔가 달리 보거나 들은 거 없었어?"
카미유가 묻는다.
그녀는 그 질문이 무엇을 뜻하는지 확실히 이해하지 못한 것 같다. 겨우겨우 입술을 달싹여 되묻는다.
"뭔가 다른 거라니…… 무슨 말이에요?"
아니, 아무것도 아니야. 그는 미소로 무마하려 한다. 하지만 뒷맛이 썩 개운치는 않다. 그는 그녀의 팔목에 손을 얹는다. 지금은 일단 그녀가 편히 잠들도록 놔두자. 하지만 가능한 한 빠른 시일 안에 그녀가 뭔가를 말해줘야 한다. 아주 세세한 것까지 모든 것을 다 털어놓아야 한다. 이 사건의 정황에는 뭔가 석연치 않은 구석이 있다. 그게 뭔지를 알아내는 것이야말로 사건 해결의 중요한 분수령일지도 모른다.
"카미유……"
그는 고개를 수그린다.
"나 정말 미안해요……"
"괜찮으니까," 그가 부드러운 목소리로 답한다. "이제 그런 말은 그만 좀 해!"
누렇게 변색되어 칭칭 감겨 있는 붕대, 얼굴이 흙빛으로 물들 만큼 잔뜩 부풀어 오른 살집, 뭉개진 입술 등 병실의 어둠에 잠겨 있는 안의 모습은 사실 추해 보일 정도이다. 물론 카미유는 시간이 흐르면 괜찮아지리라는 걸 안다. 끔찍하게 부풀어 오른 혈종은 색깔이 변해가며 어느새 가라앉게 될 것이다. 이제 그만 일어나야겠다. 그는 그러기를 원하는 것 같기도 하고 아닌 것 같기도 하다. 지금 그의 마음을 가장 아프게 들쑤시는 것은 그녀의 눈물이다. 그녀는 마치 샘처럼 눈물을 쏟아낸다. 심지어 잠들어 있을 때조차도.

그는 일어선다. 이제는 정말로 가야겠다.

어쨌든 여기서는 그가 더 이상 할 수 있는 일이 아무것도 없다. 그는 살그머니 병실 문을 닫고 나온다. 마치 잠들어 있는 아이들 방에서 나오는 것처럼.

―― 18시 50분

안내 창구 여직원은 종종 자신의 업무 처리능력으로는 해결해내기 벅찬 일거리를 도맡는다. 나름대로 간격을 정해서, 이쯤 했으니 잠깐 끊고 가도 괜찮겠다 싶어지면 담배나 몇 개비 태우러 다녀오는 게 최대한의 휴식이다. 하긴 병원에서야 암이 사무실 동료쯤으로 여겨질 정도니 어찌 보면 당연한 노릇이기도 하다. 그녀는 어쩐지 서글퍼 보이는 표정으로 팔짱을 낀 채 담배에 불을 붙여 문다.

바로 이때가 절호의 기회다. 건물 안으로 잠입해서 비상구 문을 연 후 창구 직원이 아직 자기 자리로 돌아오지 않았다는 것을 조심스레 염탐하는 눈길. 현관 앞에 등을 보이고 서 있는 그녀의 모습이 보인다.

세 걸음 앞으로 다가가서 팔을 뻗는다. 수납자 명부가 저기 있다. 이제 손으로 집어들기만 된다.

의약품은 잠긴 서랍 안에 보관하는 모양이다. 하지만 환자의 인적 사항 같은 것은 충분히 손에 닿을 만한 위치에 놓여 있다. 병원 근무자나 간호사라면 논리적으로 질병이나 의약품 따위를 조심해야 한다고 여기지, 설마 병원에 몰래 잠입한 괴한으로 인해 위험이 닥치리라고는 상상도 하지 못했을 것이다.

    상해 발생 장소: 파리 8구 모니에 상가
    운반책임: 의료 구급대 LR─453
    도착 시간: 오전 10시 44분
    이름: 안 포레스티에
    병실: 224호
    생년월일: 미상
    주소: 라퐁텐 오 루아 거리 26번지
    이송 여부: 미정
    치료: 정밀 단층 촬영. 그밖에 현재 진행 중.
    환급 내역: 조사 중
    수술: GD─11.5

다시 차로 돌아온다. 창구 여직원은 이미 새 담배에 불을 붙여 물고 있다. 명부를 통째로 베낄 시간은 충분했다.
2층 224호다.
차로 돌아와서는 모스버그를 무릎에 올려놓고 애완동물처럼 가만히 쓰다듬는다. 참고 견디면 정말로 특별한 보상이 돌아오는지, 아니면 고만고만한 현상 유지에 그치는 것인지, 혹은 헛고생이나 하고 마는 것은 아닌지 나는 늘 그 점이 궁금했다.
이 일에 또 다른 노고가 추가된다 해도 얼마든지 기꺼이 감수할 여력이 있다. 이런 일은 어차피 모 아니면 도다. 하지만 이만큼 준비과정에 많은 공을 들였다면, 집중력이 부족해서 모든 것을 그르칠 염려는 없을 것이다.

내 휴대폰 액정에 떠 있는 대피로 평면도 사진은 이 병동 건물의 구조가 보통 복잡한 게 아니라는 사실을 일깨워준다. 건물 세부가 수많은 곁가지들로 얽히고설킨 거미줄처럼 나타나 있다. 이건 거의 다각형 요새 수준이어서, 이 평면도로 원하는 방향을 찾으려 하면 오히려 더 미궁에 빠지고 말 것 같다. 마치 늑대를 그렸다는 어린아이의 그림에서 늑대가 아니라 해골과 마주치는 꼴이다. 물론 병동 건물의 설계자에게는 그다지 복잡한 것도 아니겠지만.

지금 중요한 문제는 그런 게 아니다. 내 짐작이 맞다면 2층까지는 승강기가 다니지 않아 층계를 타고 올라가야 한다. 그리고 각 층의 병실들은 10미터 간격으로 떨어져 있다. 여기서 빠져나갈 때는 되도록 가장 복잡한 경로를 택하는 게 바람직해 보인다. 뒤쫓아 올 수 있는 자취를 최대한 흐려놓기 위해서다. 한 층 더 올라갔다 복도를 가로질러 다시 한 층 더 올라간다. 문들이 세 개 잇따라 붙어 있는 신경외과 병실을 지나면 승강기가 나온다. 그걸 타고 안내 창구가 있는 로비까지 내려온 후 스무 걸음쯤 옮겨 비상구로 빠져나온다. 그러면 곧바로 주차장을 거쳐 차로 돌아올 수 있다. 이런 건물에서 아침 일찍 일어나서 헤매고 다니다보면 자아를 찾는 데 약간의 효험이 있을지도……

그녀가 다른 곳으로 옮겨질 가능성도 배제할 수 없다. 이 경우에는 차라리 여기서 기다리는 게 상책이다. 나는 그 여자의 이름을 알고 있다. 만반의 대비 태세를 갖출 수 있도록 지금 가장 확실히 해둬야 할 것은 정찰이다.

병원의 전화번호를 찾아 휴대폰 다이얼을 누른다.

1번 누르고, 2번 누르고, 지겹다. 모스버그와 함께라면 이렇게 지겨운 짓거리를 거치지 않고 곧장 끝낼 수 있을 텐데, 바로 모스버그를 앞세우면 일이 한결 빨라질 텐데.

─── **19시 30분**

하루 종일 경시청 사무실에 들를 경황이 없었던 카미유는 루이를 불러 수사에 착수한 그 밖의 사건들을 총괄해서 정리해보기로 한다. 현재 그들에게는 목이 졸려 살해당한 크로스드레서, 자살했음이 틀림없는 독일인 관광객, 접촉사고 시비 도중 상대방의 칼에 찔린 운전자, 어느 체육관 지하실에 숨어 살다가 피를 많이 흘리고 숨진 채 발견된 노숙자, 8구의 시궁창에 빠져 있다가 구제된 마약중독자, 치정에 눈이 멀어 칼부림까지 벌인 71세 노인 등의 사건이 떠안겨 있다. 카미유는 루이의 보고 내용을 귀 기울여 듣는 표정으로 때로는 이런저런 지침들을 하달하기도 하고 때로는 대책을 강구하기도 하지만, 실제로 정신은 다른 데 팔려 있다. 다행히도 루이는 모른 척하고 평소 보고하던 태도를 유지한다.

루이가 보고를 마칠 즈음 카미유의 머릿속에는 아무것도 기억나는 게 없다.

그런데도 그가 결제하면 곧 조서 작성으로 넘어가야 한다. 이런 낭패가 있나!

한 걸음 물러나서 그는 현재 자신에게 닥친 상황을 가늠해보려 한다. 이제는 통제하기 어려운 역학관계 속으로 손가락을 밀어 넣고 만 셈이다. 있지도 않은 끄나풀 이야기로 서장을 속여먹었다. 직속상관을 속이기만 한 게 아니라 자신과 개인적으로 얽혀 있는 사건을 떠맡고자 파리 경시청의 공권력까지 끌어들이려 하고 있다.

가장 고약한 사실은 그가 주요 피해자의 연인이라는 점이다.

그런데 그녀는 한편으로 모니에 상가 강도 사건의 최초 증인이기도 하고, 어떤 의미로든 이번 무장 습격과 연관을 맺고 있음이 틀림없다.

상황에 대한 유추가 꼬리에 꼬리를 물고 이어진다. 그러다 어느덧 미처 예기치 못한 방향으로 흐르려 한다. 카미유는 깜짝 놀라 그만 자신의 추리를 멈춰 세운다. 아무래도 너무 혼자만의 생각에만 사로잡혀 있는 것 같다. 그러다보면 어이없는 비약과 의혹에 사로잡히기 십상이다. 누구도 신뢰하지 못하는 인간은 어리석다. 그런데 자기가 바로 그 꼴이다. 덧없는 비약과 의혹에 마음이 요동치려 하다니. 결국은 경찰이라는 직업의 한계에 갇혀 있는 셈이다. 이 와중에도 카미유는 경찰의 본능을 앞세워 연인조차 의심의 눈초리로 바라볼 수밖에 없는 스스로를 책망한다. 종종 그의 비범한 특성을 이루곤 하는 직관이 이번 경우에는 열병 같은 정념으로, 해괴한 의혹으로, 맹목적인 불신으로 굴러 떨어지고 있다.

이해하기 복잡한 사건도 아닌 만큼 이런 자신의 태도가 더욱 어리석게 느껴진다. 운 나쁘게도 안은 강도질을 준비하려고 주변에서 서성이던 무뢰한들과 우연히 마주쳤고 그들의 얼굴을 목격한 것뿐이다. 놈들은 그녀를 무자비하게 폭행했고 혹시라도 도망갈까 두려워 금은방 앞까지 질질 끌고 간다. 하지만 그녀는 결국 달아나고자 몸부림친다. 그녀를 감시하다 의표를 찔린 일당 중 한 명이 그녀에게 황급히 총을 쏜다. 빗나간다. 한 발을 더 쏘려 하자 동료가 그를 말린다. 노획물들을 챙겨 달아날 시간이다. 그런데 플랑드랭 거리에서 놈은 뜻하지 않게 달아난 그녀와 마주친다. 하지만 이번에도 동료가 개입한다. 그 덕분에 그녀는 목숨을 건질 수 있게 된다.

안을 기어코 살해하고야 말겠다는 이 총잡이 악당 녀석의 집념이 몹시 소름 끼치긴 하지만, 그것은 그 순간의 긴장감이 병적으로 고조된 탓으로 돌릴 수도 있는 일이다. 그는 그녀가 사정거리 안에 있다는 이유만으로 그녀를 악착같이 뒤쫓는다.

이제 상황은 더 이상 되돌릴 수 없다.

강도 일당은 지금쯤 어디론가 멀리 달아나버렸을 것이다. 그들이 현장 근방 어딘가에 숨어 있으리라는 것은 상상할 수 없는 일이다. 이 정도나 되는 노획물을 챙겼으면 놈들은 어디로든 쉽게 달아날 수 있을 것이다. 단지 어디를 택할지가 문제일 뿐.

일당에 대한 검거는 그녀가 최소한 그들 가운데 한 명이라도 알아볼 수 있느냐에 달려 있다. 그리고 나면 그다음부터는 전형적인 수순을 따라가게 되어 있다. 수많은 사건들이 온갖 다양한 양상들로 매일같이 벌어진다. 그 사건들 중 조속하게 매듭짓는 경우는 서른 번에 한 번꼴이다. 적당한 기한 안에라도 범인들을 색출해내는 것은 백 번에 한 번꼴이다. 어느 날 우연히 혹은 기적적으로 사건 종결이 이루어지는 것은 천 번에 한 번꼴이다. 여하튼 모든 경우에 시간이 흐를수록 사건 해결은 어려워지는 게 사실이다. 범인을 당장 체포하지 못할 경우, 더욱이 그 범인들이 능수능란하기까지 하다면, 그들을 검거할 확률은 아주 희박해진다. 그렇게 미제 처리된 사건들이 요즘에도 꽤나 많이 쌓여 있다.

'자, 그러니,' 카미유가 혼자서 속으로 웅얼거린다. '내막이 르 구엔의 단계에서 처리할 수 있는 선을 넘지 않게 조치하는 게 상책이야. 르 구엔이라면 아무 문제도 일으키지 않고 무슨 일이든 알아서 조정해줄 수 있을 테니까. 거짓말을 한 번 더하는 것쯤은 그에게 별일이 아닐 거다. 그는 이제 치안감 아닌가. 하지만 만일 이 문제가 르 구엔이 처리해줄 수 있는 선을 넘어버리면, 그때부터는 속수무책일 수밖에 없을

거야.'

 카미유가 르 구엔에게 경위를 설명하면, 르 구엔은 미샤르 서장에게 뭔가 지시를 내리게 될 것이다. 미샤르 서장으로서는 이 일이 자신의 직속상관에게 신임을 얻었다는 징표로 여겨져 꽤 달가울 것이다. 그녀는 치안감의 신임을 오매불망 얻고 싶어 하니까. 심지어는 르 구엔이 자신을 키워주겠다는 지원의 표시로 받아들일 수도 있다. 그러니 페레이라 예심판사의 선으로 넘어가기 전에 모든 게 처리되어야 한다.

 그러지 못하면 카미유는 무분별하고 충동적인 언동과 고약한 성미와 일탈적 품행 따위를 변명해야 하는 궁지에 내몰릴 수밖에 없을 것이다. 누구나 그에게서 이런 성벽들을 알아보기란 별로 어려운 일이 아니다.

 그런 결정을 내리자 카미유는 기분이 한결 홀가분해지는 것 같다.

 감당하기 어려워지기 전에 멈춰 세워야 한다.

 다른 누군가가 이 강도 일당을 검거하든지 간에, 그에게는 썩 유능한 동료들이 있다. 아무리 그가 그녀를 돕고 보살펴주는 데 헌신한다 해도, 그녀로서는 더 큰 도움이 필요해질지도 모른다.

 그가 다른 이들보다 무엇을 더 해줄 수 있을까?

 "저기요……"

 카미유는 안내 창구 여직원에게 다가간다.

 "두 가지만 말씀드릴게요." 그녀가 말한다. "아까 주머니에 쑤셔 넣으신 건 작성해서 저희한테 제출해주셔야 하는 서류 양식이에요. 그런 건 안중에도 없다고 생각하시는 모양인데요, 여기는 행정절차에 엄격한 편이거든요. 제 말 무슨 뜻인지 아시겠죠?"

 그제야 카미유는 주머니에서 그 종잇장을 꺼낸다. 사회보장 번호도 없고 안의 환급 내역도 빠져 있다. 여직원은 손가락으로 한쪽을 가리킨다. 그쪽으로 고개를 돌리니 유리창에 스카치테이프로 붙여둔 전단 한 장이 보인다. 전단은 색이 누렇게 바랜 데다 반쯤 찢어져 있다. 그녀가 거기 적힌 문구를 소리 내어 읽어준다.

"'병원에서 정확한 신원 확인은 사회보장 혜택의 시작입니다.' 혜택을 받으려면 절차를 잘 따라야죠. 경찰이시라니까 이런 일의 중요성에 대해 아마 잘 아실 거예요. 깜박해서 까먹는 돈이 얼추 백만 유로는 될 걸요."

카미유는 알겠다는 듯 고개를 끄덕여 보인다. 우선은 안에게 가서 물어봐야 한다. 지금 이 와중에 이런 일로 성가시게시리.

"그리고 또 있어요." 안내 창구 여직원이 다시 입을 연다. (그녀는 어여쁜 소녀처럼 교태 섞인 말씨를 구사해보려는 것 같은데 그저 역효과만 낼 뿐이다.) "주차위반을 하셨다고 딱지가 나왔는데 어떻게 처리하실 건가요? 순순히 위반 통지에 따르실 건가요, 아니면 이의 신청을 하실 건가요?"

아, 이런 망할 창구 직원 같으니라고.

카미유는 지치고 맥 빠진 표정으로 그 딱지 좀 보자는 듯 손을 내민다. 여직원은 지체 없이 서랍을 열어 보인다. 최소한 마흔 장은 되는 것 같다. 그녀의 얼굴에 미소가 떠오른다. 마치 트로피를 자랑하는 것 같은 얼굴이다. 미소 지을 때 보니 위아래 치열이 가지런하지 않다는 게 드러난다.

"자, 그럼 이제," 돌연 그녀의 목소리가 싹싹하게 바뀐다. "저는 그만 다시 야근을 시작해야겠어요. 하지만 야근이 매일 있는 건 아니랍니다."

"어디에 적어둬야겠군요." 카미유가 말한다.

이런, 망할 창구 직원 같으니라고.

주차위반 딱지들이 너무 많아서 그의 호주머니에 다 들어가지도 않을 정도다. 그는 분량을 나눠서 왼쪽, 오른쪽에 나눠 넣기로 한다. 유리문을 밀고 바깥으로 나오자 저녁나절의 공기가 그의 뺨을 후려치듯 차갑게 와 닿는다. 하지만 덕분에 정신이 번쩍 드는 것 같기도 하다.

'정말 피곤하군.' 카미유는 그렇게 웅얼거린다.

이송이 예정되어 있는 것 같지는 않다. 적어도 하루 이틀은 넘길 모양이다. 안내 창구 여직원이 전화로 알려준 바에 따르면 그렇다. 그렇다고 이틀씩이나 주차장에 처박혀 있을 수는 없는 노릇이다. 나로서는 이미 기다릴 만큼 충분히 기다렸다.

거의 저녁 8시가 다 되어간다. 경찰이란 직종은 근무시간이 자유로운가 보다. 떠날 채비를 하던 이 난쟁이 형사반장은 불현듯 사색에 잠겨 제자리에 멍하니 서 있다. 그러다 넋을 잃고 유리문을 빤히 건너다본다. 마치 그 유리문들이 자기와 무슨 상관인지 궁금해 미치겠다는 듯이. 하지만 얼마 지나지 않아 이윽고 그는 발길을 돌리려 한다.

때가 왔다.

차를 출발시켜 다른 쪽 구석으로 향한다. 입구에서 너무 멀리 떨어져 있다 보니 아무도 차를 세워두지 않은 자리로 울타리의 담벼락과 맞붙어 있다. 비상구와는 두 걸음 정도밖에 떨어져 있지 않다. 예정대로 순조롭게 일이 진행된다면, 나는 이 비상구로 병원 건물에서 빠져나올 요량이다.

차에서 내려 다시금 주차장을 가로지른다. 주차된 차량 뒤에 숨어 잠시 동정을 살핀다. 그러다 재빨리 몸을 움직여 비상구 출입문에 도착한다.

복도가 나온다. 아무도 없다.

통로 저쪽에서 내 방향을 등지고 여전히 뭔가 생각을 곱씹고 있는 그 난쟁이 형사의 그림자가 아른거린다.

걸음을 옮기다가도 계속해서 문득문득 떠오르는 생각에 발길이 붙들리는 모양이다. 당장이라도 지구 바깥으로 저 인간을 내던져버리고 싶다는 충동이 치민다. 이렇게 질질 끌 여유가 없다.

19시 45분

유리문을 열고 주차장으로 향하는 동안, 오늘 아침 경시청의 전화 통보가 다시금 카미유의 머릿속에 떠오른다. 문득 우연을 통해 그가 안과 가장 가까운 사람으로 지목된 것 같다는 생각이 든다. 물론 그건 사실이 아니다. 하지만 그는 자꾸 그런 예감에 시달린다. 그러다보니 안의 주변 사람들에 대해 알아보고 싶은 욕구가 생긴다.

그런데 주변 사람이라니, 누굴? 그가 속으로 자문해본다. 아무리 기억을 헤집어 봐도 그는 안의 '주변 사람들'이 누군지 전혀 모르고 지내왔다. 그녀의 직장 동료들 가운데 몇 명과 마주친 적은 있다. 특히 기억에 남는 사람은 머리가 푸석푸석하고 눈가가 몹시 피로해 보이는 40대 여인이다. 걸음걸이도 몹시 조심스러워서 혹시 중풍이라도 앓고 있는 게 아닐까 걱정될 정도였다. 당시 안은 "내 직장 동료인데……"라고 말했다. 카미유는 그녀의 이름이 뭐였는지 떠올려본다. 샤라스, 샤롱…… 샤루아. 이름이 기억났다. 그들은 대로변을 가로질러 가던 길이었다. 그녀는 파란색 외투를 입고 있었다. 안과 동료는 자기들끼리만 아는 얘기들을 속닥거리며 이따금 서로에게 미소 지어 보이기도 했다. 카미유에게는 그녀가 안과 꽤나 친한 친구 사이로 여겨졌다. 그 모습이 애틋해 보이기까지 했다. 하지만 그런 카미유의 말에 안은 어이없다는 듯 미소를 흘리며 고개를 가로젓더니 소곤거렸다. "진짜로 성미가 고약하고 아주 못돼먹은 여자예요……"

카미유는 안과 늘 휴대폰으로만 통화한다. 병원을 나서기 전, 자기 휴대폰에 입력되어 있는 그녀의 직장 전화번호를 찾아본다. 벌써 저녁 8시다. 그래도 혹시 또 모르지. 여자 목소리가 전화를 받는다.

"안녕하세요? 베르티히 앤드 슈빈델입니다. 지금 저희 사무실은……"

갑자기 아드레날린이 치솟는 게 느껴진다. 순간적으로 카미유의 귀에 마치 안의 목소리처럼 들렸기 때문이다. 정신이 혼란스러워졌다. 이렌과도 이와 비슷한 상황을 겪은 적이 있다. 그녀가 죽고 나서 한 달 후쯤, 그는 실수로 자기 집 전화번호를 눌렀다. 그러자 저편에서 뜻밖에도 이렌의 목소리가 흘러나왔다. "안녕하세요? 카미유와 이렌 베르호벤의 집입니다. 지금은 저희가 외출중이니……" 억장이 무너져 내리는 심경이었다. 그는 그 자리에서 휴대폰을 부여잡고 한참 동안이나 목 놓아 울 수밖에 없었다.

메시지나 남겨보자. 그는 말을 더듬거린다. "안 포레스티에 씨 문제로 전화 드렸습니다. 그녀는 지금 병원에 입원해 있습니다. 그래서 당분간……(이제 뭐라고 해야 하지?) 출근하기가 어려울 것 같습니다…… 사고가 있었어요. 아주 심한 건 아닌데 그래도 좀 심한 편입니다(응? 지금 내가 뭐라는 거야). 상태가 호전되는 대로…… 가급적 빠른 시간 안에 연락드릴 겁니다." 그러고는 횡설수설에 중언부언. 그는 그만 전화를 끊는다.

자기 자신에 대한 짜증이 솟구친다.

뒤돌아서 보니 안내 창구 여직원이 아직도 그를 지켜보고 있다. 우스워 죽겠다는 표정이다.

___ 20시

2층이다. 2층으로 가야 한다.
오른쪽으로 돌면 층계가 나온다. 사람들이 주로 승강기를 이용하다 보니 층계에는 아무도 없다. 특히 병원 같은 곳에서는 아무래도 환자들이 몸 생각을 해야 하니까.
모스버그는 45센티미터나 되는 총신과 그밖에 자질구레한 것들로 이뤄져 있다. 개머리판까지 쑤셔 넣으면 트렌치코트의 주머니를 꽉 채우고도 남을 크기이다. 그러니 이걸 소지하고 다닐 때는 걸음걸이가 다소 딱딱하고 부자연스러워질 수밖에 없다. 마치 로봇처럼 어색한 걸음걸이로 걷게 되는 것이다. 다른 방법으로는 소지가 불가능하고 뒤춤에 끼고 다녀야 하니만큼 언제나 재빨리 뽑아들 수 있도록 준비하는 게 좋다. 혹은 아예 줄행랑을 치든가. 아니면 둘 다 하는 것도 괜찮을 것 같긴 하다. 무슨 일을 벌이든 중요한 건 구체적이고 세밀해야 한다는 점이다. 그리고 분명한 동기가 있어야 한다는 것도.
난쟁이 형사는 내려갔다. 이제 그녀는 병실에 혼자 남아 있다. 만일 저 밑에서 아직 안 가고 뭉그적거리던 그가 이쪽에서 새어나온 소음을 듣게 된다면, 황급히 다시 올라오려 하겠지. 그러지 않는다면 진짜 경찰이 아닐 테니까. 그가 어떻게 할지에 관해 진지하게 내기를 걸고 싶은 생각은 없다.
1층에 도착한다. 복도다. 병동 건물을 가로질러 건너편 층계로 향한다. 그러고는 2층으로 올라간다.

공공기관의 이점이란 이런 거다. 그곳 근무자들은 대체로 과중한 업무에 허덕인다. 그러다보니 아무도 나 같은 사람에게 주의를 기울이지 않는다. 복도에는 파랗게 질린 가족들과 몹시도 조바심치는 친지들이 우글거린다. 그들은 예배당이나 연구소에서처럼 발끝으로 살금살금 병실을 들락거린다. 이따금 마주치게 되는 간호사들은 너무 바빠서 말 한 마디 붙여볼 겨를조차 없다.

복도는 비어 있다. 이런 걸 두고 탄탄대로라고 하는 거다.

224호 병실은 맞은편 끝에 있다. 최대한 안정과 휴식을 취하기에 좋은 위치다. 안정과 휴식으로 말하자면, 역시 도움의 손길이 필요하다.

병실을 향하여 몇 걸음 옮긴다.

문을 열 때는 조심스러워야 한다. 그런데 그때 총이 복도 바닥에 떨어지며 요란한 금속성을 주위에 퍼뜨린다. 누군가 알아보았을까 다급히 주위를 살핀다. 다행히도 사람들은 못 들은 것 같다. 천사처럼 부드럽게 문 손잡이가 돌아간다. 오른발부터 안쪽으로 들이민다. 모스버그를 다른 손으로 옮겨 쥔다. 트렌치코트 자락을 넓게 펼친다. 그녀는 침대에 얌전히 누워 있다. 문설주 옆의 거리에서 내 눈에 먼저 들어온 것은 그녀의 발이다. 흡사 시신의 발처럼 까딱거리지도 않고 가만히 굳어 있다. 조금 더 가까이 살펴보고자 나는 살며시 상체를 수그려본다……

이런, 모습이 영 말이 아니구먼!

내가 정말로 이 여잘 호되게 다루긴 했나 보다.

그녀는 머리를 모로 누인 자세로 잠들어 있다. 입은 헤벌어져 있다. 눈두덩은 가죽부대처럼 부풀어 올라 있다. 정욕이 동할 법한 모습과는 전혀 거리가 멀다. 순간 내 머릿속에 떠오른 말은 '뒈지게 두들겨 맞았다'라는 표현이다. 정말 그 표현과 딱 들어맞는 모습이다. 그녀의 머리통은 무슨 벽돌이나 구두 상자처럼 보일 정도다. 아마 붕대에 칭칭 감겨 있어서 그런 모양이다. 하지만 피부 색깔은 그 무엇과도 견주기가 어렵다. 그만큼 강렬해 보인다. 양피지나 방수포의 색감에나 견줄 수 있을지 모르겠다. 게다가 퉁퉁 부어올라 있다. 설령 퇴원 계획이 잡혀 있다 하더라도 나중으로 미루는 게 현명해 보일 정도다.

나는 문설주 옆에 그대로 서서 총을 들어올린다.

설마 내가 여기까지 빈손으로 왔으리라고는 믿지 않았겠지?

출입문이 활짝 열려 있는데도 그녀는 세상모르고 계속 잠들어 있다. 이렇게 편히 나를 맞아주면 너무 고마워서 오히려 미안해질 지경이다. 일반적으로 중상을 입은 환자들은 동물적인 감각이 발달하기 마련이다. 그녀는 곧 잠에서 깨어날 것이다. 어디까지나 시간문제일 뿐이다. 상호작용의 본능 때문이다. 그녀의 눈은 먼저 내 손에 들려 있는 소총으로 향하게 될 거다. 그녀와 소총은 이제 어느새 친숙해질 만도 한 사이다. 거의 친구 관계라고까지 해도 무방한 게 아닐지.

나와 소총이 눈에 들어오자마자 그녀는 곧바로 전율에 휩싸이지 않을 수 없을 것이다. 필경 그렇겠지. 그녀는 몸부림치며 베개에서 머리를 치켜들려 할 테고 머리로 이쪽저쪽을 들이받게 되겠지.

그러다가는 결국 비명을 질러대기 시작할 것이다.

하지만 턱받침 때문에라도 제대로 말들을 발음하는 게 어려울 수밖에 없다. 그녀가 입에서 내뱉을 수 있는 소리라고는 '사려저요'나 '도아저요' 같은 괴성이 고작일 것이다. 그래봐야 명확한 의사전달이 어려울 테니 목청만 더 높이려 들 게 틀림없다. 혹시나 복도로 지나다니는 당직 근무자들의 주의를 끌 수 있지 않을까 해서. 만일 이런 일이 벌어지면, 우려할 만한 상황으로 넘어가기 전에 그녀에게 입 다물고 얌전히 굴라는 신호를 보내는 게 좋겠지. 쉿. 검지를 입술 앞에 대고, 쉿. 그래도 그녀는 사력을 다해 계속 비명을 질러대려 할 거다. 쉿, 병원에서는 정숙해야 한다는 것도 몰라? 이런 빌어먹을!

"실례하지만 거기 누구세요?"

그때 내 바로 뒤쪽 복도에서 누군가의 목소리가 들려온다. 조금 거리가 떨어져 있다.

뒤돌아서지 말 것. 침착하게 그 자리에 가만히 서 있을 것.

"누굴 찾아오신 건가요……?"

여기서는 아무도 다른 사람을 주의 깊게 눈여겨보지 않는다. 하지만 지금 내 손에는 소총이 들려 있다. 이것은 누군가의 눈에 띄기 좋은 특징이 된다. 그러니까 지금 등 뒤에는 나를 가장 위협할 만한 목격자가 버티고 서 있는 셈이다.

방을 잘못 들어왔다는 것을 알아챈 사람처럼 눈으로 병실 호수를 더듬어본다. 그래도 등 뒤의 목격자는 멀리 물러가질 않는다. 뒤돌아서지 않고 더듬거리는 목소리로 이런 말을 흘려보낸다.

"어이구, 이거 내가 병실을 착각한 모양인데……"

절대로 냉정을 잃지 말 것. 모든 일들에서 가장 핵심은 바로 그거다. 강도질을 하든, 응급실로 실려 온 환자를 보러 달려왔든 간에 냉정을 유지하는 게 핵심이다. 그러면서 머릿속으로는 대피로의 약도를 떠올려본다. 층계를 타고 한 층 더 올라간 후 왼쪽으로 방향을 틀어야 한다. 차라리 걸음을 빨리하는 게 낫겠다. 지금 뒤돌아선다면 결국 모스버그를 뽑아들고 한바탕 난리를 피워야 할지도 모르니까. 하지만 그러기에는 사람들 수가 너무 많다. 그러니 일단 달아나고 보자. 혹시 모르니 금세라도 쏠 수 있도록 소총은 단단히 챙겨둔 상태로.

그런데 탄환을 챙겨 넣다보니 몸 앞에 양손을 다 가져올 수밖에 없다. 게다가 금속성도 크다. 병원 복도에서 이 소리는 꽤나 불길한 잔향으로 울려 퍼진다.

"승강기는 저쪽인데요……"

찰칵 하는 총기의 금속성이 들리자마자 목소리가 별안간 뚝 멎으며 심상치 않은 침묵에 빠진다. 젊고 싱그러운 목소리가 날아가다 잡힌 새 한 마리처럼 걷잡을 수 없는 불안에 떨리기 시작한다.

"저기요!"

소총 사용 준비가 끝났다. 이제는 시간만 벌면 된다. 남은 것은 방법의 문제일 뿐이다. 지금 가장 중요한 것은 내 모습이 노출되지 않도록 계속 등지고 서 있어야 한다는 점이다. 트렌치코트 앞섶은 거기 소총 한 자루가 숨겨져 있다는 것을 뻣뻣한 모양새로 암시해 보이고 있다. 마치 나무 의족이라도 끼고 있는 것처럼. 일단 세 발짝 옮긴다. 트렌치코트 앞섶이 살짝 벌어진다. 그 바람에 몇 초간 모스버그의 총신 끝이 살짝 노출된다. 유리 조각에 반사된 빛살이나 섬광처럼. 정말 눈 깜짝할 사이다. 실제로는 거의 아무것도 보이지 않았을 것이다. 어찌됐든 그게 뭔지 구분하기는 어려울 것이다. 보통 사람들이 총기류를 구경하는 건 영화 같은 데서나 가능한 일이다. 그러니 방금 보인 게 진짜로 총인지 아닌지 구분하는 건 결코 쉬운 일이 아닐 거다. 아무튼 뭔가가 번쩍 하고 눈에 들어왔다. 그게 총이라고 단정 짓기도 애매하고 아니라고 말하기에도 뭔가 석연치 않다. 총일 수도 있지만 아닐 수도 있지요. 맞아요, 총일 리가 없지요. 하지만 그래도, 뭔가……

저기 서 있는 간호사 아가씨에게는 이 상황에 대해 곰곰이 헤아려볼 시간이 필요할 것이다.

남자가 뒤돌아섰다. 머리는 잔뜩 수그리고 있다. 자기가 병실을 착각한 것 같다고 말했다. 그러고는 트렌치코트 앞섶을 여민 후 층계 쪽으로 향했다…… 그런데 내려가지 않고 올라갔다. 그렇다면 도망치는 것 같지는 않다. 도망칠 작정이었다면 내려갔을 테니까. 그런데 앞섶에 그 뻣뻣한 게 도대체 뭐였을까…… 그게 이상하다. 뭐라고 확실하게 말하기 어렵다. 그게 뭐였을까? 문득 그게 혹시 총 같은 게 아니었을까 싶다. 여기서? 여긴 그래도 병원인데? 설마, 아닐 거야. 그녀는 도저히 믿을 수 없어 하겠지. 그만 층계로 달아나는 게 좋겠다.

"저기, 이보세요…… 잠깐만요!"

20시 10분

이제 떠날 시간이다. 임무를 수행해야 하는 경찰 신분으로 카미유는 하염없이 사랑놀이에만 빠져 있을 수는 없다. 한번 따져보자. 수사관이 피해자의 머리맡에서 밤을 지새운다는 게 용납될 수 있는 일일까? 이만하면 오늘 하루 동안 충분히 바보처럼 굴 만큼 군 셈이다.

그때다. 별안간 그의 휴대폰이 요동친다. 미샤르 서장의 전화다. 그는 다급하게 전화기를 주머니에 깊이 찔러 넣고 안내 창구 여직원에게로 뒤돌아서서 가볍게 손을 흔들어 보인다. 카미유의 손짓에 그녀는 살짝 윙크를 보낸 후 잠시 이리 와보라고 그를 검지로 부른다. 카미유는 뭘 어쩌라는 건지 모르겠다는 듯 그 자리에서 머뭇거리지만 이내 그쪽으로 발길을 돌린다. 이러는 건 지금 그가 무력감에 사로잡혀 있다는 증거다. 그러니 저항력이 약해질 수밖에. 주차위반 딱지 얘기로도 모자라서 아직도 무슨 할 말이 더 남아 있단 말인가?

"이제 다 끝나고 퇴근하시는 거예요? 어디서 들으니까 경찰들은 일찍 잠자리에 드는 편이 아니라고 하던데……"

가지런하지도 않은 치열을 환히 드러내고 실실 웃음을 흘리는 것으로 보아 그녀에게는 뭔가 저의가 있는 것 같다. 겨우 이런 수작에나 응해주려고 귀한 시간을 허비하고 있다니. 그는 깊이 숨을 내쉰다. 그러고는 그도 그녀와 마찬가지로 미소 짓는 시늉을 해 보인다. 하지만 그는 지금 빨리 가서 자고 싶을 뿐이다. 이미 세 걸음쯤 뒤로 물러났을 때 그녀가 말한다.

"전화가 한 통 걸려왔어요. 제 생각에 이걸 알려드리면 흥미 있어 하실 거 같아서……"

"그게 언젭니까?"

"방금 전이었어요…… 한 7시경에."

그러더니 카미유가 묻기도 전에 이렇게 말한다.

"그 여자분의 남동생이라더군요."

그럼 나탕이다. 카미유는 아직까지 그를 본 적이 한 번도 없다. 안의 자동응답기에서 그의 목소리만 여러 번 들었을 뿐이다. 꽤나 혈기왕성하고 열렬하지만 아직 앳된 목소리였다. 남매 사이의 나이 터울은 열다섯 살쯤 나지 않을까 싶다. 그녀는 자기 남동생을 끔찍이도 보살펴주고 싶어 했다. 그에 관한 일이라면 뭐든 열성적이었다. 그녀의 남동생은 특이한 과학 분야를 연구하는 사람이라고 했다. 양자역학이나 초미립자 물리학처럼 많은 공부가 필요한 일인 듯했는데, 카미유로서는 그 이름조차 생소한 분야였다.

"그런데 남동생이라면서 그다지 다정해 보이지는 않더군요. 그럴 바에는 차라리 동기간 없이 외동딸로 태어나는 게 낫겠다는 생각까지 들더라니까요."

지금 그런 게 중요한 게 아니다. 요는 어떻게 그가 안의 입원 사실을 알아냈느냐는 데 있다. 그 물음이 카미유의 뇌를 강타하고 지나간다.

순간 정신이 번쩍 드는 것 같다. 그는 부리나케 출입문을 밀치고 다시 달려 들어와서 안내 창구 앞에 바짝 다가선다. 안내 창구 여직원의 장점은 일일이 물어보기도 전에 자기가 다 알아서 털어놓는다는 것이다.

"남자의 목소리가, 뭐랄까요……(오펠리아는 큰 눈을 이리저리 굴린다) 맞다, 너무 직선적이다 싶더라고요! '포레스티에라고 하셨죠? 네. 철자를 어떻게 쓰세요? F가 두 번 들어가나요(그녀는 짐짓 불쾌하고 고압적인 어투로 당시 상황을 재현한다)? 그런 것보다 누나 지금 상태는 어때요? 의사들이 뭐라고 해요?(그녀의 연기가 돌연 상스러운 말씨로 변한다) 지금 어떤지 사람들이 몰라요?(이건 무례하다 못해 심지어 상대방에게 싸움이라도 걸려는 시비조에 가깝다)'"

"억양이 좀 색다르던가요?"

안내 창구 여직원은 아니라고 고개를 가로젓는다. 카미유는 자기 주변을 살핀다. 결론이 나오기 직전이다. 뭔가 알 것 같다. 두 번째 질문으로 조금만 더 맥락이 또렷해졌으면 싶다……

"목소리가 젊던가요?"

그녀는 눈썹을 씰룩거린다.

"글쎄요, 그다지 젊다고는 할 수 없는 목소리였는데…… 한 40대쯤 되었을라나. 저한테는 그렇게……"

뒷말은 더 들을 필요도 없다. 카미유는 곧장 내달리기 시작한다. 하지만 복도로 지나다니는 사람들과 맞부딪치면서 걸음이 더뎌진다.

그렇다면 층계다. 그는 거친 금속성을 내는 층계참의 철문을 활짝 열어젖힌다. 그러고는 거의 네 발로 기어오르다시피 계단을 밟아 올라간다. 그의 짧은 다리가 낼 수 있는 최대한의 속도로.

20시 15분

발자국 소리를 따라 가보니 사내는 위층으로 올라가고 있었다. 뭐지? 간호사는 그렇게 웅얼거린다. 22세의 그녀는 스킨헤드족처럼 면도기로 밀다시피 한 민머리와 입술 안쪽의 피어스 때문인지 다소 도발적으로 보이기도 한다. 하지만 내면적으로는 물렁하고 쉽게 마음이 흐물흐물해지기 일쑤다. 아마도 그녀는 그동안 너무나도 착하고 선량하게 살아왔을 것이다. 믿기지 않을 만큼. 곧이어 문이 쾅 하고 닫히는 소리가 들린다. 그러고 나서는 어디로 갈지 잠시 머뭇거리는 것 같다. 복도에 서서 어디로 향할지 망설이는 이 사내는 아무 방향이나 택할 수 있을 것이다. 한 층 더 올라갈 수도 있고 아래층으로 내려갈 수도 있다. 아니면 일단 신경외과 병실을 가로지른 후 거기서부터 다시 어디로 갈지 궁리할 수도……

이제 어떡하지? 우선은 이게 어떤 상황인지 명확해지기를 기다려야 한다. 아직 아무것도 확실한 게 없는데 섣불리 경보장치를 울릴 수는 없다…… 그녀는 다시 당직 간호사실로 돌아간다. 아니야. 그럴 리가 없어. 세상에 총을 들고 병원에 오는 사람은 없으니까. 그럼 그거 뭐였을까? 보철 같은 거? 어떤 면회객들은 글라디올러스 다발을 한아름 들고 오기도 하지. 혹시 요즘이 글라디올러스 계절인가? 그 사내는 자기가 병실을 착각한 것 같다고 말했어.

그녀는 미심쩍다는 듯 고개를 갸웃거린다. 오래전 학교에서 가정폭력에 관한 과목을 수강한 적이 있다. 그때 남편에게 얻어맞고 사는 아내가 의외로 많으며 그런 남편들 가운데는 성미가 너무 포악한 나머지 아내가 입원해 있는 병원에까지 찾아와서 행패를 부린다는 것까지도 알게 되었다. 그녀는 발길을 돌려 224호 병실 안으로 흘낏 눈길을 준다. 이 환자는 밤낮으로 울고만 있다. 간호사들이 병실에 들어갈 때마다 그녀는 그저 울기만 한다. 그러면서 끊임없이 손가락으로 자기 입술과 얼굴을 더듬거린다. 말할 때는 반쯤 돌아앉으며 손으로 입을 가린다. 그녀가 욕실 거울 앞에서 자기 모습을 비춰보고 있는 걸 두 번이나 본 적이 있다. 아직 거동이 상당히 불편할 텐데도 말이다.

간호사는 발길을 다른 쪽으로 돌리며 혼자 곰곰이 생각해본다. 그럼 도대체 트렌치코트 밑에 뭘 숨겨 가지고 온 걸까? 무슨 조종키 같은 것처럼 보이기도 했고…… 코트 앞섶이 살짝 벌어졌을 때 눈에 들어온 건 분명히 스테인리스나 뭐 그런 금속류 같았는데. 총이랑 비슷하게 생긴 물건이 뭐지? 그러면서 그녀가 언뜻 떠올리는 것은 목발이다.

그녀가 그렇게 이 생각, 저 생각 굴려보고 있을 때 오늘 이른 오후부터 이 병실에 와 있다 간 그 난쟁이 경찰―얼굴은 그런대로 준수한 편이지만 키가 160센티도 안 될 것 같고 대머리가 까진 데다 표정이 너무 엄격해서 여간해서는 미소조차 짓지 않을 인상―이 난데없이 복도 안쪽에서 튀어나온다. 그는 미친 사람처럼 다급하게 걸음을 재촉하며 복도에서 마주친 그녀를 옆으로 밀치기까지 한다. 그러고는 병실의 문을 활짝 열어젖히더니 안으로 쏜살같이 달려 들어간다. 그 모습이 마치 침대에 다이빙이라도 하려는 사람처럼 보일 정도이다. 그가 소리쳐 부른다.

"안, 안……!"

간호사가 보기에는 어리둥절한 순간이 아닐 수 없다. 그는 분명 경찰이다. 그런데 이런 모습을 보니 꼭 이 환자의 남편 같다.

환자는 뭔가에 충격을 받은 듯 심하게 동요하고 있다. 자꾸만 고개를 이쪽저쪽으로 휘젓는다. 쏟아지는 질문 앞에서 그녀는 한 손을 들어 보인다. 그런 질문들로 자기를 윽박지르지 말아달라는 뜻이다. 하지만 경찰은 멈추지 않는다.

"괜찮아? 정말 괜찮은 거야?"

나는 오히려 그에게 진정하라는 말을 하지 않을 수 없다. 환자는 시트 위로 팔목을 늘어뜨리면서 나를 바라본다. 괜찮아요……

"누구 보지 못했어?" 경찰이 환자에게 묻는다. "어떤 사람이 들어오지 않았어? 그 사람을 봤어?"

그의 목소리가 불안에 젖어 있는 것처럼 들린다. 이번에는 나를 향해 돌아선다.

"누구 이쪽으로 들어온 사람 못 봤습니까?"

처음에는 그렇다고 말했다가, 실은 그런 건 아니라고 답한다.

"어떤 남자분이 층수를 착각했다면서 여기 병실 문을 연 적은 있습니다만……"

그는 대답을 기다리지도 않고 환자 쪽으로 돌아서더니 그녀를 강렬한 눈빛으로 쏘아본다. 그녀는 고개를 가로젓는다. 정신을 놓은 여자처럼 여겨질 법한 모습이다. 그녀는 아무 말도 하지 않고 아니라는 듯 계속 고개만 가로저어 보인다. 아무도 보지 못했다고. 이제는 다시 침대 위로 몸을 축 늘어뜨리더니 시트를 턱 밑까지 끌어올려 덮는다. 그러고는 갑자기 흐느껴 울기 시작한다. 아마도 형사의 물음들이 그녀를 두렵게 한 모양이다. 그는 금세라도 벼룩처럼 제자리에서 펄쩍펄쩍 뛸 기세다. 내가 끼어들지 않을 수 없다.

"저기요, 여긴 지금 환자가 있는 병실이에요!"

그는 알겠다는 듯 고개를 끄덕거리지만 또 뭔가 다른 것을 떠올리고 있는 눈치다.

"그리고 면회 시간도 끝났으니 이만 나가주시죠."

그가 다시 내 쪽으로 돌아선다.

"그 사람이 나간 게 어느 쪽입니까?"

내가 얼른 답을 꺼내놓지 못하고 잠시 머뭇거리자 그가 다그친다.

"병실을 착각했다는 그 작자 말이에요. 그 사람이 도대체 어느 쪽으로 향했냐고요!"

나는 환자의 맥을 짚어보며 이렇게 답해준다.

"층계요. 저쪽……"

당신이 뭘 궁금해 하든 나랑은 상관없는 일이에요. 지금 나한테 중요한 건 이 환자뿐입니다. 아마 의처증 같은데, 자꾸 여기서 이러시면 안 돼요.

내가 미처 말을 끝맺기도 전에 그는 토끼처럼 재빨리 바깥으로 튀어나간다. 그 사람은 아마도 층계참과 통하는 문 쪽으로 달아나는 것 같았어요. 모습은 보지 못했고 발소리만 들었어요. 계단을 밟아 올라가는 발소리가 들렸어요. 실은 올라갔는지, 내려갔는지까지는 알 수 없었어요.

그런데 나중에라도 그 총 이야기는 해야 하나 말아야 하나?

석재로 마감을 하지 않은 콘크리트 층계에 성당 안과 같은 잔향이 퍼져나간다. 카미유는 손전등을 꺼내 쥐고 층계의 첫 번째 계단을 밟아 내려가려다 말고 제자리에 우뚝 멈춰 선다.

바닥에 놈의 발자국으로 추정될 만한 흔적이 남아 있다. 아니다. 그는 내려간 게 아니라 올라간 게 틀림없다.

반 바퀴쯤 뒤돌아서 본다. 일반적인 보폭이 아니다. 일반적인 보폭보다 최소한 반 뼘쯤 더 넓다. 이런 보폭으로 두 걸음만 떼어도 보통 사람은 지칠 것이다. 스무 걸음을 가면 아마 기진맥진하게 될 것이다. 특히 카미유처럼 다리가 짧은 사람은 더더욱.

그는 가쁜 숨을 몰아쉬며 아래층으로 내려간 후 제자리에 머물러 잠시 머뭇거렸을 것이다. 한 층 더 올라갈까? 갈까? 말까? 카미유는 생각을 모아본다. 그래, 일단 층계참으로 피하고 보자는 생각을 했을 수도 있어. 그러다 복도에서 의사 한 사람과 맞부딪친다. 의사는 깜짝 놀라 소리를 지른다.
　"어이쿠, 이번에는 또 뭐야!"
　언뜻 눈에 들어온 인상으로는 나이를 어림잡기 힘든 얼굴인데 잔뜩 구겨진 셔츠를 입고 있으며(군데군데 심한 주름이 잡혀 있는 게 보인다) 머리가 한 올도 빼놓지 않고 하얗게 셌다. 의사는 잔뜩 흥분해 있는 카미유가 난데없이 튀어나와 자기와 충돌하자 몹시 놀란 기색으로 멈춰 선다……
　"혹시 여기서 좀 전에 어떤 사람 보지 못했어요?" 카미유가 외치다시피 하는 목소리로 그렇게 묻는다.
　잠시 호흡을 가다듬은 의사는 이 물음에 무슨 말을 해야 좋을지 모르겠다는 표정으로 미적거리다 이윽고 말문을 열려고 한다. 하지만 그런 의사의 태도가 카미유의 성미를 자극하고 만다.
　"이런 빌어먹을, 어떤 사내 말이에요!" 다시금 카미유가 소리친다. "어떤 사내랑 이쪽에서 마주치지 않았냐고요!"
　"아니요…… 그러니까 저기……"
　그걸로 됐다. 그는 돌아서서 마치 뽑아버리고 말겠다는 것처럼 거칠게 층계참으로 통하는 철문을 열어젖힌다. 그러고는 층계를 밟아 올라가서 복도로 나온다. 우선은 오른쪽. 그 다음은 왼쪽. 숨이 턱 밑까지 차오른다. 아무도 없다. 서둘러 다시 제자리로 돌아온다. 몹시 피로해진 탓인지 몰라도 혹시 지금 길을 잘못 든 건 아닐까 하는 의심이 불쑥 솟구친다. 스스로에게 그렇게 자문하기 시작하면 그게 무슨 일이든 아무래도 추진력이 떨어질 수밖에 없다. 그런 판국에 가속을 붙인다는 것은 더더욱 불가능한 노릇일 것이다. 카미유는 힘없이 복도 모퉁이에 몸을 기대고 선다. 바로 그 옆에 계전기함이 붙어 있는데 뚜껑에는 이런 문구가 붙어 있다. '잘못 건드리면 감전사 위험이 있으니 유의할 것.' 알려줘서 고맙군.

위대한 예술은 무소의 뿔처럼 혼자 간 흔적이다.
그것은 쉽지 않은 성취이다. 강인한 지구력과 집중력, 끊임없는 각성과 명쾌한 정신, 그리고 고독한 인간에게서만 나타날 수 있는 비범성 등이 필요하기 때문이다. 강도질에 있어서도 사정은 마찬가지다. 언제나 막바지에 이르면 볏짚을 지고 불길에 뛰어드는 듯한 위험성이 도사리고 있다. 평화로운 해결책으로 난관을 뚫고 나가야 한다. 하지만 이후에도 예기치 않은 저항과 마주치기 일쑤다. 이때 만일 평정심을 잃어버리면 흠씬 12구경 탄환의 무차별 세례를 받게 된다. 그러고는 들짐승들의 밥으로 유기당할 처지에 놓이고 만다. 단지 냉정한 대처가 조금 모자랐다는 이유만으로 말이다.
그래도 이번에 택한 길은 끝까지 거치적거리는 방해물 따위가 전혀 없었다. 물론 의사 한 명과 마주치기는 했다. 층계에서 이제 어떻게 할까 머뭇거리고 있을 때였다. 그는 내가 거기서 뭘 하는지 궁금했겠지만 나는 교묘히 그를 따돌리고 위기에서 벗어날 수 있었다. 그 전후로는 아무도 없었다.
1층에 도착하자마자 걸음을 서둘러 재빨리 병원에서 빠져나왔다. 여기서 근무하는 사람들이 아무리 눈코 뜰 새 없이 바쁘다 해도, 병원에서는 함부로 뛰는 게 아니다. 마음이 조급하다고 해서 뛰면 금세 다른 이들의 이목을 끌기 십상이니까. 다행히 나는 다른 사람들이 어떻게 대처할지 생각할 겨를조차 주지 않고 즉시 바깥으로 빠져나왔다. 설령 거기에 생각이 미쳤다 해도, 도대체 무엇에 대하여 대처한단 말인가?

방향을 오른쪽으로 트니 바로 주차장이 나온다. 서늘한 바람을 쐬니 기분이 한결 좋아진다. 내 트렌치코트 안주머니에는 모스버그가 똑바로 꽂혀 있다. 공연히 모스버그에 의존해서 소란을 일으키기보다 그냥 나온 것은 잘한 결정 같다. 가뜩이나 몸이 아픈 환자들을 괴롭히는 것은 못할 짓이다. 바깥으로 나와 보니 오늘은 구급차도 조용하다.

하지만 반대로 저 위쪽에서는 아마 한바탕 시끌벅적해져 있을 것이다. 우리의 난쟁이는 지금쯤 사냥개처럼 여기저기 코를 킁킁거리고 다니며 무슨 수상한 흔적이나 남아 있지 않은지, 어떻게 된 영문인지 알아내려고 법석을 떨어대고 있을 게 틀림없다.

나와 마주친 그 간호사 아가씨는 자기가 본 게 뭔지 확신할 수 없어 고개만 갸웃거리고 있을 것이다. 총이 아니라면…… 도대체 그게 뭘까?

설령 동료들에게 그게 분명 총이었다고 확언한다 한들 웃음거리밖에 되지 않을 거다. 총이라니, 지금 농담해? 70밀리 박격포가 아니었다는 것은 확실하니?

너 의외로 헛소리 잘하는구나. 혹시 근무시간에 뭐 이상한 것 마신 거 아니야? 요즘 뭐 이상한 거 피우니?

그래도 그중 한 아가씨는 이렇게 말해줄지도 모르지. 혹시 모르니까 나중에 경찰한테……

그래봐야 그때 이미 나는 주차장을 가로질러 차에 오른 후 유유히 병원에서 빠져나가고 있을 테니 이러나저러나 아무 상관없지. 그러고 나서 불과 3분 만에 나는 거리를 달리고 있다. 우회전을 한다. 빨간불이다.

이 일대에서 사정거리가 괜찮게 나오는 창가를 한 군데쯤 찾아내게 될 것이다.

설령 그렇지 못하다 하더라도 그건 어디까지나 부차적인 문제일 뿐이다.

해내고자 하는 동기만 확고하다면야……

카미유는 기분이 가라앉았지만 그럴수록 걸음을 더욱 빨리했다.

평소와 달리 이번에는 승강기를 타고 내려왔다. 아무래도 숨결을 고를 여유가 필요해서였다. 집에 가면 물론 혼자일 테고 주먹으로 벽이나 두드려대겠지. 그는 깊은 한숨을 내쉰다.

이 시간에도 여전히 북적거리는 병원 로비를 지나오면서 그는 현 상황에 대한 자신의 분석이 확실하다는 심증을 굳힌다. 대기실은 환자들과 병원 직원들로 꽉 차 있다. 구급차의 응급 요원들은 쉬지 않고 병원 문턱을 들락거린다. 여기서 오른쪽으로 방향을 틀면 복도 하나가 비상문 입구와 맞닿아 있다. 왼쪽 방향의 또 다른 복도 하나는 주차장으로 통한다.

그러니만큼 용의자가 다른 사람들의 눈에 뜨이지 않고 건물을 빠져나갔을 확률은 매우 희박할 것이다.

그렇다면 누구를 붙잡고 심문에 들어가야 할까? 공술과 증언이라도 받아둬야 하나? 공술을 받는다면 도대체 누구한테? 또 한 번 구급차가 들이닥칠 시간이다. 그렇다면 대기실에 있던 사람들이 새로 도착한 환자나 그 밖의 가족들로 대체될 수밖에 없다는 이야기다.

증언이나 공술을 받겠다고 나섰다간 자칫 그들에게 따귀를 얻어맞을지도 모를 일이다.

그럼에도 그는 위층으로 올라간다. 그러고는 당직 간호사실 문을 두드린다. 윗입술이 유난히 두꺼운 아가씨가 장부 같은 것을 들여다보고 있다. 이름은 플로랑스다. 동료 직원 누구? 누군지 모르겠어요. 그녀는 눈도 돌리지 않고 이 말만 툭 내뱉을 뿐이다. 하지만 카미유가 물러나지 않고 그 자리에 끈질기게 버티고 서 있자 한마디 더 한다.

"지금 저희는 할 일이 태산 같거든요."

"그러니 더욱 알아야 할 필요가 있어요. 아마 이 근처 어딘가에 있을 것 같은데……"

그녀가 뭐라고 답하려 하지만 카미유는 벌써 발길을 돌리고 만다. 복도로 나와 열 발자국쯤 내딛는다. 그때 어느 병실의 문이 빼꼼 열리자 불쑥 머리를 그 안으로 들이밀어 본다. 필요하다면 여자 화장실이라도 마다하지 않고 뒤질 것처럼 보인다. 지금은 그 무엇도 그를 멈추게 할 수 없다. 하지만 다행히도 그럴 필요까지는 없다. 그 병실에서 찾고 싶어 하던 간호사의 모습이 눈에 들어온 것이다.

그녀는 곤혹스러운 기색을 감추지 못하고 어쩔 바 몰라 한다. 자꾸만 손으로 자신의 민머리를 쓰다듬는다. 카미유는 머릿속으로 매우 단정해 보이는 그녀의 모습을 그려본다. 민머리로 인해 고스란히 드러나는 얼굴 윤곽은 그녀의 심성이 매우 가냘플 거라는 인상을 준다. 하지만 그건 오해다. 실제로 그녀는 강단 있는 여자다. 그녀의 첫 번째 답변이 그것을 확인시켜준다. 그녀가 어디론가 걸어가면서 말하는 바람에, 카미유는 옆에서 떨어지지 않도록 거의 뛰다시피 할 수밖에 없다.

"그 남자분은 병실을 착각했다고 했어요. 그러고는 죄송하게 됐다면서……"

"목소리는 똑똑히 들렸나요?"

"별로 그렇지는 못했어요. 죄송하게 됐다고 한 말만 분명하게 들은 것 같아요……"

이 간호사 아가씨에게서 얻어내게 될 정보는 자기가 사랑하는 여자의 안위와 직결된 문제일 수도 있다. 그런데도 간호사 아가씨는 자기로 하여금 병원 복도를 뛰다시피 가로지르게 하면서 은연중 회피하는 태도를 드러낸다. 더 이상 참을 수 없다. 카미유는 그녀의 팔을 붙잡는다. 그녀는 그의 손아귀에 붙잡혀 그 자리에 멈춰 선다. 그러고는 그를 빤히 내려다본다. 카미유의 단호하고 진지한 눈빛이 그녀의 마음을 움직인 것 같다. 거기에 더해 잔뜩 가라앉아 있으면서도 깊은 노기가 배어 있는 그의 어조도. 그런 어조로 그는 이렇게 말한다.

"저로서는 아가씨가 이 문제에 조금만 더 집중해서 답해주시면 고맙겠습니다만……"

카미유는 명찰에 기재되어 있는 그녀의 이름을 눈으로 확인한다. '신시아'. 신시아라면 TV 연속극으로 유명한 이름이다. 그녀의 부모는 TV 연속극에 열광한 사람들이었나 보다.

"조금만 더 집중하는 태도를 보여주세요, 신시아. 왜냐하면 저한테 절대적으로 필요한 게 지금……"

그제야 그녀는 성의 있는 태도로 답변을 늘어놓는다. 어떤 사내가 열려 있는 병실 문 앞에서 뒤돌아섰다. 고개는 잔뜩 수그리고 있었다. 아마도 당황한 모양이다. 트렌치코트를 걸치고 있었는데, 걸음걸이가 어쩐지 뻣뻣하고 이상하긴 했지만 아무튼…… 그러고 나서 층계로 달아났다. 그런데 달아난 사내는 위층보다 아래층을 택한 것 같다. 그건 이 상황에서 당연한 노릇 아닐까?

카미유는 가볍게 한숨을 내쉰다. 그러고는 맞아요, 물론이죠, 그 상황에서는 그게 당연한 노릇일 거예요, 라고 말한다.

___ **21시 30분**

"글쎄, 아무 문제없을 거라니까요."
 보안 책임자에게는 이런 말이 통하지 않는다. 너무 늦은 시각에 찾아왔으니 그의 기분이 썩 좋지 않은 것도 무리가 아니다. 옷도 다시 챙겨 입어야 했고, 게다가 오늘은 축구경기가 있는 날이기도 하다. 샤를레 태생의 보안 책임자는 헌병 출신으로 매사에 꽤나 깐깐하게 굴 것 같다. 게다가 상당히 다혈질일 듯한 인상이다. 배가 잔뜩 튀어나와 있고 목이 짧다. 아무리 경찰이라 해도, 외부인이 감시카메라를 열람하려면 정해져 있는 절차에 따라 예심판사의 허가 서명을 받은 영장이 있어야 한다.
 "전화로 말씀하실 때는 그것을 이미 받아놓으셨다면서……"
 "아니요." 단호한 어조로 카미유가 말한다. "이제 받아놓을 거라고 말씀드렸습니다만."
 "이상하군요. 제가 알아들은 말은 그런 뜻이 아니었던 것 같은데."
 고집불통이다. 일반적인 경우라면 카미유는 적당히 협상을 벌이려 들었을 것이다. 하지만 이번에는 그렇게 돌아갈 여유도, 의욕도 없다.
 "그럼 알아들은 말이 어떤 뜻이었는데요?" 그가 묻는다.
 "글쎄요, 전 이미 위임장을……"
 "아니라니까요." 카미유가 그의 말을 자른다. "아까 제가 말씀 드린 건 위임장에 관한 게 아니었어요. 소총을 소지한 괴한이 당신네 병원에 난입한 적이 있다는 사실에 대해 말씀 드린 거라고요. 도대체 무슨 말을 들으신 겁니까? 그 괴한이 이 병원 환자 중 한 명을 해코지할 목적으로 2층에 올라간 적이 있다는 사실은 무슨 뜻인지 이해하시겠어요? 그리고 만약 그자가 뜻대로 일이 풀리지 않을 경우에 지나다니는 사람들을 향해서 무차별 총질을 해댈 수도 있다는 사실은? 만에 하나 그자가 여기 돌아와서 어떤 사고라도 치는 날에는 가장 먼저 당신 모가지부터 날아갈 거라고요. 그럼 목구멍에 거미줄을 쳐야 할 텐데, 이 말들은 무슨 뜻인지 알아들으시겠습니까?'

여하튼 응급실 입구에는 감시카메라가 몇 대 설치되어 있다. 카미유의 의심대로 그런 괴한이 실재한다면, 그가 그쪽으로 지나갔을 가능성은 그다지 높지 않다. 놈도 바보천치는 아닐 테니까. 카미유가 지목하고 있는 그런 괴한이 실재한다면 말이다.

게다가 괴한이 카메라에 모습을 드러낸 그 시간대에 별다른 이상 징후라고는 전혀 포착되지 않을 수도 있다. 카미유는 재차 검토해본다. 보안 책임자는 스텝이라도 밟듯 발끝을 까딱거리면서 거칠게 숨을 몰아쉰다. 아마도 그런 몸짓으로 짜증이 솟구치는 중이라는 것을 표시하는 것 같다. 카미유는 화면 앞으로 상체를 기울인다. 병원 앰뷸런스와 의료구급대의 차량들이 건물 앞으로 들어왔다 다시 나가고, 여러 사람들, 부상자들과 멀쩡한 사람들이 걷거나 뛰면서 병원 문턱으로 드나드는 게 보일 뿐이다. 그 어디에도 카미유에게 도움을 줄 만큼 원하는 방향대로 두드러지는 장면은 보이지 않는다.

그는 그만 일어나 자리에서 물러난다. 그러다 제자리로 돌아와서 기기에서 DVD를 뽑아놓고 다시 나간다.

"어때요? 나를 머저리처럼 취급하시더니." 보안 책임자가 으르렁거린다. "거기다 주차위반 문제도 있지요?"

카미유는 그 얘기라면 나중에 하자는 듯한 몸짓을 한다.

그러고는 주차장으로 돌아온다. 어쩌면 내가 그놈 옆으로 스쳐 지나갔을 수도 있을 텐데, 카미유는 주차장 일대를 살피며 속으로 그렇게 웅얼거린다. 비상문 입구. 보다 가까이 보기 위하여 그는 문 앞으로 상체를 기울여본다. 그래도 잘 보이지 않아 안경을 꺼내 써야 한다. 손잡이를 망가뜨리고 무단 침입한 흔적은 눈에 들어오지 않는다.

"담배 피러 밖으로 나가 있을 동안 여기서 대신 자리를 봐주는 사람은 없습니까?"

안내 창구로 돌아온 카미유는 불쑥 그런 질문을 던진다. 로비 안쪽에서 그는 우연히 왼쪽 복도가 비상문으로 통한다는 것을 발견했다.

카미유의 질문에 오펠리아는 싯누런 윗니를 다 드러내며 슬며시 미소부터 지어 보인다.

"교대근무자는 출산휴가 때문에 지금 휴직 중이고, 다른 사람은 없어요. 하긴 교대근무자가 많으면 쉬는 시간이 많아질 테니 위쪽에서 구해줄 리가 없죠!"

도대체 그런 괴한이 다녀갔나? 안 다녀갔나?

카미유는 차로 돌아가서 휴대폰에 남겨진 음성메시지를 열어본다.

"미샤르 서장입니다(노기를 가까스로 억누르고 있는 듯한 어투)! 곧바로 전화 주세요! 시간이 없습니다. 지금 어디 계신 거죠? 여하튼 내일 아침 출근하시는 대로 보고서 제출하세요. 아시겠습니까?"

카미유는 이 순간에 문득 사무치는 외로움을 느낀다. 아주 외롭다.

23시

심야 시간에 병원은 뭔가 색다른 공간이 된다. 여기서는 이 시간대라면 의당 기대될 법한 적막감조차 유예된 것처럼 여겨질 지경이다. 환자를 실어 나르는 들것이 끊임없이 복도를 누비고 다닌다. 울부짖는 소리와 비명 소리, 다급히 이리저리 뛰어다니는 발자국 소리, 벨소리 등도 단속적으로 들려온다.

안은 겨우 잠드는 데 성공했지만 그다지 깊은 잠에 빠져들지는 못한다. 숱한 상처와 심한 출혈로 인해 몸이 불안하게 요동치고 있기 때문이다. 그녀는 아직도 모니에 상가의 시멘트 바닥에 누워 있다는 악몽에서 헤어나지 못하고 있다. 지금도 쇼윈도의 유리 파편들에 온몸이 뒤덮여 있는 것만 같다. 그리고 등 뒤에서 들려오는 폭발음. 그녀는 헐떡거리지 않을 수 없다. 입술에 피어스를 한 간호사 아가씨가 그녀를 깨울지 말지 망설인다. 하지만 악몽의 막바지에 이르면 그녀는 늘 벌떡 깨어나곤 하니 옆에서 일부러 깨울 필요까지는 없다. 아니나 다를까, 그녀는 비명을 질러대며 갑자기 침대에서 상체를 일으킨다. 복면을 쓴 괴한이 총신으로 자신의 광대뼈를 으스러뜨리기 직전의 환영이 눈앞에 아른거린다.

여전히 잠기운에 빠져 허우적거리면서도 그녀는 손가락 끝으로 조심스레 얼굴 윤곽을 더듬어본다. 굵직한 봉합 자국과 입술이 손끝에 닿는다. 손가락은 치아로 내려간다. 손끝에 잇몸이 닿는다. 그에 이어서는 그루터기처럼 얕게 잘려나간 앞니들.

그는 필시 그녀를 죽이고 싶어 했다.

그는 다시 돌아오고야 말 것이다. 그러고는 끝내 그녀를 죽이려 들 것이다.

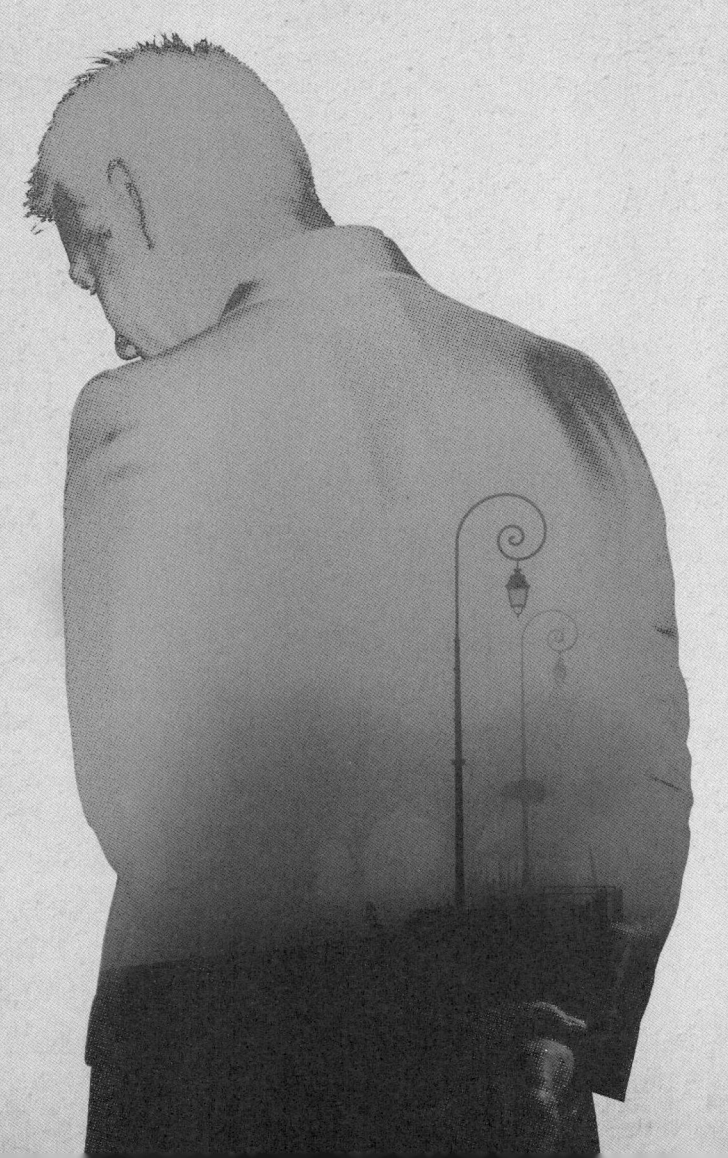

2일

___ 6시

 간밤에 전혀 잠을 이루지 못했다. 두두슈에게는 주인의 감정 상태를 예민하게 탐지하는 안테나가 있는 모양이다.
 어제 저녁, 카미유는 다시 경시청에 들러 하루 동안 미뤄둔 사안들을 마저 마무리하고 귀가해야 했다. 기진맥진한 몸으로 집에 돌아와서는 옷도 갈아입지 못하고 소파에 쓰러져 잠을 청할 수밖에 없었다. 두두슈가 다가와서 곁에 몸을 기댔다. 카미유와 두두슈는 밤새도록 그 자세로 꼼짝도 하지 않았다. 사료 주는 것을 깜빡했다. 하지만 두두슈는 칭얼대지도 않고 그가 지금 시름에 잠겨 있다는 것을 사려 깊게 헤아려준다. 그저 곁에서 가르릉거리기만 할 뿐이다. 카미유는 두두슈가 가르릉거릴 때 그게 어떤 의미인지 가장 미묘한 영역까지도 마치 사람의 말을 알아듯듯 속속들이 알아들을 수 있다.
 돌이켜보면 이렌을 잃은 괴로움에 겨워 뜬눈으로 새하얗게 밤을 지새우던 시절도 그다지 오래전이 아니다. 그 무렵처럼 뜬눈으로 밤을 지새우며 그는 그들 부부의 지난 삶과, 떠올리면 떠올릴수록 고통스러워지기만 하는 추억들을 헤집어보았다. 자신의 삶에서 이렌의 죽음보다 더 무시무시한 사태는 아무것도 없었다. 그 일 이외에 다른 것은 있을 수가 없었다.

　카미유는 현재 자신을 가장 고통스럽게 들쑤시는 게 무엇인지 자문해본다. 안에 대한 걱정, 참혹하게 망가진 그녀의 얼굴, 그녀의 고통, 또는 그녀를 떠올릴 때면 시간이 흐르면서 미세하게 뒤바뀌어가는 카미유 자신의 생각들. 아무런 책임감도 없이 한 여자에서 다른 여자에게로 옮겨 다니는 짓은 지극히 속된 작태이다. 카미유는 자신 또한 그처럼 범속한 사내 가운데 하나에 불과하다고 느낀다. 그런 통속성에 굴복했다는 기분마저 들 정도이다. 다시 자신의 삶을 추슬러야 한다. 그런데 본의와 상관없이 그의 삶은 다시 혼자 남는 쪽으로 새롭게 가닥이 잡혀 가는 중이다. 얼마 전까지만 해도 그런 생각은 전혀 해본 적이 없었다. 하지만 완강하게, 어쩌면 더 이상 돌이킬 수 없도록 그를 사로잡고 있는 것은 여전히 이렌에 대한 추억이다. 그로 인해 카미유는 가슴이 미어지는 아픔을 느낀다. 이렌에 대한 추억은 시간의 물살까지도 거스르며 더욱 생생해져가기만 할 뿐이다. 다른 사람을 만나봐도 아무 소용이 없다. 그래…… 결국은, 다른 사람을 만나봐도 다른 사람은 결코 이렌을 대신해줄 수 없다는 게 확실해졌기 때문이다.

　안, 그는 그녀를 받아들였다. 그녀 말대로 처음에는 그저 스쳐 지나가는 인연쯤으로만 여겼으니까. 그녀 또한 카미유와 마찬가지로 사랑하는 사람과 사별하는 아픔을 겪었다고 했다. 앞으로 관계를 어떻게 발전시킬지에 관한 계획이나 약속도 원하지 않았다. 계획이나 약속 따위와는 무관하게 그저 그의 삶에 들어와서 머물러 있을 뿐이다. 사랑해주는 사람과 사랑 받는 사람을 엄밀히 구분할 때 카미유는 자기가 어느 쪽에 속하는지 알 수 없었다.

그들은 봄에 만났다. 3월 초순이었다. 그가 이렌을 잃은 지도 어느덧 4년이 다 되어가는 시점이었다. 그리고 그가 다시 예전의 생활로 돌아온 지 2년만이었다. 여전히 깊은 충격과 비애에서 헤어나지 못한 상태였지만 그래도 어찌됐든 숨이 붙어 있는 이상은 살아가야 했다. 그는 안온하지만 별다른 의욕도 없는 나날들로 일상을 꾸려갔다. 그리고 그것은 음울한 홀몸의 고독만이 기약되어 있는 삶이었다. 그와 같은 단신의 사내는 여자들과 만나기가 쉬운 일이 아니었다. 하지만 아무려나 전혀 상관이 없었다. 그로서도 더 이상은 아쉬울 게 없었으니까.

남녀 사이의 만남은 언제나 약간은 경이롭게 예기치 않은 상황에서 이루어지기 마련이다. 본인의 말에 따르면 안은 평소 화를 잘 내는 성격이 아니라는데, 살아오는 동안 정말 딱 한 번 레스토랑에서 크게 난리를 피워댔다(그녀는 가슴에 손을 얹고서 정말이라고, 맹세할 테니 믿어달라며 살살 녹는 미소를 지어 보였다). 그런데 하필이면 같은 날 카미유가 그 레스토랑에서 저녁 식사를 하는 중이었다. 그는 그녀와 두 테이블 떨어진 자리에 앉아 있었는데, 처음에는 가볍게 시작된 언쟁이 과격한 몸싸움으로까지 번지는 데 놀라 그쪽으로 뒤돌아보지 않을 수 없었다.

욕설이 난무하고 테이블이 뒤엎어졌으며 접시가 와장창 깨지는 등 한바탕 소란이 일었다. 손님들은 허겁지겁 일어나 외투를 챙겨 레스토랑에서 빠져나가기 바빴다. 누군가가 경찰에 신고를 했다. 레스토랑 주인장은 고래고래 소리를 질러대며 천문학적인 규모의 피해배상액을 산출해서 제시했다. 그녀는 돌연 악다구니를 멈추더니 희한한 광경을 연출했다. 광기에라도 사로잡힌 듯 발작적인 웃음을 터뜨린 것이다.

그녀의 시선이 카미유에게로 향한 것은 그때다.

한동안 눈을 지그시 감고 있던 카미유는 깊이 숨을 내쉬고는 천천히 일어나 자신의 신분증을 제시한다.
 그가 나타난 것이다. 파리 경시청 강력반 반장 카미유 베르호벤.
 아무 데도 빠져나갈 구멍은 없어 보인다. 안은 웃음을 그치고 근심 어린 눈길로 그를 바라본다.
 "아, 마침 오셨군요!" 주인장이 반색을 하며 소리치더니 이내 어리둥절한 표정으로 이렇게 묻는다.
 "아니…… 근데 어떻게 강력반에서 출동을?"
 카미유는 고개를 설레설레 내젓는다. 몹시 피곤하다는 표정이다. 그러고는 주인장의 팔을 잡고 옆쪽으로 몇 걸음 데려간다.
 약 2분 후 카미유는 그녀를 데리고 레스토랑에서 빠져나온다. 그녀는 이 상황에 대해 활짝 웃어야 할지, 안도의 한숨을 내쉬어야 할지, 고맙다고 해야 할지, 걱정스러워 해야 할지 갈팡질팡한다. 여하튼 레스토랑 주인장에게서 아무 조건 없이 풀려나긴 했는데, 누구라도 이와 같은 경우를 겪게 되면 자기가 지금 어떤 상황에 처해 있는지 몰라 어리둥절해질 수밖에 없을 것이다. 사람들은 대개 뜻밖의 자유를 얻게 되면 어쩔 줄 몰라 하는 법이니까. 지금 이 순간 그녀도 여느 여자들과 마찬가지로 자기가 방금 이 남자에게 어떤 빚을 졌고 어떻게 갚아야 할지 잠시 궁리해보겠지. 카미유는 그렇게 이 여자의 속내를 짐작해본다.
 "레스토랑 사장님한테 뭐라고 하신 거예요?" 이윽고 그녀가 그렇게 물어본다.
 "당신을 체포해서 인계해 가겠다고 했습니다만."
 물론 거짓말이다. 실은 일주일에 한 번씩 관할 경찰들로 하여금 검문토록 조치하겠노라며 협박했다. 단골들이 뚝 끊겨 업소의 문을 닫는 한이 있더라도. 말하자면 직권을 남용한 셈이다. 그는 기분이 다소 겸연쩍었지만, 사내란 자고로 여자가 적당히 받아들일 만한 핑계거리만

던져주면 그만이다.

그녀는 기민하게 카미유의 말이 거짓이라는 것을 얼른 알아채지만, 상황이 재미있게 된 것 같다고 여긴다.

골목에서 나와 큰길에 다다를 무렵, 순찰차 한 대가 문제의 레스토랑으로 달려가는 게 보이자 그녀는 갑자기 얼굴에 함박웃음을 짓는다. 아주 매혹적인 웃음이다. 그녀가 웃음 짓자 양 볼에 보조개가 파이고 에메랄드빛 눈 밑으로 희미하게 주름이 진다…… 돌연 카미유의 머릿속이 복잡해진다. 이 여인에게서 빚을 받아내는 문제가 그 비중을 달리하기 시작한다. 전철역 앞에 도착하자 그가 묻는다.

"전철 타고 가세요?"

안은 잠시 망설이더니 이렇게 대답한다.

"아니요. 택시 타는 게 낫겠어요."

좋다. 어떤 경우든 상대방의 대답과는 일치하지 않는 교통수단을 택할 생각이었으니까. 그는 손만 들어 올려 잘 가라고 손짓해 보인다. 그러고는 일부러 더디게 전철역 계단을 밟아 내려가는 척한다. 하지만 실제로는 최대한 빨리 걷는 걸음이다. 그는 어느새 전철역 안으로 사라진다.

다음 날 그들은 결국 잠자리를 같이했다.

일과가 끝나고 카미유가 퇴근할 무렵 그녀는 경시청 앞에 와서 그를 기다리고 있었다. 처음에 그는 그녀를 못 본 척하고 그대로 전철역 앞까지 왔다. 그런데 그가 거기서 돌아서보니 그녀는 자기를 뒤따라오지 않고 여전히 같은 장소에 머물러 있기만 했다. 작전상 그녀의 완승이었다. 그의 입가에서 배시시 웃음이 새어나왔다. 그는 독 안에 든 쥐나 마찬가지였다.

그들은 함께 저녁식사를 하기로 했다. 꽤나 상투적인 저녁 시간이었다. 그들이 빚을 갚는다는 명목에 얽매여 모호한 속내의 장막을 걷어내고 야릇하고도 진솔한 상황으로 돌입하지 않았다면 심지어 실망스럽기까지 한 시간이었을지도 모른다. 사십 줄에 접어든 여자와 오십대를 넘긴 남자가 개인적으로 만나 서로에 관한 얘기를 나누게 되면 그동안 자신들이 겪어온 실패와 좌절을 완전히 감추려 들지는 않으면서도 되도록 축소해서 드러내고자 노력하기 마련이다. 또한 자신들에게 남아 있는 상처를 까발리지 않는 범위 안에서 슬그머니 노출하고 싶어 하기도 한다. 이를테면 카미유는 단 세 마디 말로 모드 베르호벤 여사, 즉 자신의 모친에 관한 이야기를 털어놓았다.

"나도 실은 그게 궁금했어요······" 안이 그렇게 말했다.

그녀의 말에 카미유는 무슨 얘기인지 마저 이어보라는 눈빛을 보냈다.

"그분의 그림에 등장하는 여자들에게서 뭔가 묘한 것을 본 것 같았거든요(그녀는 여기서 말을 할까 말까 잠시 머뭇거렸다). 거기가 몬트리올이었나 아마 그럴 거예요."

모친의 작품을 알고 있다니, 카미유는 정녕 놀라지 않을 수 없었다.

안도 자신에 관한 이야기를 늘어놓았다. 그녀는 리옹 출신이었다. 그 도시에서 결혼도 했고 이혼도 했다. 그녀는 모든 것을 털어버리고 떠나기로 결심했다. 하지만 스스로를 직시해보니 아직 끝나려면 멀었다는 사실만 깨달았을 뿐이다. 카미유는 그녀의 사연에 귀 기울이면 귀 기울일수록 그녀에 관하여 더 많이 알고 싶어졌다. 어떤 남자였나? 어떤 남편이었나? 어떻게 결혼하게 되었으며 결혼생활은 어땠나? 여자들의 내밀한 속사정에 관한 남자들의 호기심은 그야말로 끝이 없다.

그는 그녀에게 어제 상황에서 레스토랑 주인장의 따귀라도 올려붙일 생각이었는지, 아니면 자기가 대신 계산해주고 나왔다면 어땠을지 물어보았다. 그 말에 그녀는 요란스럽게 온몸을 들썩대면서 깔깔거렸다. 심지어 그를 주먹으로 툭툭 치기까지 했다. 그런 모습을 보니 천생 여자였다.

이렌과의 비극적인 사별 이후로 카미유는 여자와 신체 접촉을 전혀 해보지 못했다. 그런 만큼 그녀의 돌발적인 행동에 상당히 당황하지 않을 수 없었다. 하지만 그녀가 그의 곁에 눕자 나머지는 저절로 이뤄졌다. 서로 아무런 말도 필요치 않았다. 어쩐지 몹시 슬프면서도 동시에 퍽 행복한 기분이었다. 사랑이란 원래 그런 것일지도.

그러고 나서 그들이 본격적으로 사귀기 시작한 것은 아니었다. 이따금씩만 만났을 뿐이었다. 마치 손가락 끝으로 상대방의 몸을 조심스레 탐지해보듯이 말이다. 안의 직업은 회계감사관이라고 했다. 그녀는 대부분의 일과를 여행사에 찾아가서 그곳의 재무 구조와 입출금 내역 등을 점검하는 일로 보냈다. 자기 직업을 설명하는 그녀의 말에서는 카미유가 알아듣기 어려운 해당 분야의 전문 용어들이 자주 튀어나왔다. 그녀가 파리에 머무는 기간은 일주일에 이틀 이상을 넘지 않았다. 이렇게 상대방이 떠나 서로 만나지 못하다 다시 돌아오기가 반복되다 보니 그들은 불규칙하고 예측불가능한 관계로 맺어질 수밖에 없었다. 심지어는 우연히 오다가다 만난다는 느낌까지 자아낼 정도였다. 이미 그때부터 그들은 자신들의 관계가 어떻게 이어질지 알 수 없었다. 그들이 맺고 있는 관계는 다른 연인들과 전혀 비슷하지 않았다. 그저 만나면 같이 외출해서 밥 먹고 집에 돌아와서는 잠자리를 같이하며 육체적인 쾌락을 즐길 뿐이었다.

카미유는 안과의 관계가 언제부터 자기 삶에 중요한 일부로 자리 잡았다고 여기게 되었는지 곰곰이 헤아려본다. 기억이 나지 않는다.

다만 그녀의 등장이 이렌의 죽음에서 생겨난 충격과 비애까지 덮어

줄 만큼 강렬했던 것은 사실이다. 그는 이렌 없이도 버티도록 해줄 만한 새 여인이 드디어 자기 마음속에 들어온 게 아닐까 자문해본다. 물론 망각은 피해갈 수 없는 현상이다. 하지만 모든 걸 잊는다고 해서 다 치유되는 것은 아니다.

지금은 어제 그녀에게 닥친 일로 심한 충격을 받았다. 그에게 무거운 책임감을 떠안기는 것은 이런 상황이 아니라 전적으로 자신에게 달려 있는 관계의 결말이다. 어떤 관계의 유지 여부가 오로지 한 사람의 의도와 결정과 재량에 달려 있다는 것은 심히 버거운 중압감을 자아낼 만한 일이다.

두두슈는 가르릉거리기를 그치고 완전히 곯아떨어졌다. 카미유는 몸을 일으킨다. 앞발이 주인의 옆구리에서 바닥으로 미끄러지자 두두슈는 불만스럽다는 듯 크게 숨을 내쉰다. 그가 향한 곳은 서재이다. 거기에 이렌의 사진첩이 있다. 원래는 그 수가 헤아릴 수 없을 정도로 많았다. 지금은 마지막으로 달랑 한 권밖에 남지 않았다. 분노와 실의로 정신을 가누기 어려웠던 어느 날 저녁, 다른 사진첩들은 모조리 불태워 없애고 말았다. 사진첩에는 그녀의 이런저런 모습들이 넘쳐난다. 테이블 앞에 앉아 미소 지은 얼굴로 유리잔을 치켜든 모습도 있고, 곤히 잠든 모습도 있고, 골똘히 생각에 잠긴 모습도 있다. 이렌은 여기저기에서 온갖 다양한 모습과 표정을 사진 속에 남겨놓았다. 그는 사진첩을 그만 내려놓는다. 그녀 없이 보낸 지난 4년은 자신의 삶에서 가장 고통스럽고 불행한 나날들이었을 것이다. 하지만 설령 그렇다 해도 그는 한편으로 그렇게 보낸 나날들을 어쩌면 가장 유익하고 격정적인 시간이었을지도 모른다고 여기기도 했다. 그는 여전히 자신의 불행한 옛일에서 그다지 멀리 떨어져 있지 않았다. 혹시 이처럼 불행한 옛일조차도(그는 한참 동안 어떤 표현이 좋을지 고민해본다) 미묘한 기억의 조작에 따라 미세하게 다른 빛깔로 채색되고 만 것은 아닐까? 가장 은밀한 방식으로 침윤되어버린 것은 아닐까? 시간의 풍화작용에 따라 다른 모양새로 깎여나간 것은 아닐까? 분명히 셈을 다 치렀는데도 예기치 않게 남아 있는 계산서의 잔액처럼 말이다. 안은 이렌과 아무 상관도 없다. 두 여인은 서로 다른 은하계이다. 그녀들 사이에는 수억 광년의 거리가 가로놓여 있다. 하지만 두 여인은 결국 같은 지점에서 모인다. 이 두 여인을 결정적으로 갈라놓는 것은 이렌이 떠나고 대신 안이 그 자리에 와 있다는 사실이다.

카미유는 물론 안도 떠날 뻔했다는 것을 기억하고 있다. 하지만 그녀는 결국 다시 돌아왔다. 지난 8월이었다. 야심한 시간이었다. 그녀는 알몸으로 창가에 서서 팔짱을 낀 채 뭔가 골똘한 생각에 잠겨 있었다. "다 끝났어요, 카미유." 그를 향해 뒤돌아서지도 않고 그녀가 불쑥 그렇게 말했다. 그러고는 아무 말 없이 옷을 챙겨 입었다. 소설 같은 데서는 이런 상황에서 여자가 다시 옷을 챙겨 입는 데는 딱 1분 정도면 족하다. 하지만 현실에서는 실오라기 하나 걸치지 않고 완전히 벌거벗은 여인이 다시 제대로 차려 입으려면 한없이 오랜 시간이 걸린다. 카미유는 가만히 앉아 있기만 했다. 누군가 그의 모습을 보았다면 아마도 치밀어 오르는 분노를 가누지 못하다 이내 체념한 것으로 여겼을 것이다.

그녀는 그렇게 결국 떠나갔다.

카미유는 여전히 꿈쩍도 하지 않고 제자리에 남아 있기만 했다. 그녀의 심정을 이해한다. 그녀가 떠난 것은 카미유에게 어떤 위기감을 불러일으키려는 게 아니다. 단지 암묵적인 고통과 누적된 관계의 피로가 깊어져서였을 뿐이다. 그는 그녀와 이런 식으로 헤어지고 마는 것이 못내 아쉬웠지만, 어차피 급작스런 결별은 이 관계의 피할 수 없는 종착점이었다. 난쟁이만한 자신의 키 때문에라도 그는 곧잘 대수롭지 않은 일에도 반사적인 모욕감을 느껴오곤 했다. 그는 그렇게 오래도록 우두커니 앉아 있었다. 그러다 결국 소파에 쓰러져 몸을 축 늘어뜨렸다. 자정에 가까워진 시각이었다.

이 순간에 그는 무슨 일이 벌어진 건지 아직 실감하지 못했을 수도 있다.

약 한 시간 전부터 안은 더 이상 곁에 없다. 그때 불현듯 그는 자리에서 벌떡 일어났다. 그러고는 문으로 달려갔다. 일말의 망설임도 없이 어떤 확신에 따라 힘껏 문을 열어젖혀 보았다. 그러자 계단 턱에 쪼그려 앉아 있는 안의 뒷모습이 눈에 들어왔다.

얼마 지나지 않아 그녀는 자리에서 일어나 그를 못 본 척하고 지나쳤다. 그러고는 다시 아파트 안으로 들어와서 옷도 벗지 않고 침대에 몸을 던진 후 벽 쪽으로 돌아누웠다.

그녀는 울고 있었다. 카미유는 오래전 이렌과도 이와 비슷한 상황을 겪은 적이 있었다는 게 떠올랐다.

___ **6시 45분**

바깥에서 보면 이 건물의 외관은 그다지 나쁜 편이 아니다. 하지만 안에 들어와서 보면 얼마나 이 건물이 부실하게 관리되어왔는지 실감하게 된다. 떨어져 나가기 직전인 알루미늄 우편함들은 부실한 건물 관리의 극치라 할 것이다. 그 가운데 마지막 우편함에 6층 거주자로 '안 포레스티에'라는 이름표가 붙어 있다. 그녀가 직접 손으로 써서 기입한 이름표다. 심하게 갈겨쓴 필적이어서 마지막 철자인 'e'와 'r'이

뭉개져 있다 보니 거의 알아보기가 어렵다.

카미유는 이 건물에 설치되어 있는 초소형 승강기를 뒤로 하고 6층까지 걸어 올라가기로 한다.

그가 이웃집 문을 똑똑똑 세 번 두드린 것은 아직 오전 7시도 안 되었을 무렵이다.

이웃집 여인은 이내 문을 열어준다. 마치 그가 도착하기를 기다리고 있기라도 했다는 것처럼. 하지만 손은 문고리를 꽉 움켜쥐고 있다. 로망 부인. 이 다세대주택 건물의 소유주이다. 그녀는 곧바로 카미유를 알아본다. 이런 게 바로 남들보다 유난히 작은 키의 이점이다. 한번 보기만 하면 아무도 그를 잊어버리지 않는다. 그는 방문 사유를 거짓말로 둘러댄다.

"안이 갑작스럽게 어디로 좀 떠나야 해서요……(그는 명석하고 참을성 많은 친구가 서글서글하게 지어 보일 법한 미소를 흉내 낸다. 암묵적인 동조를 바라는 심정에서이다) 너무 급히 서두르다보니, 여자들이 늘 그러듯이 필요한 것들 중에서 절반 가까이를 빠뜨리고 갔지 뭡니까."

'여자들이 늘 그러듯이'라고 한 말에서 남성 우월적 무의식이 느껴졌을 법한데도, 로망 부인에게는 어찌된 영문인지 그런 표현이 꽤나 달가운 모양이다. 로망 부인은 어느덧 은퇴할 연령대에 이른 독신 여성이다. 얼굴이 동그랗고 포동포동하며 뽀얗다보니 마치 조로한 아이처럼 생겼다는 인상을 준다. 다리를 살짝 저는 것으로 보아 요통이나 관절염을 앓고 있는 것 같다. 하지만 그녀는 그동안 카미유가 봐온 사람들 중에서도 극소수에 속할 정도로 매사에 꼼꼼하고, 극히 자잘한 영역까지 철저하게 마감을 해놓아야 직성이 풀리는 유형이다.

그녀는 곧바로 알아들었다는 듯이 눈가를 살짝 찌푸린 후 잠시 안으로 들어갔다 돌아오더니 카미유에게 열쇠를 건네준다.

"그래도 별 탈은 없는 거죠?"

"그럼요. 없어요. 없고말고요……(그는 짐짓 크게 미소 지어 보인다) 무슨 별 탈이 있겠어요(그러고는 열쇠를 가리킨다)? 돌아올 때까지 이 열쇠는 제가 보관하고 있을게요……"

무슨 정보를 알아내거나 뭔가를 꼬치꼬치 캐묻는 것은 불가능하겠다. 로망 부인은 곧장 들어가지 않고 잠시 제자리에서 멈칫거린다. 그러는 사이에 카미유는 그녀에게 고맙다는 몸짓을 해 보인 후 얼른 돌아선다.

아담한 넓이의 부엌은 놀랄 만큼 정갈하고 말끔하다. 실내가 그다지 널찍하지 않은데도 아무것도 어질러져 있지 않고 모든 게 잘 정돈되어 있다. 카미유는 속으로 웅얼거린다. 이건 뭐, 청결에 대한 집착이 거의 강박적인 수준이야…… 거실은 두 칸으로 나뉘어 있다. 두 번째 칸이 침실로 사용된다. 펼치면 더블베드로 변하는 소파가 놓여 있다. 그런데 가운데가 폭 파여 있어서 자면서 몸을 뒤척이다 보면 그리로 굴러 떨어질 것 같다. 두 사람이 잔다면 폭 파인 구덩이 속에서 몸을 포개야 하는 경우가 생길 수도 있겠다. 그것도 별로 나쁘지는 않을 것 같다. 책장에는 주로 문고본들이 꽂혀 있다. 일정한 취향이나 관심사에 따라 선별된 책들은 아닌 것 같다. 거실 여기저기에 배치되어 있는 장식품들도 마찬가지다. 아무거나 되는 대로 골라서 가져다둔 것처럼 보인다. 그래서인지 전체적으로 다소 쓸쓸하다는 인상을 자아낸다.

"예전에는 정말 돈 없이 가난하게 살았거든요. 그래도 뭐 그런 것 때문에 누구를 원망하거나 불평하고 그러지는 않아요." 안은 뾰로통해진 기색으로 그렇게 말했다.

그는 사과하고 싶었다. 그런데 그녀는 아예 그럴 만한 싹을 잘라버렸다.

"그게 다 이혼의 여파 때문이죠."

이렇게 심각한 화제를 입에 올릴 때면 그녀는 도전적인 눈빛을 띠고 상대방을 정면으로 노려보곤 했다. 마치 그 무엇과도 맞설 태세를 갖추고 있다는 듯이 말이다.

"리옹을 떠나면서 가지고 있던 것들도 다 그냥 놔두고 왔어요. 지금 집에 있는 것들은 다 여기 와서 새로 산 거예요. 가구도 여기서 구입한 중고예요. 당시에는 어떤 것들에도 더 이상 욕심이 나질 않았거든요. 실은 지금도 마찬가지죠. 욕심나는 게 없어요. 나중에 가면 아마 달라질지도 모르겠지만 그냥 지금이 좋은 것 같아요."

지금 이곳은 잠시 머물다 떠날 거주 공간일 뿐이다. 그녀는 그렇게 말하곤 했다. 숙소란 원래가 잠시 머물다 떠나는 임시 공간에 지나지 않는다. 그리고 그들의 관계도 마찬가지다. 확실히 그런 이유에서 그들은 함께하고 있는 셈이다. 그녀는 또한 이렇게 말하기도 했다.

"이혼하고 나서 가장 오랫동안 열심히 한 일이 뭔지 알아요? 바로 청소예요."

그러니까 청결하게, 아무것도 뒤에 남기지 말아야 한다는 집착이 늘 문제이다.

응급실의 푸른색 환자복은 구속복과 비슷해 보였다. 카미유는 그녀에게 다른 옷들을 가져다주어야겠다고 결심했다. 그가 생각하기에 그러면 그녀의 정신 건강에도 유익할 듯싶었다. 모든 게 다 괜찮아지면 그녀는 통로로 몇 발짝 걸어 나오게 될 것이다. 그러고는 마침내 사람들이 북적이는 현관 앞으로 나설 수도 있을 것이다.

그러기 위해 그는 머릿속으로 이제부터 챙겨야 할 옷들의 간단한 목록을 작성해보았다. 지금은 그녀 곁에 머물 뿐 더 이상 아무것도 뒤돌아보지 않는다. 그래, 이 보라색 운동복도 필요하겠지. 그러자 갑자기 그와 잇닿아 있는 생각의 고리들이 줄줄이 딸려 나오기 시작한다. 운동화도 괜찮겠어. 그러면 그걸 신고 안이 조깅을 할 수 있을 테니까. 어디 보자, 조금 낡긴 했지만 괜찮을 거야. 운동화를 신고 모래 위에서 달리다보면 기분이 달라질 수도 있어. 그런데 그 다음부터 갑자기 막힌다. 뭘 더하는 게 좋을까?

　카미유는 작은 옷장을 열어본다. 한 여자가 평소 입고 다닐 만한 가짓수의 옷들이 걸려 있다. 청바지 한 벌. 그런데 무슨 청바지가 좋을까? 그는 옷들 중에서 몇 벌을 집어 든다. 티셔츠, 스웨터. 이렇게 헤집어놓으면 나중에 다시 챙겨 넣는 게 무척 복잡해지겠다. 그는 이쯤에서 그만두고 운동용 가방에 찾아낸 것들을 쑤셔 넣는다. 내의들은 손대지 않기로 한다.

　그다음에는 서류들.

　카미유는 수납장 앞으로 다가간다. 그 위로 이 건물이 지어질 때부터 붙박이로 달려 있었을 법한 벽거울이 보인다. 거울 한 귀퉁이에는 그녀가 끼워 놓았을 사진 한 장이 있다. 그녀의 남동생 나탕이다. 나이는 스물다섯쯤 되어 보인다. 외모만 보면 평범한 그 또래 청년의 모습이다. 얼굴은 신중하게 미소 짓고 있다. 이 친구에 관하여 들은 몇 가지 얘기들 때문인지는 몰라도, 카미유에게는 나탕의 얼굴이 시대착오적인 철부지들처럼 허황된 것이나 추구할 법한 인상으로 여겨진다. 물론 거기에는 사실적인 근거가 있다. 카미유가 전해 듣기에 그는 건실하고 체계적으로 살아가는 청년이 아니다. 빚도 꽤나 많이 진 모양이다. 그 나이 먹도록 그녀가 생활비까지 챙겨줘야 할 정도이다. 누나가 아니라 엄마의 역할까지 도맡은 셈이다. "아닌 게 아니라 걔한테는 내가 완전히 엄마나 마찬가지예요."라고 그녀는 말했다. 아주 오래전부터 지금까지도 그녀는 계속 다 큰 자기 남동생을 경제적으로 뒷바라지해왔다. 안은 그 이야기를 마치 우스꽝스런 한 토막 일화처럼 가벼운 미소로 털어놓았지만, 그 자애로운 미소 속에도 누나로서 동생을 걱정하는 기색이 스산하게 너울거렸다. 남동생이 살고 있는 숙소의 월세와 학비뿐만 아니라 심지어 여가생활에 드는 비용까지도 모조리 그녀에게 떠안겨 있는 몫이다. 그녀가 흔쾌히 그 몫을 감당하는 중인지 아니면 실은 혼자서 속만 태우는지는 알기 어렵다. 나탕의 모습이 담긴 사진의 배경은 외국이다. 아마도 이탈리아가 아닐까 싶다. 사방에 햇살이 가득하다. 사람들은 모두 반팔 셔츠를 입고 있다.

    카미유는 수납장을 열어본다. 오른쪽 서랍은 텅 비어 있다. 왼쪽 서랍 안에는 열린 봉투 몇 개가 들어 있다. 봉투에 든 내용물은 옷을 사거나 식당을 이용한 구매영수증과 그녀가 재직 중인 여행사의 광고 전단 등이다. 하지만 정작 그가 찾고 있는 것은 그 어디에도 없다. 상해와 질병에 관한 국가보험인증서도 보이지 않고 상호공제조합 가입증도 찾을 수 없다. 그녀는 아마도 그것들을 가방에 챙겨 가지고 다니는 모양이다. 수납장 밑 칸에도 간단한 운동 용구들만 보관되어 있을 뿐이다. 뒤 칸을 열어본다. 공과금 고지서나 계좌거래 내역서 같은 거라도 나오지 않을까 기대해본다. 아무것도 없다. 그는 돌아선다. 그의 시선이 어떤 소형 입상에 가 닿는다. 손바닥만 한 비키니 수영복만 입은 반라의 아가씨가 짙은 나무그늘 밑에서 배를 깔고 엎드려 있는 형상이다. 그녀의 무성한 머리카락은 끝자락이 넓게 퍼진 세모꼴로 풍만한 엉덩이를 감싸고 있다. 그래서인지 그녀의 엉덩이가 더욱 탐스러워 보인다. 그녀에게 그 입상을 선물한 사람이 바로 카미유였다. 루브르 미술관에서였다. 함께 다빈치 특별전을 보러 간 길이었다. 카미유가 전시 작품들에 대한 해설을 자청했다. 그 분야에 대한 그의 지식은 가히 백과사전에 견줄 만큼 해박하기 그지없었다. 그러다 미술품 매장에 들렀을 때 그들은 바로 이 소녀의 입상과 마주쳤다. 입상으로 새겨진 소녀의 체형은 신화에나 등장할 법한 곡선을 그리고 있었다. 마치 이집트 제18왕조 시대에서 그대로 걸어 나온 듯한 모습이었다.

"안, 당신이랑 똑같아. 진짜야."

카미유의 말에 그녀는 그저 웃기만 했다. 눈빛으로는 '나도 그랬으면 싶지만 말이라도 고맙네요'라고 말하는 것 같았다. 하지만 카미유는 진지했다. 그녀는 그가 지금 장난치는 건지 아닌지 아리송해졌다. 그는 그녀에게 가까이 상체를 기울였다. 그러고는 다시금 강조했다.

"빈말 아니야. 진짜로 그렇다니까."

그녀가 어떤 의사 표시를 하기도 전에 그는 소녀 입상을 사버렸다. 그날 저녁 그는 감식가의 입장에서 뜨거운 손길로 그녀의 온몸을 짚어가며 정밀한 비교 감정에 착수했다. 처음에 그녀는 마냥 웃기만 했다. 그러다 이내 쾌락에 겨워 신음을 흘리기 시작했다. 그러고는 다 알 만한 순서로 넘어갔다. 그렇게 사랑을 나눈 후 안은 난데없이 울음을 터뜨렸다. 카미유와 사랑을 나누고 나서 이따금 그녀는 그렇게 울곤 했다. 카미유는 이것도 혹시 그녀 나름대로 모든 것을 쓸고 닦아내기 위한 정화 과정의 일부가 아닐까 궁금해졌다.

그런데 어찌된 영문인지 벽 모서리에 처박혀 있는 게, 소녀 입상은 그 가치에 걸맞은 취급을 받지 못하는 것처럼 느껴진다. 선반의 나머지 빈 공간은 안이 가지런히 정리해둔 DVD들이 차지하고 있다. 뭔가 꺼림칙한 조짐에 카미유는 재빨리 실내를 한 바퀴 둘러본다. 화가의 눈매를 타고난 그의 관찰력은 비범하다. 그렇게 한 바퀴 둘러보는 것만으로 지체 없이 어떤 결론에 이를 수 있을 만큼.

그녀가 없는 동안 누군가가 이곳에 다녀갔다.

다시 오른쪽 서랍으로 돌아온다. 그곳이 말끔하게 비어 있는 것은 누군가가 서랍을 샅샅이 뒤졌기 때문이다. 카미유는 황급히 현관문 자물쇠 앞으로 다가가서 주의 깊게 살펴본다. 아무 자국도 남아 있지 않다. 놈들이 틀림없다. 놈들은 안이 가지고 다니는 가방 안에서 그녀의 집주소와 열쇠를 찾아냈다. 현장에서 그녀의 가방이 발견되지 않은 것도 놈들이 그 가방을 가지고 갔기 때문일 것이다.

그렇다면 병원을 습격하려 한 것도 동일범의 소행인가, 아니면 여럿이서 각자 역할을 분담해서 수행 중인가?

놈들의 소행이 확실하다면 여기에는 아주 괴이한 구석이 있다. 안에 대하여 이 정도로 놈들이 집착한다는 것은 지금 상황에 비춰볼 때 앞뒤가 맞지 않는 것으로 여겨질 수밖에 없다. 우리가 놓친 뭔가가 있어, 카미유는 그렇게 되뇐다. 우리 시야에 아직 들어오지 않았으며 따라서 훤히 들여다볼 수 없는 뭔가가.

놈들이 여기서 안의 인적사항이 담긴 서류들을 훔쳐갔다면, 이제 그들은 아마도 그녀에 관한 모든 것을 낱낱이 파악하고 있을 게 틀림없다. 어딜 가야 그녀를 찾아낼 수 있는지, 좌표를 어떻게 잡아야 하는지, 리옹이든 파리든, 그녀가 근무하는 직장 사무실이 어디인지, 그녀가 어디서 왔고 도망친다면 어느 쪽을 택할지, 그들은 모든 것을 다 알고 있을 것이다.

이제 그녀를 뒤쫓아 다시 찾아내는 것은 그들에게 어린애 숨바꼭질에 불과해진 셈이다.

그녀를 살해하는 것은 기껏해야 작문 연습 정도의 노고만 들여도 간단히 처리할 수 있는 일이 되어버렸다.

이제 안은 밖으로 한 걸음만 내디뎌도 죽은 목숨이다.

그는 이 사실을 서장에게 보고할 수 없다. 만일 안과 개인적으로 알고 지내는 사이였음을 솔직하게 털어놓는다면 그가 처음부터 거짓말을 해왔다는 사실도 덩달아 밝혀지고 말 것이다. 어제는 의구심뿐이었다. 오늘은 혐의뿐이다. 상관 앞에서 자신을 변호하려면 그것으로는 어림도 없다. 나중에라도 과학수사팀의 기술요원들이 이곳을 압수수색하러 올 수도 있고, 그 괴한 녀석들이 다시 찾아올 수도 있다. 그러니 아무런 흔적도 남겨서는 안 된다. 아주 미세한 흔적조차도.

어쨌든 카미유는 위임장이나 영장도 발부받지 않고 제멋대로 피해자의 거처에 난입했다. 그는 그저 개인적인 안면을 이용하여 얻어낼 수 있게 된 열쇠로 이곳에 들어왔을 뿐이다. 물론 안이 그에게 사회보장 관련서류들을 가져다달라고 부탁했다는 평계를 둘러댈 수는 있다. 하지만 그가 이곳에 정기적으로, 그것도 아주 오래전부터 드나드는 것을 목격했다는 이웃집 로망 부인의 증언이면 카미유는 결정적인 위기 상황으로 내몰리게 될지도 모른다······

그가 상관에게 거듭해온 거짓말들의 총합은 이제 위험 수위에 다다르고 말았다. 하지만 지금 카미유를 가장 두렵게 하는 것은 그게 아니다.

그것은 바로 생명과 직결된 그녀의 안위 여부이다. 그리고 그 앞에서 지금 자신이 한없이 무력하다는 사실이다.

―― **7시 20분**

"사람들이 나를 참 편하게도 내버려두는군요."

만일 함께 일하는 누군가가 오전 7시에 전화로 위와 같이 투덜거린다면, 섣불리 무슨 질문을 던지거나 대응하려 들지 말 것. 그러면 위험성만 가중될 뿐이니. 특히 그 사람이 경시청 서장 같은 직위에 있을 때는 더더욱.

카미유는 그럴 수밖에 없었던 사정을 늘어놓으려 한다.

"반장님 보고서는요……?" 서장이 그의 말허리를 자른다.

"지금 작성 중입니다."

"그러니까……?"

카미유는 처음으로 돌아간다. 그러고는 적절한 어휘들을 골라 기술적인 문제인 것처럼 보이게 하려고 노력한다. 피해자는 병원에 입원해 있다. 그런데 그사이에 괴한이 병원에 침입한 모양이다. 십중팔구 그 강도 일당 가운데 한 명일 가능성이 높다. 그자가 피해자의 병실로 갔다. 그녀를 해치우고자 했던 것 같다.

"잠시만요, 반장님. 좀 이해가 안 가는 대목이 있어서요. 피해자가 포레스티 씨죠? (그녀는 각각의 철자를 과장해서 또박또박 발음한다. 마치 자신의 지능으로는 뛰어넘을 수 없는 벽에 부딪쳤다는 것처럼) 그러니까 그분이……"

"포레스티에입니다."

"그래요, 그럼. 여하튼 그분이 자기 병실로 누군가가 들어오는 것을 보지 못했다, 이건가요(그녀는 그에게 잠시 답할 시간을 준다. 하지만 애초부터 그녀의 질문은 질문이 아니었다)? 그리고 간호사는 누군가를 본 것 같기는 한데 긴가민가하다 그거예요? 우선 그 '누군가'가 도대체 누구죠? 설령 그게 강도 일당 중 한 명이었다손 쳐도, 결론적으로 말해서 그자가 거기 다녀갔다는 거예요, 아니라는 거예요?"

안타까워할 것도, 아쉬워할 것도 없다. 르 구엔이 그대로 그 자리에 앉아 있었다 하더라도 내내 같은 반응을 보였을 테니까. 카미유가 이 사건을 맡겠다고 자청한 이후부터 모든 것은 그와 반대되는 방향으로 돌아가기 시작한 것처럼 보인다.

"접니다." 카미유가 단언하듯 답한다. "제가 지금 서장님한테 그가 다녀갔다고 말씀드리는 겁니다! 당직 간호사 중 한 사람은 그가 소지하고 있는 소총도 언뜻 본 것 같다고 했고요."

"오." 탄성을 금치 못하겠다는 어투로 서장이 말을 받는다. "대단하네요! '언뜻 본 것 같다'고 했다 이 말씀이지요? ……그렇다면 병원 측에서도 무슨 조치를 취했나요?"

이 전화 통화를 하기 시작했을 때부터 카미유는 이미 이 대화가 어디로 향해 갈지 짐작했다. 자기 나름대로 최선을 다하더라도 직속상관과 정면으로 부딪치는 것은 바람직하지 않다. 그녀도 우연에 힘입어서만 그런 고위직까지 승진한 사람은 아니다. 비록 르 구엔의 오랜 우정이 자기를 엄호해주리라는 믿음 속에서 영장 없는 가택침입까지 자행하기에 이르렀지만, 언제까지 마냥 그가 자신의 방패막이로 나서줄 수만도 없는 노릇일 것이다. 오히려 그 우정 때문에 크게 다칠 날이 올지도 모를 일이다.

문득 관자놀이가 지끈거리면서 얼굴에 열꽃이 피어오르는 기분이다.

"아니요, 어떤 조치를 취하지는 않은 모양입니다(지금은 짜증스런 기색을 감추고, 될 수 있는 한 참을성 많고 절제심이 강하며 자분자분하게 상대방을 설득할 줄 아는 유형으로 보여야 한다). 하지만 제가 서장님께 분명히 확언하는 바입니다만, 괴한이 병원에 다녀간 건 사실입니다. 그자는 병원에 소총을 소지하고 드나들 만큼 무모하고 대담무쌍한 인간으로 보입니다. 간호사가 증언한 총기류는 강도행각에서 사용된 소총과 유사하다 싶을 수도 있는 모델이 아니었나……"

"'유사하다 싶을 수도 있는'이라……"

"어째서 서장님은 제 말을 믿으려 들지 않으시는 겁니까?"

"어떤 조치도 없었다 하고 물증도 없고 확실히 괴한을 보았다는 증언도 없고 이렇다 할 단서도 없고 뭐 하나 뚜렷한 게 없는데, 강도 일당 가운데 한 명이 단독으로 기껏 피해자나 살해하러 병원에 다녀갔다는 말을 제가 어떻게 믿겠습니까!"

"'기껏 피해자나'라고요?" 카미유는 목이 졸려오는 기분을 느끼며 그렇게 되묻는다.

"그래요, 인정합니다. 약간은 거칠어 보일 수도 있을 표현이지요. 하지만……"

"'약간은' 거칠다고요?"

"이보세요, 반장님. 반장님은 지금 제 말끝이나 붙잡고 늘어질 때가 아니에요! 경찰 차원에서 이 피해자를 효과적으로 보호할 수 있는 대책에 대해 강구하고 건의하셔야죠! 어제 연락도 닿지 않고 보고서도 늦어지고 있는 직무태만을 반성하는 의미에서라도 말이에요!"

카미유가 무겁게 입을 열려 한다. 하지만 너무 늦었다.

"정복 경관 한 명을 지원하겠습니다. 이틀 동안요."

대꾸한다면 참으로 뻔뻔하게 들리겠지. 지원인력은 붙이지 마십시오. 그래봐야 잘못되면 고스란히 제 잘못으로 돌아올 테니. 그리고 정복 경관의 지원으로 무장 괴한의 접근을 막겠다니, 이것은 쓰나미를 막기 위해 방죽을 쌓아두자는 제안이나 마찬가지이다. 하지만 그 점만 제외하고는, 안타깝게도 서장의 말이 상식적으로 타당해 보인다.

"도대체 그자가 포레스티에 씨한테 또 무슨 위해를 가할 수 있다는 말씀인가요, 베르호벤 반장님? 제가 아는 대로라면 그분은 단지 범행 현장에 있다 폭행을 당한 피해자에 불과하거든요. 그 일당은 자기들이 포레스티에 씨한테 큰 상해를 입혔다는 사실에 대해 잘 알고 있을 거예요. 하지만 살해하지는 않았지요. 제 생각에는 오히려 그 사실을 다 행스럽게 여기고 있을 것 같은데요."

처음부터 이것은 논박의 여지가 없을 만큼 자명한 사실이다.

대관절 무엇이 잘못된 것일까?

"반장님한테 끄나풀이 한 명 있다고 하셨죠? 그 사람은 뭐라고 하던가요?"

영원한 수수께끼 한 가지. 어떻게 해서 우리는 어떤 결론에 다다르게 되고 그런 결정을 내리게 되는가? 어떤 순간에 우리는 스스로 어떤 결정을 내렸는지에 대해 의식하게 되는가? 카미유의 대답에 스며들어 있는 무의식의 몫이 얼마나 되는지는 얼른 확답하기가 불가능한 문제이다. 그런데도 서장이 이렇게 곧장 치고 나오니 이젠 어쩔 수 없다.

"물루드 파라위 말씀이시군요."

그렇게 말해놓고 카미유는 스스로도 놀라 자빠질 지경이다.

문득 입에 걸리는 대로 이 이름을 발음하고 나니, 절벽 난간과 맞닿아 있는 곡선도로를 주행하는 순간의 아찔함이 온몸에 퍼져 나간다.

"그 사람 석방된 거 맞죠?"

카미유가 튀어 오르는 공을 부여잡기도 전에 그녀는 또 이렇게 묻는다.

"그러면 지금은 뭘 해서 먹고사는 거죠?"

좋은 질문이다. 지하세계의 불한당들에게는 각자의 전문영역이 있다. 강도질, 장물 거래, 절도, 문서나 화폐 위조, 사기, 뻑치기 등 그들은 자기만의 분야에서 전문성을 살려 먹고산다. 카미유가 방금 즉흥적으로 대답한 이름, 물루드 파라위의 전문 분야는 매춘 알선이다. 만일 그가 이 통화 내용을 알게 된다면, 강도 사건과 관련된 이야기에서 뜻밖에도 자기 이름이 불쑥 튀어나왔으니 대경실색하지 않을 수 없을 것이다.

　이 친구는 카미유와 어렴풋이 알고 지내는 전과자일 뿐 끄나풀이라고 하기에는 턱도 없는 사이이다. 그동안 그들은 몇 번 오다가다 마주친 데 불과했다. 말도 못 하게 폭력적인 성향으로, 자기 구역을 침범해오면 누구라도 용납지 않았을 뿐 아니라 무시무시한 협박과 공갈로 세력을 확장하기도 했다. 여러 차례 살인까지 불사할 정도였다. 한마디로 그 바닥에서는 교활하고 극악무도하기로 악명이 자자한 인물이다. 그래서인지 오랫동안 누구도 범접할 수 없는 철옹성을 구축해왔다. 적어도 비열한 함정에 빠져 갑자기 몰락하기 전까지는 그랬다. 그의 소유 차량 안에서 30킬로그램이나 되는 엑스타시가 발견된 것도 모자라서 그의 지문까지 채취된 것이다. 빼도 박도 못하는 덫에 걸린 셈이었다. 마약이 들어 있는 가방은 자기가 평소 운동하러 다닐 때나 쓰던 거라며 항변해보았지만, 그도 결국은 감방 신세를 면할 수 없었다.

　"누구요?" 카미유가 묻는다.

　"파라위라는 사람 말이에요! 끄나풀이라면서 어떻게 된 거냐고요! 그 사람은 혹시 반장님 사촌인가요? 그런 줄은 모르고 있었는데……"

　"아니요, 사촌 아닙니다…… 조금 더 복잡해요. 세 다리 건너서 맺어진 친척지간이라고나 할까요. 아시다시피 왜 그런 혈족관계 있잖습니까……"

　"아니요, '그런' 게 정확히 뭘 말하는 건지 감이 안 오는데요."

　"제가 알아서 설명드릴 테니 일단 넘어가시죠."

　"'일단 넘어가시죠'?"

　"서장님, 지금 서장님은 제 말끝이나 물고 늘어질 때가 아니에요!"

　"또 제 말을 따라하는군요!"

　미샤르는 그렇게 버럭 소리를 지르더니 부랴부랴 한 손으로 전화기를 막는다. 수화기 저편에서 카미유의 귀에 "오 엄마가 미안, 우리 딸" 어쩌고 하면서 낮은 목소리로 혀짤배기소리를 내는 서장의 목소리가 들려온다. 그 말소리에 순간적으로 카미유의 정신이 멍해진다. 이 여자한테 자녀들이 있나? 있다면 몇 살이나 먹었을까? 딸내미? 그녀의 목소리로 보아 아직 덜 자란 아이를 대하는 투다. 다시 카미유와의 전화 통화로 돌아와서도 그녀는 방금 전보다 훨씬 언성을 낮춰 조곤조곤 말하려 애쓴다. 하지만 낮아진 언성과 반비례해서 그녀의 신경질이 더욱 생생하게 와 닿는다. 수화기 저편에서 전해지는 숨소리로 보아 그녀는 아마도 수화기 위치를 다른 쪽으로 바꾸는 중인가 보다. 지금까지 카미유에게 잔뜩 약이 올라 있는 그녀는 오랫동안 억누른 게 부글부글 끓다가 마침내 폭발 직전까지 치달은 모양이다. 하지만 현재 집 안 상황은 그녀로 하여금 나긋나긋하게 소곤거리지 않을 수 없도록 억제시키고 있으니, 이를 어쩐담.

"자, 그래 정확히 어떤 사정이고 무슨 관계인지 이제 반장님 얘기를 해보세요."

"우선 말씀 드리고 싶은 게 이건 '저의' 이야기가 아닙니다. 게다가 아직 오전 7시밖에 안 됐잖습니까? 너무 이른 시각이죠. 지금 다 말씀 드릴 수도 있는 일이지만, 그러기보다는 일단 저한테 조금만 정리할 시간을 주시는 게 더 낫지 않겠느냐……"

"반장님……(침묵) 저는 지금 반장님이 뭘 어쩌겠다는 건지 잘 모르겠고 이해도 안 가요(이 말을 할 때 서장은 신경질을 한결 누그러뜨리려는 기색이 역력해 보인다. 마치 피곤한 화제에서 벗어나고 싶다는 것처럼. 적당한 기회가 다가왔다 싶을 때 흔히 사람들이 그러하듯이). 어쨌든 오늘 저녁까지는 보고서를 저한테 넘겨주셨으면 좋겠군요. 확실하신 거죠?"

"오늘 저녁까지는 문제없겠습니다."

분위기가 꽤 화기애애해졌다. 하지만 카미유는 땀을 비 오듯 흘리는 중이다. 열병 같은 식은땀과 오한이 그의 등골을 타고 오르내린다. 이렌이 죽은 날, 그녀를 살리려고 달려갔을 때 이후로 이런 적은 처음이다. 그날 그는 공연한 고집을 부렸다. 자기가 다른 누구보다도 나을 거라고 생각했었다…… 아니다. 그는 그런 생각조차 할 수 없었다. 그는 마치 자기 혼자서만 이렌을 구해낼 수 있다는 것처럼 조건반사적으로 움직였을 뿐이다. 하지만 그것은 결과적으로 그의 착각이었다. 이렌과 재회했을 때 그녀는 이미 싸늘한 시신으로 변해 있었으니까.

그렇다면 현재의 안은?

여자들에게 버림받는 남자들은 늘 사고방식과 행동패턴이 똑같다는 말도 있다. 카미유로서는 정말이지 그럴까 봐 너무나도 두렵다.

―― 8시

터키 녀석들은 자기들이 무엇을 놓쳤는지 알지 못한다. 보석이 잔뜩 든 두 개의 가방. 장물아비가 가져다주기로 예정된 것까지 합하면 그들에게 돌아갈 몫은 최소한 이 갑절에 이를 수도 있었을 것이다. 하지만 어차피 지나간 이야기다. 모든 일이 순조롭게 돌아간다. 이 행운이 지속된다면 꾸러미를 하나 더 쓸어 담을 수도 있지 않을까 기대된다.

그런 몫이 남아 있다면.

만일 그런 몫이 남아 있지 않다면, 피를 보게 되겠지.

그 점을 확실히 해두려 할 때 가장 우선시해야 할 것은 역시 체계적인 접근방식과 끈기이다.

서서히 사태의 윤곽이 또렷하게 밝혀질 때까지 일단 기다리는 거다. 뭐나 좀 읽으면서 말이다.

≪파리지앙≫ 지 3페이지.

'생투앙에 대형 화재……'

깔끔하게 처리됐군! 길 건너 '르 발토'란 카페. 아주 진한 커피를 시켜 마신다. 담배도 한 개비 피운다. 흡연이 가능한 카페다. 이런 게 인생의 참맛이지. 여기 카페는 배경음악의 볼륨이 너무 낮다. 무슨 터미널 같은 데 와 있는 기분이 든다. 하긴 아직 오전 8시밖에 안 됐으니까. 아침부터 카페에서 음악 감상할 일이 있는 것도 아니고.

신문을 펼쳐본다. 두둥!

생투앙에서 원인 불명의 대형 화재로 2명 사망

어제 정오경 샤르티에르 구역에서 대형 화재에 이은 연쇄폭발사고가 발생했다. 생투앙의 군부대가 재빨리 동원되어 화재 진압에 나섰으나 이 사고로 이미 공장 막사와 자동차 정비소 여러 채가 파괴된 후였다. 이 구역은 재개발 대상지구로 지정될 게 확실해져 최근 사람들의 통행이 제한되어 있었다. 그러니만큼 이번의 대형 화재 사건은 더욱 수수께끼처럼 여겨질 수밖에 없다.

화재로 파괴된 공장 막사들 가운데 한 곳의 잔해더미 속에서 경찰은 포르셰 카이엔의 부서진 차체와 완전히 숯 더미로 변해버린 시신 두 구를 찾아냈다. 경찰 수사에 따르면 폭발이 일어난 곳은 바로 이 장소이다. 여기서 강력 플라스틱 폭탄이 터진 흔적이 발견된 것이다. 현장에서 수거된 반도체 집적소자 파편들을 단서로, 전문가들은 범인이 휴대폰을 원격조종장치 삼아 멀리 떨어진 곳에서 폭발을 일으킨 것으로 보인다고 말했다.

이 대형 사고로 신원을 확인할 수 없는 두 명이 사망했다. 그러니만큼 현재 수사의 초점은 피해자의 신원 확인을 어렵게 하려는 범인의 목적에 따라 행해진 계획 살인이 아닌가 하는 쪽으로 모아지고 있다. 경찰은 희생자들이 폭발 사고 당시 아직 살아 있었는지 아니면 이미 목숨이 끊어진 상태였는지 여부를 규명하는 데 일단 집중할 계획이라고 밝혔다……

일이 깔끔하게 정리된 것 같다.
'경찰은 희생자들이 폭발 사고 당시 아직 살아 있었는지…… 여부를 규명하는 데 일단 집중할 계획'이라니, 이 얼마나 우스꽝스런 짓거리란 말인가! 문득 내기를 걸고 싶어진다. 만약 경찰에서 아무런 전과자 색인에도 올라 있지 않은 터키 출신의 일디츠 형제로까지 수사 범위를 넓게 된다면, 나는 그 형제의 몫을 경찰관 자녀들에게 장학금으로 기부할 참이다.
서서히 시간이 가까워진다. 파리 외곽도로, 마이요 다리 출구, 측도, 뇌이 쉬르 센.
부르주아들한테서는 언제 봐도 참으로 근사한 풍모가 느껴진단 말이다. 그들은 우선 생김새부터가 멍청한 것과는 거리가 멀다. 이런 모습을 보면 나도 그들 계층에 속하고 싶다는 욕구가 불같이 솟아오른다. 나는 고등학교 근처에 잠시 차를 세워본다. 그 학교에 다니는 여고생들은 국가가 정한 노동자 최저임금보다 약 13배쯤 비싼 옷들을 입고 다닌다. 이따금은 모스버그가 사회 평등화의 도구로 인식되지 않는 게 아쉬울 때도 있다.
나는 고등학교를 지나쳐 우회전한다. 목적지가 나온다. 그 집은 이웃집들보다 훨씬 아담하다. 앞마당도 수수한 편이다. 하지만 이 땅 소유주는 앞마당을 싹 밀어내고 그 터에 강도행각과 도둑질로 긁어모은

돈을 쏟아부어 자기만의 공고한 요새 한 채를 지으려고 한다. 그는 의심이 많고 변덕스러워서 끊임없이 규약을 바꾸려 들기 일쑤다. 그러니 중개인으로 하여금 북부역의 수하물 보관소에 있는 보석 가방 두 개를 거둬오도록 하지 않을 수 없었을 것이다.

그런 장소는 첫 번째로 마약을 거둬들이기 딱 좋다. 두 번째로 가격을 산정해보기 알맞다. 마지막이자 세 번째로 협상하기가 편하다.

그는 상거래의 보안을 위해서라면 비용이 얼마가 들든 아끼지 않는다.

___ 9시 30분

카미유는 그녀에게 이것저것 캐묻고 싶어 애타는 심정이다. 모니에 상가에서 그녀가 목격한 것은 정확하게 무엇일까? 하지만 무엇보다도 그를 압도하고 있는 근심거리는 역시 그녀가 위험에 처해 있다는 사실이다. 그로 인해 카미유는 고통스러울 정도로 심한 불안에 떨 수밖에 없다.

아무리 그렇다 해도 일단은 출발점으로 되돌아와야 한다.

"하지만 뭘?" 심문에 응하는 안의 언성이 높아진다. "도대체 뭘 봤냐고 묻는 거예요 지금?"

아무래도 그녀에게는 휴식과 안정이 더 필요할지도 모르겠다. 설령 간밤에 푹 잤다 하더라도 별 소용이 없는 모양이다. 죽음의 위협에서 일단 벗어났다는 안도감이 더한 피로를 불러왔을 수도 있다. 그녀는 지금 극단적으로 신경이 곤두서 있다. 눈가에는 계속 눈물이 그렁그렁 맺혀 있다. 목소리도 심하게 떨린다. 하지만 전날보다는 훨씬 발음이 좋아진 것 같다. 이제는 거의 알아들을 만하다.

"글쎄, 나도 모르겠어." 카미유가 말한다. "아무거나 말하면 될 것 같은데."

"그러니까 뭘요?"

카미유는 답답하다는 듯 손바닥을 펼친다.

"모든 걸 확실히 해두기 위해서야. 무슨 말인지 알지?"

아니, 안은 무슨 말인지 모른다. 하지만 그녀는 카미유의 제안을 받아들여 일단 생각나는 대로 아무거나 떠올려보기로 한다. 그러면서 고개를 갸웃거린다. 그러자 카미유의 모습이 다른 각도에서 시야에 들어온다. 그는 눈을 감고 있다. 제발 진정하고 날 좀 도와줘, 부탁이야.

"혹시 그자들이 말하는 소리 못 들었어?"

안은 아무 반응도 보이지 않는다. 질문을 이해했는지 아닌지 아리송한 표정이다. 그러더니 잠시 후 막연한 동작 하나를 해 보인다. 무슨 뜻인지 알 수 없다. 카미유는 상체를 가까이 기울인다.

"세르비아어…… 같았어요."

안의 말에 카미유가 앞으로 튀어오른다.

"어째서 세르비아어 같았는데? 세르비아어를 알아?"

솔직히 그럴 것 같진 않다. 최근 들어 그는 슬로베니아, 세르비아, 보스니아, 크로아티아, 코소보 등지에서 온 사람들과 부쩍 마주치는 일이 잦은 편이다. 요사이 어떤 바람을 타고 그쪽 사람들이 파리에 많이 오는 모양이다. 아무리 제각기 출신지가 다른 그쪽 사람들을 만나봐도 정말이지 그 말이 그 말 같아서 카미유로서는 도무지 언어 차이를 구분할 수 없었다.

"아니, 확실한 건 아니에요……"

그녀는 말끝을 흐리고는 다시 베갯맡에 머리를 깊이 파묻는다.

"잠깐만, 잠깐만 있어봐." 다시 카미유가 나선다. "이건 중요한 얘기야……"

다시 눈을 뜬 안은 낯선 발음 하나를 입에 담고 우물거린다.

"Kraj……라고 한 것 같았어요."

안이 낸 발음에 카미유는 어안이 벙벙해진 표정을 짓는다. 암고양이 같은 예심판사의 서기관이 일본어를 한다면 입에서 저런 소리가 나오지 않을까 싶다는 상상이 순간적으로 스쳐 지나간다.

"Kraj? 그게 세르비아어야?"

안은 고개를 끄덕이긴 하지만 썩 자신 있어 보이지는 않는다.

"아마 '멈춰', 이런 뜻일 거예요."

"그런데…… 안, 당신은 그 말뜻을 어떻게 알고 있는 거지?"

안은 눈을 감는다. 매번 똑같은 것을 몇 번이나 반복해서 답해주려니 이만저만한 고역이 아니라는 듯한 기색이다.

"3년 동안 동구권에 머문 적이 있었어요……"

용납받기 힘든 일이다. 안은 그에게 벌써 수십 번도 넘게 그 얘기를 했다. 외국으로 여행 다닌 기간만 도합 15년이나 된다고. 회계 관리 부서로 넘어가기 전까지만 해도 그녀의 업무 내용은 세계 각국에 머물게 될 여행사 고객들의 체류 일정 관리였다. 러시아를 제외한 동구권의 모든 나라들도 거기에 포함되어 있었다. 폴란드에서 알바니아까지.

"그럼 그자들이 세르비아어를 썼다는 거야?"

안은 말없이 아니라는 고갯짓만 가볍게 해 보인다. 하지만 설명해줘야 한다. 카미유한테는 늘 모든 걸 일일이 설명해줘야 해.

"한 사람 말소리밖에는 못 들었어요…… 화장실에서. 다른 사람은, 글쎄, 잘 모르겠어요……(그녀의 발음은 좀 어눌하긴 하지만 그래도 알아듣는 데는 별 지장이 없다) 카미유, 그러니까 확실한 게 아니에요……"
 하지만 안이 준 정보는 대강의 구도를 가늠해보는 데 썩 긴요한 단서가 될 수 있다. 그러니까 피해자들에게 소리를 질러대면서 보석을 쓸어 담고 안의 처리 문제로 동료와 몸싸움까지 벌인 쪽이 세르비아 출신이다. 그리고 주변 경계와 엄호를 맡은 쪽은 바로 문제의 빈센트 하프너이다.
 안을 이 지경이 되도록 폭행한 것도 그놈이고, 병원에 전화한 것도, 병실까지 올라온 것도 모두 그놈 소행이다. 또한 안의 집에 몰래 난입한 것까지도 필시. 그리고 그의 말투에는 별다른 외국어 억양이 없다.
 안내 창구 여직원의 증언도 그런 사실과 정확히 일치한다.
 빈센트 하프너.

 정밀 단층 촬영을 받을 시간이다. 안은 목발을 요구한다. 그녀가 원하는 게 뭔지 이해하기 위해서는 약간의 시간이 걸린다. 카미유가 통역해준다. 그녀는 검사실까지 걸어서 가겠다고 고집을 부린다. 간호사들이 당황한 듯 천장으로 눈길을 돌린다. 휠체어에 태워서든 어떻게 해서든 대충 검사실로 그녀를 옮기려던 참이었기 때문이다. 안은 알아들을 수 없는 발음으로 뭐라고 있는 힘껏 소리를 지른다. 그러고는 침대 모서리에 주저앉아 팔짱을 낀다. 가지 않겠다는 것이다.
 이번에는 사람들이 무슨 뜻인지 알아듣는다. 그 층 담당 간호사가 온다. 윗입술이 두툼한 걸 보니 플로랑스가 맞다. 이건 괜히 고집 피우실 일이 아니에요, 포레스티에 씨. 저희가 검사실까지 모셔다드릴게요. 바로 아래층이니까 금세 도착하실 거예요. 그러고는 안의 대답도 기다리지 않고 다시 나간다. 플로랑스의 의도는 예기치 않은 안의 고집을 일단 꺾어놓고 보자는 데 있다. 이제 지겨우니 그만 좀 하시죠. 유치한 투정 따위로 우리를 힘들게 하지 마세요⋯⋯ 하지만 막 문을 나서려는 순간 플로랑스의 귀에는 안이 외친 말소리가 꽂힌다. 깜짝 놀랄 정도로 또렷한 말소리다. 발음이야 아직 미흡하지만 그 뜻만큼은 선명하다. 그럼 다 관둬요. 내 발로 거기까지 걸어서 가든가 아니면 그냥 여기 남아 있겠어요.

간호사가 다시 제자리로 돌아온다. 카미유가 안의 고집을 납득시키려고 해본다. 그러자 간호사는 그를 날카롭게 쏘아본다. 이 사람은 누구지? 환자랑 도대체 어떤 관계인 거야? 그는 뒤로 물러나 벽을 기대고 선다. 그가 생각하기에 그녀는 간단하고 편안하게 택할 수 있는 마지막 탈출구를 스스로 막아버린 셈이다.

순간 꽥 하는 고함 소리가 이 병동의 한 층을 다 뒤흔들어놓는다. 환자들이 무슨 일인가 싶어 머리를 빼꼼 병실 바깥으로 내민다. 병동의 질서를 회복하고자 간호사들이 나선다. 아무 일도 아니니 안으로 그냥 들어가 계세요. 인턴이 허겁지겁 달려온다. 성의 철자가 스물네 개나 되는 인도 청년이다. 저녁부터 아침까지 야간조로 근무하는 모양이다. 그렇다면 자기 성의 철자만큼이나 근무 시간이 긴 셈이다. 그렇게 일해도 봉급은 청소부만큼밖에 못 받는다. 아직은 어쩔 수 없다. 그는 인도 출신의 인턴에 불과하니. 그가 안에게 가까이 다가선다. 그러고는 주의 깊게 그녀의 숨소리에 귀 기울이면서 동시에 피하 출혈도 자세히 살펴본다. 이 환자는 지금도 많이 경직되어 있는 상태다. 하지만 며칠 후면 나타날 혈종의 진행 단계에 견주면 이쯤은 아무것도 아니다. 그건 정말이지 끔찍하다. 인턴 청년은 부드러운 목소리로 그녀를 누그러뜨리려 애쓴다. 그러기 위해서인지는 몰라도 청진기로 다소곳이 그녀의 몸을 진찰한다. 다른 사람들은 그가 지금 뭘 어쩌겠다는 건지 의아해한다. 검사 시간은 정해져 있다. 단층 촬영은 환자의 사정에 맞춰 제멋대로 미뤄질 수 있는 절차가 아니다. 그런데 이 인턴이란 청년은 오히려……

간호사들은 발을 동동 구르며 계속 시계만 본다. 이윽고 인턴 청년은 진찰을 마친 후 안에게 미소를 지어 보인다. 그러고는 목발을 요구한다. 그가 택한 처방에 간호사들은 배신감을 느끼지 않을 수 없다.

카미유는 목발을 짚고 일어선 안의 뒷모습을 바라본다. 양쪽에서 간호사들이 그녀의 어깨를 부축해준다.

그녀는 비록 느리고 서툰 걸음걸이지만 여하튼 앞으로 걸어 나가고 있다. 꿋꿋이 상체를 일으킨 자세로.

10시

"글쎄, 여긴 경시청의 부설기관이 아니에요……"

이루 다 형언할 수 없을 정도로 잔뜩 어질러져 있는 전문의 진료실. 그렇게 말한 이는 외과 의사이다. 환자들로서는 그의 머릿속이 그래도 자신의 진료실보다는 제대로 정돈되어 있기를 바라지 않을 수 없다.

위베르 댕빌, 외상치료학 담당 주임. 전날 카미유가 괴한의 그림자를 쫓아다니다 비상구 층계에서 마주친 그 의사다. 그는 카미유가 자기 방으로 들어오자마자 누군지 알아본다. 정확한 나이를 알 수 없는 외모이다. 아마도 올해 쉰 살쯤 된 것 같다. 하얗게 센 머리는 자연스런 곱슬머리다. 어쩐지 그 곱슬머리에서는 비록 나이를 먹었어도 세상에 순응하지 않고 자유분방하게 살아간다는 반항기와 자부심 따위가 전해져오는 것 같다. 그러니까 헤어스타일이라기보다 세상을 대하는 일종의 개념적 표상처럼 여겨진다는 말이다. 손톱은 잘 손질되어 있다. 새하얀 목깃이 달린 파란색 와이셔츠를 입고 있는데 양복 윗도리 겉주머니에 꽂혀 있는 장식용 손수건이 눈길을 끈다. 이른바 '꽃중년' 같은 옷차림이다. 그런 옷맵시로 그는 병원에서 마주치는 사람들의 이목을 끌어보고자 은근히 애쓰고 있는 게 틀림없다. 물론 그가 매력적으로 보이는 배경에는 사회적인 성공도 무시 못 할 요인으로 더해지지 않을 수 없을 것이다. 그의 와이셔츠는 언제나 흠잡을 데 없이 다림질되어 있다. 카미유가 이 진료실에 들어오면서 받은 그의 인상은 어제와 사뭇 다르다. 어제 층계 출구에서 마주쳤을 때와는 달리 얼간이 같은 기색이라고는 자취를 찾아볼 수 없다. 그렇기는커녕 매우 고압적으로까지 보일 정도이다. 게다가 그는 카미유와 이야기를 나누면서도 딴청 피우듯 계속 다른 일도 함께 처리하는 중이다. 마치 볼일이 끝났으면 어서 가보라는 것처럼, 이 이상 이런 일에 할애할 시간이 없다는 것처럼.

"그건 저도 마찬가지올시다." 카미유가 말한다.

"네? 뭐가요?"

카미유의 말에 댕빌 박사는 고개를 돌린다. 그의 눈썹이 씰룩거린다. 뭔가를 이해하지 못한다는 것은 그에게 상처이다. 좀처럼 익숙하지 않은 경험이기도 하다. 그는 서류 뒤적거리기를 멈춘다.

"그건 저도 마찬가지라고 말씀드렸습니다. 저 역시 시간을 허투루 쓸 여유가 없단 뜻입니다." 카미유는 계속한다. "굉장히 바빠 보이시네요. 그런데 저도 지금 할 일이 태산 같습니다. 박사님만큼이나 저도 책임을 져야 할 위치에 있으니까요."

댕빌은 입술을 삐죽거린다. 카미유의 도발이 별로 신통치 않았는지 그는 다시 자신의 행정 서류로 돌아간다. 그래도 카미유가 문간에 버티고 서서 나가주지 않자, 아직도 더 할 말이 있느냐고 반문하는 표정을 지어 보인다.

"이 환자한테는 절대적인 안정이 필요합니다." 이윽고 댕빌 박사가 먼저 말문을 연다. "아주 치명적인 외상을 입었으니까요(그즈음에서 박사는 카미유를 정면으로 쏘아본다). 상태가 이만한 것만 해도 실은 기적에 가까운 일이죠. 자칫 잘못했으면 의식불명에 빠질 수도 있었습니다. 아니, 아예 목숨을 잃을 뻔했어요."

"하지만 그냥 집에 돌아와 있을 수도 있었습니다. 혹은 평소대로 직장에 가 있을 수도 있었을 테고요. 여하튼 무사히 쇼핑을 마쳤을 수도 있었을 거란 얘깁니다. 제 말인즉슨. 그런데 문제는 그녀가 하필 어떤 괴한과 마주쳤다는 데 있습니다. 당시엔 그 괴한도 박사님만큼이나 다른 일에 할애할 시간이 없었겠지요. 그자도 아마 박사님처럼 자신이 바쁜 만큼 다른 사람은 가볍게 제쳐버려도 괜찮다고 여겼을 겁니다."

카미유의 말에 댕빌은 돌연 눈을 부릅뜬다. 댕빌 박사 같은 유형의 사내와 만나면 상대방은 곧잘 필요 이상의 경쟁의식에 사로잡히기 십상이다. 카미유 같은 성미의 소유자라면 더더욱 그렇다. 그건 횃대에 올라간 수탉이 자기 볏을 꼿꼿이 세우려는 몸짓과 유사하다. 참으로 고약한 성질머리다. 그런 성질머리로 자기뿐 아니라 남까지 괴롭힐 것이다. 댕빌 박사는 경멸하듯 카미유를 위아래로 훑어본다.

"경찰이 어디서나 자기네만 최고라는 듯 군다는 건 익히 들어왔지만 설마 이 정도까지인지는 미처 몰랐군요. 하지만 여긴 경시청 취조실이 아닙니다, 반장님. 이곳은 병원이지 수사 전략을 짜는 장소가 아니란 말입니다. 사람들이 그러던데 반장님은 이따금 병원 직원들이 혼비백산할 정도로 복도를 이리저리 헤매고 돌아다니셨다더군요······"

"제가 운동 연습 삼아 그렇게 복도에서 뜀박질을 하는 거라고 여기

시는 건 아니겠지요?"

댕빌은 이런 일로 상대방과 언쟁을 벌일 생각이 전혀 없다. 그러니만큼 화제를 다른 쪽으로 돌린다.

"만일 이 환자가 위험에 처해 있는 게 사실이라면, 그분 때문에 이 병원까지 위험해질지도 모른다면 말입니다. 아무래도 조금 더 안전한 장소로 옮기는 건 어떨까 싶습니다. 그러면 우리도 조용히 근무에 전념할 수 있어서 서로 좋지 않겠나 하는 생각이 드는군요."

"이 병원에서 박사님이 마음대로 행사할 수 있는 재량이 얼마나 되십니까?"

이 말에 댕빌은 깜짝 놀란 표정으로 고개를 절레절레 내젓는다. 횃대에 올라앉은 한 마리 수탉처럼.

"제가 이렇게 묻는 이유는," 댕빌의 반응에 개의치 않고 카미유가 이어 말한다. "예심판사가 응낙하지 않는 한 우리로서는 이 환자를 아무 데로도 옮길 수 없어서입니다. 일단 심문에 착수해야 하는데 그 이전까지는 어떠한 경우에라도 이송과 관련된 허가 영장이 나오질 않는다는 말입니다. 여기 의사들도 확인서 없이는 수술에 들어갈 수 없는 것처럼 저희들도 항상 사정이 같다는 거죠. 어찌 보면 이런저런 문제와 관련해서 저희는 박사님 같은 병원 의사들과 비슷한 상황에 처하는 경우가 많습니다. 가령, 늦게 손을 쓰면 쓸수록 그만큼 사태가 심각해져간다는 점만 해도 그렇죠."

"반장님, 저로서는 그게 적절한 비유인지 어떤지 잘 모르겠습니다만."

"그럼 조금 더 명쾌하게 말씀드리죠. 지금 범인은 뭔가를 노리고 있는 것 같습니다. 그런데 박사님 같은 분이 제 수사 활동을 적극적으로 지원해주지 않은 탓에 만일 그자가 이 병원에 쳐들어와서 살인을 저지른다면, 박사님은 당장 이중적인 문제를 떠안게 될 겁니다. 자신의 환자를 죽음의 위협 앞에서도 소홀히 관리한 만큼 직무유기나 살인방조. 그리고 그 환자가 우리의 수사에 응할 준비를 갖추고 있는 상황이었으므로 공무집행방해."

이 댕빌이라는 의사는 다소 묘한 데가 있는 작자다. 그는 다른 사람들과 전기차단기를 올렸다 내리듯 관계를 맺는다. 그에게는 늘 전류가 흐르느냐 안 흐르냐가 문제다. 여기까지는 카미유와 아무런 전류도 흐르지 않았다. 그런데 이후부터 돌연 전류가 흐르기 시작한다. 그는 카미유에게 흥미롭다는 눈길을 준다. 그러면서 썩 다정한 미소를 지어 보인다, 가지런히 에나멜까지 씌운 순백의 치열을 훤히 드러내면서. 댕빌 박사는 카미유의 이런 반골 기질이 마음에 든다. 물론 박사는 카미유가 파악한 대로 오만하고 퉁명스러우며 때로는 몹시 무례하기까지 한 사람이 맞다. 하지만 그에게는 묘하게도 복잡다단하고 골치 아픈 것을 좋아하는 취향이 있다. 공격적이고 호전적인 데 끌리기도 한다. 그런데 궁극적으로 그가 정말 좋아하는 것은 남에게 모진 학대를 받거나 흠씬 두들겨 맞는 일이다. 한마디로 그는 피학 성애자라고 할 수 있다. 예전에도 몇 차례 카미유는 이런 유형의 사내들과 만나본 적이 있다. 그들은 무턱대고 상대방을 짓누르려 든다. 그러다 상대방이 밑바닥까지 내보이며 절박하게 나오면 그제야 마음을 열고 따뜻하게 대해준다.

이런 모습은 다소 여성적인 측면이라고도 할 수 있다. 아마도 그래서 그는 의사의 길을 걷게 되었는지도 모른다.

두 사람은 서로 시선을 마주한다. 댕빌은 꽤 명민한 사람이다. 그는 사태가 어떻게 돌아가는 중인지 대충 감을 잡고 있다.

"자, 그럼 이제," 카미유가 차분한 어조로 다시 입을 연다. "구체적으로 우리가 뭘, 어떻게 하면 좋을까요?"

___ **10시 45분**

"수술은 하지 않는대요." 그녀가 불쑥 그런 말을 툭 던진다.

카미유는 그녀의 입에서 갑자기 이런 말이 왜 나왔는지 그 맥락을 헤아려야 했다. 반색할 만한 소식이었지만 일단은 신중하게 접근하기로 한다.

"그래, 잘됐어……" 그는 다독여주는 어투로 그렇게 말한다.

엑스레이와 정밀 단층 촬영 결과를 받아보니 전날 그 인턴 청년의 진단이 맞았다는 게 드러난다. 물론 장기간 잇몸과 치아 손상에 대한 치료를 받아야 할 필요는 있겠지만 나머지는 자생적인 회복을 기다려야 할 문제이다. 입가에는 어쩔 수 없이 약간의 외상이 남게 될 것 같다. 특히 왼쪽 뺨의 자상이 심각하다. '약간의 외상'이 남게 될 거라니, 그게 무슨 말이지? 상처가 여기저기 많이 남을 거라는 뜻인가? 아니면 눈에 확 뜨일 거라는 뜻인가? 안은 거울에 주의 깊게 자기 모습을 비춰보았다. 그녀의 입은 아직도 너무 으깨져 있는 상태라 나중에 가면 아물지 아니면 계속 그 상태로 남아 있을지 알 수가 없다. 뺨의 자상은 봉합 자국으로 덕지덕지 뒤덮여 있는 탓에 앞으로 어떻게 될지 전혀 가늠하기가 어렵다.

시간이 해결해줄 문제겠지요, 하고 인턴 청년은 말했다.

안은 아무 대답도 하지 않고 그 말에 동의하지 않는다는 표정만 지어 보였다. 이런 상처가 한낱 시간의 문제라니, 카미유도 그 말에 동의하기 어렵긴 마찬가지였다.

그는 중요한 용건을 전하고자 병원에 들른 길이었다. 병실에는 단둘밖에 없다.

그는 몇 초간 뜸을 들인 후 이렇게 말한다.

"당신이 놈들의 인상착의를 확실히 알아볼 수 있으면 좋겠어……"

안은 자기도 그랬으면 좋겠다는 몸짓을 희미하게 취해 보인다.

"당신을 쏜 놈은 키가 꽤 크다 이거지…… 구체적으로 어떻게 생겼어?"

하지만 지금 안은 그 질문에 걸맞는 대답을 내놓을 수 있는 형편이 아니다. 한 마디로 어리석은 질문을 던진 셈이다. 신원 감식에 임할 때는 모든 것을 무에서부터 다시 시작해야 한다. 하지만 이런 방식을 고집하면 때로 예기치 않은 역효과를 빚을 수도 있다. 예컨대, 이런 식으로 말이다.

"섹시하더군요." 이게 안의 대답이다.

이 말을 하면서 그녀는 유난히 또박또박 발음하려 애쓴다. 카미유는 그녀 앞으로 달려든다.

"뭐…… 뭐라고, 어떻다고? '섹시'했다고?"

안은 자기 주위를 둘러본다. 카미유는 두 눈을 의심하지 않을 수 없다. 어떻게 놈의 인상착의를 떠올리는 이 순간에 그녀의 입가에서 미소 비슷한 표정이 새어 나올 수 있단 말인가? 그녀의 윗입술이 살짝 치켜 올라가면서 깨진 앞니 세 개가 살짝 드러났으니 이 표정은 분명 미소가 맞긴 맞는 것 같다.

"네, 섹시하더라고요…… 자기처럼요……"

아르망의 마지막을 지켜보는 동안, 카미유는 여러 번 반복해서 다음과 같은 생각에 매달리곤 했다. 즉, 최악의 상황에서 황당해 보일 만큼 낙천적으로 대처하는 것이야말로 그나마 가장 나은 길이 아닐까. 그러

179

니까 안의 농담은 긍정적인 징조다. 그 농담이 조금 더 이어졌다면 아마 카미유는 그녀의 퇴원수속을 밟으러 수납 창구로 달려갔을지도 모를 일이다. 희망은 이토록 비열한 기만이다.

그는 안의 농담을 받아 자기도 똑같이 대꾸해주고 싶었지만 순간적으로 의표를 찔린 탓에 말이 엉키고 만다. 그가 뭐라고 웅얼웅얼해보지만 안은 이미 눈을 감은 직후이다. 여하튼 최소한 그녀의 정신이 명징하고 자기가 한 말을 모두 알아듣는다는 점만큼은 분명하게 확인한 셈이다. 그가 다시 무슨 말인가를 꺼내려는 참에 침대 옆 협탁에서 안의 휴대폰이 울린다. 카미유는 휴대폰을 그녀에게 가져다준다. 나탕이다.

"아무 걱정하지 마." 두 눈을 지그시 감고 그녀는 단번에 분명한 발음으로 그렇게 말한다.

지금 안은 자기가 무슨 일을 당했든 누나로서 동생 앞에서 의연해 보여야 한다는 생각을 앞세우는 것 같다. 다소 지나쳐 보일 정도로 자기 자신을 억제하고 있다는 느낌이다. 카미유의 귀에 휴대폰 너머로 남동생의 목소리가 설핏 들려온다. 잔뜩 격앙되어 있는 목소리다.

"내가 그때 남긴 문자메시지로 다 말해줬잖니……"

안은 카미유와 대화할 때보다도 한결 더 멀쩡하게 말하려고 안간힘을 쓴다. 우선은 남동생이 자기 말을 잘 알아들었으면 하는 마음이 크겠지만, 무엇보다도 그를 달래고 안심시키기 위해 그러는 모양이다.

"더 알고 말고 할 것도 없어." 그러고는 이렇게 덧붙인다. "지금은 거의 기운이 펄펄 넘칠 정도야. 그리고 병실에 나 혼자서만 있는 것도 아니야. 그러니까 아무 걱정할 거 없어."

그러면서 카미유를 올려다본다. 나탕도 누나가 다쳤다니 꽤 걱정스러워하는 모양이다.

"됐다니까 그러네! 그리고 있잖아, 지금 나 엑스레이 촬영하러 가봐야 하거든. 내가 나중에 다시 전화할게. 그래, 나도……"

그녀는 그렇게 전화를 끊더니 휴대폰의 전원을 아예 꺼버린다. 그러고는 그것을 카미유에게 건네주면서 긴 한숨을 내쉰다.

이렇게 단둘이만 남아 있을 수 있는 시간은 그다지 넉넉하지 않다. 중요한 용건을 털어놓자면 지금밖에 기회가 없다.

"안…… 저, 나 아무래도 당신 사건을 맡지 말아야 할 것 같아. 이 말 무슨 뜻인지 알지?"

그녀는 이 말이 무슨 뜻인지 안다. 그래서 "음……" 하고 대답한다. 머리도 주억거린다. 물론 안다는 뜻이다.

"진짜로 이해한다는 거야?"

음…… 음…… 카미유는 안도의 한숨을 내쉰다. 무거운 짐을 벗어던진 기분이다. 그를 위해서나 그녀를 위해서나, 두 사람 모두를 위해서.

"내가 너무 경솔하게 달려들었던 게 아닌가 싶더라고. 그러다보니 그 다음부터 일이 자꾸……"

그는 그녀의 손을 잡는다. 그러고는 손가락 끝으로 부드럽게 어루만져준다. 그의 손은 그녀의 손보다 작지만 남자 손답게 손등 위로 굵직한 정맥이 불거져 있어 강인하다는 인상을 준다. 게다가 늘 따뜻한 온기를 전해준다. 지금으로서는 그녀가 두려워하지 않도록 다독여줄 만한 말들을 골라야 한다.

우선 하지 말아야 할 말 : 당신을 폭행한 괴한은 빈센트 하프너라고 아주 포악무도한 놈이야. 놈은 당신을 살해하려 들었고 내 생각에는 틀림없이 또 그러려고 할 거야.

그저 무난하게 넘어갈 수 있는 말 : 내가 여기 있으니까 안전할 거야.

피해야 할 말 : 내 상관은 그렇다고 보지 않겠지만, 내 생각이 맞는

다면 놈은 물불 가리지 않고 달려들 미치광이야.

그나마 가장 좋은 말 : 놈은 조속한 시일 안에 틀림없이 잡힐 거야. 그러면 모든 게 끝나겠지. 그러려면 당신의 협조가 꼭 필요해. 놈의 인상착의를 세세히 기억해서 우리에게 말해주면 좋겠어.

잊어야 할 말 : 이제부터는 하루 종일 정복 경관이 병실 문 앞을 지키고 서 있게 될 거야. 별 소용이 없을지도 모르지만, 그래도 한결 든든해질 거야. 놈이 자유롭게 다니는 한 당신은 늘 위험에 처해 있는 셈이야. 어떤 난관이 있더라도 놈은 결코 단념하려 들지 않을 거야.

언급을 피해야 할 말 : 아파트에 놈이 난입해서 당신과 관련된 서류들을 모조리 훔쳐갔어. 그러니 당신이 어디 있든 놈은 당신을 쉽게 찾아내게 될 거야.

아무 대책도 세워놓지 못하고 이런 말을 하는 건 무기력한 자충수일 뿐이다. 말실수를 하면 공연히 일만 더 커질 수도 있다.

그래서 카미유는 이런저런 궁리 끝에 결국 이렇게 말하고 말기로 한다. 모든 게 잘될 테니까 아무 걱정하지 마.

"알아요……"

"그러려면 당신이 날 좀 도와줘야 해, 안. 꼭 도와줄 거지? 그렇지?"

안은 고개를 끄덕거린다.

"이제부터 우리가 알고 있는 일들에 대해서는 아무한테도 말하지 말아야 해. 알겠지?"

안은 그러겠다고 한다. 그런데도 그녀의 눈빛에는 아직도 뭔가 미심쩍어 하는 기색이 가시지 않고 있다. 그들 발치에 불길한 그림자가 드리워진다.

"그런데 왜 문밖에 경관이 와 있는 거예요?"

카미유가 들어올 때 열린 문틈으로 복도에서 서성거리고 있는 정복 경관의 모습이 그녀의 눈에 뜨인 것이다. 그는 눈썹을 추켜 올린다. 일반적으로 그가 거짓말을 하게 될 때는 놀랄 정도로 천연덕스럽게 굴거나 아니면 반대로 여덟 살 먹은 아이처럼 표정을 감추지 못하거나 둘 중 하나다. 카미유는 원래부터 아주 잘하든가 아주 못하든가 둘 중 하나지 중간이 없는 유형의 인간이다.

"그러니까 그게……"

이 말 한 마디면 충분하다. 사실 그녀 같은 사람에게는 이런 말조차도 필요치 않다. 카미유의 눈빛에 100분의 1초 단위로 스쳐 지나가는 머뭇거림의 기색만 봐도 그녀는 모든 것을 다 파악할 수 있다.

"정말로 그 사람이 올 거라고 생각해요?"

카미유가 답하기도 전에 잇따라 이렇게 묻는다.

"자기, 나한테 뭐 숨기는 거 있어요?"

카미유는 잠시 멈칫한다. 그가 설령 아니라고 답한다 한들, 안은 이미 그렇다는 것을 알고 있다. 뭔가를 꿰뚫어보고 싶다는 듯 그녀의 눈길이 오랫동안 카미유에게 머문다. 그는 자신의 무력함을 절감한다. 그러면서 다른 한편으로는 이 순간에 그들이 모색할 수 있는 최상의 해결책은 서로를 단단히 감싸주는 일밖에 없다는 사실도 절감한다. 안은 고개를 가볍게 흔든다. 나는 앞으로 어떻게 될까? 하고 자문해보는 듯한 몸짓이다.

"그 사람이 왔다 갔나요……?" 이윽고 그녀가 그렇게 묻는다.

"정말로 나는 아무것도 몰라."

정말로 아무것도 모른다니, 이건 사내가 두려움에 질린 자기 여자를 앞에 두고 답할 만한 말이 아니다. 아니나 다를까, 안은 이내 온몸을 부들부들 떨기 시작한다. 어깨부터 해서 팔과 다리를 들썩거리더니 얼굴도 새하얗게 질린다. 그녀의 시선이 문가와 병실 안을 차례대로 둘러본다. 마치 누군가가 안에게 바로 이곳이 그녀의 마지막 처소가 될 거라고 통보하기라도 한 것처럼, 그래서 여기가 자신에게 기약되어 있는 죽음의 안식처로 여겨지기라도 하는 것처럼. 카미유는 전에 없이 자기가 서툴고 미숙하게 느껴진다. 그래서 부랴부랴 이렇게 덧붙인다.
"여긴 안전하니까 괜찮아."
마치 자기가 그녀를 심하게 모욕하고 만 것 같은 기분이 든다.
그녀는 창가로 눈길을 돌리더니 결국 흐느껴 운다.

지금 가장 시급한 과제는 그녀가 안정을 회복하는 일이다. 그리하여 다시 생기를 되찾는 일이다. 카미유의 모든 관심과 정력은 온통 그쪽으로 쏠려 있다. 만일 제시된 사진 속에서 그녀가 아무도 알아내지 못한다면 수사는 절벽 아래로 굴러 떨어지고 말 것이다. 만일 그녀에게서 미약하나마 첫 번째 단서라도 얻어낼 수만 있다면, 그 단서를 실마리 삼아 수사는 돌연 활기를 띠게 될 것이다.
모든 것을 끝내야 한다. 되도록 빨리.
마치 술에 취한 것처럼 까닭 모를 현기증이 그를 엄습한다. 귀에서 이명(耳鳴)도 들리는 것 같다. 갑자기 몸이 허공 위로 붕 떠오르는 느낌이 든다.
그가 들어선 곳은 과연 어디일까?
도대체 이 사건은 어떻게 끝장을 보게 될까?

___ **12시**

　신원 감식반 기술요원 중에는 폴란드 성을 쓰는 사람이 한 명 있다. 어떤 이들은 그 성을 '크리스트코비아크'라 발음하고, 다른 사람들은 '크리스토니아크'라고 한다. '크리츠토피아크'라고 정확하게 발음하는 사람은 카미유 한 사람밖에 없다. 폴란드 성을 가진 그 기술요원은 구레나룻을 길게 길러서 흡사 옛날 록 가수 같은 인상을 풍긴다. 작업에 필요한 재료와 준비물 들은 모두 모서리가 알루미늄으로 마감 처리되어 있는 손가방에 넣어 가지고 다닌다.
　댕빌 박사는 기술요원들에게 한 시간 정도를 허락했다. 그러면서도 감식 작업이 두 시간 넘게 걸릴 거라고 짐작한다. 카미유는 네 시간 가까이 걸릴 거라는 사실을 알고 있다. 하지만 기술요원이 내다보는 작업 소요 시간은 아무리 최선을 다해 빨리 마무리한다 해도 여섯 시간 이상이다. 자칫하면 밤을 꼬빡 새우고 다음 날까지 넘어갈 수도 있다.
　그는 수백 장에 이르는 얼굴 사진들을 하나의 파일로 묶어서 가지고 다닌다. 그 사진 파일은 꽤 엄격하게 분류되어 있다. 당연히 누가 누군지 헷갈리지 않기 위해서이다. 나중에는 사진에 찍혀 있는 얼굴들이 다 비슷해 보이기 때문이다. 그러면 기껏 받아둔 피해자와 목격자의 공술이나 증언은 무효가 되고 만다. 그 사진 파일 속에는 빈센트 하프너와 그의 공범으로 의심되는 세 명의 얼굴도 포함되어 있다. 파일에 나온 대로라면 그 공범들은 세르비아나 인접 국가 출신들이 맞다.
　그는 안에게 다가가서 가볍게 상체를 숙인다.
　"안녕하세요……"
　듣기 좋은 목소리다. 매우 부드럽다. 몸동작은 느리면서도 꼼꼼해서 안정감 있게 다가오는 편이다. 안은 허리에 베개를 받치고 침대에서 상체를 일으킨다. 얼굴이 온통 퉁퉁 부어 있다. 한 시간 정도 잤다. 그래도 성의를 보이려는 뜻에서 입가에 미소를 지어 보이려 한다. 깨진 앞니 때문에 흉측해 보일까 봐 입은 벌리지 않는다. 그 기술요원은 손가방에서 재료들을 꺼내 침대에 내려놓으면서 의례적인 안부인사 따위는 생략한다. 그런 면에서도 오랜 관록이 전해진다.
 "일이 잘만 진행되면 생각보다 일찍 끝날 수도 있어요."
 그러고는 힘을 북돋아주고 싶다는 듯 활짝 미소를 지어 보인다. 본격적인 작업에 들어가기 전 그는 될 수 있으면 분위기가 가벼워지도록 노력한다. 경직된 분위기에서 그가 피해자에게 용의자의 사진을 보여주면 피해자들이 몹시 당혹스러워하거나 당시의 나쁜 기억을 떠올리며 새삼 공포에 사로잡힐 수도 있기 때문이다. 그들 중에서 어떤 사람은 강간을 당하기도 했고, 또 어떤 사람은 눈앞에서 누군가가 살해당하는 것을 똑똑히 목격한 경우도 있다. 그러니만큼 이런 작업에 임할 때는 분위기를 늘 풀어줘야 할 필요가 있는 것이다.
 "하지만 그렇지 못한 경우에는," 그가 진중하고 사려 깊은 표정으로 안색을 바꾸며 이어 말한다. "시간이 꽤 걸릴 수도 있어요. 피곤해지시면 언제든 저한테 말씀하세요. 아셨죠? 뭐, 급박하게 서두르지 않아도 되니까요……"
 안은 고개를 끄덕거린다. 안개가 서린 듯한 그녀의 시선이 카미유에게 멈춘다. 그녀는 이해했고, 고개를 끄덕였다.
 그 몸짓을 신호 삼아 기술요원이 말한다.
 "오케이, 자, 그럼 이 작업이 어떻게 진행될지부터 우선 설명 드릴게요."

12시 15분

지금으로서는 도저히 그럴 기분이 아니었으면서도 카미유는 미샤르 서장의 익살 혹은 도발에 대하여 잠시 떠올려본다. 그래, 더 심각해지고 말고 할 것도 없는 거다. 병실의 경계 근무를 서기 위해 파견 나온 정복 경관은 그가 전날 모니에 상가에서 마주친 바로 그 친구다. 전반적으로 수척한 체구에 눈 밑이 검푸르게 물들어 있어서인지 방금 무덤에서 걸어 나온 것처럼 보이는 인상이다. 카미유가 만일 미신 같은 데 매달리는 사람이라면 이를 불길한 징조로 받아들였을 법하다. 그런데 실제로도 그는 자주 미신에 얽매이는 편이다. 주술적인 동작 따위로 재액을 쫓을 수 있다고 믿는가 하면 나쁜 조짐에 극도로 민감하기도 하다. 그러니만큼 안의 병실 앞에서 경계 근무를 서러 나온 경관이 하필 좀비처럼 생긴 자라는 게 영 꺼림칙해서 견딜 수 없을 지경이다.

경관은 그에게 거수경례를 올려붙인다. 카미유는 발걸음을 그 앞에서 멈춘다.

"베르호벤이라고 합니다." 경관에게 손을 내밀며 그렇게 말한다.

"아, 베르호벤 반장님……" 경관이 그렇게 말하면서 카미유의 손을 맞잡는다. 뼈만 남은 듯 상당히 앙상하고 차가운 손이다.

한 1미터 83센티쯤 되겠군, 카미유가 경관의 키를 얼추 가늠해본다.

그런데 의외로 꽤 계획적인 구석도 있는 모양이다. 그는 벌써 대기실에서 가장 좋은 의자 하나를 복도에 징발해놓았다. 그가 서 있는 옆자리에는 군청색 도시락 가방 하나가 놓여 있다. 아마도 그의 아내가 점심 때 먹으라고 샌드위치 같은 것을 보온용기에 담아준 모양이다.

그러나 무엇보다도 카미유의 신경을 건드리는 것은 담배 냄새다. 그렇다면 그는 저녁 먹고 나서도 경계 근무에서 잠시 벗어나 몇 개비 피우고 오겠지. 그가 첫 번째 담배를 붙여 무는 순간 매복해 있던 살인마는 그가 근무지에서 이탈했다는 것을 지켜보게 될 것이다. 두 번째 담배를 붙여 무는 순간 그는 이 경관이 한 개비 피우는 데 얼마나 걸리는지 시간을 재보기 시작할 것이다. 세 번째 담배를 붙여 무는 순간 드디어 살인마가 슬그머니 기어 나오게 될 것이다. 경관이 돌아올 기미가 보이지 않는다는 것을 확인하자마자 놈은 쏜살같이 병실로 달려 들어가서 안에게 총질을 해대고 말 것이다. 키만 전봇대같이 클 뿐 가장 얼간이 같은 녀석을 골라 파견 보낸 것 같다. 그나마 아직까지는 별다른 이상 징후가 보이지 않아 다행이다. 괴한은 그다지 일찍 올 것 같지 않다. 게다가 아직 대낮이다.

아마도 고비가 시작되는 것은 해가 기울고 어둠이 깔릴 무렵부터일 것이다. 정말이지 그때부터는 절대로 긴장의 끈을 늦춰서는 안 된다.

카미유는 그 경관에게 주의를 주듯 말한다.

"여기서 한 발자국도 움직이지 마세요. 내 말 무슨 뜻인지 알겠습니까?"

"네, 물론입니다, 반장님!" 경관이 씩씩하게 대답한다.

그런데 정말 무서운 것은 사실 이런 식의 대답이다.

12시 45분

복도의 반대편 끝에는 작은 대기실이 하나 있다. 하지만 아무도 그곳을 찾지는 않는다. 위치가 너무 외진 곳이기 때문이다. 어쩌자고 그런 데다 대기실을 지어놓았는지 의아해질 노릇이다. 그래서 사람들이 그곳을 사무실로 개조하자고 병원 당국에 건의도 해보았다. 하지만 거절당했다. 윗입술이 유난히 두툼한 간호사 플로랑스의 설명에 따르면 사정은 그러했다. 이 병원에는 직원이든 환자든 무조건 따라야 할 규범 같은 게 있는 모양이다. 따라서 그 장소가 아무리 쓸모없어 보여도 일단 그대로 유지할 수밖에 없다. 그게 이곳의 규칙이다. 유럽에서는 원래 그렇다. 그런데 어느 날 갑자기 몇몇 직원들이 못 쓰는 가구들로 그 방 앞을 폐쇄했다. 그러다보니 그만큼 공간이 부족해졌다. 그쪽으로 통과하지 못하다보니 가령 사회보험 심의위원회에 가야 할 때도 사람들은 모든 제출물들을 바리바리 짐수레에 싣고 일단 지하층으로 내려간 후 거기서 다시 반대쪽 통로로 올라와야 한다. 사회보험 심의위원회에서는 그런 직원들의 수고야 아랑곳하지 않고 자기들에게 필요한 서류만 옮겨다주면 마냥 만족스러워한다. 하긴 좋은 장소에서 책상물림으로 서류나 뒤적거리는 사람들이 무엇을 알겠는가.

　카미유는 붕대 상자 두 통을 밀쳐내고 의자 두 개를 자기 쪽으로 끌어온다. 그러고는 낮은 탁자 귀퉁이에 앉아 루이의 옷차림을 살펴본다(진회색 치포넬리 정장 재킷, 흰색 스완 앤드 오스카 와이셔츠, 마사로 구두 등 모든 것을 제대로 갖춰 입은 옷차림이다. 루이는 자신의 연봉 전액을 옷 사 입는 데 쏟아붓는 단 한 명의 강력반 경찰이다). 루이는 현재 진행 중인 그 밖의 수사 현황들에 대해 베르호벤 반장에게 보고를 올리는 중이다. 독일인 관광객의 급작스런 죽음은 결국 자살로 밝혀졌다, 접촉사고로 시비가 벌어진 끝에 상대방을 칼로 찌르고 달아난 운전자의 신원이 확인되었다, 그에 대한 지명수배령이 떨어졌으니 늦어도 2,3일 후면 체포할 수 있을 듯하다, 71세의 치정살인자는 자신의 범행동기를 자백했는데 순전히 질투 때문이었다고 했다, 카미유는 보고된 사건 내용을 대충 훑어본 후 다시 그가 사로잡혀 있는 관심사로 돌아간다.

"만일 포레스티에 씨가 하프너의 소행이 맞다고 확인해준다면……" 루이가 먼저 운을 뗀다.

"설령 그자를 알아보지 못한다손 쳐도," 카미유가 그의 말을 끊는다. "이게 그의 소행이라는 것을 부정하는 뜻은 아니잖나!"

루이는 신중하게 호흡을 가다듬는다. 자기 상관이 수사 진행 과정에서 이렇게 신경질을 부려대는 건 흔한 일이 아니다. 뭔가 잘못되어가고 있는 게 틀림없다. 혹시 뭔가를 간파했다고 해도, 그에게 내색하면 곤란한 일일 수도 있다……

"물론입니다." 루이가 상관의 지적을 순순히 받아들인다. "설령 피해자가 그자를 알아보지 못한다손 쳐도 여전히 하프너의 소행일 가능성은 남아 있습니다. 그런데 한 가지 이상한 점이 있습니다. 그가 경찰의 감시망에서 완전히 사라져 어디론가 잠적한 지 꽤 되었다는 사실입니다. 이건 제가 1월에 발생한 강도 사건의 수사를 맡은 동료 경찰들과 접촉해서 확인한 사실입니다. 그런데 여담이지만, 그 친구들은 어째서 자기들이 이번 사건을 맡지 못하게 되었는지 의아해하더군요……"

카미유는 쓸데없는 소리 집어치우고 어서 넘어가보라는 손짓을 해 보인다.

"그가 1월 이후로 어디 머물러 있는지 알고 있는 사람이 아무도 없습니다. 항간에는 소문만 무성하다더군요. 어떤 사람은 외국으로 피신해 있다고도 하고, 혹자는 코트다쥐르에 숨어 있다는 말도 하는 모양입니다. 다른 누군가는 그가 등에 총을 맞고 치명상을 입은 끝에 결국 은퇴하기로 결심했다고도 하는 것 같습니다만, 모든 게 확실치 않습니다. 여하튼 분명한 것은 그가 안 보인다는 사실입니다. 심지어 하프너의 측근 가운데 한 명조차도 그의 소재를 모르고 있는 눈치더라고……"

"'모르고 있는 눈치'라……"

"네, 그렇게 전해 들었을 때 저도 똑같이 중얼거렸지요. 설령 알고 있었다 해도 다음날이면 감쪽같이 종적을 감추니 어디 있는지 알 길이 없다는 것 같았습니다. 그러고는 한참 있다 불쑥 다시 돌아와서 사람들을 놀라게 하기 일쑤라더군요. 사람들이 짐작하기로는 아무도 모르는 은신처에서 숨어 지내는 게 아닐까 싶다고 합니다."

"종적을 감춘 지점은 어디쯤인지 확인 가능한가?"

난데없이 알아내야 할 의문거리들이 속출하기 시작한다. 불한당들이 상점을 약탈하는 것은 사실 비일비재한 사건이다. 하지만 이 바닥의 진짜 선수들은 아무렇게나 움직이지 않는다. 그들은 상대적으로 성공 확률이 높을 때만 행동에 돌입한다. 문제가 생겼을 경우 벌금을 내고서라도 강탈할 만한 가치가 있는 물건이 생겼을 때만. 그러니만큼 정보원은 경찰의 흥미를 끌지 않을 수 없는 수사 진행의 첫 단계이다. 거기서 사건 해결의 실마리가 잡히는 경우가 많다. 모니에 상가와 관련된 수사에서는 지각한 금은방 여직원이 혐의를 벗고 풀려났다. 수사 대상에 예외는 없다.

"그런 의미에서라도, 포레스티에 씨가 모니에 상가에서 뭘 하고 있었는지 본인한테 확인해봐야 할 필요가 있을 거야." 카미유가 말한다.

질문은 서면 형식으로 이루어질 예정이다. 그녀가 구두 진술로는 아직 제대로 답하기 어려워 보이기 때문이다. 그가 직접 심문 내용의 서면을 작성하게 될 것이다. 이건 원래 그의 소임이다. 평소에도 이런 일은 그의 몫이었다. 그게 다다. 그밖에 다른 저의는 없다. 그런데 그러고 보니 그는 자기가 안의 일정에 대해 아무것도 모르고 있다는 사실을 새삼 깨닫게 된다. 그녀가 언제 파리에 와서 머물고 언제쯤 여기서 다른 곳으로 떠나는지 전혀 모른다. 그녀의 출장 일정과 주기도 가물가물하다. 그러고 보면 따로 약속을 잡고 만난 적도 없는 것 같다. 안은 어느 날 저녁 불쑥 나타났다가, 이르면 다음 날 아침 그저 하룻밤 상대에 지나지 않는 익명의 여인처럼 어디론가 사라지기 일쑤였다.

그러나저러나 루이 마리아니는 참으로 좋은 경찰이다. 상관의 지시에 충실하고 두뇌가 명민할 뿐 아니라 경찰로만 머물러 있기 아까울 만큼 다방면에 해박하다. 게다가 상당히 직관적이기까지 하다. 그리고 또…… 그리고 또…… 맞아, 어떤 의혹을 끝까지 물고 늘어질 줄도 안다. 한마디로 경찰에 요구되는 최고의 자질들을 고루 갖췄다고 할 수 있다.

예컨대, 미샤르 서장이 하프너가 소총까지 챙겨 들고 병원에 난입했다는 사실에 대해 미심쩍어 하기만 한다면 그녀는 그저 의심이 많은 데 불과하다. 하지만 카미유에게 그가 그래야 할 이유를 따져 묻고 이에 관한 보고서 제출을 요구한다면 이런 게 바로 의혹을 끝까지 물고 늘어지려는 성향이라고 할 수 있다. 혹은 안이 강도 일당 이외에 과연 다른 것은 정말로 보지 못했는지 궁금히 여긴다면 이런 것도 사소한 의혹일지라도 묵과하지 않고 제대로 파헤쳐보려는 면모에 해당할 것이다.

루이는 강도 사건에 휘말려 있는 한 여인을 조사하는 과정에서 그녀가 왜 그 장소에, 그러니까 보다 구체적으로는 왜 하필 그 순간에 거기 머물러 있어야만 했는지 그 이유에 관하여 심문할 수도 있다. 그녀는 그날 그 시각에 직장에서 근무하고 있어야 했다. 게다가 그 시각은 상점들이 이제 막 문을 열려고 할 무렵이었다. 다시 말해서 그녀 말고는 다른 행인들도 거의 없었고 다른 고객들도 없었다는 말이다. 루이는 그녀에게 그런 의혹들을 거침없이 추궁할 수도 있었을 것이다. 하지만 미묘한 여러 가지 이유에서 그 몫을 상관에게 떠넘기고 자기는 뒤로 물러난다. 마치 자신의 역할에 일정한 상한선을 그어두겠다는 듯한 태도이다.

결국 루이는 그 여인을 심문하지 않는다. 그가 떠맡은 것은 다른 일이다. 이후의 수사 과정에서도 루이는 내내 그런 태도를 유지한다.

카미유는 떠오르는 대로 심문거리들을 나열해보았다. 그렇게 서면 양식 작성을 마무리하고 예상되는 이후의 쟁점들로 넘어가려는 참에 루이가 바닥에 놓인 자신의 크로스백을 뒤적거린다. 그러더니 잠시 후 그 안에서 문서 하나를 끄집어낸다. 얼마 전부터 뭔가를 읽을 때 그는 안경을 꺼내 쓰곤 한다. 카미유는 속으로 이렇게 웅얼거린다. 노안이 오기에는 아직 이른 나이일 텐데…… 그런데 루이가 정확히 몇 살이지? 아들내미 하나쯤은 있을 법한 연령대일 듯싶다. 그런데 묘하게도 루이의 나이를 자꾸 까먹게 된다. 언뜻 봐서는 나이를 헤아리기 어려운 외모여서일 수도 있다. 일 년에 최소한 세 번 이상은 그에게 나이가 몇 살인지 되묻게 된다.

루이가 꺼낸 문서는 데스포세스 금은방의 인장이 찍혀 있는 용지의 사본이다. 데스포세스 금은방은 어제 강도 일당에게 약탈당한 피해 장소이다. 카미유도 안경을 꺼내 쓴다. 그의 눈에 '안 포레스티에'라는 이름이 들어온다. 이것은 데스포세스 금은방에서 고가의 손목시계가 매매되었다는 주문확인서의 팩스 사본이다. 손목시계 가격은 무려 800유로이다.

"포레스티에 씨는 열흘 전 주문해둔 물건을 방문 수령하러 그곳에 들르는 길이었나 봅니다."

금은방 쪽에서는 시계에 글자를 새겨 넣자면 아무래도 예상보다 수령일자가 지연될 수밖에 없다며 구매자의 양해를 구하고 있었다. 그러면서 새겨야 할 철자를 정자로 또박또박하게 알려달라는 당부도 했다. 이런 고가의 선물에 철자 실수란 있을 수 없는 일이기 때문이라는 설명도 덧붙였다. 또한 구매자 본인의 육필로 직접 써달라고도 했다. 그래야 혹시라도 나중에 분란의 소지가 없다는 것이다. 문서의 하단을 보니 안이 그 요청에 따라 직접 손으로 큼지막하게 쓴 글자들이 눈에 들어온다.

'카미유', 이게 바로 손목시계 뒤판에 새겨져야 할 이름이다.

침묵.

두 사람은 동시에 안경을 벗는다. 서로 약속이나 한 듯 우연히 일치된 동작이 우습기는커녕 지금으로서는 오히려 당혹스러움을 더해주는 것만 같다. 카미유는 눈도 돌리지 않고 루이에게 그 사본을 다시 넘겨준다.

"실은 이 여자, 내…… 친구야."

루이는 그저 고개를 끄덕거리기만 한다. 친구. 좋다.

"꽤 가까운 사이야."

꽤 가까운 사이. 좋다. 루이는 그제야 자기가 꽤 늦었다는 것을 알아챈다. 베르호벤 반장님의 일상에서 자기가 미처 감지하지 못한 부분이 있었다니. 순식간에 루이는 자기 상관이 몹시도 곤혹스런 입장에 처해 있다는 것을 직감한다.

4년 전, 루이는 카미유 모르게 이렌에게 마음을 준 적이 있다. 그들은 서로에 대하여 잘 이해했고 서로를 좋아했다. 이렌은 그를 '귀여운 룰루'라고 부르곤 했다. 더러는 그녀가 자신의 성적인 사생활에 관하여 꼬치꼬치 캐물어서 귀 밑까지 빨갛게 달아오르기도 했다. 이렌이 죽고 나서 루이는 카미유가 입원해 있는 병원에 주기적으로 찾아갔다. 하지만 카미유가 혼자 있고 싶다는 말을 한 이후부터는 어쩔 수 없이 발길을 끊을 수밖에 없었다. 그러고 나서는 데면데면하게 멀찍이서만 이따금 마주쳤을 뿐이다. 그런데 몇 달 후 르 구엔 서장의 지략으로 카미유는 강력반에 복귀하여 꽤나 고된 사건 하나를 맡게 되었다. 그 사건은 살인과 납치와 성적 학대 등이 얽혀 있는 희대의 복수극이었다. 카미유가 루이에게 다시 자기 팀에 합류해달라고 요청한 것도 바로 그 사건의 해결을 위해서였다. 병원에 있던 시절이나 지금이나, 루이는 카미유가 도대체 본인의 삶을 어떻게 받아들이고 있는지 정확히 모른다. 그런데 카미유처럼 완고할 정도로 자기 나름의 규율에 충실한 사람의 삶에 한 여인이 나타나 여러 갈래로 퍼져나갈 파문을 던진 모양이다. 그것은 평소와는 다른 태도의 돌출로 나타났고 일과를 애써 조정하려는 시도에서도 엿보였다. 그동안 루이는 상관의 미세한 변화를 어렴풋하게나마 감지해오고 있었다. 하지만 그렇다 해도 그 이유에 관해서는 아무것도 알지 못했고 아무것도 짐작할 수 없었다. 심지어 요즘 들어서조차 그는 앞으로 카미유의 삶에 어떤 여자가 출현한다 해도 그저 사소한 몫밖에 차지하지 못할 것이라고 여겼다. 처절한 상심의 수렁에서 헤어나지 못한 홀아비에게 또다시 누군가와 깊은 사랑을 나눈다는 것은 한낱 사치스런 유희에 지나지 않아 보일 테니까. 그런데도 요사이 들어 그에게서 발산되는 이 열정과 활력의 에너지를 접하노라니…… 자기가 미처 헤아리지 못한 이면이 있었나 보다.

  루이는 탁자에 놓인 안경을 물끄러미 내려다본다. 마치 그 안경알을 통하여 상황이 더 잘 보일 수 있기를 기대하기라도 하는 것처럼. 그러니까 카미유에게는 지금 '가깝게 지내는 여자친구'가 한 명 있는 셈이다. 그녀의 이름은 안 포레스티에다. 카미유는 목청을 가다듬더니 이렇게 말한다.

"너무 깊이 알려고 들지는 말아줬으면 좋겠어, 루이. 요즘 나도 실은 숨이 막힐 지경이라. 내가 규칙을 어기고 있다는 사실에 대해 떠올려줄 필요도 없어. 이건 그냥 내 문제이고 나 혼자 짊어지고 나가야 할 짐이야. 그러니 자네도 공연히 이 일의 위험부담을 나와 함께 나누겠다며 나서지는 말아줬으면 싶네(그는 루이를 정면으로 응시한다). 단지 더도 말고 딱 한 가지만 부탁하고 싶군. 나한테 조금만 시간을 달라는 거야, 루이. (침묵) 나는 이 사건을 되도록 빨리 봉합해야 해. 미샤르 서장이 내가 거짓말을 둘러대고 지인이 연루되어 있는 이번 사건 수사에 뛰어들었다는 것을 알기 전에 말이야. 조속한 시일 안에 놈들을 체포할 수만 있다면, 설령 그 과정에서 크고 작은 허물이 있었다 해도 모든 건 어쩔 수 없는 과거사로 그냥 묻히게 될 거야. 최소한 어떻게든 손써볼 여지는 생기겠지. 하지만 반대로 수사가 장기화되면서 만에 하나 배임 혐의를 뒤집어쓰고 내 손발이 묶이는 경우라도 발생하면 사태는 걷잡을 수 없게 될 거야. 그러니 자네가 나와 함께 이런 위험부담을 무릅쓸 이유가 전혀 없지."

루이는 이 자리에 있는 듯 없는 듯 숨죽인 채로 카미유의 말에 귀 기울인다. 그러면서 골똘한 표정으로 자기 주위를 둘러본다. 마치 음식점에 와서 주문을 하려고 종업원이 어디 있는지 찾아보는 듯한 모습이다. 그러더니 잠시 후 쓸쓸하게 미소 지으며 그 사본을 손으로 가리킨다.

"이건 우리한테 별로 도움이 안 되겠군요!" 루이가 말한다(그의 어조는 뭔가 중요한 단서를 발견할 줄 알고 잔뜩 기대했는데 알고 보니 실망했다는 투다). "그런데 혹시 이런 생각은 안 해보셨어요? 저기 쓰여 있는 '카미유'는 꽤 흔한 이름입니다. 심지어는 그게 남자를 가리키는지 여자를 가리키는지도 확실치 않죠……"

카미유가 아무 대답도 하지 못하고 눈만 껌뻑거리자 그가 다시 말을 잇는다.

"그러니까 이걸 이용해서 뭔가를 한번 꾸며본다면……"

루이는 거기서 일단 말을 맺는다.

그러고는 넥타이 매듭을 치켜 올린 후 머리타래도 쓸어 넘긴다. 왼손이다.

루이는 탁자 위에 그 문서를 남겨두고 자리에서 먼저 일어난다. 카미유는 그것을 둘둘 말아 주머니에 쑤셔 넣는다.

―― 13시 15분

신원 감식반의 기술요원은 일을 끝내고 소지품을 챙겨 막 자리에서 출발했다. 그가 말했다.

"고맙습니다. 덕분에 일이 잘 끝난 것 같네요."

결과야 어떻든 이 말은 습관적으로 입에 담는 인사치레일 뿐이다.

그와 작업하는 동안 새삼 떠오른 당시의 악몽에 숨 막혀 하긴 했지만, 안은 자리에서 일어나 욕실로 들어갔다. 엉망이 된 자기 모습을 거울로 살펴보고 싶다는 욕구가 치밀어서였다. 머리에 칭칭 감겨 있는 붕대를 빼면 짧고 지저분한 머리카락밖에 보이지 않는다. 병원 사람들이 상처의 봉합 자국에 맞춰 머리에서 두 군데를 짧게 쳐냈다. 마치 머리에 구덩이 두 개가 파인 것처럼 보인다. 턱 밑의 봉합 자국도 마찬가지다. 지금 다시 보니 얼굴이 오히려 더 부풀어 올라 있는 것 같다. 처음에는 다 그런 거예요. 병원 사람들은 그녀에게 똑같은 말만 계속 반복한다. 붓기란 게 원래 쉽사리 가라앉질 않죠. 네, 알아요. 벌써 몇 번이나 그렇게 말씀하셨잖아요. 빌어먹을. 하지만 아무도 그녀에게 그 실제적인 영향에 대해서는 설명해주지 않았다. 얼굴이 계속 가죽 부대처럼 부풀어 오르는데도 말이다. 게다가 알코올 중독자처럼 시뻘겋게 상기되어 있기까지 하다. 폭행당한 한 여자의 얼굴에 급격한 노화와 쇠락의 징후가 떠오른다. 이건 정말이지 너무나 부당하다며 거칠게 항의하고 싶은 분노가 문득 안을 엄습한다.

그녀는 손가락 끝으로 광대뼈를 살살 어루만져본다. 먹먹한 통증이 사방으로 살금살금 퍼져 나가더니 마침내 얼굴 전체가 후끈거려온다. 언제나 그 부위에 아물지 않을 상처로 남아 있을 것만 같다.

그리고 앓니. 오 세상에나. 그걸 보니 새삼 가슴이 울컥해진다. 왜 그런지는 모르겠다. 마치 유방을 절제당한 것처럼 느껴질 정도이다. 전체적으로 그저 참혹하게 짓밟히고 말았다는 자괴감에 견디기 버거울 정도이다. 그녀는 이제 더 이상 예전과 같은 사람이 아니다. 더 이상은 온전한 모습을 회복할 수도 없다. 의치를 끼워 맞춘다 한들 이 순간의 치욕적인 체험에서 헤어나기는 영영 힘들 것 같다.

그녀는 방금 전 신원감식 작업을 마쳤다. 수십여 장의 사진들이 눈앞에서 스쳐 지나갔다. 사람들이 그래달라고 요구한 것처럼 그녀는 고분고분하고 능숙한 태도로 감식 작업에 응했다. 그러다 마침내 아는 얼굴이 나오자 서슴지 않고 손가락으로 가리켜 보였다.

바로 그자다.

이 모든 사태는 앞으로 어떻게 끝을 보게 될까?

카미유 혼자서는 결코 그녀를 보호해줄 수 없을 것이다. 그렇다고 해도, 자기를 죽이기로 작정하고 달려드는 사내와 카미유 말고 또 누가 맞서줄 수 있을까?

놈도 틀림없이 끝을 보고 싶어 할 것이다. 그녀만큼이나. 사람은 각자의 방식에 따라 끝을 보고자 몸부림친다.

안은 뺨에 흘러내리는 눈물을 훔친다. 그러고는 화장지를 찾아본다. 지금 몸 상태에서는 코를 푸는 것마저도 큰 일거리다. 코뼈가 부러졌으므로.

── 13시 20분

그동안 숱한 경험을 쌓은 덕분에 나는 원하는 것을 거의 늘 수중에 넣곤 해왔다. 이번은 정말이지 그런 관록을 최대한 발휘해야 할 때다. 지금은 상황이 급박하니까. 물론 이건 내 기질 문제이기도 하다. 나는 원래 그랬다. 서둘러 처리하려고 조바심을 치는 편이란 말이다.

내겐 많은 돈이 필요하다. 그리고 힘들여 번 돈을 허무하게 잃고 싶진 않다. 이번에 벌어들일 돈은 내게 퇴직금과도 같은 의미이다. 말하자면 이 일에서 발 뺀 이후의 보장 자산이라는 말이다. 그러니 그 액수가 많을수록 든든할 수밖에.

따라서 미래에 대한 나의 장밋빛 전망을 망쳐놓으려 드는 작자는 그게 누구든 가만두지 않겠다.

그런 놈이 있다면 숨구멍을 틀어주마.

걸어서 주위를 이리저리 탐문해본 후 20여 분간 주의 깊게 관찰한다. 그러고는 차로 이동. 내려서 다시 발품을 판다. 아무도 없다. 다시 한번 쌍안경으로 10여 분 간 이 일대를 주시해본다. 내가 여기 도착해 있다는 것을 문자메시지로 알려준다. 걸음을 서두른다. 공장을 가로질러 트럭으로 다가간다. 뒷문을 열고 차에 탄다. 곧장 차문을 잠근다.

트럭은 폐쇄된 공장단지 안에 정차되어 있다. 이 친구는 늘 이런 장소만 찾아낸다. 여기서 뭘 어쩌려는 건지 모르겠다. 아무래도 영화를 너무 많이 본 모양이다.

트럭 내부는 정보처리기사의 두뇌처럼 철저히 정돈되어 있다. 모든 게 다 제자리에 있다.

장물아비는 여건이 허락되는 범위 안에서 최대한 좋은 조건으로 넘겨주는 데 나와 합의를 보았다. 실은 상대의 미간에 탄환을 박아 넣어도 시원치 않을 만큼 턱없는 액수이다. 하지만 나로서는 선택의 여지가 없다. 빨리 이 일을 청산하자면 말이다. 모스버그를 고를까 하다 그만둔다. 대신 6연발 소총을 택하기로 한다. 7.62구경 M40A3. 케이스 안에는 모든 구성장비가 완벽하게 갖춰져 있다. 소음기, 슈미트 앤드 벤더 고글, 멀리서도 확실한 관통을 보장해주는 특제 탄환 두 곽, 가는 사슬로 조밀하게 엮여 있는 여섯 발의 탄환 등. 권총으로는 손바닥 안에 쏙 들어가는 10연발 발터 P99 모델을 집어 든다. 효과가 기막히다는 소음기도 함께 딸려온다.

보너스로 15센티미터짜리 버크 스페셜 사냥칼이 주어진다. 꽤 유용한 물건이다.

그 계집년은 이미 내가 얼마나 무시무시한 실력자인지를 알아차렸을 테지.

이제는 최대한 빠른 속도로 일을 진행해가야 한다. 단단히 각오해두는 게 좋을 거다.

13시 30분

빈센트 하프너의 소행이 맞다.

"피해자는 그가 맞다고 절대적으로 확신하더군요(신원 감식반 기술요원 크리츠토피아크가 카미유와 루이를 만난 자리에서 말한다). 기억이 생생한가 봅니다." 그는 만족스런 표정을 지어 보인다.

"그래도 그 일당과 마주친 지 꽤 시간이 지났는데……" 루이가 신중한 어조로 그렇게 말한다.

"그걸로 충분할 수도 있지요. 기억이란 상황에 따라 시시때때로 달라지는 거니까요. 어떤 증인들의 경우에는 무려 수십 분 동안이나 범인의 얼굴을 봐놓고도 한 시간 후에는 전혀 알아보지 못하기도 하더군요. 하지만 또 다른 증인들은 불과 1분밖에 범인의 얼굴을 보지 못했지만 인상착의를 정확하게 묘사해 보이기도 합니다. 왜 그런지는 알 수가 없어요."

카미유는 아무 대꾸도 하지 않는다. 꼭 자기를 두고 하는 얘기 같다. 그는 전철에서 한 순간 스친 얼굴도 두 달이 지나도록 잊지 않고 세세한 주름까지 기억해낼 수 있다.

"사실," 크리츠토피아크가 계속한다. "기억은 왜곡되기 쉬운 속성이 있습니다. 하지만 누군가에게 난데없이 폭행을 당한 후 심지어 타고 있던 차에서 질질 끌려 나오기까지 했다면, 사람은 누구나 자기에게 해를 입힌 상대와 그 사실에 대하여 잊지 않으려고 하는 경향이 있는 것도 사실입니다."

그 말에는 약간의 유머가 배어 있는 것 같기도 한데, 아무도 명확하게 그 유머가 무엇인지 알아채지는 못한다.

"우리는 신체적 특징이나 연령대를 압축해보았습니다. 이런저런 경우의 수를 감안해도, 피해자한테 범인이 하프너라는 사실은 의심할 나위도 없이 확실한 것 같습니다."

그는 컴퓨터 모니터에 키가 훤칠하고 60대쯤으로 보이는 한 사내의 전신사진을 띄운다. 체포된 직후 경찰에게 찍힌 모습이다. 1미터 80센티쯤 되겠군, 하고 카미유는 속으로 그자의 키를 어림잡아본다.

"정확히 81이네요." 신상기록 파일을 들춰본 루이가 말한다. 그는 이 순간에 상관이 무슨 생각을 할지 그 속마음까지 들여다보고 있는 모양이다.

카미유는 사진 속의 사내가 복면을 하고 모니에 상가로 쳐들어가서 한바탕 강도행각을 벌이고는 심지어 사람까지 쏴 죽이려고 하는 장면을 머릿속으로 떠올려본다…… 뜨거운 침이 목구멍으로 무겁게 넘어간다.

사진에 드러난 사내의 모습은 어깨가 넓고 각진 얼굴이다. 머리는 희끗희끗한데 하얗게 샌 데다 꽤 가늘어 보이는 눈썹 때문에 눈매가 날카롭게 도드라져 보인다. 노회한 늙은이의 모습이다. 게다가 무척 사나워 보이기까지 한다. 카미유는 그 사진 앞에서 온몸이 얼어붙은 듯 꼼짝도 하지 않는다. 루이는 카미유의 손을 본다. 그의 손이 덜덜 떨리고 있다.

"그 밖의 공범들은요?" 루이가 묻는다. 그는 언제나 상관의 기분에 따라 화제 전환에 앞장 서는 편이다.

크리츠토피아크는 모니터에 괴이해 보일 정도로 털이 북슬북슬한 사내의 얼굴 사진을 한 장 더 띄운다. 정면에서 찍힌 모습이다. 모니터 불빛의 과다 노출로 짙은 눈썹과 검은 눈동자가 더욱 강조되어 드러난다.

"포레스티에 씨는 한참 동안이나 누구를 지목할지 몰라 머뭇거렸어요. 왜 그런지 이해합니다. 우리한테는 이 사람들이 다 비슷해 보일 수밖에 없거든요. 그러니 누가 누군지 헷갈리죠. 사진을 여러 장 넘기더니 다시 이자한테 돌아오더군요. 그러더니 다른 사진들을 더 보여 달라고 했습니다. 하지만 그래도 결과는 마찬가지였습니다. 그렇다면 이자일 확률이 높아지는 셈이지요. 이름은 두샨 라비츠이고 세르비아 태생입니다."

그 말에 불현듯 카미유의 고개가 돌아간다. 서서히 표적에 가까워져 가고 있다. 곧장 신원 조회에 착수하고자 루이는 이미 컴퓨터 키보드를 두드려대는 중이다.

"1997년 프랑스에 정착(그는 맹렬한 속도로 서류를 뒤적거리기 시작한다). 능수능란한 모사꾼 유형(그는 읽어 내려가는 속도를 더욱 빨리한다. 그러면서도 짬짬이 정보를 취합해서 전달하려 애쓴다). 두 차례 체포된 바 있지만 증거 불충분으로 모두 풀려났습니다. 그가 하프너와 손잡은 것은 뜻밖의 일도 아닙니다. 껄렁껄렁한 불한당들이 들끓는 건 사실이지만 진짜 선수들은 드무니까요. 게다가 이 바닥은 의외로 좁습니다."

"그럼 이 친구, 요즘 어디서 지내는지 소재는 파악되나?"

루이는 선뜻 대답하지 못하고 우물쭈물한다. 그게 그러니까…… 지난 1월부터 주변과의 연락을 끊고 완전히 잠적했습니다. 그런데 그 친구는 살인 혐의를 혼자 뒤집어쓰게 된 것 같아요. 그래서 당시 강도행각에 가담한 동료 한 사람과 함께 적절한 시기에 잠적하기로 결심한 게 아닌가 싶습니다. 그런데 이런 판국에 또다시 그 폭력조직이 강도행각에 나섰다는 것은 상당히 의아한 일입니다. 살인 혐의의 부담을 안고 있는 하프너 일당으로서는 당분간 은인자중해도 시원치 않을 텐데 말입니다…… 아주 이상한 노릇이죠."

화제는 다시 안에게로 돌아온다.

"이 피해자가 한 증언의 신뢰도는 얼마나 될 것 같습니까?" 루이가 그렇게 묻는다.

"늘 그렇듯이 차츰 낮아지게 되죠. 처음하고 두 번째까지만 높게 유지되고 이후부터는 급격하게 하강곡선을 그리기 시작하는 게 일반적입니다."

그 말에 결국 카미유가 안절부절 못하는 기색을 드러내고 만다. 루이는 이런저런 말들로 일부러 대화를 질질 끌려고 한다. 그러는 사이 카미유의 평정심이 회복되기를 바라면서. 하지만 기술요원과 헤어진 후 그는 그게 헛수고였다는 것을 알게 된다.

"이자들을 좀 찾아봐야겠어." 차분하게 탁자를 손바닥으로 짚으면서 카미유가 그렇게 말한다. "나한테는 당장 이 친구들이 꼭 필요해."

열정적인 손짓. 루이는 그러자는 듯 힘 있게 고개를 끄덕여 보인다. 그러면서도 속으로 혼자 생각해본다. '이렇게 무분별하다 싶을 정도로 달려들게 되는 에너지의 원동력은 뭐지?'

카미유는 두 사람의 프로필을 뚫어져라 바라본다.

"이 작자," 카미유가 가리킨 것은 하프너의 사진이다. "그래, 이 작자를 최우선적으로 찾아야겠어. 가장 위험한 것은 바로 이 친구야. 내가 맡겠어."

카미유가 확고한 어투로 이렇게 단언하자 그에 대해 잘 아는 루이로서는 불길한 조짐이 스멀스멀 기어 올라오는 것을 금할 수 없다. 뭔가 안 좋은 일이 미구에 닥칠 것만 같다.

"반장님, 잠시만요……"

"자네," 하지만 카미유가 루이의 말을 제지한다. "자넨 세르비아 놈을 맡아. 내가 서장하고 예심판사한테 가서 영장을 받아올 테니까 기다리는 동안 가용 인력들을 좀 알아봐. 주르당한테 연락해서 사람들 좀 준비시켜달라고 해. 부아 아놀한테 연락하고. 여기저기 닥치는 대로 알아봐. 아무래도 사람이 좀 필요하겠어."

두서도 없이 마구 쏟아지는 지시사항 앞에서 루이는 머리타래를 쓸어 넘긴다. 왼손이다. 카미유가 그 몸짓을 알아보고는 이렇게 말한다.

"일단 내가 시킨 대로 하게나." 애써 부드럽게 억제한 목소리다. "내가 다 알아서 할 테니까. 자넨 그저 아무 걱정하지 말고……"

"저도 아무 걱정 안 합니다. 그런데 어떤 맥락인지 파악하게 되면 일을 풀어가기가 한결 쉬워지지 않을까 싶긴 합니다."

"이미 다 파악하고 있잖아, 루이. 그럼 아직 자네가 파악하고 있지 못한 내막이라도 내가 이 자리에서 다 털어놓기를 바라는 건가?"

카미유는 꽤 낮은 목소리로 말을 잇는다. 귀를 쫑긋 세워야 겨우 들릴까 말까 한 성량이다. 그는 자신의 따뜻한 손으로 루이의 손을 감싸쥔다. 이번에도 또 일을 그르칠 수는 없어…… 내 말, 무슨 뜻인지 알겠나(그 말에 루이는 가슴이 먹먹해져 온다. 하지만 그런 감정을 내색하지 않고 꾹 참는다)? 이젠 이런 악연의 거미줄에서 벗어나야지.

루이는 그러자는 뜻으로 고개를 끄덕여 보인다. 어떤 상황인지 제가 속속들이 파악하지는 못했습니다만, 원하신다면 반장님의 지시대로 따르겠습니다.

"우선 끄나풀들하고," 카미유가 말을 잇는다. "삐끼들, 그리고 뒷골목 매춘부들, 그리고 여기저기 흩어져 있는 우리의 비정규 인력들까지도 다 동원해보자고."

비정규 인력들이란 신분증이나 특정한 주거지도 없이 여기저기 떠돌아다니는 불법체류자를 말한다. 당국에서는 이들을 묵인해주고 있다. 무슨 사건이 발생했을 때 다방면에 걸쳐 이들에게서 얻는 정보와 제보 내용들이 꽤 짭짤하기 때문이다. 만일 이 세르비아인이 세르비아인들만의 커뮤니티에 속해 있다면(만일 그렇지 않다면 낭패겠지만), 그 소재를 파악하는 것은 단지 시간문제일 뿐이다.

이 세르비아 녀석은 24시간 전 모니에 상가를 온통 들쑤셔놓고 사라졌다…… 4중 연쇄 강도행각 이후 살인죄를 혼자 뒤집어쓰고서도 그가 만일 프랑스를 떠나지 않았다면, 필시 여기 남아 있을 만한 이유가 있었기 때문일 것이다.

루이는 머리타래를 쓸어 올린다. 이번에는 오른손이다.

"자, 이제 긴급 작전에 돌입해보세나." 카미유가 말한다. "파란불이 켜지면 곧바로 자네한테 연락하지. 그땐 이미 차를 모는 중일 거야. 그렇다 해도 언제든 연락이 닿도록 해둘 테니까 아무 염려 말고."

___ **14시**

컴퓨터 모니터 앞에 앉아 있는 카미유.

화면에는 빈센트 하프너에 관한 자료가 떠 있다.

올해 나이 60세. 온갖 형벌들을 언도 받고 14년 가까이 교도소에서 복역. 어렸을 때는 닥치는 대로 저지르고 다니는 잡범에 불과했으나 (절도, 뻑치기, 매춘 알선 등) 1972년 25세가 되던 해 퓌토에서 화물화 개차량 한 대를 턴 이후부터 자신의 진짜 주특기에 눈뜸. 그 여파는 상당해서 일부 경찰들이 면직처분을 받는가 하면 사상자도 한 명 발생했다. 그는 이 범행으로 징역 8년형을 언도받아 평생 그가 복역한 햇수 가운데 3분의 2를 보낸다. 하지만 그 동안 많은 경험과 다양한 정보를 터득하게 된다. 그는 범행을 진정으로 즐기는 것 같다. 실수를 저지르지 않는다면, 경찰이 그를 체포하기는 결코 쉬워 보이지 않는다. 물론 그는 몇 번 체포되기도 했다. 하지만 그 죗값으로는 2, 3년 이내의 미미한 형량을 살았을 뿐이다. 그리고 이런 전과는 통상적으로 그 바닥에서 이른바 검은 별의 관록으로 대접받는다.

그런데 1985년 이후부터는 더 이상 교도소에 들락거린 이력이 나타나지 않는다. 하지만 이미 완숙해진 하프너는 그 시점 이후로 범행에 도통한 듯 절정의 활약상을 펼쳐 보인다. 무려 11건의 강도 사건에 그가 용의자로 지목되었지만 단 한 번도 체포되지 않았다. 경찰이 매설해둔 덫에 걸리지도 않았고 증거도 남기지 않았다. 출입국 내역 같은 문서 기록이나 알리바이도 완벽했다. 접수된 증언들은 하나같이 그가 범행에 가담했다는 사실을 부정했다. 범행에 관한 한 가히 장인의 솜씨라 할 만했다.

하프너는 범죄조직의 두목이다. 화려한 그의 이력과 관록은 타의 추종을 불허한다. 그는 철두철미한 사전 계획과 완벽한 정보 습득으로 범행에 임한다. 하지만 범행 과정에서 한 번씩 격한 폭력이 자행되기도 한다. 그로 인해 숱한 사람들이 신체 피해를 입었으며 일부는 심각한 후유증에 시달리기도 했다. 목숨까지 잃은 희생자는 없었지만 대신 불구가 된 사람들은 적지 않았다. 그러니까 하프너가 휩쓸고 간 범행 현장에서는 평생 목발에 의지해야 하거나 반신불수로 살아야 하는 피해자들이 속출하는 셈이다. 시간이 지나면서 이때 겪은 신체적 충격으로 인해 합병증이 도지거나 안면이 마비된 사람들도 부지기수이다. 이들의 범행 수법은 간단하다. 현장에서 처음으로 걸려든 사람을 무자비하게 폭행한다. 다른 사람들은 상황을 파악하고 그 공포 분위기에 극도로 얼어붙고 만다. 그리고 나면 일을 진행하기가 한결 수월해지는 것이다.

어제 같은 경우 처음으로 걸려든 사람이 바로 그녀였다.

모니에 상가 습격사건은 하프너의 이력과 일맥상통한다. 카미유는 예전의 심문기록철을 뒤적거리면서 노트 여백에 하프너의 얼굴을 연필로 그려본다.

수년 동안 하프너는 열 명 안팎으로만 한정된 정예요원들에 의존해서 범행에 필요한 최대치의 능률과 효과를 끄집어내곤 해왔다. 카미유가 재빨리 계산해보니 그 조직원들 가운데 평균적으로 세 명 정도가 현재 감찰보호 대상자거나 가석방 조치로 풀려난 자들이다. 하프너는 자주 그들을 내세워 경찰의 감시망에서 비켜나는 모양이다. 하지만 기업이나 마찬가지로 이런 범죄조직에서도 자질이 출중할 뿐 아니라 믿음직하기까지 한 인력을 찾아낸다는 것은 결코 쉽지 않은 일이다. 그런데 이 바닥에서는 장인의 담금질을 몇 번쯤 거치고 나면 제 아무리 쓰레기 같은 말종이라 해도 자질이 향상되기 마련이다. 그 결과 '하프너 사단'의 일원으로 현장에 투입된 인원들 중 최소한 여섯 명이 돌이킬 수 없는 나락으로 굴러 떨어지고 말았다. 두 명은 살인혐의로 무기징역을 언도 받고 복역 중이다. 두 명은 경찰의 급습을 받고 체포되었다(그들은 쌍둥이로 어딜 가나 늘 같이 다닌다). 그밖에 한 명은 자동차 추락사고로 휠체어 신세를 지고 있다. 그리고 마지막 한 명은 코르시카 연안에 있는 세스나란 곳에서 실종되었다. 이들은 하프너의 흑역사인 셈이다. 그런데 최근 수개월 동안 아무런 사건도 일으키지 않고 그가 잠잠하다. 사람들은 한결같이 입을 모아 이런 결론에 도달한다. 즉, 그간의 범죄 인생에 염증을 느낀 하프너가 결국 손을 씻기로 결심한 게 아닌가 싶다는 것이다. 전국의 금은방 사장들과 고객들로서는 신에게 감사 기도라도 올려야 할 희소식이 아닐 수 없을 것이다.

그러니만큼 지난 1월에 발생한 4중 연쇄 강도사건은 뜻밖이다. 그동안 하프너가 저질러온 범행의 규모나 그 방식에 비춰 봐도 예외적이라는 점에서 더더욱 그렇다. 연쇄적인 강도행각은 매우 드문 일이다. 또한 단 한 번의 범행에도 완벽을 추구하는 하프너 같은 지략가가 온갖 위험부담과 출혈까지 감수하면서 그런 모험을 단행했다는 것도 선뜻 납득이 가지 않는 일이다. 그토록 무모하고 대담한 범행이 성공할 수 있으려면 우선 막강한 조직력이 뒷받침되어야 할 것이다. 그러니까 같은 날 네 군데나 털 계획을 세우려면 우선 표적이 된 네 곳의 물정과 주변 환경을 오래도록 면밀히 염탐해야 한다. 그리고 네 곳 사이의 거리도 계산에 넣어야 한다…… 그뿐 아니라 긍정적인 외부 조건들도 여러 면에서 결합될 필요가 있다. 하지만 이런 요건들은 제대로 갖춰지기가 쉽지 않다.

카미유는 당시 피해자들의 사진을 넘겨본다.

가장 먼저 나온 것은 두 번째 강도 사건의 피해자. 렌 거리에 있는 금은방 점원의 얼굴이다. 아마도 스물다섯쯤 된 것 같다. 얼굴의 한 부위에 극심한 상처가 남아 있다…… 그에 견주니 안이 당한 것은 그래도 양호한 편이다. 그는 나흘 동안이나 의식불명 상태에 빠져 있었다.

세 번째 강도 사건에서 나온 피해자. 점원이 아니라 남자 고객처럼 보인다. 첫 번째 피해자였던 골동품 상가의 고객보다 입가에 훨씬 심한 중상을 입었다. 관련 문건에도 '상태 심각'이라는 의사의 진단서가 첨부되어 있다. 두부(頭部)도 엉망진창이다(안과 마찬가지로 그도 소총의 개머리판으로 수차례 얼굴을 폭행당한 것 같다). 언뜻 봐도 상태가 몹시 심각하게 여겨질 정도이다.

마지막으로 여성 피해자. 이 여인은 세브르 거리에 있는 그녀의 상점 한가운데서 온몸에 핏물을 뒤집어 쓴 모습으로 쓰러져 있다. 그나마 피로 물들지 않은 부분은 가슴뿐이다.

이와 같은 폭력성 또한 하프너의 범행 이력에서는 상당히 낯선 대목이다. 지금까지 그가 저지르고 다닌 범죄에서는 사망자가 나오지 않았다. 이번 경우에 한한다면 그는 헐값에 재량껏 부려먹을 수 있는 인원들로 범행에 나설 팀을 꾸린 모양이다. 그래서인지 세르비아인들을 택했다. 과히 현명하지 못한 발상이다. 세르비아인들은 용맹스럽긴 하지만 발끈하기 쉽다.

카미유는 노트의 페이지를 물끄러미 내려다본다. 한가운데에는 수감자 사진을 보고 따라 그린 빈센트 하프너의 얼굴이 있다. 그리고 대충 스케치해본 피해자들의 인상이 동그랗게 둘레를 에워싸고 있다. 가장 심하게 망가진 모습으로 그려진 것은 안의 얼굴이다. 처음 그녀의 병실에 들어섰을 때 받은 충격이 고스란히 그림에 반영된 탓이다.

카미유는 그 페이지를 찢어발긴 후 휴지통에 던져 넣는다. 그러고는 현재 상황에 대한 분석을 딱 한마디로 간추려본다.

'긴급 상황'

피치 못할 사정이 없고서야 하프너가 지난 1월 이후 손 씻고 물러나겠다는 자신의 결심을 굳이 철회할 까닭이 없어 보이기 때문이다.

현재로서는 돈이 필요해서일 거라는 추측만이 유력해 보인다.

그렇다면 단순히 범죄의 트랙에 복귀하는 것만으로 끝내지 않을 것이라는 관측 때문에라도, 상황은 긴박할 수밖에 없다. 그는 이득을 극대화하고자 그 결과를 전혀 예측할 수 없는 4중 연쇄 강도행각의 위험까지 무릅쓴 작자이니 말이다.

1월의 범행으로 엄청난 액수를 쓸어 담은 후 2, 3만 유로 정도를 자신의 몫으로 챙겼다고 가정해보면, 여섯 달이 지난 지금 시점쯤 돌아오는 것도 무리가 아니다. 그러니 이건 긴급 상황이 아닐 수 없다. 하프너가 돌아온 것이다. 그런데 만일 이번에 예상보다 많이 쓸어 담지 못했다면 그는 기어코 그 액수를 만회하려 들 게 틀림없다. 하지만 아직은 모든 게 확실치 않다. 그러니 그를 잡아들이기 전에 최대한 신중해야 할 필요가 있다.

큰 변고가 일어날 조짐이 어디선가 스멀스멀 새어나온다. 카미유도 그게 어디서 새어나오는지는 정확히 알지 못한다. 하지만 분명한 건 그런 조짐이 있다는 사실이다. 뭔가가 잔뜩 도사리고 있다. 불길한 사태가, 어디선가.

언뜻 생각하기에도 하프너 같은 작자의 소재를 알아내기란 그다지 쉬워 보이지 않는다. 그렇다면 지금 가장 신속하고 가장 효율적인 길은 그의 공범 라비츠를 찾아내는 일이다.

라비츠를 통하여 그의 두목에게까지 잇닿아 있을 실마리가 한 올 한 올 풀려나갈 수 있기를 기대하면서.

그러니까 안이 살아남기 위해서는 절대적으로 이 실마리를 잘 풀어가는 수밖에 없다.

14시 15분

"그러니까 반장님한테는 지금 이게…… 가장 타당한 방법으로 보인다 이 말씀 아니에요?" 페레이라 예심판사와의 전화 통화다. 그의 목소리에서 걱정스러운 기색이 전해져온다. "사실상 무차별적인 일제 소탕 작전을 벌이겠다는 거로군요!"

"아닙니다, 판사님. 제가 원하는 건 무차별적인 일제 소탕 작전이 아니라고요!"

하마터면 카미유는 호탕한 너털웃음이라도 터뜨리는 시늉을 할 뻔했다. 하지만 결국 그러지는 않았는데 왜냐하면 그런 연기로 속이기에는 지금 판사의 신경이 너무 날카롭게 곤두서 있는 것 같아서이다. 그래도 해결책을 찾아 제시함으로써 예심판사로 하여금 자신의 연륜을 신뢰할 수 있도록 하기에는 충분히 제 몫을 다한 셈이다.

"오히려," 카미유가 변명조로 입을 연다. "세밀하게 범위를 좁힌 현장 검거라는 게 더 알맞겠습니다, 판사님. 우리는 라비츠가 1월에 범행을 저지르고서 도피하는 와중에 도움을 청했을 만한 두서너 명가량의 주변 인물들이 누군지 이미 파악해두고 있습니다. 이건 그저 야자나무 흔들어보기, 그 이상도 그 이하도 아닙니다."

"미샤르 서장은 뭐랍디까?" 예심판사가 묻는다.

"제 의견에 동의를 표했습니다." 카미유가 분명한 목소리로 그렇게 답한다.

그는 그 문제에 대해 아직 서장과 말 한 마디 나눈 적도 없었다. 하지만 틀림없이 그녀의 동의를 얻어낼 수 있으리라는 자신이 있다. 이건 행정 절차를 밟아야 할 때 상관에게 써먹는 수법들 중에서도 가장 오래된 수법이다. 즉, 한 상관에게 다른 상관이 동의했다고 말하고 나서는 그 역순을 밟아 일을 제 뜻대로 밀고 나가는 식이다. 구관이 명관이라고, 닳고 닳은 여러 수법들이 그러하듯이 이 수법도 꽤나 잘 먹히는 편이다. 어찌나 효과만점인지, 비슷한 상황이 닥치면 번번이 그 수법에 의존해보려는 유혹을 피할 수 없을 지경이다.

"좋습니다, 그럼. 최선을 다해보세요, 베르호벤 반장님."

___ **14시 40분**

키 큰 정복 경관은 휴대폰으로 그림 맞추기 놀이에 열중하느라 방금 자기 앞을 지나친 여자가 경호 대상이라는 것을 뒤늦게야 알아보았다. 그는 벌떡 자리에서 일어나 그녀를 부르며 허겁지겁 뒤따라간다. 저기, 잠시만요. 이름을 까먹었다. 그녀는 뒤돌아서지 않고 그대로 걸음을 옮긴다. 그러더니 간호사실 앞에서 잠시 멈칫한다.

"미안하지만 난 좀 가봐야겠어요."

그녀의 목소리는 그 말을 '안녕, 내일 봐요'라고 가볍게 작별 인사라도 나누는 투로 내뱉는다. 경관이 걸음을 더욱 재촉한다. 그의 목소리도 덩달아 높아진다.

"저기, 잠시만요……"

그 시간대의 환자 관리 담당은 입술에 피어스를 한 간호사이다. 어제 저녁에 괴한의 총을 봐놓고도 긴가민가했던 바로 그 간호사다. 이 상황과 마주한 그녀는 아무 말 없이 쏜살같이 내달려 경관을 추월한다. 마치 이런 일쯤이야 자기에게 맡겨달라는 듯한 태도이다. 간호학교 시절에 그들은 곤란한 상황에 단호히 대처하는 방법도 배운다. 실은 병원에 6개월만 근무하다보면 거의 모든 면에서 못 하는 게 없어진다.

안을 따라잡은 간호사는 안의 팔을 부드럽게 붙잡는다. 안은 이미 그 정도 난관쯤이야 각오하고 있었다는 듯이 걸음을 멈추고 천천히 뒤돌아선다. 젊은 간호사에게 환자가 자기 스스로 뭔가를 타개해보겠다고 나서는 것은 공연히 골칫거리만 더하는 말썽으로밖에 여겨지지 않는다. 간호사는 안의 앞길을 가로막고 나선다. 안으로서는 젊은 간호사가 자기를 설득해보겠다고 나서는 것은 괜스레 자신의 결심만 복잡하게 할 뿐이다. 안은 간호사의 입술에 매달려 있는 피어스와 하얗게 밀어버린 머리를 차례로 건너다본다. 간호사의 인상은 전반적으로 유순하고 섬약해 보인다. 무난한 외모이다. 하지만 어쩐지 잔뜩 억눌려 있는 맹수의 눈빛이 살짝 엿보이는 것 같기도 하다. 여차하면 상대방을 때려눕히고도 남겠다. 이 간호사는 필시 완력을 쓸 줄도 아는 여자다.

하지만 간호사의 태도는 의외다. 이런 일탈에 정면으로 대응하겠다거나 나무라는 기색을 보이는 대신, 뜻밖의 말을 꺼내놓는다.

"지금 퇴원하셔야겠다면, 제가 봉합 자국의 실밥을 뜯어드려야 하는데요."

안은 자기 뺨을 어루만져본다.

"아니요, 거기 아니에요." 간호사가 말한다. "거긴 아직 너무 일러요. 거기가 아니고 이쪽이요."

간호사는 손을 안의 윗머리 쪽으로 내뻗는다. 그러고는 손가락으로 문제의 부위를 가리킨다. 자기 업무에 충실한 눈빛이긴 해도 간호사는 미소를 지어 보이고 있다. 이러지 말라고, 자기 말대로 하자는 표정이다. 그러더니 이내 다른 한 손으로 안의 팔을 잡고 앞장서서 그녀를 이끌고 간다. 경관이 옆으로 비켜선다. 이 일을 상관에게 보고해야 되나 말아야 되나 모르겠다는 표정이다. 여하튼 그는 두 여인을 뒤따라간다.

간호사는 간호사실 앞을 지나가려다 말고 잠시 걸음을 멈칫하더니 그 맞은편에 있는 회복실로 안을 데려간다.

"그쪽에 앉으세요……(간호사는 자신의 치료기구를 찾으면서 안에게 다시 권한다) 거기 앉으세요……"

경관은 복도에 남아 안에서 무슨 일이 벌어지나 슬쩍슬쩍 들여다본다, 마치 화장실에 있는 두 여인을 훔쳐보기라도 하는 것 같은 태도로.

간호사의 손가락 끝이 상처 부위에 살짝 스쳤을 뿐인데도 안은 쓰라려서 못 견디겠다는 듯 이내 소리를 지르며 펄쩍 뛴다.

"많이 아프세요?"

고개를 갸웃거리며 걱정스러워하는 기색이다. 이상하네요. 그냥 살짝 눌렀을 뿐인데. 아무래도 실밥을 뽑으려면 잠시 기다렸다 의사 선생님한테 보여드리는 게 낫겠어요. 아마 한 번 더 엑스레이를 찍어보자고 하실 거예요. 열은 없으시죠? 그러더니 손으로 안의 이마를 짚어본다. 머리 아프지는 않으세요? 안은 간호사의 재량대로 자기가 다뤄질 수 있는 영역에 결국 이끌려오고 말았다는 사실을 깨닫는다. 여기 앉혀놓고 자기 멋대로 진단하면서 다시 병실로 돌려보낼 준비를 하겠다는 것이다. 누구 마음대로? 그럴 수야 없지.

"아니요, 됐어요. 의사도 필요 없고 엑스레이도 필요 없어요. 그냥 가야겠어요." 자리에서 일어나며 결국 안이 그렇게 말한다.

경관은 본청에서 지급해준 근무용 휴대폰을 꺼내든다. 유사시에 상부의 지침을 하달받기 위한 보고용이다. 완전무장을 한 괴한이 복도 끝에서 튀어나왔다 해도 그는 이와 똑같은 반응을 보였을 것이다.

"이러시면 곤란해요." 간호사가 황급히 따라 일어나며 말한다. "균에 감염되기라도 하면 어쩌시려고……"

안은 이 말을 어떻게 받아들여야 할지 아리송하다. 이게 실제적인 위험을 가리킨 말인지 아니면 그저 그녀를 돌려 세우기 위한 위협인지.

"아, 참 그건 그렇고 (간호사가 갑자기 엉뚱한 소리를 늘어놓는다) 아직 수납 안 하셨죠? 서류 가져오라고 사람들한테 시키셨어요? 그러면 제가 담당 의사한테 엑스레이 촬영을 신속히 끝내도록 조치해달라고 말해볼게요. 최대한 빨리 퇴원하실 수 있도록 말이에요."

간단하면서도 융통성 있는 제안이다. 지금으로서는 가장 현명한 타협안이 아닐까 싶기도 하다.

안은 이미 진이 빠져 있다. 그녀는 그러기로 하고 다시 병실로 향한다. 발걸음이 천근만근처럼 무겁다. 졸도하기 직전이다. 그만큼 몸이 빨리 지친다. 하지만 머릿속에는 다른 생각이 방금 떠올랐다. 지금 엑스레이 촬영이나 수납 문제 따위가 중요한 게 아니다. 그녀는 우뚝 멈춰 서더니 몸을 휙 돌린다.

"총 든 사내를 본 게 아가씨 맞죠?"

"제가 어떤 남자를 본 건 맞는데요." 간호사가 갑자기 앙칼진 어조로 대답한다. "총을 보지는 못했어요."

간호사는 그런 질문이 나올 줄 이미 알고 있었다. 하지만 대답은 정해져 있을 수밖에 없다. 실랑이를 벌이기 시작했을 때부터 간호사는 이 환자의 내면에는 공포의 절규가 울려 퍼지고 있다는 느낌을 받았다. 그러니까 그녀는 퇴원하고 싶은 게 아니라 어디론가 달아나 숨고 싶은 것이다.

"만약 제가 그때 총을 보았다면, 분명하게 그렇다고 말했겠죠. 환자분 목숨이 위태로워질 수도 있는 일이니까요. 하지만 여기는 야전병원이 아니랍니다."

나이는 어려 보이는데 상당히 노회한 아가씨다. 그녀로서는 이 아가씨의 입에서 그런 말이 튀어나오리라고는 미처 짐작도 하지 못했다.

"아니요." 안이 간호사 아가씨를 똑바로 바라보면서 말한다, 마치 그녀의 속마음을 훤히 들여다볼 수 있다는 것처럼. "아가씨는 그저 긴가민가할 뿐이에요. 그게 다죠."

그러고는 간호사와 더 이상의 마찰을 빚지 않고 다시 병실로 돌아간다. 이런저런 생각들이 계속 머릿속에서 돌아간다. 그녀로서는 젖 먹던 힘까지 다 짜내다시피 해서 여러 의문사항들을 유추해보았다. 그러니 기진맥진할 수밖에. 지금은 무조건 침대에 뻗어서 푹 쉬어야 한다.

간호사는 다시 문을 닫는다. 그러면서 문득 골똘해진다. 도대체 그 방문객, 트렌치코트 자락 사이로 거추장스럽게 툭 튀어 나와 있던 그거…… 그게 과연 무엇이었을까? 정말로 총이 아니라면, 무엇일 수 있을까?

14시 45분

미샤르 서장은 자기 시간의 대부분을 회의하는 데 할애하는 사람이다. 언젠가 카미유는 우연히 그녀의 수첩을 본 적이 있다. 약속이 줄지어 잡혀 있었다. 그녀는 마냥 이 회의에서 저 회의로 옮겨 다니기만 하는 것 같았다. 그러니만큼 카미유로서는 속이 다 타들어갈 지경이다. 그는 채 한 시간도 못 미쳐 그녀의 휴대폰에 무려 일곱 통의 문자메시지를 남겨놓았다. '중차대함', '급박함', '최우선적으로 처결해야 할 사항', '절실함' 등. 그가 남긴 메시지에서 카미유는 상황의 긴박함을 전해줄 만한 어휘들이라면 그게 뭐든 있는 그대로 긁어모아 구사했다. 최상의 표현을 써서 다급한 정황을 알리고자 했다. 즉, 상대방을 공격적으로 압박하다시피 한 셈이다. 그런데 서장은 매사에 인내심을 앞세우고 신중하게 대처하려 드는 유형이다. 그녀는 사람들이 상상하는 그 이상으로 명민하다. 마침내 전화 연결이 된 그녀는 목소리를 잔뜩 낮춰 거의 속닥거리다시피 하고 있다. 전화를 받기 위해 회의 중에 잠시 복도로 나온 모양이다.

"그러니까 예심판사님도 경찰력 투입에 동의하신 거 맞죠?"

"네, 그렇습니다." 카미유는 확고한 어조로 그렇게 답한다. "그런데 엄밀한 의미로 말씀드리자면 이건 '투입'이라고 부를 사안이 아니라……"

"반장님, 지금 겨냥하고 있는 표적이 정확히 몇이나 되나요?"

"셋입니다. 하지만 서장님도 잘 아시다시피 어떤 표적을 겨냥하다 보면 의외로 다른 것까지 딸려 나오는 경우가 많습니다. 쇠는 달궈져 있을 때 두드려야 하는 법이죠."

보통 카미유가 자신의 논거로 아무 속담이나 가져다붙일 때는, 그가 지금 막다른 골목에 몰렸다는 뜻이다.

"아, 그 '쇠'……" 서장이 카미유의 어휘 표현을 차분히 음미해본다.

"저한테는 약간의 지원인력이 필요합니다."

수단의 문제에 대해서는 늘 제자리를 맴돌 뿐이다. 미샤르는 길게 한숨을 내쉰다. 이건 어떤 상대방이 뭔가를 지겨울 정도로 자주 요구할 때 보일 법한 반응이다.

"시간은 그리 오래 걸리지 않을 겁니다." 카미유가 변명조로 그렇게 덧붙인다. "서너 시간이면 족합니다."

"표적 셋 때문에 그렇게나요?"

"아니요, 저기 그러니까 그게……"

"저도 알아요, 무슨 말씀인지. '쇠를 두드려줘야 한다' 이거겠지요…… 하지만 반장님, 정말 이 일로 인해 역효과가 나타나도 괜찮겠어요?"

미샤르는 음악적 대구에 대한 조예가 남다르다. 쇠는 두드릴수록 소리를 내고 표적은 겨냥할수록 멀리 달아나는 법이다. 그러니까 당신이 뭔가를 찾아내려 들면 들수록, 그만큼 당신이 누릴 수 있는 행운은 줄어들지도 모른다.

"그래서 지금 저한테는 지원인력이 필요한 겁니다."

아무래도 이렇게 투덕거리기만 하다가는 시간만 축내고 말 수도 있겠다. 실은 베르호벤 반장이 일제 소탕 작전을 지휘하든 뭘 하든 서장한테는 별로 상관이 없다. 그녀의 태도는 반장의 저돌적인 요청에 제동을 걸면서 '나는 당신한테 분명히 경고해두었다'라고 새겨두자는 데 그 목적이 있다.

"예심판사님도 동의해주면……" 그녀가 말한다. "그때 가서 반장님 동료들하고 같이 보기로 하죠. 아무쪼록 그렇게 되기를 바랍니다."

강도란 직종은 영화배우와 비슷한 면이 의외로 많다. 기다리는 데 오랜 시간을 보내다 막상 일에 돌입하면 몇 분 만에 끝난다는 점에서도 그렇다.

그러니 나는 우선 기다린다. 그러는 동안 계산하고 관측한다. 이럴 때 의지할 수 있는 경험이 잔뜩 쌓여 있다는 것은 내게 큰 자산이다.

그녀의 건강상태가 허락된다면 경찰은 곧바로 범인이 누구였는지를 가리는 식별 작업에 나서려 들 게 틀림없다. 오늘이 아니라면 내일 바로 하겠지. 그건 어디까지나 시간문제일 뿐이다. 사람들은 그녀에게 여러 장의 사진을 보여줄 거다. 그녀가 올바른 시민의식의 소유자라면, 그리고 기억력이 뛰어나다면 그들은 거기서 얻어낸 단서에 근거해서 곧장 전열을 가다듬으려 들겠지. 이때 그들에게 가장 손쉬워 보이는 방법은 라비츠를 뒤쫓는 일일 거다. 나라도 그럴 테니까. 왜냐하면 그 방법이야말로 여러 가지 확실한 노림수들 중에서도 가장 쉬운 길일 테니까. 한마디로 복도에 쥐덫을 놓고 문가에서 종을 흔들어 유인하겠다는 거지 뭔가. 소리를 내서 끌어들이고 그 다음에 협공을 가하겠다 이건데, 참 닳고 닳은 수법이지 않은가 말이다. 경찰이라는 게 그 정도로 구닥다리다.

현재 사태를 가장 잘 관망할 수 있는 장소는 탕헤르 가에 있는 뤼카의 집이다. 그곳은 세르비아인들 사이의 교류가 가장 활성화되어 있는 장소다. 그러면서 동시에 밀수꾼들이나 밀매업자들이 우글거리는 소굴이기도 하고. 그들은 거기서 카드놀이를 하기도 하고 경마에 열중하는가 하면 벌통에 연기를 쏘아 올리려는 양봉가처럼 엄청나게 두꺼운 담배를 피워대면서 소일하곤 한다. 그들 사이에는 정보 공유나 교류가 꽤 활발히 이뤄지는 편이다. 바깥에서 뭔가 특기할 만한 소식이 나돌기 시작하면, 서둘러 그 소식을 알리기 위해 우르르 가까운 술집으로 달려가서 전화통에 매달리곤 할 만큼.

___ **15시 15분**

베르호벤 반장은 한번 개떼처럼 몰려가보자고 말했다. 그러기 위해서는 거의 모든 가용 인력들을 집결할 필요가 있다. 다소 무모해 보이기까지 할 정도이다.

서장의 재가도 얻지 않고 카미유는 순식간에 투입 가능한 가용 인력들을 최대한 늘려놓았다. 걱정스러워하는 루이의 눈빛을 무시하고 여기저기 마구 전화해서 동료들에게 도움의 손길을 요청했다. 그렇게 함으로써 여기서 한 사람, 저기서 두 사람씩을 빼내는 데 성공했다. 자기 밑으로 가용 인력들을 끌어 모으기 위해 수단 방법을 가리지 않고 달려들다 보니 그 인원수가 필요 이상으로 많아졌다. 도대체 이 사람은 왜 여기 들어와 있는 건지 아리송한 경우가 수두룩했지만, 그에 관해서 아무도 질문을 던지지 않고 카미유도 일일이 답해주지 않았다. 그는 그냥 하라면 하라는 식으로만 자기 나름대로의 지침을 하달할 뿐이다. 그런데 이렇게 많은 인력들을 끌어 모아 정작 하려는 것은 다소 우스꽝스러워 보일 수 있는 일이다. 경찰차의 지붕에 경광등을 달고 전속력으로 도심 한복판을 질주한다. 그로 인해 시가지가 들썩들썩해진다. 그러고는 그 여세를 몰아 밀매업자와 소매치기, 윤락업소 주인, 포주 등을 다 뒤집어놓는다. 그건 경찰 초년생들이 꿈꿔왔을 법한 카우보이 놀이다. 카미유의 말에 따르면 그런 카우보이 놀이를 꿈꾸는 것은 기껏 한때에 불과하다. 카우보이 놀이는커녕, 대부분의 경우에는 격무의 피로와 허탈감으로 축 늘어진 어깨를 안고 부랴부랴 퇴근하기 바쁘다.

여기저기에서 뭐하자는 건지 모르겠다며 구시렁거리는 뒷소리가 들린다. 그런 반응에 카미유의 신경이 잔뜩 곤두선다. 그는 설득조로 이런저런 말들을 늘어놓아보지만 구구절절이 설명하고 싶어 하지는 않는 것 같다. 그가 의도하는 것은 작전 참가자들이 정확히 무엇을 이해하고 있느냐가 아니다. 사람들이 받아들이기로 이번 작전의 목표는 그저 한목에 세 가지 표적을 노려 일망타진하자는 데 있다. 하지만 카미유가 짜고 있는 작전 구상은 그렇게 단순하지 않다. 훨씬 전격적이다. 하지만 그 규모가 너무 방대해져가고 있다. 그는 계속 더 많은 인원이 이 작전에 가담해주기를 원하는 모양이다. 아무도 그가 얼마나 더 많은 인력들을 끌어들이려는지 모르고 있다. 그러다보니 모두 걱정스러운 기색을 감출 수 없다.

"우리가 찾고 있는 상대를 발견하면," 카미유는 이렇게 말했다. "모든 게 정상 궤도로 올라갈 겁니다. 그 과정에서 뛰어난 능력을 발휘한

자들은 한껏 의기양양해질 수도 있겠지. 또한 전과를 올린 각 조 조장들한테는 응분의 보상도 뒤따르게 될 겁니다. 그런데 이건 여러분들이 시간을 어떻게 쓰느냐와도 긴밀히 결부되어 있는 문제지요. 그러니까 정말로 질탕하게 흥청거리고 싶다면, 각 조 조장들은 어떤 술집에 가서 한잔 빨까를 궁리하기보다 임무에 충실하려 드는 게 더 이롭지 않겠나 싶군요."

동료들의 양보와 이 이상의 지원인력을 기대한다면 이쯤에서 말을 줄이는 게 이로울 것 같다. 경찰들이 여러 대의 차량에 나눠 탄다. 카미유는 선두 차량에 탑승한다. 루이는 무선 통신 시스템이 갖춰진 앞자리에 앉는다.

암묵적인 전제 한 가지. 카미유의 작전 수행은 이런 유형의 전례들과 아무 상관도 없으리라는 것. 그리고 그러는 게 정확히 그의 의도이리라는 것.

한 시간 후쯤 파리에는 자그레브나 모스타 태생의 불한당이란 불한당은 단 한 명도 남아 있지 않게 될 것이다. 물론 그들은 라비츠가 누군지도 모른다고 할 게 뻔하다. 놈은 지금 어딘가에 숨어 있다. 경찰로서는 복도나 통로에 자욱한 연기를 피워 올린 후 매춘부들을 족치고 노숙자들을 모조리 다그쳐서라도 놈이 어디 있는지 알아내야만 한다.

현 시점에서 가장 절실한 것은 이와 같은 충격요법이다.

사이렌 소리가 요란하게 울려 퍼진다. 경광등 불빛이 휘황찬란하게 건물 앞에서 번쩍거린다. 8구 일부 구간의 통행이 차단된다. 사내 세 명이 달아나다 경찰에 체포된다. 차 근처에 서 있던 카미유는 이 장면을 바라보면서 10구의 수상쩍은 숙박업소로 쳐들어간 한 조의 조장에게 무선으로 상황을 보고받는다.

혹시 생각이 미쳤다면, 이 와중에도 묘한 향수가 카미유를 휘감았을

지도 모르는 일이다. 오래전 이와 비슷한 상황에서—경찰계의 전설 베르호벤 강력반이 맹위를 떨치던 시절의 이야기다—아르망은 소송기록철에서 100여 명 남짓한 사람들의 이름을 패션지에 베껴 적느라 자료보관소에 꼼짝 않고 틀어박힌 적이 있다. 이틀 후, 그는 수사에 돌연 활력을 불어넣을 만한 용의자 두 명을 뽑아 올렸다. 그 시절 루이와 짝패로 활약하던 말발은 그가 눈만 돌리면 모든 여자들에게 닥치는 대로 치근대곤 했다. 그러다보니 말발 주위에는 늘 여자들이 들끓었다. 카미유가 상관 입장에서 그런 문제로 훈계라도 하려고 하면 그는 설득력 있는 변명을 늘어놓았다. 그리고 한 사흘 정도의 수사 일정을 앞당길 수 있을 만큼 결정적인 증언을 확보하여 보고하는 것으로 자신의 허물을 만회하기도 했다.

하지만 카미유는 애써 그 시절의 향수를 억누르려 한다. 지금은 오로지 당면해 있는 사건 처리에만 전념할 뿐이다.

그는 이미 이 불법 숙박업소에 난입한 조원들과 함께 추레하고 지저분한 건물의 층계를 몇 계단씩 뛰어 올라간다. 그들이 들이닥치자 매춘부들과 놀아나고 있던 기둥서방들이 허겁지겁 달아나려다 붙잡힌다. 경찰은 침대에 깔아져 있는 매춘부들을 일으켜 세운다. 그러고는 두상 라비츠에 대해 아느냐고 묻는다. 본인이나 그의 가족 또는 그와 친분관계가 있는 사람이면 누구든 다 괜찮다. 하지만 아무도 그가 누군지 모르는 것 같다. 윤락업소 종사자들을 계속 심문하는 사이 그곳의 고객들이 부랴부랴 바지를 꿰어 입고 몰래 달아나려 발버둥 친다. 여기 들락거렸다는 게 알려지면 사회적으로나 가족들에게 큰 망신일 테니까. 미처 옷을 다시 입지 못한 매춘부들은 작고 볼품없는 앞가슴과 아랫배를 훤히 다 드러내놓고 있다. 라비츠, 누군지 모르겠다. 두상? 마치 그런 이름도 다 있느냐는 듯 매춘부들 가운데 하나가 그렇게 되뇐다. 하지만 그녀들은 지금 두려움에 떨고 있다. 그런 기색이 역력하다. 카미유가 말한다. 이거 다 연행해야겠구먼. 겁주려는 의도이다. 하지만 지금은 이러느라 보낼 여유가 없다. 모든 게 순조롭게 풀리기만 하면, 늦어도 3시간 안에 끝낼 수 있을 텐데.

한편, 북부로 향한 네 명의 경찰들은 교외의 작은 빌라 앞에서 어떤 집주소를 루이와의 무선 연락으로 조회해본 후 권총을 빼들고 곧장 그 안으로 들이닥친다. 먼저 경찰들의 눈에 들어온 것은 200그램가량의 대마초다. 두상 라비츠, 역시 아무도 모른다. 온 가족을 불러낸다. 노인들만 빼고. 그래도 사람 수가 꽤 된다.

카미유가 차에 탑승한다. 곧바로 사이렌을 울리며 차가 출발한다. 이 차의 운전사는 기어 4단에서도 속도를 늦추지 않고 내달릴 수 있다는 운전 실력의 에이스다. 카미유는 휴대폰을 꺼내지 않고 무선으로 계속 루이와 연락을 주고받는다. 하달된 지침과 긴박한 상황 등으로 인해 그의 비장한 열정이 모든 수사요원들에게 제대로 전해진 것 같다.

코소보 청년들 세 명이 14구 경찰서로 연행되어 온다. 두상 라비츠, 그들은 누군지 모르겠다며 고개를 가로젓는다. 두고 봐야 알 일이다. 경찰이 두상 라비츠를 찾고 있다는 소식에 이 청년들이 동요할지 조금 기다려보기로 한다. 그들에게 이것은 주변 사람들에 빨리 알리고 싶은 뉴스감일 수도 있으니까.

포차레바츠 출신의 소매치기 일당 두 명이 15구 경찰서에 붙잡혀 있다는 보고가 카미유에게 들어왔다. 그는 이에 관하여 루이에게 문의해본다. 그러자 루이는 세르비아인들의 신원 카드를 참고해서 답해준다. 포차레바츠는 북동쪽에 있다. 라비츠는 엘레미르 출신이다. 거긴 훨씬 더 북쪽이다. 하지만 모를 일이다. 카미유는 신호를 보낸다. 구속시켜. 잔뜩 겁을 줘야 한다. 그래야 효과가 있다.

루이는 무선 통신망으로 모든 이들의 문의에 응해준다. 그러느라 정신없는 와중에도 전혀 침착한 태도를 잃는 법이 없다. 그의 뇌 속에는 세밀한 파리 지도 한 장이 들어 있는 것 같다. 모든 구역들이 완벽하게 나뉘어져 있는 것 같다. 그리고 영양가 있는 정보들이 쏟아져 나올 만한 거주 집단들에 대해서도 속속들이 정리되어 있는 것 같다.

그때 누군가가 카미유에게 한 가지 제안을 한다. 그는 몇 초간 숙고해본 후 그 제안을 수락한다. 그러자 경찰들이 우르르 몰려들어 전철 안의 아코디언 주자들을 체포해서 객차 사이의 연결 통로까지 끌고 간다. 그러고는 냅다 발로 차서 객차에서 끌어내린다. 경찰은 그들의 호주머니와 동전이 찰랑거리는 천 가방을 뒤진다. 두상 라비츠? 아연실색한 눈빛이다. 경찰이 그중 한 명의 팔목을 뒤로 꺾는다. 두상 라비츠, 사내는 모른다는 고갯짓을 해 보인다. 카미유는 눈을 껌뻑한다. 나를 이자가 살고 있는 데까지 좀 안내해주면 좋겠는데. 그들을 이끌고 다시 바깥으로 올라온 카미유가 그렇게 말한다. 현재 시점에서 전체적인 상황이 어떻게 돌아가고 있는지 몹시 궁금한데 지하에서는 휴대폰 연결이 여의치 않으니 위로 올라올 수밖에 없다. 그는 초조하게 손목시계를 들여다본 후 아무 말도 하지 않는다. 얼마 후면 미샤르 서장이 그를 닦달해올 텐데 뭐라고 답해야 할지 벌써부터 걱정이 앞서는 것이다.

한 시간 전쯤, 경찰은 느닷없이 뤼카의 집을 덮쳤다. 그러고는 그 자리에 있던 세 명 가운데 하나를 체포했다. 체포의 기준이 무엇인지는 애매모호했다. 심지어 자기들도 그 기준을 잘 모르는 것 같았다. 목적은 일단 겁을 주고 보자는 데 있다. 단지 그것만이 목적이다. 내 계산은 정확하다. 앞으로 한 시간도 채 지나지 않아 세르비아인들의 커뮤니티 전체가 벗어 던진 양말처럼 발칵 뒤집히고 말 거다. 그러고는 독 안에 든 쥐새끼들처럼 이리저리 빠져나갈 구멍을 찾아 헤매고 다니겠지.

그 쥐새끼들 중에서 딱 한 마리만큼은 나와 죽이 잘 맞을 텐데. 바로 두상 라비츠 말이다.

방금 경찰은 드디어 작전에 돌입했다. 이러고 있을 시간이 없다. 지금은 파리를 가로질러 목적지에 가 있어야 할 시간이다.

샤르피에 가와 페르디낭드 콩세이 사이로 나 있는 9구의 골목길. 거기 있는 건물들의 1층 창문은 담벼락에 에워싸여 있다. 원래 있던 문들은 이미 오래전에 가뭇없이 사라졌다. 대신 그 자리는 빗물에 부식된 베니어합판 널판때기로 꽉 막혀 있다. 자물쇠도 없고 문고리도 없다. 거기서는 허구한 날 삐꺽거리는 소리가 난다. 누군가가 그것을 수리하지 않는다면 아마도 계속 그러겠지. 그게 주인이든 방문객이든 그곳 입구에만 가면 문제의 널판때기는 접근하지 말라고 위협하듯 스산한 소리로 삐꺽거리기 시작한다. 그런데도 많은 사람들이 마치 행렬을 이루듯 이곳으로 꾸준히 드나든다. 그들은 마약쟁이들, 밀매업자들, 일용직 근로자들 같은 부류이다. 한때 나는 이곳에서 별다른 이유도 없이 숨어 지내느라 여러 날을 보낸 적이 있다. 그러니만큼 손바닥 들여다보듯 이 동네를 훤히 잘 안다. 실은 나는 이 동네를 몹시 증오한다. 어느 정도냐 하면 일고의 망설임도 없이 길가의 한쪽 끝에서 다른 쪽 끝까지 모조리 폭파시켜버리고 싶을 만큼.

내가 두상 라비츠를 처음 데려온 곳도 바로 이곳이었다. 지난 1월의 저녁 무렵이었지 아마. 전설로 남을 대규모 강도 계획을 세울 무렵이었다. 그 건물 앞에 도착하니 그가 내게 붉고 두툼한 입술을 쩍 벌리면서 환한 미소를 지어 보인 게 기억난다.

"깔따구가 하나 생기면 나는 이리로 데려오곤 하지."

'깔따구'가 하나 생기면…… 이런 등신 같은 자식을 봤나. 요사이 프랑스 사람들은 그 따위로 말하지 않는데. 과연 세르비아 놈답다.

"'깔따구 하나……'라니? 무슨 깔따구?"

그렇게 되물으면서 내 눈은 그 장소를 둘러보았다. 라비츠를 따라 이런 데로 잠자리를 하러 올 만한 여자라면 도대체 어떤 여자들일까. 보나마나 라비츠 이 녀석과 동류일 게 뻔하지.

"아니, 깔따구가 한둘이 아니야." 라비츠가 그렇게 말했다.

그러고는 이 정도면 명실상부한 호색한으로 인정받을 수 있지 않겠느냐는 표정을 지어 보였다. 그리고 자기가 구체적인 정황을 제시할 수 있었다는 데도 만족스러워하는 것 같았다. 여기서 이해해야 할 요점은 아주 간단했다. 말하자면, 발칸 반도에서 온 이 머저리 녀석은 자기가 무단점거해온 이 폐가를 그동안 돈 주고 사들인 갈보들과 발가벗고 뒹구는 매음굴처럼 활용해왔다는 뜻이렷다.

이런 그의 호색적인 유흥은 최근 들어 많이 주춤해진 게 틀림없다. 이미 오래전서부터 그는 이곳에 발길을 끊었으므로—내가 잠복해 있었던 것도 실은 그 사실을 알아내기 위해서였다—아마도 이곳에 돌아올 마음이 없어진 것 같았다. 여기는 '깔따구와 뒹굴러'나 올 만한 장소가 아니다. 달리 갈 데가 없으니 할 수 없이 오는 데가 여기다. 내게 약간의 운이 따르고 경찰도 소임을 충실히 수행하고 있다면, 그는 지금 이곳밖에 기어 들어올 데가 없다.

경찰에서 야자나무를 마구 흔들어대고 있다면, 라비츠로서는 망설일 수밖에 없겠지. 하지만 그는 이 장소밖에 달리 숨어 있을 만한 데가 없다는 사실을 재빨리 받아들이지 않을 수 없을 거다. 그래야 아무도 자기를 찾아내지 못할 거라 확신하면서.

나는 글러브박스 안에 발터 P99를 넣어두기 위해 총구에 달린 소음기를 뺐다. 물론 잠깐 커피를 한잔 마시러 다녀올 수도 있겠지. 하지만 30분쯤 후면 전시체제에 돌입하는 만큼 여기서 긴장의 끈을 늦추지 않고 있는 게 더 낫겠다. 이리로 라비츠가 기어 들어오면 내가 그를 가장 먼저 맞아줘야 할 테니까.
 이게 내가 그에게 베풀어줄 수 있는 최소한의 은전이다.

 취조실로 거구의 사내 하나를 데려와 앉혀놓았다. 입국사증에 따르면 그는 부자노바츠 출신이다. 루이가 조사해보니 그곳은 남쪽에 있다. 두상 라비츠라고 아나? 혹은 그 형제나 누이라도? 별로 기대가 되지 않는다. 그자를 찾도록 도와줄 수 있는 것은 요행수밖에 없어 보인다. 이 거구의 사내는 무엇에 관하여 묻는지조차 이해하지 못해 어리둥절해한다. 이거 안 되겠구먼. 수사요원들 가운데 한 명이 그자의 턱에 주먹을 한 방 날린다. 두상 라비츠? 그제야 좀 뭔가를 이해하겠다는 눈치다. 하지만 그게 누군지 모르겠다며 고개를 절레절레 흔들어 보인다. 두 번째로 주먹을 날린다. 그때 카미유가 말한다. 됐어. 놔둬. 정말 모르나 보네. 약 15분 후 나이 어린 여자 셋이 들어온다. 그중 둘은 이 사내의 누이다. 잔뜩 수심에 젖어 있는 기색이다. 나이가 아직 열일곱도 되지 않았다. 입국사증도 없다. 그녀들은 도심 외곽에서 파이프를 팔아 근근이 먹고산다. 즉, 불법 윤락을 한다는 말이다. 두 배로 주면 콘돔 없이도 해준다. 피골이 상접해 보일 만큼 빼빼 말랐다. 두상 라비츠? 모른다고 입을 모은다. 상관없어. 카미유가 그녀들에게 말한다. 어차피 우리는 너희들을 법이 허용하는 시한 동안 잡아두고 있을 테니까. 그녀들이 입술을 삐죽거린다. 여기 붙잡혀 있느라 까먹은 시간만큼 포주들은 손찌검을 하려 들 게 틀림없다. 그게 화대를 날린 대가다. 돈은 테이블의 회전 횟수에 비례해서 들어오는 법이니까. 그녀들은 갑자기 손을 벌벌 떨기 시작한다. 두상 라비츠? 그래도 모른다는 고갯짓. 하지만 그녀들은 안타깝다는 듯 발을 동동 구른다. 그러더니 수사요원들이 바깥으로 향하자 경찰차까지 따라 나가려는 시늉을 한다. 보다 못한 카미유가 말한다. 얘네들 놔줘라, 그냥.

취조실 바깥 복도까지 서툰 프랑스어로 거칠게 고함쳐대는 말소리가 새어나간다. 자기 나라의 영사관이나 대사관에 연락해달라고 으름장을 놓는 사람들도 있다. 나중에 어떻게 되든 상관없다면 계속 그런 식으로 말해보시지. 만일 교황이 세르비아계라면 교황도 불러달라고 할 기세다.

루이는 계속 무선 연락으로 지령을 전달하고 베르호벤 반장에게 상황 보고를 하고 각조의 활동 구역을 배치한다. 그의 머릿속에 내장되어 있는 항법장치는 계속 불빛을 깜빡거리며 북쪽, 북동쪽에 맞춰져 있다. 그러면서 새로운 정보가 들어오면 끊임없이 취합해서 알려주고 각각의 소임을 할당한다. 카미유는 다시 차로 돌아간다. 아직까지도 라비츠의 자취를 찾아내지 못했다.

그쪽 출신 여자들은 다 그렇게 말랐나? 그렇지 않다. 11구 철거 지역의 한 건물에 살고 있는 여자는 육덕지다고까지 할 수 있는 몸매다. 나이는 30대. 어린아이들은 징징거리며 울고 있다. 거기 살고 있는 식구 수는 도합 여덟이다. 그 식솔들의 가장으로 보이는 사내는 꽉 끼는 속옷 바람이다. 강낭콩 줄기처럼 호리호리한 체격으로 그다지 키가 큰 편은 아니지만 우습다는 듯 카미유를 한참 내려다본다. 콧수염을 기르고 있다. 거기 있는 성인 남자들에게는 모두 콧수염이 나 있다. 가장은 수납장 서랍에서 입국사증을 꺼내온다. 프로쿠플리에 출신이다. 무선 통신으로 루이가 응답하기를, 거긴 중앙이다. 두상 라비츠? 아무 말도 없다. 주위를 두리번거린다. 아무도 모른다. 모조리 연행하자. 어린아이들이 눈물바람으로 어른들의 옷자락을 붙잡고 늘어진다. 질질 짜는 멜로드라마는 아마도 이들의 일상사인가 보다. 한 시간 후면 이들 가족은 거리로 나와 생마르탱 교회와 블라비에르 가 사이를 헤매고 돌아다니면서 구걸에 매달릴 게 틀림없다. 철자법 엉망으로 한 푼 달라는 말이 쓰인 쪽박을 앞세우고.

도박꾼들에게서도 별로 얻어낸 정보가 없다. 여자들이 힘들게 일하고 그중 나이가 어린 축은 손님들을 받거나 아이들을 돌보는 동안, 사내들은 마냥 빈둥거리며 자기들끼리 수다나 떠는 짓으로 하루 종일 소일하곤 한다. 카미유는 수사요원 세 명을 이끌고 도박장에 들이닥친다. 그러자 도박꾼들은 카드를 테이블에 집어던진다. 심드렁한 태도다. 한 달에 네 번씩은 이런 경찰의 방문을 받는다. 그런데 이번에는 외투를 꽉 끼도록 여며 입고 중절모를 쓴 난쟁이도 한 명 끼어 있다. 그는 도박꾼들을 한 명씩 유심히 둘러본다. 상대방의 망막을 뚫어버릴 만큼 날카로운 눈빛이다. 게다가 몹시 단호하고 삼엄한 기색이다. 누군가를 애타고 찾는 것 같다. 라비츠? 네, 알긴 아는데 어렴풋해요. 그 대답에 눈빛이 번쩍한다. 그럼, 그 친구 본 적 있나? 아니요. 유감스럽다는 듯 입술을 삐죽거린다. 그래도 최대한 협조하겠습니다. 그럼 됐어. 카미유가 그렇게 말한 후 그중에서 키가 가장 큰 청년 하나를 골라낸다. 마치 일부러 최장신을 고른 것처럼 보인다. 여차하면 자기 키에서 적당한 높이에 달린 그의 불알을 잡아당겨 제압해버리기 좋도록. 아니나 다를까, 카미유에게 불알이 붙잡힌 최장신 청년이 무릎을 꿇으면서 비명을 질러댄다. 그러는 동안 카미유는 태연자약하게 다른 쪽에 눈을 두고 있다. 라비츠? 이래도 라비츠에 관하여 별 말을 꺼내지 못한다면, 진짜로 이 친구가 몰라서일 것이다. 아니면 그의 불알이 제 구실을 하지 못 하는 까닭이거나. 이러다 진짜로 이 친구 불알이 고장 나겠는데요. 수사요원 하나가 나서서 카미유를 뜯어말린다. 카미유만 빼고 사람들이 키득거린다. 그는 발길을 돌린다. 전원 연행.

한 시간 후, 수사요원들은 고개를 잔뜩 숙이고 층계를 내려간다. 지하실로 통하는 층계의 천장이 너무 낮아서이다. 지하실은 화물 창고처럼 널찍하다. 하지만 높이는 1미터 60센티밖에 되지 않는다. 재봉틀 80대가 놓여 있고 80명의 일용직 노동자들이 거기서 일한다. 실내 온도는 30도쯤 될 듯하다. 모두 웃통을 벗고 있다. 스무 살이 넘는 사람은 아무도 없는 것 같다. 상자들 속에는 라코스테 로고가 박혀 있는 폴로셔츠가 100여 장씩 쌓여 있다. 사장이 뭐라 변명을 늘어놓으려 한다. 하지만 입을 열 틈조차 주어지지 않는다. 닥치고, 두상 라비츠? 사장은 수사요원들의 물음에 아랑곳하지 않고 자기가 하려던 말만 한다. 일반적으로 이런 지역사회의 소규모 생산업체는 비록 가품을 찍어낼망정 당국에서 묵인해주거든요. 눈살이 찌푸려진다. 그러더니 뭔가를 찾는 척한다. 잠깐만 기다려보세요, 잠깐만요. 그러자 한 수사요원이 말한다. 아무래도 안 되겠다, 반장님 불러와야지.

카미유가 도착할 즈음 수사요원들은 가품 상자들을 모조리 뒤엎어서 문서 몇 장을 찾아냈다. 그러고는 거기서 나온 몇몇 이름들의 철자를 무선 통신으로 루이에게 불러가며 조회해본다. 그 안에서 일하던 인부들은 바위 밑으로 몸을 숨기려는 것처럼 한쪽 벽에 바짝 붙어 서 있다. 수사요원들이 들이닥쳐 압수수색을 시작한 지 20분이 흐르자 실내 온도가 말도 못하게 상승한다. 하는 수 없이 인부들을 일단 바깥에 내보내서 가지런히 대기하고 있도록 하기로 한다. 바깥으로 이끌려 나온 인부들은 모든 것을 체념했거나 겁에 잔뜩 질려 있는 표정을 짓고 있다.

그러고 나서 몇 분 후 카미유가 도착한다. 층계를 내려가는 동안 그는 다른 사람들과 달리 전혀 고개를 숙일 필요가 없다. 사장은 츠렌자닌 출신이다. 북쪽에 있는 고장이다. 라비츠의 고향 엘레미르와도 별로 멀지 않다. 라비츠? 몰라요. 그가 말한다. 당신, 확실합니까? 카미유가 되묻는다.

그런데 어쩐지 이렇게 다짐을 준 게 사장의 입을 근질거리게 한 것 같다.

___ **16시 15분**

너무 오랫동안 자리를 비울 수 없었다. 내 친구가 여기 오는 것을 놓칠까 봐 두려워서였다. 그러다보니 그냥 차 안에 꼼짝 없이 틀어박혀서 담배를 피워댄 후 차창을 내려 환기시킬 수밖에 없다. 라비츠 녀석이 여기로 피신할 양이면 되도록 빨리 와주면 감사하겠다. 내가 여기 묶여 있느라 진이 더 빠져버리기 전에 말이다.

지금쯤 경찰에서는 여기저기 헤집고 다니면서 난리법석을 피워대고 있겠지. 그 때문에라도 녀석이 코너에 몰려 이쪽으로 달려오는 건 어디까지나 시간문제일 뿐이다.

아니나 다를까, 저만치 누군가의 발자국 소리가 들리는 것 같다. 어라, 거리의 모퉁이에서 어떤 형체가 어른거린 듯싶기도 했는데? 내 친구 두상의 그림자일 게 틀림없다. 워낙 덩치가 대저택의 굴뚝만 해서 금세 눈에 뜨인다. 목선도 뭉툭하고, 시계바늘이 10시 10분을 가리킬 때 같은 팔자걸음. 흡사 어릿광대 같은 체형.

내 차가 서 있는 자리는 건물 입구에서 30미터쯤 떨어져 있는 지점이다. 그가 막 걸음을 내딛은 곳에서는 한 50미터가량 되고. 나는 두상이 슬며시 구부린 자세로 숨어들려고 하는 동안 그 모습을 하나도 놓치지 않고 주시한다.

매음굴에 깔따구가 숨어 있는지 어떤지는 모르겠다만, 깔따구나 밝히는 호색한의 안색이 오늘따라 유난히 안 좋다는 것은 확실히 알겠다.

천하의 호걸이나 되는 듯 떨어대던 평소의 허장성세는 간데없네.

행색만 봐도(낡은 더플코트를 걸친 데다 구두 뒤꿈치는 꺾어 신고 있다) 지금 그에게 무슨 문제가 생겼다는 것은 굳이 점쟁이를 거치지 않아도 금세 알겠다.

이거이거, 뭔가가 아주 안 좋다는 표시렷다.

평소에는 1월의 강도행각 때 떨어진 떡고물로 새 옷들을 뽑아 근사하게 잘 차려 입고 다녔거든. 이 친구, 돈다발을 흔들고 다니며 금속성 광택이 나는 기성복 정장과 하와이안 셔츠로도 모자라 도마뱀 가죽구두 같은 사치품까지 구입하고 다녔다는 거 내 다 알지. 그런데 이렇게 부랑자처럼 전락한 모습으로 다시 만나니 참 측은하다 싶군.

1월 사건 이후 살인과 강도 혐의를 받고 숨어 다니느라 이 모양 이 꼴로 궁색해진 모양이네. 물론 녀석이 여기까지 굴러 들어올 수밖에 없는 것은, 여러 사정이 있겠지만, 무엇보다 그놈의 깔따구 때문일 수도 있지.

십중팔구는 녀석도 하프너에게 제 몫을 빼앗겼을 게 틀림없다. 나와 마찬가지로 말이다. 충분히 예상가능한 일이긴 했다. 하지만 그렇다고 배신감이 줄어드는 건 아니지. 녀석이나 나나 마찬가지 신세이다.

라비츠 이 녀석, 주저 없이 베니어합판 널판때기를 확 밀친다. 그러니 확 뜯겨나갈 수밖에. 조심스럽지 못한 거동이다. 두상, 아직도 참 충동적이구나, 너란 놈은.

우리가 지금 이 지경에 내몰린 것도 다 놈의 혈기 때문이다. 1월 사건 때 녀석이 금은방 주인장의 가슴에 9밀리 탄환 두 발만 박아 넣지 않았어도……

나는 조심스럽게 차에서 내려 순식간에 놈을 뒤쫓아 건물 입구로 다가간다. 녀석의 육중한 발걸음 소리가 들린다. 오른쪽 어딘가로 향해 가는 모양이다. 여긴 실내등 같은 게 전혀 들어오지 않는다. 실내를 밝히는 빛이라고는 고작해야 벽에 뚫린 구멍으로 새어 들어오는 햇살이 다다. 그러니 복도가 어슴푸레할 수밖에 없다. 나는 계속해서 놈을 뒤따라 위층으로 올라간다. 까치발로 조심조심. 1층, 2층, 3층. 여기까지 올라오니 악취가 정말 장난 아니다. 오줌 냄새, 음식 썩은 냄새, 똥 냄새. 그때 녀석이 뭔가를 두드리는 소리가 들려온다. 나는 아래층 층계참에 남아 일단 기다려본다. 저기 누가 더 있나? 그렇다면 일이 간단치 않아지겠는걸. 문제는 그 수가 몇이나 되느냐이다.

내 머리 바로 위에서 문이 열렸다 닫힌다. 재빨리 위로 올라가본다. 문은 자물쇠로 꽁꽁 잠겨 있다. 하지만 꽤나 낡은 물건이라 따고 들어가는 건 별로 어렵지 않다. 하지만 그 전에 귀를 붙이고 염탐한다. 라비츠의 목소리가 들린다. 치고받는 대신 누군가에게 으르렁거리는 중이다. 새삼 녀석의 그런 목소리를 들으니 우습다. 이놈을 다시 찾아 어딘지 알 수 없는 은신처에서 끌어내기까지 실로 많은 노력을 들여야 했다.

그런데 어찌된 영문인지 라비츠는 여기 온 게 별로 내키지 않아 보인다. 문 저편에서 계속 누군가를 향해 으르렁거리고 있다. 그런데 그때 젊은 여자 목소리가 새어 나온다. 자분자분하게 말하는 것처럼 들린다. 뭔가에 관해 투덜거리고 있는 것 같기는 한데 그 말투가 세지는 않고 오히려 징징대는 소리에 가깝다.

일단 저쪽의 동정을 살피기로 한다. 다시 라비츠의 목소리가 들린다. 저 안에 제발 이 둘밖에 없기를 바랄 뿐이다. 혹시나 싶어 제자리에 남아 몇 분을 흘려보낸다. 콩닥거리는 내 심장소리만 귓가에 울릴 때까지. 둘밖에 없는 게 확실해 보인다. 머리카락이 눈앞으로 흘러내리지 않도록 약모를 꺼내 쓴다. 가죽 장갑도 착용한다. 그러고는 발터를 꺼내 탄환을 장전한 후 왼손에 말아 쥔다. 이제는 문을 박차고 안으로 쳐들어갈 차례다. 한 손으로 자물쇠 빗장을 스르르 열어젖히는 동안 다른 손으로는 다시 한번 권총을 제대로 움켜잡는다. 그런 다음 곧바로 문을 밀고 안으로 들어간다. 나를 등지고 앉아 있는 두 사람의 모습이 보인다. 뭘 하는 중인지는 모르겠지만 상체를 잔뜩 기울이고 있다. 뒤에 누가 들어와 있다는 것을 알아차리자마자 그들은 자리에서 벌떡 일어나 뒤돌아선다. 여자는 나이가 스물다섯쯤 되어 보이고 갈색 머리에 못생긴 편인데 더 이상 어쩌고 자시고 할 것도 없다. 내가 쏜 총탄에 이마를 관통당해 그 자리에서 죽었으니까.

그녀는 눈을 부릅뜨고 있다. 마치 이게 웬 날벼락이냐는 것처럼. 자기가 예상한 가격보다 훨씬 낮은 금액에 원하는 것을 손에 넣었을 때나, 아니면 산타클로스 할아버지가 반바지 차림으로 들어오는 것을 보았을 때 지었을 법한 표정이다.

라비츠 녀석은 재빨리 호주머니에 손을 찔러 넣는다. 거기서 뭘 꺼내기도 전에 녀석의 왼쪽 발목에 한 방 갈긴다. 그러자 죽겠다는 듯 펄쩍펄쩍 뛰더니 나중에는 마치 뜨거운 불판 위에서 살아남으려고 버둥대듯 오른발 왼발을 번갈아가며 깡충거린다. 하지만 이내 바닥에 쓰러져 비명을 내지르기 시작한다.

자, 이걸로 우리만의 회포는 거하게 푼 셈이다. 이제는 찬찬히 얘기를 좀 나눠볼 차례이다.

 한숨 돌리고 실내를 둘러보니 단출한 원룸 형태이다. 비록 옥탑방이라고는 해도 꽤 넓은 편이다. 공간 한 귀퉁이에는 부엌과 욕실도 갖춰져 있다. 하지만 철거되기 직전처럼 모든 게 뜯겨나가 있고 흐트러져 있을 뿐 아니라 무엇보다 너저분해 보인다.
 "어이, 친구, 여자가 그렇게 된 건 유감이군, 자네 깔따구 말이야."
 실내를 둘러보자마자 내 눈에 가장 먼저 들어온 것은 작은 탁자 위에 놓여 있는 주사기와 숟가락, 그리고 은박지이다…… 나로서는 라비츠가 자기 재산 전부를 모조리 헤로인에 털어 넣지 않았기만을 바랄 따름이다.
 9밀리 총탄 한 방에 즉사해버린 녀석의 깔따구는 매트리스 위에 널브러져 있다. 그 매트리스는 침대 없이 바닥에 직접 깔려 있다. 그녀의 가느다란 팔뚝에는 주사기가 꽂혀 있다. 나는 그녀가 망자다운 안식에 잠긴 것처럼 보이도록, 바닥까지 늘어져 있는 다리를 매트리스에 가지런히 올려주었다. 그녀의 옷차림하며 밑에 깔려 있는 이부자리의 색상이 괴상망측하다. 알록달록한 천 쪼가리들을 이리저리 잔뜩 누벼놓은 것 같다. 그녀는 눈을 뜨고 죽었다. 하지만 이런 날벼락을 보았느냐는 표정은 조금씩 차분하게 가라앉는 것처럼 보인다. 방금 전과는 달리 사정이 이러하니 낸들 어쩌겠느냐는 쪽으로 표정이 변한 것 같기도 하다.
 라비츠, 이 녀석은 바닥에 털썩 주저앉아 계속 비명을 질러댄다. 총탄이 박힌 발목에서는 핏줄기가 터져 나오고 있다. 녀석은 "아 씨발, 아 씨발 좆같이……"라고 주절거리며 발목을 향해 팔을 뻗어보려 하지만 여의치 않아 보인다. 여기서는 아무리 누가 소리를 질러대도 상관치 않는다. TV 소리, 젊은 남녀가 엉겨 붙어 떡 치는 소리, 앙알거리는 아이들 소리 등 온갖 소음이 난무하니까. 간혹 가다가는 환각 상태에 빠진 뮤지션들이 새벽 3시에 여기가 자기들만의 영지라는 착각에 빠져 드럼을 두드려댈 때도 있다…… 그래도 찬찬히 얘기를 좀 나눠보려면 이 세르비아 자식이 조금만 더 집중하는 편이 낫겠다 싶기는 하다.

우선 녀석의 아가리를 발터 손잡이로 한 대 갈긴다. 라비츠가 미워서가 아니라 지금 분위기를 대화 모드로 이끌기 위해서. 그러니 한결 나아졌다. 다리를 오므린 후 입에 재갈을 물린 양 끙끙거릴망정, 시끄럽게 비명을 질러대진 않는다. 그사이 녀석은 많이 발전했다. 내가 알고 있던 그 친구가 맞나 의심스러워질 지경이다. 상황이 어찌됐든 기분 내키는 대로 악다구니나 써댈 놈이 이런 자기억제력을 보여주니 나로서는 어리둥절해질 수밖에. 나는 바닥에 굴러다니던 티셔츠 한 벌을 공 모양으로 둘둘 말아 녀석의 입에 쑤셔 박는다. 그러고는 어수선한 상황을 가라앉힐 요량으로 녀석의 한쪽 손을 등 뒤로 돌려 묶어둔다. 나머지 한쪽 손은 피가 철철 흐르는 발목을 부여잡고 있도록 놔둔다. 그러고 보니 녀석의 팔 길이가 생각보다 꽤 짧네. 다리를 안쪽으로 바짝 끌어당긴 것으로도 모자라 거의 온몸을 비틀다시피 한다. 정말로 많이 아파 보인다. 발목은 언뜻 보기보다 꽤 민감한 부위인가 보다. 하긴 자잘한 오돌뼈들이 조밀하게 결합되어 있으니까. 그리고 상당히 다치거나 망가지기 쉬운 부위이기도 하다. 걷다가 삐끗하기만 해도 고문을 당한 것 같은 통증이 엄습하는데 하물며 9밀리 탄환에 맞았다면 어떻겠나. 인대와 약간의 근육조직, 그리고 이미 으스러져버린 뼛조각들로만 느슨히 이어져 있을 뿐 실질적으로는 다리에서 떨어져나간 거나 마찬가지라고 볼 때 그 아픔이란 당해보지 않고는 알 수 없는 지옥의 고통일 거다. 게다가 신체장애의 후유증까지 남길 테니. 그런데 이것도 모자라 내가 그 발목의 나머지 부위에 또 한 방을 갈긴다면, 아마도 라비츠란 놈은 단지 그런 시늉을 해 보이는 게 아니라 실제로 숨이 넘어가고 말겠지.

"이봐, 친구. 네 깔따구가 일찌감치 뒈져버린 건 차라리 다행 아닌가? 안 그래? 만약 그러지 않았으면 지금 네놈이 이 지경에 빠져서 우스꽝스럽게 허우적거리는 꼴을 다 봤을 테니까 말야."

하지만 라비츠는 왜 그런지 몰라도 자기 깔따구가 무슨 변을 당했든 무관심한 것 같다. 그 일에 대해서는 전혀 마음을 쓰고 있지 않은 눈치라는 말이다. 녀석은 오로지 자기 자신만 생각하고 있는 것처럼 보인다. 피비린내가 진동하다보니 숨 쉬기가 힘들 정도다. 창문을 살짝만 열어놓으러 간다. 설마 이런다고 해서 무슨 대가를 치르진 않겠지. 다행히도 창가는 이웃 건물의 벽에 꽉 막혀 있다.

제자리로 돌아와서는 놈이 어떤지 살펴본다. 온몸이 땀으로 흠뻑 젖어 있다. 잠시도 몸을 가만히 못 두고 이리저리 비틀어대며 자유로운 한 손으로 다리를 꽉 누르고 있다. 머리 꼭대기까지 피가 솟구치는 모양이다. 재갈을 물려놓았는데도 입가로 끙끙거리는 신음 소리가 새어나온다. 머리끄덩이를 틀어잡아 대가리를 들어올린다. 녀석의 주의를 환기시키기 위해서다.

"이봐, 친구. 나는 여기서 밤을 보낼 생각이 없어. 지금 너한테는 설명할 기회를 주려는 거야. 분명히 충고해두는 바지만, 나한테 협조적으로 나오는 게 좋을 거야. 이 시간 이후부터 내 인내심도 바닥날 것 같거든. 나는 이틀씩이나 한숨도 못 잤어. 그러니 이런 내가 가엾게 여겨진다면 말야, 묻는 말에 빨리빨리 대답해줬으면 하거든. 그래야 모든 사람이 침대에서 다리 쭉 뻗고 평안하게 이 밤을 보내게 될 테니까. 네 깔따구, 너, 나, 그리고 그밖에 모든 사람, 오케이?"

 사실 라비츠는 프랑스어를 제대로 할 줄 모른다. 그가 프랑스어로 지껄이는 말들은 문법도 엉망이고 단어 선택도 제멋대로다. 그러니만큼 녀석과 대화할 때는 명확하게 의사를 전달해야 할 필요가 있다. 되도록 쉽고 간결한 단어를 찾아 이해될 만한 몸동작과 함께 말이다. 가령, 방금 한 말을 더욱 확실히 전달하자면 총탄 박힌 녀석의 발목 나머지 부위에 무기상에게서 사은품으로 받은 사냥칼을 깊이 박아 넣는 것도 한 방법일 수 있다. 칼날 끝이 살집을 가르고 반대편으로 뚫고 나와 바닥에 닿도록. 그러면 나중에 녀석이 이리로 돌아와 그렇게 바닥에 남은 칼날 자국을 볼 때마다 새삼 깊은 경각심이 생기겠지. 그야 아무려나 상관없지만. 녀석의 입에서 두꺼운 재갈을 뚫고 외마디 비명이 터져 나온다. 그러고는 구더기처럼 온몸을 배배 꼰다. 묶이지 않은 한 손은 나비가 날갯짓하듯 퍼덕거린다.

 내 생각에는 이제야 녀석이 정신을 번쩍 차리고 내 말의 요지를 알아듣기 시작한 것 같다. 나는 상황에 대한 이해가 수월해지도록 약간의 설명을 더 늘어놓기로 한다.

 "내가 보기에는 말이야, 너는 애초부터 내 몫을 가로채려고 하프너와 작당한 거였어. 너도 그렇게 생각했겠지. 셋이 나누면 배당액이 줄어드니 둘에서만 나누는 게 좋겠다고 말이야. 그래야 돌아오는 몫이 확실히 더 커질 테니까."

 라비츠는 눈물로 번들거리는 시선을 내게 돌린다. 그 눈물은 슬픔이나 고통의 표현이 아니다. 내게 정곡을 찔린 데 놀란 것이다.

 "하지만 네가 정말 머저리처럼 구는 바람에…… 그래, 두상! 넌 진짜 머저리야! 하프너가 무슨 이유로 하필 널 택했을까? 네가 그만큼 머저리로 보였기 때문이지. 그걸 진작 알고 있어야지, 이 머저리 같은 놈아!"

라비츠는 이맛살을 찌푸린다. 다른 이유가 아니라 발목이 너무 아파서 그러는 모양이다.

"그리하여 넌 결국 멋도 모르고 하프너가 내 몫을 가로채도록 도와줬단 말이지…… 하지만 너도 네 몫을 빼앗기긴 마찬가지였고. 그러니 나로서는 네가 이 세상에 둘도 없는 병신, 머저리로 보일 수밖에."

하지만 라비츠의 지능으로는 이게 무슨 말인지 제대로 헤아릴 수 없을지도 모른다. 그가 지금 이 순간 염려하는 것은 오로지 자신의 몸 상태뿐일 거다. 자기 팔다리가 몸뚱이에 아직 붙어 있나 그것만을 걱정하고 있을 게 뻔하다. 하지만 오히려 그러는 게 라비츠로서는 현명한 대처방식일 수도 있겠다. 더 말해봐야 입만 아프고, 그가 내 말귀를 알아듣는 듯하면 더 울화통이 치밀 듯싶으니 말이다.

"내가 짐작하기로 너는 네 몫이 강탈당했는데도 아마 하프너를 뒤쫓지 않았을 거야. 하프너가 무시무시한 위험인물이라는 걸 아는 이상, 너한테는 그럴 배짱도 없었을 테니까. 감히 그에게 찾아가서 네 몫을 정산해달라고 요구할 엄두조차 내기 어려웠겠지. 넌 그저 비겁하게 남의 등에 비수나 꽂고 달아나서 어디 숨어 있을 만한 그릇밖에 안 되는 놈이니까. 하지만 나는 달라. 나는 하프너가 필요하단 말이지. 자, 그러니까 네가 알고 있는 모든 걸 이 자리에서 다 털어놔봐. 내가 하프너를 찾을 수 있도록 도와주는 차원에서 말이지. 너랑 하프너 사이에 오간 거래 내역까지 포함해서 네가 알고 있는 거라면 뭐든지 다 나한테 말해줘야겠다. 알겠니?"

이 정도면 상당히 합리적인 제안이라고 할 수 있다. 나는 그의 입에 물려 있는 재갈을 풀어준다. 그러자 잠시 억눌려 있던 놈의 본성이 폭발하고 만다. 뭐라는지 알아들을 수도 없는 말로 비명을 질러대기 시작한 거다. 그러고는 곧장 자유로운 한쪽 손으로 내 목덜미를 움켜잡는다. 녀석의 악력은 무지막지할 정도다. 자칫 잘못했으면 그 자리에서 숨통이 끊어질 뻔했다. 내가 그 손아귀에서 빠져나온 건 거의 기적에 가까운 일이다. 내가 한순간이나마 놈을 믿은 결과란 게 바로 이런 거다.

녀석은 내게 침도 뱉었다.

정황을 따져보면 이런 반응이 뭐 이해 안 갈 것도 없다. 내가 너무 가혹하게 굴었다 여겨졌겠지.

그래, 나도 내 대응방식이 과했다는 점은 어느 정도 인정한다. 원래는 꽤 품위 있게 대할 작정이었다. 하지만 그건 라비츠가 어떤 놈이라는 걸 몰라서 하는 소리다. 이건 아주 거칠고 야비한 놈이다. 만일 누군가가 정중하게 대해주면 녀석은 상대방의 머리 꼭대기로 단숨에 기어올라 짓밟으려 들고도 남을 거다. 어차피 그래봐야 발목의 상처와 고통이 심해 나와 제대로 맞서기란 무리다. 게다가 녀석은 그다지 강인한 의지력의 소유자도 아니다. 나는 구둣발로 녀석의 머리통을 힘껏 걷어차서 바닥에 쓰러뜨린다. 바닥에 쓰러진 채로 녀석이 자기 발목에 박힌 사냥칼을 뽑아보려고 버둥거리는 사이, 이제 뭘 하는 게 좋을지 궁리해본다.

그때 이미 싸늘한 시신으로 변한 녀석의 깔따구가 불현듯 내 눈에 들어온다. 미안하게 됐수다, 나는 그녀가 깔고 누운 모포를 틀어잡고 (잠시라도 여기서 눈을 좀 붙이려면 이부자리가 시체로 더럽혀지는 건 곤란하니까) 홱 끄집어 당긴다. 그러자 여자의 시신이 배를 깔고 누운 자세로 뒤집힌다. 스커트 자락이 반쯤 위로 치켜 올라간다. 다리도 참 가늘고 창백하다. 정강이 뒤쪽에도 여러 번 주사 바늘을 찔러 넣었나 보다. 여하튼 그런 식으로 실컷 즐기던 한 시절은 죽음과 함께 마감된 셈이다.

그러고는 뒤돌아서니 라비츠가 자기 발목에 박혀 있던 사냥칼을 거의 다 뽑았다. 정말 힘 하나는 천하장사감이다.

하지만 그러면 뭐하나? 나는 녀석의 정강이에 한 방을 더 쏘아 갈긴다. 이루 형언할 수 없을 정도로 반응이 폭발적이다. 이상한 짐승 같은 비명을 내지르며 바닥에서 허공으로 펄쩍 날아오른다. 녀석이 제정신으로 돌아오기 전에 나는 녀석의 몸을 뒤집어엎은 후 모포를 씌우고 그 위로 깔고 앉는다. 녀석이 숨 막혀 뒈지지 않도록 위치를 잘 잡을 필요가 있다. 아직까지는 내게 놈이 필요하니까. 하, 놈이 비명은 이제 그만 좀 질러대고 내 질문에 진득하니 집중을 좀 해줬으면 좋겠는데.

나는 모포 밑에서 녀석의 팔을 꺼내 내 쪽으로 잡아당긴다. 이렇게 놈의 몸을 깔고 앉아 있으니 어쩐지 우습다. 자꾸만 몸이 들썩들썩하는 게 마치 시골 장터에 구경 갔다 로데오를 하고 있는 듯한 기분이 든다. 나는 사냥칼을 한 손에 움켜잡고 녀석의 손을 바닥에 가져다댄다. 계속 몸을 들썩들썩하니까 정말로 한 마리 동물 위에 올라타고 있는 것 같다. 혹은 낚싯줄에 걸린 200파운드짜리 월척과 씨름하고 있는 것 같기도 하다.

한 손에 움켜쥐고 있던 사냥칼로 우선 약지를 잘라낸다. 예리한 날 끝에 두 번째 관절이 잘려나간다. 일반적으로 이럴 때는 그래도 뼛조각까지 말끔히 발라낼 여유가 있는 법인데 라비츠에게는 그게 여의치 않다. 그러니 일단 약지 하나를 잘라낸 것으로 만족한다. 탐미적 성향의 완벽주의자였다면 말끔히 발라내지 못한 그 찝찝함을 아마도 견디기 어려웠으리라.

이랬는데도 라비츠의 입에서 내가 알고 싶어 하는 이야기들이 모조리 튀어나오지 않으면 이건 사람이 아니지. 15분 이내에 그럴 수 있으리라 장담한다. 이제 슬슬 심문에 들어가 볼까. 그래도 최소한의 격식은 필요하겠다. 지금 온몸이 만신창이가 되다시피 한 녀석이 가뜩이나 못 하는 프랑스어로 뭔가를 털어놓는다는 건 쉽지 않아 보이니 말이다.

녀석으로 하여금 제정신이 들도록 할 만한 극약처방이 필요하다. 지금은 방금 한 소일거리를 계속하는 게 그런 극약처방의 하나로 썩 유효해 보인다. 그래서 이번에는 검지로 넘어간다. 녀석의 몸이 말도 못하게 부르르 떨리는 게 전해져 온다. 그 순간 병원에 찾아갔던 일이 문득 떠오른다.

내 직감이 틀리지 않는다면 몇 초 내로 녀석의 입에서 충격적인 소식 하나가 튀어나올 듯싶은데, 어쩐지 별로 안 좋은 쪽일 것 같다.

그러니 지금으로서는 그 여자를 거쳐 가는 것만이 유일한 해결책이다. 이건 정녕 내게 불가피한 일처럼 보인다. 논리적으로 지금 시점에 이르러서는 그녀가 내게 적극 협조적인 태도로 나와야 맞다.

그녀에게 기대를 걸어보기로 하자.

── 17시

"베르호벤 씨?"

이젠 아예 '반장님'이라는 직함도 빼놓고 부른다. 이건 도가 지나치다. 서로 그러자고 한 것도 아니고 예의 따위는 집어치우자고 합의한 것도 아니다. 하지만 지금 그런 문제에 얽매이기에 미샤르 서장은 도대체 어디서부터 이야기를 꺼내야 좋을지 모를 정도로 할 말이 꽉 차 있다. 일단 되는 대로 말문을 연다.

"알아두셔야 할 게 있는데요……"

뭔가를 상대방에게 강력히 어필하고자 할 때 상관이 써먹는 문구는 늘 창의적이지 못하다.

"예심판사님한테는 '제한적인 작전 수행'만 하겠노라고 말씀하셨다고요. 그리고 저한테는 '표적 셋'을 팔아넘기셨고요. 그런데 지금 보니 자그마치 다섯 개 구나 뒤집어놓으셨더군요. 내 낯짝에 먹칠이라도 하겠다고 작정하신 겁니까?"

카미유가 입을 열려고 하자 마치 실제로 마주하고 있는 것처럼 서장은 그의 말을 제지하고 계속한다.

"여하튼, 지금 당장 다 중단시키세요. 이렇게 무모한 경찰력 과시는 이제 필요 없어요, 반장님."

아차, 한발 늦었구나. 카미유는 눈을 감는다. 단거리 경주에 뛰어든 선수가 도착 지점을 몇 미터밖에 남겨두지 않고 다른 선수에게 선두를 빼앗긴 꼴이다.

옆자리에 있던 루이는 입술을 굳게 오므리며 시선을 다른 쪽으로 돌린다. 그도 대충 이해했다. 작전 상황이 난관에 봉착하고 만 것이다. 카미유는 손짓으로 그에게 수사요원들을 모두 원대복귀 시키라고 지시한다. 그 말에 루이는 자신의 휴대폰으로 수사요원들에게 연락을 취한다. 베르호벤 반장님의 안색만 봐도 상황이 어떻게 돌아가는지 충분히 알 수 있다. 곁에 있던 몇몇 수사요원들은 고개를 떨구며 실망스러운 척해 보인다. 원대로 복귀하면 상부로부터 비록 약간의 질책을 듣긴 하겠지만, 그래도 작전 수행하는 동안에는 파리 시내를 한바탕 신나게 휘젓고 다녔잖소. 수사요원들은 자기들의 차로 돌아가며 카미유에게 그런 공모의 눈짓을 보낸다. 카미유는 그들에게 그래봐야 별수 없었지 않았느냐는 듯한 몸짓으로 답해준다.

서장은 일부러 뜸을 들인다. 마치 카미유로 하여금 현실을 직시토록 하겠다는 듯이. 이 어색한 막간으로 서장은 카미유에게 뭔가를 전하고 싶어 하는 눈치다. 거기에는 그를 길들이고 말겠다는 저의가 다분하다.

안은 또 한번 거울 앞으로 다가간다. 그때 간호사가 병실로 들어온다. 여기 간호사 중 맏언니뻘에 해당하는 플로랑스다. 나이가 가장 많다. 그래봐야 이제 마흔 줄에 접어든 안보다는 한참 어릴 게 틀림없다. 하지만 플로랑스는 누구와도 열 살 터울쯤은 동년배로 간주하고 싶어 하는 모양이다. 그래서인지 나이보다 훨씬 더 노숙해 보인다.
"괜찮아요?"
그녀들의 시선이 거울 속에서 서로 엇갈린다. 침대 발치에 고정되어 있는 협탁 위의 시간표를 가리키며 간호사는 안에게 살짝 미소 짓는다. 내 입술이 만약 그녀만큼 두툼했다면 저런 미소를 지으려 들진 않을 텐데, 라고 안은 속으로 생각한다.
"괜찮아요?"
뭘 그렇게 자꾸 묻는 거지! 그녀는 말하고 싶지 않다. 플로랑스와는 더더욱. 그녀는 자기보다 나이 어린 간호사에게 이 병실을 양도할 의향이 전혀 없나 보다. 여긴 위험해. 그러니 나는 어서 빨리 이곳을 떠나야만 해. 하지만 마땅히 묘안이 떠오르지는 않는다. 이곳을 떠나야 할 이유와 남아야 할 이유가 반반이다.
무엇보다 카미유가 마음에 걸린다.
그가 떠오르자마자 전율이 엄습한다. 그는 외롭고 무기력하다. 결코 거기서 벗어나지 못할 것이다. 설령 그럴 수 있다손 쳐도 이미 때를 놓치고 나서일 것이다.

장비에 가 45번지. 서장이 말하기를 곧 그리로 갈 거라고 한다. 13구다. 카미유도 15분 이내에 도착해 있을 것이다.

비록 굵직한 건수는 없었지만 그래도 이번 소탕 작전으로 아무 수확도 얻지 못한 것은 아니었다. 세르비아 이주민 커뮤니티 측은 다시 평화를 회복하고 프랑스 땅에 계속 남아 활동할 수 있는 재량권을 원활히 확보하기 위해서라도 당국의 조치에 최대한 협조하고 순응하자는 쪽으로 결의했다. 그동안 느슨하게 유지되어 온 조직망을 다시 굳건히 다져 라비츠나 그를 알고 지내온 사람들과도 철저히 절연하기로 했다. 그런데 익명의 제보자로부터 신고가 들어왔다. 장비에 가에서 라비츠의 사체가 발견되었다는 것이다. 카미유는 그 사체에 희미한 숨줄이라도 붙어 있기를 기대했지만 허사였다.

황급히 경찰이 출동했지만 그 건물에는 이미 아무도 남아 있지 않았다. 고양이 한 마리 눈에 뜨이지 않았다. 붙잡고 심문할 만한 사람도 없고 목격자도 없다. 도대체 저 안에서 무슨 일이 벌어졌는지 직접 눈으로 보았거나 심지어 어떤 소리조차 들었다는 사람도 찾을 수 없다. 사막에서 탐문 수사를 벌이는 격이다. 이웃 주민들은 일하러 가야 할 시간이라며 아이들만을 남겨놓고 떠났다. 경찰이 알아서 지켜줄 테니 걱정할 게 없어 좋다는 표정들이었다. 대신 돌아와서 궁금해 하는 것들에 관하여 소상히 털어놓겠다고 약속했다. 아이들을 봐주는 건 보도에 배치된 정복 경관들의 몫이다. 동네에서 살인 사건이 벌어졌는데도 아이들은 신이 나서 마냥 떠들고 까불어댄다. 학교도 다니지 않는 이 아이들에게 동네에서 벌어진 살인 사건은 공포와 충격의 대상이 아니라 자기들만의 상황극으로 재현해보고 싶은 놀잇감에 지나지 않아 보인다.

저 위, 사건 현장의 문설주 앞에 버티고 서서 서장은 기도하듯 두 손을 맞잡고 있다. 그러고서 신원 감식반의 기술요원들이 도착하기를 기다리는 중이다. 베르호벤 반장만 현장 출입이 허용된다. 사건과 무관한 사람들이 현장에 몰려든다. 카미유는 사건 현장에 도착하기까지 많은 사람들을 가까스로 밀치고 지나가야 했다. 사건 현장의 문간에는 라비츠 이외에도 또 한 구의 여자 사체가 널브러져 있다. 그리고 제각기 주인이 다른 지문과 체모 등이 50여 개 넘게 채취되었다. 경찰에서는 관련 법규에 따라 이를 처리할 예정이다.

카미유가 현장에 도착했지만 서장은 그에게 눈길도 주지 않고 뒤돌아보지도 않는다. 그저 옥탑방 안으로 걸음을 내딛을 뿐이다. 꽤나 신중하고 조심스러운 발걸음이다. 카미유도 그쪽으로 이동한다. 아득한 적막감 속에서 각각의 요원이 제 임무를 수행하며 물증들의 목록을 작성하는 데 여념이 없다. 조사 결과 라비츠보다 여자가 먼저 죽은 것으로 밝혀졌다. 죽은 여자는 마약중독자이자 매춘부였다. 배를 깔고 고꾸라져 있는 자세로 보아 라비츠의 사체에 살포시 덮여 있는 모포는 아마도 원래 여자가 누워 있던 자리에서 걷어낸 것으로 추정된다. 그 과정에서 여자의 사체가 갑자기 벽 쪽으로 밀려난 것 같다. 살해된 후 온몸에 혈색이 빠져나가 창백하게 변했으며, 사후경직으로 뻣뻣해진 여자의 사체에 대해서는 특별히 주목할 만한 게 없다. 약물과용으로 죽거나 누군가에게 살해당한 여자 사체는 거의 다 비슷하다. 하지만 라비츠의 사체는 전혀 이야기가 다르다.

서장은 짧게 한 발을 더 앞으로 옮긴다. 그러고는 지저분한 마루판 위에 응고되어 있는 피 웅덩이에서 멀찍이 떨어진 지점에 우두커니 멈춰 선다. 라비츠의 사체는 발목 관절이 거의 다 으스러져 약간의 살점으로만 다리에 붙어 있는 상태이다. 뭔가에 잘린 건가? 완전히 절단된 건가? 카미유는 안경을 꺼내 쓴다. 그러고는 그 위에 쭈그려 앉아 살살이 살펴보고는 눈으로 바닥을 훑는다. 그러더니 한 발짝 떨어져 총탄 자국을 확인한 후 다시 발목 부위로 돌아온다. 뼈마디에 칼날 자국이 나 있는 게 보인다. 아무래도 단도 같다. 그는 낮게 몸을 숙인다. 마치 덤불에 숨어 적들이 접근해오기를 기다리는 인디언 추장처럼. 마루판에 단도의 칼날 자국이 선명하게 남아 있다. 카미유는 자리에서 일어나 머릿속으로 당시 상황의 일부를 재구성해보려 한다. 그러니까 시간 순서상으로는 발목 그 다음이 손가락이다.

서장은 주의 깊게 손가락 수를 맞춰본다. 손가락 다섯 개. 숫자는 맞다. 그런데 순서가 이상하다. 검지가 여기, 중지가 저기, 그보다 약간 더 떨어진 쪽에 엄지, 모두 두 번째 마디가 잘려나갔다. 손가락 마디가 잘려나간 사체의 손은 피를 철철 흘려 핏기가 다 빠져나간 모양새로 침대 모서리를 따라 축 늘어져 있다. 모포는 검붉은 핏물에 흠씬 젖어 있다. 자기 만년필 끝으로 서장은 그것을 살짝 들춰본다. 죽어 있는 라비츠의 얼굴이 드러난다. 그 표정으로 보아 숨이 넘어가기 전까지 상당한 고통에 시달렸던 것 같다.

그러다 목덜미에 박혀 있는 총탄으로 끝장이 난 모양이다.

"그래서, 그래서요?" 서장이 대답을 재촉한다.

어쩐지 이 상황을 즐기는 듯한 어투다. 달가운 소식을 기대하는 눈치다.

"제 생각에는 말이죠," 카미유가 입을 연다. "사내들이 이리로 들어와서는……"

"이봐요, 반장님. 제대로 밥값을 하시란 말이에요! 여기서 무슨 일이 벌어졌는지는 다 알아요. 지금 내가 관심 있는 건 그게 아니라 이제부터 당신들이 어떻게 할 거냐 하는 거예요, 당신들 말입니다!"

카미유는 뭘 하고 있을까? 안은 문득 그의 안부가 궁금해진다.

간호사가 나갔다. 그들 사이에는 세 마디 정도가 오갔다. 안은 꽤 공격적으로 대했지만 상대방은 알아채지 못한 척하고 넘어갔다.

"정말 아무것도 필요 없으세요?"

네, 아무것도 필요 없어요, 아무것도요. 그렇게 고개를 가로저어 보인 후 안은 눈길을 다른 쪽으로 돌려버렸다. 매번 그러하듯 거울로 눈길만 주면 금세라도 허물어지고 말 듯한 정신을 온전히 추스르기가 어렵다. 그녀로서도 어쩔 수가 없다. 이내 돌아서서 침대로 가 눕는다. 그러다 다시 발딱 몸을 일으킨다. 잠시 후면 엑스레이와 단층 촬영 결과가 나온다. 더 이상 이 자리에 머물러 있기가 힘들다. 이 병실이야말로 그녀의 숨통을 죄어오는 원흉 같다.

여기서 도망치자. 더는 견딜 수 없다.

그러자 어린 시절 숨바꼭질 놀이를 할 때 같은 기력이 갑자기 샘솟는다. 거기에는 위반의 쾌감과 통하는 활력이 있다. 그녀는 문득 부끄러워진다. 자기가 지금처럼 변했다는 게 부끄럽다. 방금 전 거울에서 확인한 것도 그처럼 부끄럽게 변한 현재의 모습이다.

카미유는 지금 뭘 하고 있을까? 그녀는 그가 궁금하다.

미샤르 서장은 현장에서 그만 물러나려고 뒷걸음쳤다. 그러다 들어올 때 멈춰 서 있던 지점에서 이번에도 정확히 발을 모으고 멈춰 선다. 마치 잘 짜인 발레 동작을 보여주듯, 기술요원이 들어오려는 순간 다시 그녀의 한 발이 문턱 밖으로 빠진다. 서장은 현장의 벽에 몸이 닿지 않도록 가재걸음을 쳐서 복도 끝까지 가로질러 가다말고 문득 층계참에서 걸음을 멈춘다. 그러고는 카미유를 향하여 뒤돌아선다. 그는 팔짱을 낀 자세로 그녀에게 미소 지어 보이고 있다. 말씀해보세요.

"지난 1월에 발생한 4중 연쇄 강도사건은 빈센트 하프너가 이끄는 범죄조직의 작품이었지요. 물론 거기에는 라비츠도 가담해 있었고요."

그는 엄지로 옥탑방 쪽을 가리켜 보이며 그렇게 말한다. 신원 감식반에서 설치한 투광기의 불빛으로 그 일대는 눈부시도록 환하다. 서장은 고개를 끄덕인다. 거기까지는 누구나 이미 다 아는 얘기죠. 그래도 계속해보세요.

"다시 활동을 시작한 하프너 일당은 어제 모니에 상가의 한 금은방을 습격했습니다. 범행은 순조롭게 이뤄진 셈입니다만 문제가 하나 생겼어요. 그 과정에서 예기치 않게 안 포레스티에라는 여자 고객이 끼어든 겁니다. 그녀가 범인들의 얼굴 이외에 정확히 무엇을 목격했는지는 아직 확실하지가 않습니다. 하지만 뭔가 범상치 않은 일이 저질러진 건 사실이죠. 그녀의 몸 상태가 허락하는 한도 안에서 심문을 계속 진행하고는 있습니다만 여전히 파악하기 어려운 점들이 많습니다. 어찌됐든 하프너가 여러 번에 걸쳐 그녀를 죽이려고 달려들었다는 것만으로도 이번 사건에는 예사롭지 않은 내막이 도사리고 있는 게 아닌가 싶습니다. 심지어 병원에까지 찾아왔을 정도로……(그는 두 팔을 들어 올려 허우적거린다) 예, 예, 압니다, 저도 알고말고요! 아직 우리는 그가 정말 병원에 왔다 갔다는 물증을 확보하지 못했지요!"

"예심판사님이 이번 강도 사건의 현장 재현을 요청했나요?"

모니에 상가에서 한 번 마주친 이후로 카미유는 예심판사와 아무런 연락도 서로 주고받지 못했다. 그에게는 꼭 해야 할 일을 한꺼번에 몰아서 하는 경향이 있다. 카미유는 벼락치기에 능한 편이다.

"적어도 아직까지는 그런 요청이 없었습니다." 그가 자신에 찬 어조로 그렇게 답한다. "하지만 사태의 심각성에 비춰볼 때 피해자가 거기에 응할 준비만 되면……"

"그럼 여기는요? 노획물에서 라비츠의 몫까지 가로채가려고 범인이 여기 온 거 맞죠?"

"여하튼 그런 얘기를 해보려고 찾아온 것 같기는 합니다. 노획물의 몫에 대해서……"

"이 사건에는 의문점들이 아주 많아요, 베르호벤 반장님. 하지만 제가 보기에는 그중에서도 반장님 개인의 태도가 가장 의문스러워 보이는군요."

서장의 돌발적인 힐난 앞에서도 침착성을 유지하고자 카미유는 애써 미소 지어 보이려 한다. 억지 미소라도 입가에 짓고자 안간힘 쓴다.

"아무래도 제가 그동안 너무 일에 쫓기다보니……"

"'일에 쫓기다보니'라고요? 거, 말씀 한번 잘 하셨네요. 반장님은 규정에 위배되는 위험부담까지 무릅써가면서 약간의 경찰력 투입으로 용의 대상들의 거점 타격에 나서야 한다고 박박 우기시더니 웬걸, 13구와 18구 그리고 19구 전체와 15구 일부 지역까지 아예 다 뒤집어엎어놓았잖아요. 그것도 상부와 상의 한마디 없이 말이죠."

그러고는 이렇게 회심의 결정타를 한 방 날린다.

"반장님은 예심판사의 영장 발부도 없이 압수수색을 자행하는 등 명백한 월권을 범했어요."

이 지적만으로도 납작 엎드려야 할 판이다. 하지만 아직 멀었다.

"도대체 반장님한테는 상관이란 게 어떤 사람인가요? 저는 아직도 반장님이 제출하기로 한 보고서를 기다리는 중이에요. 그런데도 반장님은 전혀 아랑곳하지 않는 것 같고요. 뭔가에 홀리기라도 한 건가요,

베르호벤 반장님?"

"저는 그저 제 일을 하고 있을 뿐입니다."

"무슨 일이요?"

"'시민을 보호하고 민중의 지팡이로 봉사하는 일'이요. '보호하고자' 애쓰는 중이란 말입니다!"

카미유는 세 발짝 뒤로 물러난다. 언성 높여 서장과 한판 붙고 싶지만 지금은 스스로를 억눌러야 할 때다. 그가 이어 말한다.

"서장님은 지금 이 사건을 과소평가하고 있는 것 같습니다. 이건 단순히 한 여자가 지나가던 길에 괴한들한테 우발적으로 폭행당한 사건이 아니에요. 그 괴한들은 재범입니다. 이미 지난 1월 4중 연쇄 강도 사건 때도 살인을 저지른 적이 있지요. 그 조직의 두목 빈센트 하프너는 정말 악랄한 놈이죠. 놈은 자기만큼이나 거칠고 무자비한 세르비아 불한당들을 범행에 끌어들였어요. 도무지 무슨 이유인지는 아직 잘 모르겠습니다만 하프너는 이 여자를 죽이고 싶어 하는 것 같습니다. 서장님은 이런 말 듣고 싶지 않으실 테지만, 저는 그 작자가 소총으로 무장을 하고 병원에까지 찾아간 거라고 확신합니다. 피해자의 증언이 가능해지면, 그 이유가 뭔지 캐볼 수도 있겠지요. 서장님이 가장 먼저 말입니다!"

"좋아요. 이 여자분이 엄청나게 전략적으로 중요한 인물이라 칩시다. 그런데 반장님은 그 사실을 증명할 길이 없다보니 파리에 체류하고 있는 베오그라드와 사라예보 출신들을 모조리 소탕하려 든 거다 이거고요."

"사라예보는 보스니아에 있지 세르비아가 아니에요."

"뭐라고요?"

카미유는 눈을 감는다.

"아무튼 좋습니다." 그가 한발 물러나겠다는 듯 그렇게 말한다. "제 방식이 모자랐다는 거 인정하겠습니다. 제 보고서는……"

"지금 우리는 이미 그 단계를 한참 지나친 것 같은데요, 반장님."

그 말에 베르호벤의 눈썹이 씰룩거린다. 그의 내부 경고등이 다급하게 깜빡거리기 시작한다. 그는 서장이 어느 지점으로 되돌아가려는지 알고 있다. 그녀는 라비츠의 사체가 널브러져 있는 옥탑방을 턱짓으로 가리킨다.

"어찌 생각하면 그런 소탕작전으로 인해 사방이 요란해지니까 범인이 매복해 있던 덤불에서 뛰어나올 수밖에 없었다고도 볼 수 있겠어요. 그러니까 결과적으로는 반장님이 범인으로 하여금 라비츠를 살해하도록 유도했다는 말도 되겠고요."

"글쎄요, 전혀 그건 제 저의가 아니었습니다. 그렇게 볼 근거도 없고요."

"그런가요? 하지만 그런 문제 제기는 정당하죠. 여하튼 외국인 밀집 구역에 집중해서 상부의 재가도 받지 않고 지원인력들을 동원하여 대대적인 소탕 작전을 벌인 것으로도 모자라 예심판사의 영장 발부도 없이 이주민 생산업체에 대한 압수수색 등 비위(非違)를 저지른 사실에 대해서는 응분의 문책이 뒤따를 수밖에 없습니다, 반장님."

솔직히 말해 사태가 이런 방향으로 흐르리라고는 카미유로서도 미처 내다보지 못했다. 그의 안색이 새파랗게 질린다.

"이런 걸 두고 공권력을 빙자한 외국인 탄압이라고 하죠."

그는 두 눈을 감는다. 마침내 올 게 온 셈이다.

카미유는 지금 뭘 하고 있을까? 안은 음식 접시에 손도 대지 않았다. 마르티니크 출신의 잡역부 아주머니는 아무 말 없이 접시를 그대로 가져갔다. 그래도 환자한테 먹여야지, 저렇게 그냥 가져가버리는 법이 어디 있어. 환자가 음식에 손도 못 댔는데 인정머리 없긴. 그러자 모든 사람들을 향한 적개심으로 마음이 들끓기 시작한다. 방금 전 간호사가 이렇게 물었을 때도 그랬다.

"다 좋아질 테니 아무 걱정 마시고······"

"벌써 아주 잘 알고 있으니까 아가씨나 쓸데없는 걱정 마세요!" 안은 간호사에게 그렇게 퉁명스런 대답을 쏘아붙였다.

간호사는 진심이었다. 그녀는 안을 진심으로 돕고 싶어 했으며 기분이 좋아지기를 바랐다. 그런데 안의 신경질적인 반응이 이 간호사 아가씨의 선의를 짓밟고 만 것이다. 안은 거기서 그치지 않고 이런 말까지 덧붙였다.

"아가씨가 길거리에서 나처럼 난데없이 폭행당해본 적이 있기나 해요? 어느 괴상한 놈들이 총으로 쏴 죽이려고 달려든 적 있어요? 심하게 발길질을 당한 적은요? 금세라도 쏴 죽일 것처럼 총구를 겨냥한 적도 없죠? 자, 어서 얘기해봐요. 그럼 나한테 좀 도움이 될 것도 같네요. 위안이 느껴질 것 같기도······"

플로랑스가 병실 밖으로 나가자 안은 울면서 그녀를 불렀다. 그러고는 이렇게 말했다. 정말 죄송해요. 제가 사과할게요. 그러자 간호사는 안에게 괜찮으니 아무 걱정 말라는 몸짓을 해 보였다.

이 간호사들은 무슨 말을 쏟아내도 다 용납해줄 것처럼 여겨질 정도로 자애로운 표정이었다.

"있지도 않은 끄나풀을 내세워서 이 사건을 맡겠다고 반장님이 자청하셨는데요, 이번 범행에 대해서는 어떻게 알게 되신 거죠?"

"게랭을 통해 알게 됐습니다."

카미유의 입에서 그런 이름이 불쑥 튀어나왔다. 지금 이 순간, 가장 먼저 떠오른 이름이 게랭이어서. 아무리 궁리해 봐도 뾰족한 해결책이 보이지 않았다. 그러니만큼 모든 걸 운세에 내맡기는 수밖에 없다. 하지만 운세라는 건 대체요법과 비슷해서 그에 관해 조금만 미심쩍어해도…… 참담한 결과로 이어지는 법이다. 게랭의 이름을 대야겠다. 하지만 게랭은 과하지 않은 위험부담을 떠안는 선에서만 카미유를 도와줄 수 있을 뿐이다. 서장의 표정이 골똘해진다.

"그렇다면 게랭은 어떻게 이 일을 알게 된 거죠?"

그러고는 이렇게 부연한다.

"그러니까 제 얘기는, 어째서 그자가 하필이면 반장님한테 그 사건에 관해 알렸느냐 이겁니다."

애초부터 이건 카미유가 유리한 고지를 점령하기가 어려운 싸움이다.

"그냥 그렇게 됐습니다……"

카미유에게는 지금 마땅히 떠오르는 생각이 없다. 서장은 부쩍 이 사건에 점점 더 흥미가 생기는 모양이다. 최악의 경우에 어쩌면 그는 보직해임이 될 수도 있다. 검찰의 조사를 받아야 할 수도 있고 경시청 감찰부서의 내사도 각오해야 할 것이다.

몇 초간 서로 말문이 막혀 있는 사이, 잘린 다섯 손가락이 생생히 떠오른다. 다음번에는 안의 손가락들이 그 지경으로 잘려나가 있을 수도 있다. 살인마는 이미 출발했다.

미샤르 서장은 풍만한 엉덩이를 씰룩거리며 슬슬 발길을 옮기려 한다. 그러고는 상념에 젖은 카미유를 혼자 놔두고 그 자리에서 물러난다.

그의 생각도 서장과 같다. 결과적으로는 자기가 범인이 라비츠를 찾아 살해할 수 있도록 도와준 셈이다. 하지만 일을 조속히 처리하자면 카미유로서는 딱히 다른 해결방법이 없었다. 하프너는 증인들뿐 아니라 모니에 상가의 강도행각에 가담한 범행 동료들까지 모조리 제거할 셈인가. 라비츠, 안, 운전사에 이어 머지않아 어쩌면 마지막 하수인까지……

어찌됐든 모든 면에서 그가 바로 이 사건 해결의 관건이자 태풍의 눈이라는 것은 부인 못할 사실이다.

경시청 감찰부, 서장, 예심판사 따위는 아무래도 좋아. 카미유는 속으로 그렇게 웅얼거린다. 누가 뭐라든 지금 그에게 가장 급박한 과제는 안을 보호하는 일이다. 반드시 그녀를 지켜내야 한다.

문득 처음 운전을 배우던 시절의 기억이 카미유에게 스쳐 지나간다. 커브 길에서 제대로 핸들을 틀지 못했을 때는 두 가지 대처 방식이 있다. 그중에서도 나쁜 대처 방식은 급제동을 거는 것이다. 그러면 차에서 튕겨나갈 위험이 크기 때문이다. 이럴 때는 오히려 가속 페달을 밟는 게 더욱 효과적이다. 하지만 그러려면 우선 자기도 모르게 급제동을 하려는 반사적 충동을 눌러 이겨야 한다.

카미유는 가속 페달을 밟기로 결심한다.

오로지 그것만이 위험천만한 커브 길에서 벗어날 수 있는 단 하나의 자구책이다. 그러다 절벽 밑으로 추락하지나 않을까 하는 걱정 따위는 염두에 두지 않기로 한다.

그 이외에 다른 대처 방식이 많이 있는 것도 아니니까……

18시

 물루드 파라위와 마주칠 때마다 매번 카미유에게 떠오르는 생각 한 가지가 있다. 그 생각이란 물루드 파라위와 물루드 파라위로 불리는 사람 사이에는 별다른 상관관계가 없어 보인다는 것이다. 물론 아직도 그의 성에 모로코의 부계 혈통이 남아 있긴 하다. 하지만 외모는 그것과 잘 연결되지 않는다. 아마도 3대째 여러 인종이 결합된 혼혈로 이어지다보니 모로코 사람으로서의 신체적 특성이 아주 희미해진 것일 수 있다. 그 결과는 놀랍게도 전혀 모로코계와 아무 상관도 없어 보이는 모로코인의 탄생이다. 이 친구의 얼굴은 그 혼혈의 내력이 함축되어 있는 징표라 해도 과언이 아니다. 금발이 섞여 있는 연갈색 머리, 꽤나 오뚝한 콧날, 야무지게 각이 진 턱선, 밝은 청록색 눈동자 등. 턱 밑으로는 칼날에 베인 듯한 흉터 자국이 도드라져 있다. 그 흉터 자국이 물루드 파라위에 대해 암시해주는 것 같다. 나이는 대략 30대에서 40대로 보이는데 정확히 가늠하기 어렵다. 확실한 인적사항을 파악하자면 아무래도 그에 관한 기록을 참고하는 게 좋겠다. 신상명세서에는 그의 실제 나이가 37세로 기재되어 있다. 그의 나이가 겨우 37세밖에 되지 않았다니, 실제 나이에 비해 꽤나 겉늙은 셈이다.

 지금 그는 카미유 앞에 와 있다. 어찌 보면 무기력한 것처럼 여겨질 정도로 차분히 가라앉아 있다. 말수도 적고 동작도 별로 많지 않다. 그러면서도 카미유를 집요한 눈길로 바라본다. 마치 베르호벤 반장이 당장이라도 권총을 뽑아들고 위협하지나 않을까 잔뜩 긴장해 있는 듯한 기색이다. 실제로 그는 의심이 많은 편이다. 아무리 의심하고 경계해도 지나치지 않다고 믿는 모양이다. 혼자 가만히 있도록 놔두지 않고 사람들이 자기를 이곳 '국립호텔'의 면회실로 불러낸 사실만 보더라도 의심하고 경계할 수밖에 없다. 그는 20년형을 언도받을 뻔했다. 실제로 받은 형벌은 10년형이었다. 앞으로 7년이 더 남았다. 국립호텔로 이감된 지는 2년쯤 된다. 비록 의연한 표정을 짓고 있긴 해도 카미유는 그에게서 아직도 한참 남은 교도소 생활의 피로를 엿본다.

예기치 않게 경시청 강력반 반장의 방문을 받고 그와 마주앉아 있으려니 파라위는 극도로 긴장할 수밖에 없는 모양이다. 그의 경계심에 빨간불이 들어온 셈이다. 그는 꽤나 꼿꼿하게 앉아서 팔짱을 끼고 있다. 두 사람 사이에는 별다른 말이 오가지 않아도 서로의 안색과 표정만으로 이미 많은 의사소통이 오간 거나 마찬가지이다.

베르호벤 반장이 혼자 여기까지 왔다는 사실만으로도 파라위에게는 복잡한 메시지를 전해주는 셈이다.

교도소 안에서는 모든 게 다 까발려진다. 수감자는 면회실로 들어오기도 전에 누가 무슨 용건으로 자기를 찾아왔는지에 대해 이미 전해진 소식으로 대충 감을 잡을 수 있다. 경시청 강력반 반장이라는 사람이 매춘 알선으로 복역 중인 파라위에게 무슨 억하심정이라도 남아 있는 건가. 모두가 궁금히 여기는 게 바로 그 점이다. 하지만 실제로 무슨 얘기를 주고받게 될 것인지 그 내용은 상관없다. 가장 그럴싸한 얘기에서부터 때로는 가장 얼토당토치도 않은 얘기까지 온갖 풍문과 억측이 교도소를 휩쓸고 다니며 각자의 관심사에 따라 핀볼 게임처럼 서로 충돌한다. 그 관심의 열기는 화제의 대상이 현재 암흑가에서 얼마만한 비중을 차지하고 있느냐에 따라서도 좌우된다. 그러다 결국 그 풍문과 억측의 실타래는 저절로 풀어지게 된다.

카미유가 여기 국립호텔 면회실에 와 있는 것도 실은 그 때문이다. 그는 탁자에 깍지 낀 손을 올려놓고 아무 말 없이 파라위를 바라보고

만 있다. 다른 건 할 필요도 없다. 일은 제 스스로 굴러가기 마련이다. 손가락 하나 까딱거리지 않아도 무방하다.

하지만 오랜 침묵은 두 사람 사이를 어색한 분위기로 무겁게 짓누른다.

파라위는 아무 말 없이 자리만 지킬 뿐이다. 카미유도 꼼짝도 하지 않고 굳어 있다. 그러면서 서장이 끄나풀에 대해 깨물었을 때 문득 이 불한당의 이름이 왜 떠올랐는지에 대해 곰곰이 되새겨본다. 어쩌면 그의 무의식은 그가 앞으로 무슨 일을 하게 될지 이미 내다보고 있었는지도 모른다. 그런데 정작 당사자는 그것을 훨씬 나중에서야 깨닫게 될 뿐이다. 이게 빈센트 하프너와 통할 수 있는 최상의 지름길이라는 것을 말이다.

기왕에 발을 내딛은 길에서 빠져나오려면 어차피 험난한 순간을 가로질러 갈 수밖에 없을 것이다. 두려움이 욕조의 물처럼 턱 밑까지 차오른다. 그는 파라위만큼 강렬한 시선으로 그를 마주볼 수가 없다. 잠시 자리에서 일어나 창문을 열어본다. 단지 중앙 교도소에 들어와 있는 것뿐인데도 그 사실은 그에게 상당한 부담감을 안겨주었다.

호흡을 가다듬는다. 재차 숨을 내쉬고 들이마신다. 그러고는 자리로 돌아가야 한다……

그러자 이번에는 어째서 '세 명의 표적'으로 서장을 설득하려 들었는지에 대해 되새겨보게 된다. 그의 뇌는 주인보다 회전이 더 빠르다. 정작 그는 뭔가를 결정하고 나서야 왜 그럴 수밖에 없었는지 깨달을 뿐이다. 그 이유를 이제야 알겠다.

벽시계에서 재깍거리는 초침 소리가 들린다. 분침 소리가 그 뒤를 따른다. 면회실처럼 적막하게 닫혀 있는 공간에서는 소리 내지 않는 의사 표현조차 진동으로 전환되어 상대방에게 전해지는 모양이다.

처음에 파라위는 오해했다. 그건 단지 주위가 너무 조용해서 그런 것일 뿐이라고만 여겼다. 상대방이 먼저 말하기를 기다릴 때는 으레 그런 법이니까. 그건 자기가 먼저 입을 열기 귀찮을 때 벌이는 하나의 기 싸움이랄 수도 있다. 어찌 보면 아주 빤한 대응방식에 지나지 않는다. 그런데 놀랍다. 그는 베르호벤 반장에 대해 풍문으로 익히 들어 알고 있다. 그가 알기로 이 사람은 어떤 다른 목적에서 이처럼 저자세로 나올 위인이 아니다. 그러니만큼 뭔가 다른 게 있다. 파라위는 고개를 숙이고 뭔가에 관하여 곰곰이 따져본다. 그러더니 역시 머리가 좋다는 평판대로 자기가 여기서 무엇을 하면 좋을지 재빨리 결론 내린다. 그는 자리에서 슬슬 일어나려 한다.

카미유는 그쪽으로 눈길도 돌리지 않고 파라위가 일어서려 한다는 것을 알아챈다. 파라위는 자신의 흥미를 끄는 일에 한해서는 남달리 직감이 발달한 인물이다. 그 직감에 따라 연기를 해보기로 한다. 시간이 계속 흘러간다.

기다린다. 10분, 15분, 20분.

이윽고 카미유가 고개를 끄덕여 보인다. 그러고는 손의 깍지를 푼다.

"이렇게 시간을 보내는 것도 나쁘지는 않은데……"

그는 일어난다. 파라위는 그대로 앉아 있다. 보일 듯 말 듯 희미한 미소를 지어 보인다. 마치 그 자리에 드러누우려는 듯 의자 등받이에 기대어 한껏 상체를 뒤로 젖힌다.

"제가 중개인으로 나서주기를 바라는 겁니까?"

카미유가 문 앞까지 가서 간수에게 문을 열어달라고 두드리는 순간, 파라위는 그렇게 물어온다.

"말하자면 그런 셈이지."

"그래주면 저한테는 뭐가 돌아오는데요?"

카미유는 별 어이없는 말을 다 듣겠다는 표정으로 변한다.

"뭐가 돌아오는 게 아니라…… 자넨 그저 이 나라의 정의를 바로세우는 데 일조하게 되는 것뿐이야! 그거면 된 거지, 이런 빌어먹을!"

문이 열린다. 카미유가 지나갈 수 있도록 간수가 옆으로 비켜선다. 하지만 그는 잠시 문 앞에서 머뭇거린다.

"물루드, 자네를 밀고한 자 이름이 뭐였더라…… 아 이런, 이름을 발음하기가 어려워서……"

파라위는 자기를 밀고한 게 누구인지 아직 모르고 있다. 그동안 그게 누군지 알아내고자 모든 수를 다 써봤지만 결국 찾을 수 없었다. 그러느라 보낸 세월이 자그마치 4년이다. 누구나 다 그 사실을 알고 있다. 파라위가 언젠가 그게 누군지 알아내는 날에는 어떤 일이 벌어질지 상상하기도 어렵다.

그는 미소를 지으며 고개를 끄덕여 보인다. 좋습니다.

이게 바로 카미유가 파라위에게 던진 첫 번째 메시지이다.

파라위와 접촉한다는 것은 결국 안을 노리고 있는 살인마에게 한발 앞으로 다가선다는 의미일 수밖에 없다.

자네를 밀고한 자에 대해 내가 알려줄 테니, 자네는 내 청을 뿌리치지 말아주게.

그 이름을 넘겨줌으로써 나는 밀고자를 자네 수중으로 밀어 넣는 셈이고, 그러면 자네는 채 호흡을 가다듬을 겨를도 없이 그자를 뒤쫓게 되겠지.

이 순간부터 모든 건 촌각을 다투는 문제가 되는 거야.

─── 19시 30분

경시청으로 돌아온 카미유가 자기 사무실에 앉아 있다. 지나가던 동료들이 얼굴을 들이밀고 그에게 손짓으로 인사한다. 사람들 사이에는 이미 그에 관한 소문이 파다하게 퍼졌다. 카미유는 다시금 흉흉한 구설수에 오르고 만 것이다. 다행히 이번 '외국인 탄압' 소탕 작전에 동원된 수사 인력들에 대해서는 그 책임을 묻지 않겠다고 한다. 그들은 안도하겠지만 그와 상관없이 사람들 사이에서 이런저런 말이 돌아다닌다. 서장은 철저한 진상 조사에 착수했다. 너저분한 이야기다. 그러면 카미유는 어떻게 대처할 셈인가? 아무도 모른다. 심지어 루이에게조차 그는 아무 말도 하지 않은 모양이다. 그러니만큼 발이 달린 나쁜 소문은 제멋대로 퍼져나간다. 경찰 간부란 직위를 악용하여 각종 규정 위반 및 외국인 탄압에 앞장섰다는 것은 지탄 받아 마땅한 노릇이다. 대부분이 놀랍고 뜨악해 하는 반응을 보인다. 이 일로 서장이 노발대발하고 있다는 것은 널리 알려져 있다. 하지만 예상되는 예심판사의 후속조치에 비하면 이마저도 별게 아닌 셈이다. 그는 관련자들을 모조리 소환할 게 틀림없다. 오후부터 르 구엔 치안감도 좌불안석이다. 당혹스러움을 금할 수 없다. 사람들이 들락거리며 인사를 하든 말든, 베르호벤 반장은 태연자약한 얼굴로 보고서를 작성하는 데만 열중하고 있다. 마치 그사이 아무 일도 없었다는 것처럼 혹은 이 강도 일당에 대한 조사만이 자신의 개인적인 소명이라는 듯이. 도대체 영문을 모르겠어. 넌 어때? 나도 마찬가지야. 도무지 납득이 안 가. 하지만 거기서 끝이 아니다. 사람들은 새로운 이야깃거리로 서로의 호기심을 부추긴다. 시끌벅적한 말소리로 복도가 소란스러워진다. 경시청 사람들은 밤낮으로 일한다. 결코 쉬지 않는다.

카미유는 계속 보고서 작성에 매달린다. 예고된 재앙을 막아야 한다. 그에게 지금 무엇보다 절실한 것은 시간이다. 자신의 전략이 주효하게 된다면, 빠른 시간 안에 하프너를 찾을 수도 있다.

하루나 이틀 안에.

그게 이 보고서의 목적이다. 이틀 정도의 시간을 벌겠다는 것.

하프너의 소재가 파악되는 대로 체포하기만 하면 모든 것은 백일하에 드러나게 된다. 그러면 이 사건에 씌워져 있던 안개도 말끔히 걷힐 것이다. 카미유는 스스로에 대한 변명을 늘어놓고 그러면서 사과의 말도 덧붙일 것이다. 머지않아 징계위원회 출두 요구서가 도착할 것이다. 앞으로 승진할 수 있는 길이 막히는 것은 물론 보직해임도 감수해야 할 것이다. 하지만 하프너를 잡아두고 안을 안전한 곳으로 피신시킬 수만 있다면 그쯤이야 아무러나 상관없다……

그런데 이렇게 착잡한 심경으로 보고서를 작성하려는 순간, 불현듯 그가 패션노트 위에 그리다 휴지통에 버린 빈센트 하프너와 병실 침대에 누워 있는 안의 스케치가 떠오른다. 휴지통을 뒤져 그 종잇장들을 되찾아온 후 책상에 반듯하게 펼쳐놓는다. 그러고서 게랭에게 전화를 건다. 벌써 세 번씩이나 그에게 메시지를 남겼지만 답신도 오지 않고 전화도 없다. 게랭이 카미유의 연락에 빨리 응해오지 않는 것은 그러는 게 별로 내키지 않아서일 터이다. 그와 반대로 르 구엔 치안감은 벌써 몇 시간 전부터 카미유와 연락이 닿지 않아 안달복달하는 중이다. 이처럼 사람들은 모두 꼬리에 꼬리를 물고 누군가와 연락이 닿지 않아 애태운다. 카미유의 휴대폰에는 르 구엔이 보낸 메시지가 네 통이나 남아 있다. '지금 뭐하나, 카미유! 빨리 연락 줘!' 문자메시지에서도 안절부절 못하는 게 전해질 정도이다. 물론 지금은 그럴 만한 상황이다. 카미유가 보고서의 첫 문단을 써내려가느라 경황이 없는 와중에 또다시 휴대폰이 부르르 진동한다. 르 구엔이다. 이번에는 어쩔 수 없이 받기로 한다. 그러고는 폭풍 같은 질책을 각오했다는 듯 지그시 두 눈을 감는다.

하지만 예상과는 달리 르 구엔의 목소리는 낮고 차분하다.

"카미유, 지금 좀 봐야 할 것 같지 않소?"

카미유는 그러자고 할 수도 있고 안 된다고 할 수도 있다. 르 구엔은 오랜 친구다. 카미유가 온갖 풍파를 겪는 동안에도 곁에서 떠나가지 않은 단 한 명의 친구랄 수도 있다. 오로지 자기 때문에 그가 택한 행로를 바꿀 수도 있을 친구이다. 하지만 지금 이 순간, 카미유는 아무 말도 하지 않는다.

그는 지금 자신의 삶을 구제할 수도 있고 그러는 데 실패할 수도 있는 갈림길에 서 있다. 그러다보니 무슨 말도 섣불리 입 밖에 내기가 어렵다.

혹여 그가 돌연 마조히스트 또는 자멸 충동에 시달리는 사람처럼 변했다고 오해하지 말 것. 오히려 그는 지금 아주 명철하다. 단 세 개의 선만으로도 다시 주워온 종잇장의 여백에 안의 옆모습을 명확하게 재현해낼 수 있을 만큼. 그는 이렌에 대해서도 그런 묘기를 부린 적이 있다. 다른 사람들이 어떻게 그릴까 손톱을 물어뜯는 사이, 카미유에게는 1초면 충분하다.

르 구엔은 어떻게 해서든 그를 설득해보려 애쓴다. 어느 때보다 말투가 자분자분하고 친밀하다.

"오늘 오후 내내 파리 시내를 온통 헤집고 다녔다더구먼. 사람들이 다들 무슨 국제 테러조직이라도 색출하려는 거냐며 수군거렸다고도 하고. 당신이 경시청을 발칵 뒤집어놓은 거요. 끄나풀들은 끄나풀들대로 경찰에서 자기들을 배신했다며 아우성쳐대고 말이지. 당신 덕분에 여러 해 동안 경찰에서 공들여 심어둔 우군들이 떨어져 나갈 판이란 말이오. 불과 세 시간 만에 그 친구들의 일 년치 일거리를 다 망쳐놨다고 하더구먼. 거기다 라비츠인가, 그 세르비아인 살인사건 때문에 일이 더 골치 아파지게 생겼소. 이제는 도대체 이게 다 무슨 영문인지 나한테는 좀 털어놔야 할 것 같은데."

르 구엔이 그런 말을 늘어놓는 동안에도 카미유는 전혀 입을 열지 않았다. 그저 자기가 그린 그림만 내려다보고 있을 뿐이다. 다른 여자가 범행 대상일 수도 있었다. 그런데 하필 그녀라니. 그녀에게 이런 일이 발생하다니. 왜 다른 여자도 아닌 하필 안이란 말이야? 수수께끼다. 스케치에서 안의 입술을 다시 고쳐 그리자 카미유에게는 그 부위가 문드러져 없어지는 것처럼 느껴진다. 그녀의 턱 밑에 대고 선을 강조해본다. 특히 그 부위가 카미유의 가슴을 뭉클하게 한다.

"카미유, 내 말 듣고 있소?" 르 구엔이 묻는다.

"네, 치안감님. 듣고 있습니다."

"징계위원회 출두에서 당신을 빼줄 수 있을지 없을지 장담할 수 없는 상황이오. 알아요? 나도 예심판사를 달래느라 이만저만한 고역을 치른 게 아니지. 그 친구, 머리가 상당히 영리하거든. 절대 바보 취급해서는 안 될 상대요. 한 시간 전쯤 나한테 징계절차에 관한 처리 지시가 떨어졌소. 하지만 내 생각에는 말이야, 사태를 적당한 선에서 수습할 수도 있을 것 같은데."

카미유는 연필을 내려놓는다. 그러고는 고개 숙여 자기가 그린 그림을 유심히 들여다본다. 그림이 바로잡히기는커녕 오히려 더 망쳤다. 모든 게 다 이런 식이다. 이런 건 즉흥적으로 튀어나와야지 공들여 다듬으려 들면 죽 쑤기 십상이다.

그때 불쑥 새롭게 떠오른 생각이 카미유의 뇌리를 관통하고 지나간다. 그건 너무나 당혹스럽게 여겨져 그동안에는 일부러 피하려 들었을지도 모르는 자문이다. 앞으로 나는 어떻게 될까? 내가 정말 원하는 건 무엇일까? 친밀한 사이끼리 무언의 대화를 나눌 때 자주 그런 것처럼 두 사람은 구태여 서로의 말을 듣지 않아도 나중에 가서는 놀랍게도 늘 같은 결론에 도달하는 일이 잦은 편이다.

"카미유, 내게만 솔직히 말해보시오. 이거 개인적인 문제지? 그렇지?" 르 구엔이 그렇게 묻는다. "그러니까 이 여자를 알고 있는 거 아니오, 개인적으로 말이야?"

"아닌데요, 치안감님. 도대체 지금 무슨 말씀을 하시는 건지……"

르 구엔은 잠시 어색한 침묵이 흐르도록 놔둔다. 그러더니 잠시 후 어깨를 으쓱한다.

"뭔가 골치 아픈 일이 있다면, 같이 한번 적절한 해결책이 없나 모색해보는 게……"

카미유는 문득 깨닫는다. 자기가 이러는 건 꼭 사랑 때문만이 아니다. 뭔가 다른 게 더 있다. 그는 어둡고 거친 협곡을 지나가고 있는 셈이다. 이 길이 어디로 통할지 전혀 알 수가 없다. 하지만 그는 지금 자기가 안을 위한 열정에 눈이 멀어 휘둘리고 있는 게 아니라는 것을 똑똑히 의식하고 있다.

다른 뭔가가 그로 하여금 계속 밀어붙일 수밖에 없도록 부추기고 있다. 그로 인해 어떤 대가가 뒤따를지는 알 수 없지만 말이다.

궁극적으로 그는 수사할 때와 전혀 다르지 않은 태도로 자신의 삶에도 임해왔다. 그가 매사에 끝까지 가보려고 달려드는 까닭은 도대체 어쩌다 그런 지경에 이르게 되었는지 알고 싶다는 데 있다.

"지금 바로 나한테 해명하지 않으면," 르 구엔이 다시 말을 잇는다.

"미샤르 서장이 검찰에 이 일을 알리게 될 거요, 카미유. 그러면 내사를 피하기가 어려워질 텐데……"

"하지만…… 내사라니, 뭐에 대해서 말인가요?"

르 구엔이 다시 어깨를 으쓱한다.

"좋소. 당신 마음대로 한번 해보시오, 어디."

20시 15분

카미유는 조용히 병실의 문을 두드린다. 아무 응답도 없다. 그냥 열고 안으로 들어간다. 침대에 그대로 누워 있는 안의 모습이 보인다. 눈은 멀뚱멀뚱하게 천장을 올려다보고 있다. 그는 안 곁으로 다가와 앉는다.

서로 아무 말도 주고받지 않는다. 다만 카미유가 그녀의 손을 잡아주었을 뿐이다. 안은 카미유가 하는 대로 가만히 내버려둔다. 그녀에게서 모든 것을 체념한 듯한 무심함이 전해져 온다. 하지만 몇 분 후 그녀가 말한다.

"여기서 나가고 싶어요……"

그러더니 양쪽 팔꿈치를 딛고 침대에서 느릿느릿 상체를 일으킨다.

"수술은 하지 않을 거라고 그랬으니까," 카미유가 말한다. "아마 늦어도 이틀 후면 퇴원해서 집으로 돌아갈 수 있을 거야."

"아니요, 카미유(그녀가 강조하듯 느린 어투로 말한다). 나는 여기서 지금 당장 나가고 싶다고요."

그는 눈썹을 씰룩거린다. 안은 고개를 가로저으며 방금 한 말을 반복한다.

"지금 당장이요, 지금 당장."

"벌써 밤 시간이야. 이렇게 나가는 건 좀 그래. 의사들의 소견도 들어봐야 하고 처방도 받아야 할 텐데……"

"싫어요! 난 지금 나가고 싶다고요, 카미유. 내 말 못 알아들어요?"

카미유는 의자에서 일어나 그녀에게 바짝 다가선다. 아무래도 그녀를 진정시킬 필요가 있겠다. 그녀는 지금 너무나도 신경이 곤두서 있는 상태다. 하지만 그녀는 그를 밀쳐낸 후 침대에서 빠져나온다.

"여기서 계속 이러고 있고 싶지 않아요. 내가 내 발로 나가겠다는데, 아무도 막을 권리는 없다고요!"

"아무도 당신을 막으려 들지……"

그녀가 자신의 기력을 과신하고 있었던 것일까. 난데없이 현기증이 엄습한다. 그녀는 가까스로 카미유에게 몸을 기댄다. 그러고는 침대 모서리에 앉아 고개를 내려뜨린다.

"카미유, 나는 그자가 여기 왔다 갔다고 확신해요. 나를 죽이려고 하는 게 틀림없어요. 계속 숨어 있지만은 않을 거예요. 나는 그러리라는 걸 알아요. 그렇게 느껴져요."

"천만에. 당신은 아무것도 몰라, 아무것도!" 카미유가 그렇게 말한다.

지금 같은 경우에 힘으로 누르려고 하는 것은 좋은 대응 방법이 아니라는 것을 카미유도 잘 알고 있다. 현재 상황에서 안을 사로잡고 있는 것은 공황 발작이다. 여기에는 어떠한 이성적 설득이나 권위도 통하지 않는다. 그녀는 또다시 몸을 부들부들 떨기 시작한다.

"병실 문 앞에 당신을 지켜주려고 경찰 한 명이 경계근무를 서고 있어. 당신한테는 아무 일도 일어나지 않을 테니까……"

"됐어요, 카미유! 화장실에 가 있지 않으면 휴대폰으로 게임하는 데만 빠져 있는 사람을 나보고 어떻게 믿으라고요! 내가 병실을 나가는

데 저 사람은 그 사실조차 알아차리지 못할 정도였어요……"

"내가 다른 사람으로 교체해달라고 말해볼게. 밤에는……"

"밤에는, 뭐요?"

그녀는 코를 풀어보려고 하지만 그 부위의 통증 때문에 여의치 않다.

"당신도 잘 알겠지만…… 밤에는 모든 게 공연히 다 두려워지는 법이지. 하지만 내가 당신 곁에 있으니까……"

"아니요. 당신은 내 곁에 있어 봤자예요. 그저 나는……"

그 말이 그의 마음속에 비수로 날아와서 박히는 것만 같다. 먼저 한 말만큼이나 뒤에 한 말도. 그녀는 그저 떠나고 싶을 뿐이다. 그가 자기 신변의 안전을 지켜줄 수 없을 테니까. 모든 게 다 자기 잘못이다. 그녀는 코 푼 휴지를 아무렇게나 바닥에 내팽개친다. 카미유는 그녀를 도와주려 하지만 그녀는 아무것도 필요 없다며 고개를 내젓기만 할 뿐이다. 그냥 나를 내버려둬 줘요. 그녀는 자기 혼자 알아서 하겠다고 한다……

"도대체 당신 '혼자' 뭘 어쩌겠다는 거야?"

"지금은 그냥 날 내버려두란 말이에요, 카미유. 나한테는 더 이상 당신이 필요 없어요."

하지만 이렇게 말해놓고도 그녀는 다시 침대에 몸을 눕힌다. 그녀의 몸 상태로는 그냥 서 있기만 하는 것도 무리다. 이미 심한 피로감이 그녀를 짓누르기 시작한다. 그는 담요를 끌어올려준다. 그냥 나를 내버려둬 줘요.

그 말에 그는 그녀를 놔두기로 하고 다시 자리에 앉는다. 그러고는 그녀의 손을 잡아보려 한다. 하지만 그녀의 손에서 전해져 오는 감정의 체온은 차갑고 무심하다.

침대에 누운 그녀의 얼굴이 냉랭하기 그지없다. 마치 상대방의 선의를 짓밟고자 하는 사람의 표정 같다.
"난 괜찮으니까 그냥 가요……" 그녀가 말한다.
그러고는 창가 쪽으로 얼굴을 돌려 그를 외면한다.

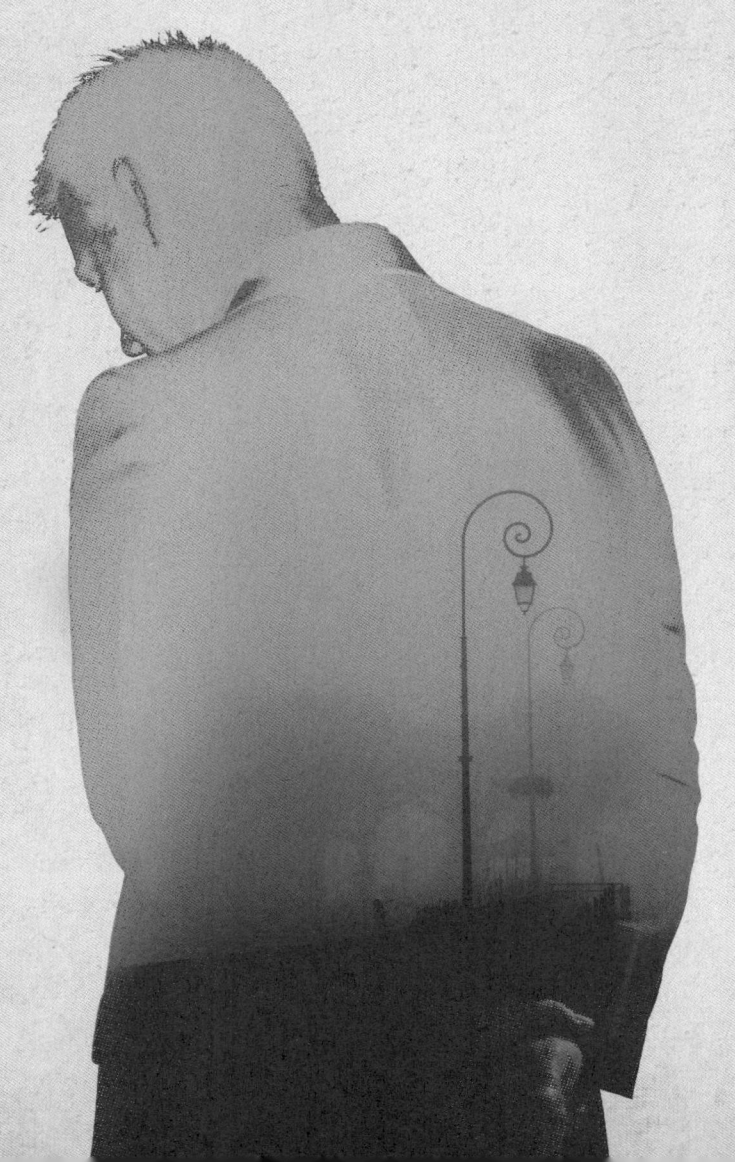

3일

7시 15분

이틀 전부터 카미유는 거의 한숨도 자지 못했다. 차가워진 손을 머그잔의 온기로 데우며 전망이 탁 트인 창가에 서서 인근의 숲을 길게 내려다본다. 지금 그가 와 있는 곳은 몽포르의 아틀리에이다. 이 아틀리에는 그의 모친이 생전에 작업실로 쓰던 곳이다. 그녀는 여기서 생을 마칠 때까지 여러 해 동안 그림을 그렸다. 모친의 사후에는 한동안 그대로 방치되어 있었다. 더러는 노숙자들이 이곳에서 멋대로 기거하거나 세간들을 약탈하기도 했다. 카미유는 모친을 떠나보낸 순간부터 이 아틀리에에 대해서도 관심을 끊고 살아왔지만 그렇다고 해서 매매하지는 않았다. 스스로도 그 이유를 알 수 없었다.

그러던 어느 날 이렌이 죽고 나서 그는 더 이상 아무것도 모친의 흔적을 남겨두지 말기로 결심했다. 그 결심에는 모친의 작품들도 포함되었다. 카미유에게는 모친에 대하여 청산해야 할 앙금이 남아 있었다. 그의 키가 1미터 45센티에서 멈춘 것은 모친이 카미유를 임신한 사실에 아랑곳하지 않고 줄담배를 피워댄 탓이었다.

모친의 작품들 중에서 어떤 그림들은 외국의 미술관으로 팔아넘겼다. 그렇게 해서 벌어들인 돈을 모두 기부해버리겠다고 마음먹은 적도 있었지만 물론 그렇게까지 하지는 않았다. 그는 그 돈으로 아무것도 하지 않았다. 하지만 꼭 그런 것만도 아니었다. 이렌이 죽고 난 후 한참이 지나 다시 사회생활에 복귀할 무렵 그는 이 아틀리에를 재건하고 보수하는 데 매달렸다. 아틀리에는 클라마르 숲가에 있다. 예전에는 그 들목에 사유지를 관리하기 위한 경비 막사도 있었지만 지금은 사라졌다. 원래 이곳은 요즘보다 훨씬 더 외딴 지역이었다. 요즘 들어서는 여기서 300미터 정도만 가면 첫 번째 인가가 나오지만 예전에는 울창한 나무숲으로만 둘러싸여 있었다. 요즘에도 길이 숲의 들목에 가로막혀 있기는 마찬가지이다.

  카미유는 모든 것을 새롭게 단장하고 수리했다. 진입로의 질척거리는 진흙 바닥에도 연홍색 육각 타일을 깔았다. 욕실도 새로 만들었다. 묵고 갈 때는 위층을 침실로 사용할 수 있도록 실내 구조도 복층으로 개조했다. 아래층은 널찍한 거실이 되었다. 거기에는 미국식 부엌도 들여왔다. 탁 트인 숲가의 전망이 펼쳐지도록 창가에는 거대한 페어글라스를 설치했다.

  어렸을 때 그는 이 아틀리에에 와 있는 동안 오후마다 모친이 작업에 몰두해 있는 모습을 지켜보곤 했다. 이곳에 들를 때마다 클라마르 숲가는 그에게 묘한 두려움을 안겨주곤 했다. 그때와 마찬가지로 지금도 카미유는 이 숲에 까닭 모를 두려움을 느낀다. 그것은 자기가 성인이 되었음을 받아들이기 힘든 퇴행본능과도 얽혀 있는 감정일 수 있다. 실내 한복판에는 원래 나무 아궁이도 하나 놓여 있었다. 그런데 아틀리에가 오래도록 방치되어 있는 동안 누군가가 그것을 떼어 갔다. 카미유는 나무 아궁이도 복원해서 다시 들여놓았다. 틈새로 빨간 불빛이 새어나오곤 하던 그 나무 아궁이는 이 공간에 대한 그의 향수가 밀도 높게 응축되어 있는 단 하나의 구심점이었기 때문이다.

자칫 잘못 다루면 나무 아궁이의 열기는 위쪽으로만 올라간다. 그러다 보니 위층이 한여름만큼 후끈거리는 동안 아래층은 발이 시려 견디기 힘들 정도로 춥다. 하지만 카미유는 이렇게 투박하고도 조악한 난방 장치가 마음에 들었다. 다루기 까다로운 만큼이나 제대로 다뤘을 때 느껴지는 기쁨이 크기 때문이다. 그러니까 이 난방 장치를 다룰 때는 경험과 주의가 동시에 필요한 셈이다. 어느 정도 공을 들인 끝에 카미유는 이제 밤새도록 실내가 따뜻하게 유지되도록 이 난방 장치를 능숙하게 다룰 수 있다. 그렇다 해도 불씨가 꺼지고 나면 추운 겨울날 아침에는 꽤나 실내 기온이 내려간다. 하지만 카미유는 춥다고 투덜거리기보다 마치 불에 대한 제례라도 드리는 것처럼 나무 아궁이에 다시 땔감을 던져 넣고 공들여 불을 지핀다.

그는 또한 누워 있으면 드넓게 하늘이 올려다보이도록 지붕의 일부분도 유리창으로 대체했다. 그렇게 하니 시선을 위로 향하기만 하면 금세라도 하늘에 떠 있는 구름과 맞닿을 것처럼 보였다. 비가 내리는 날에는 위에서 떨어지는 빗방울들로 머리가 촉촉이 젖을 것만 같았다. 하지만 눈이 내리는 날에는 지붕이 하얗게 뒤덮이다 보니 그 위로 쌓인 눈의 무게를 견디지 못하고 무너지지나 않을까 걱정스러워지기도 했다. 사실 지붕에 유리창을 만들어둔 것이 이 집에 그다지 큰 쓸모가 있는 것도 아니었다. 햇살이 넉넉하게 쏟아져 들어오다 보니 실내가 한결 밝긴 했지만, 꼭 그러지 않는다 하더라도 일조량이 아쉽지는 않았다. 르 구엔이 여기 방문했을 때 그도 실용적인 관점에서 그런 면을 지적하기도 했다. 그러자 카미유가 이렇게 답했다.

"아니 뭐, 별로 상관없어요. 땅꼬마 키로도 저 지붕창을 통해서 우주의 대기를 호흡할 수 있다는 기분이 드니까요."

그는 틈나는 대로 자주 여기 온다. 주말 동안 휴식을 취하러 올 때도 있다. 사람들은 거의 초대하지 않는다. 하긴 그의 주변에는 별로 사람들이 많은 편도 아니다. 루이와 르 구엔이 다녀갔을 뿐이다. 살아 있을 때 아르망도 방문한 적이 있다. 딱 그 정도다. 굳이 그럴 마음은 아니었는데도 이곳은 내밀한 장소로 유지되고 있다. 카미유는 여기서 그림 그리는 일로 많은 시간을 보낸다. 주된 작업의 밑천은 언제나 그러하듯 자신의 기억이다. 거실에는 100여 권이 넘는 크로키 파일과 스케치북이 쌓여 있다. 그 안에는 그가 체포한 인물들과 목숨을 잃은 피해자들, 수사한 용의자들, 함께 일한 동료들, 맞부딪쳤던 예심판사들의 초상이 실려 있다. 그가 심문한 적이 있는 목격자들이나 현장의 주변 인물들을 유난히 공들여 그렸다는 점도 눈에 뜨인다. 관심 있게 기웃거리다가도 이내 발길을 돌리고 사라지는 사건 현장의 인적들, 혼비백산한 표정으로 길가에 서 있는 행인들, 얼굴이 굳어 있는 구경꾼들, 발을 동동 구르는 여인들, 격한 감정에 휩싸여 있는 소녀들, 근처에 있다 하마터면 목숨을 잃을 뻔한 사람들, 그런 그들의 모습이 거의 다 그 안에 담겨 있다. 크로키만 자그마치 2천여 장, 다 합치면 아마 3천 장에 육박할 분량이다. 이쯤 되면 가히 역사상 유례없는 온갖 인물들의 초상화 컬렉션이라 할 만하다. 이 컬렉션으로 전람회를 연다면, '지금껏 출현한 적이 없는 시선으로 포착한 파리 시민들의 일상적 모습'쯤으로 부제를 달아도 좋겠다. 더욱이 작가가 경시청 강력반 반장이니만큼 더 큰 화제를 불러 모음직하지 않은가. 사실 카미유의 데생 솜씨는 비범한 수준이다. 무엇보다도 관찰력이 예리하고 정확하다. 그는 자기가 그린 그림들이 자기 자신보다 지적으로 더 뛰어나다는 말을 종종 하기도 한다. 충분히 그럴 법한 말이다. 사진의 정확도는 그 진실성에 비례하는 법이다. 진실하지 못하면 그만큼 정확도도 떨어지는 법이다. 카미유는 안과 함께 생제르베 가의 살레 호텔에 간 적이 있다. 그날 그녀는 카미유의 눈에 너무나도 예뻐 보였다. 그는 그녀에게 잠시만 움직이지 말아달라고 부탁한 후 휴대폰으로 그녀의 모습을 촬영했다. 그러고는 생각날 때마다 그 사진을 꺼내 보았다. 그런데 정작 그가 꺼내 보는 그녀의 모습은 원래 찍은 사진을 크로키로 옮겨놓고 다시 찍은 사진이었다. 왜냐하면 그편이 한결 더 정확하고 진짜 같아 보였을 뿐 아니라 더욱 생생한 기억을 불러 일으켰으니까.

지금은 9월이다. 아직 그리 춥지는 않다. 나무 아궁이를 땔 정도는 아니다. 그래도 이 밤을 나자면 최소한의 온기는 필요하다. 해서 카미유는 작은 난로에 화톳불을 지핀다.

그가 기르는 고양이 두두슈도 이곳에 데려다놓아야 한다. 하지만 두두슈는 이런 시골을 별로 좋아하지 않는 눈치다. 두두슈가 살고 싶어하는 곳은 파리밖에 없는 모양이다. 원래 그렇다. 카미유는 두두슈도 많이 그렸다. 루이와 르 구엔 치안감도. 예전에는 말발의 모습도 자주 그리곤 했다. 어젯밤 잠자리에 들기 직전 그는 여러 장 남겨둔 아르망의 초상화를 모처럼 꺼내보았다. 스스로 보기에도 임종에 이른 아르망의 모습이 꽤 사실적이었다. 아르망이 다소곳한 자세로 침대에 축 늘어져 있다. 그러고 보면 갓 죽음의 문턱을 넘어선 모든 망자들의 모습은 다소간 서로 비슷한 것 같기도 하다.

집 앞에서 50미터쯤 떨어진 지점이 국유지의 경계선이고 거기서부터 아득한 숲가가 펼쳐진다. 밤새 이 일대에 습기가 자욱했는지 아침에 나가보니 차가 아침 이슬에 뒤덮여 있다.

그는 이 숲가도 자주 그리곤 했다. 크로키에 그치지 않고 수채화에도 도전해보았지만 도무지 어떤 색으로 이 숲을 표현하는 게 좋을지 아리송했다. 그의 주특기는 역시 정서적인 파동과 대상의 생기이다. 하지만 채색에 능한 편은 아니다. 그의 모친은 그랬다. 하지만 그는 아니다.

정확히 7시 15분에 그의 휴대폰이 울린다.

머그잔을 손에서 놓지 않고 휴대폰을 집어 든다. 루이다. 너무 이른 시각에 전화해서 죄송하다는 말부터 한다.

"아니야, 괜찮아." 카미유가 답한다. "괜찮으니까 말해……"

"포레스티에 씨가 병원에서 사라졌습니다."

두 사람 사이에 잠시 납덩이같은 침묵이 내려앉는다. 누군가가 카미유 베르호벤의 일대기를 쓰게 된다면, 그의 삶에서 많은 부분이 이 침묵의 사연에 바쳐졌다고 표현할 수도 있을 것이다. 그에 관하여 잘 알고 있는 루이는 속으로 연이어 자문해본다. 실종된 이 여인, 그녀는 도대체 카미유의 삶에서 얼마만한 비중을 차지하고 있는 것일까? 그녀가 정말로 그의 태도가 변하도록 이끈 동력일까? 그렇다면 그녀는 카미유에게 얼마나 큰 위안을 안겨주고 있는 것일까? 여하튼 베르호벤 반장의 침묵은, 지금 그의 삶이 얼마나 흉흉하게 뒤흔들리고 있는지를 여실히 말해주는 셈이다.

"언제부터 안 보이는 거지?" 그가 묻는다.

"정확히는 아직 파악하기 어렵습니다만, 간밤에 사라진 모양입니다. 간호사의 말에 따르면 22시경까지만 해도 병실에 있었답니다. 그래서 얘기도 나누고 그랬다는데, 평소와 달리 차분해 보였다고 하더군요. 하지만 한 시간 전에 주간조 간호사가 출근해서 보니 병실이 텅 비어 있더랍니다. 입고 온 옷가지들은 옷장에 그대로 걸려 있었다는데, 아마도 잠시 자리를 비운 것처럼 위장하려고 그런 모양입니다. 그러다보니 병원 관계자들은 시간이 조금 지나고 나서야 그녀가 정말 사라졌다는 것을 인지하기 시작했다더군요."

"경호 근무자는?"

"전립선에 문제가 있답니다. 그러다보니 한번 자리를 비우면 시간이 오래 걸릴 수밖에 없다는 식으로 변명을 늘어놓고 있습니다."

카미유는 커피를 한 모금 들이킨다.

"지금 당장 그녀의 집으로 사람을 보내."

"반장님께 전화 드리기 전에 이미 제가 직접 다녀왔습니다만," 루이가 말한다. "아무도 그런 사람을 보지 못했다고……"

카미유의 눈길은 숲가의 한 귀퉁이에 붙박여 있다. 마치 거기서 어떤 구조의 손길이 뻗치기를 기대하는 사람처럼.

"혹시 그 여자분의 가족관계에 대해 뭐 아는 사항이라도 있으신가요?" 루이가 그렇게 묻는다.

카미유는 모른다고 답한다. 실제로는 그렇지 않다. 그녀에게는 미국에 가 있는 딸내미가 하나 있다. 이름을 떠올려본다. 맞다, 아가트. 하지만 입 밖에 내지는 않기로 한다.

"만약 어떤 호텔에 가 있다고 하면," 루이가 말을 잇는다. "아마 찾는 데 시간이 오래 걸릴 것 같습니다. 하지만 자신의 주변 사람들한테 도움을 요청했을 수도 있습니다. 제가 그 여자분의 직장 쪽으로 한번 알아보겠습니다."

카미유는 숨을 크게 내쉰 후 이렇게 말한다.

"아니야. 그냥 놔둬. 내가 할 테니까. 자네는 하프너한테만 전념하고 있어. 뭐 나온 거 있나?"

"지금까지는 별다른 게 없습니다. 어디론가 꽁꽁 숨어버린 모양입니다. 마지막으로 알려진 주소에는 아무도 살고 있지 않더군요. 주택가인데도 거기만 인적이 뚝 끊겨 있었습니다. 주변에 알려져 있는 지인들도 조사해봤지만 올해 초부터는 아무도 그자를 본 사람이 없답니다."

"그러니까 1월 강도 사건 이후부터 말인가?"

"대략 그쯤 되는 것 같습니다."

"어디 먼 데로 달아나기라도 한 모양이군……"

"다들 그렇게 생각하고 있는 눈치입니다. 심지어 어떤 사람들은 그가 죽었을지도 모른다고 가정하더군요. 하지만 이렇다 할 근거는 없는 것 같습니다. 중병에 걸렸다는 소문도 있더군요. 그런 소문이 자주 나돌기는 하는데, 모니에 상가 범행에 출현한 것으로 봐서는 여전히 건재한 게 아닌가 싶습니다. 계속 행방을 수소문해보는 중이긴 합니다만 제 생각에는 그다지……"

"라비츠의 죽음에 대한 과학수사연구소의 결과는 언제 나온다고 하던가?"

"적어도 내일 이전까지는 어려울 것 같더군요."

그렇게 답하고는 갑자기 입을 다문다. 루이의 성격에서 침묵은 특별한 의미를 띤다. 그것은 상대방이 답하기 다소 미묘할 수도 있는 물음을 준비하고 있다는 암시이다.

"이 일에 대해 서장님한테는 누가 보고하는 게 좋을까요?"

"내가 할게."

카미유의 입에서는 그런 대답이 튀어나왔다. 너무나도 곧바로. 그는 머그잔을 개수대에 놓는다. 루이는 직감적으로 다음에 이어질 말이 더 있으리라는 것을 알고 있다. 루이의 직감대로 얼마 지나지 않아 카미유가 이렇게 말한다.

"그러니까 말야, 루이…… 내 사건의 피해자이니만큼 그저 내가 직접 나서서 그 여자를 찾아내고 싶은 것뿐이야."

수화기 저편에서 루이가 신중하게 고개를 끄덕이는 게 느껴진다.
"곧 그녀를 찾아낼 수 있을 거라는 생각이 들거든."
"그럼 그렇게 하시는 게 좋겠습니다, 반장님." 루이가 선선히 화답해준다.
카미유가 암묵적으로 루이에게 전하고자 한 메시지는, 당분간 서장에게 보고하지 말자는 뜻이다.
"지금 출발할게, 루이. 되도록 빨리. 그전에 약속이 하나 잡혀 있긴 한데 일단 거기 도착하고 나서 바로 처리하든가 하지 뭐."
실내 온도와 아무 상관도 없이 카미유의 등골을 타고 식은땀이 계속 빗줄기처럼 흘러내린다.

—— **7시 20분**

그는 서둘러 외출복으로 갈아입는다. 하지만 곧장 출발하지 못하고 제자리에서 잠시 머뭇거린다. 모든 게 안전하다는 것을 확실히 해두지 않으면 견디지 못하는 자신의 습성이 매번 당혹스럽지만 어쩔 수 없다.
위층으로 올라간다. 그러고는 까치발로 조심조심 다가간다.
"간밤에 한숨도 못 잤어……"
그렇게 말한 후 한결 대범하게 다가가서 침대 발치에 앉는다.
"혹시 내가 코를 골던가요?" 돌아눕지도 않고 안이 묻는다.
"코가 부러졌으니 뭐, 어쩌겠어?"
자기를 외면한 자세로만 대화하려고 하는 그녀의 모습을 보니 문득 그는 마음이 아프다. 병원에서도 그녀는 그와 마주할 때면 늘 창가로 얼굴을 돌리곤 했다. 외모에 대한 자신감을 완전히 잃고 만 것 같다.

"여기는 안전한 곳이야. 당신한테 아무 일도 일어나지 않을 거야."

그 말에 안은 희미하게 고갯짓을 해 보인다. 언뜻 봐서는 자기도 그렇게 여긴다는 건지 아니라는 건지 알 수 없다.

하지만 이렇게 말하는 것을 보니 전혀 아니다.

"그 사람은 여기도 찾아내고 말 거예요. 이리로 나를 찾아올 거라고요."

그녀는 돌아누워 그를 바라본다. 그 말에 카미유의 안색이 어두워진다.

"안, 그렇지 않아. 아무도 당신이 여기 있다는 것을 알아낼 수 없을 거야."

안은 아무 대답 없이 또 한 번 가벼운 고갯짓으로만 그 말에 답할 뿐이다. 그 고갯짓에 이런 뜻이 담겨 있다는 게 금세 읽힌다. 그건 어디까지나 자기의 희망사항에 불과해요. 그 사람은 나를 찾아내고 말 거예요. 그래서 나를 죽이러 올 거예요. 이건 스스로도 어쩌지 못하는 강박관념이다. 카미유는 그녀의 손을 꼭 잡아준다.

"모니에 상가에서 그런 사고를 당하고 나서부터는 늘 공포와 불안에 사로잡혀 지내는 것 같아. 하지만 믿어도 돼, 여긴 정말……"

그 말에 답하는 또 한 번의 고갯짓. 이번에는 이런 뜻이다. 내가 어떻게 설명해야 자기가 알아들을 수 있을까요? 혹은, 관둬요.

"이제 가봐야겠어." 시간을 확인한 후 카미유가 말한다. "밑에 내려가면 필요한 건 웬만큼 다 있어. 어제 내가 보여줬지……"

알겠다는 고갯짓. 그녀는 여전히 꽤 피곤해 보인다. 실내가 아직 어둑어둑한데도 그녀의 얼굴을 뒤덮고 있는 혈종과 피멍 자국이 선명하게 도드라져 보인다.

어제 그는 그녀에게 여기 갖춰진 것들을 다 보여주었다. 커피, 욕실, 구급약품 등. 카미유는 그녀가 병원에서 나오겠다는 데 결코 동의할 수 없었다. 병원에서 나오면 누가 그녀의 경과를 진찰할 것이며, 봉합 자국의 실밥들은 어떻게 할 것인가? 하지만 어쩔 도리가 없었다. 그녀는 더 이상 병원에 머물러 있지 않겠다며 펄쩍펄쩍 뛰었다. 심지어는 그냥 자기 집에 돌아가겠다고까지 했다. 그는 차마 그녀에게 그러면 당장 위험해질지도 모른다고, 거긴 지금 덫이나 마찬가지라는 말을 하지 못했다. 자, 그렇다면 도대체 어찌해야 하는가? 카미유로서는 이곳 말고 다른 대안이 떠오르지 않았다.

그게 안이 지금 이곳에 와 있게 된 경위이다.

다른 여자는 여기 와본 적이 없었다. 카미유는 불길한 상념들을 몰아내려 했다. 이렌의 시신이 발견된 게 이곳의 문가였기 때문이다. 그로부터 4년이 지난 지금 모든 게 다 바뀌었다. 그가 모든 것을 다 바꾸었다. 하지만 그러면서도 동시에 모든 게 다 그대로이기도 했다. 그도 나름대로 자신을 '씻어내고자' 몸부림쳐왔다. 하지만 결코 뜻대로 된 것 같지는 않았다. 쓰라린 기억의 조각들이 고스란히 여기저기에 남아 있었다. 그가 스스로를 돌아보기만 하면 그 조각들은 어김없이 도처에서 탄환 파편처럼 튀어나와 그를 덮치곤 했다.

"내가 말한 대로 해." 그가 다시 입을 연다. "우선 눈을 감고······"

안은 자기 손을 그의 손에 올려놓는다. 하지만 손가락에 덧댄 부목이 먼저 닿아서인지 부드러운 느낌을 자아내지는 못했다. 그런 손짓으로 그녀가 하려는 말은 이런 뜻이다. 벌써 나한테 다 말해줬잖아요. 알고 있으니까 어서 가봐요.

카미유는 발길을 돌린다. 그러고는 위층에서 내려와 바깥으로 나간 후 현관문을 잠그고 차에 오른다.

이로써 가뜩이나 복잡하고 골치 아픈 상황이 훨씬 가중되고 말았다. 그렇다 해도 안을 위해서는 마음이 놓인다. 그렇다면 부담이 늘어나는 것쯤이야 상관없다. 세계를 두 어깨에 걸머져야 한다 해도 괜찮다. 만약 자신의 키가 보통 남자 정도였다면 이 부담이 한결 덜하게 느껴졌을까?

___ 8시

숲가에만 가면 어쩐지 기분이 위축되곤 한다. 나는 늘 숲을 싫어했다. 다른 무엇보다도 더 싫다. 클라마르니 뫼동이니 하는 숲들도 다 마찬가지다. 그곳들은 천국에서 맞은 일요일만큼이나 호젓하고 쓸쓸하다. 표지판을 보니 교외지역이라고 나와 있는데 정확히 뭘 말하는지 모르겠다. 빌라들이 즐비한 것을 보면 졸부들의 사유지 같기도 하다. 여긴 도시도 아니고 촌락도 아니고 위성지구도 아니다. 그저 변두리 지역일 뿐이다. 뭐에 대한 변두리일까? 문득 그게 궁금해진다. 각 저택의 정원이나 테라스가 가꿔져 있는 외관을 보면 이보다 더 볼취미할 수도 있을까 참 한심하다는 생각만 든다. 형편없이 꾸며진 외관으로 이곳의 풍광을 유감없이 짓밟고 있다는 안타까움마저 느껴질 지경이다. 그래놓고도 여기 주민들은 꽤나 만족스러운가 보다. 어쩌면 풍광을 대놓고 유린하는 데서 큰 기쁨을 누리고 있는지도.

크고 작은 빌라들의 대오를 지나자 숲 말고는 아무것도 시야에 들어오는 게 없다. GPS가 가리키길, 오른쪽으로 가면 파베 드 뫼동 가가 나오고 왼쪽으로 향하면 라 모르트 부테유 가가 나온다. 거리 이름을 이 따위로 지은 작자들은 도대체 누굴까? 지정 주차 구역 같은 건 무시하자. 차가 다닐 수 있는 지점까지 최대한 몰고 올라간 후 거기서부터는 차에서 내려 계속 걸어가기로 한다.

짜증이 치밀어 오른다. 배고프고 피곤해 죽겠다. 빨리 배불리 먹고 나서 푹 쉬고 싶다. 게다가 걷는 것도 지겹다. 숲길은 더더욱……

이놈의 숲길이라는 건 사랑해달라고만 칭얼대는 철부지 아가씨 같다. 그러니 그 눈치를 살피면서 헤쳐가야 한다. 그렇다 해도 시간을 오래 잡아먹을 일은 아니다. 도중에 길을 잃고 헤매지 않도록 단단히 준비를 하고 나선 참이니만큼. 그러고 나면 통행금지구역으로 넘어가게 된다. 빽빽한 나무숲 같은 거 정말 질색이다. 어서 탁 트인 벌판이 나왔으면 싶다. 지옥 같은 강행군이라도 행로가 한 번씩 번갈아 뒤섞여 있기라도 하면 한결 기분이 괜찮아질 것 같다. 판세가 나빴다가도 좋은 패를 쥐게 된 포커 판에서처럼 말이다. 나도 이젠 나이를 먹을 만큼 먹었다. 모든 걸 끝내고 나면 그 여유를 좀 즐기고 싶다. 그러기 위해서라도 냉정을 되찾고, 무슨 일이 닥칠지 모르니 조심해서 이 빌어먹을 숲길을 헤쳐가야 한다. 희한하게도 이렇게 외딴 지역을 일부러 찾아오는 사람들이 꽤 된다. 외관상 그래 보이지는 않지만 이쪽에도 젊은이들이나 늙다리들, 혹은 커플들이 전혀 없으리라는 보장은 없다. 아침 일찍 하이킹을 하러 오고 산책하러 오고 삼림욕을 즐긴다면서 오기도 한다. 언젠가는 말에 올라타고 있는 사람들과 마주친 적도 있다.

그렇다 해도 숲속으로 깊이 들어갈수록 사람들과 마주칠 확률은 희박해진다. 인가는 여기서 300여 미터쯤 떨어진 지점에나 있다. 사람이 다닐 만한 길은 숲가에 막혀 있다. 길 너머에는 오로지 광활한 수풀뿐이다.

망원경 달린 소총을 케이스에 넣어가지고 다니면 여기서도 이상해 보일 수 있다. 나는 그것을 운동용 가방에 숨겨가지고 왔다. 내 외모가

버섯이나 캐러 다니는 목동처럼 보이진 않으니 더더욱 조심할 필요가 있다.

몇 분 전부터 인적이 뚝 끊겼다. GPS는 방향을 못 잡고 헤매는 중이지만 여기 말고는 달리 길도 없다.

자, 이제는 차분히 마음을 가다듬고 서서히 작업에 돌입해야 할 시점이다.

___ 8시 30분

각각의 문이 열리고 닫힌다. 그러고는 그 앞에 각각의 복도가 길게 이어진다. 쇠창살 너머에서 각각의 시선이 날아와 꽂힌다. 모든 게 집채만 한 바윗돌처럼 그의 마음에 얹힌다. 카미유로서는 앞으로 닥칠 일이 두렵기 때문이다. 오래전 여기 오기로 결심했을 때는 이내 그런 불안감을 떨쳐낼 수 있었다. 하지만 불안과 두려움은 수조에 든 물고기처럼 또다시 수면에 떠올라 그의 심지를 계속 어지럽힌다. 그러고는 조만간 중요한 만남이 기약될 거라고 속닥거린다. 그 기회를 놓쳐서는 안 된다. 스스로에 대한 부끄러움을 억누르고 피치 못할 사정 때문에 여기 다시 오는 건 그때 한 번뿐으로 족하다.

중앙 교도소의 육중한 철문들이 사방에서 열렸다 닫히기를 반복한다.

짧은 다리를 종종걸음으로 내딛으며 카미유는 몰려오는 욕지기를 간신히 억누르고 있다. 현기증이 심하다.

그를 수행하고 있는 교도소 간수의 몸가짐은 상당히 절도 있고 신중하다. 마치 지금 카미유에게 닥친 예외적 정황을 넉넉하게 헤아리고 있는 것만 같은 태도이다. 마음이 불안한 그는 자기도 모르는 사이 도처에서 이런 기미들이 출몰한다고 여긴다.

곧 면회실 앞에 도착한다. 문이 열린다. 안으로 들어가서 바닥에 고정되어 있는 철제 탁자 앞에 앉는다. 목구멍이 바짝 마르고 미친년 널뛰듯 심장이 요동친다. 기다린다. 탁자를 짚고 있는 자신의 두 손이 부들부들 떨리는 게 보인다. 그는 두 손을 탁자 아래로 거둬들인다.

잠시 후 면회실 안쪽에 난 두 번째 문이 스르르 열린다.

우선 눈에 들어오는 것은 구두뿐이다. 그 구두는 휠체어의 발판에 올려져 있다. 반짝반짝 광택이 나는 검은색 가죽 구두다. 이어 휠체어가 안으로 들어온다. 아주 느리게. 뭔가를 잔뜩 경계하고 있거나 불안해하는 인상을 자아낼 정도로. 이어 모포에 감싸인 두 다리가 나타난다. 투실투실하다. 휠체어는 들어오려다 말고 문설주 근처에 잠시 멈춰 선다. 아직까지는 휠체어의 고무바퀴를 꽉 움켜쥐고 있는 두 손밖에 보이지 않는다. 흰 손이다. 손등 위로 불거질 법한 정맥 자국도 없다. 카미유와는 일 미터쯤 떨어져 있다. 이윽고 휠체어의 주인이 그 모습을 드러낸다. 바로 그자다.

잠시 제자리에 멈춰 선다. 면회실 안으로 들어오자마자 휠체어 주인은 카미유를 빤히 건너다본다. 간수가 앞으로 나와서 휠체어가 넉넉하게 자리를 차지할 수 있도록 탁자의 간격을 넓혀준다. 그러고는 카미유의 손짓에 따라 바깥으로 퇴장한다.

휠체어가 앞으로 다가온다. 그러고는 미세하게 방향을 한쪽으로 튼다.

드디어 그들이 마주앉았다.

파리 경시청 강력반 반장 카미유 베르호벤은 4년 만에 처음으로 이렌의 살해범과 중앙 교도소 면회실에서 대면하게 된 것이다.

카미유가 이 살인마에 대해 기억하기로 이전에는 키가 훤칠하고 호리호리한 장신이었지만 최근 들어 살짝 나잇살이 찌기 시작할 조짐을 보이는 모습이었다. 그래도 맵시 있는 옷차림에 특히 입술이 육감적으로 보이던 기억이 났다. 하지만 지금 다시 보니 오랜 수감생활 때문인지 몰라도 살도 꽤 쪘을 뿐 아니라 전반적으로 외모가 많이 흐트러진 것처럼 여겨졌다. 그만의 고유한 인상은 예전과 과히 다를 바 없어 보였지만 체형을 비롯한 몇몇 특성들이 그사이에 꽤 달라진 것 같았다. 물론 얼굴만은 예전 모습 그대로 남아 있다. 4년 전에도 그의 얼굴은 지금처럼 투실투실한 얼굴에 가면을 오려 붙인 듯한 모습이었다. 길게 자란 머리카락에는 꼬질꼬질한 기름때가 끼어 있다. 그의 눈빛도 여전하다. 음흉하고 능글맞은 그의 눈빛도 여전하다.

"이것도 내 작품에 쓰여 있었어요." 이윽고 뷔송이 말문을 연다(그의 목소리는 어떤 감흥에 휩싸인 듯 잔뜩 고조되어 가느다랗게 떨린다). "그게 바로 지금이군요." 더 이상의 대답은 거절한다는 어투로 그가 그렇게 단언한다.

이런 식으로 멋부려가며 말하기는 그가 한창 왕성하게 활동할 무렵부터 즐겨온 습관이다. 과대망상 증세에 가까운 허세와 겉멋 든 교만이야말로 어쩌면 뷔송을 희대의 살인마로 이끈 원인이었을지도 모른다. 카미유와 뷔송은 처음 만났을 때부터 서로를 과히 좋아하지 않았다. 애초에 첫 번째 징조부터 불길했던 이 관계는 결국 최악의 파국으로 치닫고 말았다. 하지만 지금은 가슴에 넘쳐나는 비극의 기억들을 되짚을 때가 아니다.

"그래." 카미유는 쌓아둔 말들을 다 줄이고 간략하게만 답하기로 한다. "그게 바로 지금이다."

그가 듣기에 지금 자신의 목소리는 떨리는 것 같지 않다. 오히려 방금 전 뷔송과 마주했을 때보다 훨씬 더 차분해졌다. 사실 그에게는 이런 식으로 긴장된 대면의 경험이 많다. 그러니만큼 지금 이 순간에도 냉정을 유지하는 게 그다지 어려워 보이지 않는다. 그가 곧잘 꿈속에서 때려죽이기도 하고 심하게 고문하기도 한 상대는 이자와 동일인물이 아닐 수도 있다. 심지어 시간이 더 흘러 몇 년 후쯤에는 해묵은 원한마저도 말끔히 가시지 않을까 싶을 정도이다. 그만큼 복수에 대한 절박함이 줄어들었기 때문이다. 물론 최근 몇 년 동안에는 오로지 이놈만 떠올리며 이를 갈고 치를 떨었던 게 사실이다. 하지만 그것도 이미 다 흘러간 옛일에 지나지 않는다.

그래, 뷔송은 이제 카미유에게 더 이상 아무런 의미도 없는 인물이다. 이제는 청산해야 할 과거사의 일부 대상일 뿐.

하지만 그 문제와 카미유의 내밀한 속사정은 별개다.

자신의 실수로 이렌이 결국 죽음의 수렁에 빠지고 말았다는 죄책감과의 싸움은 앞으로도 영영 지속될 수밖에 없을 것이다. 그 싸움은 언제까지고 끝나지 않을 것이다. 그러다보니 모든 게 낱낱이 밝혀질 때까지 확인하고 검증하려 드는 강박증이 도지고 말았다. 그러지 않으면 또다시 회피하고 말았다는 자책에 시달릴 게 빤하기 때문이다.

이런 생각에 사로잡혀 카미유는 고개를 천장으로 치켜든다. 그러자 눈가에 이슬이 맺힌다. 그 눈물 너머로 이렌의 모습이 아른거린다. 여전히 젊고 아름다운 모습이다. 언제까지라도 그녀만은 늙지 않을 것 같다. 점점 늙어가는 자신과 반대로 그녀는 오히려 예전보다 더욱 싱그럽게 피어나는 것처럼 보인다. 뷔송이 그녀에게 무슨 짓을 했든 그가 기억하는 그녀의 모습은 영원 속에 머물러 있다. 카미유가 이렌에게 바쳐온 사랑은 이토록 생생한 추억과 이미지들의 다발 속에서 더욱 농밀해져갈 뿐이다.

하지만 그로 인해 카미유의 삶에는 언제까지라도 아물지 않을 상처

자국이 굵직하게 남고 만 셈이다.

뷔송은 숨죽이고만 있다. 대화를 처음 시작했을 때부터 그는 두려움을 가누지 못하고 있다.

카미유는 이내 감정을 억눌러 두 사람 사이에 거북스러운 앙금이 불거지지 않도록 유의했다. 이 자리의 정황을 고려할 때 여러 말들이 오가기 전에 우선 침묵이 깔리는 것은 불가피한 노릇이다. 카미유는 코를 훌쩍거린다. 구태여 뷔송과 눈을 마주치는 것도 원치 않는다. 이렇게 갑자기 닥친 혼란과 침묵 속에서 둘은 각자의 흉금에 쌓인 속말들로 무언의 대화를 나누는 셈이다. 뷔송과는 그것으로 족하다. 그 이상 아무것도 나누기를 바라지 않는다. 그는 코를 푼 후 손수건을 호주머니에 쑤셔 넣는다. 그러고는 두 손으로 턱을 괴고 뷔송을 물끄러미 응시한다.

어제부터 뷔송은 이런 순간이 오리라고 예감했다. 베르호벤 반장이 물루드 파라위에게 면회를 신청했다는 소식이 나돌 때부터 그는 곧 자기 차례가 돌아오리라는 것을 내다보았다. 그는 이리저리 뒤척이며 간밤을 꼬빡 뜬눈으로 지새울 수밖에 없었다. 결국 그 순간이 도래했다. 그렇다면 그의 목숨은 이미 끝장난 셈이다. 이 교도소 안에 파라위의 똘마니들은 어딜 가나 지천으로 널려 있다. 파라위의 눈 밖에 나면 바퀴벌레 한 마리조차 숨을 구석이 없을 정도이다. 만일 카미유가 파라위와 어떤 협상을 벌인 후 넌지시 뷔송의 이름을 알려줬다면, 빠르면 한 시간, 늦어도 이틀 이내에 누군가가 구내식당 출구쯤에서 뷔송의 목울대를 송곳으로 꿰뚫어버릴 게 뻔하다. 혹은 덩치들이 나서서 그의 목을 철사로 나뭇가지에 매달아 교수형에 처할 수도 있다. 3층 난간에서 그가 타고 있는 휠체어와 함께 굴러 떨어질지도 모른다. 아니면 자다가 매트리스 위에서 누군가의 손에 질식사를 당할 가능성도 있다. 이제 모든 건 베르호벤 반장의 재량에 달려 있는 셈이다. 그가 원하기만 하면 파라위의 수하들은 뷔송에게 최대한 죽음의 고통을 주면서 숨줄이 끊기는 마지막 순간을 유예하려 들 수도 있는 일이다. 어쩌면 냄새 나는 화장실에서 밤새도록 입에 재갈을 물려두고 서서히 숨통이 끊기기를 기다릴 수도 있고, 작업실 벽장에 꼼짝도 못하도록 처박아두고 피를 한두 방울씩 뽑아가는 식으로 죽음에 이르기를 유도할 수도 있다……

한마디로 뷔송은 카미유의 손에 죽을까 봐 지금 몹시 겁에 질려 있다.

그는 카미유가 복수해올지도 모른다는 걱정을 한동안 잊고 살아왔다. 그러니만큼 그 걱정이 현실로 다가올 듯하자 더욱 초조하고 불안해지지 않을 수 없었다. 이곳에서 복역하는 동안 뷔송은 의외로 잘 지냈다. 감옥이란 공간을 자기에 맞춰 탈바꿈시켰으며 동료 죄수들의 존경을 이끌어냈다. 뿐만 아니라 교도소 안에서도 원하는 게 있으면 뭐든지 손에 넣는 재간을 보였다. 복역하는 동안 이렇게 지내다보니 그는 복수의 공포에서 자유로울 수 있었던 셈이다. 하지만 카미유가 이곳에 어슬렁거리기 시작하면서 그런 착각은 금세 깨지고 말았다. 카미유가 파라위를 면회했다는 사실만으로도 모든 게 원점으로 돌아갔다는 것을, 그동안 뷔송은 사실상 집행유예 상태에 불과했다는 것을 일깨워주기에 충분했다. 사람들은 복도에서 모이기만 하면 이 일을 두고 쑥덕거렸다. 파라위는 베르호벤 반장과 모종의 거래에 합의했다는 소식을 떠벌리고 다녔다. 그로 인해 뷔송은 더욱 불안해졌다. 몇몇 간수들은 그 사실을 알면서도 묵인하는 눈치다. 복역수들도 예전과는 다른 눈빛으로 그를 대하기 시작한다.

그렇다면 왜 하필 지금인가. 그게 바로 뷔송이 품은 궁금증의 요지이다.

"여기서 마치 보스라도 된 듯 으스대며 지내는 모양이더군……"

뷔송은 카미유의 이 말이 자기 궁금증에 대한 대답인지 아닌지 가늠해본다. 하지만 아니다. 카미유는 그저 안부를 떠봤을 뿐이다. 뷔송은 아주 머리 회전이 비상한 사람이다. 이렌을 살해하고 달아나던 순간 루이가 쏜 총에 척추를 다쳐 지금은 휠체어 신세를 져야만 하는 처지로 전락했지만, 그전까지는 경찰을 농락하고 다녔을 정도였다. 교도소에 들어와서도 그동안의 활약상을 윤색하고 미화시켰으며 그 평판에 힘입어 복역수들 사이에서 일종의 스타로 자리 잡았다. 동료 복역수들은 어떻게 경시청 강력반 같은 공권력이 그토록 오랫동안 뷔송에게 당할 수밖에 없었는지 의아해 하며 그를 범죄 세계의 대가처럼 떠받들었다. 영악한 그는 그들에게서 최대한 자신에 대해 호감을 이끌어내고자 노력했다. 그 결과 감방 안의 서열 다툼에서 우위를 차지할 수 있었다. 그러면서도 예전의 무용담을 팔아먹는다든가 정보를 공유하는 방식으로 계속 복역수들의 환상에 부응하려는 처신을 유지했다. 교도소 안에서는 뷔송만큼 물정에 밝고 두뇌 회전이 빠른 죄수들이 아무래도 드물다보니 그런 수법이 먹히는 것도 당연한 노릇이었다. 그는 여러 해 동안 교도소 안에서 촘촘한 관계망을 형성했다. 그 관계망은 나중에 바깥으로도 확장되었다. 출소한 복역수들 덕분이었다. 뷔송은 그들과도 계속 긴밀히 연락하며 많은 도움을 베풀었다. 추천서를 써주고 경제적인 지원을 아끼지 않는가 하면 회동을 주선해주기도 했다. 그러다보니 지난해에는 심지어 파리 서부 교외지역의 폭력조직들 사이에 발생한 분쟁에 개입해서 사태를 중재하는 역할로 나서기까지 했다. 그는 누구나 동의할 만한 중재안을 제의했고, 마치 금은 세공사처럼 능숙한 솜씨로 협상을 이끌었다. 사실 그런 세계에는 한 번도 발을 담근 적이 없었지만 뷔송은 폭력조직의 모든 생리를 꿰뚫어볼 줄 알았다. 교도소 바깥에서 벌어지는 일이라 할지라도 그게 범죄와 관련된 사안이라면 뷔송으로서는 파악하지 못할 게 없었다. 그는 그만큼 그쪽 분야에 해박했고 어느 누구보다 정보량도 많았다. 그러니 교도소 안에서 권력자처럼 대접을 받는 것도 이상한 일이 아니다.

하지만 그래봤자 이제는 카미유의 결정에 따라 생사여부가 갈릴 판이다. 그가 나쁜 쪽으로 결정을 내리면 늦으면 내일, 빠르면 한 시간 이내에 뷔송의 목숨은 끝장날 게 확실하다.

"어쩐지 안색이 별로 좋지 않아 보이는군……" 카미유가 말한다.

"기다리는 중입니다."

이렇게 말해놓고 뷔송은 이내 후회스러워진다. 자기가 한 말에서 공연히 도발적인 뉘앙스, 그러니까 상대방의 처분에 모든 것을 내맡기겠다는 자포자기의 심정이 전해질 것 같아서이다. 카미유가 아무렴 그렇겠지, 라는 투로 한 손을 들어 올려 보인다. 무슨 생각에서 저렇게 말했는지 알 것 같다.

"일단 저한테 상황을 설명해주시고 나서……"

"아니." 카미유가 말한다. "설명 따위는 필요 없어. 나는 그저 너한테 상황이 어떻게 돌아가게 될지만 말할 거야. 그게 다다."

뷔송의 얼굴이 하얗게 질린다. 막상 베르호벤 반장의 냉담한 태도와 마주하니 현실적인 위협의 공포가 더해진 것 같다. 그게 뷔송의 심기를 들쑤신다. 이대로 당하고만 있을 수는 없다.

"그래도 저한테 최소한 설명을 들을 권리는 있는 거 아닙니까!" 뷔송이 그렇게 고함을 내지른다.

외모만 보자면 요사이 다른 사람처럼 변한 것 같지만 실제로 속은 하나도 바뀌지 않았다. 늘 이런 식으로 자의식을 주체하지 못해 탈이다. 카미유가 자기 호주머니를 뒤적거린다. 그러더니 탁자에 사진 한

장을 올려놓는다.

"빈센트 하프너다. 이게 어떤 작자냐 하면……"

"나도 알아요, 이게 어떤 작자인지."

마치 엄청난 모욕이나 당했다는 듯이 뷔송의 입에서 그런 말이 반사적으로 튀어나왔다. 그런 식으로 내뱉고 나니 불안이 다소나마 가라앉는 것 같기도 하다. 그런데 몇 초간 침묵이 흐르는 사이 뷔송은 혹시 자기에게 어떤 기회가 주어질지도 모른다는 기대감이 생기기 시작했다.

카미유는 뷔송의 목소리에서 어쩔 수 없긴 하지만 도움이 필요하다면 자발적으로 협력할 용의가 있다는 의향을 읽어냈다. 하지만 뷔송은 거기서 멈출 놈이 아니다. 그건 애초부터 충분히 예측가능한 일이었다. 뷔송은 기회만 생기면 맞불을 놓거나 뒤통수를 치려 들고도 남을 놈이다.

"개인적으로 아는 건 아니고요…… 전설까지는 아니라 해도 이 바닥에서 꽤 알려진 인물이죠. 아주 흉폭하고 잔인무도하기로 악명이 높거든요."

도대체 얼마나 엄청난 속도로 이자의 신경 연결망이 작동하는지 알아보려면 뇌 속에 전도체라도 투입해봐야 하지 않을까 싶을 정도이다.

"지난 1월에 어디론가 증발했어." 카미유가 다시 입을 연다. "지금까지도 도무지 그 행방을 찾아낼 길이 없군. 그자와 함께 일해온 측근들조차도 어디로 사라졌는지 모르겠다는 거야. 연락도 뚝 끊고 말이지. 그런데 얼마 전 갑자기 다시 나타났지. 젊었을 때를 방불케 할 만한 수법으로 한바탕 휘젓고 또 사라졌어. 말하자면 일선 현장에 복귀한 셈이지. 그것도 자기가 아주 건재하다는 것을 과시하면서 말이지."

"그런데 뭔가가 석연치 않다 이거로군요."

"홀연히 사라졌다 난데없이 다시 등장한 것을 어떻게 결부지어 받아들여야 할지 난감하다 이 말이야. 그것도 느지막한 나이에 접어들어서."

"그러고 보니 뭔가 이상한 구석이 있긴 있는 것 같군요."

카미유는 일부러 수심 어린 안색을 노출한다. 뭔가 자기 자신에 대해 불만스럽고 분노를 금치 못한다는 표정이다.

"그래, 그렇게 말할 수 있겠군. 뭔가 이상한 구석이 있는 거지. 내가 이해하지 못하는 뭔가가 있는 거야."

순간 뷔송의 얼굴에 희미한 미소의 그림자가 떠올랐다 사라진다. 카미유는 녀석의 자만심을 자극하기로 한 작전이 주효하고 있는 듯해서 내심 쾌재를 부른다. 그 자만심이야말로 뷔송을 희대의 살인마가 되도록 이끈 원흉이다. 결국 자만심 때문에 그는 감옥까지 오게 된 셈이다. 나중에 그가 독방에 고립되어 죽게 된다면 그 또한 이놈의 자만심 때문일 공산이 크다. 그런데도 녀석은 자신의 나르시시즘이 얼마나 위험한지를 전혀 직시하지 못하고 있다. 그것은 바닥없는 우물과도 같다. 무슨 수를 써도 충족되지 않는다. 오히려 녀석이 몸을 기울이기는 순간 아득한 구덩이 속으로 끌어넣을 기회만 노리고 있을 뿐이다. 다 알면서도 '내가 뭐 아는 게 있어야지' 하고 뇌까리는 건 뷔송의 장기이다. 그런데 문제는 그것을 제대로 감추지 못 한다는 점이다.

"그자의 신변에 어쩌면 무슨 문제가 발생했을 수도……"

기왕에 이렇게 된 거 끝까지 가야 한다. 카미유는 자기가 지금 얼마나 몸을 낮추는 척하느라 괴로운지 드러내지 않는다. 그는 수사관이다. 결과가 수단을 정당화한다. 그는 뷔송과 정면으로 눈길을 맞춘다. 그러고는 무슨 일인지 몹시도 궁금해 죽겠다는 표정을 지어 보인다.

"하프너가 꽤 아프다는 소문이 나돌더라고요……" 뷔송이 한 음절씩 끊어 또박또박한 발음으로 그렇게 말한다.

어떤 전략을 한번 택하면 반례가 나오기 전까지는 그대로 쭉 밀고 나가는 게 상책이다.

"죽어간다는 말도 있더군." 카미유가 그렇게 답한다.

그 결과는 기대 이상이다.

"그렇다고 하더라고요. 그러다보니 요사이 흔들리는 것처럼 보이는 것일 수도 있죠. 곧 죽을지도 모르니까요! 자기보다 훨씬 어린 여자랑 같이 산다더군요…… 극빈층 출신의 창녀라는데 열아홉 살 때 이미 샤토루 일대를 다 휩쓸었다네요. 유난히 그 짓을 좋아하는 여자가 틀림없어요. 그렇지 않고서야 어찌……"

카미유는 뷔송이 어느 순간부터 눈치를 채고 경계하게 될지 아니면 자기도 모르는 사이에 끝까지 갈지 슬슬 궁금해진다. 다행히도 일단은 후자 쪽 같다.

"이 정도로 비천한 그녀의 출신성분에 아랑곳하지 않고, 하프너는 이 여자에게 깊이 빠져 들었던가 봅니다. 반장님, 아무리 봐도 사랑의 힘이란 참 대단하죠? 뭐, 반장님이야 그런 문제라면 익히……"

카미유는 내색하지 않으려 애쓰지만 안에서 뭔가가 울컥하고 올라오는 게 느껴진다. 미세하게 균열을 일으키려는 조짐이 보인다. 내면이 온통 아물지 않을 상처로 얼룩져 있으니 그러는 것도 무리가 아니다. 이 순간에도 뷔송은 자기의 범행 때문에 흉흉해진 과거사로 카미유를 서슴지 않고 조롱했다. '반장님, 아무리 봐도 사랑의 힘이란……' 운운.

뷔송도 그것을 알아챈 눈치다. 여담의 즐거움 때문에 대화의 본줄기를 흐트려놔서는 안 될 말이다.

"하프너가 실제로 위독하다면," 뷔송이 다시 대화의 본줄기로 돌아온다. "아마도 그는 자기 애인에게 풍족한 유산을 남겨주고 싶어 할 테지요. 죽음을 앞두고 있을수록 범죄에 물든 영혼들에게서 더 숭고하고 갸륵한 마음씨가 드러나는 경우도 많거든요……"

발 없는 말이 천리를 간다고, 소문은 참 빠르다. 카미유에게 처음으로 그 말을 전해준 사람은 루이였다. 하지만 그 소문의 진위를 확인할 길은 아직 묘연하기만 했다.

그런데 그 말을 듣는 순간 어쩐지 카미유에게는 암울한 터널 끝으로 새어 들어오는 빛과 마주한 기분이 든다. 이런 안도감이 뷔송에게도 전해진 모양이다. 하지만 놈을 조심해야 한다. 뷔송은 사악하기 그지없는 놈이다. 자기 인생을 걸고서라도, 베르호벤 반장이 지금 뭔가를 절실히 원한다면 그것을 교묘히 악용하려 들 놈이다. 결국 자기에게 찾아와서 뭔가 도움을 요청할 정도로 절박한 사정까지도 자기 재량껏 요리하려 들고도 남을 놈이 바로 뷔송이다. 베르호벤 반장이 복수하려는 게 아니라는 점은 확인했으니 이제 어느 편에 서야 할지 벌써부터 그의 머릿속에서는 요란하게 주판알이 굴러다니기 시작한다.

하지만 카미유는 그에게 주판알이나 튕기고 있을 여유를 주지 않는다.

"지금 나한테는 하프너가 필요하다. 지금 당장. 열두 시간 준다. 어떻게 해서든 찾아와."

"그건 불가능해요!" 뷔송이 제자리에서 펄쩍 뛰며 그렇게 소리를 지른다.

그러자 카미유가 자리에서 천천히 일어선다. 그가 이대로 가버리면 뷔송으로서는 목숨을 부지할 수 있는 마지막 기회가 사라지는 셈이다. 그는 주먹으로 휠체어의 손잡이를 세차게 내리친다. 카미유는 그대로 제자리에 버티고 서 있다.

"딱 열두 시간이야. 한 시간도 더 넘기면 안 된다. 늘 긴박하게 움직여야 일이 더 잘 풀리는 법이니까."

그러고는 발길을 돌려 손바닥으로 문을 두드린다. 문이 열리자 한 번 더 뷔송에게로 돌아선다.

"차후에도 내가 언제든 원하기만 하면 네 목숨을 끊어놓는 것쯤이야 일도 아니라는 사실을 잊지 말도록."

다음과 같은 사실을 암시하기 위해서는 그가 그렇게 말하는 것만으로도 충분했다.

즉, 상황이 그렇게 돌아갔다면 뷔송은 벌써 죽고도 남았으리라는 점.

그리고 카미유 베르호벤의 입장에서 자기 부인을 죽인 살해범과 뭔가에 대해 교섭한다는 것은 심히 부적절하게 여겨질 수밖에 없으리라는 점.

이로써 카미유는 자기에게 부담이 가는 무리수를 다 동원한 셈이다. 그러고 보니 자신이 지금까지 이만큼 커다란 위험부담을 무릅쓴 적도 없었다는 사실을 깨닫게 된다. 뷔송은 어쩔 수 없이 베르호벤 반장이 원하는 대로 움직일 수밖에 없는 처지이다.

카미유는 홀가분하다는 안도감과 가슴이 먹먹하게 짓눌리는 듯한 괴로움을 동시에 느끼며 교도소에서 빠져나온다. 어떤 재난에서 마지막으로 구조된 사람의 기분이 아마 이와 비슷할지도 모른다.

—— 9시

피로만큼이나 추위도 나를 악착같이 괴롭힌다. 당장은 심하게 느껴지지 않지만 활동을 잠시라도 멈추고 가만히 있으면 이내 뼛속까지 얼어붙을 듯한 냉기에 시달린다. 하지만 정확한 조준점을 확보하자면 어쩔 수 없는 일이다!

그래도 집 안 구석이 너무 잠잠해서 뭔가 찜찜하다. 집은 지붕이 꽤 높은데도 단층이다. 꽤 넓어 보인다. 앞 공간이 탁 트여 있어 마음에 든다. 마당 한 귀퉁이에 있는 헛간을 은신처로 삼았다. 시골 가면 흔한 매음굴처럼 생긴 곳이다.

우선은 망원경 달린 소총이다. 발터와 사냥칼은 일단 숨겨둔다. 부피가 너무 커서 발각될 위험성이 크기 때문이다.

지금으로서는 지형을 익히는 게 핵심이다. 손쉽게 일을 해치워버리자면 어디가 어딘지 반드시 알아둬야 한다. 무조건 꼼꼼하고 세밀해야 한다. 뭐라 그랬더라? 맞아. '신경외과적인' 세밀함으로. 여기서 모스버그를 사용한다는 것은 미니어처를 그리는 데 페인트 붓을 꺼내 드는 거나 마찬가지다. 신경외과적인 세밀함이란 오밀조밀하게 구멍을 파 들어간다는 뜻이렷다. 페어글라스의 면적이 시원하게 커서 안이 다 들여다보인다. 조준용 망원경이 달린 M40A3으로 충분할 것 같다. 이 소총은 세밀한 작업에 그만이다. 게다가 철갑도 뚫어버릴 정도니만큼 격발의 강도도 딱이다.

집 오른쪽에는 뭔가가 무더기로 쌓여 있다. 그 꼭대기에 고여 있던 빗물이 흘러넘친다. 이제 보니 건축 자재들과 회반죽, 시멘트 블록 등이다. 그것들로 배수시설을 보수하려고 한 모양인데 확실치는 않다. 가장 이상적인 위치라고는 말할 수 없을지 몰라도 내가 고를 수 있는 범위 안에서는 그래도 여기가 최선이다. 여기서 보니 표적의 일부가 비스듬하나마 확실히 시야에 들어온다. 쏠 때는 아무래도 일어나서 하는 게 더 유리할 것 같다. 마지막에 표적이 딱 조준점에 걸렸다 싶을 때.

표적이 왔다 갔다 하는 게 벌써 한두 번 눈에 띄었다. 후회하지 않으려면 이때다 싶을 때 재빨리 당겨야 할 것이다. 절대로 어리바리하게 굴어서는 안 된다. 모든 일을 능숙하게 처리하고 가야 한다.

 카미유가 나가고 나서 곧바로 안은 자리에서 일어나 현관문 앞으로 가보았다. 그가 문을 제대로 잠그고 나갔는지 확인하기 위해서였다. 이미 이 집에는 여러 차례 도둑이 든 적이 있다. 지키는 사람도 없이 외딴 곳에 방치되어 있으니 어찌 보면 당연한 노릇이었다. 그 후로는 집에 철갑을 두르다시피 했다. 거실의 페어글라스는 이중 강화유리이다. 아무리 망치로 깨뜨리려고 해봐야 헛수고일 뿐이다.
 "이게 경보 시설의 보안코드니까 미리 알아둬." 여기 도착하자마자 카미유는 수첩에서 한 페이지를 찢어 그녀에게 내밀어 보였다. "우선 샤프 버튼을 누르고 그 다음에 숫자, 다시 샤프 버튼 순이야. 그러면 잠금장치가 해제되면서 경보가 울리기 시작할 거야. 경찰 쪽에는 연결되어 있지 않아. 1분 정도밖에 지속되지 않긴 해도 이 정도면 충분한 방비 효과가 있을 거야."
 보안코드는 290091571이다. 그녀는 그 번호가 무엇을 가리키는 숫자들인지 굳이 묻고 싶지 않았다.
 "카라바조가 태어난 날짜야……(이렇게 말하며 그는 약간 미안해하는 기색을 보였다) 보안코드로 쓰기에 별로 나쁘지 않은 숫자조합 같아. 그걸 아는 사람이 많지는 않을 테니까 말이야. 설령 그렇다 해도 여기 와 있는 이상 그걸 누를 일은 아마 없을 거야. 그러니 안심해도 돼." 그녀는 뒤쪽으로도 가보았다. 그쪽에는 세탁장과 욕실이 있다. 외부로 통하는 문이 하나 있긴 하지만 자물쇠로 단단히 잠겨 있다.
 안은 욕실로 들어가서 지금 할 수 있는 대로 대충 샤워를 했다. 머리를 제대로 감는 게 불가능했다. 그 때문에 손가락에 덧댄 부목을 뺄지 말지 잠시 고민했다. 결국은 그러지 않았다. 그러자니 너무 통증이 심할 것 같아서였다. 손가락 관절 끝부분에만 살짝 뭐가 닿아도 못 참고 비명을 내지를 지경이다. 어쩌면 계속 이대로 살아야 할 수도 있다. 손이 곰 발바닥으로 변해버리고 만 것 같다. 뭔가를 하나 집으려 해도 여간 힘든 게 아니니 말이다. 하는 수 없이 왼손은 가만히 놔두고 오른손 엄지손가락으로만 대충 몸을 씻어야 했다.

샤워를 하고 나니 정말 기분이 개운해졌다. 밤새도록 자기 몸이 너무 불결하게 느껴져서 참기 힘들 정도였다. 게다가 아직도 몸에서 병원 냄새가 진동하는 것 같았다.

처음에는 뜨겁게, 이어서는 적당히 미지근하게 수온을 조절한 후 꽤 오랫동안 그 물에 몸을 적셨다. 그러면서 창문을 살짝 열어두었다. 그러자 상쾌한 바람이 새어 들어왔다. 그 바람결에 활기가 다소 회복되는 기분이 들었다.

하지만 얼굴은 별로 변한 게 없어 보인다. 거울에 비쳐보니 전날 저녁과 내내 똑같은 모습이다. 오히려 점점 더 추해지는 것 같다. 붓기도 더 심해 보인다. 이쪽은 시퍼렇고 저쪽은 누르스름하다. 게다가 앞니는 모조리 깨져 있고……

카미유는 조심해서 차를 모는 중이다. 너무 조심조심. 너무 느릿느릿. 자동차 전용도로 구간은 그리 길지 않다. 운전자들은 제한속도를 잊어버리기 일쑤다. 카미유는 지금 정신을 딴 데 팔고 있다. 운전은 자동 속도조절장치에 맡겨놓았다. 운행이 최저속도에 맞춰진다. 시속 70킬로, 60킬로, 곧 50킬로까지 속도가 떨어진다. 그러다보니 후방 차량들에서 아주 난리가 났다. 연신 경적기를 울려대고 차창 밖으로 욕설을 퍼붓는가 하면 전조등을 깜빡거린다. 그런데도 카미유의 차는 파리 외곽도로까지 그 속도를 유지한다. 어떤 질문에 사로잡혀 있는 탓이다. 어젯밤 그는 자신의 내밀한 장소로 그녀를 데려다놓고 함께 잤다. 그런데 도대체 그는 그녀에 대해 실제적으로 무엇을 알고 있나? 그와 안은 서로에 대해 무엇을 알고 있는가?

그는 재빨리 안이 자기에 대해 무엇을 알고 있나 한번 헤아려보았다. 그러고 보니 그녀에게는 모든 것을 털어놓았다. 이렌과 모친, 그리고 부친에 대해서까지. 그의 삶에서 이들의 존재를 빼면 남는 게 거의 없다 해도 지나친 말이 아니다. 거기에 이렌의 죽음이 더해졌을 뿐이다. 하지만 그로 인해 카미유의 삶은 다른 이들보다 훨씬 비극적으로 변하고 말았다.

그런데 그가 그녀에 대해 알고 있는 것은 별로 많지 않았다. 직장과 결혼, 남동생, 이혼, 미국에 가 있다는 딸내미 하나.

생각이 여기에 이르자 카미유는 돌연 길 한복판에서 차의 방향을 틀기로 한다. 그러고는 휴대폰을 꺼내 시가 잭에 연결한다. 인터넷에 접속하기 위해서다. 내비게이터가 열린다. 액정이 너무 작아서 잘 보이지 않는다. 안경을 쓴다. 그러다 휴대폰을 손에서 놓친다. 그것을 찾으려면 손으로 좌석 밑을 더듬거려야 한다. 1미터 45센티의 왜소한 체구로 그게 쉬울 리 없다.

차가 다시 한번 오른쪽 차선으로 넘어가더니 비상 차량들을 위한 갓길의 경계선까지 치닫는다. 휴대폰이 카미유의 손에 잡힌다. 하지만 이러는 동안에도 그의 주의는 온통 한 가지 문제에만 쏠려 있다.

자기가 안에 대해 알고 있는 것.

그녀의 딸. 그녀의 남동생. 여행사가 그녀의 일터라는 것.

그밖에 다른 사항은?

불현듯 등줄기가 따끔거린다.

그리고 입가에 침도 고인다.

카미유는 휴대폰 액정에 대고 '베르티히 앤드 슈빈델'이라는 문자를 기입해보려 한다. 문자를 찍어 넣는 게 쉽지 않다. 이 상호는 아예 자판에 나오지 않는 철자투성이다. 그래도 근근이 완료하는 데 성공한다.

홈페이지의 안내 화면이 뜨기를 기다리는 동안 신경질적으로 운전대를 톡톡 두드린다. 이윽고 꿈결 같은 종려나무와 해변의 이미지―해변에 가보고 싶어 하는 사람들을 의식한 듯한―로 장식된 안내 화면이 열린다. 그러는 사이 세미 트레일러 한 대가 요란하게 경적을 울려대며 카미유의 차를 추월해서 지나간다. 카미유는 살짝만 핸들을 튼다. 그런데도 그의 시선은 여전히 휴대폰 액정에 고정되어 있다. 연혁, 사장의 인사말 따위에는 관심 없다. 옳지, 회사의 조직편성표가 여기 있다. 카미유는 서슴지 않고 갓길로 차를 몬다. 그러다 갑자기 몸을 바로 세운다. 차 한 대가 왼쪽으로 아슬아슬하게 비껴 지나간다. 신경질적인 경적 소리. 마치 그 차의 운전자가 흥분해서 내뱉은 욕설처럼 들린다. 서비스 관리 및 재무책임자 장 미셸 파예. 한 눈은 휴대폰에 쏠려 있고 다른 눈으로는 전방을 살피면서 운전하다보니 어느새 파리 문턱이다. 카미유는 휴대폰 액정을 얼굴에 바짝 가져다댄다. 장 미셸 파예의 얼굴 사진이다. 나이는 서른 살. 다소 통통해 보인다. 머리가 듬성듬성하게 벗겨지긴 했지만 자부심이 넘쳐 보이는 얼굴이다. 비록 대머리라 해도 관리가 잘 되어 있는 것 같다.

차가 파리 교외지역으로 접어든다. 휴대폰 액정에는 여행사 측에서 고객들의 연락을 유도하는 화면들이 끝도 없이 펼쳐진다. 장삿속의 유구한 전통을 유감없이 과시하고 있다. 카미유는 그 화면들을 서둘러 넘긴 후 직원 명단에서 안의 사진을 찾는 데만 열중한다. 화면 하단의 화살표를 엄지손가락으로 눌러 연이어 나오는 사진들을 한 장씩 넘긴다. 이런, 이름의 첫 철자가 F인 직원 명단을 모르고 넘겨버렸다. 그때 뒤에서 사이렌 소리가 들려온다. 룸미러로 시선을 옮긴다. 그러고는 차선으로 다시 차를 옮긴다. 이미 늦었다. 경찰 오토바이가 추월해 와서 카미유에게 차를 세우라고 손짓한다. 어쩔 수 없이 손에서 휴대폰을 내려놓는다. 이런 빌어먹을.

그는 차를 세운다. 경찰들이란 정말이지 골칫거리다.

여기에는 여자들을 위한 물건이 하나도 없다. 헤어드라이기도 없고 거울도 없다. 남자가 기거하는 공간답다. 끓여 마실 차도 없다. 그래도 머그잔은 많다. 안은 그중에서 이런 키릴 문자가 새겨져 있는 잔 하나를 골랐다.

Моң дядя самыіх честиыіх равнд,
КогДа не в шугку занемог

허브차가 있긴 했지만 이미 유통기한을 넘긴 지 오래였다. 그래서인지 아무 향도 나지 않았다.

아무래도 이 집에 있는 동안에는 뭘 해야 할 때마다 몸도 많이 구부려야 하고 그만큼 힘도 많이 들겠다는 생각이 순간적으로 안의 머릿속에 스쳐 지나갔다. 집주인이 1미터 45센티밖에 안 되는 단구의 사내다보니 문손잡이며 서랍, 각종 집기들, 전등 스위치 등 모든 게 일반적인 위치보다 훨씬 낮게 설치되어 있다는 이유가 가장 컸다. 또한 집을 한 바퀴 둘러보니 사다리, 발판, 목조 걸상 등 발을 딛고 올라설 수 있는 기구들이 도처에 놓여 있다는 것도 특징적이다. 모든 게 낮게 설치되어 있는데도 정작 카미유의 키보다는 다 높은 위치에 있기 때문이다. 그러니까 말하자면 카미유는 이 공간에서 자기 말고 다른 누군가와 지내게 될 가능성을 완전히 배제하지는 않은 것 같다. 유심히 살펴보면 모든 게 카미유에게도 거북하지 않고 보통 사람 정도의 키로도 이용하기가 과히 불편하지 않을 정도의 중간 높이에 놓여 있다.

이런 사실을 확인하자 문득 안은 마음이 뭉클해졌다. 지금까지 그녀는 카미유에게 동정심 따위를 품어본 적이 전혀 없었다. 동정심은 그가 자아낼 법한 종류의 감정이 아니었다. 그런데 지금은 묘한 감동에 가슴이 먹먹해져왔다. 그러면서 다른 한편으로 느껴지는 것은 죄책감이다. 그녀는 과거 어느 때보다 지금 여기서 심한 죄책감을 느꼈다. 그를 자신의 삶에 짜 맞추고 있다는, 자신의 편의에 맞추도록 그에게 강요하고 있다는 죄책감이 몰려왔다. 하지만 더 이상은 눈물을 흘리고 싶지 않다. 그녀는 그러지 않기로 독하게 마음을 다져먹었다.

다시 마음을 추슬러야 한다. 그녀는 허브차를 개수대에 따라버린다. 마치 자기 자신에 대한 분노를 표출하듯 매몰찬 태도로.

지금 그녀는 보라색 레깅스와 폴로셔츠를 입고 있다. 여기에는 그녀가 입을 만한 옷이 한 벌도 없다. 병원으로 옮겨졌을 때 그녀가 입고 있던 옷은 모두 검붉은 핏물로 얼룩져 직원들이 폐기처분했다. 지금 입고 있는 것은 카미유가 그녀의 집에 가서 가지고 온 옷가지들이다. 그는 혹시라도 누군가가 그 집에 들어올지 몰라 그녀가 잠시 외출한 것처럼 보이도록 하려고 옷장에서 최소한의 옷가지들만 챙겨 왔다. 그는 응급실의 비상출입문 앞에 차를 세워두고 있었다. 안은 안내 창구 직원에게 들키지 않도록 조심하면서 그곳을 빠져나왔다. 그러고는 황급히 차의 뒷좌석에 올라탄 후 남들의 눈에 뜨이지 않도록 몸을 눕혔다.

그는 오늘 저녁 그녀에게 옷들을 더 가져다주겠다고 했다. 하지만 오늘 저녁이란 그녀에게 기약할 수 없는 시간처럼 여겨졌다.

전쟁터에 내몰린 사내들은 매일같이 이런 질문을 반복해서 하게 된다. 혹시 오늘 죽게 되는 게 아닐까?

이곳만큼은 안전하리라는 카미유의 확언에 코웃음 치듯, 그자는 결국 이리로 들이닥치고 말 것이다.

남는 문제는 그게 언제쯤이냐는 것뿐이다. 그녀는 페어글라스 앞에 우두커니 멈춰 서 있다. 실내를 한 바퀴 돌아본 후부터, 그리고 카미유가 나간 이후부터, 그녀는 묘하게도 페어글라스 너머로 광활하게 펼쳐진 숲가에 마음이 끌렸다.

싱그러운 아침 햇살 속에서 그 풍광은 마치 사람을 홀릴 듯한 환영처럼 눈부시게 피어오른다. 그녀는 몸을 돌려 욕실에 가려다 말고 다시 숲의 전망이 드넓게 펼쳐진 페어글라스 앞으로 돌아와 머문다. 불현듯 바보 같은 생각 하나가 그녀의 머릿속으로 스쳐 지나간다. 『타르타르 사막』이라는 책에는 다음과 같은 대목이 나온다.

사막과 마주한 선봉대에게 가장 무시무시한 적은 무엇일까?

그것은 '어떻게 해야 살아남은 채로 여기서 탈출할 수 있을까?'하는 생각이다.

경찰은 참 괜찮은 친구들이다.

차에서 내리자마자(카미유는 운전석에서 몸을 빼내려면 일단 다리를 앞으로 쭉 내민 후 꼬마처럼 깡충 뛰어내려야 한다) 오토바이 순찰대 대원은 그가 베르호벤 반장이라는 것을 알아보았다. 순찰대 대원은 2인 1조로 교대 근무를 해가며 관할 지구의 교통 단속을 맡고 있다. 그러니만큼 너무 멀리 가는 것은 무리라 해도 카미유에게 생클루 입구까지는 차량 에스코트를 해주겠다고 제의했다. 하지만 그전에 이렇게 충고하는 것도 잊지 않았다. 반장님, 아무리 급한 용무가 있다 하더라도 운전 중에 휴대폰 사용은 금물입니다. 공무 집행 중일 때조차도 그로 인해 공공의 안전을 해치게 되면 곤란하니까요. 여하튼 덕분에 30분가량을 벌게 된 카미유는 계속 휴대폰을 만지작거리는 데 열중했다. 하지만 이번에는 조심스럽게. 정해진 지점에 가까워지자 순찰대 대원은 거수경례를 올려붙인 후 지나온 방향으로 사라졌다. 카미유는 다시 안경을 꺼내 썼다. 베르티히 앤드 슈빈델 여행사의 직원 명단에 안 포레스티에라는 여자가 올라 있지 않다는 것을 확인하기까지는 10여 분 남짓한 시간이 걸렸다. 하지만 웹페이지는 2005년 12월 이후로 한 번도 업데이트된 적이 없었다…… 그 무렵이라면 안이 아직 리옹에 살고 있었을 시절이다.

경시청에 도착한 그는 차에서 내려 황급히 계단을 밟아 올라간다. 그때 휴대폰이 울린다.

게랭이다. 카미유는 발길을 돌려 다시 안마당으로 재빨리 내려간다. 게랭이냐고 물을 필요도 없다.

"전화해줘서 고맙소." 몹시 반색한 목소리로 카미유가 말한다.

그러고는 무슨 용무로 통화하려고 했는지부터 설명하기 시작한다. 동료에게 부담을 끼칠 생각은 전혀 없다. 하지만 솔직히 말해서 지금 나는 당신한테 도움을 요청하려는 거다. 이제부터 내가 차근차근 말해줄 테니 한번 들어봐라. 하지만 그럴 필요가 없어졌다. 게랭은 이미 알고 있다. 알고 보니 미샤르 서장도 그에게 메시지를 남겼다. 틀림없이 같은 용무 때문이었을 듯하다. 게랭은 잠시 후 서장과도 통화를 할 생각이지만 그때도 카미유에게 한 말과 똑같은 내용을 고스란히 반복할 수밖에 없을 것이다. 즉, 어떤 식으로든 자기는 이번 강도사건에 대해 아무것도 모른다는 것.

"노형, 내가 말이지 나흘 전부터 휴가였어요. 지금 전화도 시칠리아에서 하는 거요."

이런 망할. 게랭과의 통화에 잔뜩 기대를 걸어온 카미유로서는 따귀라도 얻어맞은 기분이다. 그는 그래도 전화해줘서 고맙다고 인사한다. 아니, 별일 아니니까 신경 쓰지 말아요. 그래요. 휴가나 잘 보내다 오시오. 그러고는 전화를 끊는다. 갑자기 정신이 멍해져온다. 기대했던 게랭과의 통화에서도 별다른 수확이 없었다. 척추는 계속 따끔거리고 입가에 침이 고이는 증세도 멈추지 않는다. 아주 께름칙하다. 그의 경험상 이건 임무 수행 중에 야기되는 감흥과는 판이한 별개의 징후다.

"안녕하세요, 반장님!" 그때 예심판사가 지나가다 말고 카미유에게 인사를 건네 온다.

카미유는 계단으로 향하려다 말고 다시 내려온다. 이틀 전부터 점점 더 가속도가 붙는 롤러코스터에 강제로 올라타게 된 듯한 기분이 든다. 아침나절의 출근길부터 사방에서 난리다. 이놈의 롤러코스터는 자유 전자(電子)처럼 도무지 어디로 향할지 갈피를 잡을 수 없다.

"아, 판사님……!"

카미유는 짐짓 활짝 미소를 지어 보인다. 만일 누군가가 페레이라 판사의 입장이라면, 그는 아마 카미유가 자기를 한번 들이받으려고 호시탐탐 기회만 노리는 중일 거라 예단하기 십상이다. 그나마 나은 것은 카미유가 앞에 서 있는 상황이다. 앞에 있으면 그로 하여금 방심하도록 유도할 수 있으니까. 그는 자기 손에 무기가 들려 있지 않다는 것을 확인시켜줄 수밖에 없다. 그러면서도 다른 한편으로는 당혹스런 표정으로 고개를 주억거리게 된다. 참으로 치열한 신경전이다.

하지만 예심판사는 카미유보다 훨씬 더 무덤덤해 보인다. 그는 냉랭한 태도로 카미유와 악수를 주고받는다. 카미유는 혹시 예심판사의 뒤쪽에 그 여성 서기관이 수행하고 있지나 않은지 잠시 두리번거린다. 하지만 지금은 한창 바쁠 때다. 예심판사는 이미 발길을 돌려 다급하게 층계로 걸어 올라간다. 이런 그의 거동에서는 카미유와 공연히 맞부딪치기 싫다는 속마음이 엿보인다.

"예심판사님?"

페레이라는 걸음을 멈추고 잠시 뒤돌아선다. 왜 불렀는지 의아해하는 눈치다.

"잠깐 저 좀 보실 수 있을까요?" 카미유가 그렇게 청한다. "모니에 상가 사건에 대해 드릴 말씀이 좀……"

욕실의 기분 좋은 열기 때문인지 몰라도 거실로 돌아와 보니 실내가 꽤 서늘하게 느껴진다. 마치 이제 다시 현실로 돌아왔음을 일깨워 주는 듯한 냉기이다.

카미유는 이 집에 대해 뭐가 어디에 있고 어떻게 사용하는지, 가령 난로를 어떻게 켜야 하는지에 관하여 아주 세세하게 일러주고 갔다. 물론 안은 그것을 다 일일이 기억하진 못했다. 부지깽이로 난로 아궁이의 주철 뚜껑을 열고는 장작을 밀어 넣는다. 잘 들어가지 않는다. 그녀는 힘을 준다. 장작이 조금씩 안으로 밀려들어간다. 다시 아궁이 뚜껑을 닫는다. 그사이에 벌써 거실에는 매캐한 연기가 퍼져 나가고 있다. 동결건조 커피를 녹여 마시기로 한다.

몸이 잘 데워지지 않는다. 마음속이 선득해서 더욱 그럴지도 모른다. 물이 따뜻해지기를 기다리는 동안 다시 한번 숲가로 눈길을 돌려본다……

그러고는 소파에 앉아 카미유의 데생들을 둘러본다. 뭘 골라야 할지 모를 만큼 여기저기에 데생들이 널려 있다. 사람들의 다양한 얼굴, 희미한 실루엣, 제복 입은 사내들, 그러다 어떤 데생 한 장에 눈길이 머문다. 눈가에 다크 서클이 짙고 얼빠진 표정으로 서 있는 장신의 정복 경관이 그려져 있다. 그녀의 병실을 경계하기 위해 파견 나왔다는 그 경찰이 틀림없다. 그녀가 달아나던 와중에도 그는 코를 심하게 골며 깊이 곯아떨어져 있었다. 그림 속의 경관은 어느 장소 앞에서 경계근무를 서고 있다. 카미유는 그 모습을 간단한 몇 가지 선들만으로 표현했다. 그런데도 데생은 깜짝 놀랄 정도로 사실적이다.

거실에 잔뜩 널려 있는 데생들은 대부분 누군가의 정묘한 초상이다. 하지만 대상을 미화시켜 표현하려 한 것 같지는 않다. 이따금 카미유는 다소 과장되고 재기발랄한 만화 풍의 인물화를 남겨놓기도 했지만 그 모습은 오히려 우스워 보인다기보다 냉철한 특징이 더 두드러져 보인다. 인물에 대한 환상을 배제하고 접근하려는 카미유의 심성이 그대로 전해져온다.

그런데 낮은 협탁에 놓인 스케치북에서 뜻밖에도(여기에 설마 자신의 모습을 그린 데생이 있으리라고는 기대하지 않고 있었다) 안 자신의 모습이 튀어나온다. 여러 페이지에 걸쳐 계속될 만큼 분량도 많다. 그린 날짜가 언제인지는 밝혀져 있지 않다. 이내 눈물이 솟구친다. 카미유 혼자 온종일 이 아틀리에에 틀어박혀 매순간 다양한 자신의 모습들을 스케치북에 옮겼으리라는 생각이 드니 마음이 애틋해져서다. 한편으로는 자신에 대한 연민 때문이기도 하다. 여기 그려져 있는 여인은 지금의 자신과 아무 상관도 없다. 그것은 그녀가 건강하고 정상적인 신체 상태일 때 그려진 소묘들이다. 치열도 가지런하고 혈종도 보이지 않는다. 뺨과 입가의 굵직한 흉터 자국 따위도 없다. 지금 모습과 견줄 때 무엇보다 다른 것은 시선이다. 소묘에 나타난 여인의 시선은 지금 자기와 달리 맑고 투명하다. 카미유는 약간의 선 처리만으로 배경을 암시하는 데 그쳤지만 안은 알아볼 수 있다, 매 그림마다 카미유로 하여금 이런 소묘를 남기도록 자극한 것은 바로 주변 상황임을. 그와 처음 만난 레스토랑에서 미친 여자처럼 웃고 있는 안, 경시청 입구 앞에서 기다리고 있는 안, 스케치북의 페이지를 한 장 한 장 넘기다 보면 지금까지 그들이 어떻게 이 인연을 이어왔는지 고스란히 드러날 정도이다. 그래, 두 번째 만난 날 저녁에는 베르덩의 카페에 가서 이야기를 나누었지. 챙 없는 모자를 쓴 그녀는 환히 미소 짓고 있다. 어쩐지 스스로에 대해 자신감이 넘쳐 보이는 모습이다. 카미유가 그림에 표현해낸 인상으로 보자면 당시 그녀는 사는 게 꽤 만족스러웠던 모양이다.

안은 코를 훌쩍거리며 화장지를 찾는다. 이번에는 어떤 거리를 걷고 있는 그녀의 실루엣이다. 오페라 가 근처 같다. 카미유와 만나러 온 길이다. 그날 저녁 그는 〈나비부인〉 오페라 공연에 두 자리를 예약했다. 오페라를 보고 나와 택시 안에서 안은 그 오페라의 주인공 초초상을 흉내 냈다. 모든 페이지가 그들이 함께한 사연들로 넘쳐난다. 처음 만나서부터 여러 주에 걸쳐, 여러 달에 걸쳐. 안의 모습은 어디에나 다 있다. 여러 페이지에 걸쳐. 샤워를 하고 나와 침대에 누워 있는 모습도. 그녀는 흐느껴 운다. 쏟아지는 눈물을 참을 수 없다. 그녀는 자기가 못생겼다고 여겨왔지만 카미유는 한결같이 그녀를 아름답게 그려놓고 있다. 티슈 곽으로 팔을 뻗는다. 거기까지 팔이 닿지 않아 일어날 수밖에 없다. 총탄이 페어글라스를 뚫고 들어와 협탁을 박살낸 것은 그녀가 막 티슈 한 장을 뽑아들려는 순간이다.

잠에서 깨어났을 때부터 그녀는 이런 순간이 오리라는 것을 각오하고 있었다. 그렇다 해도 충격이 크긴 마찬가지였다. 살면서 총성을 듣는 일은 흔치 않다. 하지만 페어글라스를 꿰뚫고 들어온 총탄의 폭발력은 그녀에게 마치 집의 앞면이 무너져 내리는 것처럼 여겨질 정도이다. 휴지를 뽑아들자마자 자기 손 밑에서 총탄에 맞아 단박에 산산조각이 나버린 협탁의 잔해도 무시무시하다. 그녀는 몸서리치며 비명을 내지른다. 최대한 재빠르게 반사적으로 몸을 웅크린다. 고슴도치처럼. 바깥으로 흘낏 눈길을 주니 페어글라스는 아직 깨진 것 같지 않다. 탄환이 뚫고 들어온 자리에만 큼지막한 구멍이 나 있을 뿐이다. 하지만 그 주위에서부터 굵직하게 균열이 번져가고 있다…… 과연 얼마나 오랫동안 버틸 수 있으려나?

자기는 조준하기 딱 좋은 표적으로 외부에 노출되어 있다. 안은 이내 그 사실을 깨닫는다. 지금 같은 몸 상태에서 이런 에너지를 끌어내는 것은 가히 기적이다. 안은 있는 힘을 다해 소파 등받이 밑으로 기어 들어간다.

옆으로 몸을 굴리다보니 가뜩이나 좋지 않은 늑골이 으스러지는 것만 같다. 통증에 제대로 호흡하기조차 어려울 지경이다. 그녀는 무겁게 몸을 늘어뜨린다. 다시 입에서 비명이 터져 나온다. 하지만 강력한 생존본능으로 그녀는 심하게 몰려오는 통증을 견뎌가며 재빨리 소파 등받이에 기대어 앉는다. 그러고는 곧바로 총탄이 이 소파의 두께도 뚫고 나갈 수 있을지 가늠해본다. 심장이 몸 안에서 터져버릴 만큼 요동친다. 마치 가혹한 추위에 시달리듯 머리에서 발끝까지 그녀의 온몸이 오들오들 떨린다.

그때 두 번째 총탄이 그녀의 발치로 날아온다. 탄환이 벽을 관통한다. 그녀는 본능적으로 머리를 수그린다. 회벽에서 떨어져 나온 석고 조각이 얼굴과 목덜미, 눈 위로 떨어진다. 손을 머리에 올리고 바닥에 납작 엎드린다.

모니에 상가 화장실에서 괴한들에게 폭행당한 날에도 그녀는 이런 자세로 엎어져 있었다.

전화기를 찾아 카미유에게 연락해야 한다. 지금 당장. 아니면 경찰에게라도. 사람을 보내달라고. 되도록 빨리.

하지만 안이 보기에는 상황이 녹록치 않다. 자기 휴대폰은 위층 침대 근처에 있다. 그런데 위층까지 가려면 실내를 가로질러야 한다.

그러기도 전에 확실한 조준점으로 노출될 게 뻔하다.

세 번째 총탄이 난로를 관통한다. 그러면서 강력한 공명을 퍼뜨린다. 안은 거의 혼절하기 직전이다. 두 손으로 양쪽 귀를 틀어막는다. 총탄의 여진으로 벽에 걸린 액자가 부서진다. 공포와 충격에 휩싸인 그녀는 한 가지 생각에 초점을 모을 수가 없다. 죽음 직전에 몰린 사람들이 흔히 그러하듯이 모니에 상가에서 겪었던 일과 병원에 대한 기억, 그리고 카미유의 얼굴이 온통 뒤섞여 떠오르면서 그녀를 혼란의 도가니로 내몬다.

사태는 진행 중이다. 언제까지라도 이자는 그녀를 놓치려 들지 않을 것이다. 지금 그녀는 외딴 곳에 혼자 있다. 누군가 그녀를 도와주러 오리라는 기대는 부질없어 보인다.

안은 목구멍으로 뜨거운 침을 넘긴다. 여기에 계속 이대로 있을 수는 없다. 상대는 결국 집 안으로 들어오고야 말 것이다. 어떤 수단을 동원할지는 아직 알 수 없다. 하지만 무슨 수단을 쓰든 기어코 여기까지 침범하게 될 것이다. 그러니 어서 카미유에게 연락해야만 한다. 그는 유사시에 경보를 울리라고 말했지만 보안코드가 적힌 쪽지는 거실 건너편 수납함에 놓여 있다. 휴대폰은 위층에 있다.

어떻게 해서든 빨리 위층으로 올라가야 한다.

고개를 쳐들고 주위를 살핀다. 바닥에 깔린 카펫은 바스러진 석고 조각들로 너저분하다. 지금 그녀를 구조해줄 수 있는 것은 그녀 자신뿐이다. 어떻게 대처할지 어서 결단을 내려야 한다. 그녀는 등을 구부린다. 폴로셔츠를 벗자. 편물의 코를 부목에 끼워 폴로셔츠를 벗기로 한다. 옷을 위로 끌어올려 잡아당긴다. 그러고는 셋을 센다. 셋을 셌을 때 소파 등받이에 기대고 그대로 주저앉는다. 그러자 벗겨진 폴로셔츠가 둥그렇게 말려 그녀의 배 위에 놓인다. 그 순간 그자가 만일 소파 등받이에 겨눠 총을 쏘았다면 그녀는 아마 죽은 목숨이었을 수도 있다.

시간을 끌면 안 된다.

위층으로 통하는 계단은 여기서 오른쪽으로 10여 미터쯤 떨어져 있다. 왼쪽에는 별로 눈에 들어오는 게 없다. 그녀가 숨어 있는 지점에서 살펴보니 페어글라스 위쪽으로 나뭇가지 하나가 길게 드리워져 있다. 저 나무를 타고 올라가서 이쪽으로 들어오려나? 상황이 긴박하다. 어떻게 해서든 빨리 도움을 요청해야 한다. 카미유든, 경찰이든, 아무에게나.

목숨을 구제할 수 있는 길은 이것뿐이다. 그녀는 자기 쪽으로 다리를 모은다. 그러고는 벗어둔 폴로셔츠를 왼쪽으로 슬쩍 집어던진다. 폴로셔츠가 허공에서 되도록 오래 너울거리기를 바라는 심경에서 그다지 세게 던지지는 않는다. 대신 높이 던진다. 그것을 던지자마자 자리에서 일어나 계단 쪽으로 쏜살같이 뛰어간다. 과연 예상대로 첫 발은 그녀의 뒤편에 날아와서 작렬한다……

오래전 나는 방향 교차 사격에 대해 배운 적이 있다. 오른쪽에 표적 하나가 있고 왼쪽에 나머지 하나가 더 있다면 가능한 한 빠르게 이 둘을 차례대로 맞춰야 한다.

나는 일찌감치 거총자세에 들어가서 조준경으로 집 안을 겨누고 있다. 폴로셔츠가 한쪽 방향에서 너울거리는 게 보인다. 사격준비에 들어간 후 곧바로 격발. 그녀가 언제고 그런 놀이를 다시 하고 싶어 한다면 나로서는 얼마든지 응할 준비가 되어 있다. 몇 번을 쏘든 다 명중시킬 자신이 있으니까.

이어서는 반대쪽이다. 그녀가 다급하게 계단 쪽으로 달려가는 게 보인다. 조준 완료. 아쉽게도 그녀는 계단의 두 번째 칸 위에 서 있는데 총알은 첫 번째 칸으로 빗나간다. 그사이 그녀는 위층으로 사라진다.

전략을 바꿔야 할 시점이다. 소총은 바닥에 놓고 이번에는 권총을 챙겨든다. 혹시 끝장을 봐야 할 때 필요할지도 모르니 사냥칼도. 라비츠를 상대로 한 테스트에서 그 성능이 썩 우수하다는 게 검증됐으니까.

그녀는 지금 위층에 있다. 그녀를 그리로 모는 게 이다지도 쉬울 줄이야. 나는 숱한 난관들이 도사리고 있으리라 각오하고 있었는데 생각보다 일이 잘 풀려서 정말 다행이다. 이제는 여유롭게 한 바퀴 돌고 오기만 하면 된다. 그래도 조금은 뛰어다닐 필요가 있다. 적어도 지금까지는 아무런 거래 제의도 받은 게 없다. 그녀는 어떻게 돌아가는 상황인지를 결국 납득하게 될 거다.

하지만 모든 게 예측대로 맞아 돌아간다면, 나는 그녀보다 한발 앞서 도착하겠지.

그녀의 발밑에서 계단의 첫 번째 칸이 날아온 총탄에 으스러진다.

계단 전체가 흔들리는 게 느껴진다. 허둥지둥 뛰어올라가서 층계참으로 몸을 날린다. 그 바람에 머리가 수납장에 부딪힌다. 그만큼 장소가 좁다.

다시 몸을 일으킨다. 눈대중으로 바깥에서 여기가 보일지, 총을 쏘면 여기까지 날아올지 헤아려본다. 아무래도 일단은 여기 머물러 있는 게 좋을 것 같다. 하지만 우선은 카미유에게 구조 요청을 해야 한다. 그는 그녀에게 연락받는 대로 급히 달려와서 그녀를 구조해줘야 한다. 혹시나 해서 수납장을 샅샅이 뒤져본다. 없다. 다른 데 있나 보다. 침대 옆 탁자에도 없다. 이 망할 놈의 휴대폰이 도대체 어디 있는 거야. 그러자 어디 두었는지 어렴풋이 기억이 난다. 침대 다른 쪽이다. 침대에 누웠을 때 충전기에 꽂아두었다. 그쪽에 벗어둔 옷 위로 더듬거려본다. 찾았다. 바로 전원을 켠다. 숨이 턱밑까지 차올라와 있다. 심장이 너무 쿵쾅거려서 욕지기가 몰려올 지경이다. 시작 화면이 나오기까지 시간이 꽤 오래 걸린다. 답답해서 주먹으로 자기 무릎을 두드린다. 카미유…… 찾았다. 저장해둔 단축번호를 힘껏 누른다.

연결음이 이어지기도 전에 뚝 끊긴다. 제발……

연결음이 한 번, 두 번……

카미유, 제발 전화 좀 받아요, 전화 받고 내가 지금 어떻게 해야 할지 말해줘야 할 거 아니에요……

휴대폰을 움켜잡고 있는 그녀의 손이 파르르 떨린다.

"안녕하세요? 지금은 전화를 받을 수 없으니 메시지를 남겨주시면……"

그녀는 전화를 끊고 다시 번호를 누른다. 하지만 이번에도 곧장 자동 안내로 넘어간다. 그녀는 일단 음성 메시지를 남겨두기로 한다.

"카미유, 그자가 여기 와 있어요! 나한테 빨리 전화해줘요. 제발 부탁이에요……!"

 페레이라가 손목시계로 시간을 확인한다. 판사는 잠시도 짬을 내기가 쉽지 않아 보인다. 그만큼 바쁘다. 이건 카미유에게 전하는 메시지이기도 하다. 이 사건은 더 이상 그의 소관이 아니라는 것이다. 페레이라는 고개를 가로저으며 난색을 표한다. 자신의 일정이 끔찍할 정도로 꽉 짜여 있다는 말. 카미유는 그 말을 이렇게 받아들인다. 당신은 너무 제멋대로이고 너무 들쭉날쭉하고 너무 미심쩍은 데가 많아. 어쩌면 직위까지도 내려놓아야 할지 모르니 그리 알라고. 결과야 어떻게 나오든 미샤르 서장이 항명과 은폐의 죄목으로 검찰에 당신을 떠넘기게 될 거야. 그러면 우선 감찰 부서에서 베르호벤 반장의 비위 사실에 대한 내사에 착수할 테고.
 페레이라 판사는 시간을 내보겠다면서도 언제가 좋을지 말까지 더 듣어가며 머뭇거린다. 나중에 봅시다. 그러고는 시계를 다시 들여다본다. 거짓말이다. 그저 어떻게 해야 이토록 난처한 상황을 모면할 수 있을까 머리를 굴리고 있는 게 훤히 들여다보인다. 그는 계단 위로 발길을 옮기려다 말고 잠시 멈춰 서더니 카미유를 내려다본다. 그러고는 잠시 뭔가를 주저한다. 이렇게 피하듯 달아나는 것은 그의 기질에 맞지 않는다. 그는 베르호벤 반장과의 대면에서 흐리멍덩한 태도로 물러났다는 자책에 시달리고 싶지 않은 것이다.
 "제가 오전 중으로 전화 드릴게요……"
 카미유가 고맙다는 투로 두 손을 들어 보인다. 페레이라 판사는 고개를 끄덕인다. 그럼 되겠죠?
 페레이라 판사와 마주친 건 카미유에게 찾아온 두 번째 기회다. 그는 그 사실을 잘 알고 있다. 첫 번째는 르 구엔의 우정과 지원이다. 그런데 여기에 예심판사의 호의적인 태도까지 더해진다면 그래도 카미유에게는 파국을 모면할 희망이 한 가닥 남는 셈이다. 지금은 여기에 매달려야 할 시점이다. 예심판사도 그의 얼굴에서 이런 속내를 충분히 읽은 것 같다. 게다가 약간의 호기심도 한몫했을 수 있다. 이틀 전부터 사람들의 입방아에 오르내리고 있는 카미유의 행적은 도대체 그의 신변에 무슨 일이 벌어졌는지, 그가 무슨 생각으로 이렇게까지 나오는지 알아보고 싶다는 호기심을 자극할 법하다.

"고맙습니다." 카미유가 답한다.

그 말에 어떤 고백이나 당부 같은 울림이 실린다. 페레이라는 괜찮다는 손짓을 해 보인 후 이내 다급해하는 표정으로 돌아서서 위쪽으로 사라진다.

갑자기 그녀가 고개를 든다. 더 이상 총알이 날아오지 않는다. 지금 어디 있는 거지?

집의 후방. 약간 벌어져 있는 아래층 욕실의 창틈. 성인 남자의 몸이 통과하기에는 너무 좁지만 어쨌든 열려 있는 건 열려 있는 거다. 그 틈으로 그자가 무슨 짓을 꾸밀지는 아무도 알 수 없다.

자기에게 어떤 위험이 닥치든 그녀는 일단 달려 나가보기로 한다. 그가 아직 페어글라스 너머 어딘가에서 자기를 노리고 있을 거라는 사실도 안중에 두지 않는다. 그녀는 부랴부랴 계단을 뛰어 내려간다. 으스러져 있는 마지막 칸을 건너뛴 후 오른쪽으로 돌아선다. 하마터면 넘어질 뻔했다.

그녀는 세탁장 안으로 들어선다. 창문 건너편에서 그가 그녀와 마주하고 있다.

느물느물하게 미소 짓고 있는 그의 얼굴이 창틀을 액자 삼아 무시무시한 악한의 초상화로 내걸려 있는 것처럼 보인다. 그는 창틀을 벌려 그 안으로 팔을 밀어 넣었다. 손에는 소음기 달린 권총 한 자루가 들려 있다. 총신이 어마어마하게 길다.

그녀가 눈에 들어오자마자 그는 곧바로 방아쇠를 당긴다.

예심판사와 헤어지고 나서 카미유는 다급하게 계단을 밟아 올라간다. 층계참에서 루이와 마주친다. 오늘도 눈부시게 차려입은 모습이다. 크리스티앙 라크루아 정장, 사빌 하우스의 체크무늬 양말, 포르치에르 구두.

"루이, 미안. 조금 이따 보자……"

루이가 손짓하며 말한다. 반장님을 기다리고 있었어요. 잠시만 시간을 내주세요. 하지만 카미유는 루이를 그냥 지나치려 한다. 루이는 어쩔 수 없다는 듯 카미유에게 길을 내준다. 이 친구는 정말이지 배려의 화신이다.

카미유는 자기 사무실로 들어와서 의자 위에 외투를 벗어던진 후 베르티히 앤드 슈빈델 사로 전화를 건다. 시간을 보니 9시 15분이다. 이윽고 신호가 떨어지고 안내원이 전화를 받는다.

"안 포레스티에 씨 좀 부탁합니다."

"잠시만 기다려주세요." 안내원이 말한다. "제가 찾아보겠습니다."

심호흡. 가슴이 조마조마하다. 자칫하면 고통에 찬 신음소리가 입 밖으로 새어나올 듯하다.

"저기, 실례하지만…… 누구라고 하셨죠?" 안내원 아가씨가 묻는다.

"죄송한데요(양해를 구하려는 듯 애교 섞인 목소리), 제가 지금 임시근무 중이라서요……"

카미유는 꿀꺽하고 침을 삼킨다. 가슴에 이어 관자놀이까지 지끈거리기 시작한다. 거기서부터 온몸이 꽉 죄어오는 것만 같다. 불안감이 급격히 고조된다……

"안 포레스티에입니다." 카미유가 말한다.

"그분이 어느 부서에서 근무하시는지 혹시 아세요?"

"그러니까 그게…… 회계 관리부서 같은 데일 거예요."

"죄송합니다만…… 직원 명부에는 그런 이름이 올라와 있지 않은 것 같은데요…… 잠시만 기다려보세요. 다른 직원 바꿔드릴게요."

이제는 어깨까지 욱신거리는 느낌이 든다. 다른 여자가 전화를 받는다. 어쩌면 안이 '성미가 고약하다'고 험담한 그 여자일 수도 있다. 하지만 지금 보니 그 여자가 아닐 거라는 생각도 든다. 그녀에게도 안 포레스티에는 낯선 이름이다. 여기 직원들 가운데서는 안 포레스티에가 누군지 아는 사람이 아무도 없다. 그저 직원 중에 그런 사람이 있는지 찾아보겠다고만 할 뿐이다. 이름이 확실한가요? 다른 직원에게 문의해보시겠어요? 전화 바꿨습니다. 무슨 용무로 그러세요?

카미유는 전화를 끊는다.

갑자기 입이 바짝 말라온다. 아무래도 냉수를 한 잔 마셔야 할 것 같다. 그럴 여유조차 없다. 손이 부들부들 떨린다.

암호를 입력하고 경찰 전용 네트워크에 접속한다. 그러고는 '안 포레스티에'라는 이름을 쳐 넣어본다. 정보량이 막대하다. 여기서 범위를 좁혀야 한다. 안 포레스티에, 모월 모일생, 이런 식으로……

다행히도 그녀의 생년월일이 언제인지 떠올릴 수 있다. 그들이 처음 만난 건 3월 초엽이었다. 그날로부터 정확히 삼 주 후가 그녀의 생일이었다. 그 사실을 알게 된 카미유는 '네네스'라는 레스토랑에서 그녀와 저녁약속을 잡았다. 선물을 고를 여유는 없었다. 그래서 대신 레스토랑에서 한턱내려고 한 것이다. 안은 생글거리며 생일에는 음식을 잘 챙겨 먹는 게 최고라고 말했다. 그러고는 후식까지 말끔히 다 해치웠다. 카미유는 식사하는 도중 짬짬이 냅킨에 그린 그녀의 초상을 그녀에게 건네주었다. 그 데생에 대해 아무런 말도 덧붙이지는 않았지만 그는 결과에 만족스러워했다. 아주 생동감 있고 사실적으로 그려진 것 같아서였다. 이후로 그런 날이 자주 있었다.

그는 휴대폰에서 전자수첩을 열어본다. 그날은 3월 23일로 기록되어 있다.

안은 올해 마흔두 살이다. 그렇다면 1965년생이다. 리옹에서 태어났을까? 확실치 않다. 그날 저녁에 대한 기억을 헤집어본다. 태어난 곳이 어딘지도 말했던가? 그는 '리옹'이라고 쳐 넣은 것을 삭제한 후 검색을 클릭한다. 두 명의 안 포레스티에가 뜬다. 정확한 생년월일을 입력하고 나서도, 그게 흔한 이름이면 화면에는 가려내야 할 동명이인들이 줄줄이 나열되는 게 보통이다.

첫 번째 안 포레스티에는 그녀가 아닌 게 확실하다. 이 여자는 1973년 2월 14일 80세의 나이로 이미 사망했다.

두 번째도 확실히 아니다. 2005년 10월 16일 사망. 2년 전이다.

카미유는 자꾸만 손가락으로 뺨을 긁적거린다. 지금 느껴지는 자극이 그에게는 친숙하다. 경찰은 흔히 이런 자극을 원동력 삼아 수사에 박차를 가하곤 한다. 지금 느껴지는 기분이 꼭 경찰 근무자로서의 자극이라고만 할 수는 없겠지만 여하튼 기형적인 뜻밖의 상황과 마주친 것만큼은 부인 못할 사실이다. 기형적인 측면에서만 보자면 그는 자타가 공인하는 챔피언이다. 누구도 한번 그와 마주치기만 하면 절대로 쉽게 잊어버리지 않는다. 비단 이번 경우만이 아니라 이처럼 기형적인 상황은 뭔가 다른 결과로 이어지기 마련이다. 가령, 아무도 이해 못하는 카미유만의 괴팍한 행동이랄지.

지금 그는 이런 상황과 맞닥뜨린 자신의 반응이 어리둥절할 뿐이다.
왜 이렇게 심장이 뛰는 거지?
도대체 누구 때문에?
여자들이 생년월일을 속이는 것은 다반사다. 안이 그런 여자처럼 보이지 않는다고 해도 사람 속은 알 수 없는 법이다.

카미유는 자리에서 일어나 자신의 사물함을 열어본다. 전혀 정리되어 있지 않고 모든 게 뒤죽박죽이다. 그가 평소 사물함을 가지런히 정돈해두지 않고 지내는 핑계거리는 다름 아닌 왜소한 키다. 남들처럼 이걸 다 가지런히 정돈해두자면…… 그에 합당한 작업방식을 찾는 데만 해도 카미유로서는 수십 분이 소요될 수밖에 없다. 그렇다고 해서 다른 사람들에게 도와달랄 수도 없는 노릇이다.

"이혼하고 나서 가장 오래 한 게 바로 청소하는 일이었어요." 언젠가 안은 그렇게 말한 적이 있다.

카미유는 생각을 모아보고자 책상에 손바닥을 평평하게 올려놓는다. 집중이 안 된다. 연필과 종이가 필요하다. 그는 갑자기 그림을 그리기 시작한다. 그러면서 기억을 헤집어본다. 그들은 그녀의 집에 있다. 그녀는 소파에 앉아 있다. 그가 방금 이 집은 뭐랄까…… 너무 좀…… 음산한 것 같다고 말한 참이다. 카미유로서는 최대한 그녀에게 상처가 되지 않을 만한 어휘를 고른 셈이었다. 하지만 그의 의도야 어찌됐든, 그런 말로 인해 돌연 분위기가 싸해진다. 완곡어법을 쓰고자 노력하긴 했지만, 그가 사실상 그녀의 주거환경에 대하여 직격탄을 날린 거나 마찬가지이기 때문이다.

"난 전혀 상관없어요." 안이 냉랭한 어조로 그렇게 말한다. "원래는 여기 남아 있는 것도 다 치워버리고 싶었어요."

다시금 기억을 되짚어보자. 그녀의 이혼 문제를 한번 떠올려보자. 그들은 그 문제에 관하여 단 한 번도 진지하게 얘기를 나눈 적이 없었다. 카미유도 굳이 물어보고 싶지 않았다.

"2년 됐어요." 결국 안이 먼저 말을 꺼냈다.

카미유는 이내 연필을 내려놓는다. 한 손 검지로는 민사소송법에서 관련 법령들을 짚어가며 다른 한 손으로는 컴퓨터의 키보드를 두드린다. 검색창에 2005년 이혼하거나 결혼한 안 포레스티에 관하여 입력해본다. 그러고는 화면에 뜬 결과들을 선택하고 배제하면서 간추려보니 1970년 1월 20일에 태어난 한 명의 안 포레스티에만 남는다. 그렇다면 올해 서른일곱 살이라는 얘긴데…… 카미유는 부연되어 있는 내용들을 계속 들여다본다.

'1998년 4월 27일 사기 혐의로 구속.'

안이 전과자 관리 파일에 등록되어 있다.

방금 나온 검색 결과가 너무 혼란스러워서 카미유는 이 내용에 대해 어떻게 받아들여야 할지 전혀 갈피를 잡을 수 없다. 안이 전과자 관리 파일에. 내용을 찬찬히 읽어본다. 가장 최근의 범죄 내역은 수표 위조와 위폐 사용 등이다. 굵직한 홍두깨로 여러 차례 머리를 얻어맞은 느낌이다. 그저 망연자실할 뿐이다. 안이 렌 교도소에 수감된 적이 있다니.

이게 안일 리 없어. 아마도 다른 여자일 거야. 여기 나온 안 포레스티에라는 여자는 그녀와 아무 상관도 없을 거야.

그런데 설령 그렇다 해도…… 이 여자가 석방되었다면. 언제? 이 관리 파일은 업데이트된 게 맞나? 이 복역수의 얼굴이 어떻게 생겼는지 알아보려면 조작 방법을 달리해야 한다. 짜증나는구먼, 진짜 짜증나. 속으로 그렇게 웅얼거리며 팝업창에 뜬 안내 문구를 읽는다. 'F4 키를 누르면서 클릭할 것'. 이내 프로필 화면이 뜨면서 여자 얼굴이 하나 나온다. 아주 뚱뚱한 데다 한 눈에 보기에도 아시아계가 틀림없는 여인이다.

출생지는 '다낭'으로 나와 있다.

다시 화면으로 눈길을 돌린다. 다행이다. 경찰의 관리파일에 올라와 있는 안은 그녀가 아니다. 하지만 경찰 전용 네트워크에서조차 그녀의 행적과 신원이 베일에 싸여 있다는 것은 참으로 의아한 노릇이 아닐 수 없다.

이제야 카미유는 숨을 한번 크게 내쉴 수 있을 것 같다. 하지만 흉부 압박감은 여전하다. 아무래도 이 방에 공기가 좀 부족한 모양이야. 그는 그 말을 천 번쯤 되뇌었다.

자기 앞에 그가 와 있는 것을 보자마자 안은 바닥에 털썩 주저앉고 말았다. 방금 전 발사된 탄환은 들어온 쪽 문틀에 박혀 있다. 그녀의 머리 위로 불과 몇 센티미터밖에 빗나가지 않은 위치다. 파편이 주철 난로 위로 튀어 굉음을 일으켰다. 소음기를 쓴 탓인지 폭음은 다소 억제된 듯했지만 문틀 판자가 쪼개지면서 나는 소리는 무시무시했다.

안은 네 발로 엉금엉금 바닥을 기며 여기서 빠져나가고자 필사적으로 몸부림친다. 거의 얼이 빠진 사람처럼 보일 지경이다. 모니에 상가에서 이틀 전에 벌어진 장면이 여기서도 고스란히 반복된다. 지금도 그녀는 그자가 등 뒤에서 총을 쏘기 전에 어떻게 해서든 여기서 벗어나려고 허둥지둥하는 중이니……

몸을 움츠린다. 부목이 타일 바닥 위에서 미끄러진 것이다. 하지만 지금은 통증 따위를 따질 계제가 아니다. 아니, 아예 통증도 느껴지지 않는다. 남아 있는 것은 무조건 살아야겠다는 본능뿐이다.

그때 또 한 발이 발사된다. 이번에는 그녀의 어깨 위로 스쳐 지나가서 문 한복판을 관통한다. 안은 강아지처럼 바닥을 발발 기어간다. 문설주를 넘어가려고 다시 한번 몸을 잔뜩 움츠린다. 그러고는 기적적으로 세탁장에서 빠져나와 등을 벽에 기댄 후 가쁜 숨을 몰아쉰다.

어떻게 안으로 들어온 거지?

희한하게도 그녀의 손에는 아직 휴대폰이 쥐여 있다. 층계로 달려 내려가서 세탁장까지 오는 동안 그녀는 그것을 손에서 놓지 않았다. 주위에서 폭탄이 터지고 있는 와중에도 손에서 장난감을 놓고 싶어하지 않는 어린아이들처럼.

이제 그자는 뭘 어떻게 하려 들까? 그녀는 동정을 살피고 싶지만, 그러다 그자와 정면으로 맞닥뜨리게 되기라도 하는 날에는 머리에 세 번째 총탄을 맞고 그 자리에서 즉사할 게 틀림없다.

이제 어떻게 할지 고민해보자. 되도록 빠르게. 다시 한번 카미유에게 전화를 해보려다 이내 그만둔다. 여기서 그녀는 철저히 혼자다.

경찰을 부를까? 그러면 경찰에게 여기가 어디라고 어떻게 설명하지? 그들에게 여기가 어디인지 설명하려면 엄청난 시간이 걸릴지도 모른다. 설령 여기가 어딘지 그들이 알아낸다 해도 도착하기까지 시간이 얼마나 걸릴지 알 수 없다.

경찰이 도착할 때까지 기다리자면 열 번도 넘게 안은 죽을 운명에 처하고 말 것이다. 그자는 지금 이 근처에 와 있는 것도 아니다. 바로 이 집 안에, 같은 공간의 다른 쪽에 와 있는 것이다.

지금 떠올릴 수 있는 단 하나의 타개책은 카라바조의 그림뿐이다.

기억이란 도구만큼 우스꽝스런 것도 드물다. 지금 그의 감각은 칼날처럼 곤두설 대로 곤두서 있다. 안의 딸 아가트는 경영학을 전공하는 대학생이다. 그녀는 현재 보스턴에 있다. 적어도 카미유가 기억하기로는 그렇다. 안은 보스턴에 가본 적이 있다고 말했다(그녀는 몬트리올에 다녀왔다고 한 적이 있는데 모드 베르호벤의 작품을 처음 본 것도 그곳에서였다고 했다) 꽤 예쁜 도시인데 유럽 같은 인상을 풍기더라는 말도 했다. '고풍스런 스타일'이 그렇더라고 덧붙였다. 카미유는 정확히 그게 무엇을 가리키는지 이해하지 못했다. 어렴풋하게 루이지애나와 비슷하다는 뜻으로만 받아들여졌을 뿐이다. 카미유는 여행을 별로 좋아하지 않는 편이다.

다른 파일도 뒤져볼 필요가 있다. 그러자면 조작 방법을 또 달리해야 한다. 캐비닛으로 가서 시스템 제어 일람표를 가져온다. 이 정도쯤이야 영장이 필요 없다. 전산망이 원활히 가동된다. 보스턴 대학교, 재직 교수만 4천 명, 재학생 3만 명, 이런 식으로는 조사가 불가능할 것 같다. 카미유는 학생단체 쪽으로 우회해보기로 한다. 거기서 모든 재학생 명단을 복사한 후 이름만으로 검색이 가능하도록 설치되어 있는 파일에 옮겨다 붙인다.

포레스티에라는 성은 아예 뜨질 않는다. 혹시 결혼해서 성이 바뀐 걸까? 아니면 남편의 성을 쓰는 걸까? 가장 확실한 것은 이름으로 검색해보는 방법이다. 아가타, 아가사, 아가트는 두 명밖에 없고 아가트도 한 명 있다. 세 명이 후보다.

아가트 토마송, 27세, 캐나다 태생. 아가트 레안드로, 23세, 아르헨티나 태생. 아가트 잭슨, 미국. 프랑스 태생 여학생은 한 명도 없다.

안도 없더니 이제는 아가트도 없다.

카미유는 안의 부친에 관해서도 조사를 벌여볼까 말까 잠시 머뭇거린다.

"파산하기 바로 직전, 조합원 40여 명의 돈궤를 챙겨 어디론가 달아났어요. 그 후로는 아무도 아버지를 다시 보지 못했지요."

이렇게 말하면서 안은 웃어 보였는데 지금 돌아보니 그건 꽤 이상한 웃음이었다. 그 정도의 단서만으로는 아무래도 어려울 듯했다. 그가 상인이었다면 무엇을 팔았을까? 어디서 살았을까? 그게 도대체 언제 얘기일까? 알려진 정보가 너무 빈약하다.

마지막으로 그녀의 남동생, 나탕이 남아 있다.

인터넷 검색창에 유효한 정보가 뜨기를 기대하는 것은 부질없는 노릇이다(아는 사실이라고는 천체물리학을 연구하고 있다던가 뭐 그 정도에 불과하다). 숨 쉬기가 어려울 지경이다. 조사하려면 꽤 오랜 시간이 걸릴 것 같다.

검색창에 그 이름을 쳐봐도 건질 만한 게 아무것도 없다. 그나마 가장 가까운 사람이 나탕 포레스트이지만 뉴질랜드 태생이고 나이도 올해 예순셋이다.

카미유는 여러 번 그 각도를 바꿔가며 검색에 매달려본다. 리옹, 파리, 여행사…… 마지막으로 안의 전화번호까지. 안의 전화번호? 그러자 등골의 따끔거림이 일거에 그쳤다. 그에게는 벌써 확신이 온다. 이게 가장 확실한 방법일 수 있다.

이 전화번호는 전화번부에 등재되기를 거부한 번호라고 나온다. 그렇다면 다소 돌아가야 할 필요가 있다. 다소 번거로워지긴 할 테지만 그렇다고 복잡할 것도 없다.

가입자 이름: 마리즈 로망. 주소: 라퐁텐 오 루아 거리 26번지. 그녀

의 거주지는 앞집 여자의 소유로 되어 있다. 그러니 모든 게 그녀의 이름으로 나오는 게 당연하다. 전화, 가구 등 그 건물에 있는 세간들이 모두 그녀의 소유물이기 때문이다. 그러니까 도서관 같은 곳의 색인과는 전혀 이치가 다른 셈이다. 도서관에서 모든 책들은 저자 이름에 따라 분류되어 있지 그 도서관 건물의 소유주나 도서관장의 명의로 등록되어 있는 게 아니니까.

안은 풀옵션 임대주택에 세 들어 살고 있다.

이쯤에서 카미유는 행동에 돌입할 수도 있을 것이다. 사람을 보내서 그로 하여금 확인하도록 할 수도 있을 것이다. 하지만 다 부질없는 노릇이다. 안 포레스티에라는 이름으로는 아무것도 나오는 게 없다. 이것만 보면 그녀는 유령이나 다름없는 존재이다. 그는 안 포레스티에라는 유령과 사귀어온 셈이다. 그가 아무리 여러 각도로 질문을 달리해서 던져 봐도 늘 동일한 결론에 도달할 뿐이다.

사실상 안 포레스티에라는 사람은 존재하지 않는다는 것이다.

그렇다면 하프너는 도대체 누구를 뒤쫓고 있는 중이란 말인가?

안은 전화 연결을 포기한다. 그러고는 포복 자세를 취한다. 팔꿈치를 땅에 받치고 몸이 바닥에 눌어붙을 듯 납작 엎드려서 느릿느릿 기어가기 시작한다⋯⋯ 그 자세로 널찍하게만 여겨지는 거실을 가로지른다. 저기 카미유가 보안코드를 놔두었다고 한 식기대가 보인다.

경보장치는 현관문 바로 근처에 달려 있다.

#29091571#

요란한 소리를 내며 경보음이 울리기 시작하자마자 안은 두 손으로 귀를 막는다. 그러고는 본능적으로 무릎을 꿇고 제자리에 주저앉는다.

마치 사이렌 소리가 또다시 날아올 총탄의 예보로 여겨진다는 듯이. 경보음은 생각보다 훨씬 강력하다. 그 소리의 강도에 고막이 찢겨 나가지 않을까 걱정스러워질 정도이다.

그는 지금 어디 있는 걸까? 그녀로서는 모든 수단을 다 동원해서 저항한 셈이다. 자리에서 천천히 일어나 주위를 두리번거린다. 아무도 없다. 그녀는 양손을 귀에서 뗀다. 하지만 경보음은 여전히 너무나도 강력하다. 그 소리 때문에 아무 생각도 집중할 수가 없다. 도무지 뭔가에 대해 숙고해볼 수가 없다. 손바닥을 귓구멍에 밀착시킨 후 페어글라스까지 가본다.

갔나? 그래도 마음을 놓을 수 없다. 이건 너무 싱겁다. 이 정도에 달아났을 리가 만무하다. 이렇게나 빨리.

루이의 목소리가 들린다. 사무실 안으로 삐죽이 고개를 내밀고 있다. 방금 전 문 앞에서 노크했지만 아무런 응답도 없어서다.

"페레이라 판사님이 잠깐 보자고 하십니다만……"

카미유는 아직 아연실색한 심경에서 헤어나지 못하고 있다. 시간이 필요하다. 지금 자기에게 닥친 상황을 정확히 파악하기까지는, 그리하여 여기서 좋은 교훈을 얻어내기까지는 아무래도 꽤 오랜 시간이 필요할 것 같다. 무엇보다 냉정하고 합리적인 사리 분별이 절실한 시점이다. 평소 카미유에게는 모자란 자질임에 틀림없지만 여하튼 지금은 그렇게 대처해야만 한다.

"뭐라고?" 그가 묻는다.

루이는 했던 말을 되풀이해준다. 알았어, 자리에서 일어나며 카미유는 그렇게 웅얼거린다. 그러고는 상의를 챙긴다.

"괜찮으세요?" 루이가 묻는다.

카미유에게는 지금 루이가 뭐라 하든 아무 말도 들리지 않는다. 불현듯 휴대폰을 꺼내본다. 액정에 메시지 하나가 떠 있다. 그녀의 부재중 전화다! 그는 다급하게 버튼을 눌러 음성 메시지함에 연결해본다. 음성 메시지가 열리자마자 "그자가 여기 와 있어요! 나한테 빨리 전화해줘요! 제발 부탁이에요!"라고 외치는 그녀의 목소리가 튀어나온다. 그는 곧바로 문가에 서 있는 루이를 밀치다시피 하면서 부리나케 바깥으로 달려나간다. 황망하게 복도를 가로질러 층계로 내려간다. 그러던 중 어떤 여자를 쓰러뜨릴 뻔한다. 미샤르 서장이다. 페레이라 판사와 같이 있다. 그들은 카미유를 만나러 위층으로 올라오는 길이다. 예심판사가 입을 열려 한다. 하지만 지금 카미유는 촌각을 다퉈야 할 형편이다. 그대로 그들을 지나쳐 층계로 달려 내려가면서 말한다.

"나중에, 나중에요. 제가 다 말씀드릴게요!"

"베르호벤!" 서장이 그를 소리쳐 부른다.

하지만 그는 이미 아래층으로 달려 내려간 후다. 그러고는 이내 차 앞에 도착한다. 차에 올라탄 후 왼손으로 차창을 내려 지붕 위에 경광등을 부착한다. 사이렌과 전조등은 벌써 켰다. 그는 차를 거세게 출발시킨다. 경시청 입구에 서 있던 정복 경관이 호루라기로 오가던 차량들을 멈춰 세우고 그에게 길을 내준다.

카미유는 대중교통 전용도로로 차를 몬다. 그러고는 그녀의 번호를 다시 눌러본다. 신호만 가고 전화를 받지 않는다. 그는 확성기에 대고 외치듯 이렇게 부르짖는다.

안, 빨리 전화 받아!

전화 받으라고!

안은 자리에서 일어났다. 그러고는 한동안 귀를 쫑긋 세우고 주변이 어떤지 살핀다. 그자가 이대로 사라졌다는 건 말이 안 된다. 이건 어쩌면 어떤 계략일지도 모른다. 하지만 몇 초가 흐르는 동안 더 이상 아무 일도 일어나지 않는다. 그사이에 경보음은 실내에 음파의 여진이 스민 정적만을 남기고 멈추었다.

안은 다시 페어글라스 앞까지 다가간다. 여차하면 얼른 뒤로 물러날 수 있도록 비스듬히 서서 방어적인 몸가짐을 취한다. 이대로 물러날 자가 아니다. 이렇게나 빨리, 이렇게나 갑작스럽게 말이다.

바로 이 순간, 그자가 그녀 앞에 불쑥 모습을 드러낸다.

안은 화들짝 놀라 한 발짝 뒤로 물러선다.

그들은 페어글라스의 양쪽 귀퉁이에서 서로 마주보고 서 있다. 그들 사이의 거리는 2미터가량이고 중간에는 문고리 달린 유리벽이 가로놓여 있다.

지금 그의 손에는 총이 들려 있지 않다. 그는 그녀를 정면으로 응시하며 한 걸음 앞으로 다가온다. 그가 팔을 뻗으면 이내 그 유리벽에 닿을 것처럼 느껴진다. 그는 고개를 끄덕이며 미소 지어 보인다. 그녀도 상대방의 눈을 정면으로 응시한다. 그러면서 한 발짝 뒷걸음친다. 그는 믿어도 좋다는 듯 손바닥을 활짝 열어 보인다. 마치 어떤 성화에 등장한 예수처럼. 언젠가 카미유는 그녀에게 그런 그림을 보여준 적이 있다. 눈을 정면으로 응시하며 손바닥은 활짝 펼쳐 보인 모습. 그는 양손을 앞으로 들어 올리더니 손등이 보이도록 느릿느릿 돌린다. 마치 상대방에게 투항하겠다는 의사 표시를 전하듯.

보다시피 내 손에는 무기가 없어.

그러고 나서는 다시 정면으로 그녀와 마주서서 함박미소를 지어 보인다. 양손은 맹세라도 하듯 계속 벌려두고 있다.

안은 제자리에서 꼼짝도 하지 않는다. 달려 나오다 자동차 전조등 불빛에 놀라 그 자리에서 굳어버린 토끼 같다. 죽음의 순간을 기다리느라 온몸이 경직되고 만 모습이다.

눈을 떼지 않고 그는 한 발짝, 두 발짝 앞으로 내딛는다. 그러면서 느릿느릿 페어글라스의 문손잡이까지 다가가서 그 위에 손을 올려놓는다. 꽤나 자분자분한 거동이다. 이렇게만 보면 그는 그녀를 겁줄 의향이 전혀 없어 보이기도 한다. 안은 여전히 꼼짝도 하지 않고 그를 바라보기만 한다. 그녀의 숨소리가 차츰 거칠어진다. 심장이 다시 육중하게 요동치기 시작한다. 그도 더 이상 움직이지 않는다. 얼굴에서 미소도 가셨다. 그는 뭔가를 기다리고 있다.

곧 끝장을 보겠구나, 안이 속으로 그렇게 웅얼거린다. 이제 거의 종착점에 다다른 것 같아.

그녀는 테라스 바닥 쪽으로 고개를 돌린다. 그는 바닥에 가죽점퍼를 벗어 던져두었다. 그녀는 미처 그것을 보지 못하고 있었다. 가죽점퍼의 한쪽 주머니에서 권총 손잡이가 삐죽이 튀어 나와 있는 게 보인다. 다른 쪽 주머니에는 사냥칼 손잡이가 노골적으로 드러나 있다. 마치 로마 병사의 유물 같다. 그래놓고도 그는 자기 바지 주머니까지 까뒤집어 보인다. 봐봐, 손에든 주머니에든 아무것도 없다니까.

다시 두 걸음 앞으로 더. 이미 거리가 상당히 좁혀져 있다. 그 상태에서 그는 다시 미동도 하지 않는다.

그녀는 돌연 불나방처럼 불꽃 속에 뛰어들기로 결심한다. 한 걸음 뒤로. 손아귀에 아무 힘도 없다는 사실을 굳이 감안하지 않더라도 어차피 부목을 덧댄 손으로는 문손잡이가 돌아가는 것을 막기 어렵다.

문손잡이가 돌아가고 문이 스르르 열린다. 안으로 들어서기 위해서는 이제 한 걸음만 더 내디디면 된다. 그녀는 손으로 입을 막으며 화급히 뒷걸음친다. 마치 이제야 자기가 어떤 상황에 처했는지 의식하게 된 것 같다.

안은 두 팔로 몸을 감싼다. 이윽고 그가 들어선다. 자기도 모르는 사이에 그를 향하여 미친 듯 소리친다.

"야, 이 미친놈아! 더럽고 비열한 새끼……"

그녀는 계속 뒤로 물러나며 목청을 높인다. 치솟는 눈물과 뒤섞인 모욕감이 몸 안 깊은 곳에서부터 멍울진 욕설로 터져 나온다. 미친놈, 더럽고 비열한 새끼.

"오, 이런이런……"

그는 그녀의 반응이 꽤 피곤하다는 표정을 지어 보인다. 세 걸음 앞으로 다가온다. 방문객이나 부동산 업자처럼 일부러 집 안 모양새에 관심 있어 하는 시늉을 한다. 복층도 나무랄 데 없고, 실내 조도도 이만하면 꽤 좋고…… 안은 가쁜 숨을 몰아쉬며 위층과 통하는 계단 근처로 몸을 피한다.

"그러면 더 나으려나?" 그녀를 향해 돌아서며 그가 그렇게 묻는다. "마음이 좀 진정됐어?"

"도대체 왜 나를 죽이려고 하는 거야?" 안이 소리쳐 되묻는다.

"그야…… 자기 자신이 더 잘 알고 있을 텐데!"

이런 대답에 그녀의 모욕감이 더욱 커진다.

안은 온몸을 가누기 어려울 정도로 공포와 분노에 질려 있다. 목소리마저 갈라졌다. 입가에 대고 있던 두 손도 그만 내려뜨린다. 더 이상 자신을 추스를 여유조차 없다. 그녀를 사로잡고 있는 것은 오로지 증오뿐이다. 하지만 동시에 그녀는 그가 두렵다. 그가 또다시 끔찍한 폭력을 휘두를까 봐 그녀는 마냥 뒤로 물러날 뿐이다……

"너희들은 정말 나를 죽일 셈이구나!"

그는 한숨을 내쉰다. 무엇보다도 이런 대거리가 아주 지겨워 죽겠다는 투다. 하지만 안은 계속 말을 잇는다.

"이건 예정에 없었던 일이잖아!"

이번에는 그가 고개를 선선히 끄덕여 보인다. 그녀가 이 정도로 순진할 줄 몰랐다는 듯, 혹은 그런 순진함 앞에서 절망했다는 듯.

"미안하지만 그렇지 않아!"

이제는 그녀에게 모든 것을 자분자분 일러줘야 할 시점에 이른 것 같다. 하지만 안은 말을 멈추지 않는다.

"웃기지 마! 너희는 나를 가볍게 밀치기만 하겠다고 약속했어! 그냥 살짝 밀치기만 하겠다고 한 게 너희들이 나한테 한 말이었다고!"

"그러면……(이렇게나 기본적인 사실을 새삼 되새겨줘야 할 줄 몰랐다는 듯 그는 허탈하다는 표정을 짓는다) 그러면 신용을 지켰어야지! 무슨 말인지 알겠어? 신용을 지켰어야 한다고, 신용 말이야!"

"지금 무슨 소리를 하는 거야? 어딜 가나 나를 따라다녀 놓고!"

"그래. 하지만 잊은 게 하나 있더군. 그게 뭐냐 하면 말이야……"

그러더니 그가 갑자기 키득거린다. 그 바람에 안의 분노가 더욱 심해진다.

"이러면 약속과 달라. 네놈들은 약속을 완전히 어긴 거야, 더러운 새끼들!"

"좋아. 내가 세세한 사항까지 일러두지 않은 건 인정한다…… 그건 그렇다 치고 나를 더러운 새끼네 비열한 놈이네 하는 식으로 부르지 마라. 그러면 금세 마음이 홀까닥 뒤집혀서 널 또 어떻게 할지 모르니까 말이야."

"애초부터 네놈들은 나를 죽일 속셈이었잖아!"

그러자 이번에는 그가 분노에 사로잡힌 것 같다.

"널 죽여? 어허 이 아가씨야, 절대로 그렇지 않아! 진짜로 내가 널 죽이고 싶어 했다면 말이지, 분명히 말해두는데 넌 지금 거기 서서 이러쿵저러쿵 재잘거리지도 못했을 거야(그는 확실히 해두겠다는 몸짓으로 검지를 올려 보이기까지 한다). 나는 단지 너를 내세우고 싶었을 뿐이야. 이건 완전히 다른 얘기야! 그러니 나를 좀 믿어봐. 하긴 이 상황에서 누굴 믿는다는 게 상당히 어려울 수도 있겠지. 그렇다 해도 나를 믿어. 내가 병원에 간 것도 네 경찰 친구를 위협하려는 의도밖에 없었다고. 그 때문에 경찰에서 경계 근무자까지 파견하리라고는 미처 내다보지 못했는데 말이야. 여하튼 그건 그저 일을 처리해가는 한 과정이었을 뿐이었다니까. 이런 일을 할 때는 그런 수완이 필요한 법이니까!"

장황한 변명이 넌줄넌줄 이어진다. 이런 그의 변명에 그녀는 이성을 잃을 정도로 분노가 솟구친다.

"나를 이렇게 만신창이로 만들어놓고 지금 그딴 소리가 나와! 네놈들이 한 짓 때문에 몽땅 깨져버린 내 앞니를 좀 봐! 너희는 정말……"

그는 딱해 죽겠다는 듯 가볍게 이맛살을 찌푸린다.

"그러게, 내가 뭐랬어. 미관상 안 좋아질 거라고 했잖아(그는 터져나오려는 웃음보를 꾹꾹 억누른다). 하지만 곧 괜찮아질 테니 너무 걱정 마. 요즘은 의료 기술이 많이 발전했잖아. 정 그러면 나중에 봐서 내가 돈 좀 만지게 되면 금이빨 해줄게. 아니면 급한 대로 은으로라도 하든가. 뭐, 너 좋을 대로. 나중에 남편감 찾으면 그 사람한테 결혼 선물 삼아 금이빨을 해달라고 하는 것도 나쁘지 않겠네……"

안은 무릎을 꿇고 제자리에 풀썩 주저앉는다. 그러고는 몸을 잔뜩 웅크린다. 더 이상 눈물도 흘러나오지 않는다. 남은 것은 오로지 증오뿐.

"언젠가 네놈을 꼭 죽이고 말 거야……"

그녀의 말에 그는 씨익 웃어넘긴다.

"이 정도 가지고 무슨 원한씩이나 품고 그래…… 그냥 홧김에 나온 말이겠지(그는 마치 여기가 자기 집이라도 되는 것처럼 여유롭게 거실을 활보하고 다닌다). 아니야, 이건 정말 아니야." 그의 목소리가 사뭇 심각한 어조로 바뀐다. "진짜라니까 그러네. 일이 착착 진행되기만 하면, 네 얼굴에 생긴 봉합 자국도 말끔히 아물 거고 깨진 이빨은 일단 의치로 갈아 낄 수도 있어. 그러고 나면 다시 멀쩡해져서 집으로 돌아가겠구만, 왜 자꾸 그러는 거야."

그는 잠시 말을 멈추고 고개를 돌려 위층과 층계를 올려다본다.

"여기 괜찮네. 꽤 잘 꾸며져 있는 것 같지 않아? (그러고는 손목시계를 들여다본다) 그럼 이제는 실례를 좀 해야겠구먼…… 이대로 계속 남아 있을 수는 없거든."

그는 앞으로 걸음을 내딛는다. 그녀는 질겁하며 뒤로 물러나서 벽에 등을 기댄다.

"이제 안 건드릴 거라니까!"

그녀는 목청 높여 외친다.

"이제 제발 좀 내 앞에서 꺼져줘!"

그는 그러겠다는 손짓을 해 보인다. 하지만 이내 뭔가에 주의가 쏠린다. 그가 서 있는 자리는 층계 바로 밑이다. 그의 눈길이 층계의 첫 번째 계단으로 향한다. 그러더니 유리판에 난 총탄 자국을 향해 돌아선다.

"난 정말 명사수야. 그런 것 같지 않아? (그러고는 안을 향해 돌아선다. 뿌듯해하는 기색이다. 그는 왠지 그녀를 설복하고 싶어 하는 눈치다) 괜히 하는 말이 아니라 이렇게 쏘기는 정말 쉽지 않아! 넌 아마 상상도 못할걸!"

그는 자신의 비상한 사격 솜씨를 남들이 알아주지 않아 안달 난 것처럼 군다.

"제발 그만 가줘……"

"그래, 그러는 게 좋겠어(다시금 뿌듯해하는 표정으로 자신이 남긴 흔적에 눈길을 준다). 내가 생각하기에는 그래도 우리가 할 만큼은 다 한 것 같아. 팀이 잘 꾸려진 것 같지 않아? 이렇게 해놓은 이상 (도처에 생긴 총알 자국들을 가리키며) 그 결과야 어떻게 나오든 이제는 저절로 잘 굴러가겠지."

그러고는 성큼성큼 걸음을 옮겨 테라스의 문턱으로 향한다.

"이것 참 구경꾼들이 없는 게 유감이구먼그래! 여기가 이렇게 외딴 지역만 아니라면 하루 종일 시끌벅적했을 텐데 말이야. 그렇게 총성이 여러 번 울렸는데도 무슨 일이 생겼나 기웃거리는 쥐새끼 한 마리 보이질 않으니 원. 분명히 그래야 했을 텐데. 사람 사는 데는 어딜 가나 똑같으니까……"

그러더니 테라스로 나가서 가죽점퍼를 챙겨 입은 후 손을 주머니에 찔러 넣는다. 그러고는 다시 제자리로 돌아온다.

"이거," 안에게 봉투 하나를 넘겨주며 그가 말한다. "모든 일이 예상대로 돌아갈 때만 그걸 쓰도록 해. 그러면 너한테도 일이 예상대로 돌아갈지 어떨지 흥미가 생기겠지. 하지만 어떤 경우에도 내 허락 없이 제멋대로 이탈하는 건 안 돼. 서로 약속한 거 기억나지? 만약 이를 어기면 어떻게 되느냐? 그러면 지금까지 네가 겪은 일은 그저 약과에 불과했다는 것을 알게 될 거야."

그렇게 말하고는 안의 대답도 듣지 않고 어디론가 사라진다.

몇 미터 떨어진 바닥에서 그녀의 휴대폰이 울린다. 요란한 경보음에 시달리고 나니 이런 전화벨 소리마저 귀청이 따갑게 느껴진다.

카미유다. 받아야 한다. 문자도 한 통 와 있다. '내가 말해준 대로만 하면 아마 다 괜찮을 거야.'

안은 통화 버튼을 누른다. 탈진한 기색도 내지 않고 의연한 목소리로 전화를 받는다.

"갔어요······" 그녀가 말한다.

"안?" 카미유가 소리친다. "방금 뭐라고 한 거야? 여보세요?"

카미유는 그녀의 목소리가 의외로 무덤덤한 데 놀란다.

"그자가 왔다 갔다고요." 안이 말한다. "경보음을 울리니까 갑자기 무서워하더니 그대로 달아났어요······"

뭐라고 하는지 제대로 안 들린다. 사이렌을 끈다.

"괜찮은 거야? 지금 가는 중이야. 정말로 괜찮은 거냐고······!"

"괜찮아요, 카미유(목소리를 높인다). 이제는 다 괜찮아졌어요."

카미유는 속도를 늦춘다. 그러고는 한숨을 크게 내쉰다. 갑자기 이상한 의혹이 엄습한다. 혹시 안이 놈에게······

"도대체 무슨 일이 있었던 거야! 빨리 말해봐!"

안은 양팔로 무릎을 감싸 안고 흐느껴 울기 시작한다.

지금으로서는 그저 죽어버리고만 싶을 뿐이다.

── 10시 30분

카미유는 어느 정도 마음이 차분해졌다. 경광등도 끄고 차 지붕에서 거둬들였다. 이것저것 종합해서 정리해야 할 요소들이 많아졌다. 그는 여전히 감정에 휘둘리고 있다. 도무지 갈피를 잡을 수가 없다······

이틀 전부터 그는 불안정한 지반 위로 걸어 나가고 있는 셈이다. 사방이 절벽이다. 게다가 안은 그가 자칫하면 실족할 수 있는 또 하나의 구덩이로 파이고 있다.

불과 이틀 동안 자신의 경찰 이력을 시험 당하고 있는 기분이다. 불과 이틀 동안 한 여자가 자그마치 세 번씩이나 결정적으로 죽을 고비를 넘기는 경우는 과연 얼마나 될까. 게다가 그는 방금 전 그녀가 거짓 신분으로 자기 곁에 머물러 왔다는 것을 알아냈다. 카미유로서는 그녀가 정확히 어떤 의도에서 그래왔으며 그 목적이 무엇인지 아리송할 뿐이다. 지금은 냉철하게 전략적인 질문을 던져야 할 때이다. 하지만 그의 머리는 오로지 한 가지 질문에만 매달려 있다. 그 질문에 대한 답이 그밖에 다른 질문들의 중요성까지도 판가름할 수 있다. 안은 도대체 어떤 사람인가?

그러고 보니 중요한 질문이 한 가지 더 있다. 그녀는 안이 아니라는 게 드러났다. 그렇다면 이후 무엇이 어떻게 바뀔 것인가?

그는 둘이 함께 보낸 시간들을 떠올려본다. 서로를 애타게 갈구하며 애무하다 이불 속에서 뒹굴던 그 수많은 밤들…… 8월 어느 날 저녁, 그녀는 그를 떠나겠다고 했다. 한 시간 후쯤 그가 바깥에 나가보니 그녀는 층계에 쪼그려 앉아 있었다. 이마저도 교활한 농간이었다는 말인가? 수많은 시간과 나날들을 함께 나누며 서로 주고받은 사랑의 밀어와 애무의 몸짓과 뜨거운 포옹 등이 한낱 자기를 향한 공작의 일환에 지나지 않았다는 말인가?

이제 곧 그는 자기가 안 포레스티에로 알고 있던 여자와 마주하게 될 것이다. 그녀는 그가 안 포레스티에라는 이름으로 부르며 여러 달 동안 함께해온 여자, 첫날부터 거짓말로 자기를 속여온 여자다. 도무지 이 일을 어떻게 받아들여야 할지 모르겠다. 그저 허탈할 뿐이다. 마치 대기권 바깥으로 튕겨져 나온 듯한 기분이다.

그렇다면 안이라는 가짜 신원과 모니에 상가에서 벌어진 이 사건 사이에는 어떤 연관성이 있는 걸까?

진상의 내막이 밝혀진다면 그는 그때 어떻게 대처해야 할까?

하지만 여기서 핵심적인 사항은 무엇보다도 누군가가 이 여자를 죽이려 들었다는 점이다.

이제는 더 이상 그녀가 누군지 확실치 않다 하더라도 한 가지 사실만큼은 분명하다. 지금 그녀를 보호해줄 사람은 자기밖에 없다는 사실이다.

그가 집 안으로 들어설 때까지도 안은 계속 바닥에 주저앉아 있다. 싱크대에 등을 기대고 쪼그려 앉은 자세로.

그런 그녀의 모습에 카미유는 안이라고 불린 여자의 정체성 따위에 대해서는 새까맣게 잊고 말았다. 운전하고 오는 동안 내내 그녀의 거짓된 정체가 머릿속을 온통 들쑤셔놓긴 했지만 막상 그녀와 마주하자 한없이 예쁘고 밝기만 하던 예전 모습이 떠올라 그의 심지를 헝클어놓았다. 심지어 흉터 자국과 칭칭 감은 붕대, 더러워진 부목 따위로 얼룩진 현재 모습조차도 이 미지의 여인에 대한 애틋함을 더해줄 뿐이다. 충격의 강도는 이틀 전과 다르지 않다. 그가 응급실에서 심하게 다친 그녀의 모습을 처음 발견했을 때와.

다른 생각은 전혀 떠오르지 않는다. 그는 오로지 그녀를 향한 연민에 사로잡혀 어쩔 줄 모른다. 안은 몸이 굳은 듯 제자리에서 꼼짝도 하지 않는다. 그에게 눈길도 주지 않는다. 그저 멍하니 허공만 바라볼 뿐이다.

"당신, 괜찮아?" 그녀에게 다가가며 카미유가 그렇게 묻는다.

그 모습이 마치 한 마리 동물을 길들이고 있는 사람처럼 보이기도 한다. 그는 그녀 앞에 쭈그리고 앉아 자기가 할 수 있는 대로 그녀를 감싸 안으려 한다. 하지만 그의 왜소한 체구로는 결코 쉬운 일이 아니다. 그래서 대신 그녀의 턱을 잡고 시선이 자기에게 향하도록 고개를 들어올린다. 그러고는 살며시 미소 지어 보인다.

마치 그가 도착했다는 것을 이제야 확인했다는 듯이 그녀는 그를 바라본다.

"오, 카미유……"

그러고는 머리를 가만히 그의 어깨에 파묻는다.

이 순간 시간의 흐름이 멈출 수만 있다면.

하지만 지금은 아직 시간의 흐름을 멈출 때가 아니다.

"나한테 말해줘……"

안은 좌우로 시선을 두리번거린다. 여전히 정신을 추스르지 못하고 혼란스러워하는 것인지 아니면 어디서부터 시작하는 게 좋을지 더듬어보고 있는 중인지 확실치 않다.

"그놈 혼자였어? 아니면 여럿이었어?"

"아니요, 혼자……"

그녀의 목소리가 무겁게 떨린다.

"당신이 사진으로 확인한 그자가 맞아? 하프너, 그 작자였냐고."

네. 안은 고개를 가볍게 끄덕거리는 것으로 대답을 대신한다. 네, 맞아요, 그 사람이었어요.

"무슨 일이 있었는지 나한테 다 말해줘."

안이 이야기를 늘어놓는 동안(말들이 온전하게 하나의 문장을 이루지 못하고 뭉텅뭉텅 잘려가며 단속적으로 이어진다) 카미유는 머릿속으로 당시 상황을 재구성해본다. 첫 번째 충격. 그는 그 충격에 협탁이 박살나면서 바닥에 흩뿌려진 유리 조각들과 톱니 모양으로 산산조각이 난 목재의 잔해들을 돌아본다. 마치 태풍이 휩쓸고 간 자리 같다. 그녀의 말에 귀 기울이면서 그는 페어글라스 앞으로 향한다. 그가 직접 손으로 더듬어가며 확인하기에는 총탄 자국의 위치가 너무 높다. 관통된 지점이 대충 어디쯤인지 눈대중으로 헤아려본다.

"계속해……" 그가 말한다.

이번에는 벽 앞이다. 그러고는 난로. 검지로 총탄의 흔적을 문질러본다. 또 다른 게 없는지 찾는다. 벽에 큼지막하게 뚫려 있는 구멍이 보인다. 이어 층계로 발길을 옮긴다. 그는 한동안 거기 머문다. 으스러진 첫 번째 계단을 만져본다. 그러고는 층계 위쪽을 올려다본다. 골똘한 표정으로 총알이 발사되었을 법한 지점으로 돌아선다. 이 공간의 다른 쪽 모서리다. 두 번째 계단 위로 올라서본다.

"그러고는? 그러고는 어떻게 됐어?" 다시 내려오며 그가 묻는다.

그는 거실에서 벗어나 욕실로 향한다. 안의 목소리가 먹먹하게 들려온다. 거의 들릴까 말까 할 정도이다. 카미유는 계속 당시 상황을 재구성해보는 데 매달린다. 비록 여긴 자기 집이지만 범죄 현장이기도 하다. 그러니만큼 유추, 검증, 결론으로 이어지는 일련의 수사 절차를 밟아야 할 필요가 있다.

살짝 벌어진 창틈. 안이 이쪽으로 왔을 때 하프너는 다른 쪽 방향에서 그녀를 기다리고 있다. 창유리 너머에서 소음기 달린 권총을 흔들어 보이며 안을 위협한 모양이다. 문틀에도 총탄 자국이 나 있는 게 보인다. 카미유의 키보다 높은 위치다. 그는 거실로 돌아온다.

안은 탈진한 듯 넋을 놓고 있다.

그는 층계 밑에서 빗자루 하나를 찾아와서 박살나버린 협탁의 잔해들을 가장자리로 대충 쓸어둔다. 그러고는 재빨리 소파에 내려앉은 먼지도 닦아낸다. 다음은 물을 끓일 차례다.

"자……" 카미유가 그녀에게 찻잔을 건네주며 말한다. "다 됐어……"

그들은 자리에 나란히 앉는다. 안은 몸을 그에게 바짝 기댄다. 그들은 카미유가 차라고 부르는 것을 함께 홀짝거린다. 실은 차라고 하기에도 민망한 온수에 불과하다. 그렇다 해도 안은 투덜거리지 않을 것이다.

"어디 외국 같은 데로 데려가줄게."

안은 고개를 가로젓는다.

"왜?"

이유는 상관없다. 여하튼 그녀로서는 안 될 말이다. 총탄 자국에 벌집이 된 유리, 문, 계단, 아수라장으로 변해버린 거실과 박살난 협탁의 잔해더미들만 봐도 여기 숨어 있기로 한 결정이 얼마나 무모했는지 여실히 드러난 셈이다.

"내 생각에는……"

"아니요, 싫어요." 안이 그의 말을 자른다.

의문의 여지조차 차단하겠다는 듯 단호한 대답이다. 혹시 하프너가 안으로 들어오는 데 실패한 게 아닐까? 혹시라도 오늘 하루 동안 다시 찾아오지는 않을까? 내일이면 다 알게 되겠지. 불과 사흘 동안 수십 년이 지나간 것만 같다. 내일이 되면……

그러면 자기 신변에 뭔가 변화가 생기리라는 것, 카미유는 이후 무슨 변화가 생길지 확실히 감을 잡고 있다.

그동안 그에게는 시간이 필요했다. 권투선수가 라운드마다 공이 울렸을 때 다시 일어나서 링 한가운데로 튀어나오기까지 결기를 다지는 데 필요한 그 시간이.

이제는 어느 정도 상황이 무르익은 것 같다.

한두 시간이면 충분하다. 그 이상도 필요 없다. 그는 집 안 단속을 한 후 안을 그냥 여기 남겨두고 가기로 마음먹는다.

서로 아무 말도 나누지 않는다. 그 어색한 침묵 사이로 불쑥 카미유의 휴대폰에서 나는 진동 소리가 끼어들며 두 사람의 머릿속에서 착잡하게 얽히고 있는 상념들의 실타래를 잠시 끊어놓는다. 휴대폰의 진동은 멈추지 않는다. 누군지 확인할 필요도 없다. 보나마나다.

그동안 친밀하다고 여겨온 여인이 미지의 대상으로 변해 자신과 마주하고 있는 것은 썩 괴이한 체험이다. 물어보고 싶은 말들이 가득 쌓여 있지만 나중으로 미뤄두는 게 낫겠다는 생각이 든다. 지금은 무엇보다 실타래부터 풀어내는 게 우선이다.

피로감이 카미유를 짓누른다. 낮게 가라앉아 있는 이 일대의 하늘, 음습한 숲가의 전경, 충격을 받아 쑥대밭으로 변해버린 집, 자기와 마주앉아 있는 미지의 여인 등에 둘러싸여 있는 탓인지 몸과 마음이 다 지치는 듯하다. 기분대로라면 하루 종일이라도 잠만 잘 것 같다. 하지만 그의 신경은 온통 안에게 쏠려 있다. 그녀의 숨소리, 마지막 남은 차를 마시는 그녀의 입가에서 나는 소리, 침묵, 그들 사이에 납덩이처럼 내려앉아 있는 정적.

"그 사람을 찾아내게 될까요?" 한동안의 침묵을 깨고 안이 나지막한 목소리로 그렇게 묻는다.

"그래."

카미유의 입에서 그런 식으로 미적지근한 대답이 튀어나온다. 그녀는 그런 대답이 성에 차지 않는 눈치다. 뭔가 더 강력하고 자신만만한 표현이 필요한 모양이다.

"그럼 당장 그럴 수 있다고 확실하게 말해줘요. 그럴 수 있는 거죠? 그죠?"

카미유가 마음속으로 생각하기에, 그녀가 해왔던 각각의 질문에는 소설의 문장만큼이나 해석해야 할 행간의 여백이 깔려 있었던 게 아닌가 싶다. 그는 눈썹을 씰룩거린다. 왜 그래야 하는데?

"도무지 마음이 안 놓여서 그래요. 당신 대답이라도 듣고 마음을 좀 놓고 싶으니까요. 내 말 무슨 뜻인지 모르겠어요?"

그렇게 말하며 안은 언성까지 높였다. 이전까지는 깨진 앞니와 잇몸이 드러나 보일까 두려워 두 손으로 가리더니 이제는 그러지도 않았다.

"무슨 뜻인지 알아. 당연하지……"

하마터면 미안하다고 사과까지 할 뻔했다.

그러고 나서는 분위기가 다소 서먹서먹해져서인지 두 사람은 약속한 듯 서로 침묵을 지킨다. 그사이에 안은 쪼그려 앉은 자세로 꾸벅꾸벅 졸기 시작한다. 카미유로서는 이제 별로 할 말이 없다. 지금 그에게 필요한 것은 말이 아니라 연필이다. 그는 연필로 뭔가를 표현하고 싶다. 함께 있으면서도 각자의 고독감에 빠져 있는 두 사람, 이 연인은 결국 서로가 가 닿지 못할 개인사의 양 극점으로 갈려 있다. 그러니까 그들은 함께 있으면서도 떨어져 지내온 셈이다. 왜 그런지 말로는 설명할 수 없지만, 그는 자기가 단 한 번도 그녀 곁에 머물러 있었던 적이 없다는 기분을 느꼈다. 그저 수수께끼 같은 결속의 느낌만이 자신을 이 미지의 여인과 엮어주고 있었을 뿐이다. 그는 안의 머리를 조심스럽게 소파에 받쳐준 후 자리에서 일어난다.

가자. 이제는 이 모든 일들의 진상을 알아보러 가야 할 시점이다.

그는 조심조심 층계를 올라간다. 원래는 각각의 계단에 발 디딜 때마다 삐걱거리는 소리가 나곤 했다. 그는 아무런 소리도 나지 않도록 조심해서 발길을 옮긴다. 몸무게가 무겁지 않아 다행이다.

위층 침실의 지붕은 물매식이다. 때로는 기왓장이 그 가파른 경사를 견디지 못해 아래로 떨어지기도 한다. 이 공간의 양쪽 귀퉁이는 높이가 10여 센티미터밖에 되지 않는다. 카미유는 바닥에 엎드려 침대 발치와 들보를 지나 나무판자로 덮여 있는 물탱크 계량기까지 기어간다. 뚜껑을 열어보니 내부는 시커먼 먼지와 거미줄로 뒤덮여 있다. 카미유의 팔 길이를 고려할 때 그 안으로 팔을 집어넣는 것은 하나의 도전이다. 하지만 안으로 팔을 밀어 넣고 뭔가를 더듬더듬 찾는다. 비닐봉지가 손에 잡힌다. 그는 그것을 위로 집어 올린다. 갈색 쓰레기봉투다. 그리고 그 속에는 고무줄로 묶여 있는 문서 뭉치가 들어 있다. 그 두께가 상당하다. 그는 그날 이후로 그걸 열어본 적이 없다……

이 문서에 담긴 이야기가 지금까지도 끊임없이 그를 매사에 의심하도록 내몰았다고 해도 과언이 아닐 것이다.

그는 자기 주위를 한번 둘러본 후 베개에서 껍데기를 벗겨낸다. 그러고는 그 비닐봉지를 조심스럽게 껍데기 안에 우겨넣는다. 조금만 움직여도 비닐봉지에서는 지저분한 먼지가 풀풀 날린다. 그는 그것을 챙겨들고 일어난다. 그러고는 계단이 삐걱대지 않도록 조심하면서 다시 내려온다.

몇 분 후 안에게 메모를 한 장 적어둔다. '푹 쉬도록 해. 당신이 그러고 싶을 때 언제든 전화해. 금방 돌아올게.' 어디든 당신을 안전한 곳으로 데려다줄게. 아니, 이건 아니다. 그는 메모를 그렇게 마무리하려다 이내 그만둔다. 그러고 나서는 집 안을 한 바퀴 돌며 철저히 문단속을 한다.

집을 나서기 전에 멀찍이 떨어져 그는 소파 앞에 기대어 있는 안의 몸을 바라본다. 이렇게 놔두고 가려니 가슴이 꽉 죄어오는 것 같다. 이대로 떠나자니 발길이 잘 안 떨어지지만 그렇다고 해서 여기 계속 머물러 있을 수도 없다.

가자. 그는 문서 뭉치가 들어 있는 베개 껍데기를 겨드랑이에 끼고 결국 집에서 나와 앞뜰을 가로지른다. 그러고는 차가 주차되어 있는 숲가로 향한다.

하지만 그는 바로 차에 올라타지 않고 잠시 뒤돌아선다. 여기서 보니 집이 아득한 정적에 휩싸여 있는 게 마치 숲가를 배경으로 무대 위에 설치되어 있는 세트 같다. 그 외관은 17세기에 유행했을 법한 흑단 상자와 비슷해 보인다. 지금쯤 안은 깊이 잠들어 있겠지.

하지만 그가 차를 몰아 숲속으로 사라지고 나서 얼마 후, 소파에 머리를 대고 누워 있던 안은 눈을 번쩍 뜬다.

11시 30분

파리가 가까워질수록 카미유의 마음 상태는 단순하게 정리되어간다. 그렇다고 해서 이전보다 더 명료했다고 할 수는 없지만 그는 이제 질문의 초점을 어디에 맞춰야 할지 알고 있다.

지금 가장 시급한 과제는 스스로에게 정확한 질문을 던지는 일이다.

강도행각의 와중에 범인은 안 포레스티에라 불린 이 여자를 붙잡게 된다. 놈은 그녀를 폭행할 뿐 아니라 심지어 죽이려고까지 든다. 그러고는 그것도 모자라 지금까지 그녀를 뒤쫓고 있다.

그렇다면 안의 감춰진 정체성과 이 강도행각 사이에는 어떤 연관관계가 있다는 걸까?

이 모든 일은 마치 그녀가 우연히 그런 나락 속으로 빠져든 것처럼 벌어졌다. 그녀가 하필 그때 그 장소에 있었던 이유는 그저 카미유에게 선물할 손목시계를 수령하기 위해서였을 뿐이라고 했다. 하지만 두 사건은 동떨어져 보이는 만큼이나 어쩐지 서로 연결되어 있는 것 같다는 인상도 풍긴다.

이 두 가지 사실은 어떤 식으로든 서로 연결되어 있는 게 아닐까?

안을 통해서는 진실이 밝혀지기 어려울 것 같다. 카미유는 심지어 그녀가 정확히 누군지도 모르고 있다. 그에게는 지금 다른 지점으로 넘어가는 게 필요하다. 이 실 가닥의 다른 쪽 끝으로 말이다.

그의 휴대폰에는 루이의 부재중 전화가 세 통이나 와 있다. 음성메시지는 남기지 않았다. 루이는 평소 통화가 되지 않아도 음성메시지를 남겨 두지는 않는 편이다. 그저 문자메시지만 간단히. '혹시 제가 도와드릴 일이라도?' 언젠가 이 모든 일들이 정리되고 나면 루이에게 도움을 청할 일이 생길지도 모르겠다는 생각이 불쑥 든다.

르 구엔에게서는 음성메시지가 세 통 와 있다. 늘 똑같은 용건이다. 하지만 어조는 메시지를 남길 때마다 달라진다. 메시지를 남길수록 목소리가 기어들어간다. 내용은 점점 더 짧아지는데 그만큼 신중해져 간다는 느낌을 준다. '이 메시지 받는 즉시 바로 내게 전화……' 삭제하고 다음 메시지로 넘긴다. '아니…… 어쩌자고 당신은……?' 삭제하고 다음 메시지. 마지막 남긴 메시지에서는 르 구엔의 음성이 사뭇 심각해져 있다. 사태를 비관적으로 바라보는 듯한 어조다. '당신이 나를 돕지 않으면, 나도 당신을 도와줄 수가 없소.' 삭제.

모든 게 다 성가실 뿐이다. 지금으로서는 자기에게 던져진 의문점들을 속 시원히 해결하는 게 지상과제이다. 그러자면 핵심적인 쟁점들에만 매달려 있어야 한다.

기이할 정도로 하는 일마다 꼬이고 있다.

뜻하지 않게 자기 집에서까지 괴한의 습격 사건이 발생했다. 그러니만큼 이제는 관점을 달리할 수밖에 없다.

몇 차례의 총격으로 집을 와장창 들쑤셔놓긴 했지만 전문적인 총잡이의 사격 솜씨로는 보이지 않았다. 그런데 바로 이 지점에서 몇 가지 의문거리들이 생겨난다.

안은 너비가 20미터나 되는 페어글라스 뒤에 혼자 있다. 그리고 다른 쪽에는 은신처까지 찾아낼 만큼 수완이 뛰어나고 살의가 넘치는 데다 완전 무장을 하고 온 사내가 있다. 그런데도 안을 말끔하게 처치하는 데 실패하고 그냥 돌아갔다면 운수가 나빴다고밖에 볼 수 없다. 하지만 열려 있는 창틈으로 불과 6미터밖에 떨어져 있는 거리에서 조준하고 쏘았는데도 그녀의 머리통에 총알 한 발을 박아 넣지 못했다는 것은 고의로 그랬다고밖에 볼 수 없는 노릇이다. 물론 모니에 상가에서부터 이 사건에는 까닭 모를 불운과 저주가 겹쳐 있는 것 같긴 하다. 그렇다면 혹시 이 작자는 애초부터 의도적으로 그런 불운과 저주를 자초하고 있는 셈이 아닐까? 이와 같은 액운이 이렇게나 연이어 겹치기도 쉽지 않은 일일 텐데……

그와 같은 기회가 주어졌는데도 안을 죽이지 않으려고 일부러 그녀만 피해서 총격을 가한다는 것도 그다지 쉬운 일이 아니다. 그러자면 사격 솜씨가 정말 출중한 명사수여야 할 것이다. 적어도 카미유의 주변에는 그만한 명사수가 전혀 없었다.

이런 문제에 매달릴 때는 전혀 다른 각도에서 접근하는 게 효과적일 수도 있다.

가령, 안이 몽포르에 와 있다는 것은 어떻게 알고 거기까지 찾아온 것일까? 같은 질문.

전날 밤 카미유는 방향만 달리하여 파리에서부터 같은 길을 달려왔다. 기진맥진한 안은 차에 타자마자 곯아떨어졌다. 그녀가 잠에서 깬 건 몽포르에 도착했을 때뿐이다.

밤에도 파리 외곽지역 도로와 국도, 고속도로는 언제나 꽤 많은 차량들로 붐빈다. 하지만 카미유는 가는 동안 딱 두 번밖에 멈춰 서지 않았다. 몇 분 동안이나 교통체증에 걸릴 듯해서 다른 길로 돌아갔기 때문이다.

그런데 바로 그 대목에서 걱정스런 가정 하나가 솟아오른다. 만일 세르비아인들에 대한 검거 작전을 수행하다 라비츠의 살해 현장으로 향할 때 일당이 그를 뒤따라왔다면. 그녀를 차에 싣고 몽포르로 향할 때도 그들이 뒤쫓아왔다면.

현재로서는 이게 가장 그럴싸한 추론이다. 적어도 그는 그렇게 믿고 싶다. 이제는 그도 안은 안이 아니라는 것을 알게 된 이상, 그리고 이 사태가 지금까지 자기가 믿어왔던 것과는 전혀 다른 양상일지도 모른다는 의혹이 불거지고 있는 이상, 가장 그럴싸해 보이는 추론이야말로 실은 가장 신빙성이 떨어지는 추론일 수 있기 때문이다.

카미유는 자기가 미행당한 게 아니라는 것을 확신하고 있다. 다시 말해 범인이 몽포르로 안을 찾으러 올 수 있었다는 것은 그녀가 거기 와 있다는 정보가 그들에게 새어 나갔다는 뜻이다.

그러니만큼 다른 대책을 강구해야만 한다. 카미유는 몇 가지 가능성들을 손가락으로 헤아려본다.

각각의 가능성에는 이름이 따라붙는다. 가까운 사람의 이름. 그러니까 몽포르를 알고 있을 만큼 카미유와 가깝게 지내온 사람들의 이름 말이다. 또한 모니에 상가에서 폭행당한 이 여인과 카미유의 내밀한 관계에 대해서도 이미 파악하고 있을 만큼.

그뿐 아니라 그가 거기로 그녀를 데리고 가서 은닉했다는 사실까지도 알고 있을 만큼.

카미유는 기억을 온통 헤집어본다. 하지만 아무리 찾고 또 찾아도 그 수는 스물도 되지 않는다. 48시간 전에 타계한 아르망을 제외하면 후보자 명단은 더욱 줄어든다.

게다가 빈센트 하프너와는 전혀 만난 적도 없고 어울린 적도 없다.

결론은 오리무중이다.

안이 안이 아니라는 사실은 이미 확실히 드러났다. 그런데 이제 보니 하프너도 하프너가 아닌 것 같다.

모든 수사 방향이 원점으로 리셋된 거나 마찬가지다.

그렇다면 출발점으로 돌아갈 수밖에 없다.

그리고 카미유에게 그 말은 모든 시도를 다해본 현 시점에서 다시 감방 탐색으로 돌아가야 한다는 뜻이기도 하다.

그는 방향을 틀어 왔던 길로 돌아간다. 몽포르에서 파리로, 다시 파리에서 몽포르로 다람쥐나 햄스터 쳇바퀴 돌 듯. 부디 헛수고가 되지 않기를. 당연히 그 친구에게 하는 소리가 아니다. 내 생각에 그 친구는 이제 끝났다. 그는 궁지에 몰려 있다. 한시바삐 확실한 증거를 찾아내지 않으면 곤란해질 처지다. 그는 곧 높은 절벽에서 추락하고 말 거다. 이러는 게 나한테 헛수고가 되지 않고 뭔가 보상이 주어지기를 바란다는 말이다.

이제는 더 이상 의문의 여지가 없다.

그 여자는 할 만큼 다 했다. 그녀가 모든 노력을 아끼지 않고 이 일에 헌신했다는 것은 확연한 사실이고 두말하면 잔소리일 뿐이다. 다소 빡빡하긴 하겠지만 당분간은 모든 일이 순조롭게 풀려나가게 될 거다.

물론 여기서 끝장을 내는 것은 내 몫이다. 내 친구 라비츠를 상대로 해서도 나는 이미 가차 없는 결단력을 보여준 바 있다. 녀석이 지금도 이승에 남아 있었다면 아마도 증언대에 서서 나를 잡아들이는 데 앞장설지도 모르지. 비록 손에 손가락이 남아 있질 않아 성경책 위에 대고 증인 선서를 하는 것은 어려웠을지 몰라도.

그 순간을 떠올려보니 나는 녀석을 전혀 악의적으로 대한 것 같지 않다. 그러기는커녕 오히려 깊은 연민을 품고 있었다. 녀석을 처치한 것은 그 연민의 증거에 지나지 않는다. 녀석의 머리통에 총알을 박아 넣은 것은 사실상 자비를 베풀어준 셈이다. 그런데 결정적으로 세르비아 친구들은 터키 녀석들과 마찬가지로 고맙다는 말을 할 줄 모른다. 그게 그들의 고유한 문화다. 이 친구들이란 원래 그렇다. 그래놓고 자기들에게 적들이 많다고 투덜거리니.

이제는 진지한 화젯거리로 넘어가보자. 지금 어디 가 있든(세르비아 태생들의 강도들을 위한 천당이 따로 있는지 어떤지는 잘 모르겠다만, 테러리스트들을 위한 천당이 있는 것은 확실할 듯하다) 라비츠는 나중에 결국 만족스러워질 거다. 그 친구로서는 사후에라도 나한테 복수하려 들게 빤한데, 나도 저승에 가면 산 채로 뼈가 발릴 만큼 죄를 지은 악인이니까. 그러니만큼 내겐 약간의 기회가 필요하다. 지금까지는 그럴 필요성을 전혀 느껴오지 않았지만 이제부터는 저 위에서 심판자에게 내맡겨진 순간 좋은 쪽으로 결과가 나올 만한 신뢰를 쌓아두는 게 좋을 것 같다.

그런데 만일 베르호벤 같은 사람이 심판자의 역할을 맡고 있다 치면, 그 결과야 두고 볼 것도 없이 빤하겠지.

일단은 내 아지트로 가서 원기를 좀 회복해야겠다. 그래야 이후 아주 날렵하게 움직일 수 있을 테니까.

내 반응이 다소 무뎌진 건 사실이지만 그렇다고 해서 내 범행 동기까지 흔들리고 있는 것은 아니다. 왜냐하면 그거야말로 이 일의 핵심이니까.

___ 12시

욕실로 가서 안은 다시금 거울에 잇몸과 깨진 이빨을 비춰보며 얼마나 추해 보이는지 확인한다. 그녀가 병원에 실려 갔을 때 인적사항에 기입한 것은 가짜 이름이었다. 그러니만큼 그 병원에서 받은 엑스레이 촬영 결과와 그 밖의 치료 내역 등에 관한 진단서를 발급받을 수 없을 것이다. 그러자면 모든 것을 처음부터 다시 시작하는 수밖에 없을 것이다. 그게 어떤 의미에서든.

그자는 여전히 자기에게 필요하기 때문에라도 그녀를 전혀 죽일 생각이 없었다고 주장한다. 말하고 싶을 대로 하는 거야 자유지만 그녀로서는 한마디도 믿을 수 없다. 그러기에는 죽다 살아난 그 경험이 너무 지독했기 때문이다. 그는 정말이지 그녀를 무섭도록 악착같이 두들겨 팼다. 물론 완벽하게 일을 꾸미자면 그럴 수밖에 없었노라고 우기겠지만, 그녀에게는 그가 자신에 대한 폭행을 즐기는 것처럼만 여겨졌을 뿐이다. 만일 폭행하다 스스로 흥분한 나머지 그 자리에서 자기를 처치해버릴 수 있었다면 그러고도 남았을 거라는 생각마저 든다.

구급함을 뒤져보니 가위와 핀셋이 나온다. 인도 출신의 인턴 청년은 다행히 상처가 깊지 않다며 그녀를 다독여주었다. 그의 생각에는 열흘가량 지나고 나면 봉합 자국의 실밥을 뜯을 수 있으리라고 했다. 하지만 그녀는 지금 당장 자기 손으로 실밥을 뜯어내고 싶다. 카미유의 책상 서랍에서 확대경도 찾아냈다. 봉합 자국의 실밥을 안전하게 뜯어내기에는 실내가 그다지 밝지 않다. 날이 조금 더 환히 밝아지기를 기다리자니 마음이 조급해온다. 하지만 이번에 그녀가 이러는 건 청소벽 또는 결벽증의 발작이 아니다. 그녀는 카미유에게 그들이 동거하게 되면 청소만큼은 자기가 도맡겠다고 말한 적이 있다. 이번에는 그런 게 아니다. 모든 게 다 밝혀질 무렵 카미유가 품게 될 생각과는 달리, 사실 그녀는 그에게 그다지 많은 거짓말을 늘어놓지 않았다. 그저 최소한의 거짓말만 했을 뿐이다. 상대가 카미유였기 때문이다. 차마 그에게는 처음부터 끝까지 다 속이려 들기가 어려웠다. 혹은 그러는 게 너무 쉬워 보였다. 이러나저러나 그녀의 마음은 마찬가지였다.

안은 봉합 자국을 소매 끝으로 쓱쓱 문지른 후 혼자서 실밥을 살살 뜯어내기 시작한다. 그런 식으로 해내기에 결코 간단한 일이 아니다. 게다가 눈까지 퉁퉁 부어 있다 보니…… 자그마치 여덟 군데다. 왼손에는 확대경이, 오른손에는 가위가 들려 있다. 가까이서 들여다보니 실밥 자국은 마치 검은 벌레들과 비슷해 보인다. 첫 번째 매듭에 댄 가위 끝이 살짝 미끄러진다. 곧바로 쓰라린 느낌이 퍼져나간다. 덧나지 않도록 특별히 조심해야 한다. 상처가 아직 아물지 않아 2차 감염의 우려가 크기 때문이다. 얽혀 있는 실밥들을 제대로 잘라내려면 가위 끝을 멀리 가져다대야 한다. 저절로 미간이 찡그려진다. 서걱서걱. 벌레가 처음으로 피부에서 떨어져나갔다. 걷어내기만 하면 된다. 손이 부르르 떨린다. 실밥의 저항이 만만치 않다. 살갗에 붙어 잘 떨어지려 하지 않는다. 손끝이 떨리는 것을 무릅써가며 핀셋으로 집어내는 수밖에 없다. 그러자 이윽고 실밥이 떨어져나간다. 그게 상처 밑으로 흘러내리는 것을 보니 몹시 불결하다는 느낌이 든다. 다시 주의 깊게 살펴본다. 잘 눈에 들어오지 않는다. 두 번째 실밥 자국에 달려든다. 너무 긴장하고 신경이 곤두서 있다 보니 피곤하다. 잠시 앉아서 숨을 돌리기로 한다……

거울 앞으로 돌아온다. 그러고는 상처에 난 실밥 자국들을 더듬어본다. 자기도 모르게 얼굴이 찡그려진다. 두 번째 실밥을 뜯어낸다. 이어 세 번째. 상처가 제대로 아물기도 전에 너무 일찍 실밥들을 뜯어내는 셈이다. 확대경으로 비춰보니 상처 부위가 여전히 빨갛게 벌어져 있는 것처럼 보인다. 네 번째 실밥은 유난히 질기다. 좀체 살갗에서 떨어져 나오려고 하질 않는다. 하지만 안의 고집도 그에 뒤지지 않는다. 이를 악물고 가위 끝을 그쪽으로 살살 밀어 넣는다. 걸린 것 같다. 하지만 어느 틈에 가윗날 사이로 새어나갔다. 다시 시작. 상처에서 가느다란 핏줄기가 배어나오기 시작한다. 다시 벌어졌나 보다. 그러자 실밥이 져준다. 아래로 쓸어낸다. 상처가 터져 피가 질질 새어나온다. 위는 분홍색인데 아래는 시뻘겋다. 눈물만큼이나 핏방울이 굵어 보인다. 다음 실밥들도 연이어 처단되어 살갗 밑으로 흘러내린다. 그녀는 실밥의 잔해들을 세면대에 버린다. 자, 이제 마지막 차례다. 상처에서 흘러내린 핏줄기를 문질러 닦다보니 그게 눈가로 들어가서 시야가 뿌옇게 흐려진다. 그래도 마지막 실밥을 다 떼어낼 때까지는 멈추지 않기로 한다. 피가 줄줄 새어나온다. 그녀는 지체 없이 수납 칸에서 90도짜리 알코올이 든 약병 하나를 집어 든다. 그러고는 습포도 없이 손에 약병의 알코올을 쏟아 출혈이 심한 상처 부위에 찍어 바르기 시작한다.

이루 말할 수 없이 쓰라리다…… 자기도 모르게 입에서 비명이 터져 나오며 주먹으로 세면대 가장자리를 세차게 두드린다. 그 바람에 느슨해진 부목 사이로 삐져나온 손가락이 짓찧어진다. 더욱 거세게 비명을 내지른다. 하지만 오늘 비명을 내지르게 된 것은 순전히 자기 탓이다. 자기 손으로 실밥을 뜯어낸 탓이다.

다음으로는 알코올을 뺨에 찍어 바른다. 세면대 가장자리를 두 손으로 움켜잡고 허물어지기 직전인 몸을 근근이 지탱한다.

쓰라림이 다소 가라앉을 듯하자 알코올을 습포에 듬뿍 적셔 뺨에 대고 힘껏 문지른다. 떼어보니 붕대 위로 상처가 잔뜩 부어올라 있다. 더 추해진 것 같다. 피는 그치지 않고 계속 새어나온다.

끔찍한 흉터 자국으로 오랫동안 남을 것 같다. 뺨을 가로질러 일직선으로. 그녀가 사내였다면 무용담의 증거 같은 칼자국으로 여겨졌을 수도 있겠다. 어떤 모양새로 남을지는 알 수 없지만 내내 그 자리에 흉측한 상처 자국으로 남아 언제까지라도 아물지 않으리라는 것은 확실해 보인다.

이건 너무 치명적이다.

칼로 그 부위를 도려내서 흉터가 완전히 사라지도록 할 수만 있다면 그녀는 당장이라도 그러고 싶을 지경이다.

그렇게라도 함으로써 그녀는 이 모든 일이 언제까지라도 잊히지 않도록 몸과 마음에 깊이 새겨두고 싶기 때문이다.

―― 12시 30분

응급실 주차구역은 언제나 만원이다. 이번에는 그 안으로 차를 몰고 들어가기도 어려워 카미유는 하는 수 없이 자신의 신분증을 내보여야만 했다.

안내 창구 직원은 한 송이 장미처럼 화사하게 꾸민 모습을 하고 있다. 약간 시든 장미이긴 해도 남자들의 호감을 자극하기에는 충분한 모습이다.

"그 환자분, 어디로 사라지셨다던데요?"

마치 베르호벤 반장에게 이 사안이 얼마나 중요한지 충분히 인지하고 있다는 듯이 그녀는 약간 근심 어린 기색을 지어 보이며 그렇게 묻는다. 무슨 일이 있었던 거죠, 당신들한테는 날벼락 같은 일이었겠군요, 이거 경찰로서는 참으로 큰 낭패 아닌가요? 카미유는 상대해주지 않고 그냥 지나치려 한다. 하지만 그마저도 생각대로 되지 않는다.

"그럼 그 여자분 수납은 어떻게?"

카미유는 다시 제자리로 돌아온다. 그 여직원이 계속한다.

"그건 원칙적으로 제 소관이 아니에요. 하지만 어떤 환자가 야반도주를 했고 그간의 치료비를 청구할 만한 의료보험 번호도 모르고 있을 때는 윗선에 알릴 수밖에 없어요. 그러면 약간의 말썽이 빚어질 수도 있겠죠. 윗분들로서는 골치 아픈 뒤치다꺼리를 떠안게 되는 셈이니까요. 하지만 그분들한테 책임이 있든 없든 모른 척할 수는 없거든요. 물론 저한테도 책임이 돌아올지 모르죠…… 그래서 일단 이렇게 말씀드려두는 거예요."

카미유는 고개를 끄덕거린다. 무슨 말인지 알겠어요. 충분히 일리 있는 얘기다. 그러는 사이 여직원은 어디론가 전화를 건다. 이 병원에 실려 올 때 가짜 이름으로 환자 등록을 했을 테니 애초부터 그녀로서는 의료보험증이나 상호조합 가입증 따위를 제출할 수 없었을 것이다. 그녀의 집에 들렀을 때 그가 그녀 이름으로 된 문서를 전혀 발견하지 못했던 것도 바로 그런 까닭이다. 그녀에게는 자신의 신분과 관련된 서류가 전혀 없다. 하다못해 지금 쓰는 가짜 이름으로 된 것조차도.

문득 그녀에게 연락을 해야 하지 않을까 싶다는 생각이 든다. 이유는 모르겠다. 마치 그녀를 배제하고, 그녀의 응낙도 없이 이 일을 처리하면 뭔가 곤란한 상황에 처하지나 않을까 두려워진 것처럼. 전화로 이 일에 관해 그녀에게 알려야 하지 않을까⋯⋯

그녀의 본명은 틀림없이 안이 아닐 것이다. 그 이름에서 연상되는 것은 이제 아무 쓸모도 없어졌다. 이 사실에 카미유는 마음이 몹시 서글퍼졌다. 이제는 그녀의 이름마저 잃어버리고 만 셈이니까.

"어디 안 좋으세요?" 안내 창구 직원이 묻는다.

아니요, 괜찮아요, 다 괜찮아. 카미유는 공연히 뭔가에 골똘해진 척해 보인다. 다른 사람에게 속마음을 들키고 싶지 않을 때는 역시 무슨 일에 정신을 집중한 척하는 게 가장 효과적이다.

"그 환자의 진단서는 어디서 끊을 수 있나요?"

안이 갑자기 전날 밤 야반도주를 감행하면서, 모든 게 아직 정리되지 않고 그 층에 남아 있다.

카미유는 고맙다고 한 후 걸음을 옮긴다. 안의 병실이 있던 층에 도착하자 이제부터는 어떻게 처신해야 할지 막연하다는 생각이 든다. 그는 걸음을 앞으로 내딛으며 그에 관하여 숙고해본다. 곧 복도 끝에 다다른다. 지금은 용도 불명의 공간으로 변해버린 예전 대기실에서 몇 미터 떨어진 거리다. 거기는 카미유가 처음으로 루이와 수사 방향을 숙의했던 곳이기도 하다.

그런데 문손잡이가 느리게 돌아가더니 문이 다소곳이 열리는 게 그의 눈에 들어온다. 그런 모양새로 보아 그 틈새에서는 꼬마 아이가 수줍어하거나 쭈뼛거리는 기색으로 튀어 나올 것 같다.

그런데 아니다. 거기서 나타난 사람은 신경외과 주임교수 위베르 댕빌 박사다. 백발이 가지런히 위쪽으로 곤두서 있다. 마치 미용실에서 머리에 매달고 있던 컬 클립이라도 금세 뽑고 나온 모습이다. 그 앞에서 뜻밖에도 카미유와 마주치자 당혹스럽다는 듯 낯을 붉힌다. 일반적으로 여기에는 아무도 드나들지 않는다. 다른 쪽으로 연결되어 있는 것도 아니고 요즘에는 아무 용도로도 쓰이지 않고 있기 때문이다. 한마디로 사람들이 드나들 일이 없는 공간이다.

"여기서 뭐하시는 겁니까?" 금세라도 물어뜯을 기세의 그는 으르렁거리는 권위적 어투로 그렇게 묻는다.

그러시는 댁은? 그렇게 반문하고 싶어 카미유의 입이 근질거린다. 하지만 이건 좋은 대응 수단이 아니다. 그는 길을 잃은 척하기로 한다.

"길을 잃어버려서요……(그러고는 체념한 어투로) 제가 방향을 잘못 잡은 모양이네요."

박사의 붉은 안색이 연분홍빛으로 묽어진다. 당혹스런 기분이 차차 가라앉는 모양이다. 그러면서 본래의 페이스를 회복한다. 그는 목청을 잠시 가다듬고는 단호하게 복도로 발길을 돌린다. 마치 긴급한 용무에 호출 받은 사람처럼 걸음걸이를 재촉한다.

"여기서는 이제 아무 볼일도 없으실 텐데, 반장님은."

카미유는 종종걸음으로 그 뒤를 따라간다. 너무 뒤처지지 않도록 열심히 따라 걷는다. 그러면서 동시에 여건이 허락되는 한도 안에서 최대한 빨리 이런저런 생각들을 가다듬어 보려 한다.

"당신네들이 보호해야 할 피해자가 어젯밤 이 병원에서 사라졌어요!" 마치 카미유를 문책하는 듯한 어투로 댕빌 박사가 그렇게 말한다.

"저도 알고 있습니다."

카미유에게는 지금 이렇다 할 묘책이 떠오르지 않는다. 손을 호주머니에 쑤셔 넣어 휴대폰만 만지작거릴 뿐이다. 그러다 휴대폰이 주머니에서 빠져 바닥에 뚝 떨어진다. 뭔가 깨지는 소리가 난다.

"이런 빌어먹을!"

이미 승강기 앞에 도착한 댕빌 박사가 뒤돌아본다. 베르호벤 반장이 바닥에 쭈그려 앉아 휴대폰에서 떨어져나간 부품들을 주워 담는 중이다. 저런 쪼다 같으니라구. 문이 열린다. 댕빌 박사는 재빨리 그 안으로 뛰어 들어간다.

카미유는 떨어져 나온 휴대폰 부품들을 일단 얼기설기 짜맞춰둔다. 그러면서 원래 자리로 되돌아간다. 용도 불명의 공간 쪽으로.

1분 가까운 시간이 흐른다. 들어갈까 말까 망설인다. 뭔가가 들어가지 못하도록 그의 발목을 붙잡는 것 같다. 추가로 몇 초의 시간이 더 흐른다. 확실히 그가 착각한 모양이다. 기다린다. 아무 일도 일어나지 않는다. 할 수 없지. 그는 발길을 돌리려 한다.

그러자 문이 다시 열린다. 이번에는 힘차게.

몹시 분주해 하는 기색을 보란 듯이 앞세우며 한 여자가 걸어 나온다. 이 병원 간호사 플로랑스다. 문 앞에 서 있는 카미유를 발견하자 그녀는 낯을 붉히는 대신 두툼한 입술을 동그랗게 말아 보인다. 잠시 멈칫거린다. 하지만 너무 늦었다. 그녀는 다른 일에 주의를 돌릴 겨를이 전혀 없다. 잠시 당혹스럽다는 표정을 나타내 보인 후 그녀는 귀밑머리를 쓸어 넘기면서 차분한 태도로 문을 다시 닫는다. 그러고는 카미유를 내려다본다. 그녀에게서는 나 지금 열심히 일하고 있는 거 보이죠, 바쁘니까 괜히 건드리지 마세요, 저 잘못한 거 전혀 없거든요, 하는 기색이 또렷하게 드러나 보인다. 아무도 믿을 수 없다. 그녀도 마찬가지다. 공연히 그녀를 도발해서 좋을 게 없다. 일을 그런 식으로 이끌어가서는 괜히 자기만 곤란해질 것이다…… 그는 여기 와 있는 게 후회스러워졌지만 그럴 수밖에 없었다. 그는 그녀를 뚫어져라 바라본다. 그러다 고개를 수그린다. 조바심이 고조된다. 바쁘신 데 괜히 방해할 생각은 없었어요. 저한테도 그 정도 양식은 있지 않겠습니까? 그녀가 댕빌 박사가 시킨 잔일을 마무리하는 동안 카미유는 복도에 남아 망가진 자기 휴대폰을 어떻게 해서든 고쳐보려는 시늉에 매달린다.

"포레스티에 씨의 진단서가 좀 필요해서 왔습니다." 그가 말한다.

플로랑스는 복도로 걸어 나온다. 하지만 활달한 걸음걸이는 아니다. 댕빌 박사가 시킨 일 때문에 좀 지친 모양이다. 그렇다고 해서 성가셔 하는 기색은 보이지 않는다. 또한 전혀 쌀쌀맞아 보이지도 않는다.

"글쎄요……" 그녀가 말한다.

카미유는 잠시 눈을 감는다. 속으로 그녀에게 제발 이런 말만은 하지 말아달라고 간곡히 당부해본다. 댕빌 박사님한테 말씀드려볼게요. 제 생각에는……

그들은 함께 간호사실로 향한다.

"글쎄요, 혹시 여기 끊어둔 게 있는지…… 일단 봐야 알겠어요."

그녀는 한 번도 그를 향해 돌아서지 않았다. 그러면서 아직 처리되지 않은 서류들이 들어 있는 서랍만 열어본다. 거기서 곧바로 포레스티에 관련 서류를 꺼내든다. 큼지막한 서류보관용 파일 속에는 정밀 단층 촬영 결과와 엑스레이 사진, 이에 관한 담당의 소견서 등이 담겨 있다. 언뜻 보기에도 간호사 한 사람이 처리하기에는 업무가 꽤 과중한 것 같다.

"저녁이 되기 전까지 예심판사의 영장을 받아올게요." 카미유가 말한다. "그전에 우선 제가 인수했다는 서명이라도 하고 갈게요."

"아니요." 그래놓고 그녀가 서둘러 이렇게 덧붙인다. "제 말은 그러니까 구태여 예심판사……"

카미유는 그 서류 파일을 받아들며 고맙다고 인사한다. 그들은 잠시 서로 시선을 교환한다. 지금 그의 심기를 어지럽히고 있는 것은, 자기에게 아무 권한도 없는 정보를 제멋대로 빼돌리고자 공권력을 내세워 비열한 수법으로 임했다는 사실만이 아니다. 이 간호사의 저의를 어떻게 받아들여야 하는지도 문제다.

혹시 그녀는 자기들의 사랑을 이미 눈치 채고 이와 같은 배려를 베푸는 게 아닐까? 몹시 두툼한 그녀의 입술은 이처럼 배려심 그득한 심지의 두께를 표시해 보이고 있는 신체적 증거가 아닐지.

13시

철책을 지나 오솔길로 접어든다. 시야에 화사한 장밋빛 건물과 높다란 관상수들이 들어온다. 언뜻 보면 어떤 예술계의 거장이 살 법한 저택으로 여겨질 정도이다. 이런 장소에 머무는 사람들의 주된 일과가 사체를 들여와서 절단하는 일일 거라고는 쉽게 상상하기 어려울 것이다. 하지만 실제로 여기 사람들은 사체에서 심장과 내장을 도려내어 무게를 달거나 두개골에 톱질을 하기도 한다. 카미유는 이곳에서 주로 하는 일이 무엇인지 속속들이 잘 알고 있다. 하지만 잘 안다고 해서 친숙한 것은 아니다. 오히려 여기 들려야 할 때마다 몸서리 쳐지도록 싫다. 그래도 여기서 근무하는 직원들과 기술 요원들, 의학 분야 종사자들은 좋아하는 편이다. 특히 응옌 같은 사람과는 꽤 친분이 두텁다. 카미유는 응옌과 여러 해 동안 함께해오며 온갖 풍파를 다 겪었다. 그러면서 두 사람 사이에는 지금처럼 끈끈한 친분이 싹텄다고 할 수 있다.

카미유가 이곳에 들어서면서 근무자 한 사람 한 사람에게 손짓으로 인사를 전한다. 그런데 평소와 달리 그를 대하는 사람들의 태도가 어쩐지 뻣뻣한 것처럼 보인다. 순간 여기에도 자신에 관한 소문이 나돌았다는 것을 직감한다. 그에게 보내는 미소도 어정쩡하고 악수를 나누는 손길도 흔쾌하지 않은 것 같다.

하지만 응옌은 언제나 그 자리에 머물러 있는 스핑크스처럼 표정의 변화가 없다. 속을 알 수 없는 인물 같기도 하고 모든 면에 초탈한 사람처럼 보이기도 한다. 키는 카미유보다 조금 더 크지만 그만큼이나 왜소한 체구다. 그가 마지막으로 얼굴에 미소를 지어 보인 것은 1984년도였다. 응옌은 카미유와 가볍게 악수를 나눈다. 그러고는 카미유의 말에 귀 기울인 후 그가 내민 서류를 들여다본다. 사뭇 신중한 태도다.

"그냥 잠깐 훑어보기만 해. 시간이 별로 많지 않거든."

'그냥 잠깐 훑어보기만 해'라는 말의 속뜻은 '자네 의견을 듣고 싶어. 궁금한 게 있거든. 나는 입 다물고 있을 테니 무슨 말이든 나한테 해줘. 빠를수록 좋아⋯⋯'이다.

그리고 '시간이 별로 많지 않거든'의 속뜻은 '이건 사실 공식적인 게 아니라 개인적인 용무야'—이로써 항간의 풍문대로 베르호벤이 지금 꽤 어려운 곤경이 처해 있다는 사실이 입증되는 셈이다—이다. 응옌은 선선히 그러겠다고 답해준다. 카미유의 부탁에는 한 번도 거절을 해본 적이 없다. 그도 카미유만큼이나 모험심이 많고 수수께끼를 좋아하는 데다 그 수수께끼의 실마리를 세세하게 풀어내는 데 관심이 많은 탓이다. 그는 천상 법의학자로 태어난 듯한 사람이다.

"17시경에 전화해주겠어?"

이렇게 말하며 웅옌은 그 서류를 서랍에 넣고 열쇠로 잠가둔다. 개인적인 용무라고 하지 않는가.

13시 30분

이제는 사무실에 다시 들어가봐야 할 시간이다. 그를 기다리고 있을 게 무엇일지 떠올리면 전혀 내키지 않지만 그래도 어쩔 수 없다.

복도에서 마주친 동료들과 인사를 나눈다. 굳이 심리분석을 하고 말고 할 필요도 없이 그들의 안색에서 강한 냉기가 전해져온다. 법의학 연구소에서의 반응이 암묵적이었다면 여기서는 한결 더 노골적이다. 대부분의 사무실에서 그러하듯이 여기서도 모든 구성원들에게 어떤 소문이 퍼져 나가는 데는 딱 사흘이면 충분하다. 그 소문이 모호하면 모호할수록 더욱 증폭되기도 쉽고 그 효과도 역학적인 성질을 띠기 마련이다. 사람들이 모여 사는 세상에서 이런 현상은 늘 변함이 없다. 몇몇 사람들이 더러 나타내기도 하는 교감의 태도 밑에는 이럴 때일수록 안됐다며 위로해주고 다독여줘야 하지 않겠느냐는 심리적 배경이 깔려 있다.

설령 사람들이 그 소문에 관해 자기에게 물어온다 해도 카미유로서는 누구에게도 털어놓거나 설명하고 싶은 의향이 전혀 없다. 우선 무엇을 어디서부터 말해야 할지부터 막연하니까. 다행히도 강력반 사무실에는 팀원들 가운데 두 사람만이 자리에 있다. 카미유는 들어서며 그들에게 손짓으로 인사를 한다. 그중 한 사람은 통화 중에 안녕하세요 반장님, 하고 인사한다. 나머지 한 사람은 그제야 뒤돌아본다. 하지만 카미유가 이미 지나가고 난 후다.

곧 루이가 도착해서 아무 말도 없이 카미유의 사무실로 들어온다. 두 사람은 서로를 마주본다.

"사람들이 반장님을 엄청 찾았어요……"

카미유는 책상 위로 고개를 숙인다. 미샤르 서장의 소환장이 와 있다.

"알고 있어……"

19시 30분. 생각보다 늦은 시각이다. 장소는 회의실. 중립적인 장소이다. 소환장에는 그 자리에 누가 올지 명기되어 있지 않다. 이런 요식 절차는 일반적이지 않다. 어떤 경찰이 내사 대상으로 찍힐 때는 굳이 해명을 듣기 위해 소환하거나 그러지 않는다. 곧바로 내사에 들어갔다는 것을 통보해줄 뿐이다. 그래봤자 통보든 아니든 달라질 것도 없다. 미샤르 서장에게는 카미유를 문책할 사유와 증거가 충분하고 카미유로서는 그것을 무마할 시간 여유가 없으니까.

소환 시각이 이렇게 여유 있게 주어진 것은 의아한 노릇이긴 한데, 구태여 왜 그랬는지 알고 싶지도 않다.

그는 외투를 걸어놓고 그 호주머니에 손을 찔러 넣는다. 거기서 비닐봉지 하나를 꺼내 니트로글리세린 막대라도 다루듯, 내용물에 손가락 하나라도 닿지 않도록 두 손으로 조심조심 취급한다. 마침내 그가 책상 위에 놓은 것은 머그잔이다. 루이가 가까이 다가오더니 그게 뭔지 호기심 어린 눈초리로 살펴본다. 나지막한 음성으로 그 위에 새겨진 글자를 읽어본다. Мой дядя самbix честbix равн д……

"이건 『예브게니 오네긴』의 첫 행 아닌가요?"

이번에는 카미유도 자신 있게 대답할 수 있다. 맞다. 그 머그잔은 이렌이 쓰던 거다. 하지만 그는 그 사실을 루이에게 밝히지 않는다.

"여기 묻은 지문 감식을 자네가 좀 맡아줬으면 싶은데. 최대한 빨리."

루이는 그러겠다는 뜻으로 선선히 고개를 끄덕거린다. 그러고는 머그잔을 다시 비닐봉지에 넣고 밀봉한다.

"페르골랭 사건에 관한 조사서…… 도 제가 그냥 맡을까요?"

클로드 페르골랭은 자택에서 누군가에게 목이 졸려 숨진 크로스드레서이다.

"그래 주면……" 카미유는 그런 대답으로 루이에게 일을 떠넘긴다.

하지만 루이에게 아무런 언질도 주지 않고 이런 식으로 일을 처리해나가기는 어려운 노릇이다. 하지만 막상 그것을 털어놓자니 여전히 주저가 된다. 우선은 단숨에 이 자리에서 늘어놓기에는 사연이 너무 길고 복잡하다. 그뿐 아니라 이 일에 관해 루이가 아무것도 몰라야 그의 신상에 유리하다. 말하자면 안과의 사연을 루이에게 까발리는 것은 결국 그도 이 일에 연루시키는 결과를 빚을 수 있다는 뜻이다.

"지금 당장 결판을 내려면," 루이가 말한다. "랑베르 부인이 여기 와 있는 동안 서둘러 처리하는 게 좋을 것 같습니다."

랑베르 부인은 루이에게 홀딱 빠져 있다. 그녀 또한 베르호벤 반장과 마찬가지로 루이와 양자 결연을 맺고 싶다며 나설 수도 있는 후보자 중 한 명이다. 그녀는 열성 노동조합원이며 60대 정년퇴직에 대한 노동쟁의를 주도해왔다. 올해 그녀의 나이는 68세로 해마다 여러 가지 구실을 내세워 근무 연한을 계속 늘려오고 있다. 누군가 랑베르 부인을 창밖으로 내던지지 않는 한, 그녀는 앞으로도 30년 가까이 이 사안에 관한 사회적인 투쟁에 나서려고 들 게 확실해 보인다.

말로는 당장 결판을 내겠다면서도 루이는 걸음을 옮기지 않는다. 그는 손에 비닐봉지를 들고 뭔가 깊은 생각에 빠져 사무실 문턱에 그대로 머물러 있다. 마치 누군가에게 청혼하기 전 쭈뼛거리는 청년의 몸가짐 같다.

"이건 제 생각인데, 뭔가 제가 모르는 내막들이 많은 것 같아서……"

"안심해, 루이. 그건 나도 마찬가지니까." 미소를 지어 보이며 카미유가 그렇게 답해준다.

"아무래도 저하고 거리를 두는 게 더 편하신가 보네요……(그러고는 이내 손을 든다) 아, 이건 뭘 따지자고 드리는 말씀이 아니에요!"

"맞구먼, 뭘. 따지자고 하는 말이 맞잖나. 하긴 자네가 그러는 것도 전혀 무리가 아니지. 그런데 이제 와서 뭘……"

"너무 늦었나요?……"

"그런 것 같네."

"뭔가를 수습하기에는 너무 늦었다는 말씀이신가요, 아니면 이렇게 따지고 드는 게 너무 늦었다는 말씀이신가요?"

"그거보다 더 형편이 더 곤란한 쪽이야, 루이. 모든 게 이미 다 늦었어. 받아들이기에도, 적절히 대처하기에도, 자네한테 설명하기도 다 늦었다는 뜻이야…… 어쩌면 체면을 구기지 않고 이 곤경에서 빠져나오기에도. 자네 짐작대로, 상황이 아주 안 좋아."

막막하다는 듯 루이가 반구형의 천장을 올려다본다. 그러더니 잠시 후 입을 연다.

"다른 사람들은 저처럼 진득하니 기다려주지 않을 텐데요."

"자네야 정확한 진상이 뭔지 첫 번째로 알 자격이 있지." 카미유가 말한다. "약속할 테니 믿어줘. 자네한테는 빚진 게 꽤 많으니까. 모든 일이 예상대로 돌아가게 되면, 그때 가서 내가 깜짝 놀랄 만한 얘기까지 다 털어놓을게. '경찰로 재직 중일 때 우리가 꿈꿀 수 있는 최상의 성공은 자기 상관의 눈에 번쩍 뜨이는 것이다.'"

"'최상의 성공은……'"

"아 그래, 계속해봐, 루이! 인용구야 많으면 많을수록 좋지!"

루이는 미소로 얼버무리려 한다.

"아냐, 잠깐." 카미유가 말한다. "누가 그 말을 했는지 내 한번 맞춰볼게. 성 요한! 아니, 노암 촘스키가 더 낫겠군!"

"아, 그런데……" 루이는 발길을 돌려 사무실에서 나가려다 말고 문턱에서 돌아서더니 이렇게 말한다. "이 일을 굳이 비밀에 붙여두려 하시는 건 뭔가 반장님만의 계략이 있기 때문이 아닌가 싶군요. 그런지 안 그런지 확실치는 않습니다만……"

그 말이 사실이라면 차라리 좋겠군.

이제 보니 책상에 포스트잇이 한 장 붙어 있다. 르 구엔의 딱딱한 필적이다. '바스티유, 로케트 방향 출구, 15시.' 일방적인 약속 통보다.

르 구엔이 휴대폰을 통해서가 아니라 이렇게 은밀히 포스트잇으로 메시지를 전할 때는 돌아가는 판세가 썩 좋지 않다는 뜻이다. 르 구엔은 이렇게 말하고 있는 셈이다. 나도 몸을 좀 사려야겠소. 이 말은 이렇게 해석될 수 있겠다. 당신에게 닥칠 위기를 막아주고도 남을 만큼 내 우정이 두텁긴 하지만, 계속 이러다간 나도 경찰복을 벗게 될 날이 훨씬 앞당겨질지 모르겠소. 그러니 신중히 처신합시다.

자신의 작은 키 때문에라도 카미유는 집단에서 배척당하는 데 일상적으로 익숙한 편이다. 더러는 전철을 탈 때도 그런 경험을 하곤 한다…… 하지만 경찰 내부에서조차 자신이 의혹의 대상으로 간주된다는 것은, 설령 아무리 사흘간의 행적이 석연치 않았다 하더라도 그에게는 상당한 모욕이 아닐 수 없다.

14시

 레스토랑 주인장 페르낭은 선량한 사람이다. 머리가 아둔한 것 같긴 해도 결코 삐딱하게 굴지는 않는 편이다. 레스토랑은 닫혀 있었다. 하지만 그가 문을 열어주었다. 나 배고파요. 버섯 오믈렛 좀 해주시겠소. 그는 훌륭한 요리사이다. 요리사로 남아 있었더라면 더 좋았을 것을 딱하기도 하셔라. 하지만 업소에 고용된 사람은 늘 그 업소의 주인장으로 올라가기를 꿈꾸는 법이니까. 그 때문에 엄청난 액수의 빚까지 끌어다 쓰는 무리수를 두었다. 무엇을 위해? 기껏해야 주변 사람들에게 '사장님'으로 불리고 싶어서. 어찌 이리 무식할 수가 다 있담. 나한테는 지금 위치가 딱 좋다. 우리를 고용해서 써먹는 건 다 이런 바보천치들이다. 내가 매긴 이자율로 볼 때 그는 아마 평생토록 갚아도 다 못 갚고 죽을 만큼 많은 액수를 내게 빚졌다. 1년 반 동안 거의 매달 내가 이 친구의 장사 밑천을 대주고 있기 때문이다. 자기 레스토랑이 이미 나한테 넘어온 거나 마찬가지일 뿐 아니라 내가 손가락만 한번 까딱해도 무료급식소 앞에 줄 서야 하는 처지로 굴러 떨어지리라는 것을 페르낭 이 친구는 의식하고 있는지나 모르겠단 말씀이야. 언제든 때가 되면 그 사실을 알려줘야겠지만 이 친구가 나한테 제공해주는 편의를 봐서라도 아직은 아니다. 알리바이 대주지, 우편함과 사무실도 내주지, 증인 역할도 해주지, 보증도 서주지, 게다가 때로는 현금인출기 노릇까지. 레스토랑 창고를 내가 싹 다 털어갈 때도 많고 필요하면 맛있는 요리도 해준다. 지난 봄 카미유 베르호벤과 그녀가 처음 만난 날에도 그는 자기 역할을 완벽하게 처리해냈다. 물론 그 자리에 있던 모든 사람들이 각자의 방식대로 자기 역할을 훌륭히 처리해낸 셈이긴 해도 말이지. 소란이 개판 5분 전까지 치닫자 결국 친애하는 우리의 형사반장님이 자리에서 일어나 필요한 조치를 취하기에 이르셨지. 당시 내가 유일하게 우려한 것은 혹시라도 옆 테이블 손님이 멋도 모르고 이 판에 끼어들려 하지나 않을까 하는 점이었다고. 물론 지금보다야 그때 훨씬 그 여자가 예뻤으니까. 만약 요즘처럼 흉흉한 몰골로 레스토랑에서 그 난리를 피웠다면 그녀를 도와주겠다며 나서는 남자가 별로 많지 않았을 텐데. 하지만 당시만 해도 페르낭과의 싸움을 거들어주고 싶어질 만큼 삼삼했지. 생김새만 삼삼한 게 아니라 남자를 다루는 솜씨도 능수능란하니. 특히 상대에 따라 어떤 눈빛을 쏘아 보내야 하는지 알고 있었어. 경위야 어찌됐든 베르호벤 반장 나리도 결국 거기에 넘어갔다고 봐야 할 듯······

시간도 여유가 좀 있고, 장소 준비까지 끝내놔서인지 새삼스레 예전 일을 돌아보게 되는군.

걸핏하면 테이블에 올려둔 휴대폰을 들여다보게 된다. 끝장만 볼 수 있다면 일단은 부분적인 성과에도 만족하련다. 그래도 나중에는 무지막지한 뭉칫돈을 거머쥘 수 있어야 할 텐데. 계속 이렇게 웅크리고 살아가야 한다면, 그땐 정말이지 아무나 붙잡은 다음 뼈를 발라내고 싶어질 만큼 기분이 더러울 것 같다.

우선은 지난 사흘 이후 처음으로 맞이한 휴식 시간을 느긋하게 즐기기로 하자. 그간 정말이지 쉬지 않고 달려왔다.

이런 식의 협잡질은 근본적으로 강도행각과 공통점이 많다. 둘 다 치밀한 준비과정이 필요하고 능숙하게 조련된 공범들의 뒷받침이 중요하다. 그녀가 어떻게 베르호벤 반장으로 하여금 그녀를 병원에서 빼내 몽포르의 아틀리에로 데려가도록 유인했는지까지는 알지 못하지만, 그 과정에 일말의 허점도 없었다는 것은 확실해 보인다.

아마도 여기서는 한시도 더 있고 싶지 않으니 자기를 어서 안전한 곳으로 데려가달라며 히스테리 발작을 일으키는 척했겠지. 카미유 베르호벤처럼 민감한 사내들에게는 그보다 더 견디기 힘든 일도 따로 없을 테니까.

다시금 휴대폰을 들여다본다.

전화벨이 울리고 나면 이후 내 행동의 방향 여부가 판가름 날 테지.

아무 말 없이 빈손으로 돌아가든가.

아니면 돈뭉치가 있는 곳으로 향하든가. 만일 그 경우라면 어느 정도나 시간이 걸릴지 아직 가늠이 안 된다.

확실치는 않지만 되도록 빨리 처리해야 할 거다.

자칫 잘못하면 내가 챙길 수 있는 몫을 영영 놓치고 말 수도 있다. 페르낭에게 생수를 한 병 달라고 주문한다. 지금은 얼빠지게 굴 때가 아니다.

안은 구급함에서 붕대 뭉치를 찾았다. 상처를 칭칭 다 감싸려고 하니 붕대 두 줄의 끝을 잇대야 했다. 은근히 계속 시큰거린다. 그래도 후회는 없다.

그러고는 아래층으로 내려가서 그자가 마치 서커스에서 동물에게 고기 덩어리를 던져주듯 남기고 간 봉투를 챙겨든다. 손가락 통증을 참아가며 그 봉투를 뜯어본다.

현찰 다발이 들어 있다. 세어보니 200유로다.

이번에는 전화번호 검색. 인근의 콜택시 회사 번호가 어디 있는지 찾아본다.

구글 지도 검색. 항공사진. 몽포르, 촌락의 들목, 오솔길, 카미유의 집이 저만치 있다.
　입금 완료.
　휴대폰을 옆에 두고 소파에 앉는다.
　이제는 기다리기만 하면 된다.

── **15시**

　카미유는 르 구엔이 무척 열 받아 있으리라고 예상했다. 하지만 막상 보니 어쩐지 풀 죽은 모습이다. 전철역 벤치에 우두커니 앉아 자기 구두코만 내려다보고 있다. 뭔가 좌절한 사람처럼 말이다. 카미유를 심하게 힐책하거나 탓하지도 않는다. 물론 안 좋은 소리를 전혀 하지 않는 것은 아니지만 그건 오히려 한탄에 가깝다.
　"내가 도와줄 수도 있었는데……"
　르 구엔이 과거시제로 말했다는 것은 이미 사태가 글러 먹었음을 가리킨다.
　"당신이 범한 위반 수위로 보자면……" 그가 말한다. "정말로 줄줄이 다 걸려들게 생겼어……"
　카미유가 보기에 르 구엔은 아직 사태의 전말을 정확히 파악하고 있지 못한 것 같다.
　"당신이 아무 상관도 없는 이 사건을 맡겠다고 자청한 것부터 이미 혐의 대상에 포함되어 있더구먼. 끄나풀 이야기 따위로 서장을 미혹해 놓고도 나중에 실토하지 않았다는 점도……"
　사실 그건 아무것도 아니다. 이 사건의 피해자가 병원에서 도망치는 데 카미유의 도움이 결정적이었으며 그런 행동이 업무상 배임에 해당한다는 사실을 곧 알게 되면 르 구엔은 과연 어떤 표정을 지을지.

카미유는 이 피해자의 정체가 도대체 무엇인지도 모르고 있다. 그런데 만일 그녀에게 뭔가 심각한 죄상이 있다는 게 밝혀진다면, 공모 혐의가 적용될 수도 있겠다는 생각이 든다...... 살인 공모, 절도 공모, 암살 공모, 납치 공모, 무장강도 공모...... 이런 상상을 부풀려 가다보니 이제는 도저히 그녀가 결백하다는 사실을 믿기 어려워진다.

그는 목울대만 벌렁거릴 뿐 르 구엔의 말에 아무 응답도 하지 않는다.

"예심판사와의 관계만 놓고 봐도 그래." 르 구엔이 말한다. "당신은 정말 딱해요. 예심판사를 아예 제쳐놓으면 도대체 어쩌겠다는 거야. 그나마 우리가 일을 수습해서 더 이상 말이 안 나왔기에 망정이지. 그래도 페레이라 판사는 말이 좀 통하는 사람이니까."

르 구엔은 카미유의 비위 사실이 이와는 비교도 되지 않을 만큼 심각하다는 것을 얼마 지나지 않아 알게 될 것이다. 그가 피해자의 진단서를 사취했을 뿐만 아니라 심지어 그녀를 자택에 은닉했다는 사실까지 모조리.

"어제 벌인 소탕작전으로 괜한 평지풍파만 일으켜놓고! 그래봐야 범인들한테 미리 알려주는 효과밖에 더 나겠소? 도대체 지금 자기가 벌이고 있는 게 어떤 짓인지 알고나 그러는 거요? 내가 보기에는 말이지, 정말 아무 생각 없이 구는 사람 같다고, 당신이!"

만약 베르호벤이란 이름이 가짜이고 경시청에 등록되어 있는 자기 신원도 모조리 가짜라고 한다면 치안감은 도대체 어떤 기분일까? 하지만 이제는 너무 늦었다.

"미샤르 서장의 눈에는," 르 구엔이 계속한다. "당신이 이 사건을 맡고자 엉뚱한 이야기를 꾸며낸 것부터가 벌써 뭔가 은폐하려는 의도로 보이는 것 같습디다."

"헛소리 좀 작작하라고 그래요!" 카미유가 못 참고 말을 툭 내뱉는다.

"나도 그렇게까지 보지는 않지. 하지만 사흘 전부터 당신 행실이 뭔가 나름대로의 꿍꿍이속이 있는 것 같기도 하면서 어딘지 이상했던 건 사실 아니요. 그러다보면 필경……"

"그래요, 필경." 카미유도 그렇게 말한다.

그들 앞으로 많은 행인들이 오간다. 르 구엔은 지나가는 여자들을 거의 한 명도 빼놓지 않고 다 바라본다. 호색한 같은 눈길은 아니고 경찰의 직분에 충실한 태도다. 그는 지금까지 여러 번 결혼했다. 카미유는 그때마다 번번이 혼례식의 증인으로 참석했다. 그런 의미에서라면 르 구엔은 카미유에게 많은 빚을 지고 있는 셈이다.

"그러니까 내가 알고 싶은 것은, 도대체 어째서 당신은 이번 수사를 자신의 개인적인 용무처럼 몰아가느냐는 거요!"

"글쎄요, 내 생각에는 오히려 그 반대일 걸요. 말하자면 개인적인 용무가 수사 대상으로 변한 셈이지요."

이렇게 말하고 보니 방금 한 말이야말로 정곡을 찌른 표현이라는 생각이 든다. 그러자 돌연 몸이 달아오르기 시작한다. 이 생각을 정리해서 결론에 도달하자면 아무래도 약간의 시간이 필요할 것 같다. 우선은 방금 한 표현을 기억에 새겨두기로 한다. '말하자면 개인적인 용무가 수사 대상으로 변한 셈이지요.'

르 구엔으로서는 알아갈수록 오리무중이다.

"개인적인 용무가…… 이 사건에서 당신이 개인적으로 알고 지낸 사람이라도 있다는 거요?"

좋은 질문이다. 몇 시간 전까지만 해도, 그 답은 안 포레스티에였을 것이다. 하지만 지금은 모든 게 달라졌다.

"강도질에 앞장 선 범인." 대화하는 동안 틈틈이 혼자만의 생각을 이어온 카미유가 무미건조한 어조로 그렇게 답한다.

르 구엔에게는 오리무중의 미혹이 구체적인 근심거리로 뒤바뀔 만한 답변이다.

"아니 그럼, 강도범이랑 무슨 용무를 함께하기라도 했다는 거요? 강도 및 살인 공모, 그렇게 받아들여야 하느냐 이 말이오(그의 안색이 근심스럽게 변한다. 실은 황당해도 이렇게 황당할 수가 있느냐는 표정이다)? 그럼 당신이 하프너를 개인적으로 알고 지내왔다는 말?"

카미유는 아니라고 고개를 가로젓는다. 이러다가는 아무래도 말이 너무 길어질 것 같다.

"아직 아무것도 확실한 건 없어요." 카미유는 회피하듯 일단 그렇게 말해두기로 한다. "그러니 지금으로서는 별다르게 해줄 수 있는 말도 없고요······"

르 구엔은 양손의 검지를 모아 입가에 가져다댄다. 이런 동작은 그가 착잡하게 얽혀드는 문젯거리들에 골몰한다는 신호이다.

"왜 내가 여기서 보자고 했는지 전혀 이해를 못 하고 있는 모양이구먼."

"아니에요. 아주 잘 이해하고 있어요."

"미샤르 서장은 이 사안을 검찰로 넘기려고 들 게 틀림없어요. 그 사람한테는 그럴 권한도 있고 또 자기방어를 할 필요도 있을 테니까. 그러니 당신의 비위 사실을 절대로 묵과할 리 없을 거란 말이오. 그런데 나로서는 그걸 어떻게 막아줘야 할지 막연하다 이 말씀이야. 지금 같은 상황에서 내가 당신을 두둔했다 칩시다. 그럼 일이 어떻게 될까? 나도 걸려드는 거지, 뭐. 지금 내가 당신하고 이러는 것도 실은 문책사유에 해당할 텐데."

"알아요, 치안감님. 나로서는 그저 고맙다는 말밖에는······"

"어허, 그런 인사나 듣자고 내가 이러는 게 아니라니까, 카미유! 당신이 나한테 고마워하든 말든 나야 아무 상관도 없소! 설령 아직 감찰부서에서 별다른 움직임이 없다 해도 그 순간이 임박했다고. 머지않아 당신 휴대폰부터 도청되기 시작할 거요. 이미 도청되고 있는지도 모르지. 그리고 당신이 어딜 가서 무얼 하든 다 감시망에 잡힐 거요. 아니, 이미 감시당하고 있는지도 모르지⋯⋯ 이렇게 자꾸 내 말을 한 귀로 듣고 한 귀로 흘려버리면 이제는 보직해임이나 파직 정도에서 끝나는 게 아니라 구속까지 갈지도 모른다니까, 이 사람아!"

그때 한 떼거리의 행인들이 앞으로 지나간다. 그러는 동안 르 구엔은 잠시 입을 다문다. 그는 이 침묵의 순간이 조금 더 길게 이어져서 그사이에 카미유가 사태의 심각성을 알아차렸으면 하고 바라는 심정이다. 그런 게 아니라면 최소한 자기에게 속 시원히 털어놓기라도 했으면 싶다. 하지만 카미유로 하여금 그렇게 하도록 하자니 자기 손에 든 패가 별로 많지 않아 안타까울 뿐이다.

"내 말을 한번 들어보라고." 르 구엔이 다시 입을 연다. "내 생각에는 미샤르 서장이 아무리 혈기방장하다 한들 나한테 보고도 않고 검찰에 통보하지는 못할 거요. 그러니 나한테 달려올 수밖에 없겠지. 내 신임도 필요할 테고. 그런데 내가 그 사람한테 당신에 대한 믿음을 확실히 보여준다면 어떻겠소⋯⋯ 그래서 내가 이런 식으로 선수를 쳤던 거지. 그 틈을 이용해보려고. 내 말, 무슨 뜻인지 알아듣겠소? 19시 30분에 예정되어 있는 징계위원회 소환도 실은 다 내가 꾸민 일이라고."

갈수록 태산이다. 카미유는 추궁하는 듯한 눈길로 그를 바라본다.

"이게 마지막 기회요, 카미유. 징계위원회에 나와서 당신이 진상의 전말을 다 털어놔야 어떻게 대처하면 파국이라도 모면할 수 있을지 알 게 아니겠소? 거기서 더 넘어가면 나로서도 도저히 당신을 보호해 줄 수가 없어요. 그러니까 이제 모든 건 당신이 징계위원회에 나와서 무슨 말을 하느냐에 달린 셈이라고. 자, 그러니 나한테 먼저 말해봐요. 무슨 말을 할 거요, 카미유?"

"나도 아직 잘 모르겠어요."

머리는 이런저런 생각들로 복잡한데 그 얘깃거리들을 도무지 어떻게 풀어내야 할지 막막하다. 그에게는 우선 여러 의혹들부터 밝히는 게 급선무다. 하지만 카미유의 말에 르 구엔은 기분이 몹시 언짢아졌다.

"이거 정말 실망이로구먼, 카미유. 실망도 아주 이만저만한 실망이 아니야. 그동안 쌓아온 당신과의 우정이 고작 이것밖에는 안 되나 싶네."

카미유는 자신의 고사리 같은 손을 엄청나게 널찍한 친구의 무릎 위에 가져다댄다. 그러고는 마치 위로해주고 싶다는 듯, 상대에 대한 자신의 마음이 한결같다는 것을 확인해주듯 손가락 끝으로 톡톡 두드린다.

하지만 지금 상황에서 정작 이런 위로를 받아야 할 사람은 르 구엔이 아니다.

17시 15분

"나한테 무슨 말을 들었으면 하고 바라는 건지…… 그냥 전형적인 길거리 폭행이잖나."

응옌과의 전화통화. 수화기 저편에서 들려오는 그의 목소리에 비음이 꽤 많이 섞여 있다. 넓고 천장이 높은 강당 같은 데서 전화를 받은 모양이다. 반향도 강해서 마치 신탁의 음성이 울려오는 것 같다. 아닌

게 아니라 카미유에게는 응옌의 응답이 신탁처럼 여겨진다. 그러다보니 이런 질문을 꺼내게 된다.

"살해하려는 의도 같은 게 보이지 않아?"

"아니…… 내가 보기에는 그런 것 같지 않은데. 물론 보기에 따라서는 피해자한테 고통을 가한다든가 위협하려는 저의야 있다고 봐야겠지만, 살해까지는 아니야……"

"확실한가?"

"의사도 그렇게 보는 것 같았다면서? 그러니까 내가 해줄 수 있는 말은 만약 그 괴한이 여자를 살해하려는 의도에서 사력을 다했다면 아마 그 여자의 정수리가 멜론처럼 박살나고 말았을 거라는 거야."

그 말을 듣고 카미유는 속으로 생각해본다. 그렇다면 여자를 죽이기까지는 않으려고 놈이 어느 선까지만 가고 자제했다는 건데. 그러니까 어떤 상태까지만 염두에 두고 치밀하게 계산했다는 말인데. 그러자 카미유의 머릿속에 당시 상황이 그려진다. 놈이 권총을 높이 들어올린다. 그러고는 손잡이로 그녀의 정수리가 아니라 광대뼈와 턱을 내리친다. 그녀가 치명적인 상태로 빠져들 수도 있을 일격만큼은 아슬아슬하게 억제한 것이다. 냉정하고 사리분별이 분명한 놈이다.

"발길질도 마찬가지야." 법의학자 응옌 박사가 말을 잇는다. "병원의 보고서에 따르면 여덟 차례나 발길질을 당했다고 나와 있던데, 내가 세어보니 정확하게 아홉 차례였어. 하지만 그거야 뭐 대수롭지 않고, 여기서 정말 중요한 게 뭐냐면 범인들이 발길질을 한 양태야. 늑골을 부러뜨리거나 금이 가게 해서 여자한테 심한 신체적 고통과 피해를 주려 한 건 틀림없는 사실이야. 그런데 집중적으로 발길질이 가해진 부위를 살펴보니 재미있는 사실이 하나 드러나더군. 범인이 신고 있던 구두의 모양새 말인데, 만약 진짜로 여자를 죽일 의도였다면 이

보다 더 쉬운 일도 없었을 거야. 비장을 터뜨려버릴 수도 있었거든. 딱 세 번만 연속으로 걷어차도 치명적인 내부 파열이 생겨. 이 여자를 죽음으로 내몰 의도였다면 그런 식으로 처리하려 들었어야 맞아. 그렇게 해서 여자가 죽는다고 하면 누군가에 의한 폭행치사가 아니라 단순사고 처리로 흐를 공산이 높아지니까. 그러니 애초부터 범인은 그 여자를 살려두고자 했다고 볼 수밖에."

길거리 폭행으로 단정 짓는 응옌의 부연 설명은 확실한 유권해석처럼 들린다. 더 심하게 악화될 수도 있었지만 이 정도 선에서 멈춘 것만 해도 다행이라고 다독여주는 일종의 중재안 같기도 하고. 미래를 저당잡히기에도 충분치 않고 받아들이자니 속만 쓰린.

그런데 그 폭행의 의도가(이제 하프너는 더 이상 문젯거리도 되지 않는다. 하프너는 이미 지나간 얘기다) 애초부터 안을 죽이려는 게 아니었다면, 안의 공모 여부는 확실하게 한 쪽으로 기울 수밖에 없다.

각도를 한번 틀어보자. 이 경우에 만약 그들의 진짜 표적이 안이 아니라 카미유라면 어찌되는가.

17시 45분

일단 기다려볼 수밖에. 카미유가 뷔송에게 못 박은 최후 시한은 20시까지이다. 하지만 그건 어디까지나 상대로 하여금 서둘러 행동에 나서게 하려는 압박용 멘트일 뿐이다. 뷔송은 수하들에게 지시사항을 전달하고 여기저기 전화를 돌려보도록 했다. 또한 자신의 조직망을 가동하여 장물아비, 마약 밀매범, 위폐 전과자 등 예전에 하프너의 범행에 가담한 적이 있는 무리들과의 접촉도 시도했다. 이 과정에서 그동안 쌓아올린 지하세계의 신망을 최대한 활용한 모양이다. 덕분에 그는 이틀 넘게 필요했을 수도 있는 일들을 불과 두 시간 만에 해치운다. 카미유로서는 그쪽에서 전갈이 올 때까지 기다릴 수밖에 없다. 그러는 것 말고는 다른 방도도 없으니까.

쓰디쓴 자조(自嘲)가 밀려온다. 진상 파악의 성패가 걸린 공 소리를 하필 뷔송에게 울리도록 내맡기다니.

이제 카미유의 운명은, 그의 부인을 참혹하게 죽인 살해범이 과연 어떤 성과를 거두었느냐에 달린 셈이다.

안은 불도 켜지 않고 마냥 소파에 앉아 있다. 숲가의 어둠에 집 안이 송두리째 잠식당한 것처럼 보인다. 경보장치의 점멸등과 그녀의 휴대폰 LED처럼 이따금 깜빡거리는 불빛만이 실내의 어둠에 구멍을 냈다 이내 사그라질 뿐이다. 안은 자리에서 미동도 하지 않는다. 그저 앞으로 자기가 해야 할 말들만 반복해서 되뇌어보고만 있다. 기력이 모자랄 수도 있겠다는 느낌이 든다. 하지만 그녀로서는 무조건 성공해야만 한다. 이건 생사가 걸린 문제이다.

만일 이 순간에 죽음이 그녀의 몫이라면 어쩔 수 없는 일이다.

결코 죽고 싶지는 않지만 꼭 그래야만 한다면 받아들일 각오도 되어 있다.

하지만 성공해야 한다. 지금 그녀는 넘어서야 할 마지막 문턱 앞에 이르러 있다.

페르낭은 카드놀이를 할 때도 꼭 자기가 사는 방식대로 한다. 참 나약하고 못난 친구다. 그는 나를 두려워한다. 그래서 일부러 져준다. 그러면 내가 좋아할 줄 안다니까. 정말 웃기는 자식이다. 아무 말도 하지 않고 있지만, 근심스러워하는 기색이 얼굴에 다 쓰여 있다. 한 시간 이내로 종업원들이 돌아오면 저녁 시간 영업 준비를 시작해야 한다. 주방장은 벌써 왔다. 사장님, 다녀왔습니다. 그런 종업원의 인사말을 들을 때마다 이 친구는 표정이 환해진다. 하긴 그놈의 '사장님' 소리 좀 들어보자고 자신의 모든 것을 팔아 치워놓고도 저런 인사말만 들으면 그래도 할 만한 도박이었다며 뿌듯해 하니, 할 말 다했지 뭐가.

나야 그런 데 관심 없다. 게다가 내 정신은 지금 딴 데 팔려 있다.

시간이 빨리 흘렀으면 좋겠다. 하루가 참 더디게도 지나간다. 나는 베르호벤 반장이 자신의 능력을 십분 발휘할 수 있으리라고 기대한다. 그가 참으로 유능한 경찰이라는 사실마저도 실은 다 나의 노림수에 포함되어 있다. 그도 나를 실망시키고 싶지는 않을 거다.

내 계산대로라면 최종 시한은 내일 정오이다.

내일 정오까지 내 요구사항이 관철되지 않으면 다 죽는 거다.

말 그대로 그게 어떤 의미에서든.

___ 18시

뒤레스티에 거리. 베르티히 앤드 슈빈델 사가 있는 곳이다. 로비는 두 부분으로 나뉘어 있다. 오른쪽으로 향하면 사무실과 통하는 승강기가 나오고, 왼쪽으로 향하면 영업장이 나온다. 건물은 꽤 낡았지만 로비는 터무니없이 널찍하다. 안으로 들어섰을 때 고객들이 썰렁하다는 인상을 덜 받도록 바닥 높이를 조절하려 한 것 같다. 또한 여기저기에 다양한 화분들과 대형 소파, 낮은 탁자, 안내 책자가 꽂혀 있는 진열대 따위가 오밀조밀하게 배치되어 있다.

카미유는 입구에 와 있다. 그러고는 혼자서 상상해본다. 자기 자리에 앉아 있는 안이 초조하게 손목시계를 들여다보며 어서 빨리 퇴근해서 자기와 만나고 싶어 하는 모습이 떠오른다.

약속장소에 도착할 때마다 그녀는 늘 허겁지겁 달려온 것처럼 보이곤 했다. 매번 약속 시간보다 늦게 왔기 때문이다. 그러다보니 미안하다는 손짓을 해 보이는 게 습관처럼 굳어졌다. 최대한 빨리 온다고 왔는데 늘 이러네요. 그렇게 말하면서 살며시 미소를 지어 보였다. 그 미소 때문에라도 카미유는 이렇게 말하지 않을 수 없었다. 괜찮아. 신경 쓰지 마.

이런 미소 작전도 한두 번이라 여겼는지 지각에 대비한 그녀의 전술은 한층 더 영악해졌다. 승강기 모퉁이에서 갑자기 툭 튀어나온 퀵서비스 배달원이 그의 앞길을 가로막는다. 카미유는 다른 길로 돌아갈 수밖에 없게 된다. 다른 쪽 출구는 르사르 거리로 통한다. 이만큼 효과적인 계략도 따로 없다. 이 사이에 또다시 약속 시간에 늦은 안은 이쪽을 지나 뒤레스티에 거리로 나온다.

그러고는 아무것도 모른 척 카미유와 만나 재회의 기쁨을 나눈다.

하지만 카미유가 그게 안의 영악한 술책임을 알아차린 것은 불과 얼마 전이다.

대로변에서 발길을 옮겨 포부르 라피트 거리 길목의 '장미화원'이라는 카페로 향한다. 그러고는 테라스에 자리 잡는다. 시간을 빨리 흘려보내기 위해서는 차라리 뭔가 다른 일에 몰두하는 게 낫다. 아무것도 하지 않고 멍하니 있으면, 특히 어떤 박탈감에 시달릴 때일수록, 울적한 기분만 더해지는 법이니까.

카미유는 휴대폰을 들여다본다. 아무 연락도 없다.

퇴근 시간이다. 커피를 홀짝거리다 말고 찻잔에서 눈을 돌린다. 분주하게 거리를 오가는 행인들이 보인다. 멀리서 반갑게 손짓으로 인사를 나누며 미소 짓는 사람들. 혹은 뭔가에 골몰한 표정으로 지하철역을 향하여 바삐 걸어가는 사람. 그렇게 수많은 행인들의 대오 속에서 어느 젊은 사내의 옆모습이 그의 눈길을 끈다. 그가 생생히 기억하는 여러 다른 사람들의 인상에 그 옆모습이 겹친다. 뭔가 내세우듯 툭 튀어나온 어떤 사내의 뱃살, 또는 아직 나이가 젊은데도 구부정하고 심드렁한 모습으로 팔목에 핸드백을 걸치고 다니는 어떤 아가씨의 체형. 누군가를 아주 오랫동안 주의 깊게 살피다보면 그자의 내면에 층층이 포개져 있는 삶의 켜가 카미유의 눈에 훤히 투시될 것만 같다.

그런데 그때 한 여자가 블뢰 거리의 모퉁이를 돌아 나와 건널목 앞에서 멈춰 선다. 마린블루색 코트를 입고 있다. 묘하게도 얼굴이 홀바인의 〈가족의 초상〉 속 부인과 닮아 보인다. 하지만 여자의 얼굴에서 어떤 그림의 등장인물과 비슷한 구석을 비교해 찾아내려 하는 것은 카미유의 오랜 습성일 뿐이다. 그녀가 거리를 가로지르자 카미유는 카페에서 나온다. 그러고는 빨간불이 켜져 있는 신호등 밑에서 그녀가 이쪽으로 건너오기를 기다린다. 카미유의 모습이 눈에 들어오자 그녀는 잠시 멈칫한다. 그녀의 눈길에서 약간의 호기심과 걱정스런 기색이 내비친다. 카미유의 특이한 체구는 사람들에게 자주 이런 반응을 유발하곤 한다. 그는 상대를 예의 주시한다. 하지만 그녀는 카미유의 강렬한 시선에 아랑곳하지 않고 마치 앞에 누가 있든 상관하지 않겠다는 듯 그를 그냥 지나쳐가려 한다.

"저기, 실례합니다만……"

그러자 그녀가 돌아서서 그를 내려다본다. 카미유는 속으로 그녀의 키를 재본다. 1미터 71센티쯤 되겠다.

"죄송한데요," 그가 말한다. "혹시 제가 아는 분인가 해서……"

그녀는 그렇다고 말하려는 것처럼 보였지만 그러지 않는다. 그저 미소만 지어 보일 뿐이다. 그녀의 미소가 눈길보다는 그래도 덜 냉담해 보이긴 하지만 그 안에는 상냥하게 응대하고 싶어 하는 내색과 당혹스러워하는 속내가 착잡하게 얽혀 있는 것 같다.

"샤루아 부인…… 아니세요?"

"아닌데요." 그녀가 안도하는 미소를 슬며시 지어 보이며 그렇게 말한다. "사람 잘못 보신 것 같은데……"

하지만 대화가 여기서 끝나지 않으리라는 것을 이미 내다보고 있는 듯 그녀는 걸음을 옮기지 않고 계속 그 자리에 남아 있다.

"여기서 한두 번 정도 마주친 적이 있었는데요……" 카미유가 다시 그렇게 말한다.

그러면서 교차로를 가리킨다. 그들이 어떻게 아는 사이인지 설명하느라 애 좀 먹겠다. 차라리 휴대폰을 꺼내 보이는 게 낫겠다. 휴대폰 액정을 클릭한다. 여자는 그가 뭘 하려는지 잠시 기웃거린 후 이내 알겠다는 표정을 짓는다.

루이에게서 메시지 한 통이 와 있었는데 모르고 있었다. 간단한 문구다. '감찰반에서 지문 채취.'

그래봐야 별 소용없을 텐데. 치안 관리 파일에는 안이 올라 있지 않으니까. 거짓된 행적들만 그득할 뿐.

지금 카미유는 빠져나갈 문들이 하나씩 닫혀가는 복도에서 헤매고 다니는 셈이다. 한 시간 반 후에는 마지막 문만 남게 된다. 현재로서는 그 문이 가장 중요하다. 그 문이 닫혀 있으리라고는 도저히 상상할 수조차 없다. 무조건 그 문을 열어젖히는 것, 그게 자신의 막중한 소임이다.

경찰에서는 지루하고 치욕스런 절차를 밟은 끝에 결국 그를 내쫓고 말 것이다. 그가 그러기를 바라든 바라지 않든 이제 이 모든 진상을 밝히고 마무리하는 것은 그의 몫으로 주어져 있다. 더 이상은 선택의 여지가 없다. 난데없이 휘몰아친 소용돌이에 사로잡혀 있다 보니 이제는 자기가 정확히 무엇을 원하는지도 모르겠다. 그저 그 소용돌이의 나선을 따라 어디론가 휘말려 들어갈 뿐이다.

그는 불현듯 고개를 든다. 여인이 아직도 그 자리에 있다. 호기심 어린 눈길로 뭔가를 유심히 살피는 표정.

"죄송합니다……"

카미유는 다시 휴대폰 액정으로 고개를 숙인 후 새 창을 열려고 한다. 잘못 들어왔다. 다시 시도한다. 이번에는 정확하게 전화번호부를 클릭한다. 그러고는 휴대폰을 여인에게 내밀어 보인다. 액정에 뜬 것은 안의 프로필 사진이다.

"혹시 이 여자하고 같은 직장에서 근무하지 않으시는지……"

그 말은 사실 질문이 아니다. 그런데 휴대폰을 들여다본 그 여인의 얼굴이 순간적으로 밝아진다.

"아니요. 하지만 이 여자, 누군지 알아요……"

여기서 다행히도 무슨 도움을 얻을지도 모르겠다. 하지만 얼마 지나지 않아 섣부른 기대라는 게 밝혀진다. 이 여인은 이 구역에서만 자그마치 15년 동안이나 일해온 사람이다. 그러니 오다가다 마주치며 얼굴을 익힌 사람들도 한둘이 아니다. 그러다 서로 인사를 나누게 된 상대도 생겼다. 안도 그런 상대 가운데 하나였을 뿐이다.

"언젠가 이 근처에서 마주쳤는데 저한테 아는 척을 하더라고요. 그래서 저도 고개를 까딱해 보였지요. 그러고 나서부터는 길거리에서 마주칠 때마다 인사를 나누곤 했어요. 하지만 지금까지 한 번도 마주앉아서 대화를 나눠본 적은 없었어요."

안은 이런 상대를 '정말 고약한 직장 동료'로 둔갑시킨 것이다.

── **18시 35분**

안은 더 이상 기다리지 않기로 결심했다. 될 대로 되라지. 할 수 없지, 너무 오래 기다렸어. 게다가 해가 저물자 슬슬 겁도 난다. 숲가의 외딴집이라 주변이 너무 어둡고 적막한 것이다. 마치 숲이 그 일대를 깊은 어둠과 정적으로 봉인하고 있는 듯한 오싹함마저 느껴질 정도이다.

그녀가 이 집에 처음 발을 들여놓았을 때부터 카미유의 집에는 어쩐지 주술적인 기운 같은 게 감돌고 있는 것처럼 여겨졌다. 혹시 자기가 불길한 정령을 이 집에 끌고 들어온 것일지도 모른다는 생각까지 했다. 만일 이 집에 정령이 머물러 있다면 그녀와 정령은 서로를 알아본 셈이었다.

그렇게 불길한 조짐에 사로잡힌 안은 일부러 불을 켜지 않았다. 공연히 사악한 저주의 숙명을 불러들일까 봐(지금 이상으로 안 좋은 일이 다시 닥칠 수도 있다는 듯) 두려워져서였다. 어디가 어딘지만 알아두려고 층계 밑의 야등 하나만 켜두는 데 그쳤다. 동그란 공 모양의 야등 불빛으로는 계단을 고르게 훤히 밝히는 데 한계가 있다. 아까 카미유가 왔을 때 오랫동안 서 있던 자리가 바로 그 근방이었다.

언제쯤 그가 내게 돌아와서 내 얼굴에 침을 뱉게 될까? 안은 속으로 그렇게 자문해본다.

더 이상은 기다리지 않으련다. 목표 지점에 거의 다 와서 이러는 건 비합리적인 결정일 것이다. 하지만 그녀로서는 차마 목표 지점에 다다를 수 없다. 그러니 떠나자. 지금 당장.

그녀는 휴대폰을 챙겨들고 방금 전 검색해둔 택시 회사의 전화번호를 누른다.

두두슈는 뾰로통해져 있다. 그래봐야 얼마 지나지 않아 원래대로 돌아온다. 카미유가 자기와 놀아줄 기분이 아니라는 것을 눈치챈 이상 얌전히 굴 수밖에 없다. 예전에 언젠가 카미유는 성격이 간간하면서도 꼼꼼하게 일 잘하는 파출부를 한 명 들일까 고려해본 적이 있다. 그런 파출부가 와서 매일 집 구석구석을 샅샅이 청소하고 맛있는 감자 요리로 밥상을 차려준다면 어떨까. 그런데 그는 그 자리에 이 암고양이를 들여앉힌 셈이다. 두두슈가 파출부처럼 실제로 살림을 해주지는 않지만 이거나 저거나 마찬가지이다. 그는 이 암고양이를 무척 좋아한다. 가볍게 등을 쓰다듬은 후 통조림 뚜껑을 열어준다. 그러고는 창가에 데려다 앉혀놓는다. 두두슈는 거기 앉아서 운하의 수문이 열리고 닫히는 것을 잠자코 지켜본다.

그는 욕실로 가서 먼지가 거실로 나가지 않도록 조심스럽게 쓰레기통을 뒤적거린다. 그러고는 그 내용물이 피로 얼룩진 서류 파일을 거실 탁자에 가져다둔다.

두두슈는 창가에서 그에게 집요한 눈길을 준다. 굳이 그럴 거 없잖아, 하고 타이르는 것 같다.

"달리 뾰족한 수도 없잖니?" 카미유가 그렇게 대답한다.

서류 파일을 연 후 곧장 두툼한 봉투를 집어 든다. 그 봉투에는 사진들이 여러 장 담겨 있다.

처음 나온 사진은 역광에 과다 노출되어 있는 근접 쇼트로 잘려나간 사체의 몇몇 부위들이 찍혀 있다. 깨진 늑골이 하얗고 빨간 내장 하나를 뚫고 지나간 게 보인다. 그 내장은 아마도 위장일 것이다. 절단된 여자의 앞가슴에는 수많은 상처 자국들이 나 있다. 두 번째 사진은 목이 잘린 여자의 머리통으로 양쪽 뺨을 통하여 벽에 못 박혀 있다……

카미유는 사진을 들여다보다 말고 자리에서 일어나 창가로 향한다. 그러더니 그 앞에서 심호흡을 하기 시작한다. 오랜만에 이 사진들과 마주하니 새삼스럽게 힘들어져서가 아니다. 그가 경찰에 몸담아오는 동안 이와 같은 참상과는 자주 맞닥뜨려왔다. 하지만 문제는 거리감이다. 이 사진에 찍힌 희생자들은 자신과 무관치 않다. 그렇게 가깝게 여겨질수록 그는 더욱 더 거리를 두고자 필사적으로 노력해왔지만 극복하기란 쉽지 않은 일이었다. 그는 두두슈의 등을 쓰다듬으면서 잠시 운하를 내려다본다.

이 서류 파일을 열어보지 않은 지 여러 해가 지났다.

그 참사는 쿠르브부아의 어느 스튜디오 안에서 사지가 절단된 여자의 사체가 발견되는 것으로 시작하여 이렌의 죽음과 함께 막을 내렸다. 카미유는 다시 탁자 앞으로 돌아간다.

그래도 이 서류 파일을 끝까지 들춰봐야 할 것이다. 그래서 지금 찾고 있는 것을 찾아내야만 할 것이다. 그러고는 재빨리 덮은 다음 치워버리자. 하지만 이번에는 자기 침실의 구석진 곳에 은밀히 감춰둘 게 아니라 차라리…… 그러고 보니 그동안 자기가 몽포르의 아틀리에에 묵을 때마다 여러 달 동안 이 서류 파일을 끼고 지내왔다는 사실이 문득 떠오른다. 그래왔다는 것을 전혀 의식하지도 못한 채 말이다. 심지어 안과 함께 잠자리에 든 간밤에도 이 서류 파일은 그들 곁에 남아 있었던 셈이다. 그래서였을까. 안은 밤새도록 잠 못 이루고 이리저리 뒤척이기만 했다. 그래서 그녀를 달래주고자 그가 손을 꼭 잡아줘야만 했다.

사진들을 조급하게 넘겨보던 카미유는 어느 사진 앞에서 갑자기 멈춘다. 그 사진에는 역시나 여자의 사체가 찍혀 있다. 실은 몸이 반 토막 난 여자의 하체다. 왼쪽 엉덩이 살점 일부가 뜯겨 나가 검붉은 구멍처럼 큼지막하게 뚫려 있다. 그 흉터는 음부에까지 가 닿을 것 같은 깊이다. 또한 자세로 보아 두 다리의 정강이뼈가 부러져 있는 게 틀림없다. 그런데 발가락에는 스탬프잉크를 묻혀 찍은 듯한 지문 자국이 남아 있다.

이게 바로 뷔송이 저지른 첫 번째 살인이다.

이 모든 게 결국은 이렌의 살해로 가닿기 위한 진행 과정이었다. 하지만 카미유가 이 범행 현장에서 수사를 지휘할 당시에는 상상조차 할 수 없었던 결과였다.

그 다음 사진에 등장한 희생자도 역시 젊은 여자다. 카미유는 그게 누군지 똑똑히 기억하고 있다. 마리즈 페랭, 26세. 뷔송은 그녀를 망치로 때려 죽였다. 다음 사진으로 넘어간다.

목이 졸려 숨진 외국인 여자의 사진. 그녀가 누군지 신원을 확인하는 데는 생각보다 꽤 많은 시간이 걸렸다. 어떤 사내가 그 여자의 사체를 발견했는데 이름이 블랑셰였나 블랑샤르였나 가물가물하다. 하지만 얼굴만큼은 지금도 눈가에 생생하다. 희끗희끗하고 듬성듬성한 머리숱, 지저분하게 눈곱이 그득한 눈가. 입술은 면도날처럼 얇고 목덜미가 연분홍빛이었는데 특징적인 것은 볼 때마다 손수건을 건네주고 싶어질 만큼 엄청나게 땀을 많이 흘린다는 점이었다. 발견될 당시 그 여자의 사체는 개흙으로 뒤덮여 있었다. 강가에서 준설 작업을 하고 있던 덤프트럭의 뒤 칸에 실려 있다 아래로 쏠려 내려왔다. 다리 위에서 지켜보는 눈이 많다는 것—뷔송은 언제나 이런 식으로 장관을 연출하고자 노력했다—을 의식한 탓인지 몰라도 블랑셰는 난데없는 측은지심이라도 발동한 것처럼 발가벗겨진 그 여자의 사체에 입고 있던 재킷을 벗어서 덮어주기도 했다. 카미유는 불현듯 그 모습이 담긴 사진을 찾고 싶어진다. 목격자의 재킷 밑으로 삐져나와 있는 희생자의 손. 카미유는 그 모습을 스무 번도 넘게 그림으로 옮겨보기도 했다.

이렇게 사진들만 계속 들여다보고 있다가는 정작 중요한 용무를 놓치겠다. 그는 속으로 그렇게 웅얼거린다.

그러고는 문서철 하나를 집어 들려는 순간 사진 한 장에 눈길이 더 머문다. 그레이스 홉슨의 사진이다. 여러 해가 지나긴 했지만 그는 구두점 하나까지 그 문단을 똑똑하게 기억하고 있다. '그녀의 사체는 일부가 나뭇잎들로 뒤덮여 있었다. 머리는 목과 함께 이상한 각도로 뒤틀려 있어 마치 그녀가 어떤 소리에 귀 기울이고 싶어 한 것처럼 보였다. 그녀의 좌측 관자놀이에서 그는 귀여운 애교점 하나를 발견했다. 평소 그녀는 그 점 때문에 자기에게 불행이 닥칠지도 모른다고 여겨왔다.' 이 문단은 윌리엄 맥킬바니라는 스코틀랜드 작가가 쓴 소설의 한 대목이다. 살해당한 아가씨는 강간뿐 아니라 비역질까지 당한 상태였다. 사람들에게 발견될 당시 그녀는 모두 옷을 갖춰 입고 있었는데 기묘하게도 하나만 보이지 않았다.

그만 넘어가자. 카미유는 서류 파일을 두 손으로 그만 덮는다. 하지만 이내 다시 펼쳐든다. 이번에는 끝에서부터 거슬러 올라간다.

그렇다고는 해도 이렌의 사진과는 마주치고 싶지 않다. 그는 차마 그것들과 마주할 엄두가 나지 않았다. 그녀가 죽은 지 몇 분이 지난 후 그는 그 사체를 보았다. 경찰이 범행 현장을 밝히느라 켜둔 투광기 밑에서였다. 그는 이렌의 사체와 마주하자마자 그 자리에서 혼절하고 말았다. 그러고는 더 이상 아무것도. 그러니까 투광기 밑에서 고이 잠든 이렌의 모습이 카미유에게 남은 그녀의 마지막 이미지였다. 하지만 서류 파일에는 그와는 전혀 다른 것들이 실려 있다. 신원 감식반이나 법의학 연구소 같은 데서 남겨둔 자료들. 그는 지금까지 한 번도 그 자료들을 본 적이 없었다. 단 한 번도.

하지만 그것도 그가 지금 찾고 있는 게 아니다.

오랜 기간 동안 그토록 참혹한 범행을 저질러오면서 뷔송은 어느 누구와도 함께하지 않았다. 그저 미치광이처럼 철두철미하게 조직적으로 자기 혼자의 힘으로만 범행 계획을 실행에 옮기곤 했다. 하지만 베르호벤 반장의 부인을 살해하는 것으로 자기가 계획한 살해 여정의 대미를 장식하기 위해서는 가장 신빙성 있고 확실한 여러 정보들을 수집해야만 했다. 그런데 그 정보들이 유출된 것은 바로 카미유 자신을 통해서였다. 엄밀히 말하면 카미유 자신이 아니라 카미유의 최측근, 즉 그의 강력반 일원을 통해서였다.

카미유는 현실로 돌아와 손목시계를 들여다본다. 그러고는 전화를 건다.

"자네, 아직도 사무실에 있나?"

"아, 네……"

루이가 그런 식으로 상관의 전화에 응답하는 것은 상당히 이례적인 일이다. 거기에는 카미유의 대응방식을 못마땅해 하고 있는 속내가 깔려 있는 것 같다. 그의 근심이 반쯤 웃음기 어린 목소리로 표출되고 있다. 치안감이 주재하는 징계위 소환까지는 불과 20여 분밖에 남지 않았다. 그런데도 카미유는 지금 아주 멀리 가 있는 게 틀림없다. 꽤나 먼 위치에.

"자네를 혹사시키고 싶은 마음은 전혀 없네만서도, 루이."

"어떤 게 필요하신지요?"

"말발에 관한 서류가 있었으면 싶은데."

"말발이라면…… 장 클로드 말발 말씀이신가요?"

"말발이라면 그 친구 말고 또 있나?"

지금 카미유 앞에는 이렌의 죽음과 관련된 몇몇 자료들이 놓여 있다.

장 클로드 말발, 키가 훤칠하고 육중한 체구지만 꽤나 몸놀림이 날렵하다. 전직 유도선수였다.

"자네가 얻어낼 수 있는 자료라면 뭐든지 좋으니 일단 나한테 보내줬으면 하는데. 내 이메일 주소로 말이야." 카미유는 그렇게 당부한다.

구속될 당시 찍힌 사진. 신체적 특징들. 나이는 서른다섯쯤 되었거나 그보다 조금 더 많을 수도 있겠고. 카미유는 도통 사람들의 나이를 제대로 기억하지 못하는 편이다.

"어떤 일 때문에 그러시는지 여쭤 봐도 될까요?" 루이가 그렇게 묻는다.

말발은 뷔송에게 정보를 팔아넘긴 탓에 이렌이 죽음에 이르게 된 직후 경찰에서 쫓겨났다. 당시 그는 뷔송이 연쇄살인마라는 사실을 전혀 눈치채지 못하고 있었다. 그러니만큼 의도적인 공모 행각을 벌였다고 할 수는 없는 노릇이었다. 그만큼 정상이 참작될 여지도 많았다. 하지만 그가 이렌의 죽음에 직간접적으로 간여했다는 것만큼은 부정할 수 없는 사실이었다. 당시만 해도 카미유는 뷔송과 말발, 둘 다 죽여 없애버리고 싶었다. 다행히 지금까지는 아무도 죽이지 않았다. 적어도 오늘날까지는.

지금 상황에 관하여 속속들이 파악하고 있을 만한 자가 있다면 그건 바로 말발일 것이다. 카미유는 그를 알고 있다. 지난 1월의 4중 연쇄 강도사건부터 최근의 모니에 상가 습격까지를 계획한 것도 실은 말발의 소행임이 틀림없다. 카미유가 아직까지 알아내지 못한 것은 단 한 가지, 그와 안 사이의 관계뿐이다.

"취합해서 나한테 전달하는 데까지 시간이 꽤 오래 걸리려나?"

"아니요. 금세 가능합니다. 한 30분이면 충분할 듯싶은데요."

"좋아…… 그리고 지금부터는 나와의 연락이 항시 가능하도록 자네도 대기하고 있는 게 좋을 것 같은데."

"물론입니다."

"그리고 지원 계획도 한번 세워보도록 해봐. 아무래도 인력이 필요할 수도 있겠구먼."

"제가요?"

"자네 말고 누가 또 있나, 루이?"

카미유는 이게 상궤에서 벗어난 지시임을 잘 알고 있다. 그래서 더욱 그렇게 다짐을 준 셈이다. 하지만 루이로서는 충격이 아닐 수 없다. 한마디로 막무가내다.

한편, 지금쯤 4층 회의실에서 상황이 어떻게 돌아가고 있을지를 상상하는 것은 그리 어렵지 않은 일이다. 르 구엔은 비좁은 의장석에 퍼질러 앉아 손가락으로 책상만 두드려대면서 초조하게 손목시계로 향하려는 눈길을 애써 거둬들이고 있을 게 빤하다. 그의 오른쪽 자리에는 미샤르 서장이 앉아 서류철에 얼굴을 파묻고 빛처럼 빠른 속도로 관련 문건들을 훑어 내려가는 중일 것이다. 그러면서 한 손에 든 필기구로 중요한 문구들을 체크하거나 메모하고 있겠지. 그런 그녀의 태도는 자기가 얼마나 한시도 쉬지 않고 열심히 살아가는 여성인지, 도무지 흠 잡을 데라고는 없는 여성 지도자감인지를 만방에 과시할 텐데…… 떠올리기만 해도 옴팡지게 재수 없군!

"이제 그만 통화를 줄여야겠네, 루이……"

나머지 시간 동안에는 두두슈나 무릎에 앉혀놓고 소파에 가만히 앉아 이 시간이 지나가기를 기다리기로 한다.

이제 서류 파일은 그만 덮어둔다.

일단 장 클로드 말발의 프로필 사진 한 장을 휴대폰에 저장해둔다. 이어 관련 문건들을 되는 대로 서류 파일에 끼워 넣고 가죽 띠로 봉해둔다. 그러고는 현관문 앞에 내놓는다.

한 사람은 파리에서 다른 한 사람은 몽포르에서, 두 사람은 각기 어두워진 실내에 우두커니 앉아 때가 오기를 기다리는 중이다.

그녀는 아직 택시를 부르지 않았다. 전화번호를 누르려다 이내 그만두었다.

언젠가부터 그녀는 자기가 결코 떠나지 못하리라는 것을 알고 있다. 실내를 밝히고 있는 조명은 여전히 공 모양의 야등뿐이다. 휴대폰을 손에 쥐고 소파에 누워 있다. 이따금 휴대폰을 들여다본다. 전원이 얼마나 남았는지 확인하기 위해서다. 혹은 자기가 받지 못한 전화라도 와 있는 게 아닐까 궁금해져서이다. 그것도 아니라면 네트워크의 강도를 표시하는 막대가 얼마나 들어와 있는지 알아두려는 것이다.

그녀의 휴대폰에는 아무 전화도, 아무 메시지도 와 있지 않다.

르 구엔은 다리를 꼰 후 오른쪽 다리를 떤다. 그가 기억하기로 프로이트가 그랬다던가, 초조함이 표현된 듯한 이런 행동이 실은 일종의 자위행위라고. 프로이트란 작자는 도대체가 얼토당토치도 않은 헛소리만 찍찍 내뱉어댄 얼간이야, 라고 르 구엔은 속으로 웅얼거린다. 이건 20년의 결혼 생활 동안 도합 11년을 신혼으로 보내본 경험자의 생각이다. 그는 미샤르 서장 쪽을 곁눈으로 힐끔거린다. 그녀는 빠른 속도로 투서들을 검토하는 데 열중하고 있다. 미샤르와 프로이트 사이에 쑤셔 박혀 하루 일과를 마무리해야 하다니 썩 달가운 노릇이 아니다.

카미유만 생각하면 가슴이 미어질 지경이다. 그 심정을 어떻게 표현해야 할지 모르겠다. 20년 동안 여섯 번이나 결혼하면 뭘 하나, 이런 것 하나 제대로 털어놓을 상대가 아무도 없는데.

아무도 카미유에게 연락해서 혹시라도 늦게 도착할지 어떨지 확인해보자고 나서지 않을 것이다. 이제는 아무도 그를 도와주려 들지 못할 것이다. 그러니 참 가슴 아픈 노릇이 아닐 수 없다.

___ 19시

"씨발, 이거 끄란 말이야!"

페르낭은 미안하게 됐다며 부리나케 달려가서 전원 스위치를 내린다. 그러고도 모자라 계속 미안하다는 말을 웅얼거린다. 계속 레스토랑 운영을 책임지도록 허락받은 게 너무나도 만족스러운 눈치다.

나는 방금 카드놀이를 한 홀의 안쪽 자리에 혼자 남아 있다. 평소에도 밝은 데보다 이렇게 구석지고 어두운 곳을 더 좋아하는 편이다. 그런 데 있으면 어떤 생각에 집중하기가 한결 수월하거든.

무력하게 기다리는 짓은 정말 사람 지치게 한다. 나는 역시 행동파다. 께느른하게 늑장 부리는 건 딱 질색이다. 아직 내가 젊다는 증거라고나 할지. 하지만 나이를 처먹는다고 해서 잘되는 일은 하나도 없다. 그러니 한창 나이일 때 뒈지는 게 상책이다.

난데없이 울린 신호음이 카미유를 혼자만의 상념에서 끄집어낸다. 컴퓨터 모니터가 깜빡거린다. 메일이 왔다는 표시다. 루이에게서 온 메일이다.

말발에 관한 자료 도착.

카미유는 안경을 쓰고 잠시 호흡을 가다듬은 후 그것을 열어본다.

장 클로드 말발의 초기 이력은 화려하다. 경찰대학교를 수석으로 졸업한 그는 유망한 경찰로서의 미래를 기약해둔 거나 다름없었다. 아니나 다를까, 몇 년 후 베르호벤 반장이 이끄는 경시청 강력반에 전격 발탁되었다.

그러고 나서는 한동안 굵직굵직한 사건들에서 괄목할 만한 활약상을 드러냈다. 당시까지만 해도 유능한 민완 경찰로서 말발의 앞길이 탄탄히 다져지는 듯했다.

카미유가 기억하지 못하는 사항은 이 자료에 하나도 없다. 말발은 발에 물집이 잡히도록 뛰어다니는 경찰이었다. 그만큼 활동적이었다. 그뿐 아니라 추리력도 비상했다. 그러니까 한마디로 아주 역동적이면서도 직관력도 출중한 경찰이라고 할 수 있었다. 말발은 경찰로서의 하루 일과에 꽤나 충실했다. 그런데 문제는 그가 밤에도 그토록 활동적이라는 점이었다. 외출이 잦았고 한번 마시기 시작하면 끝을 몰랐다. 또한 여자도 미치도록 좋아했다. 엄밀히 말하면 여자 자체를 좋아했다기보다 유혹하는 것을 즐겼다고 봐야 할 것이다. 카미유는 경찰에게 여자란 정치인들과 마찬가지로 무시무시한 덫이라는 생각을 자주 하곤 했다. 당시 말발은 정말이지 미친 사람처럼 유혹할 상대들을 찾아 다녔다. 그건 상관인 카미유도 어떻게 해줄 수 없는 공황의 징후였다. 엽색행각은 카미유의 활력소가 아니었으며 누구와 그런 관계로 엮여본 적도 없었다. 말발은 지칠 줄 모르고 여자들 주변을 맴돌았으며 심지어 증인들의 성별과 나이가 30대 미만의 젊은 여성일 경우 증인들을 지분거리는 것조차 마다하지 않을 정도였다. 밤마다 숱한 여자들에 둘러싸여 뜬눈으로 지새우고 출근하니 근무도 원활할 리 없었다. 이토록 헝클어진 그의 사생활로 인해 카미유는 차차 걱정스러워지기 시작했다. 루이는 그에게 돌려받지도 못할 돈을 계속 꿔주곤 했다. 이윽고 흉흉한 소문이 나돌기 시작했다. 말발이 꽤 많은 마약 밀매인들의 방패막이처럼 암약하고 있으며 그 대가로 상당한 액수의 뒷돈을 챙기고 있다는 말이었다. 어떤 매춘부 하나는 자기가 벌어들인 돈을 그에게 빼앗겼다고 분통을 터뜨리기도 했다. 아무도 그 말에 귀 기울이지 않았지만 카미유의 귀에는 그 말이 들어가고 말았다. 그는 저녁이나 같이 먹자며 말발을 조용히 따로 불러냈다. 하지만 이미 때가 늦었다. 말발은 펄펄 뛰며 아니라고 자신의 혐의 내용을 부인했지만 그때 이미 궤도를 이탈한 게 확실한 것 같았다. 경찰에서 쫓겨날 수밖에 없는 비행의 길로 급속히 접어든 셈이었다. 밤이면 밤마다 나이트클럽 순례나 일삼으며 위스키와 여자들에 둘러싸여 지낼 뿐 아니라 현직 경찰 신분이라면 냉엄하게 선을 그어야 할 상대들과도 어울렸다. 때로는 엑스타시로 환락의 밤을 보내기도 했다.

대다수 경찰들은 내리막길로 접어드는 속도가 완만한 편이다. 자기가 내리막길에 접어들었다 싶은 경찰들은 그런 주변 환경에 적응하고자 노력하면서 이후를 대비하기 마련이다. 하지만 말발의 내리막은 너무나도 급격해서 마치 벼락이라도 맞은 것 같았다.

그는 결국 일곱 차례나 살인을 저질러온 뷔송과의 공모 혐의로 체포되고 말았다. 윗선에서는 경찰계 전체가 오명을 뒤집어쓰지 않을까 염려하여 그 추문이 새어나가는 것을 막으려 했다. 뷔송 사건은 너무

나도 엽기적이어서 모든 언론을 도배할 정도였다. 이것은 마치 세간에 도깨비불처럼 떠오른 전대미문의 연쇄살인극이었다. 말발의 체포 소식은 그 불꽃의 여파에 뒷전으로 밀려났다.

이렌의 죽음이 사실로 확인되자마자 카미유는 심각한 우울증 증세를 보여 병원에 입원해야만 했다. 그는 창가를 기웃거리거나 혼자 조용히 그림이나 그리면서 여러 달 동안 병원에 머물러 있었다. 면회객은 거절했다. 다시는 경시청 강력반으로 복귀하지 못할 것처럼 여겨졌다.

재판에 회부된 말발은 집행유예로 풀려났다. 그는 그 사실을 모르고 있었다. 카미유 앞에서 말발의 이름을 들먹이는 것은 아무래도 꺼려질 수밖에 없는 일이었다. 나중에야 말발이 풀려났다는 소식을 듣게 되었지만 그는 아무 말도 하지 않았다. 마치 이제는 돌이킬 수도 없는 과거사 아니냐는 듯, 지금 와서는 말발이 어찌되었든 자신과 개인적으로 아무 상관도 없는 일이라는 듯.

석방 후 세상으로 돌아온 말발은 그 후 종적이 묘연해졌다. 여기저기서 얼핏 그를 본 적이 있다는 사람들이 있긴 했다. 카미유도 이따금 루이가 넘겨준 문건들에서 산발적으로 그의 이름과 마주쳤다.

그런데 공교롭게도 말발이 경찰로 보낸 마지막 시기는 그가 범죄의 세계로 갓 발을 들여놓은 시기와 일치했다. 경찰에서 쫓겨나기 직전 그가 어떻게 살았는지만 돌아봐도 충분히 짐작할 수 있는 일이었다. 그가 한때는 유능한 경찰이었다는 바로 그 이유에서라도 오히려 그쪽으로 발을 들여놓기가 한결 더 수월했을 수도 있다.

카미유는 재빨리 페이지들을 넘겨본다. 하지만 요즘 행적에 관한 윤곽이 너무 더디게 나타나 속이 탄다. 말발이 가담한 것으로 판명 난 사건이라 해도 죄다 경범죄거나 자잘한 죄목이다. 굵직한 게 하나도 없다. 그렇다고는 해도 그가 한 건 터뜨릴 기회를 노리고 있다는 게 암암리에 드러나긴 한다. 그래도 명색이 경찰 출신 아닌가. 사회보험청이나 들락거리거나 동네 슈퍼마켓이나 털려고 노리고 있거나 화물 트레일러나 모는 데 만족할 리가 없는 것이다. 세 번이나 경찰에 끌려와서 심문을 받은 적도 있지만 모두 무혐의로 이내 풀려났다. 그런데 지난해 여름, 그러니까 18개월 전 어떤 고소 내역에서 그의 이름이 발견되었다.

그런데 고소인의 이름이 나탕 모네스티에이다.

바로 이거다. 카미유는 숨을 크게 들이마신다. 모네스티에, 포레스티에. 누가 봐도 뭔가 서로 통하는 이름들이다. 오래된 수법 하나. 기왕에 제대로 된 거짓말을 하려거든 진실에서 최대한 가장 가까운 것을 고르도록 하라. 그렇다면 안도 자기 남동생과 같은 성을 쓸까? 안 모네스티에? 어쩌면 그럴지도. 충분히 그럴 공산이 높다.

진실에서 가장 가까운 것. 그것은 안의 남동생 나탕이 실제로 조숙한 과학 영재였으리라는 점이다. 하지만 어딘가 위태로운 면도 함께 있었나 보다.

그가 첫 번째 체포된 것은 코카인 소지 혐의 때문이었다. 코카인 33그램은 결코 대수로운 양이 아니다. 당황한 그는 혐의를 극력 부인한다. 그러다 자기에게 코카인을 넘겨주었을 뿐 아니라 마약 밀매업자에게 소개시켜주기도 한 장 클로드 말발의 이름을 들먹이게 된다. 하지만 결국에 가서는 그 증언을 번복하고 만다. 재판을 기다리던 중 잠시 외출한 길에 괴한들에게 폭행을 당하고 병원에 입원하게 된다. 그런데 폭행범들에 대한 고소를 거부한다. 어찌 보면 놀랄 노릇도 아니다…… 말발이 배후에서 이 모든 것을 조종했다는 게 확연해 보였기 때문이다. 이때 이미 훗날 본격적으로 등장할 강압적 범행 수법이 그 윤곽을 드러낸 셈이다.

세세한 것까지 짜 맞춰보지는 않았지만 카미유로서는 여기서 가장 핵심적인 게 무엇인지를 유추하는 일이 그다지 어려워 보이지 않았다. 즉, 나탕이 말발의 진영에 휘말려 들어와 있었다는 사실. 말발과 나탕 모네스티에 사이에는 모종의 거래가 있었던 모양이다. 그런데 도대체 무슨 빚을 졌기에 나탕은 말발과 이런 식의 계약 관계를 체결하지 않을 수 없었던 걸까? 실제로 그에게 많은 돈을 빌려 쓴 것일까? 말발은 이 애송이 같은 청년에게 어떤 협박을 가했던 걸까?

전직 경찰의 행적을 캐가는 과정에서 또 다른 범죄자들의 이름이 줄줄이 튀어나오는 것도 이례적인 일이다. 그들 중에 몇몇은 꽤나 위협적인 인물들이다. 예컨대, 귀도 과르네리 같은 자. 다른 이들과 마찬가지로 카미유도 그에 관해서는 풍문으로만 전해 들었다. 그가 악명 높은 사채업계의 대부라는 사실을 말이다. 처음에는 꽤 낮은 금리로 돈을 빌려준 후 나중에는 자기 필요에 따라 빚진 자들을 관리하여 그 돈을 회수해가는 방식. 지난해 그는 한 사내를 생매장하기도 했다. 그 사내의 사체는 어느 공사현장에서 기적적으로 사람들에게 발견되었다. 법의학자가 정확하게 알아낸 대로 그 사내가 산 채로 땅 속에 묻힌 것은 사실이었다. 생매장당한 자는 여러 날 동안 이루 상상할 수도 없는 고통 속에서 몸부림치다 서서히 죽어가게 된다. 그러니까 과르네리는 주변 사람들을 두렵게 하려면 자기가 어떤 식으로 나가야 하는지를 꿰뚫고 있는 작자이다. 그렇다면 혹시 말발은 나탕에게 자기 빚을 갚지 않으면 당장이라도 과르네리에게 팔아넘기겠다고 위협한 것은 아닐까? 충분히 가능한 얘기이다.

하지만 그런 얘기는 아무려나 상관없다. 지금 카미유에게 가장 중요한 문제는 그가 알지도 못하고 본 적도 없는 나탕 따위가 아니다.

지금 가장 중요한 문제는 이 모든 내막들이 어떻게 안과 잇닿아 있는지를 알아내는 일이다.

말발에게 빚을 진 당사자가 남동생이었다 해도 그것을 갚아준 사람은 안이었을 것이다.

꼭 엄마처럼 "그게 내가 사는 이유의 전부인 걸요" 하고 말하며 그녀는 훌쩍거렸다.

비단 그때뿐만이 아니라 남동생 얘기만 나오면 그녀는 늘 그렇게 훌쩍거리곤 했다.

간혹 가다 그런 것처럼, 지금은 전세 역전의 신호탄이 우연처럼 굴러 들어오는 게 절실한 시점이다.

"부르주아 씨?"

발신자 표시가 제한된 번호. 카미유는 전화벨이 여러 번 울릴 때까지 받지 않는다. 두두슈가 놀라 화들짝 고개를 쳐들 때까지. 여자 목소리다. 나이는 마흔 살쯤 된 것 같다. 목소리가 그다지 고상하게 들리진 않는다.

"아닌데요." 카미유가 차분하게 응답한다. "전화 잘못 거신 것 같네요……"

그렇게 말해놓고도 카미유는 곧장 전화를 끊으려 하지 않는다.

"아, 그런가요?"

상대방은 전화가 잘못 걸렸다는 게 몹시 뜻밖이라는 반응이다. 자칫하면 정말 잘못 걸린 게 맞느냐고 따져 물을 기세다. 여자는 종이쪽지에 적힌 것을 읽어준다.

"저기요, 여기 적힌 주소에 '에릭 부르주아. 갸니, 에스퀴디에 가 15번지'라고 나와 있거든요."

"그럼 확실히 잘못 거신 게 맞네요."

"아 네……" 여자는 실망스럽다는 어조로 말한다. "죄송합니다……"

수화기 뒤쪽에서 뭐라고 구시렁거리는 소리가 들린 것 같다. 하지만 알 게 뭐냐…… 여자는 화난 듯 전화를 뚝 끊어버린다.

순간적으로 아차 싶다. 뷔송은 그런 방식으로 카미유에게 자신의 임무를 수행한 것이다. 이제는 자기가 원할 때면 얼마든지 그를 죽여도 좋겠다.

이렇게 전달된 정보를 통하여 즉각적으로 새로운 통로 하나가 더 열리게 된 셈이다. 하지만 그쪽으로 통하는 문은 하나뿐이다. 하프너는 자기 신원을 변경했다. 요즘은 부르주아라는 이름을 내걸고 다니는 모양이다. 그 가명을 누가 지었는지 몰라도 별로 최선을 다한 것 같지 않다. 은퇴한 사람에게 하필 '부르주아'라니.

뭔가에 대해 제각각 결정을 내리고 나면 또다시 결정해야 할 문젯거리가 잇따라 찾아온다. 카미유는 휴대폰 액정에 뜬 시간을 확인한다.

그는 소환 장소에 간신히 시간을 맞춰 출석했다. 여기 하프너의 주소가 있습니다. 만약 지금 자택에 있다면 내일 아침쯤 그를 덮칠 수도 있을 거예요. 나중에 제가 다 설명 드리겠습니다. 카미유의 말에 르 구엔은 안도의 한숨을 내쉰다. 하지만 카미유의 말을 승전보처럼 받아들였다는 티가 나지 않도록 조심해서 살살. 그러고는 카미유를 바라보며 표 나지 않게 살그머니 고개를 끄덕여 보인다. 해냈구려. 그동안 당신 때문에 마음고생이 심했는데. 하지만 겉으로는 역정을 내는 어조로 이런 말을 내뱉는다. 이걸로 모든 게 다 해명될 거라 여기면 곤란해요, 베르호벤 반장! 그러자 카미유가 기다렸다는 듯이 답한다. 이거, 몹시 죄송스럽게 됐습니다!

하지만 죄송스러워하는 기색이라고는 전혀 찾아볼 수도 없다. 아무도 그가 실제로 죄송해 한다고 믿지 않는 눈치다. 미샤르 서장으로서는 뭔가 사기 당하는 듯 꺼림칙한 기분을 떨칠 수 없다. 이참에 베르호벤 반장을 호되게 길들이고도 싶었다. 그런데 지금은 판세가 뒤바뀌어 도리어 카미유가 다시 이 무대의 주인공으로 등극하고 만 듯하다. 그녀가 말할 차례다. 그녀는 지금 기분이 삐져나오지 않도록 자신의 어조를 다스리려 애쓴다. 그러면서도 거들먹거리는 태도를 잊지 않는다. 그녀는 자기 말에서 진실이 울리는 것을 좋아한다. 결코 남자들에게 아양이나 떨자고 이 직업을 택한 게 아니니까. 한마디로 덕망 높은 여성으로 비치기를 바라는 것이다. 반장님, 반장님이 앞으로 어떤 해명을 늘어놓으시든 간에 저는 결코 이번 일에 대해 그냥 넘어가지 않으리라는 것을 명심하셨으면 해요. 무슨 일이 있더라도……

미샤르 서장의 말에 카미유는 손을 들어 보인다. 물론이죠, 명심하겠습니다. 이제는 그가 해명할 차례이다.

모든 게 톱니바퀴처럼 엇물려 있다.

그래, 그는 모니에 상가에서 습격당한 주인공과 개인적으로 알고 지낸 사이이다. 사단은 거기서부터 비롯되었다. 곧바로 득달같이 쇄도하는 질문 공세. 어떻게 해서 그 여자와 알게 된 거죠? 그녀와 이 강도행각과는 어떤 관련이 있습니까? 왜 반장님은 진작 이 일에 대해……?

그 이후에 대해서는 사람들의 상상과 추론이 이어진다. 어찌 보면 당연한 노릇이다. 그런데 지금 가장 시급한 문제는 어서 팀을 꾸려 파리 교외의 은닉처로 하프너—부르주아를 찾으러 가는 일이다. 그리하여 무장 강도와 살인, 폭행 등의 혐의로 그를 잡아넣는 일이다. 베르호벤 반장의 사생활이나 꼬치꼬치 캐자고 밤을 지새울 참인가? 그러다간 때를 놓치고 말 것이다. 이와 같은 카미유의 항변에 미샤르 서장은 일단 동의해준다. 알겠어요, 보다 실용적으로 대처하는 자세가 필요하겠군요. 또 그녀 입에서 '실용적'이라는 말이 나왔다. 잠깐만 있어봅시다. 베르호벤 반장님도 그 자리에 잠시 대기하고 계세요.

그는 다른 사람들의 숙의에 동참할 수 없다. 이 자리에서만큼은 그저 구경꾼의 입장에 지나지 않는다. 하지만 배우로서 그는 이미 제 역할을 다한 셈이다. 사람들이 숙의를 끝내고 각자의 자리에 돌아올 때쯤에는 이미 어떤 결정이 내려져 있을 것이다. 비위 사실의 책임을 물어 파직 또는 보직해임…… 모든 게 너무 빤해서 굳이 이런 징계 절차까지 밟을 필요조차 없어 보인다.

하지만 실은 그것도 어디까지나 가능성 문제이다. 오래전서부터 카미유는 일이 그런 식으로 처리되지 않으리라는 것을 알고 있다.

그의 결심은 확고하다. 그런데 문제는 그 자신도 이 결심을 어느 선까지 밀어붙여야 할지 아리송해하고 있다는 점이다.

여하튼 그 결심은 안과 이 사건의 해결과 그녀의 삶 등에 고착되어 있다. 모든 게 다 그 안에 있다. 누구도 이 결심을 저해할 수는 없는 일이다.

흔히들 사람은 상황에 따라 흔들릴 수밖에 없다고 믿는다. 하지만 그는 그렇지 않다.

우리에게 닥친 일이란 우리가 스스로 빚어낸 결과물일 뿐이다.

—— **19시 45분**

프랑스에는 일반적으로 에스퀴디에 가처럼 생긴 거리가 많다. 수직으로 교차하는 길목을 따라 비슷한 크기의 석조 주택들과 정원과 조잡해 보이는 철책들이 이어져 있다. 정원에 놓인 안락의자도 마치 같은 상점에서 구입한 듯 거의 다 동일한 제품이다. 15번지도 예외가 아니다. 석조 주택과 안락의자, 정원, 조잡한 철책 등 모든 게 똑같다.

카미유는 그 근처에서 차로 두세 바퀴를 뱅뱅 돌았다. 마지막으로 한 번만 더 돌아보려 할 때 난데없이 1층 창가의 불이 꺼졌다. 계속 이러고 있을 필요는 없겠다.

맞은편 한 모퉁이에 차를 세웠다. 근처에 잡화점 하나가 있다. 이 일대에서 유일한 상점이 아닐까 싶을 정도로 동네는 한산했다. 문턱에는 마치 호퍼의 그림에서 막 빠져나온 것처럼 생긴 30대 아랍 사내가 이쑤시개를 입에 물고 있다.

카미유는 차의 엔진을 껐다. 19시 35분이다. 차 문을 열고 나온다. 그러자 잡화점 주인이 그에게 손을 들어 보인다. 안녕하세요. 카미유도 손짓으로 그 인사에 답한 후 유유히 에스퀴디에 가를 거슬러 올라간다. 그러고 보니 다 똑같은 것만도 아니다. 정원에서 개를 기르는 집도 있고 고양이가 동그랗게 몸을 말고 있는 집도 있다. 카미유가 지나가자 개는 불신감을 드러내듯 컹컹 짖어대고 고양이는 사납게 노려본다. 사람들이 지나다니는 길가에는 노란 불빛의 가로등이 켜져 있다. 환경 미화원들이 쓰레기통을 비우자 거기서 쏟아져 나온 내용물들을 놓고 길고양이들과 노숙자들이 일제히 달려들어 각축전을 벌이기 시작한다.

15번지 앞이다. 십여 미터 높이의 철책이 길가와 주택의 현관 입구로 통하는 돌계단 사이에 가로놓여 있다. 오른쪽으로는 닫혀 있는 차고의 철문이 보인다.

위층에 켜져 있던 불도 그가 동네를 마지막으로 한 바퀴 도는 동안 꺼졌다. 이제 불빛은 1층의 창문 두 군데에서만 새어나오고 있을 뿐이다. 카미유는 초인종을 눌러본다. 시간만 그렇지 않다면 집에 있는 사람들에게는 외판원의 방문으로 여겨질 수도 있을 것이다. 곧 문이 열리더니 집에서 사람이 나온다. 여자인 것 같다. 역광이 비치는 탓에 정확한 모습을 알아보기는 어렵지만 여하튼 목소리는 젊다.

"무슨 일로 오셨어요?"

이렇게 묻는 것으로 보아 카미유는 그녀가 자신의 존재를 일찌감치 알아차려놓고도 일부러 모른 척하기로 한 것 같다고 여긴다. 켜져 있던 불이 갑자기 꺼진 것도 실은 자기를 의식해서 그런 게 분명해 보이는데도. 그런 생각이 들자 갑자기 이 여자와 취조실에서 마주하고 있다는 기분이 든다. 그렇다면 이렇게 말해야 할 것이다. 거짓말할 생각 따위는 하지 말아요. 그래봐야 멀리 못 갈 테니까. 그때 그녀가 뒤쪽으로 돌아선다. 집에 있는 누군가가 이내 모습을 감춘다. 그러자 다시 카미유에게로 향한다.

"나갈 테니 잠깐 거기 계세요."

그러고는 문 앞으로 내려와 곁문을 연다. 실제 나이는 젊은 것 같은데 중년 여인처럼 배가 앞으로 튀어나온 데다 얼굴도 다소 부어 있다. "극빈층 출신의 창녀라는데 열아홉 살 때 이미……"라고 뷔송이 말한 바로 그 여자일까? 나이를 가늠하기 어려운 외모다. 그래도 상당히 청초한 매력이 있어 보인다. 눈을 다소곳이 내리깔고 조심스런 거동을 보이는 것은 아마도 뭔가가 두렵기 때문일 것이다. 하지만 그런 태도에서도 어떤 일이든 견뎌낼 각오가 되어 있다는 결기 같은 게 엿보인다. 일단 어떤 결단이 서면 눈 하나 깜빡하지 않고 상대방의 등 뒤에 곧장 비수를 꽂아 넣을 수 있을 듯한 유형의 여자로 보인다.

그녀는 말 한마디, 눈빛 한번 주지 않으면서도 온몸으로 상대방에 대한 적의와 굳은 심지를 드러내고 있다. 카미유는 그녀를 쫓아 안으로 들어온다. 작은 앞뜰을 가로질러 현관으로 통하는 층계를 올라간다. 그러고는 잘 열리지 않는 현관문을 밀고 실내로 들어선다. 붙박이식 옷걸이가 벽에 붙어 있는 통로를 지나 오른쪽으로 돌자 거실이 나온다. 그리고 바로 몇 미터 앞 창가의 안락의자에 한 남자가 등을 보이고 돌아앉아 있다. 몹시 수척하고 야윈 몰골이다. 움푹 꺼진 눈가에는 열병 같은 불안의 그림자가 일렁이고 있는 것 같다. 실내에 있으면서도 양모로 짠 벙거지를 쓰고 있다. 그래서인지 그의 동그란 두상이 더욱 강조되어 드러난다. 전반적으로 기력이 쇠잔한 모습이다. 아르망의 마지막 모습이 떠오를 정도이다.

두 사내 사이에는 이 짧은 순간 동안 입 밖으로만 꺼내지 않고 있을 뿐 수많은 말들이 오고 간다. 그건 어쩌면 서로에 대한 공격과 경멸의 표현일지도 모른다. 하프너는 베르호벤 반장이 누군지 잘 알고 있다. 하긴 난쟁이 같은 체구로 경시청 강력반을 통솔하는 이 남자에 관하여 누군들 모를 수가 있을까. 그가 자기를 체포하려 왔다는 것도 이미 알고 있다. 그렇다면 이건 문제가 다르다. 다르게 대응해야 할 문제이다. 조금 더 골치 아프고 복잡하다. 상대가 어떻게 나올지 일단은 지켜봐야 한다.

카미유 바로 뒤에서는 그 젊은 여인이 자기 손가락을 우둑우둑 꺾고 있다. 뭔가를 지켜볼 때 습관적으로 취하는 행동 같다. '이 여자는 어쩌면 주먹질도 곧잘 하나 보다. 그렇지 않고서야 어찌 저런 행동을……'

카미유는 통로에 남아 잠시 멀거니 서 있기만 한다. 자기 앞뒤로 하프너와 젊은 여인 사이에 끼어. 그들 사이에는 어색한 침묵이 납덩이처럼 내려앉아 있다. 그것만 보더라도 누구라도 먼저 쉽게 말문을 열기 어려운 만큼 이 두 사내는 불편한 관계라는 게 입증되는 셈이다. 하지만 한편으로 이와 같은 분위기는 지금 혼란에 휩싸여 어쩔 바 몰라

하는 카미유의 처지를 암시하는 것이기도 하다. 그들 각자가 살아온 삶의 내력에 비춰볼 때 혼란에 휩싸여 있다는 것은 결국 죽음의 동의어일 수도 있다.

"아무 얘기라도 해야 하지 않겠나 싶은데……" 이윽고 하프너가 나지막한 목소리로 먼저 입을 연다. 하지만 그게 카미유를 향해 던진 말인지, 혹은 여자에게 한 말인지, 아니면 그저 자기 혼자 웅얼거린 말인지는 분명치 않다.

하프너에게서 눈을 떼지 않고 카미유는 앞으로 몇 발을 내디뎌 2미터 근방까지 다가간다. 하프너에게서는 더 이상 전설처럼 떠돌던 야수의 풍모가 전혀 보이지 않는다. 지금 이렇게 마주하니 전성기의 악명이 무색할 지경이다. 포악한 무장 강도든, 절도범이든, 암살자든 사람은 누구나 다 똑같다. 한창때 어떤 무용담을 퍼뜨리고 다녔든 간에, 몸이 늙고 병들면 보통 사람들만큼이나 나약해지기 마련이다. 그러니까 하프너는 지금 이 어색한 침묵과 무기력한 반응으로 자기에게 어떤 위협이 닥쳐왔다는 두려움을 드러내고 있는 셈이다.

카미유는 거실 모퉁이에 놓여 실내를 희미하게 밝혀주고 있는 거치형 스탠드 쪽으로 한 발짝 옮겨본다. 실내 장식은 너무 평범해서 몰취미해 보이기까지 한다. 평평한 TV 브라운관, 양모 덮개가 깔려 있는 소파, 어디에나 다 있을 법한 책장, 그리고 둥그런 탁자 위에는 꽃무늬 방수포가 덮여 있다. 대담한 강도질로 세간에 악명을 떨친 인물의 거실치고는 꽤나 수수한 중산층 가정집 취향이다.

그사이에 여인은 자리를 옮겨 어디론가 사라졌다. 카미유는 그녀의 발소리를 듣지 못했다. 순간적으로 혹시 이 여자가 소총 한 자루를 챙겨 층계에서 대기하고 있는 것은 아닐까 하는 상상이 떠오른다. 하프너는 여전히 앉아 있는 자리에서 꼼짝도 하지 않고 있다. 마치 이제 사태가 어떤 식으로 돌아가는지 거기 앉아 묵묵히 지켜보겠다는 것 같다. 그런데 그때 처음으로 카미유의 머릿속에는 하프너가 혹시 총을 숨기고 있을지도 모른다는 생각이 스쳐 지나간다. 어째서 진작 그런 생각을 하지 못했을까. 그래도 크게 위협이 되지는 못할 듯싶긴 하지만 혹시 모르니 슬그머니 대비는 해두기로 한다.

그는 외투 주머니에서 자기 휴대폰을 꺼낸다. 그러고는 액정화면에 하프너의 사진을 띄워 올린 후 하프너 앞에 내밀어 보인다. 하프너는 목청을 가다듬으며 잠시 입술만 달싹거린다. 그러더니 잠시 후 고개를 끄덕여 보인다. 알아요. 그는 카미유에게 소파를 가리킨다. 카미유는 소파 대신 그 옆에 놓인 걸상을 자기 쪽으로 끌어당겨 거기 앉는다. 그러고는 쓰고 있던 모자를 벗어 탁자 위에 둔다. 두 사람은 마치 식당에서 주문한 음식이 나오기를 기다리는 일행처럼 탁자를 사이에 두고 그렇게 마주앉는다.

"내가 여기 오리라는 것을 주변 사람들이 알려줬습니까?"

"얼핏……"

말이 된다. 뷔송에게 하프너의 새 이름과 주소를 넘겨줘야 했던 끄나풀로서는 자기 신변의 안전을 위해서라도 그럴 수밖에 없었을 것이다. 그래봐야 아무것도 달라지는 건 없지만.

"요점을 정리해볼까요?" 카미유가 그렇게 말한다.

그 순간 이 집 어딘가에서 아스라하지만 날카로운 울음소리가 들린 것 같다. 이어서는 카미유의 머리 위 천장에서 다급하게 옮겨 다니는 발걸음 소리와 당혹스러워하는 듯한 여인의 목소리가 들린다. 카미유로서도 이건 전혀 예기치 못한 변수다. 이 변수로 인해 상황이 더 복잡해질까, 아니면 단순해질까? 그는 천장을 가리키며 이렇게 말한다.

"얼마나 됐죠?"

"6개월."

"아들입니까?"

"딸내미예요."

여기서 다른 사람 같았으면 이름이 뭐냐고 물어봤을 법하다. 하지만 지금은 그럴 상황이 아니다.

"그렇다면 지난 1월에 부인이 이미 임신 6개월째였다는 얘기가 되는데요."

"정확하게는 7개월이었지요."

카미유는 하프너가 쓰고 있는 벙거지를 손으로 가리킨다.

"여자는 늘 사건을 복잡하게 하는 변수로 튀어나오곤 하지요. 그건 그렇고, 화학요법을 쓰시나 본데, 혹시 어디서 치료받는 중인지 알 수 있을까요?"

"벨기에에서 받았어요. 하지만 지금은 그만두었습니다."

"너무 비싸서?"

"아니요. 이미 너무 늦어서."

"그러니까 결국은 너무 비싸다는 말이군요."

카미유의 말에 하프너는 잠시 보일 듯 말 듯 미소 짓는 시늉을 해 보이지만 어느새 굳은 표정으로 돌아온다.

"지난 1월에 이미," 카미유가 다시 말문을 연다. "당신한테는 가족들을 안전한 곳으로 대피시킬 만한 시간적 여유가 그다지 많지 않았을 겁니다. 하루 동안에 네 군데나 털겠다는 대규모 강도행각을 계획해야 했을 테니까요. 무시무시한 패키지 범행이라고나 할지. 그런데 이 범행 계획에 동참시킬 인원들이 휘하에 별로 남아 있지 않았겠지요—아마도 같이 흉계를 꾸미기에는 뭔가 마뜩치 않았겠지요—그러다 보니 라비츠라는 세르비아인 한 명과 전직 경찰 말발을 이 계획에 끌어들일 수밖에 없었을 겁니다. 그런데 이 점과 관련해서 그 친구가 설마 무장까지 하고 범행에 가담했을 줄은 전혀 몰랐네요."

그 말에 하프너는 잠시 뜸을 들인다.

"경찰에서 내쳐지고 나서 앞으로 자기가 할 만한 일을 찾아다닌 모양이더군요." 이윽고 그가 입을 연다. "그러다 코카인에 빠진 것 같습디다."

"네, 나도 그러리라 짐작은 하고 있었습니다만……"

"하지만 말발이 정작 하고 싶어 하는 일은 강도질이었지요. 원래 그런 일이 그 친구 적성에 더 잘 맞았나 보더군요."

그가 알기로도 말발이 이쪽 세계에서 두각을 나타내기 시작한 것은 강도행각에서이다. 어쩌다 그 친구가 그 지경에 이르렀는지 납득하기 어려운 노릇이긴 하지만. 잘 상상이 안 가긴 해도 이건 엄연한 사실이다. 말발과 루이는 한때 그의 휘하에서 찰떡궁합을 과시하던 짝패였다. 당시만 해도 그들이 거기서 이탈하리라는 것은 상상조차 할 수 없는 일이었다. 슬하에 자녀들을 거느려보지 못한 사내들이 흔히 그렇듯이 카미유도 누군가에게 부성을 쏟기 잘하는 사람에 속한다. 사정이 그런 데는 그의 왜소한 키도 한몫 거든 셈이다. 그래서인지 한때 그는 루이와 말발을 자기 밑으로 두게 된 양자들처럼 여기기도 했다. 루이는 모든 은혜에 보답할 줄 알고 말도 잘 듣는 모범생 아들이었다. 반면, 말발은 시원시원한 호남형이긴 해도 어딘가 폭력적이고 어두운 아들이었다. 결국 그 아들이 자기를 배신하고 자신의 부인까지도 팔아넘긴 셈이었다. 그러더니 이제는 그 이름만으로도 모든 사람들을 위협에 떨게 하는 악당으로 자라고 말았다.

하프너는 그 다음 말이 이어지기를 기다리고 있다. 그들 위쪽에서 여인의 목소리가 조금씩 잦아들고 있다. 아마도 아이를 재우는 중인가

보다.

 "한 사람이 인명피해를 당한 것만 빼면," 카미유가 다시 입을 연다. "지난 1월의 강도행각에서는 모든 게 예상대로였지요(하프너 같은 사람에게서는 어떤 말을 해도 딱히 반응이 튀어나오리라는 기대를 접어야 한다). 당신은 이미 다른 사람들의 몫을 가로채서 어디다 숨겨두기로 작정하고 있었겠지요. 훔친 돈 전부(그러고는 검지로 천장을 가리킨다). 그러고 보니 당연하다 싶기도 하군요. 가장으로서의 책임감이 컸을 테니까요. 식솔들을 데리고 어디 안전한 곳에 가서 숨어 살자면 아무래도 큰돈이 필요하겠지요. 그러고 보면 당시 강도행각에서 얻어낼 과실은 모두 유증할 재산이었던 셈이네요. 그러자면 과세가 뒤따라야 할 텐데, 아닌가요?"

 그 말에도 하프너는 눈썹 하나 까딱하지 않는다. 마치 그 무엇도 자기가 밀어붙여온 행로를 뒤흔들 수 없다는 듯한 태도이다. 이 행로의 종말을 고하러 여기까지 찾아온 자에게 그는 여하한 동조의 태도라도 내보이려 하지 않을 것이다.

 "윤리적인 측면에서 보자면," 카미유가 계속한다. "당신의 입장을 비난할 수만은 없을 겁니다. 여하튼 결과적으로야 충실한 가장으로서 역할을 다하려 한 셈이니까요. 그저 자기 식구들한테 이후에도 걱정 없이 살아갈 수 있는 보금자리를 마련해주고자 발버둥 쳤을 뿐이라고도 볼 수 있겠지요. 하지만 공범들한테는 날벼락도 이런 날벼락이 없었을 겁니다. 그렇게 같이 고생했는데 물만 먹고 빈손으로 돌아가게 생겼으니 말 다했죠. 그들로서는 어떻게 해서든 당신을 잡으려 들 수밖에 없었을 거예요. 당신은 거기에 대비해서 다른 신원을 사 들이는 것으로 과거와의 모든 연을 끊고자 한 것일 테고요. 그런데 외국행을 택하지 않았다는 게 나로서는 의외로군요."

하프너는 여전히 침묵을 지킨다. 하지만 카미유는 느낄 수 있다. 그가 자기를 필요로 하리라는 것을. 훌훌 털어버리고 싶은 욕구를 간신히 억제하면서 하프너는 이렇게만 웅얼웅얼하는 데 그친다.

"-우리 꼬맹이 아가씨 때문에……"

카미유는 그게 아이 엄마를 가리키는지 아니면 아이인지 헷갈린다. 전선에 무슨 이상이라도 생겼는지 거리의 가로등들이 갑자기 꺼진다. 거실의 조도가 한 단계 낮아진다. 역광에 가려 하프너의 모습이 어둑한 그림자로 떠오른다. 뼈만 추려진 듯 앙상하고 으스스한 그림자다. 그들 머리 위에서 나지막한 아기의 울음소리가 들려오기 시작한다. 다시 다급한 발소리가 난다. 그러자 이내 울음소리가 잦아든다. 카미유는 반쯤 어둠에 잠긴 실내에서 하프너와 함께 내내 침묵에 잠겨 있다. 이 순간, 그를 가장 기다리고 있을 사람이 누굴까? 그는 퍼뜩 안을 떠올린다. 어서 시작하자.

하프너는 다리를 꼬았다 풀었다 한다. 너무 굼뜬 동작이라 마치 그가 그런 동작으로 공연히 카미유를 위협하지 않으려고 일부러 조심하는 것처럼 여겨질 정도이다. 하긴 하프너가 아픈 몸만 아니었다면 그렇게 사소한 동작 하나도 위협적으로 보였을 수 있겠다. 아마 그랬겠지. 어서 끝내고 가자.

"라비츠……" 카미유가 다시 이야기를 시작한다(이 집 안 분위기에 어느새 물든 듯 그는 어조를 애써 낮춰 말하려 한다). "그래요, 나는 개인적으로 라비츠라는 자를 모릅니다. 그렇다 해도 그자가 자기 몫을 한 푼도 챙기지 못한 데 분개했으리라는 것쯤은 충분히 짐작 가능하지요. 더욱이 그 사건으로 그자한테는 살인 혐의가 씌워질 판이었으니까요. 물론, 그게 그 친구 잘못이었다는 건 저도 압니다. 순간적으로 냉정을 잃은 탓이었지요. 하지만 설령 그렇다 해도 당신이 그렇게 쏙 빠져나가고 나서 그 친구가 치르게 된 몫은 너무 컸습니다. 라비츠, 지금 그자가 어떻게 된 줄 아십니까?"

카미유의 눈에 그 말을 들은 하프너에게서 미세하게 경직되는 기미가 포착된다.

"죽었습니다. 라비츠의 여자친구도 머리에 총을 맞고 죽었고요. 라비츠는 숨이 끊기기도 전에 열 손가락 모두를 하나하나씩 절단당하는 고문까지 당했더군요. 사냥칼로 말이지요. 제가 보기에 이런 소행을 저지를 정도라면 필시 아주 야만적이고 악랄한 작자일 게 틀림없지요. 라비츠는 세르비아 태생으로 그래도 프랑스에서 성공해보자고 찾아온 사람이었을 텐데 말이죠. 프랑스에 건너온 외국인이 이렇게 토막토막 잘려나간 채 살해당했다면 다른 나라 사람들이 우리 프랑스를 어떻게 보겠어요?"

"그런 얘기는 듣기 피곤하니 그쯤 해두시지, 베르호벤."

속으로 카미유는 안도의 한숨을 내쉰다. 그를 계속 이런 침묵의 수렁에서 끌어내는 데 실패했다면, 카미유로서는 더 이상 어찌지 못하고 독백이나 하다 물러났을 게 틀림없었을 테니까. 지금 그에게 필요한 것은 하프너와의 대화이다.

"당신 말이 맞습니다." 카미유가 계속한다. "지금은 이런 불평이나 늘어놓을 때가 아니지요. 다른 나라 사람들이 어떻게 보든, 강도행각과는 별개 사안이니까요. 그러니 이제 말발 얘기로 넘어가볼까요. 라비츠와 달리 나는 그 친구를 오래전서부터 아주 잘 알고 지내왔지요. 물론 라비츠의 열 손가락을 사냥칼 같은 흉기로 모두 잘라내기 이전 시절이긴 합니다만."

"내가 당신 위치에 있었다면, 아마 녀석을 죽여 없앴을 거요."

"그런 당신 심경도 충분히 이해가 갑니다. 진작 그랬다면 이렇게 쫓겨 살지 않아도 괜찮았을 테니까요. 이제 그 친구는 단순히 거물급 악당에 그치지 않고 악명 높은 살인광이 되고 말았지요. 내가 기억하는 말발은 그저 말썽 많은 골칫거리에 지나지 않았는데 말입니다. 그러니 자기 몫을 강탈당했는데 잠자코 있을 리 없지요. 사력을 다해 당신을 찾아 다녔나 봅니다……"

그 말에 하프너는 선선히 고개를 끄덕였다. 아무래도 주위에 정보원들을 몇 명 심어두고 멀리서 조심스럽게 말발의 행보를 추적해온 모양이다.

"하지만 당신은 자기 신원을 바꿔 이리로 잠적했습니다. 당신으로서는 근본적으로 예전의 자기 자신뿐 아니라 당신의 주변에 들끓던 공범 무리들과도 철저히 단절하는 방식을 택한 셈이었겠지요. 그러다 보니 말발이 아무리 천하를 다 돌아다니며 샅샅이 뒤진다 한들 끝끝내 당신의 행적을 찾아낼 수 없었나 봅니다. 그 친구는 결국 당신을 찾아내는 게 생각만큼 쉬운 일이 아니라고 인정할 수밖에 없을 겁니다."

하프너는 눈썹을 씰룩거린다.

"말발은 추리력이 상당히 뛰어난 경찰이었지요."

하프너는 말발에 대한 카미유의 칭찬이 역접으로 이어지리라는 것을 이미 내다보고 있는 눈치다.

"추리력이 필요한 분야에 관한 한 다 그가 도맡아 처리할 정도였습니다(그렇게 말하며 카미유는 양손을 넓게 벌려 보인다). 당시 그가 담당한 게 바로 당신의 수하에 대한 수사였지요. 그런데…… 역시나 그 친구, 경찰 재직 시절 보인 추리력만큼이나 머리가 비상하군요. 맞아요, 잘 판단한 거예요. 당신을 치자면 역시 나 같은 경찰을 이용하는 게 가장 빠를 테니까요. 동기만 확실하다면 나 같은 경찰이 당신의 소재를 파악해내는 거야 일도 아니지요. 여기서 문제가 되는 건 그 동기입니다. 그런데 어떤 사내의 동기를 들쑤시는 데는 역시 여자 문제만 한 게 없을 거예요…… 특히 내 여자라고 여겨온 상대가 누군가에게 끔찍한 폭행을 당했다고 해보세요. 나처럼 예민해지기 쉬운 사람을 상대로 해서는 기대 이상의 효과가 나타나기 마련이죠. 그걸 노리고 말발이 몇 달 전 나한테 그 여자를 붙인 겁니다. 처음에는 멋도 모르고 우쭐해지지 않을 수 없었습니다."

무슨 말인지 알겠다는 듯 하프너는 고개를 주억거린다. 그가 아무리 말발로 인해 곤경에 처해 있다 해도, 아무리 말발이 곧 맞서 싸우게 될지 모를 적수라 해도 카미유를 상대로 해서 벌인 말발의 공작은 그에게 감탄을 자아내고 있는 게 틀림없다. 어쩌면 실내의 암영을 차폐막 삼아 지금쯤 슬며시 미소 짓고 있을지도 모른다.

"그러니까 나로 하여금 이 사건에 대한 수사를 자청하도록 하려고 말발은 당신의 수법이 연상되는 강도행각을 일부러 꾸며낸 겁니다. 금은방, 톱질된 총탄을 장전한 모스버그 등에서 내가 곧바로 당신을 떠올리도록 노리고 말이죠. 그러니 우리로서는 의심할 여지도 없이 모니에 상가 습격 사건이 하프너의 소행이라고 단정할 수밖에 없었습니다. 내가 이 사건에 깊숙이 관여할 수밖에 없는 건 당연한 노릇이었고요. 어떻게 안 그러겠습니까. 나하고 사귀는 여인이 백주대낮에 길거리에서 죽도록 얻어맞았는데. 그 여인이 하필 그 시간 그 장소에 있었던 이유도 나한테 선물하려고 한 시계를 방문 수령하기 위해서였다니 마음이 더욱 애틋해지지 않을 수 없었지요. 그러니 나로서는 이 사건을 맡기 위해 갖은 수단과 방법을 다 동원해야 했고 약간의 속임수를 쓴 끝에 결국 사건 수사를 따내는 데 성공했지요. 신원 확인 작업 때 피해자는 아니나 다를까 확고하게 당신을 범인으로 지목하더군요―물론 그녀는 말발이 사전에 보여줬을 사진으로밖에 당신 얼굴을 알고 있지 못했을 테지만요—그녀가 범인으로 지목한 것은 당신과 라비츠였습니다. 심지어 범행 현장에서 세르비아어를 들었다고 주장하기까지 했어요. 그러니 우리로서는 당신들이 모니에 상가 습격 사건을 저질렀다고 확신할 수밖에 없었지요. 피해자의 일관된 증언과 공술이 우리의 수사 방향에 검인을 찍어준 거나 마찬가지였으니까요."

하프너는 납득이 간다는 듯 느리게 고개를 끄덕거린다. 그러면서 한편으로는 그 계략에 대해 골똘히 숙고해보는 모양이다. 또한 이로 인해 카미유가 겪었을 고초를 헤아려보는 눈치다. 얘기를 들어보니 말발이라는 놈, 배은망덕하게도 예전의 자기 상관을 데리고 논 게 아닌가.

"그러니까 저는 이후로 본의 아니게 말발 대신 당신을 검거하기 위해 열심히 뛰어다닌 겁니다. 말하자면 누군가에게 사적으로 고용된 수사관 노릇을 해온 셈이죠. 녀석은 그 여자를 볼모 삼아 저한테 압박을 가해왔고, 그럴수록 나는 수사에 박차를 가해야 했습니다. 그 여자를 죽이고 말겠다는 위협이 현실적으로 다가오니 어떻게 해서라도 일단 당신부터 찾고 봐야겠다며 미친 듯 헤매고 다닐 수밖에 없었지요. 녀석의 노림수가 멋지게 적중한 셈입니다. 나는 그 노림수에 마냥 놀아난 겁니다. 당신을 찾아내는 일 때문에라도 나로서는 꽤나 고된 행보를 택하지 않을 수 없었습니다……"

"꽤나 고된 행보라니, 그게 무슨 말이지요?" 하프너가 카미유의 말허리를 자르고 그렇게 묻는다.

카미유는 하프너에게 고개를 돌린다. 이걸 어떻게 설명한다? 잠시 머릿속에 두서없이 떠오르는 생각을 정리해보려 한다. 뷔송, 이렌, 말발, 그냥 관두기로 한다.

"그러니까 그게," 카미유는 혼잣말하듯 다시 입을 연다. "내가 그 누구한테도 앙갚음을 하지 않으려고 발버둥 치느라 괴로웠다는 말이죠.."

"글쎄요, 그건 전혀 사실이 아닌 것 같은데요."

"예, 맞습니다. 말발한테 내가 해묵은 원한이 있는 건 부인 못할 사실이죠. 그건 말발도 마찬가지일 테고요. 뷔송이 일곱 차례나 살인을 저지르고 돌아다닐 동안, 녀석은 꼬박꼬박 경찰에 들어온 정보를 놈에게 가져다 바치면서 업무상 배임에 해당하는 중죄를 범했습니다. 경찰의 신분으로 구속당하는 치욕을 겪어야 했고 경찰에서도 쫓겨날 수밖에 없었지요. 그뿐 아니라 이렇게 불명예스런 일로 신문 1면 헤드라인을 장식하고 재판에 넘겨졌습니다. 그러고는 감옥에까지 굴러 떨어지고 말았지요. 복역한 기간이 그다지 길지는 않았던 것으로 알고 있긴 합니다만 경찰한테는 자기가 범인으로 갇혀 있다는 게 어떤 기분일지 혹시 상상해본 적 있습니까? 그러니 이번에는 자기도 나한테 똑같이 해주겠다며 이를 갈았겠지요. 말 그대로 일석이조. 나로 하여금 당신을 찾아내도록 하면서 동시에 나를 제거하겠다는 거니까."

"그야 당신이 자청한 셈이기도 하지."

"물론 어떤 면에서는…… 여기서 그동안 있었던 일을 다 늘어놓자면 아무래도 너무 복잡해질 것 같군요."

"나야 아무래도 상관없는 일이지."

"이번에는 틀렸습니다. 내가 당신을 찾아냈으니 곧 말발이 이리로 들이닥칠 겁니다. 설마 그 친구가 여기까지 와서 자기 몫만 챙겨 돌아가리라고는 믿지 않으시겠지요? 아마 모조리 다 내놓으라고 할 겁니다."

"이제 나한테는 더 남은 몫도 없는데 뭘."

카미유는 이해득실이 어떤지 한번 따져보는 시늉을 한다.

"그래요." 그가 말한다. "그런 식으로 밀고 나갈 수도 있겠지요. 어차피 손해 볼 것도 없으니까. 그런데 내 생각에는 라비츠도 그러지 않앓을까 싶네요. 이미 다 써버리고 수중에는 몇 푼밖에 남아 있지 않다면서 말이죠……(카미유는 함박웃음을 지어 보인다) 그러니 심사숙고해보는 게 좋을 거예요. 물론 그 돈을 당신이 더 이상 가족들을 보살펴줄 수 없을 때에 대비해서 챙겨두고 싶겠지만요. 문제는 말발이 당신이 챙겨둔 돈을 찾아낼지 못할지가 아니라 그 돈을 찾아내는 데 얼마나 시간이 오래 걸리느냐에 있을 겁니다. 또한 부가적으로는 그렇게 하는 데 어떤 수단을 동원하느냐 하는 것도 따라붙겠지요."

하프너는 창가로 고개를 돌린다. 혹시라도 지금 당장 말발이 손에 사냥칼을 움켜쥐고 그쪽에서 튀어나오지 않을까 두렵다는 듯이. 하지만 주변은 내내 적막하기만 하다.

"틀림없이 말발은 곧 당신을 찾아올 겁니다. 내가 그러려고 마음만 먹으면 간단한 일이죠. 녀석의 공범한테 이 집 주소를 전해주기만 하면 그만일 테니까. 그러고 나서 10분 후에는 말발이 길을 나설 테고 불과 한 시간 후면 이 집 대문을 모스버그로 부수고 쳐들어올 게 뻔하죠."

하프너는 느릿느릿 고개를 앞으로 기울인다.

"나는 이미 당신이 무슨 생각을 하는지 알고 있습니다." 카미유가 말한다. "그 친구가 와도 이 자리에서 제압해버릴 수도 있다는 거겠죠. 제가 일부러 당신한테 모욕감을 주려고 이렇게 말하는 건 아닌데요, 당신은 이미 전성기의 하프너가 아니에요. 말발은 당신보다 스무 살이나 더 젊습니다. 꾸준한 운동으로 몸이 꽤 단련되어 있는 데다 상당히 영악하기까지 합니다. 당신은 예전에도 한 번 그를 얕잡아 봤다 큰 코 다친 적이 있죠. 한몫 잡는 건 언제든 가능한 일입니다. 물론이죠. 하지만 당신한테는 그보다 더 큰 희망이 남아 있습니다. 그 희망을 저버리지 말도록 충고하고 싶군요. 말발은 당신한테 몹시 분개하고 있을 게 빤합니다. 그러다보니 아기 엄마의 이마에 총탄을 박아 넣는 것도 모자라서 당신 아기까지 죽이려 들 겁니다. 라비츠마냥 손가락, 발, 다리를 다 잘라내는 식으로 말이죠. 그러고 나서 땅을 치며 후회해봐야 이미 돌이킬 수도 없는 노릇일 테니……"

"그 따위 헛소리랑 그만 집어치우시오, 베르호벤! 나는 당신처럼 지껄이는 작자들을 이미 스무 명도 더 넘게 봤어!"

"그건 이미 지난 일이에요, 하프너. 미래는 언제나 자기를 뒤따라오는 법이죠. 설령 당신 딸내미를 금지옥엽으로 감싸 어디 안전한 곳에 은닉할 수 있다 한들, 아무 소용도 없을 거예요. 녀석한테 당신 여자와 딸내미를 찾아내는 일쯤이야 숨바꼭질 놀이만도 못할 겁니다. (침묵) 당신한테 주어진 단 하나의 기회는," 카미유가 결론 내듯 말한다. "바로 나예요."

"헛소리 집어치우고 그만 내 집에서 나가시오."

카미유는 느리게 고개를 끄덕여 보인다. 그러고는 자기 모자를 집어 든다. 그의 동작과 표정에서는 상반되고 역설적인 기미가 전해진다. 말로는 하프너를 위해주는 척 했지만 표정은 그와 전혀 다르다. 자, 나로서는 할 만큼 다 했으니 어디 한번 두고 봅시다. 그는 아쉽다는 듯 자리에서 일어난다. 하프너는 꿈쩍도 하지 않는다.

"자 그럼," 카미유가 말한다. "나는 이만 가보겠습니다. 부디 몸조심하기 바랍니다."

그러고는 통로 쪽으로 향한다.

그는 자기 전략이 먹히리라는 것을 의심하지 않는다. 언제쯤 효과가 나타나느냐만 문제일 뿐이다. 현관으로 내려가는 층계턱쯤에서? 계단 위에서? 앞뜰에서? 아마 철책까지는 가야 할 모양이다. 아무려나 상관없다. 하프너는 곧 그를 불러 세우지 않을 수 없을 테니까. 꺼져 있던

가로등에 불이 다시 들어와 그 일대를 환히 밝혀주고 있다. 철책 앞 길목과 앞뜰 모서리에 쏟아지는 가로등 불빛이 퍽 창백해 보인다.

카미유는 현관으로 내려서기 전 문간에서 걸음을 멈춰 세우고 적막한 길가를 한동안 내려다본다. 그러고는 뒤돌아서서 고개를 위층과 통하는 층계 쪽으로 치켜든다.

"그 꼬맹이 아가씨 이름이 뭡니까?"

"에브."

이름 참 예쁘다.

"예쁜 이름을 달고 세상에 태어났으니," 그가 발길을 돌리며 말한다. "부디 잘 자라나면 좋겠구먼요."

그러고는 바깥으로 향한다.

"베르호벤!"

카미유는 눈을 감는다.

그러고는 재빨리 발길을 다시 안으로 돌린다.

── 21시

안은 여전히 그 자리에 남아 있다. 지금 자기를 들쑤시는 게 용기인지 아니면 자포자기의 심정인지 가늠할 수가 없다. 마냥 그 자리만 지키고 있을 뿐이다. 이러든 저러든 결정해야 할 시간이 다가오고 있다는 게 의식되긴 하지만 모든 게 다 귀찮다는 피로감이 가슴을 짓누르고 있다. 시련의 가시밭길을 가로질러 전혀 다른 세계로 건너왔다는 기분도 든다. 그러니 이제 자기는 그 누구도 아니다. 그저 텅 빈 조개껍질과도 같다. 더 이상은 여기에 이러고 머물러 있을 수 없다.

20여 분 전 안 포레스티에의 유령으로 남은 그녀는 자신의 소지품들을 챙겼다. 그래봐야 챙겨갈 만한 것도 별로 없다. 재킷, 돈, 휴대폰, 전화번호부와 일정표 등을 담은 수첩 따위가 고작이다. 페어글라스 쪽으로 향하다 이내 돌아선다.

방금 전 몽포르에 도착한 택시 운전사가 전화를 받았다. 도무지 길을 찾을 수 없어 헤매고 있다는 말이었다. 그의 말투에서는 아시아 사람의 억양이 강하게 불거졌다. 운전사의 눈에 잘 뜨일 수 있도록 집에 불을 켜둬야 했다. 하지만 별 소용도 없었다. 롱주 거리 다음이라고 말씀하셨죠? 네, 거기서 우회전하셔야 돼요. 하지만 그녀는 운전사가 어느 쪽 방향으로 오는지조차 모르고 있다. 아무래도 집 앞으로 나가봐야겠다. 일단 교회 앞으로 오신 다음 잠깐 거기 계세요. 제가 그쪽으로 가볼게요. 운전사는 그러겠다고 한다. 아무래도 그러는 게 가장 좋은 해결책 같다. GPS가 불통이라며 죄송하다는 말도 덧붙인다. 안은 전화를 끊는다. 그러고는 원래 있던 자리로 돌아온다.

몇 분 후에는 운전사와의 약속을 지키러 나가봐야 한다. 5분 안에 전화가 오면…… 만약 전화가 안 오면……

어둠 속에서 검지를 들어 올려 뺨과 잇몸에 난 상처를 더듬어보려다 우연히 화첩이 손에 짚인다. 이 화첩에 담긴 자기 모습은 사소한 동작 하나도 같은 구도로 그려진 게 전혀 없다. 같은 동작을 백 번쯤 한다 해도 다 다른 그림으로 옮겨질 수 있을 것이다.

몇 분이 지난다. 택시 운전사가 전화를 한다. 조바심을 내는 목소리다. 자기가 기다려야 할지 그냥 갈지 모르겠다며 투덜거린다.

"잠깐만 기다려주세요." 그녀가 말한다. "나갈게요."

운전사는 지금 미터기가 돌아가는 중이라고 말한다.

"몇 분만 기다려주세요. 한 10분만……"

10분. 그러고 나서는 카미유에게 전화가 걸려오든 아니든 자기는 무조건 여기를 떠난다. 무엇 때문에? 아무 이유 없이 그냥.

그러고 나면 이제 어떻게 될까?

바로 그 순간 그녀의 휴대폰이 울린다.

카미유다.

기다리는 거야말로 정말 고역이다. 이불을 걷어찬 후 육포 쪼가리에 보모어 마리너 위스키 한 병을 통째로 들이켰지만 그래봐야 눈을 붙이기는 틀린 것 같다.

칸막이 벽 저쪽으로 레스토랑 홀에서 나는 소리가 들려온다. 페르낭은 착실하게 내 금고를 채워주고 있다. 여기에 만족할 법도 하지만 정작 내가 원하고 기대하는 건 이런 게 아니다. 그 때문에 참 심신이 고달프다……

시간이 흐를수록 내게는 그만큼 여건이 불리해진다. 지금 가장 큰 걱정거리는 하프너가 그 갈보 년하고 바하마 같은 데로 날랐으면 어쩌느냐는 거다. 모두 그가 중병에 걸렸다고 입을 모은다. 그러니 하프너 입장에서는 햇살 좋은 동네에 가서 요양하고 싶어졌을 수도 있는 일이다. 그것도 내 돈 가지고! 지금도 아마 수하들에게 나눠줘야 할 봉급을 자기 건강관리에 쓰는 중이겠지. 이런 생각만 하면 정말이지 꼭지가 돌 지경이다.

그게 아니라 혹시 어디다 토굴 같은 것을 파놓고 거기 숨어 있다면 어디 있는지 당장 알아내서 경찰이 손쓰기 전에 달려가야겠지. 그러고 나서는 중장비라도 동원해서 끄집어낸 다음 무슨 수를 써서라도 그 늙은이로 하여금 입을 열도록 해야겠지.

아무래도 마음이 차분히 가라앉도록 위스키나 더 홀짝거려야겠다. 그러면서 그 여자의 머리끄덩이를 휘어잡고 뒤흔드는 상상이나 해야겠다. 카미유 베르호벤의 불알을 움켜잡고 괴롭히는 상상도 괜찮겠다. 아니면 하프너를 십자가에 못 박아 죽인다든가……
일단 기분을 좀 가라앉히자.

차로 돌아온 카미유는 한동안 운전대만 잡고 멍하니 앉아 있다. 이제야 비로소 사태가 명확해지니 이런 기분이 드는 걸까? 종착점에 다다랐다 싶으니까? 뱀 가죽에 손이 닿았을 때처럼 온몸이 오싹거린다. 그래도 뭐든 할 각오가 되어 있다. 이 게임에 종막을 고하기 위한 세팅은 완료되었다. 근심은 오직 하나, 이 정도면 그 강도가 충분할까? 이다.
가게 문설주에 나와 있던 그 아랍 상인이 점잖게 미소 지으며 그를 바라본다. 그러고는 다시 입에 물고 있는 이쑤시개를 잘근잘근 씹는다. 안과의 추억을 떠올려보려 하지만 지금은 딱히 떠오르는 게 없다. 그 문제에 관한 한 필름이 끊긴 것 같다. 이것도 다 그가 각오하고 있는 마지막 시험과정의 여파 때문일 것이다.
거짓말을 할 줄 몰라서가 아니다. 그런 문제와 상관없이 사람은 누구나 어떤 사태의 종말에 다다르면 자기도 모르게 멈칫거릴 수밖에 없다. 단지 그뿐이다.
안은 말발의 손아귀에서 벗어나려 몸부림쳐온 것 같다. 바로 그 때문에 카미유의 수사 과정을 염탐해서 보고하기로 말발과 약속한 것이리라.
그리하여 궁극적으로는 하프너가 어디에 숨어 있는지 파악해서 알려주기로 했을 것이다.

오로지 카미유만이 그 덫에서 벗어날 수 있도록 그녀를 도와줄 수 있다. 하지만 그것으로 그들의 관계는 종막을 고하고 말 게 틀림없다. 그는 이미 그런 식의 종막을 몇 차례나 경험한 적이 있다. 그러니 어찌해야 할지 마지막으로 망설이는 동안 카미유에게는 심한 피로가 몰려온다.

그대로 밀고 나가자. 그가 속으로 그렇게 웅얼거린다. 잠시 호흡을 가다듬은 후 휴대폰으로 안에게 전화한다. 이내 연결음이 뚝 끊기면서 그녀의 목소리가 튀어나온다.

"카미유?"

잠시 침묵. 이윽고 말문을 연다.

"하프너의 소재지를 알아냈어. 이제는 정말 안심해도 돼."

바로 이거다. 모든 게 끝난 거다.

자기가 얼마나 상황을 냉철하게 직시하고 있는지 보여주려는 듯 그는 일부러 차분한 목소리로 말한다.

"그게 정말이에요? 확실한가요?" 그녀가 묻는다.

"그렇고말고. (그의 귀에 바람 부는 소리가 들린다) 지금 어디야?"

"테라스에 나와 있어요."

"절대 집 바깥으로 한 발짝도 나가지 말라고 말했잖아!"

하지만 안은 그 말을 못 알아들은 것 같다. 목소리가 살짝 떨리면서 다급해진다.

"당신이 그 사람을 체포한 거예요?"

"그런 건 아니야, 안. 아직 거기까지 가지는 못했어. 단지 그가 어디 사는지만 알아냈을 뿐이야. 당신한테 바로 알려주고 싶었거든. 당신도 나한테 그래 달라고 몇 번이나 신신당부했잖아. 지금은 전화통화를 길게 못할 것 같아. 중요한 건, 당신이……"

"카미유, 그 사람 사는 데가 어디예요? 어디인지 나한테 말해줘요."

카미유는 멈칫거린다. 하지만 이렇게 멈칫거리는 것도 아마 이번이 마지막일 것이다.

"어떤 은신처 한 군데에서 찾아냈는데……"

그때 그녀 주위에서 숲가가 스산한 밤바람에 휩쓸려 크게 들썩거린다. 바람이 나무들의 우듬지 사이로 휘몰아친다. 그 바람에 테라스를 밝히고 있는 불빛조차 가물거리는 것처럼 여겨질 정도이다. 하지만 그녀는 미동도 하지 않는다. 카미유가 자기 질문에 똑바로 답하도록 캐물어야 한다. 거기에 마지막으로 남은 총력을 다 쏟아부어야 한다. 가령 이렇게 말해야 한다. 그가 어디 있는지 당장 알고 싶어요. 이거야말로 언젠가 때가 되면 카미유에게 하려고 마음속에 준비해둔 말이다. 혹은 이렇게 말할 수도 있다. 당신 내가 지금 무서워하는 거 알죠? 그가 걱정하도록 목소리를 날카롭게 높여야 한다. 그러고는 계속 다그쳐야 한다. 이렇게. 그 은신처라는 데가 어디예요? 거기가 도대체 어디냐고요! 이것으로도 충분치 않다면 공격적으로 나갈 수밖에 없다. 그 사람을 찾아냈다고…… 어떻게 확신할 수가 있죠? 지금 나한테 아무 말도 못하고 있잖아요! 혹은 부드러운 공감 전법을 택할 수도 있다. 당신한테 그런 말을 들으니 오히려 더 걱정되네요, 카미유. 그러니 거기가 어디인지 알아야 할 것 같아요. 내 말 무슨 뜻인지 이해하겠죠, 그죠? 아니면 사실을 환기시킬 것. 그 작자는 나를 죽도록 두들겨 패고도 모자라 심지어 진짜로 죽이려고까지 들었어요. 그러니 어디 사는지 내가 알아야겠어요! 등등.

하지만 일부러 침묵을 지키려는 게 아닌데도 그녀로서는 어떻게 말해야 할지 입을 다물고 있을 수밖에 없다.

지금 이 순간 그녀의 머릿속에는 사흘 전에 있었던 일들이 뒤죽박

죽으로 뒤엉키고 있다. 피바가지를 뒤집어 쓴 몰골로 길가에 서 있다. 옆에 세워져 있던 차체에 매달린 두 손. 복면을 쓴 강도 일당이 달려온다. 사내 하나가 소총을 꺼내 그녀에게 겨눈다. 다시 총구와 마주하자 그녀는 아무것도 할 수가 없다. 온몸에 기력이 다 빠져나가서 죽을 준비만 할 수 있을 뿐이다. 손끝을 오므릴 힘도 없다. 지금도 내내 마찬가지다. 그녀는 차마 입을 열 수가 없다.

카미유는 그녀에게 한 번 더 기회를 줘보기로 한다.

"여기가 어디냐면 말이야," 그가 말한다. "가니 근방의 교외 지역이야. 정확한 주소는 에스퀴디에 가 15번지. 동네는 한산한 주택가야. 그 자가 언제부터 여기 살았는지는 아직 파악하지 못했어. 이 주소도 방금 전 알아낸 거거든. 그가 지금 쓰고 있는 가명은 에릭 부르주아야. 지금까지 내가 파악한 건 이게 다야."

마지막 침묵.

카미유는 그녀가 어쩌면 두 번 다시 입을 열지 않기로 한 게 아닐까 문득 조바심이 난다. 하지만 다행히도 그렇지는 않다.

"이제 어떻게 될까요?" 그녀가 그렇게 묻는다.

"곧 경찰 병력이 그의 자택을 포위하게 될 거야. 그러려고 지금 이쪽 지형을 살피는 중이거든. 우선은 그가 지금 자택에 머물고 있는지, 있다면 누구와 함께 있는지, 그 수가 많은지를 알아내는 게 급선무지. 파리 교외지역을 알라모 요새처럼 바꿀 수는 없겠지만 곧 지원 병력들이 이쪽으로 투입될 거야. 그러고 나서는 때가 왔다 싶을 때까지 대기해야지. 마침내 하프너가 어디 있는지 찾아낸 거야. 이제 남은 문제는 그자를 해치지 않고 무사히 생포하는 일뿐이지(그는 애써 웃음을 지으려 한다). 어때, 기분이 좀 나아지는 것 같지 않아?"

"그러네요." 그녀가 말한다.

"이제 가봐야 할 것 같네. 조금 이따 보자고. 알겠지?"

침묵.

"그래요. 조금 이따 봐요."

21시 45분

도저히 믿지 못하겠다. 그렇다 해도 하프너의 소재가 밝혀졌다는 사실이 달라지지는 않는다!

그동안 '부르주아'라는 가명으로 숨어 살았으니 그를 찾아내는 게 불가능하리라고 본 것도 무리가 아니다. 그가 악명을 떨치던 최전성기부터 그를 알고 있는 사람이라면 이 따위 황당한 가명으로 그가 숨어 살아왔다는 사실에서 씁쓸한 기분이 들 수도 있겠다.

하지만 베르호벤은 부르주아가 하프너라는 것을 믿어 의심치 않는 모양이다. 그러니 나로서도 일단 믿어볼 수밖에.

하프너의 와병설이 전혀 사실무근만은 아니었나 보다. 그러거나 말거나 나로서는 병 때문에 치료 받고 약을 타 먹는 데 그 돈이 다 쓰이지 않았기만을 바랄 따름이다. 그리고 그동안 들여온 내 노고에 충분히 값할 만한 액수가 그에게 남아 있기만을 기대할 따름이다. 그렇지 않으면 그에게 떼먹힌 돈을 포함해서 모든 게 다 물거품으로 돌아가고 말 테니까. 아니야, 설마 하니 그럴 일은 없겠지. 논리적으로 따져 봐도 그가 그 많은 돈을 다 써 없앴을 리 없다. 아무렴, 어디다 저축을 해놓고 필요한 경우에 찾아 쓰려고 하는 게 정상이지.

그래서 이렇게 부랴부랴 차를 몰고 단숨에 파리 교외지역까지 달려 온 게 아닌가.

허름한 단독 빌라…… 빈센트 하프너가 이런 데 숨어 있을 줄이야 누군들 상상이나 할 수 있었을까. 은신처가 의표를 찌른다. 그런데 한편으로 하프너가 은닉처로 이런 교외지역의 한적한 주택가를 고른 것은 늦둥이 때문 아니었을까 싶다는 생각도 드는군. 그렇지 않고서야 이런 데로 하필 기어 들어올 리가 없을 것 같단 말씀이야. 딸내미라고 하던데 늘그막에 본 늦둥이라 애착이 강하기도 할 거야. 그러니 이런 데 숨어 살면서 이름도 부르주아로 바꿔 이웃집 사람들에게도 평범하고 안온한 노인 행세를 하려 든 걸 테고.

　이게 사실이라면 누구에게라도 그의 인생행로가 참 변화무쌍하고 흥미롭다는 감회를 자아내지 않을 수 없을 거다. 생애의 절반까지는 자기 주변사람들을 악랄하게 약탈하더니 이제는 어느새 빵 반죽만큼이나 유순한 노인네로 변신해서 그들과 사랑을 나누며 사는 시늉이라니.

　그러니까 나한테는 유리한 고지가 하나 생긴 셈이다. 이 딸내미만 잘 활용하면 내가 원하는 걸 뭐든 다 얻어낼 수 있을 테니까. 만약 누군가의 두 손을 자르겠다고 협박하면 자기의 전 재산을 바치겠다고 할 거야. 만약 눈알을 도려내겠다고 하면 일가족의 전 재산을 헌납하겠다고 하겠지. 이런 식으로 점점 더 강도를 높여가는 거지. 그렇다면 딸내미는 어떨까. 아마 백지수표나 마찬가지일 거야. 아무리 순도 100퍼센트 금궤라 한들 아가의 손가락 하나에도 비기지 못할 걸.

　세상에 그 어떤 아비도 금지옥엽보다 귀한 딸내미를 그 무엇과 맞바꿀 수는 없을 거야. 그러니 요 늦둥이가 내 수중에 떨어지기만 하면 절대적인 무기가 되는 셈이지. 감히 상상할 수도 없을 정도로.

　우선은 동네를 한 바퀴 돌면서 에스퀴디에 가에 대해 탐색을 좀 해두기로 한다. 경찰은 한참 지나서 아마 이슥한 시각이나 되어야 도착하겠지.

하지만 아직 어떻게 될지는 확실치 않다. 갑자기 그들이 몰려와서 동네를 한바탕 뒤집어놓을 수도 있으니까. 길목에 바리케이드만 설치하면 되니 이 동네를 통행제한 구역으로 봉쇄하는 것은 그다지 어려워 보이지 않는데 경찰 병력으로 주택가를 둘러싸자면 조금 골치 아플 수도 있겠다 싶네. 우선은 하프너가 자택에 머물고 있는지―그게 최소한의 필요조건이지―있다면 혼자 있는지부터 확인해야 할 거다. 그런데 그게 생각보다 간단치 않은 문제일 수도 있다. 경찰 병력을 주둔시킬 만한 공터도 별로 없어 보이고, 이 동네에는 차량 통행도 뜸하다보니 차들이 들이닥쳐 소란을 일으키면 작계 상황이 곤란해질 수도 있겠다. 하프너의 집을 감시하고자 정찰병도 두어 명쯤 골목에 배치해야겠지. 그러다보면 반나절이 지나도 체포 작전에 돌입하기가 여의치 않을 것 같다. 확실히 그래 보인다.

지금쯤 경찰의 연락을 받은 헌병 특경대 같은 데서는 탁상공론에 빠져 있을지도 모른다. 관할 구역 지도 같은 것을 펼쳐놓고 이동 경로 구상에 열중하면서 말이지. 그들로서는 아무것도 다급할 게 없어 보일 테니까. 그러니 빠르면 자정쯤, 늦으면 내일 아침이나 되어야 슬슬 움직이려 들 게 뻔하다. 그리고 나서도 일단 감시에 주력하겠다면서 또 늑장을 부려대겠지…… 이러다보면 하루, 이틀, 사흘이 지날 수도 있다. 나야 감사할 따름이지. 그러고 있는 동안 그들의 먹잇감을 내가 가로채고 말 테니까.

에스퀴디에 가에서 200미터가량 떨어진 지점에 차를 세워둔다. 그러고는 배낭을 둘러메고 동네를 어슬렁거려본다. 주택가의 철책 너머로 마당에 나와 있는 개들이 보인다. 가지고 있던 곤봉으로 위협하는 시늉을 해 보이자 나를 보고 으르렁거리려던 개들이 흠칫해서 달아난다. 집주인들은 TV를 보는 것 같다. 두 집 사이를 가르고 있는 철책 너머로 300미터쯤 떨어진 거리. 그쯤에 15번지가 있다. 내 방향에서 보이는 것은 그 집 뒤란이다.

위층의 방 하나만 밝혀져 있다. 푸르스름한 불빛이 새어 나오고 있는 것으로 보아 TV를 켜둔 모양이다. 다른 방들에는 모두 불이 꺼져 있다. 그렇다면 집 안 동정에 대해 세 가지 경우로 추론해볼 수 있겠다.

첫째, 하프너가 위층에서 TV를 보고 있다. 둘째, 외출했다. 셋째, 그는 자고 있고 딸내미나 아기 엄마만 TV 앞에 앉아 있다.

외출했다면, 돌아오는 길목에서 그를 영접해야 할 일이다.

자고 있다면, 인간 자명종이 되어 이제 일어나야 할 시간이라고 알려줘야 할 일이다.

지금 TV 앞에 앉아 있다면, 멀거니 광고 방송이나 들여다보고 있을 필요가 없을 거다. 그보다 훨씬 훌륭한 여흥거리를 내가 제공해줄 수 있을 테니.

일단 쌍안경으로 관측해보자. 그러고 나서 서서히 다가간다. 깜짝 선물의 효과를 극대화하자면 사전 준비가 철저해야 한다. 덮치기 직전의 이 순간을 실컷 즐기기로 하자.

정원은 어떤 일에 관하여 숙고하기 딱 좋은 장소이다. 지금은 상황을 침착하게 정리해봐야 할 때이다. 내가 기대했던 것보다 훨씬 더 모든 게 최적의 조건이다 싶을 때 오히려 나는 스스로를 억누르려 애쓰곤 하는 편이다. 아무래도 천성적으로 혈기가 왕성하다보니 좋다고 달려들다가는 자칫 다 된 밥에 코 빠뜨리기 십상이니까. 여기 처음 도착해서도 나는 하마터면 허공에 대고 공갈포를 한 방 날린 후 악에 받친 사람처럼 고래고래 괴성을 질러대면서 하프너의 집으로 달려들 뻔했다. 하지만 여기 와 있기까지 내가 얼마나 많은 공력을 들여왔는지 새삼 떠올리면서 경거망동을 삼가고 자중하기로 했다. 그러고 나서 한 시간 후쯤 쥐도 새도 모르게 내 소지품들을 조심스럽게 챙겨들고는 이리저리 집을 둘러보기 시작했다. 경보시스템 같은 건 없는 게 확실하다. 아마도 하프너는 자기가 평생 꾸려온 악당의 소굴을 평화의 보금자리로 바꾸느라 그런 데 무심해졌던가 보다. 생각할수록 교활한 작자다. 천하의 악당이 부르주아라는 이름으로 바꿔 목가적인 풍경 속에 파묻혀 지내고 있었다니 말이다.

다시 있던 자리로 돌아온다. 그러고는 파카 앞섶을 여민 후 계속 쌍안경으로 동정을 살핀다.

22시 30분경 위층 창가에서 TV 불빛이 사라진다. 대신 다른 쪽 창가에 불이 들어온다. 이 창문은 다른 데보다 약간 좁아 보인다. 욕실인가 보다. 나로서는 이만큼 여건이 최상일 거라고는 감히 상상할 수도 없었다. 혹시 주변에 사람들이 많이 지나다니지나 않을까 하는 게 내 유일한 걱정거리였는데 그렇지도 않다. 때가 왔다. 나는 자리에서 일어나 행동에 돌입하기로 한다.

이 집은 지은 지 삼십 년쯤 지난 단독 빌라이다. 부엌이 1층 뒤쪽으로 나 있다. 정원으로 통하는 석조계단을 밟아 올라가면 곧장 현관문과 마주하게 된다. 나는 사뿐사뿐한 발걸음으로 석조계단을 밟아 올라간다. 잠금장치가 너무 낡아서 깡통따개 같은 것으로도 열 수 있을 정도이다.

거기서부터는 이제 모든 게 예측불허이다.

일단 내 배낭을 문가에 내려놓는다. 그러고는 소음기 달린 발터를 꺼낸다. 가죽케이스에 사냥칼도 챙겨 넣는다.

격하게 쿵쾅거리는 심장 박동소리가 밤의 정적 속에서 유난히 도드라진다. 혹시라도 집 안으로 새어 들어가지 않을까 걱정스러워질 지경이다. 우선은 심장 박동을 가라앉혀야겠다. 그러지 않으면 내 귀에 아무 소리도 들리지 않겠다 싶으니.

　모퉁이 뒤에 숨어 오래도록 숨결을 가다듬는다.

　이제 아무 소리도 안 들린다.

　슬며시 타일 바닥 위로 발을 들여놓는다. 일부 타일의 깨진 틈새에서 소음이 나지 않도록 극도로 조심스럽게. 그런 식으로 부엌 출입구를 통하여 집 안에 잠입하는 데 성공. 내 오른쪽으로 위층과 연결된 층계가 보인다. 내 맞은편에는 현관문이 있다. 그리고 내 왼쪽으로는 아마도 거실이나 식사하는 곳과 이어져 있을 통로가 나온다. 공간을 넓히려고 원래 그 자리에 있던 이중문을 헐어낸 모양이다.

　지금 이 집 식구들은 모두 위층에 있는 것 같다. 벽에 몸을 바짝 밀착시킨 자세로 거실을 지나 층계에 다다를 참이다. 두 손으로 발터를 감싸 쥔다. 아직까지 총구는 아래로 향해 있다……

　아 이런, 순간적으로 너무 당황한 나머지 나는 그만 그 자리에 얼어붙고 말았다. 내가 층계 앞으로 다가서려는 순간 어둠에 휩싸여 있는 거실의 한쪽 모퉁이에서 돌연 하프너가 모습을 드러내는 게 아닌가! 나와 정면으로 마주하고 있는 지점의 안락의자에서 말이다. 바깥에서 새어 들어오는 가로등 불빛에 잠겨.

　그가 이렇게 나타나다니 그 자리에서 졸도하지 않은 게 그나마 천만다행이다.

　눈썹까지 깊이 눌러쓴 양모 벙거지 밑으로 부리부리한 눈길이 나를 쏘아보고 있다는 게 느껴진다……

　안락의자에 앉아 있는 하프너의 모습은 흔들의자 위의 마 베이커*가 연상될 정도로 감히 범접하지 못할 위엄을 풍긴다. 맹세코 진짜다.

---

*Ma Baker. 1930년대의 전설적인 무법자.

그는 내 쪽으로 모스버그를 겨누고 있다.

내가 나타나자마자 쏠 셈이었나 보다.

돌연 총성이 울려 퍼진다. 이 정도 거리라면 누구라도 쏘아 맞출 수 있을 듯한 사정권이다. 나는 재빨리 층계 밑으로 몸을 날렸다. 하지만 총탄을 완전히 피할 수 있을 만큼 날렵하지는 못했는지 다리에 한 방을 맞고 말았다.

이런 망할, 하프너는 나를 기다리고 있었던 거다. 다행히 목숨은 건졌지만 한 방 맞았다. 이제부터는 무릎으로 질질 기어 다녀야 할 판이다. 아무래도 장딴지가 마비된 것 같다.

사태가 급박하게 돌아가다 보니 이게 어찌된 영문인지 도무지 정신을 차리지 못할 지경이다. 그래도 본능적인 감각으로 이 상황에 대처한다. 나는 누구도 이 와중에 그러리라고 예상하지 못할 임기응변을 발휘할 수 있다. 비록 돌발적인 하프너의 출현과 공격에 혼비백산한 데다 총상까지 입었지만 이대로 당할 수만은 없다.

결과가 어떻게 될지 가늠해볼 여유도 없이 나는 일단 돌아서서 문틈으로 몸을 날린다. 하프너의 얼굴이 당혹스러워하는 게 보인다. 그는 내가 이런 식으로 대응해오리라고는 미처 예상하지 못한 눈치다. 내가 혼비백산해서 그대로 달아나기는커녕 오히려 자기에게 달려들리라고는.

그리하여 나는 무릎을 꿇은 자세로 그와 마주하게 된다. 팔을 앞으로 내밀고.

물론 내 손에는 발터가 들려 있다.

발터에서 발사된 첫 발이 그의 목울대를 관통한다. 두 번째 발사된 총탄은 그의 이마 한 복판을 꿰뚫는다. 그가 몸을 축 늘어뜨릴 사이도 없이 나는 가슴에 다섯 발을 연달아 발사한다. 마치 기침 발작에 몸서리치듯 그의 몸이 격하게 움찔거린다.

그제야 나는 다리에 입은 총상이 생각보다 꽤 심각하며, 하프너는 죽었고, 그것으로 그동안 들여온 내 모든 공력이 수포로 돌아가고 말았다는 것을 여실히 깨달았다. 다시 정상적으로 작동하기 시작한 내 뇌는 그밖에 중요한 정보를 내게 차근차근 일러준다. 너는 무릎으로 기어 통로를 빠져나가야 한다. 하지만 권총 탄창에는 이제 총알이 남아 있지 않다. 그러니 스스로를 인질 삼는 척 네 목덜미에 총구 겨누는 시늉이라도 하렴.

발작적으로 몸이 얼어붙는다. 잠시 후 나는 천천히 발터를 바닥에 내려놓는다. 그러고는 한 손으로 단단히 움켜잡고 총구 안을 가볍게 쑤신다. 이런 행동으로 내가 보여주려는 것은 명확하다. 무장을 해제하겠다는 것이다. 나는 발터를 저쪽으로 멀찍이 밀쳐놓는다. 2미터쯤 밀려가다 멈춘다.

나는 미리 파둔 함정에 완전히 걸려들고 말았다. 투항하겠다는 뜻으로 나는 두 팔을 들어올린다. 그 자세로 천천히 뒤돌아선다. 고개는 숙이고 돌발적인 행동은 단념하기로 한다.

이제 누가 나를 죽이러 올지 짐작하기까지는 시간이 그리 오래 걸리지 않는다. 내 앞으로 다가오고 있는 누군가의 구두를 보니 내 짐작이 틀림없었다는 게 확인된다. 성인 남자가 신기에는 아주 작은 모델이기 때문이다. 난쟁이나 신을 법한 구두다. 이 와중에도 미친 듯 돌파구를 찾아 헤매고 있는 내 뇌리에 문득 이런 의문이 떠오른다. 도대체 어떻게 그는 나보다 먼저 여기 도착할 수 있었을까?

하지만 이런 궁금증을 해소하려는 노력은 부질없다. 답을 얻기도 전에 다짜고짜 날아든 총탄 한 방이 내 머리를 관통할 게 틀림없으니까. 아니나 다를까, 그의 총구가 내 정수리에서 미끄러져 내려와 이마 한

복판을 겨눈다. 방금 전 하프너도 여기에 쏜 내 두 번째 총탄을 맞고 절명했다. 나는 고개를 쳐든다.

"오랜만이네, 말발 군." 베르호벤이 그렇게 말한다.

그는 코트 주머니에 한 손을 찔러 넣고 있다. 머리에 모자를 쓰고 있어서인지 금세라도 발길을 돌려 떠날 듯한 모습이다.

권총을 움켜쥐고 있는 한쪽 손에 장갑이 끼여 있다는 게 나로서는 어쩐지 불길한 징조로 여겨진다. 죽음의 불안감이 엄습한다. 내가 아무리 재빨리 움직인다 한들 그가 방아쇠만 당기면 나는 그대로 끝장이다. 게다가 나는 지금 무릎으로 기어 다닐 수밖에 없는 처지다. 피도 엄청 많이 흘렸다. 아무리 어떻게 해보려고 해도 다리가 제대로 말을 듣지 않을 게 뻔하다.

베르호벤은 그 사실을 아주 잘 알고 있을 거다.

그는 신중하게 한 발짝 뒤로 물러난다. 그의 손에 들려 있는 총구는 여전히 나를 곧게 겨냥하고 있다. 그에게서는 두려워하는 기색을 엿볼 수 없다. 상당히 결연해 보인다. 굳게 앙다문 턱선에서 이 상황에 대응하는 그의 마음가짐이 냉철하고 의연하다는 게 드러난다.

나는 무릎을 꿇고 있고 그는 서 있다. 동일한 눈높이는 아니지만 그렇다고 해서 그다지 많이 차이 나지도 않는다. 그나마 덜 굴욕적이다. 어쩌면 이게 내가 마지막으로 누릴 수 있는 행운일지도 모르겠다. 그는 손을 뻗으면 닿을 만한 거리에 있다. 몇 센티미터만 내가 더 확보할 수 있다면, 몇 분만……

"자네의 두뇌 회전이 꽤 빠르다는 거야 나도 익히 알고 있으니까……"

'자네'라…… 베르호벤은 언제나 나를 이렇게 불러왔지. 보호자나 가부장적인 태도로. 이 양반의 왜소한 체구에 견줘보면 상당히 우스꽝스런 태도로 보일 수밖에. 하지만 이제 그도 끝이다. 그의 처지를 잘 알고 있는 내가 볼 때 그는 지금 안녕하지 못한 처지이다.

"그래, 결국 머리가 너무 빨리 돌아가다 보니……" 그가 다시 입을 연다. "대개의 경우 그랬지. 오늘 밤만 해도 간발의 차로 늦었으니까. 목표지점을 눈앞에 두고 있었으니 분통 터질 노릇이겠지(그는 나에게서 한시도 눈을 떼지 않고 계속 말한다). 돈다발이 가득 든 가방을 찾으러 왔다면, 그건 이제 여기 없다는 사실이 그나마 자네한테 위안이 될지 모르겠군. 한 시간 전쯤 하프너의 부인이 그 가방을 챙겨들고 떠났거든. 내가 직접 택시를 불러줬지. 자네도 익히 알다시피, 나는 여성들한테 최대한 호의를 베풀고자 하는 사람이니까. 여성들이 돈 가방을 들고 있다든가 레스토랑 같은 데서 거친 시비에 휘말려 있다든가 하면, 도와주지 않고는 그냥 못 넘어가는 성격이잖나, 내가."

그는 한 치의 실수도 저지르지 않겠지. 권총에는 탄알이 가득 장전되어 있을 거다. 그리고 그 권총도 아마도 경찰에서 지급된 게 아닐 거다……

"그래." 마치 내 속생각을 읽고 있다는 듯이 그가 말한다. "이 총은 하프너 거야. 상상도 못했겠지만 위층에는 무기고가 있거든. 이걸 쓰라고 나한테 권해주더군. 이거든 저거든 이런 상황에서라면 나야 마다할 이유가 없지……"

그의 시선은 여전히 나를 똑바로 향하고 있다. 마치 최면을 유도하기라도 하겠다는 것처럼 집요한 시선이다. 그의 휘하에서 근무할 때부터 나는 면도날처럼 예리하고 단호한 이 시선의 위력을 잘 알고 있었다.

"도대체 어떻게 내가 여기 와 있는지 궁금하겠지만 그보다는 자네가 어떤 수단 방법으로 이 곤경에서 탈출할 수 있을지가 지금 최고의 관심사겠지. 지금 내가 얼마나 분하고 씁쓸한지 충분히 짐작할 테니까."

바위더미처럼 굳고 강건해 보이는 그의 태도와 마주하고 보니 아무래도 여기서 빠져나가는 일은 둘째 문제겠다 싶다.

"참 실망스럽군." 베르호벤이 계속한다. "정말 실망스럽고 자존심 상하는 일이야. 이건 나 같은 사람한테 최악의 경험이야. 누군가에 대한 분노가 치밀어 오를 때는 다스릴 수 기라도 하지. 다 상대적인 문제라고 스스로를 다독여가면서 말이야. 하지만 멋도 모르고 혼자서만 누군가를 사랑한 건 어떻게 돌이킬 수도 없을 정도로 끔찍한 상처야. 더 이상 잃어버릴 것도 없고 기대할 것도 없는 남자한테는 더욱 그렇겠지. 가령, 나 같은 남자. 속아서 혼자 한 사랑의 상처를 달랠 수만 있다면 그런 사람은 무슨 일이든 다 할 수 있을 거다."

할 말이 없다. 그저 목구멍만 벌렁거릴 뿐이다.

"자네," 그가 말한다. "자네 같으면 아마 어떻게든 돌파해나가겠지. 그런 느낌이 드네(그가 미소 짓는다). 자네가 한 짓을 나도 아마 누군가한테 똑같이 하게 될지 모르지. 아예 절연하든가 아니면 배신하든가, 그게 우리의 천성일 수도 있으니까. 그러고 보면 우린 참 서로 가까이 있는 것 같네. 닮은 구석도 많고 말이야. 그러니 이런 일도 생긴 거겠지."

엉뚱한 이야기를 늘어놓는 것 같긴 해도 그렇다고 해서 자기 기분에만 빠져 있는 것처럼 보이지는 않는다.

나는 슬며시 근육을 긴장시킨다.

그러자 그가 주머니에서 왼손을 꺼낸다.

내 속셈을 빤히 들여다보고 있는 것 같다.

두 손으로 권총을 감싸 쥐더니 정확히 내 눈가에 총구를 겨눈다. 어쩐지 그는 내가 돌발적인 행동으로 자기를 놀라게 해주었으면 하고 기대하는 것 같다. 내가 달려들든지 아니면 허겁지겁 달아나려 들든지.

"쯧쯧쯧……."

그러더니 한 손을 총에서 떼어낸 후 귓가에 가져다댄다.

"잘 들어보라고……"

그 말에, 귀 기울여본다. 사이렌 소리다. 그 소리는 급속히 가까워진다. 베르호벤은 미소 짓지 않는다. 자기가 이겼다는 기분에 도취된 것 같지도 않다. 그의 얼굴에는 그저 서글퍼 하는 기색만 아른거릴 뿐이다.

내가 지금처럼 나쁜 상황에 처해 있지만 않았어도 어쩌면 나는 그를 몹시 측은히 여겼을 것 같다.

내가 베르호벤, 이 사람을 늘 좋아하고 따랐다는 것만큼은 부정할 수 없는 사실이니까. 나도 그 사실을 똑똑히 의식하고 있었으니까.

"살인혐의로 체포될 거다." 그가 말한다(목소리가 너무 낮아서 잔뜩 집중해야 겨우 들릴까 말까할 정도이다). "강도, 지난 1월의 살인 공모…… 여기에 라비츠를 고문하고 살해했을 뿐 아니라 그 여자 친구까지 사살한 죄목이 추가되겠지. 상당한 기간 동안 감방에서 썩게 되겠군. 지금 이런 말을 하는 내 심정이 몹시 괴롭다는 거, 자네 아나?"

그의 말에서 진심이 전해진다.

이 집을 향해 달려오고 있는 사이렌 소리에 가속이 붙는다. 최소한 다섯 대, 어쩌면 그보다 더 많은 경찰차가 동원된 것 같다. 경광등 불빛이 창가를 훑고 지나가며 네온사인처럼 실내에서 번쩍거린다. 파랗고 빨간 그 불빛이 거실 한 귀퉁이의 안락의자에 숨겨 있는 하프너의 얼굴을 차례대로 번갈아가며 알록달록하게 물들이고 있다.

급히 몰려오는 발자국 소리. 현관문을 작살내나 보다. 그쪽으로 고개를 돌려본다.

가장 먼저 달려 들어온 사람은, 한때 내 친구였던 루이이다. 언제나 그렇듯이 성체 배령자처럼 말쑥하게 차려 입고 머리도 단정하게 빗어

넘긴 모습이다.

"오랜만이야, 루이……"

나는 짐짓 무심하고 쿨한 태도로 오랜만에 루이와 마주친 회포를 푸는 척하고 싶었다. 하지만 지금 같은 상황에서 이런 몰골로 그와 다시 마주하려니 마음이 찢어지는 것만 같다.

"그래, 오랜만이야, 장 클로드……" 내 쪽으로 다가오며 루이가 그렇게 말한다.

나는 시선을 베르호벤 쪽으로 돌리려 한다. 하지만 그는 이미 떠나고 자리에 없다.

22시 30분

그 일대 빌라촌과 주택가가 발칵 뒤집혔다. 집주인들은 정원까지 환히 밝혀놓고 대문 앞으로 달려 나와 무슨 일이 벌어졌는지 자기들끼리 쑥덕거린다. 어떤 사람들은 울타리 너머로 고개를 빼고 기웃거린다. 더러 호기심이 왕성한 이웃 주민들은 현장 근처까지 어슬렁거려보기도 한다. 하지만 섣불리 그 안으로까지 다가서지는 못한다. 사건 현장에 정복 경관이 두 명 배치되어 함부로 다가서려는 사람들을 제지하는 중이다.

베르호벤 반장은 모자를 깊이 눌러쓰고 양손을 코트 호주머니에 찔러 넣은 모습으로 현장에서 등을 돌린다. 그러고는 크리스마스이브 때처럼 환히 밝혀진 길가를 건너다본다.

"미안하구먼, 루이(그는 피로에 짓눌린 사람처럼 어투를 늘어뜨려 말한다). 그동안 마치 경계하기라도 한 것처럼, 자네한테 거리를 둔 것으로 여겨졌다면 말이야. 그런 게 아니라는 거, 자네도 알지?"

이 말은 질문이 아니라 차라리 자기 스스로에게 하는 다짐처럼 들린다.

"물론이죠."

루이로서는 절대로 그렇지 않다며 강변하고 싶지만 베르호벤은 시선을 회피한다. 그들 사이는 늘 이런 식이다. 시작은 명확하지만 끝은 흐지부지되기 일쑤다. 그런데 이번에는 사정이 좀 다르다. 어쩐지 지금 보는 게 마지막일지도 모른다는 예감이 들어서이다.

이런 예감 때문일까, 루이가 평소와는 다른 태도로 치고 나온다.

"그 여자……"

이 두 마디만으로도 루이로서는 꽤나 과감한 언행을 보인 셈이다. 그 말에 카미유가 곧바로 응답해온다.

"오 아니야, 루이. 그 얘긴 그냥 접어두도록 하자. 더 이상 생각할 필요 없어(화를 내는 목소리는 아니지만 상당히 반응이 격한 건 사실이다, 마치 자칫 잘못했으면 불의에 희생당할 뻔했다는 듯이)! 그런데 자네가 '그 여자'하고 말하니까 꼭 무슨 비련의 희생양이라도 된 듯한 기분이 드네."

그는 다시 길가로 눈길을 돌린 후, 오랫동안 그렇게 머무른다.

"이럴 수밖에 없도록 나를 부추긴 건 사랑이 아니야. 그냥 상황이 그랬을 뿐이야."

주택가 한쪽에서 시끌벅적한 여러 소음들이 한꺼번에 뒤엉켜 날아온다. 자동차 소리도 요란하고, 이런저런 지시사항들을 전달하는 말소리도 시끄럽다. 하지만 소란스럽게 들썩이는 것처럼 여겨지기는커녕 오히려 숙연할 정도로 깊이 가라앉아 있다는 인상마저 자아낸다.

"이렌이 죽은 이후로는," 카미유가 다시 말문을 연다. "모든 게 다 끝난 줄만 알았어. 하지만 실은 나도 모르는 불씨가 마음 한구석에 여전히 꺼지지 않고 남아 있었던 거야. 말발이 그 불씨에 한동안 풀무질을 해댄 셈이지. 그게 다야. 그러니까 자네가 말한 '그 여자'는 궁극적으로…… 이 상황에서 그다지 큰 역할을 맡았다고 볼 수 없겠지."

"설령 그렇다 해도," 카미유의 말에 루이가 대꾸한다. "반장님을 속이고 배신한 것은……"

"오 루이, 말은 바로 해야지…… 내막을 알아챘을 때 내가 진작 관둘 수만 있었어도 거짓에 휘둘리는 상황은 거기서 끝났을 거야. 배신 같은 얘기가 나올 수도 없었을 거고."

그 말에 루이는 아무 말도 하지 않는다. 하지만 침묵으로 이렇게 따져 묻는 것만 같다. 그래서요? 그래서 뭐가 달라지는 걸까요?

"그런데 실은 말이야……"

카미유는 루이 쪽으로 시선을 돌린다. 그러고는 이 준수한 부하 형사의 얼굴에서 이 맥락에 정확히 부합하는 말들을 찾아보려는 것처럼 그를 바라본다.

"관두고 싶은 마음이 전혀 들지 않았어. 끝장을 볼 때까지 가봐야겠다는 생각이 먼저였거든. 내 생각에는…… 아마도 상대에 대해 그래도 최선을 다해야겠다는 마음이 앞섰던 것 같아(그는 자기 입으로 그렇게 말해놓고도 스스로 멋쩍어 하는 것처럼 보인다. 그렇게 말하고는 빙그레 미소를 짓는다). 그러니까 이 여자는 말이지…… 나는 그녀가 나쁜 저의에서 그랬다고는 단 한 번도 생각해본 적이 없어. 만약 내가 그렇게 여겼다면 아마 나는 당장 관두려 들었을지도 몰라. 내가 내막을 알아차렸을 때는 이미 너무 늦은 시점이었지. 그래도 나는 그런 배신감조차 받아들일 수 있었고 여전히 내 일에도 충실할 수 있었어. 하지만 실상은 그런 게 아니었어. 무엇보다 나한테 중요해 보인 것은 그럴 수밖에 없었을 만큼 그녀가 참고 견뎌왔다는 사실을 받아들여야 한다는 점이었어…… 그렇다면 나쁜 저의에서 움직였다는 식으로만 그녀를 비난할 수만은 없을 거야(그는 절대 그럴 수 없다는 듯 고개를 가로젓는다. 그러고는 혼자만의 생각에서 깨어났다는 듯 다시금 미소를 지어 보인다). 그런데 내 생각이 맞았어. 그녀는 자기 남동생을 위해 희생해왔던 거야. 그래, 물론 나도 알아. '희생'이라는 말, 누가 누구를 위해 '희생'해왔다는 말, 참 가소롭지…… 요즘 자주 쓰이는 말도 아니고, 옛날 연속극 같은 데서나 나올 법한 표현이지. 하지만 아무리 그렇다 해도…… 하프너를 봐. 그 사람도 천사 같은 유형과는 거리가 먼 인간이었지만 결국 아내와 딸내미를 위해 자기 목숨을 희생한 거잖아. 안의 경우에는 그 대상이 남동생이었을 뿐이야…… 그러니 누가 누굴 위해 희생한다는 게 전혀 가당치 않은 일만도 아니지."

"그럼 반장님은요?"

"나도 마찬가지야."

그는 잠시 멈칫거리다 결국 입을 연다.

"바닥까지 가라앉기를 무릅쓰고, 누군가가 다른 사람을 위해 희생한다는 게 결코 잘못된 일이 아니라는 사실을 확인한 셈이잖아. (미소) 요즘처럼 각박하게 이기주의만 판치는 세상에서는 차라리 사치스러워 보일 수도 있겠지만 말이야. 안 그래?"

그렇게 말한 후 코트 깃을 올려 세운다.

"그래봐야 여기가 끝이 아닐세. 또 할 일이 남아 있거든. 이제부터 사직서를 써야 하니까. 그러다보면 아무래도 뜬눈으로 밤을 지새우게 생겼구먼……"

하지만 그는 발길을 옮기지 않는다.

"어이, 루이!"

루이가 돌아선다. 기술요원 한 명이 15미터쯤 떨어진 거리에서 그를 부른다. 하프너의 빌라 앞이다.

카미유는 루이에게 어서 가보라고 손짓한다. 꾸물대지 말고 자 어서. "금방 다녀오겠습니다." 루이가 말한다.

하지만 그가 돌아왔을 때 카미유는 이미 그곳을 떠난 직후였다.

1시 30분

집에 불이 들어와 있다. 카미유의 심장은 갑자기 쿵쾅거리기 시작했다.

그는 차를 멈춰 세우고 시동을 껐다. 하지만 곧바로 차에서 내리지 않고 운전석에 남아 이제 어떻게 대처해야 할지 잠시 고민해본다. 안이 아직 집에 있다.

카미유는 현재의 정황에 더 이상의 실망감을 보태고 싶지도 않았고 그로 인해 괴로워하고 싶지도 않았다. 지금 그에게 필요한 것은 혼자 있는 일이었다.

일단 크게 한숨부터 내쉰다. 그러고는 코트를 걸쳐 입고 모자를 눌러 쓴다. 가죽 띠로 매여 있는 서류 파일을 챙겨든 후 차에서 발을 내린다. 이제 그들은 어떤 얼굴로 서로를 다시 보게 될까. 그녀에게 뭐라고 말해야 할까. 어떻게 사건의 결말을 그녀에게 전해야 할까. 그는 지금 그녀가 어떻게 하고 있을지 상상해본다. 아직도 부엌의 개수대 앞에 쪼그려 앉아 있겠지.

테라스의 문틈이 살짝 벌어져 있는 것 같다.

희미하게 거실을 밝히고 있는 것은 충계 밑에 설치되어 있는 야등의 불빛이다. 그 불빛의 밝기만으로는 안이 어디 있는지 알아보기가 여의치 않다. 카미유는 짐 꾸러미를 바닥에 내려놓고 유리문 손잡이를 살며시 잡아당긴다. 그러고는 미소 짓는다.

안은 없다. 그는 혼자다. 그래도 이렇게 한번쯤 불러본다.

"안……! 거기 있어?"

그는 이미 어떤 대답이 돌아올지 알고 있다.

주철 난로로 간다. 이 집에 오면 가장 먼저 하는 것은 늘 난로 아궁이에 장작을 지피는 일이다. 그 다음으로는 굴뚝을 열어놓는 일.

그리고 나서는 코트를 벗는다. 부엌으로 가서 전기 주전자의 전원을 켜려다 말고 술이 보관되어 있는 선반 앞으로 다가간다. 위스키를 고를지, 코냑을 집어 들지 잠시 망설인다.

코냑으로 하자.

가볍게 딱 한 잔만 하는 거다.

그러고는 테라스에 남겨둔 짐 꾸러미를 다시 챙겨둔 후 유리문을 닫는다.

이제는 혼자서 조용히 한잔하는 거다. 느긋하게 퍼질러 앉아 양질의 코냑을 홀짝거릴 수 있는 시간이다. 그는 이 집이 참 마음에 든다. 머리 위로 밤하늘을 향해 환히 열려 있는 유리 지붕 위로는 나무 잎사귀들의 그림자가 너울거리고 있다. 안에서 보기에는 바깥에 바람이 불지 않는 것 같다. 바람이 불지 않는데도 그게 너울거리는 것처럼 보이는 것을 보면 그것을 지켜보고 있는 이의 마음이 너울거리는 것일지도 모른다.

참 묘한 일이다. 이 순간 불현듯 어머니가 그리워지니—이제 어느새 그도 지긋한 나이에 이르렀는데—말이다. 정말 몹시 그립다. 기분을 추스르지 못하고 마냥 내버려두면 그대로 눈물이 주룩주룩 흘러내릴 것만 같다.

하지만 참는다. 눈물을 흘려봤자 아무 소용도 없다.

이제 술잔을 내려놓는다. 그러고는 꿇어앉은 자세로 서류 파일을 열어본다. 사진과 현장 보고서, 사건 기사 스크랩, 공술 기록 등이 펼쳐진다. 뒤쪽으로 넘기면 이렌의 마지막 순간을 담은 사진들이 나오겠지.

그는 그쪽으로 페이지를 넘기지 않는다. 차마 볼 수가 없기 때문이다. 차라리 그 서류 파일을 난로 아궁이에 쑤셔 넣기로 한다. 그는 부지깽이로 서류 파일을 잉걸불이 이글거리는 아궁이 속에 깊이 밀어 넣는다. 이내 아궁이의 불길이 서류 파일을 집어 삼키더니 활활 타오르는 게 보인다.

2011년 12월 쿠르브부아에서

작가의 말

이 소설 『카미유』는 『이렌』과 『알렉스』를 잇는 베르호벤 형사반장 3부작의 마지막 작품이다.

가장 먼저 나의 아내 파스칼린에게 감사의 마음을 전한다. 그리고 내게 유익한 조언을 들려준 제랄드 오베르와 많은 시간을 할애해준 친구 샘에게도 고맙다는 인사를 전하고 싶다. 또한 이 작품에 대해 날카로운 지적과 따뜻한 격려를 아끼지 않은 피에르 시피옹과 알뱅 미셸 출판사 편집부 직원 여러분께도 심심한 감사의 인사를 올린다.

물론 이 작품을 쓰면서도 나는 여러 대목에 걸쳐 수많은 선배 작가들께 빚진 바가 크다. 그 이름들을 알파벳순으로 열거해보면 다음과 같다.
마르셀 에메, 토마스 베른하르트, 니콜라스 부알로, 하인리히 뵐, 윌리엄 포크너, 셸비 푸트, 윌리엄 개디스, 존 르 카레, 쥘 미슐레, 안토니오 무뇨스 몰리나, 마르셀 프루스트, 올리비에 르모, 장 폴 사르트르, 토머스 울프가 그들이다.

카미유 Camille

초판 1쇄 인쇄 2014년 7월 30일
초판 1쇄 발행 2014년 8월 5일

지은이 피에르 르메트르
옮긴이 서준환
펴낸이 김선식

경영총괄 김은영
마케팅총괄 최창규
책임편집 박여영, 서유미
콘텐츠개발2팀장 김현정 **콘텐츠개발2팀** 박여영, 백상웅, 문성미, 서유미
마케팅팀 이주화, 이상혁, 도건홍, 박현미 **홍보팀** 윤병선, 반여진, 이소연
경영관리팀 송현주, 권송이, 윤이경, 김민아, 한선미

펴낸곳 (주)다산북스
주소 경기도 파주시 회동길 37-14 3층
전화 02-702-1724(기획편집) 02-6217-1726(마케팅) 02-704-1724(경영관리)
팩스 02-703-2219
이메일 dasanbooks@hanmail.net
홈페이지 www.dasanbooks.com
출판등록 2005년 12월 23일 제313-2005-00277호

필름 출력 스크린그래픽센타
종이 월드페이퍼(주)
인쇄·제본 (주)현문

ISBN 979-11-306-0360-5 (04860)
　　　979-11-306-0357-5 (세트)

• 책값은 뒤표지에 있습니다.
• 파본은 본사와 구입하신 서점에서 교환해드립니다.
• 이 책의 저작권법에 의하여 보호를 받는 저작물이므로 무단 전재와 복제를 금합니다.

이 도서의 국립중앙도서관 출판시도서목록(CIP)은 서지정보유통지원시스템 홈페이지(http://seoji.nl.go.kr)와 국가자료공동목록시스템(http://www.nl.go.kr/kolisnet)에서 이용하실 수 있습니다. (CIP제어번호 : CIP2014020176)